hänssler

CHRISTA RAU

Sommerglut

Ein Roman

Christa Rau, 1963 in Neuenstein/Hohenlohe geboren, ist heute, nach abgeschlossenem Studium der Theologie in Tübingen, engagierte Pfarrfrau und begeisterte Mutter von vier quicklebendigen Kindern. In ihrer Freizeit ist sie eine leidenschaftliche Vielleserin.

Hänssler
Bestell-Nr. 393.942
ISBN 3-7751-3942-7

Internet: www.haenssler.de
E-Mail: info@haenssler.de
Umschlaggestaltung: Mehrblick Grafik & Design
Titelbild: Photodisc, »Red Sky at Dawn« (Malcolm Fife)
Satz: AbSatz, Klein Nordende
Druck und Bindung: Ebner & Spiegel, Ulm
Printed in Germany

Kapitel 1

Sie würde es später in ihrem Tagebuch nachlesen können: Es war der 24. Mai 1980, ein herrlich samtener Frühsommerabend, als Doro den Vorraum des alten Kinos in Neuenstein betrat. Sie war zusammen mit ihrer Schwester Tanja hierher gekommen, und weil sie schon ziemlich spät dran waren, reichte die Zeit nicht mehr, um mit all den lieben Freunden und Bekannten, die sie zwischen den hereinströmenden Leuten entdeckten, ein paar Worte zu wechseln. Sie grüßten sich nur mit einem Lächeln und mit einem fröhlichen Nicken. Dann standen sie auch schon im schummrig beleuchteten großen Saal. Während sich Tanja schnell auf den Weg zu ein paar Freundinnen machte, blieb Doro erst einmal stehen, bis sie sich an das schwache Licht gewöhnt hatte. Es waren ziemlich viele Leute gekommen und der Saal war gefüllt mit Gelächter und Wortfetzen. Interessiert ließ sie ihre Blicke über das Geschehen schweifen. Da sah sie ihn. Einen gut aussehenden jungen Mann, der vorn bei der Bühne stand, vor der großen Leinwand. Für einen Moment nahm sie nur ihn wahr. Er schien ihr der Hauptdarsteller dieses Abends zu sein, obwohl der Film noch gar nicht begonnen hatte. Vier Mädchen umringten ihn. Eine redete unablässig auf ihn ein, die andere warf dabei lachend ihre Haare nach hinten. Eine schicke Blondine hatte ihre Hand auf seinen Arm gelegt, als ob sie mit ihm verheiratet wäre, und die vierte starrte ihn einfach nur an. Alles sah eindeutig nach Flirten aus. In Sekundenschnelle hatte sich dieses Bild, diese Szene in Doros Gehirn eingebrannt. Unwillig schüttelte sie den Kopf und schloss für einen Moment die Augen. Dann ließ sie ihre Blicke weiter durch den Raum schweifen.

Gespannte Erwartung lag über dem alten Kinosaal, in dem nur noch einmal im Jahr vom Jugendtreff der Kirche ein Film gezeigt wurde. Überall standen Gruppen von jungen Leuten zusammen. Die alten, roten Ledersessel verbreiteten einen Hauch von Nostalgie. An den Wänden rechts und links waren schwere bordeauxfarbene Samtvorhänge drapiert, deren verblichener Charme von einer feinen Staubschicht überzogen war. Die zwei gepolsterten Flügeltüren trennten den großen schummrigen Saal vom Vorraum, der eigentlich gar kein Vorraum mehr war. Die Garderobenständer waren längst weggeräumt worden und der Verschlag, hinter dem die Kasse gestanden hatte, war im Keller gelandet. Nur an diesem einen Samstag im Jahr wurden noch hinter einem einfachen Tisch von einem freundlichen Mädchen Karten verkauft. An allen anderen Samstagen trafen sich hier in diesem schlichten, weißgestrichenen Raum fast zwanzig junge Leute, die zum Jugendtreff gehörten.

Ein Teil der Lichter ging aus. Ein Gong ertönte. Unwillkürlich sah Doro noch einmal zu diesem Mann hin, während sie sich einen Platz in der vorletzten Reihe suchte. Er war mittelgroß, schlank und für einen Mann erstaunlich zartgliedrig. Er hatte fast schwarze Haare und ein samtener Bronzeton verlieh seinem ebenmäßigen Gesicht einen südländischen Akzent. Sie hatte ihn schon ein paar Mal gesehen, im Ort oder auf dem Weg zur Schule. Aber hier im Jugendtreff war er heute zum ersten Mal. Ein weiteres Mädchen hatte sich jetzt zum Kreis seiner Bewunderinnen gesellt.

»Meine Güte, was für ein Casanova!«, dachte Doro. »Aber er sieht auch wirklich gut aus!« Abrupt drehte sie sich weg. Casanovas auch nur mit Blicken zu beachten, war unter ihrer Würde. Sie kannte ihren eigenen Wert, wusste, dass sie mit ihren langen, blonden Haaren und ihrer schmalen Figur durchaus ihre Reize besaß. Sie hatte es nicht nötig, sich an Casanovas ranzumachen. Sie versuchte ihre Gedanken zu ordnen. Wo war eigentlich ihre Schwester Tanja? Ah, da saß sie, ein paar Reihen weiter vorn neben einem anderen Mädchen vom Jugendtreff. Fast alle hatten sich nun ihre Plätze gesucht. Das Licht ging aus, der Film begann und Doro dachte nicht mehr an diesen gut aussehenden Neuling, sondern ließ sich gefangen nehmen von der spannenden Handlung. Es lief der Film »Die Herberge zur sechsten Glückseligkeit« und Doro lebte und litt mit der jungen Engländerin Gladys Aylward, die in den dreißiger Jahren als Missionarin nach China ging. Die Musik und die Bilder trugen sie durch eine fremde, faszinierende Welt.

Als der Film zu Ende war, hatte sie den Casanova vergessen. Sie blieb noch ein paar Augenblicke lang benommen in ihrem Sessel sitzen, nicht fähig, gleich wieder in die Wirklichkeit aufzutauchen. Dann ließ sie sich vom Strom der Besucher nach draußen spülen, auf den Parkplatz vor dem Kino. Die kühle Nachtluft dieses späten Maitages umhüllte sie und holte sie zurück in die Wirklichkeit. Fröstelnd zog Doro ihre Jacke enger um sich. Wo war nur Tanja geblieben?

Dann stand er plötzlich vor ihr und sie konnte ihm, eingeschlossen zwischen den anderen, nicht ausweichen.

»War ein guter Film heute Abend!«, sagte er. »Ich heiße übrigens Andy, und du?«

»Ich heiße Dorothea, aber alle nennen mich Doro!«, antwortete sie nervös und versuchte, ihm mit einem Schritt nach hinten auszuweichen. Dabei stieß sie unsanft ihre Arme in einen fremden Rücken.

»Doro!«, sagte er fast prüfend, so als müsste er den Klang des Namens testen. »Klingt gut! Es war richtig schön heute bei euch im Jugendtreff. Die Leute scheinen ja ganz in Ordnung zu sein. Ich will auf alle Fälle nächsten Samstag nochmal vorbeischauen.«

Er strahlte sie erwartungsvoll an, aber Doro fiel in dieser Situation keine gute Antwort ein und so schwieg sie. Sie dachte schon, sie hätte mit ihrem Schweigen das Gespräch beendet, aber als sie sich gerade abwenden wollte, legte er seine Hand auf ihren Arm.

»Du, ich würde dich gern kennen lernen, darf ich dich mal besuchen?«

»Nein«, sagte Doro schroff und drehte sich abwehrend weg. Blödmann, dachte sie. So eine plumpe Anmache! Auf die würde sie gerade noch reinfallen. Der meinte wohl, er könnte jede haben. Einfach nur so mal fragen und dann klappt es schon! Wo war nur Tanja? Ah, da stand sie ja! Sie drehte sich endgültig weg von Andy und ließ ihn einfach stehen.

»Ich habe dich schon gesucht! Komm, wir gehen heim!«, sagte sie zu ihrer Schwester, die zum Glück ganz in der Nähe gewesen war.

»Was, jetzt schon?« Tanja war nicht begeistert. Aber Doro wollte schnell weg, es wäre ihr peinlich gewesen, nochmals mit diesem Andy zusammenzutreffen. Ungeduldig zupfte sie ihre Schwester am Ärmel.

»Okay, ich komm ja schon!«, brummelte Tanja und verabschiedete sich noch mit einem kurzen »Tschüss« von ihrer Gesprächspartnerin. Gemeinsam traten sie aus der Menge der Leute heraus und machten sich auf den Heimweg. Die Nacht war still und dunkel. Bald schon gingen sie durch die engen Gässchen der Altstadt. Als ein Betrunkener hinter ihnen aus dem Gasthaus »Zum Grünen Baum« torkelte, beschleunigten sie ihre Schritte. In der Ferne bellte ein Hund. Sie sprachen nicht viel, erst als sie die Siedlung erreicht hatten, in der auch ihr Elternhaus stand, begannen sie, nochmals über die besten Szenen des Filmes zu reden. Dann fragte Tanja plötzlich: »Was hat denn eigentlich der Typ von dir gewollt?«

Aha, dachte Doro, sie hat also gesehen, dass er mit mir gesprochen hat. Nur zögernd kam ihre Antwort. »Ach, nichts Besonderes«, meinte sie ausweichend. »Er hat sich vorgestellt. Er heißt Andy und will zu uns in den Jugendtreff kommen.«

»Na so einer hat uns ja gerade noch gefehlt!«, meinte Tanja. »So wie der aussieht, passt er besser in ’ne Disko!« Doro zuckte mit den Schultern. Eigentlich dachte sie ja dasselbe. Aber er konnte ja nichts dafür, dass er gut aussah.

Ah, nimm ihn nur in Schutz, wies sie sich in Gedanken selbst zurecht. Schon gehst du ihm auch auf den Leim!

Zu Tanja sagte sie: »Ich glaube gar nicht, dass der oft kommen wird. Jetzt warten wir es erst mal ab.«

Ihre Schritte hallten in der Nacht. Sie waren froh, als sie ihr Haus sahen. Es stand ganz am Rande der Siedlung und grenzte an die umliegenden Felder und Äcker an. Es war ein älteres Haus, im Stil der dreißiger Jahre gebaut, und sie freuten sich, als es sie mit seiner vertrauten Schäbigkeit willkommen hieß. Wie eine Henne hatte es auf seine Küken gewartet.

Vor dem Haus, im Süden, lag ein kleiner Vorgarten, umgeben von einer kurzgeschnittenen Hecke, wie bei einem gewöhnlichen Wohnhaus. Der Rasen war gepflegt und ein paar Bäume und Himbeersträucher wuchsen darin.

Die Eingangstür, zu der sie nun gingen, befand sich auf der Rückseite des Hauses. Dort warfen die Schuppen und Scheunen, die sich wie ein großes U hinter dem Haus formierten, dunkle Schatten. Ihr Vater hatte sie im Lauf der Jahre gebaut, um die Gerätschaften, die er für seine Obstbaumschule benötigte, unterzubringen. In der Mitte des Hofes, den diese Gebäude alle umstanden, wuchs ein Eichenbaum, den Doros Vater am Tag ihrer Geburt gepflanzt hatte. Inzwischen hatte er schon eine stattliche Größe erreicht, und Doro betrachtete ihn oft voller Stolz. Es war ihr Baum. Jetzt in der Nacht wirkte er allerdings mit seinen dunklen Ästen wie ein gespenstisches Gerippe. Schnell öffneten sie die Tür und schlüpften in die Geborgenheit des Hausflures, der sie mit seinem gewohnten Geruch begrüßte. Leise schlichen sie über die knarrende Holztreppe in den ersten Stock.

Dort hatte ihnen ihre Mutter zwei Zimmer eingerichtet, die fast identisch waren. Luxuriös, wie in einem teuren Hotelzimmer, lagen dicke, weiche Teppiche auf den Böden. Vor den Fenstern nahm jeweils ein breiter, gemütlicher Korbsessel behäbig seinen Platz ein. Die restliche Ausstattung war eher bescheiden: Ein schlichtes Bett, ein einfacher Schrank, ein Schreibtisch und ein Stuhl. Ihr Gesicht erhielten die Zimmer durch die jeweils verschiedenen Besitztümer und Bilder, die die Mädchen dort untergebracht hatten. Bei Doro hingen getrocknete Rosensträuße anmutig neben dem Fenster, Bilder von Tänzerinnen schmückten mit ihrer Leichtigkeit die Wand. Neben ihrem Bett saß lächelnd eine wunderschöne Porzellanpuppe.

Bei Tanja fiel einem Besucher vor allem die Menge der Bücher ins Auge, die sich überall stapelten. Für die Wand hatte sie sich Bilder von Katzen und Babys ausgewählt und ein riesiges Poster von den Beatles hing über ihrem Bett.

Flüsternd sagten sich Doro und Tanja Gute Nacht, bevor sie leise in ihren Zimmern verschwanden.

Rasch zog sich Doro aus und streifte sich ihren weichen Schlafanzug über. Gemütlich kuschelte sie sich in ihr Bett und dachte mit einem letzten Gedanken an diesen Abend und an den Blick, mit dem dieser Andy sie angesehen hatte. Dann schlief sie ein.

In dieser Nacht hatte Doro einen merkwürdigen Traum:

Sie stand auf einer schroffen Felsklippe, vor ihr war ein tiefer Abgrund. Auf der anderen Seite dieses Abgrunds stand ein wunderschöner junger Mann. Doch es gab keinen Weg zu ihm, keine Brücke. Ein tiefes Gefühl von Traurigkeit erfüllte sie. Voll Sehnsucht blieb sie wartend stehen. Da nahm der junge Mann ein goldenes Seil und schwang sich zu ihr auf ihre Seite. Freudig streckte sie ihre Arme nach ihm aus, aber als er vor ihr stand, sah sie, dass es gar kein Mann war, der zu ihr gekommen war, sondern ein kleiner Junge, der schutzsuchend ihre Beine umklammerte. Verwundert nahm sie das Kind in die Arme, als ob es ihres wäre.

Einen Stock tiefer, im Erdgeschoss, lagen die Eltern der beiden Mädchen, Beate und Will, in ihren Betten im Schlafzimmer. Leise rasselnde Schnarchtöne ließen ahnen, dass Will, der große, breitgebaute, rothaarige Mann, den seine Familie manchmal liebevoll »Wikinger« nannte, schon eine Weile schlief. Das war kein Wunder, denn er hatte heute, wie schon so oft, den ganzen Tag draußen auf den Feldern gearbeitet. Sie waren in diesem Frühjahr mit ihrer Arbeit gut vorangekommen. Früher als sonst waren sie mit der Pflanzarbeit fertig gewesen, weil immer wieder genügend Regen gefallen war und ihnen mühseliges Gießen erspart hatte. Jetzt im Mai hatte er nur noch ein paar Reihen Torfballenpflanzen gesetzt. Doch nun war es heute so weit gewesen, dass er die Bewässerungsanlagen überprüfen und mit dem Gießen beginnen musste. Die letzte Woche hatte fast sommerliche Hitze gebracht und ein kräftiger Wind hatte die Böden zusätzlich ausgetrocknet. Zum Glück hatten sie schon vor Jahren zwei große Zisternen gebaut und die waren nach dem regenreichen Frühjahr gut gefüllt. Ein paar Schläuche würde er noch flicken müssen und eine Pumpe hatte gestreikt. Aber die Schäden waren leicht zu beheben und so schlief er in dieser Nacht, zufrieden mit seiner Arbeit und sorglos, den Schlaf des Gerechten.

Beate, seine liebevolle Powerfrau, nach all den Jahren mit einer eher mütterlichen Figur, aber trotz arbeitsreicher Tage wie ein Wunder immer sehr gepflegt, lag neben ihm wach und konnte nicht einschlafen. Vor ihrem inneren Auge ließ sie noch einmal den Tag Revue passieren. Morgens hatte sie Will geholfen, noch ein paar Pflanzen zu setzen. Dann hatte sie, wie immer samstags, die Wohnung geputzt. Seit ihre Töchter groß waren und ihr bei vielen Arbeiten zur Hand gehen konnten, hatte der wöchentliche Hausputz seine Schrecken verloren. Beate dachte voller Dankbarkeit an ihre Mädchen. Doro war nun schon achtzehn, Tanja sechzehn Jahre alt. Sie war stolz auf ihre Töchter, auf Doro, ihre Große, die stille Feine mit den langen goldfarbenen Haaren, und auf Tanja, die lebenstüchtige Kleine mit ihrer braunen Lockenmähne. Eine Weile blieb Beate in Gedanken bei ihren Töchtern und hoffte, mit diesen guten Bildern einschlafen zu können. Aber der Schlaf wollte nicht kommen. Unruhig wälzte sie sich hin und her. War es der nahe Sommer, der sie wach hielt? Oder der Vollmond? Leise glitt sie aus dem Bett und spähte durch die Ritzen des Rollos in die dunkle Nacht hinaus. Es war kein Mond zu sehen, nur schwarze Dunkelheit. Der Wecker auf ihrem Nachttisch stand auf 00.30 Uhr. Seufzend schlüpfte sie in ihre Hausschuhe, strich sich ihre langen dunklen Haare aus dem Gesicht und machte sich auf den Weg in die Küche. Sie würde ein Glas Milch trinken, das würde ihr gut tun.

Die zarten Pastelltöne ihrer abgewohnten Sechzigerjahre-Küche wirkten in der Nacht grau und unwirklich. Erst nachdem sie das Licht angeknipst hatte, stellte sich die alte Vertrautheit wieder ein. Mit einem Ruck ließ sich die Tür des Kühlschranks öffnen. Der alte geblümte Milchkrug stand im obersten Fach. Sie holte ihn heraus und füllte eine Tasse mit der kalten, weißen Köstlichkeit. Dann stellte sie den Krug zurück und schloss den Kühlschrank wieder. Mit der Tasse in der Hand setzte sie sich in den bequemen Lehnstuhl, der sonst eigentlich Wills Stammplatz am Küchentisch war. Das Licht breitete einen heimeligen Schein um sie herum aus und gab ihr das Gefühl von Geborgenheit. Tiefe Stille lag über dem Haus.

Während sie die Milch in kleinen Schlucken trank, stiegen aus der überwachen Klarheit der nächtlichen Stunde deutliche Bilder in ihr auf. Sie spürte in diesen Minuten zum ersten Mal, dass ein Abschnitt in ihrem Leben zu Ende war – die Zeit, in der ihre Töchter sie noch ganz brauchten. Sie hatte in den letzten Wochen schon geahnt, dass nun auch Tanja endgültig den Kinderschuhen entwachsen war, aber so richtig wollte sie es noch nicht wahrhaben. Doch sie musste diese Tatsache akzeptieren, sie konnte nicht länger die Augen davor schließen. Ein wehes Gefühl der Leere machte sich in ihr breit. Welchen Sinn hatte ihr Leben jetzt noch? Ihre Aufgabe als Mutter, die sie so viele Jahre erfüllt hatte, schien sich dem Ende zu nähern. Was würde bleiben? Nur die Arbeit? Würde die übrig bleiben? Aber wo konnte sie dann noch Beziehungen erleben, echte, tiefe Begegnungen, von denen ihre Seele sich ernähren konnte?

Wie nach einem Rettungsanker griff sie nach dem Losungsbuch, das auf seinem angestammten Platz auf dem Küchenregal über der Eckbank lag. Der Glaube, konnte er ihre Leere ausfüllen?

»Gott, höre mich, ich brauche wieder eine Aufgabe, ein Ziel, eine Herausforderung!«, flüsterte sie und fühlte sogleich Scham in sich aufsteigen. Es ging ihr doch so gut, sie hatte so viel. Sollte sie nicht einfach zufrieden sein? Die Arbeit mit Will zusammen in der Baumschule war nie langweilig, jedes Jahr war anders und eine neue Herausforderung. Und sie hatte ein wunderschönes Hobby: Wann immer sie Zeit übrig hatte, malte sie Bilder. Trotzdem spürte sie diesen Lebenshunger.

»Vergib mir, Vater im Himmel, gib mir doch einfach Zufriedenheit«, betete sie flüsternd. Sie horchte in die Stille hinein. Eine tiefe Sehnsucht erfüllte sie danach, Gott zu hören. Aber sie vernahm keinen Laut und auch in ihrem Herzen war es still.

Sie trank ihre Tasse leer. Sie würde noch die Losung lesen und dann endlich wieder ins Bett gehen. Sie schlug das kleine Buch in ihrer Hand auf und suchte nach dem 25. Mai, dem Tag, der nun schon angebrochen war. Da stand: »Freue dich über den Herrn; der wird dir geben, was dein Herz wünscht!«

Ein unbeschreibliches Gefühl des Friedens überflutete sie, als sie diese Worte las, und für einen Moment hatte sie die Gewissheit, dass Gott diese Worte zu ihr sprach. Gott würde ihr geben, wonach sie sich sehnte, das schien ihr in diesem Augenblick sicher. Sie wusste gar nicht, wie ihr geschah. Ganz still blieb sie sitzen, so als ob sie Angst hätte, mit einer ungeschickten Bewegung dieses Gefühl zu vertreiben. Sie wollte diesen glücklichen Moment festhalten, aber es gelang ihr nicht. Ihr Verstand meldete sich zu Wort und sagte ihr, dass mitten in der Nacht die merkwürdigsten Gefühle entstehen konnten. »Schalte dein Gehirn ein und sei nüchtern«, ermahnte sie sich selbst. Und doch blieb eine Erinnerung zurück, die sich nicht verdrängen ließ. Die Erinnerung daran, dass sie für einen Moment die Gewissheit hatte, dass dieses Gotteswort speziell ihr galt. Nachdenklich stellte sie die leere Tasse in die Spüle und ging leise zurück ins Schlafzimmer. Mit der Geborgenheit im Herzen, die ihr diese Begegnung mit Gott gegeben hatte, fiel sie in einen tiefen, erholsamen Schlaf.

Am Montag nahm die Woche wieder ihren gewohnten Lauf. Der Morgen begann für Will und Beate mit der vertrauten harten Arbeit, die auch nach Jahren noch immer eine Herausforderung an den Körper und den Willen zum Durchhalten war. Sie hackten Unkraut. Hier auf dem Acker, der direkt hinter ihrem Wohnhaus lag und nur durch eine schmale Straße von der Siedlung getrennt wurde, standen die Pflanzen, die am meisten Pflege benötigten. In gleichmäßigen Reihen hatten sie dort schon im April kleine Obstbaumpflänzchen gesetzt und hackten nun aus den schmalen Zwischenräumen, in die keine Maschine gelangen konnte, das Unkraut, das in diesem Frühling ebenso vom vielen Regen profitiert hatte. Queken, Löwenzahn und Disteln gediehen um die Wette mit ihren frisch gesetzten Bäumchen, die ja eigentlich die Nährstoffe zum Wachstum brauchten. Es war eine harte Arbeit und schweigend mühten sie sich Seite an Seite vorwärts. Der Himmel war an diesem Morgen zum Glück noch wolkenverhangen, nur hin und wieder konnten sich ein paar heiß glitzernde Strahlen durch die Wolkendecke kämpfen. Bei voller Sonnenbestrahlung wäre die Arbeit unerträglich geworden.

Normalerweise hatten sie immer irgendwelche Helfer, die mit ihnen zusammen arbeiteten. Alf, ihren Lehrling, der an diesem Morgen einen Zahnarzttermin hatte, und noch drei Frauen aus dem Ort, die stundenweise aushalfen. Vor ein paar Jahren war ein pensioniertes Ehepaar bei ihnen oben ins Haus gezogen und wenn Not am Mann war, halfen auch diese beiden mit. Aber an diesem Morgen waren Beate und Will allein und trotz der harten Arbeit genoss Beate die unerwartete Zweisamkeit mit ihrem Mann.

»Ich schätze mal, es wird nicht mehr lange dauern, bis Doro einen Freund hat«, sagte Beate zu Will, während beide sich einen Moment der Pause gönnten, um auf die Stiele ihrer Hacken gestützt für einen Augenblick den noch nicht schmerzenden Rücken zu entlasten.

»Wie kommst du denn darauf?« Will sah sie überrascht an.

»Ach, irgendwie habe ich so ein komisches Gefühl. Gestern, am Sonntag, war sie ständig mit ihren Gedanken abwesend, ist dir das nicht auch aufgefallen?«

»Nein, eigentlich nicht«, antwortete Will. »Ich glaube, du hörst das Gras wachsen! Obwohl, ich muss ja zugeben, dass du mit deiner weiblichen Intuition ziemlich oft Recht gehabt hast. Na, warten wir es mal ab, von mir aus kann sie sich ruhig Zeit lassen mit den Männern. Bei uns hat sie es doch gut!« Wie um seinen Worten Endgültigkeit zu verleihen, begann er wieder mit leichten schwingenden Bewegungen zu hacken.

»Du kannst dich ja in den Garten stellen und den jungen Männern auflauern, wenn sie jetzt dann bald öfters mal hier auftauchen werden! So machen das doch die Väter im Allgemeinen, oder?« Beate sah ihn herausfordernd an, aber der Schalk blitzte aus ihren Augen. Noch immer stand sie auf ihre Hacke gestützt.

»Hm, dann sollte ich mir aber auf alle Fälle auch noch 'ne Schrotflinte kaufen, was?« Will lachte leise und hielt nun doch noch einmal in seiner Arbeit inne.

Aber Beate war es gar nicht so sehr nach Lachen zumute. Sie spürte plötzlich Wehmut in sich aufsteigen. Nachdenklich blickte sie auf ihre erdverschmierten Hände und versuchte, sich mit dem Daumen die trockene Erde abzureiben.

»Ich frag mich in letzter Zeit manchmal, was wir zwei machen, wenn die Kinder flügge werden. Gehen wir dann aufs Altenteil?« Ihre Frage sollte lustig klingen, aber der Ernst dabei war herauszuhören.

»Na hör mal«, Will sah sie entsetzt an. »Was redest du denn da, du bist doch erst achtunddreißig Jahre alt!«

»Ach Will, manchmal fühle ich mich wie hundert! Irgendwie fehlt mir in der letzten Zeit etwas. Die Kinder beim Aufwachsen zu begleiten, war eine wunderschöne Aufgabe, aber bald sind sie endgültig erwachsen!«

»Du kannst ja jetzt öfters mich beim Aufwachsen begleiten. Ich wachse auch immer noch, zwar nicht in die Länge, aber immer mehr in die Breite und mich kannst du doch auch noch ein bisschen erziehen, ich habe es echt nötig!«

»Du bist ein hoffnungsloser Fall, das ist mir schon lange klar geworden!« Beate versuchte ein verzweifeltes Gesicht zu machen und sie brachen beide in Lachen aus.

»Hm!« Will wurde gleich wieder nachdenklich. »Ich habe in der letzten Zeit manchmal daran gedacht, mich noch einmal einer Herausforderung zu stellen. Den Laden hier vergrößern zum Beispiel, noch Land dazu pachten und zusätzlich Rosen anbauen. Das ist schon lange mein Traum. Das könnte ich aber nur mit dir zusammen machen. Das wäre in der Anfangszeit mit viel Arbeit verbunden, aber auf Dauer hätten wir größere Gewinne. Aber ohne deine Mithilfe wäre das nicht möglich.« Er sah sie lächelnd an. »Du weißt ja, du bist mein bester Mann hier im Geschäft!«

Beate lächelte auch. Es tat ihr gut, dass Will sie immer wieder lobte. Sie fühlte sich dabei wie eine Blume, die gegossen wurde und ihre schlaffen Blätter wieder aufrichten konnte.

»Ich habe jetzt über meine Ziele geredet, aber ich sage dir was: Seit ich dich kenne, sehe ich dich immer wieder vor mir, wie du in einem Laden stehst und Blumen verkaufst. Du kannst so herrliche

Sträuße binden. Wir könnten einen Teil von dem Grünzeug, das du brauchen würdest, selbst anbauen und Platz für einen Verkaufsraum hätten wir auch.«

Beate sah ihn nachdenklich an. Das klang nicht schlecht. Versonnen blickte sie in die Ferne ihrer Zukunft.

»Du wirst schon sehen! Das Leben hat sicher noch ein paar Überraschungen für uns bereit!«, sagte Will. Während er kraftvoll seine Hacke anpackte und auch Beate wieder mit ihrer Arbeit begann, ahnten beide noch nicht, wie Recht er hatte.

Während sie weiter in stetem Rhythmus ihre Hacken durch die Erde zogen, war Beate in Gedanken bei ihren Töchtern, die noch auf dem Weg zur Schule waren. Es war kurz vor acht Uhr und montags begann für beide Mädchen der Unterricht erst in der zweiten Stunde. Sie mussten nach Öhringen fahren, zur nächsten größeren Stadt, die zum Leidwesen ihrer Gemeinderäte nicht mehr Kreisstadt geworden war, aber natürlich trotzdem ihr hervorragendes Gymnasium behalten hatte, das einen ziemlich guten Ruf besaß. Beide Mädchen gingen dort zur Schule und mussten deshalb Tag für Tag mit dem Bus die sieben Kilometer nach Öhringen zurücklegen. Den Sommer über, wenn das Wetter gut war, fuhr Tanja oft auch mit dem Rad zur Schule, anstatt den Bus zu nehmen. Doro belächelte diesen sportlichen Wahn, wie sie es nannte, milde. Sie zog es vor, kühl und ausgeruht in der Schule anzukommen und nicht verschwitzt und abgekämpft.

Und kühl und ausgeruht nach einer angenehmen Busfahrt, erklomm Doro auch an diesem Morgen mit leichten Schritten die vielen Stufen, die zum obersten Stockwerk des Gebäudes hinaufführten, wo sich ihr Klassenzimmer befand. Es war ein typisches Klassenzimmer, mit grauen, eintönigen Tischen und Stühlen aus Stahlgestänge, deren Anblick nur durch die schönen, glattpolierten, hölzernen Sitzflächen erträglich wurde.

Ein großer Vorteil für Doro war, dass sie einen Platz direkt am Fenster hatte und wenn es ihr zu viel wurde, der gleichförmig näselnden Stimme ihres ältlichen Deutschlehrers zuzuhören, ließ sie ein paar Momente lang ihre Augen mit den Wolken am Himmel entlangziehen und machte sich so innerlich frei von allen Zwängen, in die der Lernstoff sie presste.

Dieser Morgen verlief relativ ereignislos, wenn man davon absah, dass sie eine Mathematikarbeit zurückbekamen und in diesen Minuten der Lärm- und Stresspegel im Klassenzimmer wesentlich anstieg. Doro war eine gute Schülerin, eigentlich eine sehr gute, das wollte sie bloß nie zugeben, denn sie hasste es, wenn andere in ihr die Streberin vermuteten. In dieser Mathematikarbeit hatte sie als Note eine Zwei. Kein Grund zu besonderem Jubel und keine Gefahr, von den anderen neidisch beäugt zu werden, aber sie hatte doch ein zufriedenes Gefühl – das Gefühl, es einigermaßen geschafft zu haben.

Der Morgen zog sich endlos in die Länge, die Lehrer hatten an diesem Montag nicht gerade ihre Höchstform und so quälten sich Lehrer und Schüler gleichermaßen durch diesen Vormittag.

Dann endlich, nach fünf langen Schulstunden, schrillte das letzte Klingeln durch das Schulgebäude und sie wurden um 12.45 Uhr auf den Weg zum Busbahnhof entlassen. Die Schüler strömten laut schwatzend in Gruppen aus dem Schulgebäude. Draußen vor der großen Eingangstür aus Glas verabschiedete sich Doro von ihren Freundinnen, die alle direkt in Öhringen wohnten und sich deshalb in eine andere Richtung zu Fuß auf den Weg nach Hause machten.

Das betongraue Schulgebäude war umgeben von herrlichen alten Kastanienbäumen, die auf dem Schulhof an sonnigen Tagen Schatten spendeten. Der Schulhof selbst war begrenzt durch eine schützende Mauer, die den Lärm der vorbeiführenden Straße ein wenig dämpfte. Ein Tor in dieser Mauer gab den Weg in Richtung Bahnhof vor – für alle Schüler, die mit dem Bus fahren mussten.

Es gab deshalb keine Chance, sie konnte ihm nicht entrinnen: Andy wartete hinter diesem Tor, draußen auf dem Gehweg neben der Straße. Doro entdeckte ihn erst, als er praktisch schon direkt neben ihr stand. Er fasste sie am Arm und drückte ihr, ohne ein Wort zu sagen, nur mit einem kurzen freundlichen Nicken, ein zusammengefaltetes Blatt in die Hand.

Dann war er auch schon wieder weg. Völlig überrumpelt, mit laut klopfendem Herzen blieb Doro stehen und starrte auf das Papier und auf ihre Hand, in der sie es hielt, als ob beides gar nicht zu ihr gehören würde. Meine Güte, was wollte der denn schon wieder? Als sie sich von ihrem Schrecken erholt hatte, steckte sie den Zettel rasch in ihre Hosentasche und schaute sich vorsichtig um, ob jemand diesen Andy und sie beobachtet hatte. Aber keiner schien die Szene bemerkt zu haben. Sie versuchte sich wieder zu fassen. Gestern, am Sonntag, war es so friedlich gewesen. Sie hatte mit keinem Gedanken mehr an ihn gedacht. Wieso konnte er sie nicht in Ruhe lassen? Ihre Reaktion vor dem Kino am Samstag war doch wohl eindeutig gewesen. Eigentlich hätte sie diesen Zettel da gar nicht annehmen sollen, aber doch tasteten jetzt ihre Finger in der Hosentasche neugierig an diesem Blatt herum. Na, sie wollte zu Hause erst mal lesen, was er geschrieben hatte, vielleicht war ja alles ganz harmlos. Aber die Gedanken schossen ihr noch immer wild und aufgeregt durch den Kopf, als sie schon am Bahnhof angelangt war. Als sie vor dem Bus mit der Nummer 4 stand, der sie hoffentlich sicher nach Hause bringen würde, sah sie, dass Andy auch in diesem Bus saß. Natürlich, er wohnte ja am gleichen Ort wie sie, sie hatte ihn bisher nur nie beachtet. Weil er ganz hinten im Bus Platz genommen hatte, stieg sie vorn ein und setzte sich auf die Sitzbank direkt hinter dem Fahrer. Sie fühlte, dass sie beim Einsteigen rot geworden war und ärgerte sich darüber. Aber als der Sessel sie mit seiner hohen, blausamtenen Lehne in Empfang genommen hatte und sie sich mit dem Gesicht nach vorn in seine Form schmiegen konnte, atmete sie wieder auf und versuchte sich zu entspannen. Sollte dieser Andy doch denken, was er wollte, sie würde sowieso nicht auf seine Tricks hereinfallen.

Endlich war Doro ungestört. Sie hatte versucht, sich während des Mittagessens nichts von ihrem inneren Aufruhr anmerken zu lassen. Jetzt saß sie allein in ihrem Zimmer auf ihrem Bett und die Sonne, die sich an diesem Tag doch noch ihren Weg durch die Wolken gebahnt hatte, schien durchs Fenster auf ihr Gesicht. Für einen Moment schloss sie die Augen und genoss die Wärme, die auf ihren Wangen genauso prickelte, wie die Vorfreude und Spannung in ihrem Bauch. Dann hielt sie es nicht mehr länger aus. Sie holte den Zettel aus ihrer Hosentasche, faltete ihn auf und strich vorsichtig das zerknitterte Papier glatt. Auch wenn sie sich über seine Aufdringlichkeit geärgert hatte, war sie nun doch gespannt, was auf dem Zettel stand. Sie sah, dass es ein Blatt war, das er aus einem Schulheft gerissen hatte. Mit schwarzer Tinte stand darauf:

Liebe Doro,

unser Deutschunterricht ist so schrecklich langweilig! Wir sprechen nun schon die zigte Stunde über Goethes Faust, und auch wenn das Stoff fürs Abitur ist, hängt es mir schon langsam zum Hals raus! Da liegt mir gerade der Götz von Berlichingen näher (du kennst ja seinen coolen Spruch). Der hat außerdem hier in unsrer Nähe gelebt, das ist wenigstens was.

Dass ich hier in Öhringen aufs Wirtschaftsgymnasium gehe, weißt du vielleicht schon. Aber sicher weißt du noch nicht, dass ich zwei ältere Brüder habe. Die sind aber schon von zu Hause ausgezogen und so bin ich übrig geblieben und versuche als Mamas Liebling, die Stimmung bei uns daheim über dem Nullpunkt zu halten. Das ist nicht immer leicht.

Auf alle Fälle bin ich total happy, dass ich jetzt den Jugendtreff entdeckt habe. Das scheint mir ein recht interessanter Laden zu sein, ich gehe nämlich nicht gerne in Discos (das glaubt mir zwar immer keiner, ist aber tatsächlich wahr). Meine Eltern sind keine Christen, aber meine Oma hat mir immer Geschichten aus der Bibel erzählt und mich würde es schon interessieren, mehr über diesen Jesus zu erfahren.

Ich hoffe sehr, dass du den Brief nicht gleich in den Papierkorb geworfen hast! Ich finde dich nämlich echt nett!

Andy

Als sie den Brief zu Ende gelesen hatte, stand Doro auf und öffnete schnell ihre Postschublade im Schreibtisch, um den Zettel hineinzulegen, als sei er ein Stück glühender Kohle, das sie nicht mehr länger in ihrer Hand halten konnte.

Sie schloss die Schublade mit Nachdruck, nur um sie im nächsten Augenblick wieder aufzureißen und den Zettel herauszunehmen, um ihn erneut zu lesen. »Ich finde dich nämlich echt nett!« Meine Güte, was wollte er von ihr? Sonst klang das, was er schrieb, eigentlich ganz lustig und überhaupt nicht aufdringlich. Er hatte ihr keine Liebeserklärung gemacht und sie nicht nochmals um ein Treffen gebeten. Aber warum hatte er ihr geschrieben? Weil er sie nett fand? Er kannte sie doch überhaupt nicht! Vielleicht hatte es ihn nur gereizt, dass alle anderen auf ihn hereingefallen waren, nur sie nicht? Und wenn sie ihm heute in die Falle ging, würde er sie dann morgen im Regen stehen lassen?

»Nein, mein Lieber, mit mir nicht!«, sagte sie und legte das Blatt endgültig in die Schreibtischschublade. Dann setzte sie sich auf den Stuhl und begann mit ihren Hausaufgaben. Aber der Gedanke an Andy ließ sie an diesem Nachmittag nicht mehr los.

Will fuhr mit dem Auto zur Bank. Der Dienstagvormittag hatte Regen gebracht und es goss in Strömen. Deshalb hatte er beschlossen, mal wieder seine Geldgeschäfte zu erledigen. Er wollte Rechnungen überweisen, die neusten Kontoauszüge abholen und, nachdem nun nochmals Zinsen dazugekommen waren, auch den Stand seiner Sparguthaben erfragen.

Die Bank befand sich am anderen Ende des Ortes und der Regen trommelte in wilden Kaskaden auf das Autodach. Die Scheibenwischer kämpften einen hoffnungslosen Kampf gegen die Wasserfluten. Er parkte seinen Kombi geschickt in die winzige Parklücke, die vor der Bank gerade noch frei war und lächelte dabei still vor sich hin, weil er an Beate dachte, die immer staunte, wie mühelos er einparken konnte. Das war überhaupt das Gute an seiner Frau, dass sie ihn in so manchem bewunderte. Er fühlte sich dann wie ihr starker, mutiger Ritter, auch wenn er in der Tiefe seines Herzens genau wusste, dass er es oft genug nicht war. Noch ganz in Gedanken bei Beate, setzte er sich seine Schirmmütze auf, schlug den Kragen seiner Jacke hoch und spurtete die paar Meter bis zur Eingangstür.

Unter dem kleinen Vordach blieb er erst mal stehen und schüttelte wie ein nasser Hund die Regentropfen von seiner Jacke. Umständlich holte er ein Taschentuch aus seiner Hosentasche und nahm seine Brille ab, um sie zu putzen. Als er sie wieder aufsetzte, legte sich eine Hand auf seine Schulter. »Hallo Will, schön, dass ich dich mal treffe!« Es war die tiefe, unverwechselbare Stimme von Walter Pritsch, den seine Flucht vor dem Wetter noch nach Atem ringen ließ.

»Ein wahnsinniger Regen ist das heute, was?«, begann Walter das Gespräch. »Kommt mir so vor, als ob wir zurzeit englische Verhältnisse hätten. Aber besser es regnet jetzt, als im Herbst!«

Will nickte zustimmend. Für einen Moment starrten sie schweigend hinaus in die graue Wasserlandschaft. Ein schweres Lastauto fuhr vorbei und spritzte eine große Fontäne auf den Gehsteig. Die Männer wichen noch weiter zurück unter das schützende Dach.

»Ich wollte schon lange mal mit dir reden!«, sagte Walter.

Will horchte auf. Er kannte Walter von den Genossenschaftssitzungen. Er war Bauer und hatte einen großen Hof. Manchmal sahen sie sich auch in der Kirche, aber sie grüßten sich meist nur freundlich. Ihm fiel nichts ein, was sie zu bereden hätten.

Fragend sah er ihn deshalb an.

»Also, das ist so«, begann Walter. »Mein jüngster Sohn studiert jetzt auch, leider eigentlich. Ich sollte mich ja freuen, dass meine Kinder alle so begabt sind!« Er seufzte aus tiefstem Herzen. »Aber ich hab jetzt eben keinen, der meinen Hof übernimmt.

Und deshalb will ich oder muss ich nach und nach die Arbeit ein bisschen reduzieren, bevor ich mir den Buckel krumm schaffe.«

Will nickte zustimmend. Eine leise Ahnung stieg in ihm auf.

»Ich will deshalb ein paar Äcker verkaufen. Hättest du Interesse?«

»Du willst verkaufen?«, Will war nun doch überrascht. »Verpachte doch dein Land, dann hast du auch weniger Arbeit!«

»Hm ja, ich brauche ein bisschen Geld. Du weißt ja, wir Landwirte hatten es in den letzten Jahren nicht so leicht, da war nicht viel drin mit großen Gewinnen. Und jetzt muss ich ein paar größere Reparaturen machen lassen. Dafür will ich nicht die ganzen nächsten Jahre hungern!«

Will nickte wieder.

»Also, überleg's dir mal, vielleicht können wir miteinander ins Geschäft kommen. Ich mach dir natürlich 'nen fairen Preis!«

»Ich hätte eventuell schon Interesse«, meinte Will bedächtig. »Ich werde es mir mal durch den Kopf gehen lassen!«

Beide wussten, dass das Gespräch nun zu Ende war und betraten gemeinsam die Bank. Jeder ging zu einem anderen Schalter, um seine Geschäfte abzuwickeln. Will war nun umso mehr daran interessiert, zu erfahren, wie seine Konten standen. War das jetzt seine Chance? Erst gestern hatte er noch mit Beate darüber gesprochen. Er musste es sich gut überlegen. So eine Gelegenheit würde so schnell nicht wiederkommen.

Auch an den Fensterscheiben des Klassenzimmers rannen an diesem Morgen dicke Regentropfen herab. Doro, die ja direkt am Fenster saß, konnte beobachten, wie sich die Äste der großen Kastanienbäume im Wind bogen. Eine gelbe Plastiktüte wurde durch die Luft gewirbelt. Sie sah aus wie der bauschige Rock einer Tänzerin. Das gleichmäßige Tropfen des Regens hatte eine einschläfernde Wirkung und die meisten der Schüler brüteten träge vor sich hin, während ihr Biologielehrer einen monotonen Vortrag über die Mendel'sche Erblehre hielt. Aber Doro war hellwach. Sie sah hinaus zum trüben Regenhimmel, während ihre Gedanken zum hundertsten Mal an diesem Morgen zu Andy wanderten, auch wenn sie es nicht wollte. Ob er noch einmal etwas von sich hören lassen würde? Solange sie nicht auf seinen Brief antwortete, war die Wahrscheinlichkeit gering. Und heute bei diesem Wetter konnte er schlecht draußen stehen und auf sie warten. Nein, wieso sollte er sich auch anstrengen? Er konnte doch jede haben! Aber wenn er nicht »jede« wollte, sondern wirklich sie, Dorothea Tamer? Na, mit Grübeln kam sie nicht weiter. Es blieb ihr nichts übrig, als abzuwarten. Wenn er es tatsächlich ernst meinen sollte, musste er sich erst mal noch ein bisschen anstrengen. So leicht war sie nicht zu haben. Wirklich nicht? War sie nicht auf dem besten Weg, ständig nur noch an ihn zu denken?

»Reiß dich zusammen!«, ermahnte sie sich.

Dann endlich hatte auch dieser Vormittag ein Ende und nach dem Klingeln begannen alle, ihre Sachen zusammenzupacken. Doro war erleichtert. Sie war ja eine gute Schülerin und meistens machte ihr die Schule sogar Spaß. Aber heute war sie einfach unkonzentriert gewesen. Sie würde zu Hause die Erblehre noch einmal im Biologiebuch nachlesen müssen. Sie sammelte ihre Stifte ein und packte sie zusammen mit dem Buch und ihrem Heft in die Tasche. Draußen nahm sie ihre rote Windjacke vom Haken. Sie schlüpfte hinein und zog sich die Kapuze tief ins Gesicht. Nur zögernd machte sie sich auf den Weg nach draußen. Was, wenn Andy doch wieder da wäre?

»Mach dir doch nichts vor, draußen schüttet es«, sagte sie sich und beschleunigte ihre Schritte. Als sie durch die Tür hinaus in den Regen getreten war, spürte sie schon bei den ersten Schritten auf dem nassen Asphalt, wie ihre neuen dünnen Sommerschuhe feucht wurden. Für einen Moment vergaß sie Andy und überlegte nur, wie ihre Schuhe die Wassermassen überstehen würden.

Aber bevor sie eine Antwort auf diese Frage gefunden hatte, sah sie ihn. Er stand diesmal innerhalb der Mauer auf dem Schulhof, ohne Jacke und Kopfbedeckung, unerschütterlich, wie der Fels in der Brandung dieser Regenfluten. Von seinen Haaren tropfte das Wasser, aber es schien ihm nichts auszumachen. Er beobachtete konzentriert alle, die, in ihren Regenkleidungen fast unkenntlich verhüllt, an ihm vorbeieilten, ohne ihn zu beachten. Als er zwischen all den anderen Doro erkannte, kam er auf sie zu, holte aus seiner Schultasche schnell einen Umschlag heraus und drückte ihn ihr in die Hand.

»Da, pass auf, dass nicht die ganze Tinte im Regen zerfließt«, sagte er und schon rannte er wieder unbekümmert durch den

Regen davon. Doro blieb mit heißer Röte im Gesicht zurück und steckte den Brief rasch in ihre Tasche. Einen Moment noch blieb sie stehen, wo sie ihm begegnet war, als ob sie noch nicht begriffen hätte, dass er wirklich gekommen war. Dann aber riss eine Windböe sie jäh aus ihren Gedanken und peitschte sie vorwärts in Richtung Straße. Sie ging zum Bus, nein, sie schwebte, ohne zu merken, dass ihre Schuhe sich langsam mit Wasser füllten, weil sie nicht auf die tiefen Pfützen achtete, die sich überall gebildet hatten. Wäre sie den Weg nicht schon so oft gegangen, sie hätte sich sicher verlaufen oder wäre in den falschen Bus eingestiegen. Wie in Trance bewältigte sie den Heimweg, sie war total durcheinander.

Dann saß die ganze Familie zusammen beim Mittagessen am Küchentisch. Der Wind rüttelte an den Fensterläden und der Regen prasselte an die Scheiben, aber drinnen in der Küche war es richtig gemütlich. Alle waren wieder trocken und der Eintopf, den Beate gekocht hatte, erfüllte den ganzen Raum mit seinem verlockenden Duft.

»Ich habe heute Walter Pritsch getroffen«, erzählte Will, nachdem er sich mit dem ersten Teller Suppe den größten Hunger gestillt hatte.

»Er hat mir angeboten, dass ich von ihm Land kaufen kann!«

»Ach was!« Beate ließ ihren Löffel sinken. »Gestern erst haben wir darüber gesprochen und heute hast du schon ein Angebot, das ist ja wirklich toll!« Sie sah ihn voll echter Begeisterung an.

»Na, ich muss das erst mal noch prüfen, wo das Land genau liegt, das er mir verkaufen würde, und wie die Bodenqualität ist. Und dann will ich erst noch hören, was er mir für einen Preis vorschlägt«, versuchte Will realistisch zu sein. »Aber ich freue mich schon auch!«

»Geh doch gleich nachher zu ihm! Dann könnt ihr alles genauer besprechen«, meinte Beate.

Aber Will war vorsichtig. »Nein, ich warte erst mal noch ein paar Tage. Wenn ich gleich angerannt komme, denkt er, ich will das Land unbedingt haben. Vielleicht geht er dann mit dem Preis hoch!«

»Hm, ich denke nicht, dass er uns reinlegen würde, aber es schadet sicher nicht, noch ein paar Tage zu warten«, sagte Beate.

»Also, wenn der Handel klappen würde, wäre es das Beste, was uns im Moment passieren könnte!« In Wills Stimme schwang ein Hauch von Jagdfieber mit. »Es würde natürlich in den ersten zwei Jahren 'ne Menge Arbeit bedeuten, bis alles neu angelegt wäre. Und Schulden machen müssten wir auch.« Mit konzentriertem Blick starrte er in seine Suppe, als ob dort die Antwort auf all seine Fragen stehen würde. Dann sah er fragend seine Frau an.

»Zusammen könnten wir es schaffen«, meinte Beate. Wills Mut gefiel ihr. »So eine Chance bekommen wir vielleicht nie wieder!«

»Genau das habe ich auch gedacht! Aber wir müssen erst noch mal in Ruhe alles durchdenken.«

Für einen Moment herrschte Stille in der kleinen Runde. Doro und Tanja hatten ihren Eltern gespannt zugehört. Ihr Schweigen signalisierte eine gewisse Zustimmung, aber wirklich einmischen in diese Pläne konnten sie sich nicht. Es war die Arbeit ihrer Eltern und auch deren Geld, um das es ging. Es konnte im Moment auch noch nichts konkret entschieden werden. Vor dem Fenster rauschte noch immer der Regen mit monotonem Rhythmus.

»Ich habe heute auch etwas Witziges erlebt«, erzählte dann Beate. »Meine alte Schulfreundin Sabine, von der ich euch schon öfters erzählt habe, hat mir eine Postkarte aus Bad Liebenzell geschickt. Sie ist dort zur Kur und hat sich doch tatsächlich einen Mann angelacht, einen Kurschatten!« Beate sprach dieses Wort aus, als ob es etwas höchst Unanständiges sei. »Ich verstehe das ja, ihr Mann ist nun schon fünf Jahre tot, aber ob aus so einer Beziehung etwas Festes wird, davon bin ich nicht überzeugt. Der nützt sie doch nur aus und nachher hat sie das heulende Elend!«

»Na, vielleicht ist es ja auch ein armer, einsamer Witwer und die Sache klappt und sie bleiben zusammen!«, meinte Will. »Aber was ist an dieser Geschichte witzig?«

»Hm, ja also, das ist nicht so leicht zu erklären«, druckste Beate um den eigentlichen Kern der Geschichte herum und begann, nachdem nun alle mit dem Essen fertig waren, die Teller zusammenzustellen.

»Mensch, Mam! Du spannst uns alle auf die Folter!«, beschwerte sich Tanja. »Nun rück schon damit raus, was an der Karte dran gewesen ist!«

Beate wusste nicht so recht, wie sie es ihrer Familie erklären konnte. Sie stellte erst einmal die schmutzigen Teller in die Spülmaschine, füllte einen Topf mit Wasser, stellte ihn auf eine Herdplatte und drehte den Schalter auf neun. Dann setzte sie sich wieder an den Tisch, stützte das Kinn auf ihre Hände und erzählte:

»Als ich die Losung für letzten Sonntag gelesen habe, da hatte ich irgendwie das Gefühl, dass Gott dieses Wort, das dort stand, ganz speziell zu mir spricht. Ich kann das nicht so genau erklären, wie das eigentlich war, es war eben so. Aber ihr wisst ja, wie das ist: man traut seinen Gefühlen nie so ganz und ich war mir nicht sicher, ob mir nicht meine Fantasie einen Streich gespielt hat. Ich hatte diesen Bibelvers auch schon fast wieder vergessen, bis dann heute morgen diese Karte kam.«

»Ja, und? Sag schon, was war mit der Karte?« Auch Doro war jetzt langsam ungeduldig.

»Na ja, auf der Karte stand derselbe Vers drauf!«

»Und?«, fragte Will.

»Was und?«, Beate sah ihn an.

»Na ja, wie heißt der Vers?«

»Habe deine Lust am Herrn, er wird dir geben, was dein Herz wünscht!«, sagte Beate verlegen und fügte entschuldigend hinzu: »Es hört sich ja echt toll an, aber ich weiß nicht mal richtig, was mein Herz sich eigentlich wünscht!«

»Wahrscheinlich weiß Gott es! Er weiß ja schließlich alles«, meinte Will. »Na, da können wir ja gespannt sein, was da auf dich zukommt!« Er sagte es in einem spaßigen, fast ironischen Tonfall, aber Beate wusste, dass er es auch für möglich hielt, dass Gott in bestimmten Bibelworten zu den Menschen sprechen konnte. Aber nun wollte sie lieber nicht mehr über dieses Thema reden, sonst dachten die anderen vielleicht doch noch, dass sie langsam hysterisch wurde. Sie hörte, dass das Wasser in dem Topf zu kochen begann und stellte schnell den braunen Plastikfilter auf die Kanne aus Glas, legte eine Filtertüte ein, maß das Kaffeepulver ab und goss dann das heiße Wasser darüber. Sie dachte nochmal an ihre Freundin Sabine und hoffte, dass Gott auch ihr gab, was ihr Herz sich wünschte.

Inzwischen hatte Doro vier rote Kaffeebecher vom Regal geholt, Tanja stellte Milch und Zucker auf den Tisch. Alle genossen diese gemütlichen Minuten, in denen sie in Ruhe ihren Kaffee trinken konnten, bevor die Hetze des Tages sie wieder einholen würde.

Als sie die Tassen halb geleert hatten, ergriff Doro das Wort:

»Also, weil ihr beiden heute so interessante Dinge erlebt habt«, hier machte sie eine gedankenschwere Pause. »Ich habe auch etwas erlebt. Ich habe einen Brief bekommen – von Andy!«

»Von welchem Andy denn?«, fragte Beate und horchte auf.

»Na, das ist der Sohn von den Sanders, ihr wisst ja, die, die die große Fensterfabrik haben. Er war am Samstag draußen bei uns im Kino, da hat er mich kennen gelernt. Aber ihr braucht euch keine Sorgen zu machen«, erklärte sie eilig. »Mit dem fange ich nichts an. Ich habe den Brief noch nicht mal gelesen!«

Na, dachte Beate. Wenn sie das *so* sagt, wird bestimmt etwas daraus. Aber sie schwieg, was hätte sie auch sagen sollen. Sie konnte den Lauf der Dinge nicht aufhalten.

»Wieso schreibt er dir dann, wenn du gar nichts von ihm willst?« Will war auch misstrauisch geworden.

»Na, vielleicht will *er* was von unsrer Doro!«, meinte Beate. Doro wurde über und über rot.

»Nein, nein, ich denke, er hat vor, zum Jugendtreff zu kommen und hat deshalb geschrieben!«, beeilte sie sich zu erklären.

»Na, es geht mich ja nichts an«, brummelte Will, der Beates drohende Blicke schon verstanden hatte, »aber ich kann mir schon denken, warum er in den Jugendtreff kommen will!«

Tanja rettete ihre Schwester aus diesem peinlichen Gespräch. »Ich glaube, ich bekomme 'ne Krise!«, sagte sie und ihr Frust war nicht gespielt. »Ihr erlebt alle die tollsten Dinge, nur bei mir passiert rein gar nichts. Nichts, es ist nichts los! Es war ein völlig langweiliger Vormittag für mich!«

»Na, einer muss doch hier normal bleiben, oder?«, meinte Beate schmunzelnd. »Warts nur ab, in deinem Leben wird es noch genug

Überraschungen geben. Die bleiben bei niemandem aus, das ist sicher!«

Dann stand sie energisch auf. »Das Leben geht weiter, Kinder! Wenn wir hier auf unseren Überraschungen sitzen bleiben, erledigt sich die Arbeit trotzdem nicht von selbst. Tanja, hilf mir doch bitte hier beim Aufräumen!«

Tanja war nicht begeistert.

»Klar«, brummte sie, »Doro muss ja jetzt dringend ihren Verehrerbrief lesen!« Aber dann fügte sie sich doch in ihr Schicksal.

»Genau!«, sagte Doro und dann verschwand sie schnell aus der Küche. Sie wollte es ja nicht zugeben, nicht mal vor sich selbst, aber sie war nun doch total gespannt, was in dem Brief stand. Immer zwei Stufen auf einmal nehmend, spurtete sie die Treppe hoch. Ihr Herz klopfte aufgeregt. Schnell holte sie in ihrem Zimmer die Schere aus der Schreibtischschublade und schnitt den Umschlag auf. Dann setzte sie sich in ihren Sessel und begann zu lesen.

Liebe Doro,

gerade ist große Pause und ich nütze die Zeit, um dir zu schreiben. Mein Freund Paul, mit dem ich sonst immer in den Pausen hochgeistige Gespräche (hmhm) führe (über Autos und Frauen, du weißt ja, Männer!), hat mich heute im Stich gelassen. Die treulose Tomate sitzt angeblich beim Kieferorthopäden, wahrscheinlich wollte er sich nur vor der Mathe-Klausur drücken, die wir heute in den ersten beiden Stunden geschrieben haben. Meine Hände sind noch immer schweißnass und zittrig! Aber ich habe mir für heute Nachmittag selbst eine Belohnung versprochen. Ich werde mir mit meinem neuen Buch (»Die Entdeckung der Langsamkeit« von Sten Nadolny) ein paar schöne Stunden machen! Na ja, »Stunden« ist vielleicht übertrieben, ein bisschen was werde ich wohl auch wieder für die Schule tun müssen (seufz!).

Ich freue mich darauf, dich am Samstag im Jugendtreff zu sehen.

Andy

Lange saß Doro noch mit dem Brief in der Hand da. Immer und immer wieder las sie ihn. Was er schrieb, hörte sich richtig nett an. »Sten Nadolny« – den Namen hatte sie noch nie gehört. Aber anscheinend las er gerne Bücher! Das war kein schlechtes Zeichen. »Jetzt hat er dir nur mal zwei Briefe geschrieben, und schon gehst du ihm in die Falle!«, wies sie sich selbst zurecht und legte den Brief zu dem anderen in die Schublade. Sie setzte sich an den Schreibtisch, holte Hefte und Bücher aus ihrer Schultasche und begann mit ihren Hausarbeiten. Aber der Brief wollte ihr nicht mehr aus dem Kopf gehen. Schließlich stand sie genervt auf und ging nach unten.

»Mam!«, rief sie zu Beate, die in der Küche noch mit Töpfen klapperte.

»Ich gehe heute Nachmittag in die Bücherei, ich muss mir noch was zum Lesen holen!«

»Okay«, rief Beate zurück. »Wenn du was Gutes findest, kann ich es dann ja auch lesen!«

Ob das Buch von diesem Nadolny gut war, wusste Doro noch nicht.

Am nächsten Tag in der Schule schleppte sich Doro in großer Müdigkeit von Stunde zu Stunde. Bis spät in die Nacht hatte sie gelesen. Aber sie war diesem Buch dabei noch nicht ganz auf die Schliche gekommen. Sie konnte nur ahnen, was dieser Nadolny mit der Figur des John Franklin ausdrücken wollte. Ob sie die eigentliche Aussage des Buches wirklich begriffen hatte, wusste sie nicht. Vielleicht musste sie Andy mal fragen, was er darüber dachte. Oder würde sie sich bei diesem Gespräch blamieren? Ach nein, es war keine Schande, wenn man nicht alles verstand. Sie wollte gerne von ihm etwas lernen. Das würde ihm bestimmt gefallen.

Als die Schulglocke zum Ende der letzten Stunde klingelte, packte Doro eilig Hefte und Bücher in ihre Schulmappe. Dann holte sie eine Haarbürste aus der Tasche ihrer Jacke und begann, ihr Haar zu kämmen. »Oho, die Prinzessin macht sich schön!«, spottete ein Klassenkamerad. Doro wurde rot vor Verlegenheit, aber mit ruhigen Bewegungen machte sie weiter, bis ihr langes blondes Haar im Sonnenlicht glänzte und schimmerte. Zwei Jungs drehten sich bewundernd zu ihr um, aber sie bemerkte es nicht. Rasch strich sie noch einen Hauch Lippenstift auf ihre Lippen. Ihr Herz klopfte vor Aufregung und mit zitternden Knien machte sie sich auf den Weg durchs Treppenhaus nach unten. Als sie durch die gläserne Schwingtür nach draußen gelangt war, wagte sie es kaum, über den Hof in Richtung Tor zu schauen. Doch schon ein flüchtiger Blick machte ihr klar, dass Andy nicht auf dem Pausenhof innerhalb der Mauer wartete. Sie zögerte kurz. Wartete er draußen vor dem Tor? Vielleicht war es ihm hier auf dem offenen Hof zu auffällig! Mechanisch, wie von einem Nebel umhüllt, ging sie vorwärts. Als sie durchs Tor nach draußen kam, stellte sie fest, dass er auch dort nicht wartete. Ein dicker Klumpen Enttäuschung legte sich ihr in den Magen. Und eine Woge aus Scham durchflutete ihr Herz. Wie hatte sie nur so blöd sein können zu denken, er würde heute wieder kommen! Gut, sie sah nicht schlecht aus, aber das hieß noch lange nicht, dass der attraktivste junge Mann aus ihrem Bekanntenkreis um sie werben würde. Vielleicht hatte er tatsächlich nur Kontakt zu ihr gesucht, um in den Jugendtreff leichter reinzufinden? Das hatte sie ja selbst ihren Eltern so erklärt. Vielleicht! Vielleicht gab es auch einen guten Grund, warum er heute nicht da war. Vielleicht kam er morgen wieder?

Doro war total aufgewühlt. Als sie endlich am Bahnhof angelangt war und in die Nummer 4 einstieg, stellte sie erleichtert fest, dass er auch nicht im Bus war. Langsam schlich sich die Hoffnung wieder in ihr Herz und sie fasste in diesem Augenblick den Entschluss, ihm auch einen Brief zu schreiben. Einen kleinen nur, er sollte sich nicht einbilden, er hätte sie schon erobert. Aber ein kurzes Dankeschön für seine Briefe war sicher nicht unangebracht. Wenn er dann tatsächlich nochmals kommen würde, um ihr einen Brief zu bringen, dann hätte sie ihren Brief als eine Antwort für ihn.

Diese Idee ließ sie ihre ganze Enttäuschung wieder vergessen. Während der Bus schaukelnd und brummend dahin rollte, formten sich in ihren Gedanken schon die Sätze für einen Brief. Wie würde sie schreiben? Vielleicht so?

Lieber Andy,

danke für deine Briefe. Ich war ja schon etwas überrascht, dass du mir schreibst, aber ich habe mich gefreut, dich auf diese Weise etwas kennen zu lernen. Und damit du am Samstag im Jugendtreff wenigstens eine Bekannte hast, erzähle ich dir ein bisschen was über mich.

Ich gehe schon seit drei Jahren in den Jugendtreff und seit einem Jahr nehme ich meine kleine Schwester mit, Tanja.

Die Leute vom »Treff« sind sehr unterschiedlich: ein Kraftfahrzeugmechaniker, ein Bauer, eine Krankenschwester, eine Erzieherin, ein Bäcker sind dabei und natürlich auch einige Schülerinnen und Schüler. Am Anfang war ich schon sehr skeptisch, ob ich in diesen Kreis passen und ob ich dort Freunde finden würde. Aber es ist erstaunlich, wie sehr der gemeinsame Glaube verbindet. Ich fühle mich inzwischen dort richtig wohl.

Meine Eltern sind gläubig und von ihnen habe ich sehr viel über das Christsein gelernt. Aber erst im Jugendtreff habe ich kapiert, dass ich selbst die Verantwortung für meinen Glauben übernehmen muss. Wir haben einen sehr netten Leiter, den wir alle »Guide« nennen (frag mich nicht warum), und der stellt uns jedes Mal die gleiche Frage: »Was habt ihr in der vergangenen Woche mit Jesus erlebt?« Am Anfang war mir das total peinlich, weil ich nie etwas mit Jesus erlebt hatte, aber inzwischen könnte ich auch so manches erzählen – nur fehlt mir immer noch oft der Mut, es vor den anderen auszusprechen.

Zu Hause spiele ich gerne Klavier. Wir haben alle eine künstlerische Ader: Meine Mutter malt Bilder, meine Schwester macht tolle Fotos, mein Vater hat eine Zeit lang in einem Chor mitgesungen, aber irgendwann hatte er einfach so viel Arbeit, dass er damit aufhören musste. Wir arbeiten alle viel in unserem Betrieb mit. Manchmal stinkt mir das schon, aber meistens sage ich mir, dass die Arbeit eigentlich gut tut. Bewegung an frischer Luft, Zeit, die Gedanken fließen zu lassen, das hat ja schon fast therapeutischen Wert. Was tust du, um den Schulstress abzubauen?

Ich hoffe, dir gefällt es am Samstag im Jugendtreff!

Doro

»Na also!«, dachte Doro, als sie am Nachmittag den Brief fertig geschrieben hatte. »Das klingt doch nicht nach Anmache, oder?« Gut, er war etwas länger geworden, als sie gedacht hatte. Aber ansonsten war es ein ganz normaler, höflicher Brief geworden. Oder klang er zu fromm? Sie las nochmals alles durch. Hm, sie hatte schon sehr viel vom Jugendtreff geschrieben, aber deshalb wollte er sie ja auch kennen lernen, oder?

Sie fegte ihre Zweifel beiseite. Aus ihrem Schrank holte sie einen Stapel alter Kalenderblätter, suchte eines mit einem weißen Schiff auf blauer See aus und bastelte daraus einen Umschlag. Wie befreit atmete sie auf, als sie den Brief hineingesteckt und den Umschlag zugeklebt hatte. Jetzt endlich konnte sie sich wieder auf ihre Schularbeiten konzentrieren.

Am nächsten Morgen saß Doro in der Schule wie auf Kohlen. Ständig schaute sie auf ihre schöne, neue, blaugoldene Swatchuhr, die sie vor vier Wochen zu ihrem achtzehnten Geburtstag bekommen hatte. Die Minuten schleppten sich träge dahin und sie wartete voller Nervosität auf das letzte Klingelzeichen. Würde er heute wieder kommen?

Währenddessen zog sich Will zu Hause seine guten, schwarzen Lederschuhe an und ging zu Beate in den Wintergarten. Den Wintergarten hatten sie schon vor zehn Jahren an ihr Wohnzimmer anbauen lassen. Es war ein schöner, lichtdurchfluteter Raum, in dessen Ecken ein paar exotische Pflanzen gediehen und der wohnlich wurde durch ein kleines Rattansofa, zu dem zwei Sessel und ein Tischchen gehörten. Der Wintergarten war Beates Wunsch gewesen, als die Kinder aus dem Gröbsten heraus waren und sie wieder daran denken konnte, ab und zu eine Stunde ihrem Hobby, dem Malen, zu widmen. Sie hatte meistens dazu nur im Winter Zeit, aber die Bilder, die sie in diesen wenigen, fast gestohlenen

Stunden auf die Leinwand gebracht hatte, verschönten nun das ganze Haus. An diesem Morgen saß sie dort auf einem alten Holzhocker, ganz vertieft in das Bild, das vor ihr auf der Staffelei stand. Es zeigte eine leuchtend bunte Herbstlandschaft, durch deren Mitte sich ein regennasser Feldweg zog, auf dem sich die Farben der ihn säumenden Bäume spiegelten. Es war ein grandioses Feuerwerk von Gelb-, Olivgrün-, Orange- und Rottönen vor dem Hintergrund eines tiefblauen Himmels.

Nur langsam löste sich Beate von ihrer Arbeit und schaute fragend zu Will auf.

»Ich habe gerade mit Walter Pritsch telefoniert und werde jetzt gleich zu ihm gehen, um nochmals konkret über das Geschäft zu reden. Ich dachte eigentlich, du könntest mich begleiten, aber jetzt sehe ich, dass du dabei bist, dieses herrliche Bild fertig zu stellen. Da störe ich dich ungern!«

Beate legte den Pinsel, mit dem sie gerade gemalt hatte, auf das kleine Klapptischchen neben sich, auf dem ihre ganzen Farben, Pinsel, Lappen und Lacke lagen.

»Hm«, überlegte sie. »Ich würde eigentlich schon gerne mit dir mitkommen, aber ich möchte heute auch mit diesem Bild fertig werden. Es ist das letzte, das ich vor dem Sommer und dem Herbst noch male und ich weiß nicht, wann ich wieder Zeit finden werde, nochmals hier weiterzumachen. Weißt du, ich denke, dass du schon den richtigen Riecher hast, was dieses Geschäft betrifft!«

Will nickte. »Ich werde heute noch nichts endgültig entscheiden. Wir werden uns das Land auf alle Fälle noch gemeinsam anschauen!« Er nahm seine schwarze Lodenjacke, die er bisher in der Hand gehalten hatte und zog sie an. »Also viel Spaß noch bei deinem Bild, es wird wunderschön!«, sagte er und streichelte ihr sanft über die Wange. Sie nahm seine Hand und drückte sie kurz. »Dir auch viel Spaß und lass dich nicht übers Ohr hauen!«

Sie lächelten sich zu und dann ging Will. Er nahm das Auto und fuhr über ein schmales Sträßchen zu dem Hof von Walter, der ein bisschen außerhalb von Neuenstein bei der Bernardsmühle lag. Er betrachtete unterwegs mit fast zärtlichen Blicken die Felder, die an die Straße grenzten und überlegte, welche Landstücke Walter wohl verkaufen würde. Der Gedanke, dass noch mehr von diesem Land hier ihm gehören würde, erfüllte ihn mit einer tiefen Freude. Land zu besitzen, gab ihm eine gewisse Sicherheit, ein Gefühl von Beständigkeit und auch von Macht.

Als er sein Auto vor dem Haus von Walter Pritsch geparkt hatte, ging er um das Haus herum zur Hintertür, denn vorn hatte er keine Klingel entdeckt und die Tür sah verschlossen und unbenutzt aus. Er klopfte kräftig an die alte Holztür des Bauernhauses, die benutzt wie ein Eingang aussah und als er aus irgendwelchen tieferen Sphären des Hauses ein dumpfes »Herein« hörte, betrat er den Raum. Er fand sich in einer altmodischen Küche wieder, die so aussah, als hätte seit vierzig Jahren niemand mehr etwas verändert. Der Boden war mit schwarzen und weißen Kacheln gefliest, und die einfachen Holzschränkchen entstammten einer Saison, an die sich niemand mehr erinnern konnte. Über dem schwarz-weiß melierten Spülstein stand ein kleiner Handspiegel auf einem schmalen Glasregal und ließ zusammen mit Zahnbürste, Kamm und anderen Utensilien erkennen, dass hier jemand seine Morgentoilette verrichtete. Insgesamt erweckte das Anwesen einen etwas heruntergekommenen Eindruck, und Will verstand, dass Walter Pritsch den Wunsch hatte, an Geld zu kommen. Auf dem kleinen Küchentisch lagen einige Pläne und bei genauerem Hinsehen konnte Will erkennen, dass es sich um einen Vermessungsplan der Felder handelte, die in westlicher Richtung von Neuenstein lagen. Einige waren rot angemalt, das mussten die von Walter sein. Will entdeckte, dass die Felder, die ihm schon gehörten, grün angemalt worden waren.

Da endlich kam Walter mit einem Aktenordner in der Hand aus dem Flur herein.

»Hab noch einen Moment gebraucht, um eine Urkunde zu suchen, aber jetzt habe ich alle Unterlagen zusammen!« Er legte den Ordner zu den anderen Papieren auf den Tisch. Dann setzte er sich auf den Stuhl daneben und bot mit einer einladenden Geste Will den zweiten Stuhl an. Der zog noch seine Jacke aus, hängte sie sorgfältig über die Lehne und nahm dann Platz.

»Also, um gleich zum Geschäft zu kommen«, begann Walter. »Wie du siehst, habe ich mir einen Lageplan besorgt und mal geschaut, was denn für dich günstig wäre. Ich habe nachgesehen, welche von meinen Feldern an deine grenzen. Ich habe mich auf dem Rathaus erkundigt und gesehen, dass es vier Flächen wären. Es sind keine besonders großen Äcker. Ich habe dort bisher vor allem Mais angebaut. Ich will aber meinen Viehbestand verringern und brauche nicht mehr so viel Maisfutter, deshalb kann ich das Land verkaufen. Dann wäre da noch ein Acker im Norden von Neuenstein«, er breitete den Plan vor Walter aus und strich den Bogen sorgfältig gerade. »Du kannst an diesen Linien erkennen, dass es sich um einen leichten Südhang handelt. Für mich ist beim Anbau die Lage wahrscheinlich nicht so entscheidend wie für dich!« Er sah Will von der Seite her abschätzend an. »Auf alle Fälle könnte ich dir dieses Stück auch noch verkaufen, dann würde die Gesamtfläche knapp einen Hektar betragen!«

Will hörte seinen Erläuterungen fasziniert zu. Das klang alles traumhaft gut. Er konnte noch nicht fassen, dass ihm das hier wirklich passierte. Irgendwo musste da doch ein Haken sein.

Laut sagte er: »Das hört sich sehr vernünftig an. Da hätte ich schon Interesse dran, aber ich muss natürlich erst den Preis noch wissen, bevor ich mir ernsthaft etwas überlegen kann.«

»Ich habe gedacht, dass fünf Mark pro Quadratmeter angemessen wären«, nannte Walter seine Bedingungen.

»Hm«, Will zögerte. »Das ist ja nicht gerade ein Sonderangebot!«

»Nein, aber es ist ein fairer Preis, kein Wucherpreis und du siehst ja, dass ich das Geld brauche, sagte Walter und zeigte mit einer ausladenden Handbewegung auf die spärliche und schäbige Einrichtung. Will nickte stumm und überlegte und rechnete. Ein Hektar Land, das wären insgesamt knapp fünfzigtausend Mark. Nicht gerade wenig, aber doch machbar.

»Was ich noch vergessen habe: an das eine Grundstück, das hier am nächsten zum Ortsrand hin liegt«, Walter zeigte Will die Stelle auf der Karte, »grenzt ein kleiner Teich, aus dem du Wasser zum Gießen holen könntest, ohne extra eine Genehmigung vom Wasserwirtschaftsamt anzufordern, also ohne zusätzliche Kosten!«

»Hm«, Will überlegte. Ein Teich mit Gießwasser wäre ja sozusagen das Sahnehäubchen auf diesem Angebot und Walter wusste das natürlich genau. Er wäre ein Narr, wenn er sich dieses Geschäft entgehen ließe.

»Ich werde es mir noch eine Nacht durch den Kopf gehen lassen, aber ich bin an deinem Angebot schon sehr interessiert«, sagte er dann, stand auf und nahm seine Jacke vom Stuhl. »Dürfte ich vielleicht die Pläne mit nach Hause nehmen, dann könnte ich sie auch noch meiner Frau zeigen!«

»Selbstverständlich«, nickte Walter, faltete die Pläne sorgfältig zusammen und gab sie Will. Dann verabschiedeten sie sich mit einem festen Händedruck.

Auf dem Heimweg jagte Will sein Auto über die kleine Straße und achtete nicht mehr auf die Schönheit des Landes. Walter hatte ihm ein phantastisches Angebot gemacht. So eine Gelegenheit bot sich nur einmal im Leben. Und diese Chance bekam er auch noch zu einem Zeitpunkt, wo es ihm machbar schien. Er hatte seit zwei Jahren keine Schulden mehr. Die Renovierung des Hauses war abbezahlt und auch die Investitionen, die er vor zwanzig Jahren gemacht hatte, als er diesen Betrieb aufgebaut hatte. Die Kinder waren groß, so dass Beate nun auch wieder mehr Zeit hatte. Ohne sie könnte er es nicht schaffen, aber zusammen waren sie ein starkes Team. Er freute sich schon darauf, ihr von dem Angebot zu erzählen. Er wusste, dass sie seine Begeisterung teilen würde.

Sie war noch immer im Wintergarten, als er mit freudigem Schwung ins Haus gestürmt kam. Ihr Bild stand fertig gemalt auf der Staffelei, die Ölfarben würden noch ein paar Tage zum Trocknen brauchen. Sie war gerade dabei, die letzten Pinsel mit einem alten Lappen und Terpentinöl zu reinigen.

»Und, wie war es?«, sie sah fragend zu Will. »So schwungvoll wie du hier hereinkommst, scheint es gut gelaufen zu sein!«

Sie legte Pinsel, Lappen und die Flasche Terpentinöl zusammen in einen alten Schuhkarton und stellte ihn unter das Tischchen.

»Es ist für mich einfach unglaublich. Walter hatte einen Plan gemacht, auf dem er seine und unsere Felder markiert hatte und hat mir genau die Parzellen zum Verkauf angeboten, die an unsere Felder grenzen. Also ein besseres Angebot werde ich vermutlich nie mehr im Leben bekommen!«

Beate strahlte ihn an. »Das hört sich einfach phantastisch an. Was hast du da in der Hand? Sind das die Pläne? Komm, wir gehen in die Küche, das musst du mir ganz genau erklären!«

Trotz aller Euphorie blieb Will noch einen Moment stehen und besah sich schweigend das fertige Gemälde. Dann meinte er:

»Beate, das Bild ist ein Meisterwerk. Du solltest mit allen deinen Bildern mal eine Ausstellung machen!«

Beate zuckte nur mit den Schultern, wischte sich die Hände an ihrer Hose ab und streckte sich. »Jetzt im Sommer mache ich erst mal wieder eine Pause und packe die ganzen Utensilien weg. Ich denke immer, dass ich meine Zeit nur sinnlos vergeude, aber es macht mir eben Spaß und es tut mir gut!«

»Nein, du vergeudest deine Zeit nicht. Deine Bilder sind einfach schön! Aber jetzt komm in die Küche, ich brenne schon darauf, dir alles zu erklären.«

Auch am Ende dieses Schulvormittags war Andy nicht gekommen. Doro war total enttäuscht und wütend. Was bildete dieser Kerl sich eigentlich ein, sie so zum Narren zu halten! Was hatte sie überhaupt mit ihm zu schaffen! Wenn er es je wagen sollte, nochmals zu erscheinen, würde sie keinen Brief mehr von ihm annehmen und ihn einfach stehen lassen, ohne etwas mit ihm zu reden. So konnte man nicht mit ihr umspringen.

Den ganzen Weg bis zum Bahnhof formulierte sie wütende Sätze und war voller Rachegedanken. Aber als sie dann im fahrenden Bus saß, ließ sie sich von den weichen Schaukelbewegungen und den vertrauten Bildern, die draußen vor der Scheibe vorbeiglitten, beruhigen und war wieder in der Lage, die Dinge im richtigen Licht zu sehen. Die Landschaft lag in der klaren Frühlingssonne ausgebreitet da und strahlte soviel Aufbruchstimmung aus, dass Doro sich ihrem Zauber nicht entziehen konnte.

Was war denn passiert? Er hatte sie um eine Verabredung gebeten, und sie hatte »Nein« gesagt. Er hatte ihr zwei Briefe gegeben und sie hatte ihm bis jetzt noch nicht darauf geantwortet, denn der

Brief, den sie ihm geschrieben hatte, lag noch immer in ihrer Schultasche. Bis jetzt war nur er es, der sich blamiert hatte, er wusste ja nichts davon, dass sie sich fast in ihn verliebt hätte. Fast. Aber sie würde ihre Gefühle schon wieder in den Griff bekommen, das nahm sie sich vor.

»Lieber Jesus, nimm du die Sache in die Hand!«, betete sie und spürte, wie sich in ihr langsam wieder Klarheit breit machte. Sie würde den Lauf der Dinge einfach in Ruhe abwarten. Entweder er kam nochmals, dann würde sie ihm auf jeden Fall ihren Brief geben. Sie wollte dann ihre Chance nutzen. Und wenn er nicht mehr kam, war das Thema Andy einfach erledigt. Es liefen genug andere Männer auf der Welt herum, die gutaussehend und intelligent waren. Es gab für sie noch keinen Grund, in Torschlusspanik zu verfallen.

Als sie diese Gedanken zu Ende gedacht hatte, ging es ihr wieder besser und irgendwie war sie auch froh, nach den letzten aufregenden Tagen eine Ruhepause für ihr Gefühlsleben zu bekommen.

Aber allzu viel Ruhe sollte ihr nicht vergönnt sein, denn als sie zu Hause ankam, fand sie ihre Eltern in heller Aufregung vor. Sie saßen mit geröteten Wangen am Küchentisch und hatten zwei Planskizzen vor sich ausgebreitet und einige Prospekte, die für den Kauf neuer Traktoren warben.

»Will hat ein super Angebot von Walter Pritsch bekommen«, sprudelte Beate ihr entgegen, als sie die Küche betrat.

»Vier Äcker, die genau neben unseren liegen, und ein Stück Land in bester Südhanglage! Wie findest du das?«

Doro beugte sich interessiert über die Planskizzen und während Wills Hände liebevoll über das Papier glitten, erklärte er auch ihr alles ganz genau und zeigte ihr dann noch auf einem der Prospekte den neuen Traktor, der schon lange überfällig war und den sie nun auch anschaffen würden.

»Die Sache hört sich vernünftig an«, meinte Doro und obwohl

der Satz eher verhalten klang, war deutlich herauszuhören, dass sie sich mit ihrem Vater über das tolle Angebot freute.

Die drei waren ganz vertieft in die Pläne, als Beate plötzlich aufschreckte. »Oh nein, ich habe ja total vergessen, das Essen vorzubereiten!« Sie stand auf und streckte die Hände über ihren Kopf, als sei es Morgen und sie wäre gerade aus einem Traum erwacht. Einen Moment lang überlegte sie, was sie machen sollte. Dann hatte sie eine Idee:

»Weißt du was«, sagte sie zu Doro. »Wir essen heute kalt. Wir schmieren zusammen schnell ein paar Brote, bis Tanja auch nach Hause kommt! Und dann fahren wir alle miteinander los und begutachten das Land vor Ort! Was meinst du, Will, sollen wir das machen?« Sie wartete keine Antwort von ihm ab, denn es war ihr etwas noch Besseres eingefallen. »Nein, ich hab's!«, sagte sie mit vor Aufregung ganz hoher Stimme. »Wir packen uns ein Picknick in einen Korb und essen es irgendwo draußen, an einer Stelle, von der aus wir unser neues Land sehen können!«

Von dieser Idee waren alle begeistert und als Tanja dann endlich nach Hause kam, hatten sie Eier abgekocht, Tomaten gewaschen, Brote geschmiert, Kaffee gekocht und eine Packung Kekse aus den geheimen Vorräten von Beate gezaubert und alles zusammen in einen großen Weidenkorb gepackt. Beate holte noch in letzter Minute eine Wolldecke aus ihrem Schlafzimmer, dann stiegen alle ins Auto.

Sie fuhren aus dem Ort heraus, auf einen Feldweg, der vorbei am Steigersbrünnele führte, einer kleinen klaren Quelle, die in einem Rohr gefasst aus einem Hang am Wegrand sprudelte. Mitten zwischen den Äckern und Wiesen oberhalb der Bernhardsmühle hielten sie an. Will parkte am Rand der kleinen Straße, halb auf einem Acker, der ihnen gehörte und sie machten sich zu Fuß auf den Weg zu dem Land, das sie hoffentlich bald kaufen konnten. Er holte den Plan aus seiner Tasche und gemeinsam suchten sie zuerst auf der linken Seite des Weges die Grenzsteine, die zwischen den beiden Landstücken eingegraben waren. Beate entdeckte die grauen Steinblöcke als erste und Will scharrte mit seinen Schuhen die Erde von ihrer Oberfläche, so dass die eingravierten Kennzeichen sichtbar wurden. Ja, an dieser Stelle war die Grenze ihres Ackers und auf der anderen Seite begann das Stück Land, das sie nun vielleicht kaufen konnten. Sie schritten ein paar Meter der Grenze entlang über den noch vom Regen feuchten Boden, bis ihre Schuhe schwer waren von den Erdklumpen, die an ihnen klebten. Dann gingen sie wieder zum Weg zurück und suchten die Randmarkierungen des anderen Ackers und schritten auch dort die Grenze ab. Will bückte sich und nahm einen Brocken Erde in seine Hand und knetete ihn zwischen den Fingern. Er fühlte, dass es guter Boden war, vielleicht eine Spur zu schwer, zu tonig, aber hier in dieser Gegend war der Boden nirgends besser. Er wies dafür fast keine Steine auf, und wenn er noch ein paar Ladungen Mist untergraben würde, wären die Bedingungen für seine Pflanzen nahezu perfekt. Er zerbröselte den Brocken und ließ die Krümel auf die Erde zurückrieseln.

Er konnte immer noch nicht fassen, dass dieses Land bald ihm gehören sollte. Eine tiefe Freude erfüllte ihn bei diesem Gedanken. Ja, er würde es wagen, er würde dieses Land kaufen. Es war ein gutes Geschäft und es gab nichts, was dagegen sprach. Er hatte alles geprüft, es war ein guter Schritt.

Dann gingen sie zusammen noch zu dem kleinen Teich, der sich am abschüssigen Rand des vordersten Ackers in einer kleinen Erdmulde gebildet hatte. Andächtig betrachteten sie das kleine Gewässer, von dem sie genau wussten, wie kostbar es war. Dieser Teich konnte ihnen das mühsame Erbauen einer weiteren Zisterne ersparen und so wie Walter gesagt hatte, konnten sie ohne zusätzliche Kosten hier Wasser holen.

Dann endlich trieb sie der Hunger zum Auto zurück. Sie holten den Korb und die Decke aus dem Kombi und gingen zusammen zu dem Baum, der wie ein einsamer Wächter auf der Anhöhe oberhalb der Bernhardsmühle in der Mitte einer Weggabelung stand. Der Wind, der kleine weiße Wattewölkchen über den blauen Himmel blies, war hier oben deutlich zu spüren und Beate legte sich ihre Jacke um die Schultern. Unter dem Baum, an dessen Äste überall zarte, noch hellgrüne Blätter wuchsen, stand eine einfache Holzbank. Das Brett, das über zwei Holzpflöcke gelegt worden war, sah nicht besonders vertrauenswürdig aus und nur mit Vorsicht setzten sich Beate und Will auf das raue, offene Holz. Die Mädchen breiteten zu ihren Füßen die Wolldecke aus und ließen sich darauf nieder. Dann holten sie das Essen aus dem Korb.

Beate atmete tief die klare würzige Luft ein, die nach der dunklen Erde roch. Sie hörte leise den Wind rauschen und spürte seine sanfte Kraft in ihren Haaren. Hoch oben über ihnen trällerte eine Lerche ihre kleine Melodie. Es war friedlich, es war gut.

Ihr ganzes Leben lang würde Beate dieses Bild vor Augen haben, wie sie alle vier zusammen unter diesem Baum saßen und ihr Picknick hielten. Sie würde es in Erinnerung haben als ein Bild für den Tag, an dem alles zum letzten Mal so war, wie es eine lange Zeit Bestand gehabt hatte. Es war beinahe wie die Ruhe vor dem Sturm, es waren die letzten trägen Minuten einer fast schon vergangenen Epoche, in denen noch keiner von ihnen ahnte, dass sich in den nun kommenden Wochen und Monaten so vieles ändern würde.

Kapitel 2

Die Veränderungen schlichen sich langsam, fast unmerklich in ihren Alltag ein. Während Doro am nächsten Morgen einigermaßen gelassen in der Schule saß und der Dinge harrte, die da kommen würden oder eben auch nicht, rief Will bei Walter Pritsch an und vereinbarte mit ihm, dass er in der nächsten halben Stunde kommen würde, um mit ihm einen Vorvertrag zu machen. Gleich darauf machte er sich auf den Weg.

Nun war Beate allein zu Hause und sie beschloss, sich erst mal einen Kaffee zu kochen und den Vormittag langsam angehen zu lassen. Mit der warmen, verlockend duftenden Tasse in der Hand ging sie in den Wintergarten, setzte sich dort auf die kleine Bank aus geflochtenem Korb und ließ sich die milde Morgensonne ins Gesicht scheinen. Sie betrachtete die Pflanzen, die ringsum an den Fenstern entlang prächtig gediehen und warf auch noch ein paar kritische Blicke auf ihr fertiges Gemälde. Es war perfekt. Sie streckte sich und reckte ihre Arme und Schultern und genoss die paar ruhigen Minuten, in denen sie Zeit hatte, in Gedanken mit Gott zu reden und einen Plan zu machen für diesen Tag. Es tat ihr gut, die warme Tasse zwischen den Händen zu spüren, in die Stille hineinzulauschen und dabei ihre Gedanken zu ordnen.

Nachdem sie so eine Weile verharrt hatte, machte sie sich neu gestärkt an die Arbeit. Sie sammelte die verschmutzte Wäsche ein, sortierte alles und steckte eine erste Ladung in die Waschmaschine. Dann machte sie sich daran, aufzuräumen und die Wohnung zu saugen. Danach wartete die Küche unausweichlich auf sie. Sie holte ein Stück Fleisch aus dem Kühlschrank, Möhren, Paprika und Sellerie und begann einen Braten vorzubereiten. Alles ging ihr schnell von der Hand. Bald schmorte der Rinderbraten in einer schwarzen Kasserolle. Ein herrlicher Duft verströmte sich im ganzen Haus. Dann putzte sie den Salat und deckte den Tisch. Gerade als ihre Hände mitten in einem lockeren Nudelteig steckten, hörte sie ein leises Klopfen an ihrer Wohnungstür.

»Ja«, rief sie und versuchte, sich die klebrige Masse von den Händen zu streifen. Sie ging schnell zum Waschbecken, wusch sich die gröbsten Teile ab und wischte den Rest an ihre Schürze. Dann eilte sie zur Tür und machte auf. Vor ihr standen Herr und Frau Fritz, ihre Mieter, und lächelten sie verlegen an.

»Wir hoffen, wir stören nicht all zu sehr, aber wir haben gehört, dass Sie zu Hause sind und wir wollten mit Ihnen reden.«

Beate nickte freundlich erstaunt und bat sie mit einer Handbewegung einzutreten. Es war nicht gerade der passendste Moment, Besuch zu empfangen, aber die Zeit würde hoffentlich nachher noch reichen, das Essen fertig vorzubereiten. Sie ging den beiden voraus und führte sie in die Küche. Was sie nur wollten? Sie mochte das Ehepaar sehr. Als ihre Schwiegereltern vor fünf Jahren kurz hintereinander gestorben waren, hatte sie sich zuerst nicht vorstellen können, dass jemand anderes die kleine Zwei-Zimmer-Wohnung im ersten Stock neben ihren Töchtern bewohnen würde. Aber dann war das Ehepaar Fritz vorbeigekommen. Sie hatten von Bekannten gehört, dass diese Wohnung frei war und so hatten sie sich auf den Weg gemacht. Herr Fritz war kurz zuvor in Pension gegangen und sie mussten deshalb die Dienstwohnung, die ihnen viele Jahre zur Verfügung gestanden hatte, räumen und sich ein neues Zuhause suchen.

Es war bei Beate Sympathie auf den ersten Blick gewesen. Herr Fritz war ein großer, stämmiger Mann mit einem gutmütigen Mondgesicht. Frau Fritz war klein und schmal, hatte ihre Haare zu einem altmodischen Knoten aufgesteckt und strömte so viel Liebe aus, dass man sich in ihrer Nähe einfach wohl fühlen musste. Schon nach kurzer Zeit waren die beiden im Betrieb fast unentbehrlich geworden. Sie hatten meistens Zeit und konnten einspringen, wann immer Not am Mann war, und das war oft genug der

Fall. Natürlich gab Will ihnen für ihre Hilfe Geld, aber sie hatten auf einem Stundenlohn bestanden, der nicht einmal der Hälfte der üblichen Bezahlung entsprach.

Nun saßen sie hier am Küchentisch und schwiegen verlegen. Was sie nur wollten? Beate sah sie abwartend an.

»Nun ja«, begann Herr Fritz und rutschte auf seinem Stuhl hin und her, »wir sind gekommen, um Ihnen etwas mitzuteilen!« Hier stockte er und sah hilfesuchend seine Frau an.

»Es ist so ...«, begann nun auch Frau Fritz, »... neben der Wohnung unserer Tochter Anette, Sie wissen schon, das ist die, die zwei Kinder hat und in Schwäbisch Hall wohnt, – also neben deren Wohnung ist eine andere Wohnung frei geworden, verstehen Sie?«

Beate schüttelte verneinend den Kopf. Sie hatte zwar schon verstanden, was Frau Fritz gesagt hatte, wusste aber nicht, was es bedeuten sollte.

»Ja, also«, machte Frau Fritz noch einen Anlauf. »Unsere Tochter möchte, dass wir dort einziehen.«

»Hm, genau!«, setzte Herr Fritz nun wieder ein. »Es ist uns nicht recht, weil wir so gerne bei ihnen gewohnt haben und die Arbeit mit ihnen zusammen uns immer Freude gemacht hat. Wir wären wirklich gerne noch dageblieben. Aber so eine Möglichkeit bietet sich nicht jeden Tag, das verstehen Sie sicher.«

Beate starrte sie nach dieser Mitteilung erst einmal wortlos an.

Ihr erster Gedanke war: Wie wird Will diese Nachricht aufnehmen? Ausgerechnet jetzt, wo er doch jede helfende Hand so nötig gebrauchen konnte! Sie konnte ihre Bestürzung nicht verbergen und bevor sie noch etwas sagen konnte, brach aus Frau Fritz ein Schwall entschuldigender Worte hervor.

»Es tut uns wirklich Leid, dass wir hier weggehen. Es ist uns gar nicht recht. Wir waren so gerne bei Ihnen im Haus und auch Ihre Kinder mögen wir richtig gern. Aber wir wissen nicht, wie lange wir so rüstig sind, und vielleicht brauchen wir bald schon die Hilfe unserer Tochter. Sie wissen ja, ich werde in diesem Jahr neunundsechzig, mein Mann wird siebzig, vielleicht sind wir gerade noch jung genug, so einen Wechsel zu verkraften. Wir haben uns lange überlegt, was richtig ist, aber wir können dieses Angebot nicht mit gutem Gewissen ablehnen. Wir möchten Ihnen ja auch nicht zur Last fallen, wenn wir gebrechlich werden!«

Beate nickte und versuchte nun ihrerseits die beiden zu trösten. »Ich verstehe das eigentlich sehr gut und ich bin Ihnen auch gar nicht böse. Im Gegenteil, ich bin dankbar, dass wir sie so lange Zeit bei uns hatten. Jeder einzelne Tag, an dem sie uns geholfen haben, war wertvoll. Sie waren uns wirklich eine große Hilfe und es war auch einfach schön für uns, so liebe Leute im Haus zu haben. Es ist nur so, dass mein Mann gerade heute einen Vertrag abschließt, um Land dazu zu kaufen und den Betrieb zu vergrößern. Da hätten wir Sie schon noch brauchen können. Aber bestimmt wird sich da noch eine andere Lösung finden, da machen Sie sich mal keine Sorgen!«

Stumm und betreten saßen die zwei Leutchen vor ihr und schwiegen. Auch Beate fiel einen Moment lang nichts ein, was sie hätte sagen können. Denn auch wenn sie es vor den beiden nie zugegeben hätte, war ihre Nachricht ein Schock für sie. Gerade jetzt, gerade heute.

Dann stemmte sich Herr Fritz auch schon von der Eckbank wieder hoch.

»Ein paar Wochen werden wir ja noch da sein!«, meinte er entschuldigend. »So wie es aussieht, können wir in etwa acht Wochen umziehen!«

Acht Wochen Gnadenfrist, dachte Beate, bis dahin müssten wir einen Ersatz finden. Oder Will muss sich noch ein paar neue Maschinen kaufen, die ihm die Arbeit erleichtern. Es würde nicht einfach werden.

»Ja, also dann, das wollten wir Ihnen heute sagen! Es tut uns wirklich sehr Leid!«

Auch Frau Fritz stand auf. Beide machten traurige Gesichter. Beate legte tröstend ihre Hand auf den Arm von Frau Fritz.

»Wir besuchen Sie dann mal in der neuen Wohnung und Sie sind jederzeit herzlich eingeladen, bei uns vorbeizukommen.«

»Ach, das wäre schön!«, meinte Frau Fritz. »Es riecht übrigens heute bei Ihnen fantastisch! Was kochen Sie denn Gutes?«

»Ich habe einen Braten gemacht. Darf ich Ihnen nachher zwei Scheiben davon hochbringen?«

»Oh, das ist wirklich keine schlechte Idee«, meinte Herr Fritz und strahlte Beate an. Für einen Moment war alle Niedergeschlagenheit weggewischt und sie verabschiedeten sich mit einem Lächeln.

Dann stand Beate wieder allein in der Küche und machte sich daran, mit aufgewühlten Gedanken den Teig fertig zu kneten. In diesem Moment fiel ihr der Vers »Wir wissen aber, dass denen, die Gott lieben, alle Dinge zum Besten dienen!« ein. Das hört sich in der Theorie gut an, Gott, dachte sie. Aber ich kann mir partout nicht vorstellen, wo an dieser Sache heute etwas Gutes dran sein soll!

Dann saß wieder die ganze Familie beim Essen zusammen. Doro erhellte im Gegensatz zu den beiden letzten Tagen den ganzen Raum mit ihrem Strahlen und auch wenn sie nichts erzählte, ahnte Beate, dass es mit diesem Andy zusammenhängen musste.

Auch Will war strahlend nach Hause gekommen. Der Vorvertrag war perfekt, und in sechs Wochen hatten Walter Pritsch und er einen Termin beim Notar, um die Verträge dort rechtsgültig zu machen.

Die Nachricht, dass das Ehepaar Fritz ausziehen würde, teilte ihm Beate erst mit, als alle mit dem Essen fertig waren. Für einen Moment wurde Will blass und sah unsicher in die Runde. Mit so etwas hatte er nicht gerechnet. Irgendwie hatte er gedacht, dass sein Glück unzerstörbar sein würde. Alles schien so gut zu laufen! Konnte denn nichts im Leben perfekt sein?

Auch die Mädchen spürten die Bedrückung ihrer Eltern genau, und so verließen alle mit einem leichten Gefühl der Beklemmung den Mittagstisch.

Als Doro in ihrem Zimmer war, hatte sie Wills Sorgen allerdings fast schon wieder vergessen. Sie erinnerte sich an die Begegnung mit Andy heute nach der Schule. Sie hatte nicht wirklich damit gerechnet, dass er kommen würde. Nur eine ganz kleine und leise Hoffnung war in ihr gewesen, aber die hatte sie an diesem Morgen nicht zu Wort kommen lassen. Als sie nach der letzten Stunde mit gelassenen Schritten aus dem Schulgebäude gegangen war, hatte sie mit ihren Augen den ganzen Schulhof prüfend abgesucht, aber Andy nirgends entdeckt. Die Enttäuschung, die in ihr aufkommen wollte, hatte sie mutig niedergekämpft und in diesem Moment beschlossen, die ganze Geschichte endgültig zu den Akten zu legen. Sie hatte ja schon damit gerechnet und es tat irgendwie gut, klare Verhältnisse zu haben. Die letzten Tage hatten sie ziemlich mitgenommen, jetzt konnte sie wieder befreit aufatmen.

Erst als sie kurz vor dem Tor gewesen war, hatte sie beobachtet, wie ein kleiner roter Polo am Straßenrand kurz angehalten hatte. Und wer stieg aus? Andy! Wahrscheinlich hatte ein Klassenkamerad ihn ein Stück mitgenommen, denn wenn er zur gleichen Zeit wie sie Unterrichtsschluss hatte, konnte er zu Fuß den weiten Weg von seiner Schule zum Hohenlohe-Gymnasium unmöglich in so kurzer Zeit zurücklegen. Augenblicklich war es mit ihrer Ruhe und Gelassenheit vorbei gewesen. Sie war stehen geblieben und hatte mit klopfendem Herzen darauf gewartet, dass er sie entdeckte. Seine Augen waren suchend von Gesicht zu Gesicht gewandert und als er sie sah, eilte er, ohne auf den Verkehr zu achten, über die Straße und drückte ihr wieder einen Brief in die Hand. Als er davoneilen wollte, hatte sie leise gerufen: »Hey, warte noch!« Erstaunt war er stehen geblieben.

Mit zitternden Händen und total aufgeregt, hatte sie ihm dann ihren Brief gegeben. Seine deutliche Freude, sein strahlendes Lächeln waren über ihre Seele gelaufen wie Balsam.

Dann war er wieder verschwunden – zum Glück, denn jeder Kommentar wäre ihr in diesem Augenblick überflüssig vorgekommen. Und nun konnte sie endlich seinen Brief lesen.

Liebe Doro,

bevor ich dich morgen treffe (hoffentlich), noch ein paar Zeilen von mir. Vielleicht hast du dich gewundert, dass ich gestern und vorgestern nicht gekommen bin, aber ich hatte an beiden Tagen länger Schule als du. Woher ich das weiß? Na, ich habe meine detektivischen Fähigkeiten spielen lassen. Aber ich verrate es dir gerne. Bis vor einem Jahr bin ich ins Handballtraining gegangen, zusammen mit dem Thomas Greiner, der in derselben Straße wie ich wohnt, und mit dem du zusammen in die Klasse gehst (das habe ich schon früher gewusst).

Letzten Montag habe ich ihn gebeten, mir in Physik ein paar Sachen zu erklären – du weißt ja wahrscheinlich, dass er ein echtes Mathe- und Physikgenie ist. Ich wollte natürlich überhaupt nicht Physik lernen, wer lernt schon gerne freiwillig am Nachmittag Physik? Ich wollte rausbekommen, wann er bzw. du immer Schulschluss hast. Als er dann kam, wusste ich allerdings nicht so recht, wie ich das unauffällig anstellen konnte. Aber da hatte ich großes Glück, er öffnete sein Mäppchen und darin steckte sein Stundenplan, schön sorgfältig mit sauberer Schrift geschrieben. Ich konnte ohne Mühe alles ablesen. Natürlich musste ich dann auch noch mit ihm Physik lernen, aber es hat uns beiden soviel Spaß gemacht, dass wir uns sogar nochmal zum Physiklernen verabredet haben. Vielleicht retten mir diese Sitzungen ja noch ein paar Punkte fürs Abi.

Heute Nachmittag muss ich bei uns zu Hause den Rasen mähen und ich habe jede Menge Hausaufgaben fürs Wochenende. Habt ihr auch immer so viel auf?

Bis bald

Andy

Als Doro den Brief zu Ende gelesen hatte, zitterten nicht nur ihre Hände. Auch ihr Herz schien zu zittern, ihre Beine und sogar der Kopf. Alle Zweifel waren weg. Er wollte tatsächlich sie kennen lernen, nicht nur den Jugendtreff, den vielleicht hoffentlich auch. Aber wenn er sich so ins Zeug gelegt hatte, um herauszubekommen, wann ihre Klasse immer Schulschluss hatte, dann lag ihm offensichtlich doch etwas an ihr. Sie konnte es kaum fassen, aber in ihrem Herzen sang es unablässig: Er meint mich, er meint mich, er meint mich. Es konnte nicht anders sein, obwohl noch immer ungläubiges Staunen in ihr war. Und auch, im hintersten Winkel ihres Herzens, ein Rest von Angst. Würde er ihr Freund werden? Würden sie sich denn gut verstehen? Sie kannte ihn noch gar nicht. Würde er ihr treu bleiben oder sich bald schon eine neue Herausforderung suchen? Und was würde er von ihrem Glauben an Jesus halten, was vom Jugendtreff? Aber diese Angst war wie ein kümmerliches Unkraut, das neben der neu erblühten Rose ihrer Verliebtheit nicht überleben konnte. Mit jugendlichem Schwung hackte sie die Angst aus und begab sich auf Wolke sieben, auf der sie durch den Rest dieses Tages schwebte.

Endlich war es Samstagabend und Doro stand im Bad vor dem Spiegel. Das Badezimmer war mit altmodischen grünen Kacheln gefliest und entbehrte jeden Luxus. Ein einfaches Spiegelschränkchen hing über dem Waschbecken und ein großer Holzbrennofen zum Erwärmen des Badewassers dominierte den Raum. Aber Doro genügte es, dass alles funktionierte und sie sich für den Jugendtreff schön machen konnte. An diesem Abend brauchte sie länger als sonst und Tanja wartete schon ungeduldig unten in der Küche, als sie noch die elegante Flasche mit ihrem Lieblingsparfüm von dem kleinen Regal über dem Waschbecken nahm. Der Duft roch nach einer unbestimmten Mischung aus Vanille und Orchidee und sie sprühte ihn in ihr frischgekämmtes Haar. Dann schminkte sie sich mit einem blauen, silbrig glänzenden Lidschatten, bürstete ihre Wimpern mit der passenden Wimperntusche und betonte ihre Lippen dezent mit einem Hauch von Lippenstift. Kritisch begutachtete sie ihr Spiegelbild. Was sie sah, gefiel ihr. Sie trug zu ihren Jeans ein blauschimmerndes, samtenes Shirt, das einen herrlichen Kontrast zu ihrem fast goldenen Haar bildete. Ihre Augen glänzten groß und unergründlich. Sie freute sich auf diesen Abend. Ob es Andy im

Jugendtreff gefallen würde? Hoffentlich! Ob sie miteinander reden konnten? Vielleicht besser nicht, sie wollte noch nicht, dass die anderen Verdacht schöpfen konnten. Noch waren sie kein Paar und bei aller Vorfreude auf diesen Abend wusste sie, dass erst die Zeit zeigen würde, was aus der ganzen Sache wird. Leise vor sich hinsummend ging sie in die Küche, wo Tanja bei Beate und Will saß, die noch ihr Abendbrot verzehrten. Die Sonne warf ihre letzten goldenen Strahlen über die beschauliche Szene, als sich die beiden Mädchen verabschiedeten.

Sie fuhren an diesem Abend mit dem Kombi, der, frisch geputzt wie er war, fast fremdartig wirkte. Obwohl sie mit dem Auto schneller waren als zu Fuß, kamen sie ein paar Minuten zu spät. Aber Doro machte sich nichts draus. Im Gegenteil, sie war froh darüber, denn es ersparte ihr ein verlegenes und peinliches Herumstehen in der Gegenwart von Andy. Sie parkte den Kombi unterhalb der Friedhofsmauer, die den Parkplatz neben dem alten Kino nach Norden hin begrenzte. Es standen schon fünf andere Autos da und sie freuten sich beide darüber, denn das bedeutete, dass so ziemlich alle an diesem Abend gekommen waren. Ihre eiligen Schritte knirschten auf dem steinigen Boden, sie übersprangen die Stufen zur gläsernen Eingangstür, öffneten sie rasch und betraten durch einen Windfang hindurch den Raum, in dem der Jugendtreff stattfand. Ein fröhliches Stimmengewirr schlug ihnen entgegen. Die jungen Leute saßen um einen großen, alten Holztisch herum, dessen Schäbigkeit sich unter einer weißen Tischdecke verbarg. Auf dem Tisch lagen Bibeln und Liederbücher, die auf ihren Einsatz warteten. Sie saßen auf einfachen Holzstühlen, deren einziger Luxus die flachen, blaugeblümten Sitzkissen waren, die mit Schleifen an der Lehne festgehalten wurden. Die Einrichtung war mehr als bescheiden, aber keiner schien es zu bemerken. Auch Doro nicht. Sie konnte in den ersten Minuten überhaupt nichts wahrnehmen, denn sie war zu aufgeregt. Sie hatte Andy, der zwischen den anderen saß, entdeckt. Als sie nun so plötzlich in diesem Raum stand, in dem er auch war, schien es ihr für einen Moment so, als wollten ihre Füße unter ihr wegsacken. Ihre Hände wurden feucht und das Herz klopfte ihr bis zum Hals. Sie war befangen und wusste nicht, ob sie sich überhaupt noch bewegen konnte. Sie atmete tief durch und versuchte, sich wieder zu fassen. Sie sah mit einem flüchtigen Blick, dass neben ihm noch ein Stuhl frei war, aber im selben Moment entschied sie, sich nicht dorthin zu setzen. Es wäre ihr zu plump und aufdringlich erschienen. Und wie hätte sie seine Nähe den ganzen Abend über ertragen sollen? Es war schon genug, sich seiner Gegenwart bewusst zu sein! Sie zögerte und setzte sich dann auf einen Stuhl, drei Plätze von ihm entfernt. Sie hätte sich auch auf einen Platz auf der anderen Seite des Tisches setzen können, aber dann wäre sie die ganze Zeit über seinen Blicken ausgesetzt gewesen und das wollte sie nicht. Als sie dann saß, riskierte sie einen schnellen Blick in seine Richtung. Sie sah, wie er sie von der Seite her betrachtete und zu ihr herüber lächelte. Sie lächelte auch und meinte, ein kleines fröhliches Zwinkern in seinen Augen zu entdecken. Schnell wandte sie ihren Blick wieder ab. Sie nahm ihre Bibel und das Liederbuch aus ihrer Tasche und legte beides vor sich auf den Tisch. Sie war froh, dass der Guide nun den Abend eröffnete und sie sich ihm zuwenden musste. Zuerst begrüßte er alle, nahm dann seine Gitarre, die hinter ihm an der Wand gelehnt hatte, in die Hand und schlug einige Akkorde an.

»So, heute gibt es ein Wunschkonzert«, sagte er und sah fragend in die Runde. »Wer schlägt ein Lied vor?« Er musste nicht lange warten. Nummern aus dem Liederbuch wurden gerufen, und das Singen begann. Während der ersten Takte starrte Doro krampfhaft auf die Noten des Liedes, obwohl sie es schon lange auswendig konnte. Sie spürte, wie der weiche Plastikeinband in ihren Händen feucht wurde, aber dann wurde sie ein bisschen lockerer und schielte immer wieder vorsichtig zu Andy hin. War er frustriert, weil er die Lieder nicht kannte und nicht richtig mitsingen konnte? Sie sah, dass er konzentriert in das Buch schaute, das ihm sein Nachbar hinhielt. Wahrscheinlich versuchte er, sich seine Unkenntnis nicht allzu sehr anmerken zu lassen. Aber unglücklich sah er dabei nicht aus.

Sie erinnerte sich daran, wie es war, als sie selbst zum ersten Mal in diesem Raum gewesen war. Alle Jugendlichen waren nach ihrer Konfirmation zum Jugendtreff eingeladen worden. Aber außer ihr war an diesem ersten Abend nur noch ein anderes Mädchen da gewesen, eine pummelige, mürrische Fünfzehnjährige, die sie nicht näher kannte. Sie war sich sehr verloren vorgekommen und wäre damals am liebsten gleich wieder nach Hause gegangen. All die unbekannten Gesichter, die unbekannten Lieder, Rituale, die ihr fremd waren. Aber irgendetwas an diesem Abend hatte sie dann doch berührt! Es war die frohe, begeisterte Art gewesen, mit der der Guide von Jesus gesprochen hatte. Er hatte was, was andere nicht hatten. War es seine Echtheit? Bei ihm spürte sie, dass es mehr gab, als nur die sichtbare, materielle Welt, dass hinter den Dingen noch eine Tiefe steckt, ein anderes Sein.

Und natürlich die Jungs. Sie hatte damals einen nach dem anderen im Lauf des ersten Abends vorsichtig und heimlich gemustert, und das Ergebnis dieses Checks war, dass die Typen ganz interessant zu sein schienen. Die meisten waren älter als ihre eigenen Klassenkameraden und kamen ihr schon deshalb attraktiver vor. Und sie machten einen netten, offenen und unverdorbenen Eindruck. Besonders Martin hatte ihr damals gut gefallen. So war sie doch wiedergekommen. Von Woche zu Woche hatte sie besser in die Gruppe hinein gefunden und war dabeigeblieben, auch wenn sie mit der Zeit festgestellt hatte, dass keiner der jungen Männer so richtig zu ihr passen würde. Dafür hatte sie mit der Zeit unter den Mädchen gute Freundinnen gefunden.

Wie sich Andy wohl fühlte? Sie meinte an den Blicken der anderen zu spüren, dass sie eine etwas distanzierte Haltung ihm gegenüber eingenommen hatten. Aber sie konnte es ihnen nicht übel nehmen, sie selbst war ja ihm gegenüber zuerst auch sehr skeptisch gewesen. Er sah einfach zu gut aus. Na, wenn er etwas Geduld hatte, würden die anderen ihn auch in diesen Kreis aufnehmen. Er würde schon nicht gleich aufgeben.

Dann endlich war das Singen beendet.

»Heute Abend begrüßen wir zwei neue Gesichter in unserer Mitte, deshalb wollen wir eine kleine Vorstellungsrunde machen«, sagte der Guide. Erst jetzt sah Doro, dass auch noch ein neues Mädchen gekommen war. Und sie bemerkte, dass Tanja sich neben die Neue gesetzt hatte.

Wie gut, dachte sie. Denn Tanja mit ihrer offenen, sensiblen Art schaffte es fast immer, schnell Kontakte zu knüpfen. Die Vorstellungsrunde begann. Einer nach dem anderen sagte der Reihe nach seinen Namen, sein Alter und auf welche Schule er ging oder welche Ausbildung er machte.

»Ladys first!«, forderte dann der Guide das neue Mädchen auf, sich ihrerseits vorzustellen. »Wenn du möchtest, darfst du ein paar Sätze mehr als die anderen sagen!«

Das Mädchen nickte und begann: »Mein Name ist Heike, ich bin sechzehn Jahre alt und wohne seit ein paar Wochen in Neuenstein. Meine Eltern haben sich getrennt und meine Mutter hat hier eine Stelle als Erzieherin im Kindergarten angenommen. Dort wohnen wir jetzt auch im Obergeschoss. Ich habe noch einen kleinen Bruder, der ist erst vier Jahre alt. Na ja, das war dann wohl das Wichtigste.« Mit noch unsicherem Blick schaute sie in die Runde. Der Guide nickte ihr freundlich zu.

Dann war Andy dran. »Also, ich heiße Andy«, begann er. »Ich bin achtzehn Jahre alt und besuche zur Zeit das Wirtschaftsgymnasium in Öhringen. Dort mache ich nächstes Jahr hoffentlich auch mein Abitur!« Er grinste mit leichter Selbstironie in die Runde. »Meinen Eltern gehört diese Fensterfirma, die ihr wahrscheinlich alle kennt, was aber nicht heißt, dass ich ein verwöhntes Weichei bin. Das hoffe ich zumindest. Mein Vater nimmt mich manchmal ganz schön ran und ich habe die meisten Ferien damit verbracht, im Betrieb mitzuhelfen. Ich habe noch zwei ältere Brüder, die leider aber nicht mehr zu Hause bei uns wohnen.« Er hielt inne und sah fragend in die ihm zugewandten Gesichter. »Ich glaube, fürs Erste ist das genug«, sagte er und nickte dem Guide zu. Der übernahm nun wieder die Führung und sie begannen mit dem Bibelteil.

»Wir lesen heute einen Text, der im Matthäusevangelium steht, und zwar im sechsten Kapitel, die Verse 25 bis 34. Heike und Andy, ihr schaut am besten heute bei euren Nachbarn rein. Bringt das nächste Mal bitte eure Bibel mit – falls ihr keine besitzt, könnt ihr gerne nachher eine von mir bekommen! Okay, vielleicht liest uns Doro mal den Text vor!«

Doro zuckte zusammen, als er ihren Namen nannte. Hatte der Guide gespürt, dass sie nicht so recht bei der Sache war und wollte sie aus ihrer Versunkenheit aufwecken? Sie hoffte, dass er nichts bemerkt hatte und begann, den Text laut vorzulesen. Sie hatte Mühe, ihrer Stimme ihre innere Aufregung nicht anmerken zu lassen, aber nach den ersten Zeilen wurde sie etwas ruhiger. Der grandiose Text zog sie in seinen Bann.

»Sorget euch nicht um euer Leben, was ihr essen oder was ihr trinken sollt, noch um euren Leib, was ihr anziehen sollt. Sehet die Vögel des Himmels an! Sie säen nicht, sie ernten nicht und sammeln nicht in Scheunen, und euer himmlischer Vater ernährt sie doch. Seid ihr nicht viel mehr wert als sie?«

Als sie geendet hatte, lag eine andächtige Stille über den jungen Leuten, die sich hier getroffen hatten, um auf Gottes Wort zu hören. Gab es tatsächlich eine Möglichkeit, seinen Sorgen zu entfliehen? Hier stand es so – ein Angebot, das verlockend klang, eine Hand, die sich schützend ausstreckte. Das Gespräch begann. Der Guide sagte ein paar einleitende Sätze und dann waren alle gefordert, ihre Meinung zu sagen. Doro konnte nicht alles aufnehmen, was der Guide und die anderen zu diesem Text an Gedanken austauschten, dafür war sie zu unkonzentriert. Aber sie konnte die Grundstimmung dieser Gedanken erfassen. Sie spürte, wie im Laufe des Abends ihre Hände, die nervös in ihrem Schoß zusammengeballt waren, sich öffneten. Sie konnte ihre Anspannung loslassen und fühlte in sich den Frieden, der aus dem Gedanken kam, dass Gott ihr Leben liebevoll begleiten würde. Nicht sie selbst musste sorgen, er würde es für sie tun.

Ob Andy auch etwas von der Kraft spürte, die der Text ausstrahlte? Sie hoffte es sehr. Ein paar Mal schielte sie vorsichtig zu ihm hin, aber sie konnte nicht erraten, was er dachte.

Dann war der Abend schon vorbei. Sie standen noch zusammen und redeten und lachten. Zwei von den Jungs hatten sich zu Andy gesellt und unterhielten sich mit ihm. Doro gab sich keine Mühe, mit ihm in ein Gespräch zu kommen. Im Gegenteil, sie wollte es gar nicht. Ab und zu wagte sie einen Blick in seine Richtung und wenn er ihn erwiderte, schickte sie ihm ein kleines Lächeln. Es war unbeschreiblich schön. Als dann so nach und nach die ersten nach Hause gingen, verabschiedete auch Andy sich von seinen Gesprächspartnern. Dann kam er zu Doro, gab ihr die Hand und sagte leise und wie nebenbei: »Auf Wiedersehen dann, bis Montag!« Doro meinte zu spüren, wie sein Daumen ganz leicht über ihren Handrücken streichelte, aber sie konnte später nicht mehr sagen, ob es Wirklichkeit oder Traum gewesen war.

Dann ging er und ließ sie mit einem tiefen Glücksgefühl zurück. Noch ein paar Minuten unterhielt sie sich mit ihren Freundinnen, aber sie konnte sich nicht mehr so richtig auf die Gespräche konzentrieren. Sie wollte nach Hause und mit ihren Gefühlen allein sein. Suchend sah sie sich nach Tanja um, und als sie sie nirgends entdeckte, fragte sie die anderen, ob sie Tanja gesehen hätten.

»Tanja ist vorhin mit Heike hinausgegangen. Vielleicht unterhalten die zwei sich ja draußen!«, gab ihr Ulrike Bescheid. Tatsächlich fand Doro die beiden draußen, auf den zwei Stufen vor der Tür sitzend, in ein Gespräch vertieft.

Tanja hatte sich an diesem Abend neben Heike gesetzt, weil sie den Eindruck hatte, dass Heike ein bisschen wie ein verlorenes Huhn ausgesehen hatte. Heike machte auf sie einen schüchternen, fast ängstlichen Eindruck und Tanjas Beschützerinstinkt hatte ihr Herz gleich für die Neue erwärmt.

Sie hatte sie in ihr Liederbuch reinschauen lassen und ihr die Bibel hingehalten, damit sie auch den Text lesen konnte. Verstohlen hatte sie Heike aus den Augenwinkeln nebenbei gemustert. Sie sah nicht sehr gepflegt aus, so als hätte sie sich überhaupt keine Mühe gemacht, an diesem Abend gut auszusehen. Sie trug eine blassgrüne Stoffhose, dazu ein ausgewaschenes rosafarbenes T-Shirt, das ihre Haut fahl und grau scheinen ließ. Ihr kurzgeschnittenes Haar hatte eine undefinierbare helle Farbe und sah aus wie abgerupft. Und obwohl sie ein schönes, gleichmäßiges Gesicht hatte und wunderbar schlanke Hände, wirkte sie wie eine unscheinbare graue Maus.

Du meine Güte, dachte Tanja. Wie kann ihre Mutter zulassen, dass ihre Tochter so rumläuft? Oder wollte sie vielleicht bewusst so hässlich aussehen? Vielleicht wollte sie von niemandem beachtet werden?

Als der Abend dann offiziell beendet war, blieb sie einfach neben Heike sitzen und begann ein Gespräch.

»Da hast du ja einiges mitgemacht, wenn deine Eltern sich getrennt haben!« Zu ihrem Entsetzen füllten sich Heikes Augen mit Tränen und lautlos liefen sie ihr über die Wangen.

»Weißt du was, wir gehen nach draußen. Da haben wir unsere Ruhe und können noch ein bisschen miteinander reden!«, schlug Tanja ihr vor. Heike nickte stumm und folgte ihr dann hinaus in die laue Frühsommernacht. Die kühle Luft tat gut und die dunkle Nacht bot genügend Schutz für ein ehrliches Gespräch. Nachdem sie sich auf die schon ausgekühlten Stufen vor der Tür gesetzt hatten, brach es aus Heike heraus – wie ein Strom, der viel zu lange zurückgehalten worden war.

»Weißt du, es war vorher wirklich schlimm, jetzt geht es uns schon besser. Mein Vater ist Alkoholiker und wenn er getrunken hatte, ist er immer auf meine Mutter losgegangen. Wir hatten immer nur Angst, meine Mutter und ich. Mein kleiner Bruder hat das alles noch nicht richtig mitbekommen, weil er abends, wenn es schlimm wurde, schon geschlafen hat. Ein paar Mal hat mein Vater auch mich geschlagen, aber meistens hat meine Mutter alles abbekommen. Ich habe mich schon lange gefragt, warum sie nicht geht, aber wenn er nüchtern war, war er eigentlich richtig nett. Und seine Arbeit im Betrieb hat er auch immer noch auf die Reihe bekommen. Mama wollte ihm wahrscheinlich noch eine Chance geben. Aber du kannst dir nicht vorstellen, wie fürchterlich es war. Wir sind jetzt seit sechs Wochen in der neuen Wohnung und obwohl wir nun weg sind von ihm, ist nicht plötzlich alles wieder gut. Wir sind beide noch total fertig von der Zeit, die hinter uns liegt. Zum Glück hat meine Mutter diese Stelle im Kindergarten bekommen, da kann sie meinen Bruder immer mitnehmen und wenn er Ferien hat, hat sie auch Ferien. Wir haben die Wohnung und sie bekommt Gehalt, aber leicht war dieser Schritt weg von meinem Vater nicht. Wenn sie diese Stelle nicht bekommen hätte, wären wir heute noch bei ihm.« Heike wischte sich die Tränen aus dem Gesicht, sie wirkte unendlich müde und traurig. Leicht legte Tanja ihr den Arm um die Schulter. Heike tat ihr Leid. Sie spürte, dass sie noch nicht fertig war mit Erzählen.

»Das Blöde ist, dass ich jetzt die Schule wechseln musste. Ich bin ja sowieso nur auf der Hauptschule, aber ich konnte mich einfach nie aufs Lernen konzentrieren. Vielleicht muss ich nun auch noch eine Klasse wiederholen. Dann muss ich nach dem Sommer wieder neue Mitschüler kennen lernen, und das stinkt mir jetzt schon. Ich habe alle meine alten Freundinnen verloren und jetzt in dieser neuen Klasse Fuß zu fassen, ist ganz schön anstrengend. Verstehst du das?«, von der Seite schielte sie vorsichtig zu Tanja hin, mit einem Blick, der um Verständnis bettelte.

»Ein bisschen verstehe ich dich schon«, nickte Tanja. »Aber so ganz vorstellen kann ich es mir nicht! Es ist schon eine schlimme Geschichte!« Schweigend blieben sie für ein paar Minuten nebeneinander sitzen. Tanja fühlte sich dieser Flut von Elend gegenüber völlig hilflos. Was konnte sie nur für Heike machen?

Da kam ihr plötzlich eine Idee.

»Weißt du was, ich könnte doch ab und zu mit dir lernen. Wenn du dich auf eine Arbeit vorbereitest, dann könnten wir den Stoff doch zusammen nochmals wiederholen!« Fragend sah sie zu Heike. Die sah sie ganz erstaunt an.

»Würdest du das wirklich für mich machen?« Heike konnte es gar nicht fassen.

»Aber klar doch, sogar gerne!« Tanja war erleichtert, dass sie etwas gefunden hatte, um Heike zu helfen. »Wir könnten gleich in der nächsten Woche anfangen, damit wir keine Zeit verlieren. Bis zu den Sommerferien ist es nämlich nicht mehr allzu lange.«

»Das finde ich aber wirklich toll von dir! Wenn du mir hilfst und ich zu Hause jetzt mehr Ruhe habe, schaffe ich es vielleicht doch noch, wieder den Anschluss zu bekommen!« Mit Augen, in denen ein Hoffnungsschimmer aufglühte, sah sie Tanja an. Die nickte nur und war froh, dass ihr etwas eingefallen war, diesem kleinen Unglücksvogel wieder auf die Beine zu helfen.

»Also abgemacht, sollen wir sagen, wir treffen uns am Montag um siebzehn Uhr bei mir. Wäre dir das recht?«

Heike nickte und streckte ihr die Hand hin.

»Ja, abgemacht, und vielen Dank.«

»Na, wir müssen erst mal sehen, ob dir das gemeinsame Lernen etwas bringt, denn vielleicht weiß ich ja gar nicht so viel mehr als du!«

»Ganz bestimmt wird es etwas bringen!«

Eine Weile saßen beide schweigend zusammen. Es wurde immer kühler, es ging jetzt auf dreiundzwanzig Uhr zu. Tanja lag noch so manche Frage auf der Zunge, aber sie wusste ja nun, dass sie Heike bald wieder treffen würde. Das Maß an Leidensgeschichten war für diesen Abend voll, und sie wollte Heike nicht weiter mit ihren Erinnerungen quälen.

Dann verließen die ersten den Jugendtreff und als Doro herauskam, war es auch für Tanja und Heike Zeit, nach Hause zu gehen. Tanja nahm ihre neu gewonnene Freundin nochmals in den Arm, bevor sie mit Doro zum Auto ging.

Auf der Heimfahrt erzählte Tanja in knappen Sätzen Heikes Geschichte. Dann sah sie Doro von der Seite her fragend an:

»Na und du, wie geht es dir mit diesem Andy?«

Doro war froh, dass die Dunkelheit ihr Gesicht verbarg. Ihr Gesichtsausdruck hätte in diesem Moment sicher zu viel verraten, denn sie hörte an Tanjas Tonfall, dass sie Andy gegenüber immer noch sehr skeptisch war.

»Du hältst nicht viel von ihm?«, stellte sie eine Gegenfrage.

»Na ja, eigentlich kenne ich ihn nicht, das muss ich zugeben. Aber du hast Recht, ich misstraue ihm. Ich denke, er ist ein Casanova, der sich immer wieder von neuem seinen Erfolg bei Frauen bestätigen muss, verstehst du? Und für so einen wärst du mir zu schade!«

Ihre Worte fielen wie ein schwarzes Tuch über Doros glückseliges Schweben. Hatte Tanja Recht? War sie nur eine Herausforderung für Andy, wollte er sie nur erobern, um sie dann wieder fallen zu lassen und sich die nächste Trophäe zu erkämpfen? Spielte er mit Frauen? Laut sagte sie zu Tanja:

»Er hat mir Briefe geschrieben, aber ich bin noch nicht seine Freundin. Ich will erst mal abwarten, wie es ihm im Jugendtreff gefällt. Und ich weiß auch noch gar nicht, ob er mich zur Freundin will. Aber du brauchst dir keine Sorgen zu machen, ich passe schon auf mich auf!«

Da war sich Tanja zwar nicht so sicher, denn sie hatte trotz der Dunkelheit Doros verklärten Gesichtsausdruck erspürt, aber sie sagte nichts mehr. Doro würde sein Spiel schon selbst irgendwann durchschauen, und hoffentlich nicht erst, wenn es zu spät war. Aber mehr als eine Warnung auszusprechen, konnte sie nicht tun. Doro war schließlich älter als sie und hatte sich von ihr bisher selten etwas sagen lassen. So hingen sie das letzte Stück auf dem Heimweg schweigend ihren eigenen Gedanken nach.

Als Tanja dann in ihrem Zimmer war, sich zwischen all ihren geliebten Büchern in den Sessel setzte und den Abend Revue passieren ließ, fühlte sie sich plötzlich total frustriert. Alles schien ihr nicht mehr gut genug zu sein. Ihr Zimmer, ihre Klamotten, ihre Schultasche, die neben dem Schreibtisch stand. All das schien ihr nicht mehr zu genügen. Missmutig horchte sie in sich hinein, versuchte zu ergründen, woher ihr plötzlicher Frust kam. Der Abend war abgelaufen wie immer und das Gespräch mit Heike war zwar nicht erheiternd gewesen, aber es hatte Tiefe gehabt und sie freute sich darauf, ihr ein wenig zu helfen. Was bedrückte sie jetzt? Da fiel ihr Blick auf das Poster, das an der Wand über ihrem Bett hing und sie verstand. Die Beatles waren darauf zu sehen und sie liebte dieses Poster heiß und innig, genauso wie sie die Musik der Beatles mochte. Sie hatte alle Lieder von ihnen auf Kassette und hörte sie oft und oft. Auf dem Bild gefiel ihr besonders John Lennon. Sie hatte sich bisher immer eingebildet, ein bisschen für ihn zu schwärmen. Deshalb hing dieses Bild von ihm auch dort auf seinem Ehrenplatz über ihrem Bett. Einer spontanen Eingebung folgend stand sie nun auf, kniete sich auf ihr Bett und zog die Reißnägel, die das Poster gehalten hatten, aus der Wand. Fast wütend faltete sie den schweren, glatten Bogen zusammen und steckte ihn in den Papierkorb, der unter dem Schreibtisch stand. Ihr war an diesem Abend klar geworden, dass es mehr gab, als papierene Idole, die an der Wand hingen. Als sie neben Doro im Auto saß, hatte sie genau gespürt, dass etwas in deren Leben sich verändert hatte. Auch wenn sie nichts Besonderes über diesen Andy gesagt hatte, hatte sie heute eine andere Ausstrahlung gehabt. Etwas wie Lebensfreude, wie Kraft, wie Leidenschaft, etwas, das wohl mit Liebe zu tun haben musste, hatte Doro umgeben. Nun sehnte sich Tanja danach, dieselben Gefühle zu empfinden. Aber sie war in niemanden verliebt, außer in dieses Bild, das natürlich zugegebener Maßen auch seine Vorteile hatte. Es gab kein Risiko dabei, in ein Bild verliebt zu sein und es machte auch keine Mühe. Aber das war auch schon alles. Und es war zu wenig. »Herr Jesus«, betete sie. »Hilf mir bei der Suche nach der Liebe meines Lebens. Und lass mich nicht mehr so lange warten, bis ich sie finde!«

Nach einem friedlichen und erholsamen Sonntag begann wieder eine neue Woche. Beate setzte sich am Montagmorgen an den Küchentisch und machte sich einen Plan. Es würde noch gute vier Wochen dauern, bis Will die Felder endgültig kaufen konnte. Sobald es soweit war, das ahnte sie schon, würden ihr einige stressige Wochen bevorstehen, in denen Will ihre Mithilfe dringend brauchen würde. Deshalb hatte sie sich vorgenommen, im nächsten, noch ruhigen Monat die Wohnung auf Vordermann zu bringen. Sie wollte die Küche auswaschen, eine Arbeit, die sie schon lange vor sich hergeschoben hatte. Sie wollte die Kleiderschränke nochmals aussortieren, vor allem ihren eigenen. Sie musste sich endlich eingestehen, dass sie ihre Jungmädchenfigur verloren hatte. Leider. Manchmal betrachtete sie fast mit Wehmut ihre Töchter, die noch rank und schlank waren. Sie trug inzwischen Kleidergröße zweiundvierzig und alle Versuche, etwas daran zu ändern, waren gescheitert. Sie war froh, dass Will trotzdem mit ihr zufrieden war und immer wieder betonte, dass er ihre »Kurven« liebe. Seufzend nippte sie an ihrem heißen Kaffee. Also Punkt eins war die Küche, Punkt zwei waren die Kleiderschränke. Sie würde alle Kleidungsstücke, die ihr nicht mehr passten, beim Pfarramt abliefern. Die Pfarrfrau machte immer irgendwelche Sammlungen für arme bedürftige Freunde in Russland.

Dann war da noch ihr so genannter Hobbyraum im Keller, in dem die Tischtennisplatte aufgestellt war. Aber weil schon lange niemand mehr dort spielte, hatte sie irgendwann begonnen, Dinge dort zu lagern, die sie nicht mehr brauchte, von denen sie sich aber auch nicht trennen wollte. Das würde die schwerste Arbeit werden, denn wohin mit all den Sachen? In den Müll? Oder verschenken? Vielleicht sollte sie doch dort unten beginnen, solange sie noch genügend Schwung hatte. Am besten sie begann schon heute morgen damit.

Entschlossen trank sie ihre Tasse leer. Sie spürte einen ungeahnten Tatendrang und stand auf. Mit schnellen Schritten machte sie sich auf in den Keller.

Als sie die Tür des Hobbyraumes öffnete, schlug ihr eine Welle muffiger und feuchter Luft entgegen. Schnell ging sie zum Fenster, öffnete es weit und atmete tief die hereinströmende frische Luft ein. Dann ging sie zum Lichtschalter, knipste ihn an und ließ, fast geblendet von dem grellen Neonlicht, ihre Blicke durch den Raum schweifen. In der Mitte stand die alte, total verstaubte Tischtennisplatte, die inzwischen schon ziemlich heruntergekommen wirkte. Ringsum an der Wand entlang hatte sich Schachtel um Schachtel, gefüllt mit alten Dingen, angesammelt. Sie wusste nicht mal mehr, was in den einzelnen Kisten und Kartons gelagert war. Wie sollte sie das alles nur bewältigen? Aber sie durfte jetzt den Mut nicht verlieren. Energisch bückte sie sich zu der ersten Schachtel, die gleich auf der rechten Seite neben der Tür stand. Hier wollte sie beginnen und sich systematisch vorarbeiten. Ein bisschen war sie nun auch neugierig geworden und wollte wissen, was in den einzelnen Kartons wohl drin war. Sie öffnete den verstaubten Deckel und sah hinein. Alte Kerzenreste fand sie darin, die sie noch irgendwann einmal einschmelzen wollten, um neue Kerzen daraus zu machen. Sie machte sich keine Illusionen mehr: auch in den nächsten Jahren würden sie hier liegen und vergeblich auf eine Verwendung warten. Also weg damit. Dann förderte sie ein altes Fondue-Set zutage, das über die Jahre angerostet war. Auch davon würde sie sich trennen. Sie seufzte. Die Arbeit machte ihr wirklich keinen Spaß, aber sie zwang sich dazu, Stück für Stück durchzusehen. Ein desolater Eierkocher, alte Winterstiefel, ein kaputtes Spielzeugauto, ein alter Lampenschirm. Sie würde alles in die Mülltonne werfen oder zum Sperrmüll geben. Nach Jahren des Hortens war die Zeit gekommen, einen Befreiungsschlag durchzuführen. Endlich war diese erste Schachtel leer. Als Nächstes kam ein alter grauer Koffer aus gepresstem Karton an die Reihe, den sie von ihren Schwiegereltern geerbt hatten. Als sie mit Mühe die verrosteten Schlösser öffnete, fiel ihr ein, was sie vor einigen Jahren dort hineingepackt hatte. Es waren die alten Babysachen, die sie damals fast unter Tränen in den Keller gebracht hatte. Für einen kurzen Moment setzte sie sich auf die Kiste, die neben dem Koffer schon auf ihre Entrümpelung wartete. Sie erinnerte sich an damals. Wie sehr hatte sie sich noch ein Kind gewünscht! Sie hatte gehofft und gewartet und gebetet, aber sie war nach den beiden Mädchen nicht mehr schwanger geworden. Ihr Arzt, den sie aufgesucht hatte, hatte ihr nur bescheinigt, dass alles in Ordnung sei. Sie war sich damals so gewiss gewesen, dass Gott ihre Bitte um ein weiteres Kind mit »Ja« beantwortet hatte. Offensichtlich hatte sie sich darin getäuscht. Obwohl sie sich noch genau an dieses tiefe innere Wissen erinnern konnte. Aber sie war ein Mensch, mit welchem Recht konnte sie von Gott fordern, dass er ausgerechnet ihr eindeutige Antworten gab und ihr alle Wünsche erfüllte? Sie hatte viele Tränen vergossen um ihre nicht geborenen Kinder. Wenn sie ehrlich zu sich war, hatte sie erst in den letzten beiden Jahren die Hoffnung endgültig aufgegeben. Sie war jetzt achtunddreißig Jahre alt und hatte zwei fast erwachsene Töchter. Vielleicht würde sie ja schon bald Enkelkinder bekommen? Sie war dankbar für ihre Töchter und für ihr Leben, so wie es geworden war.

Als der Inhalt des Koffers dann offen vor ihr ausgebreitet war, besah sie sich mit Wehmut all die süßen kleinen Jäckchen, Mützchen, Höschen und Kleidchen. Zart strich sie mit den Händen darüber und erinnerte sich an das Gefühl, so ein kleines warmes Menschlein im Arm zu halten. Dann machte sie schnell den Deckel wieder zu. Es hatte keinen Sinn, sich irgendwelchen Träumen hinzugeben. Ebenso hatte es keinen Sinn, die Sachen für irgendwelche, noch nicht vorhandenen Enkelkinder aufzubewahren. Die Mode hatte sich geändert, und die Stoffe waren inzwischen alt und brüchig geworden und an den Ecken und Kanten vergilbt. Sie würde auch diese Sachen zum Pfarrhaus bringen, vielleicht konnte die Pfarrfrau sie noch verwenden. Beate packte den Koffer, brachte ihn in die Garage und lud ihn ins Auto ein. Wenn sie am Nachmittag zum Einkaufen fuhr, würde sie ihn gleich abgeben. Dann wusch sie ihre Hände und machte sich weiter an die Arbeit. Als sich die Mittagszeit näherte, war sie erschöpft, aber sehr zufrieden. Sie hatte schon einen großen Teil aussortiert, fast alles dem Müll übergeben, nur einzelne Stücke waren übrig geblieben, die sie dann in dem Schrank im Kellerflur untergebracht hatte. Sie hätte sich schon längst an diese Arbeit machen sollen. Eine entrümpelte Wohnung verschaffte ein wunderbar gutes Gefühl von Freiheit und Erleichterung.

Die Begegnung zwischen Andy und Doro an diesem Vormittag verlief anders als die bisherigen – gewisser und glücklicher. Weil Doro gewusst hatte, dass er kommen würde, hatte sie sich an diesem Morgen richtig schön gemacht. Sie trug eine enge weiße Jeans und Turnschuhe und dazu ein fast elegant wirkendes dunkelrotes T-Shirt, das mit kleinen Glasperlen bestickt war. Sie hatte ihre Haare noch am Morgen frisch gewaschen. An diesem Tag freute sie sich richtig darauf, Andy zu sehen, auch wenn ihr Herz dabei klopfte. Als sie durch die große Glastür ging und das dunkle Schulgebäude verließ, wurde sie fast geblendet von der Sonne, die vom Himmel strahlte. Aber trotzdem sah sie gleich, dass Andy auf dem

Schulhof wartete. Lässig, elegant, mit einer schwarzen Jeans und einem weißen Hemd gekleidet und fast unverschämt selbstbewusst, lehnte er an einem Pfeiler, der das Vordach stützte. Er entdeckte sie sofort und kam mit schnellen Schritten zu ihr. Sie blieben voreinander stehen, sahen einander einen Moment lang stumm in die Augen, ziemlich verlegen und doch erfüllt von einer Dynamik, die von einem zum anderen strömte und so stark war, dass man sie fast greifen konnte. »Hallo, Andy, schön, dass du gekommen bist!«, begann Doro verlegen.

»Hi, Doro! Ich dachte schon, dieser Vormittag würde kein Ende nehmen! War es bei euch heute auch so stressig wie bei uns? Unsere Lehrer haben einen richtigen Abitur-Wahn! Jeden Tag predigen sie uns, was wir fürs Abi wissen müssten. Es wird wirklich Zeit, dass die Ferien beginnen!«, meinte Andy, sah dabei aber gar nicht so gestresst aus, wie seine Worte es beschrieben, vielmehr sprühte sein ganzes Gesicht vor Begeisterung.

»Ach, es ging bei uns heute Morgen«, sagte Doro und bemerkte erst jetzt, dass sie mitten im Weg standen und alle anderen einen Bogen um sie herum machen mussten.

»Musst du jetzt auch zum Bus? Dann könnten wir ja zusammen gehen!« Als sie die Frage noch nicht einmal ganz ausgesprochen hatte, meldeten sich schon die ersten Zweifel. Das war ein ziemlich entgegenkommendes Angebot, das sie da gerade gemacht hatte. Er sollte auf keinen Fall denken, dass er sie schon erobert hatte und dass sie ihm nun nachlaufen würde. Und wenn eine von ihren Freundinnen oder ein Klassenkamerad sie mit ihm an ihrer Seite sehen würde, was würde er denken? Und doch wünschte sie sich nichts mehr, als die Möglichkeit, noch ein wenig Zeit mit Andy zu verbringen. Sie wollte mit ihm reden, hören, was er so dachte, wollte herausfinden, wie er denn nun eigentlich war. Sie war neugierig auf ihn.

»Ja klar, ich muss auch zum Bus«, meinte er und sie sah das kleine Lächeln, das um seinen Mund spielte. Er freute sich offensichtlich über ihr Angebot.

»Aber ich gebe dir erst noch den Brief!« Aus seiner hinteren Hosentasche zog er einen schon leicht zerknitterten, weißen Umschlag und gab ihn ihr. Doro wurde schon wieder rot und steckte schnell den Brief in ihre Schultasche. Würde die Verlegenheit zwischen ihnen denn nie ein Ende nehmen? Es tat ihr Leid, dass sie keinen Brief für ihn hatte. Den ganzen vergangenen Sonntag über hatte sie überlegt, ob sie ihm schreiben sollte und hatte in Gedanken Hunderte von Sätzen entworfen. Aber Tanjas abwertende Worte nach dem Jugendtreff waren ihr nicht aus dem Sinn gegangen. Doro wollte einfach vorsichtig sein, obwohl sie immer wieder zweifelnd überlegt hatte, ob Liebe denn vorsichtig war! Nun tat es ihr Leid, dass sie ihm nicht geschrieben hatte. Dafür hatte sie ihn gebeten, sie auf dem Weg zum Bahnhof zu begleiten, vielleicht war das ein noch größerer Schritt vorwärts, als es ein Brief gewesen wäre. Aber sie konnte die Entwicklung sowieso nicht stoppen. Wahrscheinlich hätte er sie auch ohne ihre Erlaubnis zum Bahnhof begleitet, sie hatten ja denselben Weg. So gingen sie einträchtig nebeneinander her, zuerst durch das Obere Tor, dann durch die belebte Innenstadt in Richtung Bahnhof.

Nach einem kurzen Anfangsgeplänkel über das Wetter sah Andy Doro abschätzend von der Seite her an und stellte zögernd eine Frage, die ihm schon die ganze Zeit auf dem Herzen gelegen hatte. »Hast du eigentlich gerade einen Freund, Doro?«

»Würde ich dann hier mit dir zum Bus gehen?«, war Doros logisch trockene Gegenfrage.

»Hm, ne, wahrscheinlich nicht«, gab Andy zu und lachte erleichtert auf. »Aber bestimmt hattest du schon mal einen Freund, oder?«

»Na, so richtig eigentlich nicht! Ich war mal verliebt in einen Jungen aus meiner Klasse. Wir haben morgens immer an einem Tisch im Aufenthaltsraum gesessen und ich glaube, er konnte mich auch ganz gut leiden. Aber dann hat er mir eines Tages erklärt, dass er 'ne Freundin hat. Das war ziemlich blöd. Aber das mit der Freundin war dann wohl doch nichts, obwohl ich die beiden ein paar Mal zusammen gesehen hatte. Wir saßen auf jeden Fall morgens immer noch zusammen und haben uns immer gut verstanden. Dann eines Tages hat er mir gesagt, dass das mit dem anderen Mädchen aus sei und hat gefragt, ob nun nicht doch ich mit ihm gehen wollte. Aber ich wollte nicht. Nicht so schnell und nicht als Nummer zwei. Na ja, inzwischen sitze ich morgens woanders, irgendwann hatte ich keine Lust mehr, mit ihm zu quatschen. Er hätte es sich früher überlegen müssen, aber wir waren damals ja auch noch ziemlich kindisch und ich hätte gar nicht so recht gewusst, wie das sein sollte, wenn ich seine Freundin wäre.«

Sie machte eine kurze Pause und wartete auf einen Kommentar von Andy, aber der schwieg. »Und du, hattest du schon mal eine Freundin?«, fragte sie ihn deshalb.

»Ach, auch nicht so richtig. Mit einem Mädchen aus der Nachbarschaft war ich ein paarmal samstags in der Disko. Und zuerst dachte ich, dass ich sie gern als Freundin hätte, aber ich habe dann schnell gemerkt, dass sie nicht so mein Typ ist.«

»Wieso war sie nicht dein Typ?«

»Ach, ich kann das gar nicht richtig erklären. Irgendwie war sie eine Draufgängerin, eher so robust, und mir war bald klar, dass ich ihr Tempo nicht mithalten kann. Sie hatte Power ohne Ende. Wenn es zwei Uhr in der Nacht war und ich nur noch müde rumgehängt bin, wollte sie noch ohne Ende tanzen und Gespräche führen. Das habe ich um diese Uhrzeit nicht mehr geschafft. Das erste Mal natürlich schon, aber auf Dauer hätte das nicht geklappt.«

»Vielleicht hatte sie einen anderen Biorhythmus als du?«

»Nee, nicht nur der Biorhythmus hat nicht gestimmt. Sie hat auch immer so grobe Ausdrücke benutzt und sich aufgeführt wie ein halber Mann. Und sie hatte ganz andere Interessen als ich. Hat ständig nur von ihrem Pferd gefaselt, stundenlang, es gab kein anderes Thema. Das war nichts für mich. Zum Glück habe ich es noch rechtzeitig gemerkt.«

Doro nickte stumm. Hoffentlich hatte er sich in ihr nicht auch getäuscht. Hoffentlich würde er nicht auch nach zwei Wochen merken, dass sie nicht zusammenpassen.

»Du bist ganz anders«, meinte Andy, als ob er ihre Gedanken gelesen hätte. »Was musst du eigentlich so bei deinem Vater helfen?«, fragte er dann und es hatte den Anschein, als wolle er nun lieber das Thema wechseln.

»Ach, alles mögliche. Wir haben nicht nur die Baumschule, also Jungpflanzen, die wir großziehen und dann verkaufen. Wir haben auch einigen Obstanbau: Kirschen, Birnen und Äpfel. Dann haben wir noch Himbeeren, die werden jetzt dann als Erste reif. Wenn mein Vater die Bäume geschnitten hat, lesen wir die Äste auf. Eher die leichten Arbeiten, die auch noch ein bisschen Spaß machen. Die schwere Arbeit, hacken, neue Pflanzen setzen und so, das machen meine Eltern zusammen mit unseren Mitarbeitern.« Doro machte eine Pause und fragte dann: »Und bei euch, wie läuft es da so? Arbeitet deine Mutter auch im Betrieb mit?«

»Ja, im Büro. Sie macht vor allem die Gehaltsabrechnungen, mein Vater wollte, dass sie das macht und nicht irgendeine Angestellte. Aber wir haben noch zwei andere Sekretärinnen, die auch im Büro arbeiten.«

»Bist du dann nachmittags immer allein zu Hause?«

»Ach, solange meine Brüder noch da waren, war meine Mutter nachmittags daheim. Aber seit zwei Jahren ist sie auch am Nachmittag im Betrieb. Wenn es mir langweilig wird, kann ich mich ja mit meinen Freunden treffen. Aber bei dem Programm, das sie uns in der Schule gerade aufs Auge drücken, wird es mir nie langweilig, das kann ich dir sagen!«

Doro nickte verständnisvoll, auch sie musste ja dauernd zu Hause büffeln. Aber nun wurde ihr Gespräch unterbrochen, denn sie waren beim Bahnhof angelangt und ihr Bus stand schon wartend da. Der Busfahrer startete bereits den Motor, es war also höchste Zeit einzusteigen. Schnell sprangen sie die Stufen hinauf und drückten sich eilig am Busfahrer vorbei. Doros Wangen glühten, denn sie war bei diesem Gespräch hochkonzentriert gewesen und es war ihr dann doch fast zu viel, dass Andy auch noch im Bus neben ihr saß. Sie dachte an Tanja und war froh, dass ihre Schwester heute Morgen mit dem Rad gefahren war und deshalb nun auch mit dem Rad zurückfuhr. Denn obwohl sie Tanja mochte, hätte sie ihren prüfenden Blick nicht ertragen.

Jetzt saß sie also hier neben Andy und konnte es kaum fassen. Das Gefühl, ihm so nahe zu sein, war himmlisch und zugleich fast unerträglich. Doro, pass auf! Lass dich nicht zu sehr von deinen Gefühlen mitreißen! Sie musste sich selbst ermahnen, um wieder auf den Boden der Tatsachen zurückzukehren. Das Spiel hatte eben erst begonnen. Wie es ausgehen würde, das wusste Gott allein.

Als sie nach dem Mittagessen auf den Hof vor dem Haus ging, strahlte die Sonne gleißend hell auf die roten Dächer der Schuppen. Kein Wölkchen war am Himmel zu sehen und mittägliche Stille lag über dem ganzen Anwesen. Für einen Moment geblendet, blieb Doro stehen und sog diesen schönen Augenblick tief in ihre Seele auf, aber dann setzte sie ihren Weg fort und schob quietschend die schwere Schiebetür des ersten Schuppens auf. Im muffigen Dämmerlicht des fensterlosen Raumes stand dort ihr Fahrrad, in trauter Gemeinschaft mit alten Brettern und einem Stapel Plastiktöpfen an die Wand gelehnt. Sie hatte einen Briefblock mitgebracht, den sie jetzt auf den Gepäckträger klemmte, bevor sie noch einmal ihre Hosentasche kontrollierte, in der ein grüner Filzstift und der Brief von Andy steckten. Sie schob ihr Rad rückwärts aus der Tür hinaus und schwang sich dann auf den Sattel.

Sie freute sich auch heute wieder darüber, dass sie am Ortsrand wohnten und sie gleich in den ungeteerten Weg durch die Felder einbiegen konnte. Sie fuhr in der von den Auto- und Traktorrädern ausgefahrenen Rinne durch die flirrende Mittagshitze. Es war nun schon sommerlich heiß und die warme Luft schlug ihr zäh und dick entgegen. Entlang der Felder gelangte sie bis zu jenem Baum, unter dem sie erst neulich ein Picknick gehalten hatten. Dort bog sie rechts ab in Richtung Eisenbahnlinie, über die eine schmale Brücke führte. Nach der Brücke nahm sie noch eine Linkskurve und kam nun auf einen Grasweg entlang eines Weizenfeldes, der bald schon so unwegsam wurde, dass sie absteigen musste. Die Weizenhalme wogten sanft im Wind und sahen aus wie ein großes gelbes Meer, das auf und ab flutete. Noch ein paar Meter schob sie ihr Rad, dann hatte sie das Gefühl, weit genug weg zu sein von all dem, was sie stören könnte. Sie wollte sich mit Andy und seinem Brief allein auf der Welt fühlen und in ihren Gedanken an ihn nicht gestört werden. Sie setzte sich auf den Wegrand, der wie ein kleiner Hügel zum Weizenfeld hin anstieg. Voller Spannung holte sie dann den Umschlag aus ihrer Tasche und öffnete ihn hastig mit ihrem Filzstift. Das Papier franste dabei aus, aber es störte sie nicht. Mit klopfendem Herzen begann sie zu lesen:

Liebe Doro,

im Jugendtreff am Samstag hat es mir sehr gut gefallen. Die Stimmung war so locker und oft auch richtig lustig. Ich habe gemerkt, dass ich bisher ziemliche Vorurteile gegen Christen hatte. Du weißt schon, dass sie brav und langweilig sind und sich nichts trauen und, das muss ich leider auch zugeben, dass die Frauen sich nicht richtig schick anziehen. Ich will es dir gleich gestehen: Was du anhattest, fand ich super schön. Du warst für mich die Perle dieses Abends. Aber auch die anderen machten einen guten Eindruck, wirkten gar nicht verkrampft oder stur oder so, sondern eher im Gegenteil: Ich habe bei euch dort eine Freiheit und Gelassenheit gespürt, die man nicht überall findet, so als ob es Gott tatsächlich gäbe. Und ich muss sagen, was der Guide so von sich gegeben hat, klang überzeugend.

Aber trotz all dem ist mir eines deutlich geworden, nämlich dass ich (noch) kein Christ bin. Ich habe mich einfach mit diesem Gedanken, ob es gut ist an Jesus zu glauben, bisher nicht auseinander gesetzt. Und irgendwie fällt es mir auch jetzt schwer, mich auf all das einzulassen, weil ich spüre, dass sich in meinem Leben etwas ändern würde und ich bin mir nicht sicher, ob ich das wirklich will.

Meine Eltern sind keine Christen und ich habe, außer zu meiner Großmutter, bisher keinen Kontakt zu Christen gehabt. Vielleicht kannst du mir ja irgendetwas Lesbares geben (Bücher), damit ich mehr über das Christentum erfahre?

Soviel für heute,
dein Andy

P. S.: Der Guide hat nicht gefragt, wer in der letzten Woche etwas mit Jesus erlebt hat! Hat er es vergessen oder wollte er uns »Neue« schonen?

Lange saß Doro still im Gras, ließ sich die Sonne warm auf den Rücken scheinen und dabei die Worte, die Andy geschrieben hatte, in sich nachklingen. »Du warst für mich die Perle des Abends!« Das war ein wunderschöner Satz. Ihr Glück wäre grenzenlos und ungetrübt gewesen, wenn er nicht auch noch den anderen Satz geschrieben hätte: »Ich bin noch kein Christ!« Sie hatte es ja gewusst, aber es so zu lesen in diesen nüchternen Worten, das traf sie irgendwie doch in ihrem Inneren. Würde er Christ werden? Und wenn nicht, was würde das bedeuten im Blick auf die Zukunft? Konnte er dann ihr Freund werden? Wollte er das überhaupt? Wollte sie es?

Wenn er Christ wurde, wollte sie ihn auf jeden Fall als Freund. Das war ihr in den letzten Tagen mehr und mehr klar geworden. Sie hatte ihre Vorbehalte ihm gegenüber, die vielleicht ja auch nur eine Schutzwand gewesen waren, abgebaut. Oder hatte sie sich einfach in ihn verliebt? Es gefiel ihr, wie er um sie warb. Er machte das richtig nett. Wer würde da schon widerstehen können? Er war ein toller Typ. Aber hätte eine Beziehung mit ihm eine Zukunft, wenn er nicht auch an Jesus glaubte? Wäre es dann nicht so, dass sie mit jemandem zusammenleben würde, mit dem sie ihr Innerstes nicht teilen könnte? Würde in einer Ehe mit Andy nicht die Grundlage fehlen? Eigentlich müsste sie morgen mit ihm Schluss machen und erst mal abwarten, ob er beim Jugendtreff bleiben würde. Eigentlich. Aber es war ja noch nichts Ernsthaftes zwischen ihnen passiert. Was sollte sie beenden? Es hatte doch noch gar nichts angefangen. Sie waren noch gar kein richtiges Paar. Die Tür stand noch offen, durch die sie gehen konnte, wenn sie sich gegen ihn entschied. Vielleicht war es jetzt das Wichtigste, dass er weiterhin in den Jugendtreff kam. Dort würde er von Jesus hören. Alles andere musste sich noch zeigen und sie wollte sich nicht den Kopf über Dinge zerbrechen, die es noch gar nicht gab.

Schließlich nahm sie den inzwischen leicht zerknitterten Block vom Gepäckträger. Lange saß sie regungslos in der Sonne und dachte nach, was sie ihm schreiben sollte, dann endlich brachte sie ihre Gedanken zu Papier.

Lieber Andy,

ganz herzlichen Dank für deinen Brief. Ich habe mich vor allem darüber gefreut, dass du so ehrlich warst und gesagt hast, dass du noch kein Christ bist. Ich will auch ehrlich zu dir sein.

Dein Brief hat mich dazu gebracht, mir Gedanken darüber zu machen, was Christsein für mich eigentlich bedeutet.

Es sind vor allem zwei Dinge, die ich gut finde:

Zum einen ist es die Hoffnung, dass es nach dem Tod ein Weiterleben im Himmel bei Gott gibt. Ich weiß es nicht wirklich, ob es tatsächlich stimmt, dass es einen Himmel gibt, aber ich glaube es und ich setze auf diese Karte und hoffe, dass sich mein Glaube bestätigen wird und ich nach dem Sterben wirklich bei Gott bin.

Diese Hoffnung bringt mir aber auch schon heute etwas, nämlich dass ich gelassener leben kann. Ich muss nicht alles in meiner kurzen Zeit erreichen und ausleben. Ich kann auch auf Dinge verzichten (hoffe ich zumindest) und kann sogar etwas abgeben von dem, was ich habe.

Und noch etwas finde ich toll: dass ich, wenn ich Gott habe, nicht allein bin. Da ist noch jemand, der mir zuhört, mich versteht, mir hilft und zwar jemand mit echter Kompetenz, weil für Gott ist ja nichts unmöglich.

Ich schicke dir drei Bücher mit, die mir selbst viel gebracht haben. Da ist zum einen mein absolutes Lieblingsbuch. Es ist so eine Art Biografie, heißt »Die Zuflucht« und ist von Corrie ten Boom. Die hat einfach tolle Sachen mit Gott erlebt.

Dann das kleine Buch von Wilhelm Busch »Jesus – unser Schicksal«. Dann lege ich dir noch einen Bibelleseplan dazu, »Die ersten hundert Tage mit der Bibel«. Wenn du Lust hast, mal in der Bibel zu lesen, hilft er dir, die Texte besser zu verstehen, denn eigentlich musst du vor allem eines lesen, die Bibel selbst. Sonst merkst du ja nichts von ihrer Power.

Ich habe übrigens das Buch von Sten Nadolny gelesen. Nachdem du mir davon geschrieben hattest, bin ich neugierig darauf geworden. Es hat mir gut gefallen, ich habe gespürt, dass es ein Stück große Literatur ist, aber die Welt der Seefahrt ist mir doch etwas fremd geblieben. Wahrscheinlich ist es ein Männerbuch.

Ich habe mich gefreut, dass wir uns am Samstag gesehen haben und freue mich schon auf den nächsten Jugendtreff!

Deine Doro

P. S.: Warte es nur ab! Die Frage hörst du garantiert das nächste Mal.

Als sie zu Ende geschrieben hatte, las sie ihren Brief noch ein paar Mal durch, bis sie ihn zusammenfaltete und in ihre Hosentasche steckte. Würde er ihre Gedanken verstehen? Egal, sie musste ehrlich sein.

Sie sah auf die Uhr. Schon fast zwei Stunden waren vergangen und sie stand eilig auf. Ihre Haut war in der Sonne heiß und rot geworden und sie spürte, wie leichte Kopfschmerzen den Nacken hinaufzogen. Sie hatte die Zeit vergessen und war zu lange in der Sonne gewesen. Aber egal, sie war zufrieden mit ihrem Brief, das war heute das Wichtigste. Sie musste den Rest des Nachmittags sowieso in ihrem Zimmer verbringen, denn jede Menge Hausaufgaben warteten noch auf sie. Schwungvoll schob sie ihr Rad zurück durch das Gras bis zu dem Weg und fuhr dann, ein kleines Lied pfeifend, nach Hause zurück.

Heike war an diesem Nachmittag tatsächlich zu Tanja gekommen und nun saßen sie in Tanjas Zimmer zu zweit am Schreibtisch zusammen, über Heikes Mathebuch gebeugt. Das ganze Zahlengewirr schien nicht logisch auszusehen. Über ihnen war das Dachfenster geöffnet, durch das zwar keine Sonne fiel, weil es nach Norden ausgerichtet war, aber durch das trotzdem zähe Wärme in das Zimmer drang. Es war keine gute Voraussetzung, um einen kühlen Kopf für logisches Denken zu behalten, aber pflichtbewusst machten sie sich an die Arbeit. Das Haus verströmte stille Geborgenheit, während sie eifrig ihre Köpfe in das Buch steckten.

»Ah ja, ihr macht gerade Bruchrechnen«, stellte Tanja fest, nachdem sie einige Seiten überflogen hatte. »Das ist leider schon eine Weile her, seit wir das hatten. Vielleicht erklärst du mir erst mal, was du bisher kapiert hast, damit ich wieder in den Stoff reinfinde!«

»Was, ich soll dir den Stoff erklären? Das kann ich doch gar nicht. Ich bin extra gekommen, um von dir was zu lernen!« Heike war entsetzt.

»Na, jetzt versuch es halt mal«, ermutigte sie Tanja.

»Ich fürchte, ich habe bisher noch nicht sehr viel kapiert«, seufzte Heike. »Ich denke von vornherein schon immer, dass ich das sowieso nicht blicke und lasse die Stunde halt irgendwie über mich ergehen. Aber wenn du unbedingt willst, dann versuche ich es mal! Also Brüche addieren, das kann ich wahrscheinlich irgendwie schon!«

Und dann versuchte Heike zu erklären, was sie bisher verstanden hatte. Was sie nicht erklären konnte, lasen sie zusammen im Mathebuch nach und so langsam dämmerten Tanja die Zusammenhänge. Trotzdem stellte sie sich noch eine Zeit lang dumm, weil sie merkte, dass Heike den Stoff am besten verstand, wenn sie ihn zu erklären versuchte. Nach eineinhalb halben Stunden saßen sie dann beide mit geröteten Wangen da, zufrieden damit, dass Heike tatsächlich weitergekommen war. Sie lehnten sich auf ihren Stühlen zurück und Tanja reckte ihre Arme und Schultern.

»Mensch, Tanja, so schwierig ist das ja gar nicht«, strahlte Heike.

»Ich glaube, du warst bisher einfach durch deine Angst blockiert. Denn dumm bist du nicht. Du hast in dieser kurzen Zeit heute Nachmittag ganz schön viel gelernt. Du musst einfach mit mehr Selbstvertrauen an die Sache rangehen!«

»Na ja, mit dir hat es mir auch Spaß gemacht. Unser Mathelehrer liegt mir einfach nicht. Und deshalb fehlt mir jede Motivation. Aber jetzt erzähl mir doch noch ein bisschen was vom Jugendtreff. Läuft der Abend jedes Mal so ab, wie am Samstag?«

»Ja meistens, aber ab und zu feiert jemand seinen Geburtstag, dann sind wir dort eingeladen und es gibt ein tolles Festessen und Spiele und so. Das ist immer echt gut. Und stell dir vor, in der ersten

Ferienwoche von den Sommerferien machen wir eine Radtour! Doro und ich haben uns schon angemeldet. Da könntest du doch auch mitkommen!«

»Ich habe kein gutes Fahrrad und so besonders sportlich bin ich auch nicht. Ich weiß nicht, ob ich mit euch mithalten könnte!«

»Na hör mal, wir sind alle auch keine Profis und so unsportlich wirkst du wirklich nicht. Aber ein Fahrrad mit einer guten Gangschaltung benötigst du schon. Vielleicht könntest du dir ja von irgendjemand eines ausleihen!«

Heike sah sehr skeptisch aus. Die vielen Tiefschläge, die sie bisher in ihrem Leben schon getroffen hatten, hatten ihr Selbstbewusstsein fast ganz zerstört.

»Du kannst es dir ja noch überlegen, aber toll wäre es schon, wenn du mitkommen könntest«, sagte Tanja. »Auf alle Fälle lernen wir noch ein paarmal zusammen, oder? Es hat mir Spaß gemacht mit dir!«

»Ehrlich, du willst nochmal mit mir lernen? Das ist aber sehr lieb von dir! Macht es dir auch wirklich nichts aus?« Heike konnte ihr Glück noch nicht richtig fassen. Dann gingen sie nach unten in die Küche, tranken durstig ein paar Gläser Saft mit Sprudel und redeten noch ein Weile über alles Mögliche.

Als es Zeit zum Abendessen war, begleitete Tanja Heike zur Tür und sie verabschiedeten sich. Noch ein bisschen schüchtern, denn sie kannten sich ja erst so kurz, umarmte Tanja Heike.

»Bis bald«, sagte sie und freute sich über das kleine Lächeln in Heikes Gesicht. Dann ging sie zurück in die Küche, wo Beate inzwischen begonnen hatte, ein Abendessen vorzubereiten.

Auch Doro war noch rechtzeitig mit ihren Hausaufgaben fertig geworden und ging aus ihrem Zimmer die Treppe nach unten in Richtung Küche. Als sie durch den Flur kam, fiel ihr das kleine Schwarzweißfoto, das dort schon immer hing, zum ersten Mal richtig auf. Die Küchentür war offen und das Licht der Abendsonne schickte eine Strahlenbahn über die Bilder, die an der rechten

Flurseite hingen. Das Foto hatte dort schon all die Jahre gehangen, zwischen den herrlich farbigen Gemälden ihrer Mutter, die in ihrer Genialität um die Aufmerksamkeit des Betrachters buhlten. Das Foto hatte keine Chance. Es steckte ohne Rahmen hinter einer schlichten Glasplatte.

Doro blieb einen Augenblick stehen, um dieses Bild, das sie schon so oft gesehen hatte, genauer zu betrachten. Ihre Eltern waren darauf zu sehen, am Tag ihrer Hochzeit. Zwei glücklich strahlende Gesichter, jünger als Doro es sich vorstellen konnte. Ihre Mutter hatte ein zartes Kränzchen aus Margeriten auf dem Kopf. Damals hatte sie langes Haar, das sie zu einem Knoten aufgesteckt hatte. Der Schleier war hinten in dem Haar festgesteckt. Das Kleid war hochgeschlossen mit einem kleinen Stehkragen. Der glänzende Seidenstoff sah edel und teuer aus. Ihr Vater hatte noch volles Haar, dessen rote Farbe auf dem Bild ein undefinierbares Grau war. Sie wusste, dass ihre Mutter ihn wegen seinem Haar manchmal liebevoll »mein Wikinger« nannte, auch wenn er heute nicht mehr so viele von den roten Haaren hatte und silberne Fäden die leuchtende Farbe dämpften.

Sie konnte sich ihre Eltern nicht anders vorstellen als so, wie sie heute waren. Trotzdem musste es eine Zeit gegeben haben, in der ihre Mutter ein junges Mädchen und frisch verliebt gewesen war.

Nachdenklich ging sie in die Küche und setzte sich zu den drei anderen an den Tisch. Es gab mit Käse überbackene Spiegeleier, die herrlich in der Pfanne dufteten. Dazu ein frisches Brot und eine Schüssel mit grünem Salat. Will und Tanja erzählten munter von dem, was sie an diesem Tag erlebt hatten, aber Doro aß schweigsam. Als sie noch jünger gewesen war, hatte Beate ihr manchmal davon erzählt, wie sie Will kennen gelernt hatte. Aber sie hatte der Geschichte nie so genau zugehört, alles schien ihr in grauster Vorzeit passiert zu sein, und wenn ihre Mutter von Liebe erzählt hatte, hatte sie immer peinlich berührt weggehört.

Sie wartete, bis alle einigermaßen zu Ende gegessen hatten. Dann stützte sie ihr Gesicht mit den Händen ab, sah ihre Eltern mit interessierten Augen an und fragte: »Wie war das eigentlich damals, als ihr euch kennen gelernt habt?« Nun wollte sie die Story endlich nochmals richtig hören.

»Das musst du deine Mutter fragen, die kann das besser erzählen«, sagte Will und war fast ein bisschen verlegen.

Beate lächelte. »Na, die Geschichte habe ich euch doch schon ein paar Mal erzählt.«

»Ja, aber da war ich noch zu klein dafür!«

»Ach, ich erzähl sie euch gerne noch einmal, das sind so schöne Erinnerungen. Wir haben uns in München in einem Studentenchor kennen gelernt«, begann Beate. »Will studierte Agrarwissenschaft und ich machte zu dieser Zeit ein Haushaltspraktikum bei einer Münchner Arztfamilie.«

»Ja, aber wie habt ihr euch kennen gelernt?«, bohrte Doro nach. »Ihr seid ja nicht nichtsahnend zu diesem Chor gegangen und als verheiratete Leute nach Hause gekommen!«

»Na ja, das war so«, Beate holte nun tatsächlich weiter aus. »Ich hatte ein Auge auf einen gutaussehenden Sänger geworfen, der im Chor hinter uns Sopransängerinnen saß. Ich schielte deshalb ab und zu in die hintere Reihe und euer Vater hat gedacht, dass mein Interesse ihm gelten würde.«

Will brummte etwas Unverständliches dazwischen.

»Und dann hat er mich eines Tages, als der Chor aus war, eingeladen, mit ihm ins Theater zu gehen. Ich hatte damals nur wenig Geld, und die Chance, eine Aufführung im Theater zu sehen, konnte ich mir auf keinen Fall entgehen lassen. Ich war davor noch nie im Theater gewesen. Deshalb habe ich die Einladung ohne zu zögern angenommen.«

»Du musst das genauer erzählen«, schaltete sich nun Will ein. »Es war nämlich so: Ich habe einen ganzen Monat lang nur Brot und Suppe gegessen, damit ich die Theaterkarten und den Sekt, den wir hinterher im Theatercafé getrunken haben, bezahlen konnte. Ich hatte damals nämlich auch kein Geld. Aber wie ihr seht, hat sich die Investition gelohnt.« Zufrieden sah er Beate an.

»Warum hast du sie nicht einfach zu einem Spaziergang eingeladen?«, fragte Doro.

»Weil ich Angst hatte, mir einen Korb zu holen«, bekannte Will. »Ich wollte sicher sein, dass sie meine Einladung auch annimmt. Ich hatte zufällig gehört, wie sie ihrer Nachbarin im Chor erzählt hatte, dass sie in einer Kunstausstellung war. Da hatte ich mir gedacht, wenn sie Interesse an Kunst hat, versuche ich es mal mit dem Theater. Und es hat tatsächlich geklappt.«

Alle spürten bei Wills Erzählung, dass er noch heute stolz darauf war, Beate erobert zu haben.

»Später haben wir dann noch viele Spaziergänge gemacht, ich konnte sie leider nicht gleich wieder ins Theater einladen. Einmal waren wir im Stadtpark und einmal auch im Zoo, weißt du noch?« Er sah Beate schmunzelnd an. »Da kam plötzlich ein Gewitter auf und wir sind hinter das Affenhaus geflüchtet. Dort mussten wir unter einem Dachvorsprung warten, bis es aufhörte zu regnen.«

Beate nickte und eine leichte Röte zog über ihr Gesicht. »Ich erinnere mich noch ganz genau daran, du hast die Situation dann auch schamlos ausgenutzt!«

»Na, sag doch lieber, wir haben die Gunst der Stunde genossen!«, meinte Will. Beide lachten und hingen für einen Moment schweigend ihren Erinnerungen nach.

»Und dann habt ihr geheiratet und seid hierher gezogen?«, fragte Tanja, die nun auch Interesse an der Geschichte hatte.

»Schön wär's gewesen«, sagte Will mit Grabesstimme, und die Mädchen horchten auf. Da gab es anscheinend noch etwas, das die Eltern bisher verschwiegen hatten.

»Dann hat sie mich verlassen!« Will seufzte theatralisch.

»Echt, aber wieso denn das?«, entsetzt schaute Doro ihre Mutter an.

»Na ja«, sagte Beate fast verschämt. »Ich hatte damals schon eine persönliche Beziehung zu Jesus und euer Vater noch nicht. Ich konnte es mir nicht vorstellen, mein Leben mit jemandem zu verbringen, der meine tiefsten Überzeugungen nicht teilt. Außerdem hatte ich mich ja gar nicht richtig von dir getrennt«, sagte sie nun zu Will gewandt. »Ich wollte einfach nur ein Vierteljahr Pause, um mir darüber klar zu werden, was der richtige Weg ist!« Zu den Mädchen gewandt erklärte sie: »Wir hatten ausgemacht, dass wir uns auf jeden Fall nochmals treffen würden, egal, wie unsere Entscheidung ausgefallen war. Da war ein großes Konzert in München angesagt, zu dem wir zusammen gehen wollten.«

»Na, ich war mir da nicht so sicher, ob ich da hin wollte. Ich war ganz schön enttäuscht und verletzt. Und in den ersten Tagen nach unserer Trennung hatte ich gedacht, ich wollte dich nie wieder sehen!« In Wills Stimme war noch ein wenig Wut von damals zu spüren.

»Ja und, und dann?«, drängelte Doro.

Will sah Beate mit gespielter Leidensmiene an. »Dann habe ich doch noch Glück gehabt, sie hat mich gnädigerweise wieder genommen!«

»Ohne dass du eine Entscheidung für Jesus getroffen hast?« Tanja konnte es kaum glauben.

»Na, was glaubst du?«, fragte Will. »Mir ist ja nichts anderes übrig geblieben, als Christ zu werden …«

»Aber, Paps, so einfach geht das doch nicht«, Doro war schockiert.

»Ach, bei Gott ist vieles einfacher, als wir es uns denken. Aber wenn du es so genau wissen willst: Ich bin zu einer Evangelisationsveranstaltung gegangen, die damals gerade in München stattfand. Ich habe nicht am ersten Abend zu Gott gefunden, nein, ich habe gewartet bis zum letzten Abend. Ich wollte mir sicher sein, dass ich nicht nur wegen eurer Mutter diesen Schritt wage, sondern weil ich es selbst wollte. Na, und dann wollte ich es, der Redner war wirklich brillant, er hatte mich überzeugt – oder Gott hatte die Gebete von eurer Mutter erhört, so könnte es auch gewesen sein.«

»Aha, und dann hast du ihn also doch genommen«, nickte Tanja verstehend zu ihrer Mutter hin.

»Nein, so war das nicht«, widersprach ihr Beate. »Ich muss gestehen: ich hätte ihn auch genommen, wenn er keine Entscheidung für Jesus getroffen hätte, denn in diesem Vierteljahr ist mir einfach klargeworden, dass er der Mann ist, mit dem ich mein Leben teilen soll oder auch will. Ich wusste plötzlich, dass er der Mann meines Lebens ist.«

»Aha, und dann habt ihr geheiratet.« Tanja wollte endlich das Happyend hören.

»Ein Jahr haben wir noch gewartet, bis Will mit seinen Prüfungen fertig war und wir wussten, wie die Zukunft aussieht, also, dass wir hier ins Haus können und dass wir den Betrieb aufbauen wollen.« Beate machte eine Pause und hing ihren Gedanken nach. Dann gab sie sich einen Ruck und stand auf. »Ja, so war das also damals«, sagte sie. »Aber heute ist heute und es gibt noch ein paar Dinge zu erledigen. Wenn ihr Mädchen die Küche aufräumt, werde ich den letzten Korb mit Wäsche bügeln und dann wollten wir doch diesen Film anschauen, oder wie war das?«

In dieser Nacht schlief Doro schlecht. Sie träumte wirr, dass sie mit Andy vor dem Altar stand als seine Braut und er auf die Frage, ob er sie heiraten wollte »Nein, denn ich glaube nicht an ihren Gott!« sagte und die ganze Feier sich deshalb auflöste und zum Schluss ihr Vater noch ihrer Mutter erklärte, dass er auch gehen würde, denn er glaube auch nicht wirklich an Gott, er habe es nur ihr zuliebe geheuchelt. Es war ein schrecklicher Traum und Doro wachte irgendwann schweißgebadet daraus auf. Sie knipste die kleine Leselampe an, die auf ihrem Nachttisch stand und nahm ihre Bibel zur Hand, die daneben lag. Sie blätterte darin herum und las ein paar Sachen, bis sie dann im Johannesevangelium auf die Worte von Jesus stieß: »Den Frieden lasse ich euch, meinen Frieden gebe ich euch. Nicht wie die Welt gibt, gebe ich euch. Euer Herz erschrecke nicht und fürchte sich nicht.« Diese Worte trösteten sie. Sie bat Gott, Andy in seine Hand zu nehmen und doch sein Herz für die Liebe, die er in Jesus jedem Menschen geben will, zu öffnen. Dann machte sie das Licht wieder aus und fand doch noch ein wenig Erholung in einem tiefen, traumlosen Schlaf.

Andys Eltern besaßen ein wunderschönes Haus. Es lag in dem Ortsteil, der »Der obere Berg« genannt wurde, zwischen anderen neugebauten Häusern. Ein großer Garten in Südhanglage erstreckte sich vor dem Haus. Andys Zimmer befand sich im oberen Stockwerk und war mit edlen Einbauschränken aus rot schimmerndem Mahagoniholz und einem Schreibtisch samt passendem Stuhl aus dem gleichen Holz eingerichtet. Ein weicher Teppich in dunklem Grün, der zu den ebenfalls grünen Vorhängen passte, gab dem Zimmer ein wohnliches Aussehen. Wenn Andy aus dem Südfenster blickte oder auf seinen kleinen Balkon trat, sah er unter sich die große Veranda und eine parkähnliche Rasenfläche, umgeben von herrlichen Büschen und Bäumen. Er hatte einen fantastischen Blick über den ganzen Ort, bis hinüber zu den Waldenburger Bergen. Aber als er an diesem Freitagnachmittag in seinem Zimmer saß, hatte er keinen Blick für irgendetwas. Er lag auf dem weichen Fußboden, neben sich drei Bücher und wunderte sich. Was war nur passiert? Er saß hier in seinem Zimmer mit diesen frommen Büchern, die ihm Doro am letzten Dienstag mitgebracht hatte – und er hatte sie auch noch gelesen! Natürlich, er las gerne, aber selbst mit seiner Leseleidenschaft war nicht zu erklären, dass er *diese* Bücher gelesen hatte. Doro hatte ihn in den letzten Tagen in einen totalen Rauschzustand versetzt, aber jetzt schien er für einen Moment nüchtern geworden zu sein. Auf welche Abwege hatte er sich da eingelassen? Wie hatte es soweit mit ihm kommen können? Er versuchte sich nochmals den Anfang ins Gedächtnis zu rufen.

Eigentlich hatte er damals, an jenem Samstag, gar nicht vorgehabt, in diesen Film, der im alten Kino gelaufen war, zu gehen. Er hatte überhaupt nur deshalb von diesem Film etwas gewusst, weil seine Klassenkameradin Gaby ihn eingeladen hatte. Im alten Kino trafen sich die Frommen, das wusste er. Er war noch nie dort gewesen und ihm war klar, dass er an dieser Tatsache nichts ändern wollte. Aber Gaby war richtig hartnäckig gewesen und er hatte nicht den Mut gehabt, ihr offen abzusagen. So hatte er sich mit einem vagen »Vielleicht« und »Ich weiß noch nicht« herausgeredet. Aber er wusste natürlich, dass das eigentlich eine Lüge war.

Dann war alles so anders gekommen. Seine Mutter hatte an jenem Samstag, an dem der Film lief, diese grässliche Freundin eingeladen, die immer über alles und jeden lästerte, und die grundsätzlich nie vor Mitternacht nach Hause ging. Er hatte sie von Anfang an nicht leiden können und auch an diesem Tag fand er sie unerträglich. So war ihm nichts anderes übrig geblieben, als das Wohnzimmer, in dem sie mit seinen Eltern zusammen saß, zu meiden. Wie er befürchtet hatte, nahmen ihre Schimpftiraden kein Ende. So war für diesen Abend sein Zugang zum Fernseher, der sich im Wohnzimmer befand, blockiert.

Es war Wochenende und er wusste nicht, was er tun sollte. Aus dieser Notlage heraus rief er einen Freund an, mit dem er samstags schon manchmal bei einem Konzert gewesen war. Vielleicht, so hoffte er, hatte der eine gute Idee, um gemeinsam etwas zu unternehmen. Er musste es endlos klingeln lassen, bis endlich der Hörer abgenommen wurde. Schon an dem Tonfall, mit dem sein Freund seinen Namen nannte, merkte er, dass er mit seinem Anruf einen unpassenden Moment erwischt hatte. Im Hintergrund vernahm er Gekicher und Gekreische, es waren wohl irgendwelche Mädchen zu Besuch. Aber er ließ sich nicht so schnell entmutigen und versuchte, sich vorsichtig auf diese Party einzuladen. Aber die Absage war sehr deutlich. Er könne keine gutaussehende Konkurrenz an diesem für ihn so wichtigen Abend gebrauchen, nuschelte sein Freund ins Telefon, wahrscheinlich sollten es die Mädchen nicht hören. Na, wenn das Freundschaft sein sollte! Andy hätte ihm seine Möchte-gern-Models schon nicht ausgespannt. Nach seinem letzten schrägen Verhältnis hatte er sowieso erst mal genug von der weiblichen Gattung.

Dann rief er noch bei einem anderen Freund an. Er erreichte aber nur dessen Mutter, die ihm erklärte, dass ihr Sohn einen Porsche ausgeliehen habe und eine kleine Spritztour mit seinem Bruder mache.

Irgendwie hatte er sich nach diesen Anrufen einfach mies gefühlt. Der eine Freund hatte Mädchen eingeladen, der andere ein tolles Auto ausgeliehen – nur er saß zu Hause fest und konnte nicht einmal fernsehen. Was hätte er in seiner verzweifelten Lage auch machen sollen? Es blieb ihm wirklich keine andere Wahl, als zu diesem frommen Film ins alte Kino zu gehen. Er sagte sich, dass es ja keine Predigt ist, die er sich dort anhören musste. Und auch wenn es ein frommer Film war, war es ein Film. Er musste sich ja nicht mit den Leuten unterhalten. Jeder andere an seiner Stelle hätte doch genauso entschieden, oder?

Also hatte er sich eine saubere Jeans angezogen und ein ordentliches Hemd, er wollte nicht irgendwie unangenehm auffallen. Dann machte er sich auf den Weg, fast noch ein bisschen widerwillig, aber froh, ein Ziel zu haben.

Als er dort angekommen war, traf er natürlich als erstes auf Gaby, die sich zusammen mit ihren albernen Freundinnen wie ein gieriger Hai auf ihn stürzte und natürlich dachte, er sei ihretwegen gekommen. Na gut, ja, er gab es zu, ihre Aufmerksamkeit hatte ihm schon gut getan, nach all dem Frust, den ihm dieser Abend schon beschert hatte.

Doch dann hatte er *sie* gesehen. Sie saß in der vorletzten Reihe und hatte sich nach hinten zur Eingangstür hin umgedreht. Als sie ihren Kopf wieder nach vorn wandte, flogen ihre langen blonden Haare schwungvoll wie bei einer Tänzerin nach hinten. Er sah ihr klares Profil im Lichtstrahl, der aus dem Vorraum auf sie fiel und es kam ihm für einen Moment so vor, als sei sie bloß eine madonnenhafte Erscheinung und nicht wirklich in diesem Raum vorhanden. Er hatte sie wohl eine ganze Weile angestarrt, in der unbewussten Hoffnung, dass sie ihn auch entdecken möge, aber sie schien mit ihren Gedanken sehr weit weg zu sein. Er fand sie in diesem Moment so wunderschön, dass ihm der Atem stockte. Wenn es einen Gott gibt, hatte er gedacht, denn er dachte an diesem Abend zum ersten Mal in seinem Leben über diese Frage nach, dann hat er mich hierher geschickt, um dieses Mädchen zu entdecken. Es war nicht nur, dass sie schön war, es ging auch eine Ausstrahlung von ihr aus, die ihn vom ersten Augenblick anzog. Sie schien eine Reinheit zu besitzen, die andere Schönheiten im Kampf um die Anerkennung und Bewunderung der Männer längst verloren hatten. Es war ihm klar, dass er sie kennen lernen musste. Plötzlich hatte er den Abend klasse gefunden. Nicht den Film, nein, der hatte ihn nicht mehr interessiert, nachdem er Doro entdeckt hatte, obwohl er trotzdem die Handlung mitbekam. Aber seine Gedanken waren die ganze Zeit über bei ihr gewesen. Er war sich wie ein Feldherr vorgekommen, der eine Schlacht gewinnen wollte, und der zuvor eine Strategie entwarf. Während er nachgedacht hatte, war ihm klar geworden, dass sie das kleine, eher unscheinbare und blasse Mädchen gewesen sein musste, das in der Grundschule in seine Parallelklasse gegangen war. Er meinte sich zu erinnern, dass er sie schon öfter im Bus gesehen hatte, zusammen mit anderen Schülerinnen des Hohenlohe-Gymnasiums. Sachte, sachte, geh die Sache langsam an, hatte er sich gesagt. Er wollte sie nicht erschrecken, wollte ihr Zeit geben. Deshalb, so war sein Plan gewesen, wollte er zu diesem Jugendtreff kommen und ihr Briefe schreiben. Wieso er sie dann an diesem ersten Abend um ein Treffen gebeten hatte, war ihm heute noch nicht ganz klar. Aber sie hatte plötzlich neben ihm gestanden und der Wunsch, ihr nahe zu sein, war in ihm so übermächtig geworden, dass er sich zu dieser Frage hatte hinreißen lassen. Er wollte einen Anfang machen. Nachher hatte er sich über seine plumpe Direktheit entsetzlich geärgert, aber entmutigt hatte ihn ihr Nein nicht. So wie es aussah, hatte seine Strategie doch noch Erfolg gehabt. Er war sich natürlich auch klar darüber gewesen, dass er sich in gewisser Weise mit dem christlichen Glauben auseinander setzen musste – aber eben nur in gewisser Weise. Er hatte nicht geahnt, dass ihn diese Auseinandersetzung so schnell und so direkt treffen würde.

Das Buch »Die Zuflucht« hatte er noch ganz gut wegstecken können. Es lagen mindestens zwei Generationen zwischen ihm und den Personen, die in der Geschichte auftauchten. Die Handlung hatte in einer anderen Zeit und einer anderen Welt stattgefunden. Aber jetzt hatte er auch noch das andere Buch gelesen: »Jesus unser Schicksal«! Und irgendwie hatte dieser Autor es geschafft, ihn in eine Falle zu locken. In die Falle nämlich, dass er das Gefühl hatte, sich entscheiden zu müssen, ob er an Jesus glauben wollte oder nicht. Andy stützte seinen Kopf in die Hände und blickte hinaus in den Garten. Es wurde ihm alles ein bisschen zu viel. Die starken Gefühle für Doro, die ihn so unvermittelt gepackt hatten, der dauernde Stress in der Schule und nun diese Sache mit dem Glauben. Er wusste ja gar nicht, was dieser Gott alles von ihm verlangen würde, wenn er sich erst mal auf seine Seite stellen würde. Was würden seine Eltern sagen und seine Freunde, wenn sie rausbekämen, dass er sich »bekehrt« hätte? Er hatte das Gefühl, dass sein ganzes Leben aus den Fugen geriet und er nicht mehr Herr der Dinge war. Was sollte er tun? Vielleicht erst einmal ein wenig Ordnung in sein inneres Chaos bringen.

Also erstens: Er wollte Doro zur Freundin haben. Egal wie das Leben später verlaufen würde. Er hatte das Gefühl, wenn er sie nicht küssen würde, würde er etwas Grundsätzliches in seinem Leben verpassen – etwas Elementares, etwas, das in sein Leben hinein gehörte. Er sehnte sich mit jeder Faser seines Körpers danach, sie zu berühren, sie zu atmen, sie zu spüren. Er ahnte, dass auch ein Kuss nicht genug wäre. Ja, er musste es sich eingestehen, er wollte sie ganz.

Ein Schauer lief ihm über den Rücken, als er daran dachte, was er sich bisher nicht getraut hatte zuzugeben. Dass er ihre ganze Nähe wollte, ihre Hingabe. Um jeden Preis! Um jeden Preis? Hier zögerte er doch. Was konnte der Preis sein? Heirat? Soweit konnte und wollte er nicht denken. Ein Leben lang ... – diese Dimension schien erdrückend zu sein. Es war ein hoher Preis, aber vielleicht musste er ihn ja gar nicht bezahlen?

Ein anderer Preis, den sie eventuell verlangen könnte, war die Sache mit Gott. Er sah noch nicht so ganz klar, wie er die entscheiden sollte. Vielleicht konnte er ja erst mal noch abwarten, wie das mit Doro laufen würde. Vielleicht sollte er Gott bitten, ihm dabei zu helfen? Sollte dieser Gott doch erst mal etwas für ihn tun, bevor er sich mit ihm abgab. Sollte er erst mal zeigen, dass er tatsächlich Power hatte. Wenn dann mit Doro alles gut laufen würde, konnte er sich die Sache mit Gott nochmals überlegen. Ja genau, das war der richtige Weg. Erst mal noch Distanz bewahren, sich nicht von der frommen Welle aufsaugen lassen. Er musste auch hier eine Strategie verfolgen. Wenn es Gott gab, dann sollte er sich zeigen. Er würde sich nicht gegen eine Begegnung sperren. Eine Beziehung zu Gott zu haben, war bestimmt keine schlechte Sache. Auch die Idee, dass nach dem Tod nicht alles aus ist, hatte durchaus äußerst reizvolle Seiten. Nein, er wollte sich Gott nicht verschließen, wenn es ihn gab und Gott ihn, Andy, haben wollte. Gut, er war bereit. Zufrieden mit seinen Entschlüssen machte er die Bücher, die neben ihm lagen, zu, legte sie zurück auf den Schreibtisch und machte sich auf den Weg nach unten in die Küche. Es war Zeit fürs Abendessen.

Es war wieder einmal Montag, als Andy Doro einen weiteren schicksalhaften Brief überreichte. Vier Wochen waren vergangen, in denen sie sich regelmäßig nach der Schule getroffen und fast bei jedem Treffen Briefe ausgetauscht hatten. Immer montags, dienstags und freitags hatte er sie abgeholt und sie waren zusammen zum Bus gegangen. Im Bus saßen sie dann nebeneinander, waren aber immer sorgsam darauf bedacht, sich dabei nicht zu berühren. Zufällig stießen manchmal ihre Knie zusammen oder ihre Ellenbogen und jedes Mal schien sich dabei eine elektrische Hochspannung zu entladen. Aber noch waren beide vorsichtig. Noch wahrten sie die Distanz zwischen sich, als gelte es, etwas Wertvolles zu schützen.

In Neuenstein trennten sie sich dann nicht gleich an der Bushaltestelle bei der Seewiese, obwohl der kürzere Weg für Doro ein anderer gewesen wäre, sondern gingen immer noch ein kleines Stück Weg gemeinsam. Erst beim Bahndamm verabschiedeten sie sich. Bei all dem versuchten beide, ohne dass sie es abgesprochen hatten, sich möglichst unauffällig zu verhalten. Das galt auch für den Jugendtreff. Sie wechselten manchmal ein paar Worte miteinander, wenn es die Situation ergab und sie zufällig nebeneinander saßen oder standen. Aber beide waren in diesem öffentlichen Rahmen äußerst vorsichtig. Sie wollten bei den anderen nicht zum Gesprächsthema werden, dafür war das zarte Pflänzchen ihrer Beziehung noch zu jung.

Alles war optimal gelaufen, aber nun hatte Andy bei ihrem kurzen Wortwechsel, den sie im Jugendtreff am letzten Samstag gewagt hatten, das Gefühl gehabt, so etwas wie eine leichte Ungeduld zwischen ihnen zu spüren. Es waren nicht die Worte gewesen. Sie hatten sich ganz normal darüber unterhalten, was sie an diesem Samstag getan hatten. Es war nichts Greifbares gewesen, nur eine leichte Stimmungsnuance, die er sich vielleicht sogar nur eingebildet hatte. Dennoch hatte er sich nun entschlossen, den nächsten Schritt vorwärts zu wagen und diesen Brief an Doro zu schreiben. Er spürte einfach, dass der richtige Zeitpunkt dafür gekommen war und dass er nicht mehr länger warten konnte.

Liebe Doro!

Vorsicht! Nicht erschrecken! Aber heute möchte ich dich um deine Hand bitten! Um deine Hand, wenn wir zusammen zum Bahnhof gehen! Um deine Hand, wenn wir im Bus sitzen! Damit ich ein bisschen von dir spüre und damit wir unsere Verbundenheit auch fühlen können!

Vielleicht wäre es dir ja lieber gewesen, wenn ich als nächsten Schritt dich zu Hause bei Euch besucht hätte. Aber das würde bedeuten, dass auch du mich besuchen kommst und meine Eltern kennen lernst. Und dass sich womöglich die Eltern gegenseitig kennen lernen wollen. (Oh Graus, oh Graus!) Aber ich möchte meine Eltern noch eine kleine Zeit lang aus dem Spiel lassen, weil sie manchmal so kompliziert und schwierig sein können. Ich möchte noch ein wenig nur dich alleine haben, ohne dass uns andere in unsere Freundschaft reinreden können! Verstehst du das?

Deshalb bitte ich dich also um deine Hand. Und ich möchte dich so gern auch mal nachmittags treffen (oder geht dir das jetzt zu schnell?)! Vielleicht können wir ja bei euch hinten draußen irgendwo einen Treffpunkt ausmachen? Aber nur, wenn du es willst. Wir haben ja alle Zeit der Welt.

Und ich möchte dir heute sagen, was ich schon so lange fühle: Ich liebe dich!

Dein Andy

Er gab ihr diesen Brief nicht wie sonst gleich bei der Begrüßung auf dem Pausenhof und er las in ihrem Gesicht eine leise Enttäuschung darüber ab, dass er anscheinend keinen Brief für sie hatte. Nein, er gab ihr diesen Brief erst in Neuenstein bei ihrer Verabschiedung am Bahndamm, denn es war ein besonderer Brief, und er wollte auf keinen Fall, dass sie ihn durch irgendeinen dummen Zufall schon im Bus öffnen und in seiner Gegenwart die bedeutungsvollen Zeilen lesen würde.

Als er ihr dann bei der Verabschiedung den Brief gegeben hatte und um die Ecke biegen musste und sie nicht mehr sehen konnte, begann sein Herz wie rasend zu klopfen. Was hatte er nur getan? Wie würde er es aushalten, bis morgen auf eine Antwort zu warten? Er hätte sie fragen sollen, dann hätte er in ihrem Gesicht forschen können und hätte dort schon die Antwort entdeckt, bevor sie etwas gesagt hätte. Aber so musste er einen ganzen Tag warten, bis er wusste, wie sie reagieren würde. Leise stöhnte er auf. Doch dann versuchte er, sich wieder zu beruhigen. Sie würde ihm schon keinen Korb geben. Sonst hätte sie sich nicht wochenlang mit ihm zusammen auf den Heimweg gemacht. Der einzige Punkt, der ihn noch unsicher machte, war die Sache mit dem Glauben.

Er wusste, wie wichtig ihr der Jugendtreff und alles, was mit Gott zusammenhing, war, aber voller Trotz meinte er, dass sie ihn auch lieben musste, wenn er keine Entscheidung für Jesus getroffen hatte. Er wollte die Nummer eins bei ihr sein. Hatte er nicht ein Recht darauf?

Doro war tatsächlich enttäuscht gewesen, als er ihr bei der Schule keinen Brief gegeben hatte. Seine Briefe waren so wertvoll für sie und sie liebte ihn am allermeisten dafür, dass er ihr schrieb. Sie liebte ihn auch, weil er gut aussah und intelligent war, aber es hatte sie schon immer beeindruckt, wenn jemand seine Gedanken in Worte fassen konnte. Jetzt hatte sie schon befürchtet, er würde mit der ihr so lieben Gewohnheit brechen. Sie waren sich in diesen fünf Wochen durch die Briefe sehr nahe gekommen, denn es fiel ihr viel leichter, ihre geheimen innersten Gedanken aufzuschreiben, als mit ihm darüber zu reden und ihm dabei ins Gesicht zu sehen. So nach und nach waren ihre Gespräche nun allerdings auch vertrauter und offener geworden, und vielleicht brauchten sie ja schon bald ihre Briefe gar nicht mehr.

Als er ihr dann doch noch in letzter Minute und mit verlegenem Lächeln diesen Umschlag gegeben hatte, wusste sie schon, dass dieser Brief etwas Besonderes enthielt. Noch auf dem Heimweg holte sie ein Lineal aus ihrer Tasche und schlitzte vorsichtig den oberen Rand auf. Ein Zug rauschte mit Gedröhne vorbei, ein Auto hupte, sie nahm alles nicht wahr. Wie in Trance überflog sie seine Worte.

Für einen Moment schien ihr das Herz stillzustehen, als sie die ersten Worte las. Und obwohl er sie ja gewarnt hatte, glaubte sie für einen Moment tatsächlich, er würde sie bitten, seine Frau zu werden. Sie musste auf die andere Straßenseite wechseln und während sie nach rechts und links schaute, ob die Straße frei ist, wurde ihr klar, wie es gemeint war und für einen Moment war sie enttäuscht und erleichtert zugleich. »Welch abwegiger Gedanke, ihn jetzt zu heiraten!«, schoss es ihr dann durch den Kopf. Aber im augenblicklichen Zustand ihrer Verliebtheit war ihr nichts wirklich abwegig. Hätte er tatsächlich um ihre Hand angehalten, hätte sie vermutlich auch dazu Ja gesagt. Und doch war es genug, jetzt erst einmal zu diesem Vorschlag Ja zu sagen. Sie war überglücklich. Sie hatte diese ganzen Wochen über immer noch befürchtet, es würde sich herausstellen, dass er es gar nicht ernst mit ihr meinte. Aber von Tag zu Tag hatte sie mehr Vertrauen zu ihm gefasst. Als er dann allerdings so offen geschrieben hatte, dass er noch keine Entscheidung für Jesus getroffen hatte, hatte sie es sich ein paar Tage lang überlegt, ob sie nicht doch mit ihm Schluss machen müsste und erst mal abwarten sollte, wie er sich entscheiden würde. Ob er beim Jugendtreff bleiben würde oder nicht. Aber die Erzählung ihrer Eltern hatte sie dann darin bestärkt, die Hoffnung noch nicht aufzugeben.

Nun wollte er ihre Hand halten. Wie schön. Er hatte Recht, eigentlich hätte sie ihn nun auch ganz gerne ihren Eltern vorgestellt, aber sie konnten natürlich noch ein wenig damit warten. Früher oder später würde es ja doch soweit kommen und die Heimlichkeit jetzt hatte auch ihren Reiz. Also steckte sie ihren Brief ganz unten in ihre Schultasche und erst am Nachmittag, in ihrem Zimmer, holte sie ihn noch einmal hervor. Sie las ihn wieder und wieder. Dann holte sie aus ihrem Schreibtisch einen Bogen weiße Wellpappe, aus der sie eine Karte ausschnitt, auf deren Vorderseite sie ein aus rotem Tonpapier geschnittenes großes »Ja« klebte. Auf die Rückseite schrieb sie nur den einen Satz:

»Ich liebe dich auch! Deine Doro«

Gab es einen glücklicheren Menschen auf der Welt als sie?

Am Samstag dieser Woche fand der Jugendtreff nicht im alten Kino statt, denn der Guide feierte an diesem Tag seinen Geburtstag und hatte alle dazu eingeladen. Sie trafen sich zunächst bei ihm in seiner Wohnung. Alle standen dort im engen Flur herum, stellten ihre mitgebrachten Geschenke auf das Garderobenschränkchen und als das Gedränge zu groß wurde, schickte der Guide alle in den Garten hinunter. Das Wetter war schön, nahezu ideal für eine Gartenparty. Jetzt Ende Juni war die Hitze des Tages auch am Abend noch zu spüren, aber der leichte Wind, der aufgekommen war, brachte eine angenehme Kühle. Der Guide wohnte in einem der letzten Häuser, die in Richtung Eichhof am Ortsrand lagen. Es war ein Vierfamilienhaus, in dem er das oberste Stockwerk und zwei Zimmer unter dem Dach bewohnte. Der Garten hinter dem Haus gehörte allerdings ihm allein und war wie geschaffen für dieses Fest. Es war ein eher ungepflegter Garten, die Büsche waren verwildert, das Gras moosig und das Gemüse in den paar Beeten sah irgendwie kümmerlich aus. Nach Süden hin war das Grundstück durch einen kleinen Bachlauf begrenzt, der fast ganz von Gras und Unkraut überwuchert war und sich nur mit einem leisen, unregelmäßigen Plätschern zu erkennen gab. Aber im milden Abendlicht wirkte diese ganze Kulisse ungeheuer romantisch, jedenfalls empfand Doro es so. Vor allem war genügend Platz vorhanden. Bierbänke und ältliche Gartenstühle standen auf dem

Rasen verteilt, in der Mitte davon hatte der Guide bereits einen Grill aufgebaut, neben dem ein Tisch platziert war, auf den jeder Gast seinen Beitrag zum Büfett stellen konnte. Salate wurden gebracht und Kuchen. Doro und Tanja hatten zusammen gefüllte Eier und winzige gebratene Fleischklößchen gemacht und stellten ihre Platten nun zu all den anderen Köstlichkeiten. Tanja hatte an diesem Abend ihre heißgeliebte Bermuda-Jeans an und eine weiße Bluse, die sie über dem Nabel zusammengeknotet hatte. Doro hatte es gewagt, ein rotes, raffiniert geschnittenes Sommerkleid zu tragen und es störte sie nicht im geringsten, dass sie damit die Blicke aller immer wieder auf sich zog. Sie wollte an diesem Abend für Andy die Schönste sein – und das war ihr auch gelungen. Nicht nur das auffallende Kleid hob sie aus der Schar der Gäste hervor, sondern auch das Leuchten, das auf ihrem Gesicht lag. Wenn es wahr ist, dass die Liebe eine Frau verschönt, so traf das an diesem Abend ganz besonders auf Doro zu.

Inzwischen waren alle eingetroffen, auch Andy und Heike. Die Gäste standen oder saßen im Garten, und das lebhafte Gespräch wurde von der Musik untermalt, die aus einer Lautsprecherbox erklang. Doro hatte das Gefühl, dass sich Andy nur mit Mühe von ihr fern halten konnte. Die anderen Jungs umschwärmten sie und ein paar Mal spürte sie Andys Augen auf sich ruhen. Sie war sich nicht sicher, was in diesem Blick so alles mitschwang, aber sie war sicher, dass sie seine Aufmerksamkeit ganz auf sich gezogen hatte.

Als der Guide offiziell das Büfett eröffnet hatte, holten sich Heike und Tanja von dem leckeren Angebot und setzten sich lachend ins Gras. Doro nahm lieber an einem Biertisch Platz, auf dem sie ihren Teller abstellen konnte und nun wagte es Andy doch, sich zu ihr zu setzen. Noch immer klopfte Doros Herz, wenn er in ihre Nähe kam und sie meinte, alle müssten bemerken, was mit ihnen los war, aber merkwürdigerweise schien niemand sie besonders zu beachten.

»Hoffentlich denken sich die anderen nichts dabei, wenn du hier bei mir sitzt«, meinte Doro leise.

»Oh, die werden sich schon was dabei denken! Nämlich, dass es logisch ist, dass ich mich an die schönste Frau des Abends ranmache«, sagte Andy und grinste. Doro blickte verlegen um sich, ob auch ganz bestimmt niemand diese Worte gehört hatte. Aber sie freute sich natürlich über sein Kompliment.

»Ich glaube, du übertreibst ein bisschen! Du bist doch sonst der, um den sich alle weiblichen Wesen scharen!«

»Oho, aber nicht mehr lange. Wenn erst mal raus ist, dass du mich an der Angel hast, dann wissen sie, dass sie keine Chance mehr haben.«

»Na, das ist nicht so sicher, wer hier von uns beiden wen an der Angel hat!«

»Na, du hast mich schon 'ne Weile zappeln lassen, bis …«, Andy verstummte, denn jetzt setzten sich noch drei andere zu ihnen an den Tisch.

»Dein Schnitzel da ist aber auch nicht von schlechten Eltern«, meinte Andy dann mit einem Blick auf den Teller von seinem Nebenmann, der Bernd hieß.

»Hm! Ich habe auch einen riesigen Appetit«, meinte der lachend.

»Wie läuft das eigentlich heute Abend?«, fragte Andy ihn. »Machen wir auch eine Bibelarbeit oder fällt die heute Abend aus?«

»Ich denke, dass uns der Guide nachher eine Andacht oder so was halten wird«, meinte Bernd. »Und vielleicht machen wir auch noch ein paar Spiele!«

Er sollte Recht behalten. Als das Büffet geplündert war und alle ihre Teller ordentlich zusammengestapelt hatten, stellte sich der Guide in die Mitte des Gartens neben den Grill, in dem nur noch ein paar kleine Kohlestückchen ihre letzte Wärme verglühten. Die anderen versuchten, auf ihren Sitzgelegenheiten eine bequeme Haltung zu finden oder räkelten sich im Gras. Der Guide hatte eine aufgeschlagene Bibel in der Hand und begann mit seiner tiefen Stimme unter dem dunkler werdenden Abendhimmel, an dem die ersten Sterne zu funkeln begannen, in ergreifenden Worten die Geschichte vom verlorenen Sohn zu erzählen. Wie er sein Glück beim Vater verkannte und darauf bestand, seine eigenen Wege zu gehen. Wie dann seine Pläne scheiterten und er in der Gosse landete. Und wie er reumütig zurück zum Vater kam und dieser ihn ohne jeden Vorwurf mit offenen Armen wieder bei sich aufnahm.

Alle saßen still und ließen sich von der Erzählung in ihren Bann ziehen. Sie schlüpften in die Rolle dieses Sohnes und erlitten in der ergreifenden Geschichte sein Schicksal. Dann beendete der Guide die Andacht mit einem kurzen Gebet. Leise summten die Mücken, Grillen zirpten im Gras, es war so friedlich. Für einen Moment wurde Doro von Traurigkeit erfasst. Sie hätte in diesem Augenblick so gerne dicht neben Andy gesessen, hätte vielleicht seine Hand gehalten, hätte sich mit ihm eins gefühlt. Aber so Gott wollte, würde sie in ihrem Leben noch viele schöne Stunden mit Andy zusammen genießen können. Sie seufzte tief. Auch die anderen wurden langsam unruhig, glitten heraus aus der Erzählung und der Guide holte auch schon seine Gitarre. Die Nachbarn waren vorgewarnt worden und so begannen sie, ein Lied nach dem anderen zu singen.

Langsam schob sich die Nacht in die Dämmerung hinein. Der Guide ging ins Haus und holte bunte Lampions, die er an den Büschen und Bäumen im Garten aufhängte. Sie verbreiteten farbenprächtig ihr mattes Licht und tauchten den ganzen Garten in einen seltsamen Glanz. Die Stimmung wurde lauter und ausgelassener, es war ein fantastischer Abend.

Dann waren Spiele angesagt. Beim ersten Spiel dachte sich jeder den Namen einer berühmten Person aus, zwei Gruppen wurden gebildet und die Decknamen mussten gegenseitig erraten werden. Andy war Mickymaus, Doro versteckte sich hinter Stalin und hatte damit einen Riesenerfolg, denn niemand kam auf die Idee, das zarte Mädchen mit dieser Person in Verbindung zu bringen.

Sie machten noch zwei Spiele, dann wurde die Stimmung ruhiger, kleine Grüppchen bildeten sich und sie saßen plaudernd im matten Dunkel zusammen. Glühwürmchen schwirrten mit neongrünem Leuchten durch die Nachtluft. Die Ersten machten sich zum Aufbruch bereit.

Andy hätte gerne noch ein Weile mit Doro geredet, aber er war an diesem Abend schon zu viel in ihrer Nähe gewesen, das wusste er genau. Er wollte sie noch ein bisschen in Frieden lassen. Mit ihren Freunden zusammen zu sein, würde ihr gut tun. Er verabschiedete sich vom Guide, winkte noch einmal in die Runde, aber die meisten beachteten ihn nicht, waren ins Gespräch vertieft.

Auch gut, dachte er und suchte sich seinen Weg durch die Dunkelheit ums Haus herum zur Straße. Gemächlichen Schrittes trat er seinen Heimweg an. In Ruhe erinnerte er sich noch einmal an all die schönen Momente des Abends. Es waren wirklich nette Leute, die sich da zusammengefunden hatten und er fühlte sich inzwischen richtig wohl bei ihnen. Die Spiele hatten ihm viel Spaß gemacht und er musste schmunzeln, als er daran dachte, dass er während eines Spiels sehr lange neben Doro gesessen hatte. Ach ja, Doro, sie war wirklich seine Traumfrau.

Dann blieb er mit seinen Gedanken an der Geschichte hängen, die der Guide so anschaulich erzählt hatte. Seine Worte waren ihm noch deutlich im Ohr und er hatte das Gefühl, ein Teil dieser Geschichte gewesen zu sein. War er nicht auch der verlorene Sohn, der sich nach Hause sehnte zu seinem Vater? War er nicht auch ein Einsamer in der Fremde, der seine Heimat suchte? Er blickte zu den Sternen, die in dieser Nacht so klar wie selten vom Himmel strahlten und in ihrer unzählbaren Fülle große Ehrfurcht in ihm wachriefen. Dort oben war das riesige Universum und hier unten marschierte ein kleiner winziger Mensch, verloren und nichtig vor dem Schauspiel der Gestirne. Ein unbedeutendes Sein, ein vergängliches Nichts. Einsamkeit befiel ihn, während er dem hallenden Geräusch seiner Schritte lauschte.

Doch plötzlich spürte er, dass er nicht allein durch die dunklen Straßen schritt. Ihm wurde überdeutlich klar, dass einer mit ihm durch die Nacht ging und unmittelbar bei ihm war. Jesus! Verwirrt versuchte er, dieses Gefühl abzuschütteln, wie eine Einbildung oder einen Traum, der einen nur zum Narren hielt. Er hielt einen Augenblick im Gehen inne, um zu prüfen, ob dieses Empfinden noch da war. Aber es ließ sich nicht leugnen, er fühlte es nicht nur, nein, er wusste es, dass er sich in der Gegenwart eines anderen befand. Jesus war da!

Sein Leben veränderte sich in diesem Moment. Jesus hatte ihn eingeholt. Eine Tür war aufgegangen, eine Wand war zur Seite geschoben worden, Jesus war in sein Leben getreten. Andy konnte es noch nicht richtig begreifen, aber er spürte, dass etwas in ihm neu wurde, dass etwas in ihm heil wurde. Die Maske war abgefallen. Er war heimgekommen. Ja, Jesus war da!

Ein Lied wollte ihm nicht mehr aus dem Kopf gehen, das sie heute Abend gesungen hatten. »Ja, ich will wieder heim und zu meinem Vater gehn!« Leise summte er die Melodie. In seinem Herzen dankte er unablässig Jesus Christus, dass er ihn gefunden hatte. Eine tiefe Freude und Zufriedenheit erfüllte ihn. Er wusste, dass in dieser Nacht etwas geschehen war, das sein ganzes Leben verändern würde. Nichts war mehr wie vorher. Er konnte es nicht fassen. Immer wieder murmelte er: »Danke, Jesus, danke!« Es war die Nacht seines Lebens.

Am Montag holte er Doro wieder von der Schule ab. Er entdeckte sie schon, als sie noch drinnen in der Eingangshalle war. Mit strahlendem Gesicht ging er ihr entgegen. Als sie ihn sah, fiel ihr trotz des Gedränges und dem Trubel, der hier nach Schulschluss immer herrschte, auf, dass er einen Gesichtsausdruck hatte, den sie noch nicht recht deuten konnte. »Du, ich habe mich für Jesus entschieden«, platzte er heraus, als sie zur Tür herauskam.

Doro starrte ihn an, für einen Moment unfähig, die Bedeutung seiner Worte zu erfassen. Sie hatte natürlich gehofft, dass es so kommen würde, aber sie hatte nicht so schnell damit gerechnet. Als sie aber den Sinn dessen, was er gesagt hatte, begriff, begann auch sie zu strahlen und spontan nahm sie ihn in ihre Arme. Nur einen kurzen Moment lang, dann löste sie sich verlegen wieder von ihm, als ihr bewusst wurde, was sie da tat. Aber ihre Freude war einfach zu groß.

»Das ist ja echt fantastisch! Ich freue mich so für dich. Aber wie ist das denn jetzt so schnell passiert?«

Während sie Hand in Hand in Richtung Bahnhof gingen, erzählte Andy mit froher Stimme seine Geschichte vom Samstagabend. Doro konnte nur staunen über das, was er ihr da berichtete. Es war ein echtes Wunder, etwas ganz Besonderes. Sie freute sich, dass sie es so hautnah mitbekam. Beide waren total aufgedreht.

Als sie dann schon durchs Obere Tor gegangen waren und fast die Stadtmitte erreicht hatten, drängte Andy Doro plötzlich in eine kleine Seitenstraße.

»Ein paar Minuten haben wir noch Zeit«, meinte er. »Da können wir einen kleinen Umweg machen!«

»Wo willst du hin, was hast du denn jetzt vor?«

»Das wirst du gleich sehen«, sagte er und nach ein paar Metern zog er Doro so ungestüm in einen geschützten Winkel zwischen zwei Häusern, als sei eine ganze Horde Banditen hinter ihnen her. Dort in der engen Spalte zwischen den alten rissigen Häusermauern nahm er sie dann in seine Arme, hielt noch einen kurzen Moment inne, so als hätten ihn doch noch Zweifel gepackt, aber dann küsste er sie. Sie fest in seinen Armen haltend, legte er zuerst ganz zart, fast unbeholfen sachte seine Lippen auf ihre. Dann fest und fordernd, bis sie sich atemlos aus seinen Armen wieder frei machte. Sie sah ihn nur an – irgendwie geschockt, und sie konnte einen Moment lang keine Worte finden.

»Das ist alles ein bisschen viel auf einmal«, flüsterte sie, aber dann drängte sie sich erneut an ihn und suchte seinen Mund.

In diesen Augenblicken voller Seligkeit hatte Doro das Gefühl, als würde sich ein Kreis in ihrem Leben schließen. Sie hatte einen Mann gefunden, wie sie ihn sich nicht besser hätte träumen können. Das Schönste dabei war, dass er jetzt auch zu Jesus gehörte. Sie hatte das Gefühl, dass ihr nun im Leben nichts mehr passieren konnte. Mit diesem Mann an ihrer Seite war sie auf der Sonnenseite angekommen und sie glaubte, dass ihre Liebe einzigartig und unverwundbar sein würde – ein Leben lang.

Wie gut, dass die Zukunft im Dunkeln lag und sie nicht ahnen konnte, dass das Leben ihr in den nächsten Monaten auch noch mit seiner schmerzhaften Härte begegnen würde.

Kapitel 3

Tanja ahnte nichts von all dem, was Doro in diesen Wochen mit Andy erlebt hatte. Sie war schon seit Anfang Mai jeden Tag mit dem Rad zur Schule gefahren. Nur mittwochs fuhr sie mit dem Bus, weil sie an diesem Tag Sportunterricht hatte. Aber mittwochs trafen sich Doro und Andy sowieso nie und deshalb konnte es auch nicht passieren, dass sie sich im Bus begegneten. Außerdem fuhr keine ihrer Freundinnen mit demselben Bus wie Andy und Doro und so hatte ihr auch noch niemand erzählen können, dass ihre Schwester einen Freund habe.

Am vorletzten Schultag vor den Sommerferien fuhr Tanja wie immer auf einem Feldweg, der parallel zur Hauptstraße verlief, von Neuenstein nach Öhringen in die Schule. Es tat ihr gut, den Tag mit einer sanften Brise im Haar, der morgendlichen Kühle im Gesicht und dem klaren Licht der frühen Stunden zu beginnen. Tief in Gedanken versunken, achtete sie nicht auf die milde Schönheit der Landschaft, die sie umgab. An diesem Tag würden alle Schüler ihre Zeugnisse bekommen, doch das war es nicht, worüber sie nachdachte. Wie in den vergangenen Jahren würde sie wohl auch heute einen Preis für hervorragende Leistungen bekommen. Natürlich war sie stolz darauf. Aber es bedeutete ihr nicht wirklich etwas. Was war dieser Preis, vermutlich ein Sachbuch, schon wert, wenn ihr ein Sommer bevorstand, ohne das schmerzlich schöne Gefühl, verliebt zu sein, ohne die Vorfreude auf ein Wiedersehen, ohne romantische Tagträume?

Gut, da gab es Klaus, der neben ihr saß. Er sah gut aus, war nett, kam aus einer angesehenen Familie und mochte sie offensichtlich.

Aber irgendwie blockierte sie der Gedanke, dass sein Vater ein reicher Regierungsbeamter war und er mit seiner Familie in einem herrschaftlichen Haus am Stadtrand wohnte. Das passte nicht zusammen mit ihrem eigenen Leben und dem ihrer Eltern. Oder war der Hauptunterschied, dass ihre Eltern Christen waren und seine nicht? Sie wusste nicht, was Klaus von Treue hielt und manchmal fragte sie sich, ob das Spiel, das sie miteinander spielten, für ihn seinen Reiz verlieren würde, wenn sie seinem Werben nachgab.

Das Gefühl des Verliebtseins ließ sich nicht herbeizwingen und so langsam zweifelte sie an dem, was ihr schöne Filme und Romane über die große Liebe vorgegaukelt hatten.

Sie seufzte schwer, während sie die letzten Meter zur Schule radelte. Wahrscheinlich war ja doch was dran an dem Satz, den ihre Mutter gelegentlich in der Nähe von ihr und ihrer Schwester fallen ließ: »Wer warten kann, kriegt auch 'nen Mann!« Na, immerhin war ihre Schwester schon achtzehn und es war noch nicht sicher, ob aus dieser Sache mit Andy etwas werden würde. Da hatte sie also auch noch zwei Jahre oder mehr Zeit. Aber das waren ja doch nur theoretische Rechenspiele. Die Wirklichkeit war, dass sie unendlich viel Sehnsucht in sich spürte.

Nachdem sie ihr Rad im Fahrradkeller abgestellt und abgeschlossen hatte, erklomm sie leichtfüßig die Treppe nach oben. In der großen Eingangshalle traf sie auf ihre Freundin Simone, die auf sie gewartet hatte. »Hallo, Tanja, da bist du ja endlich«, begrüßte Simone sie mit ihrer lauten Herzlichkeit. Die Begegnung mit Simone holte Tanja aus ihren tiefsinnigen Gedanken heraus. Halb unbewusst tröstete sie die Tatsache, dass auch Simone noch auf der Suche nach der Liebe ihres Lebens war.

»Komm mal mit, ich muss dir was zeigen«, sagte Simone aufgeregt und zog Tanja in eine ruhige Ecke.

»Ich habe heute Morgen von Henrik mein Poesiealbum wieder zurückbekommen. Sieh mal, er hat ein ganz süßes Bild von sich eingeklebt!« Ihrer gedämpften Stimme war die Begeisterung anzuhören.

Tanja betrachtete interessiert das Foto, das Henrik als Indianer verkleidet zeigte. Auf die Seite daneben hatte er mit klarer Schülerschrift ein Zitat von Hermann Hesse geschrieben:

»Glück gibt es nur, wenn wir vom Morgen nichts verlangen und vom Heute dankbar annehmen, was es bringt. Die Zauberstunde kommt doch immer wieder.«

»Ja, echt nett«, war Tanjas Kommentar, aber Simone bemerkte nicht, dass ihre Freundin ihre Begeisterung nur halbherzig teilte. Nach Simones freudigem Ausbruch hatte Tanja erwartet, dass Henrik irgendetwas geschrieben hätte, das mit Liebe zusammen hing. Aber wer wollte auch in solch ein Album etwas von Liebe schreiben? »Was habt ihr denn da, ihr großen Mädchen? Etwa ein Poesiealbum?« Unbemerkt war ihr Klassenlehrer, Herr Brotling, zu ihnen herangekommen. »Ich dachte, so etwas gäbe es nur in der ersten Klasse bei den Grundschülern!« Lächelnd sah er die beiden Mädchen an.

Tanja schoss verlegene Röte ins Gesicht, aber Simone ließ sich nicht aus der Ruhe bringen.

»Na ja, Sie wissen ja, dass einige von uns in diesem Sommer die Schule verlassen. Und da haben wir Mädels begonnen, alle aus unsrer Klasse in ein Album schreiben zu lassen, damit wir eine nette Erinnerung haben«, erklärte sie ihm.

»Hm, keine schlechte Idee!« Herr Brotling nickte. »Dürfen Lehrer da auch reinschreiben, oder wollt ihr euch an die besser nicht mehr erinnern?«

»Ach, Sie sind eine Ausnahme«, sagte Simone und spontan wie sie war, drückte sie ihrem Lehrer das Album in die Hand. »Wenn es geht, hätte ich es gern morgen wieder zurück«, bat sie ihn. »Oder von mir aus können Sie es auch über die Ferien behalten«, meinte sie dann großzügig.

»Na, ich werde mein Bestes versuchen«, versprach Herr Brotling. »Jetzt aber ab mit euch ins Klassenzimmer, oder wollt ihr etwa die Zeugnisausgabe versäumen?«

Simone, die keine so besonders gute Schülerin war, schnitt eine Grimasse, die soviel bedeutete wie: »Schlecht wäre das nicht!« Dann eilten die beiden Mädchen ihrem Lehrer voraus die Treppe hoch.

»Wer hat eigentlich dein Album gerade?«, fragte Simone atemlos noch vor der Tür ihres Klassenzimmers.

»Stefan hat es schon ziemlich lange, ich hoffe, dass er es mir endlich mal zurückgibt«, antwortete Tanja.

Dann öffnete sie die Tür. Aus dem Klassenzimmer schlug ihnen eine enorme Lärmwelle entgegen. Alle waren hektisch und laut; es herrschte eine extrem angespannte Atmosphäre.

»Na, dann wollen wir mal zur Zeugnisausgabe schreiten«, eröffnete Herr Brotling, der inzwischen am Lehrerpult angekommen war, den Unterricht. Nervöse Stille trat ein.

»Ich werde euch in alphabetischer Reihenfolge aufrufen. Andreas Albrecht, bitte!«

Leises Murmeln setzte wieder ein, während der erste Schüler nach vorn ging, um sein Zeugnis und ein paar ermutigende Worte von Herrn Brotling in Empfang zu nehmen.

»Du hast es gut, du bist bestimmt wieder super!« Ein neidvoller Seufzer entrang sich Simone, da wurde sie auch schon aufgerufen. Während sie sich mit zitternden Knien ihren Weg nach vorn bahnte, legte sich leicht eine Hand von hinten auf Tanjas Schulter. Erstaunt drehte sie sich um. Stefan hatte sich von der hinteren Reihe vorgebeugt.

»Du, dein Album«, sagte er mit leiser Stimme, die in dem ansteigenden Geräuschpegel kaum zu hören war. Dann verschwand sein Kopf kurz unter dem Tisch, er zog aus seiner Tasche das Album hervor und schob es Tanja mit rotem Gesicht über das Pult hin. Erstaunt bemerkte sie die kleine rosafarbene Rose, die auf dem Album lag.

»Wo hast du denn die geklaut?«, entfuhr es ihr. Sie war verwirrt und fühlte sich irgendwie überrumpelt.

»Gar nicht geklaut!« Stefan tat empört. »Ich habe sie extra für dich gekauft.«

Da wurde er auch schon aufgerufen und machte sich auf den Weg nach vorn zu Herrn Brotling. Tanja hatte keine Zeit, sich weitere Gedanken über Stefan zu machen, denn Simone übersprudelte sie mit einem freudigen Bericht über ihre Noten, die entgegen aller ihrer Befürchtungen doch relativ gut ausgefallen waren. Die

Rose und das Album verschwanden unbemerkt in Tanjas Tasche. In Gedanken beschloss Tanja, ein paar ruhige Minuten am Nachmittag abzuwarten, um sich das Album anzusehen.

Auf dem Heimweg glühte die Mittagssonne vom Himmel. Kleine Schweißbäche rannen über Tanjas Haut, während ihre Beine unermüdlich in die Pedale traten. Kurz überlegte sie, im Schatten eines Baumes Rast zu machen, um endlich zu lesen, was Stefan ihr ins Album geschrieben hatte. Aber sie wusste, dass ihre Eltern zu Hause mit dem Essen auf sie warteten, und so beschloss sie, den spannenden Augenblick noch ein bisschen hinauszuzögern. Sie dachte über Stefan nach, während ihr Rad das leichte Gefälle bis hinunter zur Bernhardsmühle rollte. Sie hatte ihn in ihrer Jungskartei bis jetzt unter »Kein Interesse« geführt. Erstens war er jünger als sie, nicht viel natürlich, nur wenige Monate, aber das ließ ihn in ihren Augen zumindest bisher als noch ziemlich unreif erscheinen. Außerdem war er katholisch und sie wusste überhaupt nicht, was er über Jesus und die Kirche dachte. Sie kannte ihn eigentlich noch gar nicht. Vielleicht sollte sie ihm eine Chance geben! Vielleicht sollte sie nicht immer schon von vornherein überlegen, ob sie jemanden heiraten würde oder nicht. Vielleicht stand ihr ja ihre eigene Ernsthaftigkeit in diesem Punkt im Weg, sich in jemanden zu verlieben? Vielleicht sollte sie sich nur einfach vornehmen, ein bisschen Spaß mit einem Jungen zu haben? Aber wenn sie schon von Anfang an wusste, dass der Typ nie ihr Mann fürs Leben werden würde, welchen Sinn hatte es dann, sich mit ihm zu befreunden? Konnte man die Sache mit dem »Mann fürs Leben« nur feststellen, wenn man bereits befreundet war? Ach, entweder sie war richtig verliebt und dann wollte sie denjenigen auch für immer, oder sie konnte es gleich bleiben lassen! Oder?

Während sie noch grübelte, erreichte sie schon die ersten Häuser von Neuenstein. Sie schob ihre Gedanken über Stefan erst einmal beiseite und freute sich auf ein Glas mit kühlem Saft zu Hause.

Als sie mit dem Rad in den Hof einbog, hörte sie hinter sich, dass auch Will gerade mit dem Auto angefahren kam. Während sie ihr Rad in die Scheune stellte und abschloss, parkte er vor dem Haus und stieg aus.

»Wow, Paps, du siehst heute ja direkt elegant aus«, sagte Tanja, als sie ihn sah, wie er im Hof stand und auf sie wartete. Er trug seinen guten anthrazitfarbenen Anzug und strahlte sie verlegen an. Er war kein Anzugtyp, das sah man ihm an, obwohl es ihn gut kleidete.

»Na ja, du weißt doch, ich hatte heute diesen Termin beim Notar. Ich habe dort den endgültigen Kaufvertrag unterschrieben. Dann war ich auch noch wegen der Grundbucheintragung auf dem Rathaus. Da wollte ich natürlich nicht mit meinen Arbeitskleidern ankommen! Aber jetzt bin ich froh, wenn ich wieder aus diesem Ding hier rauskomme!« Nervös zerrte er an seiner Jacke. Dann schloss er die Haustür auf und verschwand gleich im Schlafzimmer, um kurz darauf mit T-Shirt und Shorts in der Küche zu erscheinen, wo Tanja bereits eine halbe Flasche Sprudel geleert hatte. Will nahm Beate, die am Herd stand und das Mittagessen scharf im Auge behielt, in seine Arme, hob sie hoch und wirbelte sie durch die Küche.

»Wir haben es geschafft, das Land gehört uns«, jubelte er.

»Hilfe, lass mich runter, mir wird es schon ganz schwindelig«, kreischte Beate, aber sie strahlte auch. Tanja stand daneben und fragte sich, ob wohl alle so kindische Eltern hatten wie sie, die sich manchmal fast peinlich benahmen. Aber sie konnte es ja verstehen, dass die beiden sich freuten.

Dann kam Doro nach Hause und sie setzten sich alle an den Tisch, sprachen das Tischgebet und begannen gemeinsam mit dem Essen. Für ein paar Minuten legte sich genüssliches Schweigen über die kleine vertraute Runde, das nur durch das Summen einiger lästiger Fliegen gestört wurde, bevor die Mädchen über ihre Zeugnisse berichteten und stolz ihre guten Noten vorzeigten. Als sich der Trubel etwas gelegt hatte, wurde Will wieder nachdenklich.

»Jetzt ist es also tatsächlich ernst geworden mit unserer Vergrößerung. Natürlich kommen jetzt auch etwas stressige Zeiten auf uns zu, aber ich hoffe sehr, dass ich auf meine Frauen hier zählen kann!«, sagte er und seine Augen wanderten zu Beate, die begonnen hatte, den Tisch abzuräumen. Dann wandte er sich an Doro und Tanja.

»Ich weiß ja, dass ihr Mädchen euch für die nächste Woche, wenn ihr Ferien habt, zu dieser Radfreizeit mit dem Jugendtreff angemeldet habt und da könnt ihr natürlich auch mitgehen. Aber für den Rest der Ferien brauche ich euren vollen Einsatz, eure Hilfe bei der Arbeit. Beate und ich machen natürlich den Hauptteil der Arbeit, ich will euch auch nicht überfordern, aber ohne euch wäre das ganze Projekt nur schlecht machbar. Wir sind nun mal ein Familienunternehmen.« Voller Ernst betrachtete er seine Töchter. »Es tut mir schon ein bisschen Leid, dass wir uns in der nächsten Zeit auch finanziell einschränken müssen, aber ich hoffe, dass sich die Arbeit bald bezahlt machen wird, und dann haben wir alle was davon.« Will machte eine nachdenkliche Pause und man spürte, dass ihm das Risiko dieser Aktion voll bewusst war.

Tanja fragte sich im Stillen, ob das, was da auf sie alle zukam, wirklich seinen Preis wert war, denn sie hatte sich eigentlich auch auf ein paar freie Stunden in den Ferien gefreut. Aber sie sagte nichts. Es gab sowieso immer wieder Regentage, an denen man nicht oder nicht so viel arbeiten konnte. Auch der Samstagabend und der Sonntag waren für ihre Eltern ausnahmslos freie Zeit. Auch Doro hoffte, dass der Stress sich in Grenzen halten würde.

Aber doch überwog an diesem Tag die Freude, auch bei Tanja und Doro. Es machte sich eine richtige Festtagsstimmung breit. Will meinte: »Wisst ihr was, heute machen wir eine Flasche Sekt auf! Der Kauf ist perfekt, ihr habt super Noten! Wenn das kein Grund zum Feiern ist! Beate, haben wir noch eine Flasche im Keller?« Beate nickte und hielt ihn am Ärmel zurück, als er sich auf den Weg machen wollte, um den Sekt zu holen.

»Lass mich mal gehen, ich glaube, du findest ihn nicht«, meinte sie und ging zur Tür. Im Keller musste sie die Flasche tatsächlich erst mal selbst suchen, bis sie sie in einer Weinkiste entdeckte. Das dunkelgrüne Glas war mit einer dicken Staubschicht überzogen, schon lange war keine Gelegenheit mehr gewesen, Sekt zusammen zu trinken. Vorsichtig wie ein Baby hielt sie die Flasche und wischte sie mit der Schürze ab.

Als sie dann die steile Kellertreppe wieder nach oben ging, musste sie sich plötzlich für einen kurzen Moment am Geländer festhalten. Ihr war schwindlig und es wurde ihr fast schwarz vor Augen. Der kalte Schweiß brach ihr aus und das Geländer in ihren Händen fühlte sich eisig an. Schon den ganzen Morgen über war ihr nicht gut gewesen. Sie hatte sich richtig schlapp gefühlt. Was war nur los mit ihr? Na, das ist wohl der Kreislauf, dachte sie, das würde sich bestimmt wieder geben, wenn sie heute Nachmittag draußen an der frischen Luft war. Vielleicht würde auch ein Schluck Sekt sie wieder beleben. Auf keinen Fall wollte sie den anderen ihre Festtagslaune verderben, indem sie über ihre Wehwehchen klagte. Sie atmete nochmals tief durch, dann ging sie zurück in die Küche und vertraute Will den kostbaren Trunk an. Will öffnete feierlich die Flasche, ließ die perlende Flüssigkeit in die Gläser fließen, die die Mädchen auf den Tisch gestellt hatten und mit einem zarten Klingen stießen alle miteinander an. Nachdem Beate einige Schlucke vom prickelnden Sekt getrunken hatte, fühlte sie sich tatsächlich wieder besser und sie vergaß den kurzen Moment ihres Unwohlseins.

»So, jetzt wollen wir noch einen Plan für heute Nachmittag machen«, sagte sie.

»Ich bleibe heute zu Hause und mache Innendienst«, meldete sich Tanja freiwillig. »Und dann komme ich mit dem Fahrrad nach und helfe euch draußen. Heute sind wir nochmals in den Kirschen, drüben bei Eschelbach, oder?«

Beate nickte und war froh, dass Tanja da blieb und sie mit nach draußen an die Luft gehen konnte. Das würde ihr gut tun.

»Gut, dann bleibst du hier«, sagte sie erleichtert. »Ich packe uns für draußen noch ein paar Vesperbrote und etwas zu trinken ein, dann können wir auch schon los.«

Will stand voller Elan auf. Er freute sich auf die Arbeit, seit diesem Morgen mehr noch als vorher. Trotz seiner ernsten Worte war für ihn an diesem Tag ein Traum in Erfüllung gegangen.

Tanja zögerte den Augenblick, in dem sie ihr Album lesen würde, immer noch hinaus. Inzwischen hatte sie die Angst beschlichen, dass sie vielleicht zu viel in Stefans Geste mit der Rose hinein interpretiert haben könnte und im Album selbst gar nichts Besonderes stand. Was sollte dort auch stehen? Ein Poesiealbum war nicht der Ort für Liebeserklärungen. Und weshalb sollte er ihr auch seine Liebe gestehen? Zwischen ihnen war ja wirklich noch überhaupt nichts gelaufen.

Und doch ging ihr dann alles leicht von der Hand: Tischabräumen, Spülmaschine einräumen, Saugen, Blumen gießen, Wäsche aufhängen. Die geheime Hoffnung beflügelte sie. Endlich war sie fertig. Sie schenkte sich ein Glas mit kaltem Sprudel ein, nahm ihre Schultasche und machte sich auf den Weg in den Vorgarten. Dort setzte sie sich in den Schatten des alten, knorrigen Apfelbaumes. Die Blätter über ihr schaukelten träge im sanften Sommerwind. Um sie herum zirpten Grillen im Gras und die mittägliche Hitze flimmerte über dem warmen, trockenen Boden. Stille lag über dem Garten und Tanja sog sie in sich auf wie klares Quellwasser. Sie fühlte, wie ihre aufgeregte Seele sich entspannte und wieder zur alten Gelassenheit zurückfand. Trotzdem hatte sie leichtes Herzklopfen und ein flaues Gefühl im Magen, als sie das Album aus ihrer Tasche nahm und es öffnete. Seite für Seite blätterte sie um. Simone, Sabine, Ulrike, Sebastian … hier waren die Seiten von Stefan.

Ihr erster Blick fiel auf das Passfoto auf der rechten Seite unten. Eigentlich sah er echt gut aus. Dunkle Haare, braune Augen, ein ruhiger, besonnener Blick, ein kleines freundliches Lächeln, nicht spöttisch und nicht brutal. Eine samtene, golden schimmernde Haut. Wieso war ihr dieser sympathische Typ nicht schon länger aufgefallen? Dann überflogen ihre Augen seine Zeilen. Ohne Anrede hatte er mit schöner, gleichmäßiger Schrift ein Zitat von Goethe geschrieben:

Das ist die wahre Liebe,
die immer und immer sich gleich bleibt,
wenn man ihr alles gewährt, wenn man ihr alles versagt.
Zur Erinnerung, dein Stefan

Tanja hielt einen Moment lang den Atem an. Er schrieb ihr etwas von der wahren Liebe! Noch mal und noch mal las sie den Text, wie um zu spüren, mit welchen Gedanken Stefan diese Worte wohl geschrieben hatte. Dann glitten ihre Augen auf die andere Seite. Staunend betrachtete sie die Rose, die er dort mit zarten Farben gemalt hatte. Sie konnte es kaum fassen. Verwirrt und mit glühenden Wangen lehnte sie sich an den Baum. War das eine Liebeserklärung, war das ein Ausdruck von Verehrung? Oder wollte er einfach ihre Aufmerksamkeit auf sich lenken? Oder hatte er sich gar nichts dabei gedacht? Aber dafür war alles zu liebevoll gemacht. Er musste sich etwas dabei gedacht haben und es war nicht bloß eine plumpe Anmache. Ein zartes, warmes Gefühl breitete sich in ihr aus.

Doch die Frage blieb: Wie ernst meinte er, was er hier angedeutet hatte? Und morgen, wie sollte sie sich morgen in der Schule ihm gegenüber verhalten? Wollte sie denn von ihm geliebt werden? Wollte sie sich in ihn verlieben? Wie offen sollte sie ihm begegnen? Konnte es sein, dass sie schon in diesem Moment bereit war, sich in ihn zu verlieben?

»Lieber Gott, hilf mir!«, betete sie. »Ich bin verwirrt und durcheinander. Geh du mit mir den richtigen Weg!«

Sie atmete tief durch. Immer noch war Chaos in ihren Gefühlen, aber kein haltloses Chaos, denn sie wusste, unter ihr war ein Netz gespannt aus Liebe und Frieden, in das sie sich fallen lassen konnte.

Noch lange hätte sie so unter dem blauen Sommerhimmel sitzen können und ihre träumenden Gedanken zu den Wolken schicken. Aber sie wusste, dass die anderen sie brauchten und so machte sie sich nach einer Weile auf den Weg und fuhr mit dem Fahrrad los. Als sie an der Kirschenplantage ihres Vaters ankam, machten die anderen gerade eine erste Pause. Sie standen im Schatten des alten großen Kirschenbaumes am unteren Ende der Baumwiese und tranken kalten Tee, den Beate für alle mitgebracht hatte. Alf, der Lehrling, war dabei und auch die drei Frauen aus dem Dorf.

»Schön, dass du schon kommst«, begrüßte Beate ihre Tochter. »Wir können dich noch gut gebrauchen! Wenn alle nochmals kräftig mitarbeiten, sind wir heute Abend hier draußen fertig!« Beates Stimme klang zuversichtlich. Sie sammelte die gebrauchten Pappbecher ein, verschloss die Teeflasche und begann, an alle Mitarbeiter leere Spankörbe zu verteilen. Immer zu viert würden sie durch die Reihen gehen und rechts und links die Bäume abernten. Jede Gruppe stellte ihre Körbe auf ein schlittenartiges Eisengestell, das sie mit sich zogen, um die süße, rote Last darauf abzuladen. Alle trugen am Arm einen kleinen, abgenutzten Plastikeimer, in den sie die Kirschen pflückten, bevor sie sie dann in die Körbe leerten.

»Jetzt kommt der Endspurt«, sagte Beate froh gestimmt. Sie freute sich schon auf das gute Gefühl, das sie heute Abend haben würde, wenn sie hier draußen die letzten Kirschen im Korb hatten. Fröhliche Sätze flogen hin und her, die Frauen summten ein Lied und brachen in Gelächter aus, als sie nicht mehr wussten, wie die Melodie weiterging. Doro und Tanja legten sich mächtig ins Zeug, um mit ihren Eltern mitzuhalten, und mit ihrer jugendlichen, ungestümen Kraft schafften sie das eine Zeit lang auch. Ihre Hände wurden klebrig und ihre Kleider fleckig, aber am Ende der Reihe waren ihre Körbe alle voll. Deshalb zogen sie die Schlitten wieder zurück, denn unten am Eingang beim alten Kirschbaum stand der Traktor mit seinem Anhänger bereit. Kraftvoll lud Will die Körbe von den Schlitten auf den Anhänger. Das war harte Arbeit. Beate sah ihm dabei, an den Schlitten gelehnt, zu. Die Pause tat ihr gut, immer noch fühlte sie sich nicht hundertprozentig wohl.

»Irgendwie sieht sie heute ein bisschen blass aus«, dachte Tanja und betrachtete ihre Mutter nachdenklich. Da sah sie plötzlich, wie Beate schwankte. Mit schnellen Schritten war sie bei ihr und konnte sie gerade noch auffangen, bevor sie umkippte. Tanja brauchte ihre ganze Kraft, um Beate zu halten und einigermaßen sanft auf den weichen, grasgepolsterten Boden gleiten zu lassen.

»Beate, was ist los?« Zutiefst erschrocken eilte Will zu den beiden. »Komm Tanja, wir legen sie dort drüben unter den Schatten von einem Baum!« Bleischwer hing Beate den beiden in den

Armen. Die anderen Mitarbeiter blieben in einem gebührenden Abstand schockiert stehen und starrten entsetzt zu der aufgeregten kleinen Truppe.

»Hol den Tee und einen Becher«, befahl Will Doro und starrte angstvoll in Beates Gesicht. »Herr im Himmel, hilf, dass sie noch atmet!«

Doro kam mit dem Tee angerannt, als Beate gerade wieder zu sich kam.

»Beate, was ist los? Wie fühlst du dich?« Will nahm ihre Hände in seine.

»Ach, ich glaube, es geht schon wieder«, sagte Beate leise. »Mir war es den ganzen Tag schon irgendwie nicht gut!«

»Hier, trink erst mal den Tee, das wird dir gut tun!« Will gab ihr den Becher. In großen Zügen trank Beate ihn leer.

»Am besten, ich fahre dich gleich zum Arzt!«, meinte Will und richtete sich wieder auf.

»Nein, nein, es geht schon wieder«, wehrte Beate ab und blickte an sich herunter. »So wie ich aussehe, mit den verdreckten Kleidern wird dem Arzt schlechter, als es mir ist, wenn ich zu ihm komme!« Jetzt lächelte sie schon wieder.

»Ich bestehe aber darauf, dass du zum Arzt gehst! Du hast uns einen ziemlichen Schrecken eingejagt!« Will war in diesem Moment nicht zu Späßen aufgelegt.

»Ich kann ja morgen früh noch gehen, wenn du unbedingt willst«, sagte Beate. »Jetzt bleibe ich einfach noch ein bisschen im Schatten sitzen, das tut mir gut. Starrt mich nicht so ängstlich an. So schlecht geht's mir schon nicht!«

Nur zögernd ließen Will und die Mädchen Beate allein und machten sich, noch immer beunruhigt, mit den anderen zusammen an die Arbeit.

Beate lehnte sich an den Stamm des Kirschenbaums, in dessen Schatten sie gelegen hatte. Sie spürte, wie sie sich entspannte, wie ihre kalten Hände und Füße wieder warm wurden. Sie atmete tief durch. Was war nur heute los mit ihr? Nun kroch doch auch Angst in ihr hoch. Hatte sie zu lange in der heißen Sonne gestanden? Hatte sie zu wenig getrunken? War sie krank? Schon gestern hatte sie sich irgendwie schlapp gefühlt. Sie war jetzt achtunddreißig Jahre alt, vielleicht machten ihr ja auch schon die Wechseljahre zu schaffen? Eine Weile blieb sie noch so sitzen und versuchte, in sich hinein zu horchen. Dann rappelte sie sich auf und machte sich langsam wieder an die Arbeit. Eigentlich fühlte sie sich jetzt richtig gut.

Der Morgen des letzten Schultages brachte glühende Hitze. Kein Windchen bewegte sich vor den weit geöffneten Fenstern des Klassenzimmers. Lustlos saßen Tanjas Mitschüler in ihren Bänken. Auch die Lehrer schienen an diesem letzten Schultag jede Anstrengung zu vermeiden. Die Zeit plätscherte dahin mit Vorlesegeschichten, Dias vom letzten Klassenausflug und einem Film über Braunbären.

»Ich frage mich, warum wir überhaupt noch hier sind«, flüsterte Simone gähnend zu Tanja. »Das bringt doch keinem mehr was. Du siehst auch schon ganz frustriert aus!«

Tanja sah nicht nur so aus, sie war tatsächlich frustriert. Stefan saß schräg hinter ihr und sie hatte natürlich vorsichtig versucht, mit ihm Blickkontakt aufzunehmen. Aber er sah schon den ganzen Vormittag über konzentriert nach vorn, als ob der Lehrer dort den wichtigsten Lernstoff des Jahres erklären würde. Tanja beachtete er überhaupt nicht. Sie war verwirrt, ärgerlich und enttäuscht. War das nur eine billige Anmache gewesen? Die Rose und das, was er in ihr Album geschrieben hatte? Sie ließ sich nicht gern zum Narren halten.

Endlich war auch die letzte Stunde vorbei, und alle packten ihre Sachen zusammen.

»Mensch, Tanja! Warum trödelst du heute so endlos?«, drängelte Simone, die endlich hinaus in die Ferien wollte. Sie wusste nicht, dass Tanja bis zuletzt gehofft hatte, Stefan würde ihr doch noch irgendein Zeichen zukommen lassen. Entmutigt packte Tanja ihre Sachen ein und verließ zusammen mit Simone das Klassenzimmer.

Als sie aus der Tür kamen, begann ihr Herz wild zu klopfen. Da stand Stefan auf dem Gang, lässig ans Geländer gelehnt. Er wartete zusammen mit zwei anderen Freunden auf die Mädchen, auf Tanja.

»Hey, ihr«, er trat auf die beiden zu. »Habt ihr Lust, heute Abend mit uns ein Konzert zu besuchen?«

»Das ist eine gute Idee!« Simone war sofort begeistert. Tanja, die sonst auch nicht auf den Mund gefallen war, stand daneben und brachte vor Verlegenheit kein Wort heraus.

»Was ist denn das für ein Konzert? Und wo findet es statt?«, fragte Simone.

»Ein paar Bands aus der Gegend geben ein Rockkonzert in der Stadthalle. Ich habe schon fünf Karten besorgt und wenn ihr um zwanzig Uhr zum Eingang der Halle kommt, seid ihr eingeladen und wir gehen zusammen rein.«

»Das ist aber echt nett, dass du uns einlädst!« Tanja hatte ihre Sprache wieder gefunden und lächelte Stefan strahlend an. Er hatte sich ein Treffen ausgedacht und alles arrangiert! Sie hätte vor Freude die ganze Welt umarmen können.

»Meinst du, dein Vater fährt uns hin? Meiner kann uns sicher abholen«, wandte sie sich an Simone.

»Das klappt bestimmt«, meinte Simone wie immer zuversichtlich.

»Also dann, bis heute Abend!«, verabschiedete sich Stefan, und die drei Jungs zogen los.

»Na, das ist ja 'ne Wucht, dass Stefan uns einlädt!«, sagte Simone fast ein bisschen verwundert. Tanja konnte richtig sehen, wie es in ihrem Gehirn arbeitete. Und dann, nach einem Blick in Tanjas strahlendes Gesicht, kam ihr auch schon die Erkenntnis: »Der will was von dir, oder?«

»Kann schon sein, aber so ganz sicher bin ich mir nicht. Das muss sich erst noch zeigen!«

»Wie findest du ihn denn? Magst du ihn?« Simone begann zu bohren.

»Ich finde ihn sehr nett, aber eigentlich kenne ich ihn noch gar nicht«, antwortete Tanja und das war die Wahrheit. Stundenlang hatten die beiden Freundinnen schon über Jungs gequatscht, welche gut aussahen und für wen sie gerade schwärmten. Aber jetzt, als es nun ernst zu werden schien, wollte Tanja ihre Gefühle nicht gleich zerreden. Simone war zwar ihre beste Freundin, aber die Sache mit Stefan war noch zu frisch, zu zart, zu besonders, um sie mit den üblichen Floskeln bloßzustellen.

Sie saßen ganz in der Nähe der Bühne auf dem grauen, speckigen Hallenboden. Es war Tanjas erstes Rockkonzert und sie hatte nicht damit gerechnet, dass es keine Stühle geben würde.

Sie war froh, dass sie keinen Minirock angezogen hatte, sondern ihre neue Jeans, zu der sie ein weichfließendes Top trug. Stefan saß neben ihr und sie spürte, wie er sie von der Seite her immer wieder verstohlen musterte. Sie hatte ihre Haare gewaschen und ihre braunen Locken umrahmten ihr Gesicht wie ein Gemälde. Sie sah wunderschön aus, aber sie selbst wusste es nicht. Das verlieh ihr eine Unschuld, die an diesem Abend auf Stefan unglaublich betörend wirkte. Er hatte von der ersten Minute an das Gefühl, an diesem Abend den ersten Preis gewonnen zu haben.

Tanja dagegen kämpfte lange mit dem unterschwelligen Empfinden, fehl am Platz zu sein. Überall standen große weiße Pappbecher, gefüllt mit Bier, das in riesigen Mengen ausgeschenkt wurde. Die Luft war erfüllt mit bläulichem Zigarettenrauch und die Musik war so laut, dass es unmöglich war, sich zu unterhalten. Das war nicht ihre Welt, sie spürte es genau. Sie gehörte nicht hierher. Sie beneidete Simone, die ganz unbefangen und locker bei den anderen beiden Jungs saß und sich anscheinend wohl fühlte.

Alle Türen der Halle standen weit offen. Inzwischen war die Dämmerung angebrochen, die Luft war schwülwarm. Mit der Zeit entspannte sich Tanja ein wenig, Stefan rückte immer näher an ihre Seite und sie empfand überdeutlich seine Wärme und seine Lebendigkeit, so dass sie das Ganze um sich herum vergaß.

»Das Lied ist echt toll«, schrie er in ihr Ohr. Sie nickte zustimmend, obwohl sie es nicht von Herzen so meinte.

»Siehst du dort den Brotling?«, schrie Tanja zurück, als sie entdeckt hatte, dass ihr Klassenlehrer auch in der Halle war. Stefan verzog das Gesicht zu einer »Oh nein, nur das nicht«-Grimasse, aber Herr Brotling bemerkte sie gar nicht. Und schließlich waren ja Ferien. Das lange Sitzen auf dem Boden war ermüdend, und Stefan legte sich irgendwann einfach auf den Rücken, die Füße hatte er angewinkelt. Tanja zögerte. Sollte sie sich auch hinlegen? Aber sie wollte ihm nicht einfach alles nachmachen. Vor ihnen waren einige aufgestanden und tanzten. Sollte sie auch tanzen? Aber dann wäre sie nicht mehr bei Stefan. Irgendwann siegte das Bedürfnis, die anstrengende Sitzposition zu ändern. Langsam legte sie sich zurück. Ein heißer Schreck durchzog sie. Stefan hatte in diesem Moment seinen Arm ausgestreckt und so lag sie plötzlich in seinem Arm. Seine Hand legte sich fest um ihre linke Schulter. Damit hatte sie nicht gerechnet. Ganz ruhig blieb sie liegen und versuchte, die Situation zu erfassen. War es richtig, war es gut, was hier geschah? Sollte sie sich wieder hinsetzen? Aber sie konnte sich dem Zauber dieser Berührung nicht entziehen. Ein warmes Gefühl der Freude durchzog sie, ein fiebriges Glück, das Sekunde für Sekunde durch sie hindurch rieselte. Sie schloss ihre Augen, um nur noch zu fühlen. Ab und zu bewegten sich seine Finger leicht. Was er wohl dachte, was er empfand? Die Fremdheit zwischen ihnen legte sich wie ein Schatten auf Tanjas Glück. Sie kannte ihn noch gar nicht, hatte kaum einen Satz mit ihm gesprochen. Aber kam es nicht nur auf diesen Moment jetzt an? Tanja schob die Fragen beiseite. Lange lagen sie so beieinander. Irgendwann setzten sich beide wieder auf. Er nahm seinen Arm von ihrer Schulter und stützte ihn hinter ihr ab. Langsam getraute sich Tanja wieder, Stefan vorsichtig von der Seite her anzuschauen. Aber sie konnte an seinem Gesicht nicht ablesen, was er dachte. Sollte sie ihn fragen? Aber da kniete plötzlich Simone neben ihr.

»Wir müssen heim«, brüllte sie Tanja ins Ohr. »Dein Vater wartet bestimmt schon auf uns.« Sie gab Tanja ihre Hand und zog sie hoch. Stefan und die Jungs blieben sitzen und winkten den beiden leicht nach.

»Bis nach den Ferien«, rief Stefan noch, zumindest erahnte Tanja, dass er das gesagt hatte.

Will hatte schon eine halbe Stunde im Auto gewartet. Er war zu früh gekommen, weil er nicht riskieren wollte, dass Tanja warten musste. Irgendwie wollte es ihm immer noch nicht so recht in den Kopf, dass aus seinen beiden Babys erwachsene Töchter geworden waren. Er hätte sie so gerne noch länger beschützt vor all den Gefahren, die im Leben lauerten. Aber er spürte genau, dass nun seine Zeit fast abgelaufen war. Sie mussten selbst mit dem Leben zurechtkommen und so wie es ihm schien, machten sie es sogar gerne. Es ärgerte ihn ein bisschen, dass sie sich soviel für diese jungen Burschen interessierten, die doch noch keine Ahnung vom Leben hatten. Es sollte ihm niemand erzählen, Tanja wäre wegen der Musik zu diesem Konzert gegangen. Er wusste genau, dass sie einen anderen Musikstil mochte als dieses seelenlose Gedröhne. Also musste ein junger Mann dahinter stecken. Aber er hatte es inzwischen ganz gut gelernt, in bestimmten Situationen seinen Mund zu halten, um keine Streitigkeiten vom Zaun zu brechen und um die Mädchen nicht zu verletzen. Er seufzte. Es war schwer, seine Kinder loszulassen.

Umso mehr hatte er sich gefreut, als sich ihm die Chance geboten hatte, seinen Betrieb zu vergrößern. Er hatte sich nach einer neuen Herausforderung gesehnt und nun war sie da. Bisher hatte er nur ein Grundsortiment an Pflanzen anbieten können, aber die Nachfrage nach ausgefalleneren Sorten wurde immer größer und er freute sich nun, dem entgegenkommen zu können. Nun endlich hatte er genügend Land. Und er würde auch einen Teil des neuen Landes dazu nutzen können, Rosen anzubauen. Davon hatte er schon immer geträumt.

Gestern war er voller Vorfreude gewesen, hatte die ganzen Papiere unterschrieben im Glauben daran, dass es auch Gottes Plan für sein Leben war. Aber heute zweifelte er schon daran. Was war nur mit Beate los? Ohne sie, so schien es ihm, war es unmöglich, all diese guten Ideen umzusetzen. Er brauchte ihre Hilfe. Aber irgendetwas stimmte nicht mit ihr, er spürte es ganz genau. Er hatte es gestern schon wahrgenommen, dass sie anders war als sonst. Aber bei all der Aufregung hatte er nicht richtig darauf geachtet. Er seufzte wieder. Er versuchte seine langen Beine zu strecken, so gut es in dem engen Auto eben ging. Es war ungewohnt für ihn, einfach nur so dazusitzen. Von morgens bis abends war er sonst auf den Beinen, um die viele Arbeit zu erledigen, die getan werden musste. Er arbeitete gern, Arbeit war sein Leben. Aber heute fühlte er sich plötzlich uralt und sehnte sich nach einer Pause. Die Sorge um Beate drückte ihn nieder.

Er schreckte auf aus seinen Gedanken, als jemand ans Fenster klopfte. Ach endlich, da waren ja Tanja und Simone und beide sahen ganz vergnügt aus. Er öffnete die Tür.

»Hallo, Paps, hoffentlich hast du nicht zu lange gewartet«, begrüßte ihn Tanja.

»Das Warten hat mir nicht geschadet«, antwortete Will. Tanja und Simone stiegen ein. Er ließ den Motor an und fuhr los in Richtung Neuenstein. Er stellte den Mädchen keine Fragen, sondern überließ sie taktvoll ihren Gedanken.

Zu Hause verzog sich Tanja schnell in ihr Zimmer. Sie wollte in Ruhe noch einmal alle Bilder dieses Abends vor ihrem inneren Auge abspulen. Sie setzte sich vor das offene Fenster und sah hinaus in die sternklare Nacht. Die Dunkelheit war samtweich und süß und ein leichter Windhauch zauberte zarte Töne in die Stille hinein. Sie war glücklich, berauscht, selig. Und doch flüsterte ihr eine Stimme in ihrem tiefsten Inneren zu, dass dieses Glück nur für den Augenblick bestimmt war. Umso mehr versuchte sie, das Glück nochmals in seiner ganzer Tiefe nachzuempfinden und bis in jede winzige Ader ihres Seins fließen zu lassen.

Beate hatte unten im Wohnzimmer auf Wills Rückkehr gewartet. Es gab hier noch einiges aufzuräumen und sie wollte sowieso schon lange einige Fotos sortieren und in der Stille dieser Nachtstunden hatte sie die Muße dazu. Geräuschlos ging sie hin und her über den hellen, flauschigen Teppich und setzte sich dann wieder auf das weiche Ledersofa, um in Ruhe die Bilder zu betrachten und je nach Verwendung in Schachteln zu legen.

Das Wohnzimmer war eigentlich der schönste Raum im Haus, denn nachdem sie vor zwei Jahren endlich ihre Schulden abbezahlt hatten, hatten sie es völlig neu eingerichtet, mit einer wunderschönen, schokoladenbraunen Ledersitzecke, einem großen, stabilen Eichentisch, der in der Höhe verstellbar war, und einer stilvollen Lampe. Eine Kommode und eine Schrankwand, auch aus Eichenholz, vollendeten die Ausstattung. Aber eigentlich war es das großformatige, breit angelegte Gemälde, das über der Sitzgarnitur hing, das dem Raum seinen eleganten Charme verlieh. Sie hatte es »Toskanischer Frühling« getauft und es zeigte ein altes Bauerngehöft vor der Kulisse großer, schlanker Pappeln, eingebettet in eine blühende Frühlingslandschaft. Wenn sie das Bild betrachtete, wunderte sie sich fast jedes Mal darüber, dass es ein Werk ihrer eigenen Hände war, denn es schien ihr so vollendet, dass sie es kaum für möglich hielt, selbst die Malerin gewesen zu sein. Sie freute sich, als sie hörte, dass Will in den Hof fuhr. Sie war extra wach geblieben, um noch mit ihm zu reden. Kurz steckte Tanja ihren Kopf zur Tür herein und rief ihr ein leises »Gute Nacht, Mam!« zu, bevor sie über die Treppe nach oben verschwand. Dann hörte sie, wie Will die Haustür abschloss.

»Du bist ja noch wach«, stellte Will erstaunt fest, als er zur Tür hereinkam. »Ich dachte, du schläfst schon längst!«

»Ich habe auf dich gewartet«, sagte Beate und legte die Fotos, die sie gerade in der Hand hielt, in die Schachtel, auf der »Familie« stand. Dann lehnte sie sich auf der Couch zurück. Das schwache Licht der Wandlampe beleuchtete von hinten ihre Haare und ließ sie wie einen Heiligenschein aufleuchten. Sie roch betörend gut nach ihrem neuen Parfüm und der Creme, die sie auf Gesicht und Hände aufgetragen hatte. Will setzte sich ihr gegenüber in den Sessel und sah sie erwartungsvoll an.

»Ich muss noch mit dir reden!«

Ein ungutes Gefühl beschlich Will. Was gab es so Wichtiges, dass sie auf ihn gewartet hatte? War sie doch irgendwie krank und wollte es ihm nun schonend beibringen? Aber ihr Gesichtsausdruck irritierte ihn. Lag da nicht ein Leuchten auf ihrem Gesicht? Er stand auf, ging um den Tisch herum, setzte sich zu ihr und nahm ihre schmalen Hände zwischen seine beiden großen, von der Arbeit rau gewordenen Hände.

»Jetzt machst du mich aber neugierig«, sagte er in lockerem Ton und versuchte, seine Unruhe wegzudrücken. »Was ist los?«

»Mir ist da so ein seltsamer Gedanke gekommen, vorhin, als ich mich in der Badewanne entspannt habe. Aber ich weiß noch nicht so recht, was ich davon halten soll!«

»Beate! Spann mich doch nicht so schrecklich auf die Folter!« Will wurde langsam nervös.

»Ich habe bei der ganzen Aufregung um die Zeugnisse und deine Verträge mich selbst nicht mehr so richtig im Auge gehabt.« Beate schwieg nachdenklich.

»Und?« Will verstand nicht, warum Beate nicht endlich zum Punkt kam.

»Meine Tage sind überfällig.«

»Und was heißt das?« Will verstand immer noch nichts.

»Heute Abend habe ich gedacht: ich fühle mich so wie damals, als ich mit den Mädchen schwanger war. Es ist zwar schon eine ganze Weile her, aber ich erinnere mich noch ganz genau daran.«

Will begann zu begreifen. »Du denkst also –«, er sprach nicht weiter. Irgendwie konnte er das eben Gehörte noch nicht richtig fassen.

»Na, weil ich doch auch umgekippt bin, draußen auf der Kirschenplantage. Das ist mir ja in den ganzen Jahren noch nie passiert. Wenn man alles zusammen betrachtet, ist die Beweislage doch gar nicht so schlecht, oder was meinst du?«

Will starrte sie fassungslos an. »Aber jetzt, nach all den Jahren, wir sind doch die ganze Zeit über nie schwanger geworden!«

So lange hatte er in den Jahren, nachdem Tanja geboren war, noch auf ein Kind gehofft, aber nie hatte es geklappt. Er hatte es auf die harte Arbeit geschoben und es mit der Zeit als Gottes Willen akzeptiert. Und ausgerechnet jetzt sollte Beate nochmal ein Kind erwarten? Er rückte ein Stück von ihr weg und betrachtete sie, als ob sie eine Erscheinung sei, die vom Mond herabgekommen ist.

»Wie kann das denn so plötzlich sein, dass du schwanger bist?«, fragte er sie, noch immer total durcheinander.

»Na, wie kann das wohl sein? Hast du vergessen, wie Babys gemacht werden?«, neckte Beate ihn mit einem Schmunzeln. »Ich erinnere mich dunkel daran, dass da die Männer auch irgendwie beteiligt sind!«

Aber dann wurde sie gleich wieder ernst. »Ich weiß es auch nicht, Will. Wenn es tatsächlich so ist, wie ich es vermute, dann ist es für mich einfach ein Wunder Gottes.«

»Mensch, Beate!« Will hatte endlich begriffen. »Das wäre ja toll!« Aber gleich wurde er wieder nachdenklich: »Dass sich das ausgerechnet jetzt rausstellt, genau einen Tag nachdem ich das Land gekauft habe, ist schon merkwürdig. Ich hatte dich ja voll eingeplant für die nächsten Wochen, aber wenn du nun tatsächlich schwanger bist, werde ich wohl für eine Weile ohne dich auskommen müssen. In der Schwangerschaft mit Tanja musstest du zum Schluss wochenlang liegen, nur weil du dir am Anfang zu viel zugemutet hattest. Das können wir nicht noch einmal riskieren. Bis wir sicher sind, was los ist, gönnst du dir ein paar ruhige Tage.«

»Ach, Will«, Beate sah ihn voller Sorge an. »Schaffst du denn all die Arbeit allein? Ich muss versuchen, trotzdem soviel wie möglich zu machen!«

»Das kommt überhaupt nicht in Frage! Wenn du womöglich wieder liegen musst, dann kannst du nicht mal mehr den Haushalt versorgen! Du hast dir schon lange ein paar Tage Urlaub verdient, die machst du eben jetzt. Ich zähle auch auf die Mädchen. Wenn sie wollen, können sie echt was leisten. Wir werden es schon schaffen!«

Beate sah ihn dankbar an. Was hatte sie nur für einen tapferen Mann. Sie rückte nahe zu ihm hin. Draußen fuhr leise brummend ein Auto durch die Nacht und erhellte mit seinen Scheinwerfern den Garten vor dem Fenster. Beate und Will nahmen es nicht wahr, sie waren ganz in der gegenseitigen Nähe und den Gedanken um das kleine werdende Leben versunken. Eng umschlungen saßen sie auf dem Sofa beieinander. Die Uhr schien mit ihrem leisen Ticken sagen zu wollen, dass die Zeit unaufhaltsam vorwärts schritt. Niemand kann auch nur eine Sekunde zurück. Sie sprachen nicht viel. Beide mussten die neue Situation erst einmal verarbeiten. Sie konnten all die Veränderungen, die nun so plötzlich in ihr Leben gekommen waren, noch nicht ganz fassen. Aber es schien so, als wollte Gott sie ganz besonders segnen. Oder nicht? Will hatte Angst. Konnte er in dieser Lage Gott wirklich vertrauen? Die dunklen Schatten im Zimmer schienen ihm plötzlich bedrohlich und Furcht erregend. Wie sollte er seine Pläne ohne Beate verwirklichen? Ohne sie würde er es nicht schaffen. Oder doch? Die Zerrissenheit zwischen froher Erwartung und großer Angst schien ihm unerträglich zu werden. Abrupt stand er auf, zog Beate hoch und sie machten sich auf den Weg ins Bett. Für heute hatte er genug! Es gab Situationen, die selbst den stärksten Mann umhauen konnten.

Als Tanja am nächsten Morgen aufwachte, fiel ihr sofort wieder der gestrige Abend ein und ein warmer Wonneschauer rieselte ihr den Rücken hinunter. Sie wusste, dass ihr heute ein arbeitsreicher Tag bevorstand, aber das konnte ihr Glück nicht trüben. Sie hätte Bäume ausreißen können. Schnell zog sie ein paar alte Klamotten an und schwebte dann die Treppe hinunter. Sie lauschte in die Stille des Hauses hinein. Nichts war zu hören, anscheinend waren alle schon bei der Arbeit. Sie war erst tief in der Nacht eingeschlafen und die anderen hatten sie nicht geweckt. Nun war sie spät dran.

Unten in der Küche bedurfte es keiner detektivischen Meisterleistung um zu erkennen, dass die anderen drei schon gefrühstückt hatten. Leere Tassen und Müslischalen gähnten sie an. Schnell goss sie sich Tee ein und beeilte sich damit, ihr Müsli zu essen. Heute waren alle bei der Himbeerernte und sie wusste, dass ihr Vater sie brauchte. Sie würde gleich losradeln. Aber jetzt, in der ungestörten Stille des Morgens, gab sie sich für einen Moment noch einmal der Erinnerung an den letzten Abend hin. Sie spürte noch genau Stefans Hand auf ihrer Schulter, seine Wärme, seine Nähe.

Als sie ein Geräusch im Flur hörte, zuckte sie zutiefst erschrocken zusammen. Die Tür ging auf und Beate kam herein.

»Mam, was machst du denn hier? Wieso bist du nicht mit den anderen draußen bei den Himbeeren?« Tanjas Augen weiteten sich voller Erstaunen.

»Ach, weißt du, Paps hat gemeint, ein paar Tage Pause würden mir mal gut tun.«

»Ein paar Tage Pause!«, wiederholte Tanja und ihre Stimme klang fast entsetzt. Sie verstand die Welt nicht mehr. Noch nie hatte ihre Mutter mitten in der Hochsaison ein paar Tage frei gemacht. Das war undenkbar. War sie am Ende doch ernsthaft krank?

Beate spürte die Furcht ihrer Tochter und versuchte sie zu beruhigen. »Mach dir keine Sorgen, ich bin nicht krank!«

Sie zögerte einen Moment. Sollte sie Tanja in ihr Geheimnis einweihen? Aber sie war sich selbst noch gar nicht sicher.

»Hier, schau dir mal dieses Foto an!«, begann sie deshalb mit einem anderen Thema. Sie legte ein Bild aus dem letzten Italienurlaub vor Tanja auf den Tisch. Ein altes Fischerboot schaukelte tänzelnd auf sanften Wellen. Im Hintergrund ragten bizarre Felsen aus dem Wasser.

»Wie würdest du dieses Motiv malen, als Aquarell, in Öl oder mit Pastellkreiden?«

»Mam, du willst ein Bild malen, heute, wo wir draußen so viel Arbeit haben?« Tanja ließ sich nicht so schnell beruhigen.

Aber Beate konnte nichts aus der Fassung bringen. Ruhig antwortete sie: »Ihr schafft das heute schon. Alle Frauen, die uns helfen, sind auch da, da braucht es mich nicht unbedingt. Und nachdem ich draußen umgekippt bin, ist es für Paps einfach eine Beruhigung, wenn ich mal Pause mache. Aber jetzt sag schon, was denkst du über das Foto?«

»Hm«, Tanja konnte sich nicht so recht auf das Bild konzentrieren, aber anscheinend war es ihrer Mutter wichtig, ihre Meinung zu hören. »Also, wenn du mich schon fragst, ich fände Aquarell am besten. Die ganze Atmosphäre sieht so leicht aus.«

Beate nickte. »Genau das habe ich mir auch gedacht, ich wollte es nur nochmal hören!« Dann nahm sie das Foto wieder vom Tisch, füllte am Spülbecken einen Keramikbecher mit Wasser und ging zurück ins Wohnzimmer. Dort lagen, auf dem Couchtisch ausgebreitet, alle Fotos, die sie im Lauf der Jahre als Malvorlagen gesammelt hatte. Sie räumte sie wieder in den alten Schuhkarton zurück und stellte ihn in den Schrank. Dann nahm sie das Italienbild und den Becher und ging durch die Balkontür in den Wintergarten.

Obwohl es erst Morgen war, hatte die Temperatur hinter den Glasscheiben bereits dreißig Grad erreicht, aber Hitze hatte Beate noch nie etwas ausgemacht. Sie öffnete ringsum die Fenster, so dass ein leichter Wind über ihre nackten Arme und Beine strich. Sie trug nur ein Top und eine kurze Hose, um die Stirn hatte sie ein Tuch gebunden, das die Schweißtropfen auffing, so dass sie fast aussah wie eine Tennisspielerin. Sie holte ihren Aquarellblock aus einer Holzkiste und stellte ihn auf die Staffelei. Auf ihr kleines Tischchen platzierte sie den Keramikbecher, ihre Farben und eine kleine Palette, um die Farben darauf zu mischen. Daneben legte sie das Foto, steckte sich noch ein paar widerspenstige Haare hinter die Ohren und war nun bereit, mit dem neuen Werk zu beginnen. Sie setzte sich auf den Hocker, der vor der Staffelei stand und begann mit sicheren Pinselstrichen die Konturen des Bootes zu malen. Beate hatte ein schlechtes Gewissen, wenn sie daran dachte, dass ihr Mann heute allein draußen bei der Arbeit war. Er tat ihr Leid und sie begriff noch immer nicht ganz, wie es soweit kommen konnte, dass sie nun hier saß und malte. Sie schämte sich irgendwie und hatte das Gefühl, Will im Stich zu lassen. Sie hatte ihm die Sorgen heute morgen im Gesicht abgelesen, auch wenn er kein Wort darüber verloren hatte. Früher noch als sonst war er losgefahren, um die Arbeit zu tun, die getan werden musste. Sie wusste schon jetzt, dass es spät werden würde, bis er wieder nach Hause kommen würde. Sie musste sich erneut klar machen, dass sie dieses Kind nicht geplant hatte. Es war in ihr Leben gekommen, unvermutet wie ein Überraschungsgast und sie liebte es schon jetzt mit allen

Fasern ihres Herzens. Noch bevor dieses Kind sie mit seinem Wesen beglücken konnte, wurde sie von ihm mit diesen Stunden der Muße beschenkt. Beate mischte ein sattes Blaugrün für die Tiefe des Wassers, setzte den Pinsel an, nicht zögernd, sondern sicher und kraftvoll und malte mit instinktiver Gewissheit die Formen des Wassers. Je länger sie an diesem Bild arbeitete, umso tiefer empfand sie, dass sie ganz im Einklang mit sich selbst war. Das hier hatte nur mit ihr zu tun, nicht mit den Mädchen, nicht mit Will. Sie war so oft für andere da, gab sich hin, verschenkte sich. Und wenn dieses kleine Wesen auf der Welt war, würde auch dieses Kind ihre ganze Hingabe fordern. Aber heute, an diesem Morgen, konnte sie tun, wonach sie sich so oft nur sehnte. Sie konnte malen. So kam aus ihrem tiefsten Herzen eine große Dankbarkeit, dass Gott ihr diese Zeit schenkte.

Eine Weile malte sie ungestört. Sie kam zügig voran und hatte alles um sich herum vergessen. Dann riss das Läuten des Telefons sie jäh aus ihrem versunkenen Arbeiten. Rasch wischte sie sich ihre Hände an einem alten Lappen ab, eilte zum Flur und nahm den Hörer ab.

»Beate Tamer«, meldete sie sich mit warmem Tonfall.

»Geiger hier, WLZ Öhringen«, sagte die Stimme am anderen Ende der Leitung. »Ihr Mann hat vor ein paar Wochen bei uns einen Traktor bestellt! Heute ist er eingetroffen; er kann ihn abholen.«

»Oh, wie schön! Da wird er sich aber freuen!«, sagte Beate. »Aber Moment mal, heute ist doch Samstag, wie lange haben Sie denn noch offen? Mein Mann kommt vermutlich erst gegen dreizehn Uhr nach Hause!«

»Das ist kein Problem, bis vierzehn Uhr ist auf jeden Fall jemand da, vermutlich auch noch länger! Samstags ist bei uns immer viel los, da geht's auch schon mal bis fünfzehn Uhr«, antwortete die Stimme.

»Das ist gut. Also dann vielen Dank für Ihren Anruf. Ich hoffe, mein Mann kann heute noch bei Ihnen vorbei kommen«, sagte Beate und war jetzt voller Aufregung.

»Okay, dann bis später«, verabschiedete sich die Stimme und der Hörer am anderen Ende wurde aufgelegt.

Einen Moment lang blieb Beate noch neben dem Telefon stehen. Das war eine gute Nachricht, dass der Traktor eingetroffen war. Will würde sich freuen und es würde ihm sicher helfen, wieder ein bisschen zuversichtlicher zu sein. Seine sorgenvolle Stimmung heute morgen hatte auch sie mitgenommen.

Aufgeregt ging sie in die Küche. Sie würde jetzt erst mal ihre Malerei unterbrechen und das Mittagessen kochen. Es war inzwischen schon halb zwölf, da konnte sie gut mit den Vorbereitungen beginnen. Aber zuerst musste sie noch die Farben aufräumen und das Bild mit einem sauberen Tuch bedecken, damit keine Fliege es beschmutzen konnte. Fröhlich summend eilte sie durch die Wohnung.

Dann endlich kam Will zusammen mit den Mädchen nach Hause. Es war kurz vor ein Uhr, wie sie es vermutet hatte. Die drei sahen sehr zufrieden aus, anscheinend war ihnen die Arbeit an diesem Morgen gut von den Händen gegangen.

»Ich habe eine Überraschung«, strahlte Beate ihnen entgegen, kaum dass sie die Wohnung betreten hatten.

»Ah ja, hast du ein neues Rezept ausprobiert?«, vermutete Tanja neugierig.

»Nein, was viel Besseres, eigentlich ist die Überraschung vor allem für euren Vater!«, sagte Beate und tat geheimnisvoll.

»Für mich?« Will, der gerade auf dem Weg ins Badezimmer war, um sich seine Hände zu waschen, blieb erstaunt stehen. »Was ist es denn?«, fragte er und klang dabei tatsächlich etwas neugierig.

»Dein neuer Traktor ist da und du hast bis zwei Uhr Zeit, ihn in Öhringen abzuholen.«

Über Wills Gesicht ging ein Strahlen. Beate hatte gewusst, dass er sich freuen würde.

»Da müssen wir uns ja sofort auf den Weg machen, sonst schaffen wir das nicht mehr!«, sagte Will aufgeregt. Dann hielt er inne. »Aber was wird aus dem Essen?«

»Kein Problem, ich kann es heute Abend noch einmal aufwärmen«, meinte Beate und band sich die Schürze ab. »Ich habe mir schon gedacht, dass die Zeit knapp wird und habe für uns alle mal wieder ein paar Brote gerichtet. Die könnten wir im Auto essen. Oder wollt ihr Mädchen daheim bleiben?« Fragend drehte sie sich zu Tanja und Doro um.

»Na, diese Überraschung wollen wir uns natürlich nicht entgehen lassen, oder Doro?«, meinte Tanja und Doro nickte zustimmend.

»Na dann, nichts wie los!« Will stand schon an der Tür. Beate holte schnell noch die Tasche mit den Broten, dann schloss sie auch schon die Haustür hinter sich zu. Zufrieden ließ sie sich in den Autositz fallen. Der neue Traktor würde Will Mut machen und irgendeinen Weg würden sie finden, ihr neues Projekt umzusetzen. Gott würde sie nicht im Stich lassen.

Vor dem Gebäude der WLZ mit seinen großen Lagerhallen und den zwei grünen Silotürmen, die wie ein Wahrzeichen in den Himmel ragten, lag der große Fuhrpark, auf dem Traktoren und andere landwirtschaftliche Geräte zum Verkauf bereit standen.

Sie hatten einen Parkplatz ganz in der Nähe gefunden und nun standen sie inmitten der beeindruckenden Großfahrzeuge und sahen sich suchend um.

»Wir sollten einen Verkäufer fragen, wo der Traktor steht!«, schlug Beate vor.

»Ja, auf alle Fälle! Würdest du dich nach einem umschauen? Ich sehe mir inzwischen an, was hier so rumsteht!«, meinte Will. Während Beate zum Verkaufsgebäude ging, um jemanden zu finden, der sich hier draußen auskannte, schlenderte Will, mit Doro und Tanja im Schlepptau, genüsslich durch die Reihen der zwei- und vierrädigen Riesen.

Wenn ich doch nur genügend Geld hätte, dachte er sehnsuchtsvoll. Dann könnte er sich all die schönen Maschinen kaufen und die Schwangerschaft von Beate wäre kein Problem mehr, denn die Geräte würden ihm seine Arbeit enorm erleichtern. Er könnte sich noch eine Pflanzmaschine und eine Ballenstechmaschine kaufen und eine neue Fräse und einen Rüttelpflug, den er an seinen Hochradschlepper anhängen konnte. Er blieb stehen und kratzte sich nachdenklich am Kopf. Es blieb ihm sowieso keine Wahl, ob er Geld hatte oder nicht: ohne diese Geräte würde er die Arbeit nicht schaffen. Nicht bei der großen Fläche Land, die er nun besaß. Vielleicht konnte er eine der Maschinen ja gebraucht kaufen? Sollte er eine Annonce in der Zeitung aufgeben? Oder gab es hier auch gebrauchte Maschinen? Er musste den Verkäufer fragen, der gerade, von Beate gefolgt, mit schnellen Schritten diensteifrig auf sie zu kam.

»So, guten Tag, die Herrschaften!«, begrüßte er die drei und strahlte besonders Doro und Tanja an. Das war kein Wunder, denn, nach seiner pickeligen Haut zu urteilen, konnte er selbst höchstens Anfang zwanzig sein. Aber dann besann er sich doch auf seine Arbeit und wandte sich an Will: »Herr Tamer, Sie wollen Ihren Traktor abholen?«

»Ja genau, wir wissen nur noch nicht, wo er steht!«

Der Verkäufer nickte geflissentlich. »Darf ich Sie bitten, mir einfach zu folgen?«

Er eilte ihnen voraus, in die Richtung des Eingangstores. Will war fast atemlos vor Spannung, als der Verkäufer stehen blieb, nochmals einen Blick auf die Papiere in seiner Hand warf und dann auf einen herrlich sauber blitzenden Deutz-Traktor deutete.

»Sie hatten ihn mit fünfundachtzig PS bestellt, dann ist es dieser hier!«

Einen Moment lang standen alle schweigend und staunend vor dem grün glänzenden Stahlross. Es sah kraftvoll und leistungsstark aus und wirkte beeindruckend. Beate wagte sich als Erste vor und tätschelte das strahlende Metall, als sei es das Fell ihres neuen Haustieres. »Unser Mechaniker hat ihn heute Morgen gründlich durchgecheckt und ist eine Proberunde damit gefahren. Der Traktor ist, soweit wir das überprüfen können, hundertprozentig in Ordnung. Aber abgesehen davon haben Sie natürlich noch drei Jahre Garantie bei uns – wie Sie sicher wissen!«

Will nickte. »Damit steht dem Kauf, so wie es aussieht, nichts mehr entgegen!«

Bevor er dann aber die Papiere endgültig unterzeichnete, ging er gemessenen Schrittes um den Traktor herum, besah sich alles und stieg dann probehalber in die Fahrerkabine ein und befühlte ehrfurchtsvoll all die neuen Teile. Dann kletterte er wieder runter und unterschrieb den Kaufvertrag.

Der Verkäufer wollte sich gerade erleichtert strahlend verabschieden, als Will ihm seine Hand auf den Arm legte. »Einen Moment noch, Herr –!«

»Würth ist mein Name!«

»Herr Würth. Ich habe noch eine Frage, verkaufen Sie auch gebrauchte Geräte?«

»Ja, aber da haben wir natürlich immer nur eine begrenzte Auswahl!«

»Könnten Sie mir vielleicht zeigen, was Sie im Moment so da haben?«

Beate sah Will fragend an, und während sie dem Verkäufer folgten, erklärte ihr Will, was er vorhatte. »Weißt du«, sagte er leise, »wenn du in nächster Zeit wirklich als Arbeitskraft ausfällst, müsste ich mir vielleicht doch noch die eine oder andere Maschine dazu kaufen, um die Arbeit zu erleichtern.«

Beate nickte. »Aber warte erst mal noch ab, wir wissen das mit dem Baby ja noch nicht hundertprozentig sicher«, meinte sie dann, verschwörerisch flüsternd, damit die Mädchen, die ihnen schon vorausgeeilt waren, nichts hören konnten.

»Ja klar, ich will nur mal sehen, was er so da hat!«

Bei den gebrauchten Maschinen, die hinter der großen Halle standen, waren tatsächlich einige tolle Angebote dabei und Will bereute schon fast, dass er den Traktor neu gekauft hatte. Er notierte sich die einzelnen Preise und ließ sich eine Spatenmaschine, die besonders preiswert war, reservieren.

Dann machten sie sich auf den Heimweg, die Frauen mit dem Auto, Will voller Stolz mit dem neuen Traktor.

Während er den Traktor über die Straßen steuerte, versuchte er, die Summe seiner ganzen Ausgaben zusammen zurechnen: einhundertfünfundachtzigtausend Mark. Ihm wurde fast schwindelig. Wie viele Jahre musste er arbeiten, um diese Summe, neben den laufenden Kosten, zu erwirtschaften? Fünf Jahre, zehn Jahre, fünfzehn Jahre? Hatte er sich verkalkuliert? Sorgen machten sich in ihm breit. Er hatte die Verantwortung für seine Familie. Hatte er richtig gehandelt? Er horchte auf das gleichmäßige Bullern des Motors, so als wolle er aus diesem Geräusch die Antwort heraushören. Die Lage war schwieriger, als er gedacht hatte, aber aussichtslos war sie nicht. Er hatte diese Summen so nicht geplant, aber es gab viele Leute, die mit viel höheren Beträgen ein noch größeres Risiko eingingen. Sie würden es schaffen, trotz allem, das hoffte er.

Für die beiden Mädchen wurde es noch ein anstrengender Tag. Bis um sechs Uhr arbeiteten sie draußen, pflückten Johannisbeeren und Himbeeren, die am Rand einer Obstbaumwiese in der Nähe von Eschelbach wuchsen und als sie müde und verschwitzt heimkamen, versuchten sie in großer Eile noch ihr Reisegepäck, das Zelt, Luftmatratzen und Schlafsäcke für die Radfreizeit zu packen, denn um acht Uhr war Jugendtreff und die Radtour würde am nächsten Morgen beginnen.

Es war das letzte Treffen vor den langen Sommerferien, das wollten sie auf keinen Fall versäumen, auch wenn sie nach der vielen Arbeit ziemlich geschafft waren. Sie hatten sich beide ein leichtes Sommerkleid für diesen Abend gewählt, Doro wie so oft in einem dunklen Blau und Tanja in ihrer Lieblingsfarbe Rot. Will war so begeistert gewesen von seinen Töchtern, dass er noch ein paar Fotos von ihnen geknipst hatte, vor der Haustür stehend und in den Blumenrabatten im Garten. Deshalb waren sie nun ziemlich spät dran, aber die Zeit reichte trotzdem noch, um zu Fuß zu gehen. Über dem Ort lag die Stille des Wochenendes, der übliche Geschäftsverkehr ruhte. Die meisten Leute waren jetzt zu Hause und legten letzte Hand an, um Haus und Garten für den Sonntag herzurichten. Auch die Mädchen ließen sich gefangen nehmen von dieser wohltuenden Atmosphäre und freudige Erwartung stieg in ihnen auf, ohne dass sie hätten sagen können, was genau sie sich vom Leben wünschten. Doro, die Stille, hatte bisher noch nicht mit Tanja über Andy gesprochen und Tanja, die ihre Schwester kannte, hatte sie auch nicht nach ihm gefragt. Aber an diesem Abend wollte sie es doch wissen:

»Schreibt dieser Andy dir eigentlich noch Briefe?«, fragte sie vorsichtig.

»Was heißt hier dieser Andy?« Doro war sofort misstrauisch.

»Na ja, weil er uns ja am Anfang schon ein bisschen wie ein Playboy erschienen ist. Das weißt du doch selbst auch, dass er einfach gut aussieht!«

Doro seufzte leise. »Ja, du hast ja Recht, er sieht wirklich gut aus. Aber das heißt noch lange nicht, dass er ein Playboy ist.«

»Kann schon sein, ich kenne ihn ja kaum«, räumte Tanja ein. »Im Jugendtreff hat er sich eigentlich nicht wie ein Playboy verhalten, da war von Anfang an klar, dass er in dich verknallt ist!«

»Echt?« Doro war schockiert. »Woran hast du das gemerkt?«

»Na, das hat doch ein Blinder gesehen, allein schon wie er dich angesehen hat!«

»Na ja, irgendwann erfährst du es sowieso und die anderen auch: Wir haben uns befreundet. Andy meint, wir sollen es am Montag auf der Radtour öffentlich machen. Wenn wir wieder zu Hause sind, wollen wir es den Eltern sagen, so richtig offiziell, weißt du. Er kommt dann mal zu uns, vielleicht sogar mit seinen Eltern, und ich gehe mal zu ihm.«

Tanja sah Doro von der Seite her überrascht an. Sie hatte sich schon gedacht, dass die beiden noch Kontakt miteinander hatten, aber dass die Sache schon so weit gediehen war, hatte sie nicht im entferntesten geahnt.

»Meinst du, er kann dir treu sein?«, platzte sie ohne nachzudenken heraus. Sie war direkter als geplant, aber es ging ja in diesem Fall um das Wohl ihrer Schwester. Vielleicht war Doro ja so verliebt, dass sie die Realität nicht mehr richtig einschätzen konnte. »So, wie Andy aussieht, musst du damit rechnen, dass ihn dauernd andere Frauen umschwärmen – auch wenn sie wissen, dass er zu dir gehört!«, sagte sie.

Doro seufzte. »Ich hab mir das auch schon überlegt. Aber welche Chance habe ich denn? Doch nur die, dass ich ihm vertraue. So ganz übel sehe ich ja schließlich auch nicht aus, oder?«

»Du siehst super aus, Schwesterherz!«, sagte Tanja nur und schwieg dann. An der langen Rede, die Doro gehalten hatte, hatte sie gemerkt, wie ernst es ihr mit diesem Andy war. Sie konnte nur hoffen, dass er sie nicht enttäuschen würde.

»Und du, du warst doch nicht nur wegen der Musik auf diesem Konzert gestern Abend. Da steckt doch ein männliches Wesen dahinter«, bohrte nun Doro bei Tanja nach.

Tanja nickte stumm. Nun musste sie ebenfalls Farbe bekennen, nachdem sie Doro zum Reden gebracht hatte.

»Ja, Stefan heißt er, aber die Sache mit ihm ist noch ganz am Anfang. Ich kann noch nicht sagen, was daraus wird!«

»Ich wünsche dir, dass du glücklich wirst«, meinte Doro und sah Tanja von der Seite her an, als ob sie es nicht glauben könnte, dass ihre kleine Schwester auch schon erwachsen geworden war. »Obwohl du dir schon noch ein bisschen Zeit lassen könntest!«

»Wenn's der Richtige ist, ist es nie zu früh!«, sagte Tanja, aber dann wollte sie nicht mehr weiter darüber reden. Statt dessen fragte sie: »Was glaubst du, was mit Mam gerade los ist?«

Doro wiegte nachdenklich den Kopf hin und her. »Als sie heute daheim geblieben ist und gemalt hat, war ich ziemlich besorgt. Aber sie macht einen so fröhlichen Eindruck, dass ich mir nicht vorstellen kann, dass sie ernsthaft krank ist. Irgendwie scheint sie schon ein bisschen müde zu sein, das ist sie sonst ja fast nie so. Aber vielleicht bilde ich mir das auch nur ein.«

»Ich habe mir überlegt, ob sie vielleicht schwanger ist«, sagte Tanja. Doro blieb abrupt stehen und sah ihre Schwester mit großen Augen an. »Wie kommst du denn auf so eine verrückte Idee?«

»Ach weißt du, ich habe mir schon oft einen kleinen Bruder oder 'ne Schwester gewünscht. Es war nicht immer so toll, die Kleine zu sein. Und ich habe Mam über Jahre hinweg beobachtet und belauert, ob nicht vielleicht ihr Bauch dicker wird oder ob es ihr nicht schlecht ist. Deshalb ist mir heute die Idee gekommen, dass es nun endlich, endlich soweit sein könnte!«

»Also weißt du, ich glaube du spinnst ein bisschen. Mam ist doch schon achtunddreißig, da hätte sie doch längst ein Kind bekommen können, wenn sie noch eins gewollt hätte – nicht erst jetzt!«

»Hm, es war nur so eine Vermutung, aber wahrscheinlich hast du Recht und es ist eine verrückte Idee«, lenkte Tanja ein und dann waren sie auch schon fast beim alten Kino. Tanja merkte, dass Doro sich nicht mehr aufs Gespräch konzentrierte. Sie war in Gedanken schon bei ihrem Andy und in ihren Augen glänzte frohe Erwartung.

Tanja seufzte tief und einen Moment lang packte sie der Neid auf ihre Schwester. Wenn doch Stefan auch in den Jugendkreis kommen würde. Ob er sie jemals hierher begleiten würde? Sie wusste es nicht. Na, wenigstens hatte sie Heike, mit der sie sich hier immer traf.

Während Doro an diesem Abend zielsicher auf den leeren Platz neben Andy zusteuerte, der sich gleich zu Anfang als einziger schon auf die bereitstehenden Stühle gesetzt hatte, ließ Tanja ihre Augen suchend über die anderen streifen, die noch herumstanden und sich eifrig unterhielten. Wo war denn Heike? Sie konnte sie einfach nicht entdecken. Hoffentlich ist sie nicht krank geworden, dachte sie besorgt. Wenn sie nicht auf die Radtour mitgeht, bleibe ich auch zu Hause. Wenn Doro ständig mit ihrem Andy zusammen ist, dann hänge ich rum wie das fünfte Rad am Wagen! Tanjas Augen blieben an einem gut aussehenden Gesicht hängen. Ein Neuer war heute zum ersten Mal da. Er stand etwas verloren und unschlüssig zwischen den anderen, die ihn irgendwie gar nicht beachteten. Als er Tanja entdeckte, leuchteten seine Augen auf. Sie merkte, dass er sie gründlich musterte. Du liebe Zeit, was will denn der von mir, dachte sie, während sie beobachtete, wie er entschlossen auf sie zusteuerte. Eine tiefe Verlegenheit machte sich in ihr breit, als er ihr die Hand hinstreckte und sie begrüßte.

»Hallo, bist du Tanja?«, fragte er. Tanja nickte stumm. »Ich bin Markus. Meine Eltern haben hier im Ort ein Haus gekauft und da wohnen wir nun seit ein paar Tagen!«

Tanja sah ihn fragend an. Irgendetwas schien er von ihr zu erwarten.

»Ich kenne dich nicht, aber ich kenne Heike und sie hat mir beschrieben, wie du aussiehst. Sie hat mir das für dich mitgegeben!« Umständlich zog er aus seiner hinteren Hosentasche einen etwas zerknitterten Briefumschlag hervor und versuchte ihn ungeschickt glatt zu streichen. Dann gab er ihn Tanja.

»Oh, vielen Dank«, sagte Tanja und starrte verwirrt auf das Kuvert in ihrer Hand. »Ist Heike denn krank?«

»Nein, das glaube ich nicht, vorhin war sie auf alle Fälle noch ziemlich gut drauf!«, antwortete Markus.

»Ich hoffe bloß, dass sie morgen mit auf die Freizeit kommt, sie ist hier nämlich meine beste Freundin«, versuchte Tanja zu erklären und während sie es aussprach wurde ihr klar, dass das tatsächlich stimmte. Sie hatte sich in den letzten Wochen oft mit Heike getroffen und inzwischen waren sie tatsächlich dicke Freundinnen geworden.

»Doch, sie geht ganz sicher mit«, beruhigte sie Markus. »Ich fahre übrigens auch mit! Ich habe mir gedacht, dass das eine ganz gute Gelegenheit ist, die Leute alle kennen zu lernen.«

Tanja nickte zustimmend.

»Wie läuft das eigentlich hier bei euch im Jugendtreff ab?«, fragte er dann. Tanja erklärte es ihm und musterte dabei aufmerksam sein Gesicht. Er sah gut aus, war groß und kräftig gebaut, eigentlich ganz ihr Typ. Nicht so ein Schönling wie der Andy. Markus Wangenknochen waren etwas zu breit, seine Haut hatte ein paar Pickel. Aber er hatte eine angenehme Ausstrahlung, wirkte selbstbewusst und sie hatte das Gefühl, dass er sie verstehen konnte. Oder nein – sie bildete sich das alles nur ein, denn sie kannte ihn überhaupt noch nicht und sie brauchte ihn ja auch gar nicht erst kennen lernen, denn sie hatte ja jetzt Stefan. Was ging sie dieser Typ schon an? Trotzdem freute sie sich, als er sie dann höflich fragte: »Darf ich mich heute Abend neben dich setzen?«

»Na klar!«, sagte Tanja, ohne Heike und Doro war der Platz neben ihr sowieso frei. Verstohlen sah sie sich den Briefumschlag von Heike an. »Bitte erst zu Hause öffnen!« stand darauf. Was Heike wohl geschrieben hatte?

Aber sie hatte nicht viel Zeit, sich darüber Gedanken zu machen, denn der Abend begann und der Guide hatte ein schweres Thema gewählt, bei dem sich jeder konzentrieren musste. Er sprach über den Heiligen Geist, wie man ihn erkennen kann, was er für Auswirkungen hat und wer ihn bekommt. Sie bearbeiteten die Pfingstgeschichte und auch einen Text aus dem Kolosserbrief. Heimlich aus den Augenwinkeln beobachtete Tanja die ganze Zeit über Doro und Andy und konnte es noch immer nicht fassen, dass die zwei tatsächlich ein Paar waren.

Später, als Tanja endlich wieder zu Hause in ihrem Zimmer war, machte sie sich sofort daran, den Brief von Heike zu lesen.

Liebe Tanja,

den Vermerk »Erst zu Hause öffnen« habe ich geschrieben, damit nicht aus Versehen im Jugendtreff jemand liest, was ich dir schreibe. Ich weiß, ich kann mich auf dich verlassen, der Inhalt des Briefes ist streng vertraulich. Stell dir vor, meine Mutter trifft sich heute Abend mit einem Mann! Sie hat es mir erst vorhin gesagt und jetzt muss ich nachher zu Hause bleiben und meinen kleinen Bruder hüten und kann nicht in den Jugendtreff kommen. Das ärgert mich ziemlich, aber sie hat nicht mit sich reden lassen. Irgendwie versetzt mich das schon etwas in Panik, dass sie vielleicht einen neuen Mann finden könnte oder schon gefunden hat. Es war so schön friedlich in den letzten Wochen und mit meinem Vater damals war's echt total bescheuert. Was, wenn es nun wieder so wird? Ich bin ziemlich frustriert. Kannst du mir sagen, was ich jetzt machen soll? Aber einen Lichtblick gibt es doch: Bei uns im Haus nebenan sind neue Leute eingezogen – Markus mit seinen Eltern. Du hast ihn ja inzwischen, wenn du den Brief liest, auch schon kennen gelernt. Wie findest du ihn? Ich habe gestern eine Weile im Garten mit ihm geredet. Ich finde ihn sehr nett. Ich glaube, ich habe mich sogar ein bisschen in ihn verliebt. Ich freue mich, bis wir uns morgen auf der Radtour sehen und miteinander reden können!

Tschüss, deine Heike

Als sie zu Ende gelesen hatte, ließ Tanja den Brief sinken. So langsam verging ihr gründlich die Lust auf die Radtour, die ja schon am nächsten Morgen begann. Doro tat sich mit diesem Andy zusammen und Heike war verliebt in Markus. Na, das konnte ja heiter werden. Wenn die beiden mit ihren Typen beschäftigt waren, was sollte dann aus ihr werden? Bei Heike war es ja zum Glück noch nichts Festes und es gingen auch noch die anderen mit. Aber ein bisschen war ihr die Vorfreude nun doch vergangen. Ach, irgendwie würde sie die Tage schon rumkriegen. Sie wollten ja eigentlich Radfahren. Das konnte man mit Freund genauso gut wie ohne. Sie lehnte sich in ihrem Sessel zurück und rief sich den Abend mit Stefan ins Gedächtnis. Zum Glück hatte sie auch jemanden, der zu ihr gehörte, sie hatte ihn!

Mit diesem Gedanken getröstet ging sie ins Bett.

Kapitel 4

Ein herrlicher Sommertag stieg aus der Kühle des Morgengrauens hervor, als Tanja und Doro auf dem Hof hinterm Haus ihre Rucksäcke auf die Gepäckträger ihrer Räder schnallten und sich in Richtung Bahnhof aufmachten. Dort waren sie mit den anderen vom Jugendtreff verabredet.

Es war kurz vor sieben Uhr und die Luft war angenehm frisch. Überall dämpften noch lange Schatten die Hitze. Tau lag glitzernd auf Gras und Büschen, das reine Licht ließ alle Farben in brillanter Klarheit aufleuchten. Langsam fuhren sie mit ihrem schweren Gepäck durch die sonntägliche Stille, die über dem Ort lag. Die meisten Leute schienen noch zu schlafen.

Tief atmete Tanja den Geruch des Morgens ein. Nach Heikes Brief am gestrigen Abend war ihre Vorfreude etwas gedämpft gewesen, aber dieser neu angebrochene Tag war so viel versprechend, dass sich Abenteuerlust in ihr breit machte. Vier Tage auf dem Rad zu verbringen, im Zelt zu schlafen, mit der Natur verbunden zu sein – was konnte das Leben Besseres bieten?

Am Beginn des Mauerweges stiegen sie ab und schoben ihre schwer bepackten Räder die holperige Steige nach oben. Sie wollten ihre Kraft schonen, der Tag würde noch genügend steile Strecken bringen, an denen sie ihre Kräfte messen konnten. Dann aber zum Glück ohne die Last ihres Gepäcks, denn am Bahnhof wartete die Frau ihres Guide – bereit, um alle Gepäckstücke in ihr Auto zu packen und damit bis zum Zeltplatz zu fahren.

Schon von weitem, als sie dann am Pfarrhaus und der Bank vorbeifuhren, sahen sie die anderen beim Bahnhof stehen. Alle waren bereits da: Andy, Markus, die Brüder Helmut und Werner und der chaotische Draufgänger Jakob, der sicher alle in den Neumühlsee werfen würde. Außer Doro, Tanja und Heike gingen noch Sabine, die Tochter des Bürgermeisters, Gaby, die aus dem kleinen Nachbardorf Eschelbach kam und ihre Freundin Sybille mit. Es war eine fröhliche Truppe, die an diesem Morgen zu der Tour aufbrach. Das große Gepäck war gut verstaut, alle hatten nur eine kleine Tasche mit Proviant für diesen Tag dabei und so machten sie sich beschwingt auf den Weg. Das erste Ziel dieses Tages war die kleine Stadt Waldenburg, die mit ihren Türmen und der Burg auf einem Hügel hoch über der Hohenloher Ebene thronte. Die schmale, frisch geteerte und deshalb herrlich glatte Straße, auf der ihnen in der ersten Zeit an diesem Morgen kein einziges Auto begegnete, führte sie zunächst ein ganzes Stück am Eppbach entlang, der wie ein Band zerknitterter Alufolie in der Morgensonne glänzte. Die Strecke war hier fast eben und sie kamen zügig voran. Heike hatte sich gleich neben Tanja eingereiht und ohne viel zu reden fuhren sie einträchtig nebeneinander her. Die Räder summten leise und ab und zu klackten ihre Gangschaltungen. Ihre Muskeln waren noch nicht warmgefahren und sie hatten eine ganze Weile damit zu kämpfen, dem Tempo, das die Jungen vorlegten, zu folgen. Aber der Guide, der vorneweg fuhr, zügelte die Jungs und achtete darauf, dass die Mädchen mithalten konnten. Die ersten rotblinkenden Häuserdächer des nächsten kleinen Ortes Kesselfeld waren bald zu sehen. Als sie in der Ortsmitte von Kesselfeld um die Kurve bogen, vorbei an dem winzigen Kirchlein, das aussah als käme es direkt aus einem Spielzeugladen, gesellte sich Markus zu Tanja und Heike und fuhr schweigend ein paar Meter neben ihnen her.

»Störe ich euch?«, fragte er dann und blickte zu Tanja, die in der Mitte radelte.

»Nein, überhaupt nicht!«, antwortete sie und sah mit einem hintergründigen Lächeln zu Heike. Heike strahlte zurück.

»Wir freuen uns immer, wenn wir im Jugendtreff Zuwachs bekommen«, erklärte Tanja Markus. Markus nickte und grinste.

»Das Haus neben uns stand schon lange leer«, meinte Heike. »Als im Frühjahr die Handwerker gekommen sind, war ich schon gespannt, wer wohl dort einziehen würde. Jeden Tag sah es dort drüben ein bisschen besser aus. Die ganze Zeit habe ich befürchtet, dass irgendwelche eingebildeten Snobs in das schöne Haus einziehen würden, aber zum Glück seid ihr es nun.« Heike lächelte und warf Markus einen kurzen schüchternen Blick zu, so als ob sie sich nicht sicher wäre, ob er ihr Kompliment verstanden hätte.

Aber Markus nickte ihr fröhlich zu. Ein Auto kam ihnen entgegen, so dass sie auf der engen Straße hintereinander fahren mussten. Dann war die Straße wieder frei und Tanja versuchte, Heike in die Mitte zwischen sich und Markus zu lassen, aber es gelang ihr nicht. Na, vielleicht brauchen sie mich noch als Puffer, dachte sie und nahm das Gespräch wieder auf.

»Uns interessiert natürlich brennend, was du so machst und wie es mit deiner Familie läuft und so«, sagte Tanja mit leiser Selbstironie in der Stimme, um das neugierige Interesse zu überspielen.

»Hm, was soll ich euch da erzählen!«, überlegte Markus. »Wir haben bisher in Stuttgart gewohnt, in der Innenstadt. Mein Vater ist Kunsthändler und leitet dort eine Galerie – er kauft und verkauft Bilder, organisiert Ausstellungen und so. In Stuttgart klappt das ganz gut, da gibt es viele Leute die Geld genug haben, um sich so etwas zu kaufen. Er wird auch weiterhin dort arbeiten, aber er wird nun auch viel im Ausland sein. Meine Mutter wollte schon lange von Stuttgart wegziehen. Meine Schwester ist 6 Jahre alt und hat wegen der schlechten Luft in Stuttgart viele Probleme mit Pseudokrupp. Außerdem ist meine Mutter ein absoluter Pflanzenfan, aber wir hatten keinen Garten. Da mein Vater jetzt so oder so viel unterwegs sein wird, müssen wir auch nicht mehr unbedingt in der Innenstadt wohnen. So sind wir hier gelandet.«

»Aber wie seid ihr dann ausgerechnet zu dem Haus in Neuenstein gekommen?«, wunderte sich Tanja.

»Meine Mutter hat eine Bekannte und die kennt wieder den Vorbesitzer des Hauses, in dem wir jetzt wohnen. Meine Mutter war sofort total begeistert, als sie das Haus zum ersten Mal gesehen hat. Die großen alten Bäume hinter dem Haus und der Garten – und der Erker an der Westseite. Wir mussten zwar eine neue Heizung einbauen und ein paar kleinere Reparaturen machen lassen, aber ansonsten ist der alte Kasten noch ganz gut in Schuss. Und seit wir hier sind, ist meine Mutter jeden Tag stundenlang im Garten.«

»Na, da müssten deine Eltern direkt mal zu meinen kommen«, sagte Tanja, die interessiert zugehört hatte. »Mein Vater hat eine Baumschule. Der könnte deiner Mutter bestimmt ein paar Tipps für ihren Garten geben oder ihr sogar ein paar Pflanzen schenken, wir haben immer welche übrig. Meine Mutter würde sich bestimmt auch freuen. Sie malt selbst Bilder, und die sind nicht schlecht! Sie versteht viel von Kunst, sie war eine Zeit lang in München an der Kunsthochschule!« Tanja war richtig begeistert von den vielen Gemeinsamkeiten, die sie entdeckt hatte.

Auch Markus strahlte sie an. »Klasse Idee! Meine Mutter hat noch kaum Bekannte in Neuenstein. Sie würde sich sicher riesig freuen, wenn sie deine Eltern kennen lernen würde. Haben deine Eltern eine persönliche Beziehung zu Jesus?« Tanja nickte. »Meine Eltern haben zwar nichts gegen das Christsein, aber wichtig ist es ihnen auch nicht. Ich wünschte, meine Eltern hätten die gleiche Einstellung wie deine. In Stuttgart hatten wir niemand in unserem Bekanntenkreis, der seinen Glauben überzeugend lebte. Vielleicht ändert sich das ja hier!« Während er sprach, sah er immer wieder voller Begeisterung zu Tanja. Der Gedanke, dass sich ihre Eltern mit seinen befreunden könnten und sich vielleicht sogar ein Gespräch über den Glauben entwickeln könnte, gefiel auch Tanja. Sie malte sich in Gedanken diese Begegnung schon in den schönsten Farben aus, als ihr mit Schrecken bewusst wurde, dass die Unterhaltung nur noch zwischen ihr und Markus stattfand. Was Heike wohl dachte? Bestimmt war sie frustriert und fühlte sich ausgeschlossen. Eigentlich wollte ja Heike Markus besser kennen lernen. Heike war verliebt in Markus und bestimmt blutete ihr das Herz, wenn Tanja ihr die Show stahl.

»Ich fahre mal vor zum Guide«, unterbrach sie deshalb Markus, der begonnen hatte, eine Episode aus seiner Stuttgarter Vergangenheit zu erzählen. »Ich möchte wissen, wann wir eine Pause machen!«

Sie sah gerade noch das enttäuschte Gesicht von Markus, aber sie drehte sich nicht mehr um. Ihr Herz gehörte Stefan und sie wäre ganz schön blöd, wenn sie es sich mit Heike verderben würde. Der Tag war so herrlich, das Fahren machte soviel Freude. Sie würde nun einfach ein Stück allein radeln oder mit den anderen Mädchen zusammen. Dann hatte Heike die Chance, sich mit Markus zu unterhalten. Tanja seufzte leise. Das Leben war nicht einfach.

In der Nähe des Rebbigshofes, der sich ein Stück weit von der Straße entfernt in eine sanfte Mulde schmiegte, machten sie Pause. Mehrere Schuppen und Silos gruppierten sich um ein altes, denkmalgeschütztes Wohnhaus. Daneben blinkte glitzernd ein kleiner Weiher auf. Das dichte Schilfgras, das ihn umgab, wiegte sich sanft im Wind. Die Sonne brannte langsam stechend herab und alle setzten sich irgendwelche Kopfbedeckungen auf. Sie hatten ihre Räder am Straßenrand ins Gras gelegt, suchten den Schatten von einigen alten knorrigen Obstbäumen, die am Wegrand standen und erfrischten sich mit Getränken aus den Fahrradflaschen.

»Na, alle noch fit?«, wandte sich der Guide an seine Truppe. »Nun haben wir das schwerste Stück der ganzen Tour vor uns, den Aufstieg bis nach Waldenburg. Wir lassen uns dabei Zeit, keine Hetze bitte. Wir brauchen auch noch ein paar Kraftreserven für heute Nachmittag und die nächsten Tage. Also bitte langsam fahren und wer nicht mehr kann, der schiebt einfach.« Mahnend blickte er in die Runde.

»Also gut«, fuhr er fort, »wenn wir oben sind, machen wir eine große Mittagspause, bevor wir dann noch das letzte Stück bis zum Neumühlsee radeln.«

Nach ein paar Minuten machten sich alle daran, ihre Fahrräder aus dem Gras zu holen und weiter ging's, ihr Ziel immer vor Augen.

Andy, der bisher mit den anderen Jungs vorausgefahren war, wich nun nach der Pause nicht mehr von Doros Seite. Eine Weile fuhren sie schweigend nebeneinander her, nur ihre Blicke trafen sich immer wieder. Dann sagte Andy bedauernd: »Schade, dass wir uns beim Radfahren nicht an den Händen halten können!«

»Na, wir können es ja mal versuchen«, antwortete Doro, die sich freute, dass er nun neben ihr fuhr. Die Straße, die jetzt fast immer anstieg, war an dieser Stelle ein paar Meter eben und Doro streckte ihre Hand Andy entgegen. Andy ergriff sie lachend und für einen kurzen Augenblick genossen sie dieses Zeichen ihrer Verbundenheit. Dann mussten sie ihre Hände wieder loslassen, denn die nächste Steigung erforderte ganze Konzentration.

»Das sind nun unsere letzten großen Ferien«, meinte Doro dann und ihre Stimme klang fast wehmütig.

»Stimmt, aber ich bin schon froh, wenn ich die Schule endlich hinter mir habe, diese ewige Lernerei macht mir irgendwie keinen Spaß mehr!«, sagte Andy.

»Lernst du in den Ferien?«, fragte Doro.

»Mal sehn, ich muss auf jeden Fall was lernen, aber einen Plan habe ich mir nicht gemacht!«

»Ich hatte mir schon ein komplettes Programm überlegt, aber so wie es aussieht, muss ich meinem Vater mehr helfen als sonst, weil er unseren Betrieb erweitert hat.«

»Na, den ganzen Tag lernen schafft sowieso keiner«, meinte Andy. »Und soviel ich mitbekommen habe, bist du doch super in der Schule, oder? Und bis zum Abitur sind es ja auch noch einige Monate hin.«

Er machte eine Pause und überlegte. Dann meinte er: »Ich könnte dich ja ab und zu besuchen und ein bisschen mit anpacken. Vielleicht freut das deinen Vater!«

»Das würdest du tun?« Doro war fast gerührt angesichts dieser Hilfsbereitschaft. »Mein Vater freut sich bestimmt darüber. Er kann jetzt gerade jede helfende Hand gebrauchen!«

»Ich bin schon gespannt auf Samstag, wenn ich zu dir nach Hause komme! Hoffentlich mögen mich deine Eltern!« Andy klang ein bisschen skeptisch.

»Ach klar, meine Eltern sind eigentlich ganz in Ordnung, gar nicht kompliziert oder so. Ich werde sie noch seelisch und moralisch auf dich vorbereiten, dann klappt das schon!«

»Hoffentlich denken sie nicht, dass ich komme und um deine Hand anhalte oder so was!« In Andys Stimme klang echte Besorgnis. Sie warf ihm einen nachdenklichen Blick zu. Sie hätte ihn eigentlich gerne gefragt, wie er sich die Zukunft vorstellte. Seine eigene und vielleicht auch ihre gemeinsame. Sie kannten sich inzwischen schon ganz gut, aber das Thema Zukunft hatte bisher keiner von ihnen angesprochen. Doro hatte immer das Gefühl gehabt, dass sie sich noch nicht festlegen wollte. Aber sie spürte, dass diese Einstellung sich allmählich änderte. Je mehr und enger sie zusammen waren, umso deutlicher wurde ihr klar, dass sie es sich durchaus vorstellen könnte, mit Andy für immer zusammenzubleiben. Aber ihr Gefühl sagte ihr, dass es noch zu früh sei, ihn darauf anzusprechen. Sie hatten ja alle Zeit der Welt, es bestand kein Grund zur Eile.

»Ich glaube nicht, dass meine Eltern sich in unsere Freundschaft einmischen werden«, sagte sie deshalb nur. Aber ein bisschen war sie doch verletzt, dass er seine Angst vor einer Bindung so deutlich verraten hatte. Okay, er war erst neunzehn, aber spielte das eine Rolle, wenn man sich liebte?

Doro konnte es sich dann doch nicht verkneifen, ihn mit einer Frage wenigstens ein bisschen aus der Reserve zu locken: »Was hast du eigentlich vor, wenn du dein Abitur in der Tasche hast?«

Andy lachte. »Hmm! Ich habe jetzt gerade vor allem die nähere Zukunft im Auge, das muss ich dir sagen! Denn in den nächsten Tagen werde ich auf dieser Tour jede Minute unseres Zusammenseins genießen.« Zärtlich sah er sie mit einem Blick an, in dem eindeutig Begehren lag. Doro wurde rot und blickte verlegen zur Seite. Mit diesem Kompliment hatte er sie schon fast wieder gewonnen.

»Was nach der Schule kommt, bleibt noch spannend«, sagte er und wurde wieder ernst dabei. »Ich war letzten Freitag bei der Berufsberatung. Die anderen Jungs aus meiner Klasse leisten nach der Schule erst einmal ihren Wehrdienst ab. Als dritter Sohn meiner Eltern bleibt mir das erspart. So kann ich gleich studieren oder eine Ausbildung machen. Zu Maschinenbau haben sie mir geraten oder Bauingenieurwesen – aber ich weiß noch nicht, ob ich mir das antun möchte!« Nachdenklich schwieg er. Die Straße wurde immer steiler und sie schalteten auf den kleinsten Gang runter.

»Ich kann es mir noch ein paar Monate lang überlegen. Ich muss mich erst im Frühsommer nächsten Jahres für die Uni bewerben. Auf alle Fälle werden beide Studiengänge in Heilbronn angeboten – das wäre nicht so weit weg von zu Hause und von dir, wenn du dann noch hier wohnen solltest!«

»Nicht so weit weg von mir …«, dachte Doro. Das hieß also, dass er zumindest daran dachte, auch noch in einem Jahr mit ihr zusammen zu sein. Vorerst zufrieden mit dieser Vorstellung, nahm Doro diesen Satz tief in ihr Inneres auf, auch wenn ihr Äußeres dabei unbewegt blieb. In diesem Moment wurde ihr klar, dass sie es sich wünschte« für immer mit ihm zusammenzubleiben – aber um keinen Preis würde sie das vor Andy zugeben. Er musste den ersten Schritt machen, ihr Stolz ließ nichts anderes zu. Sie wollte ihm auf keinen Fall das Gefühl vermitteln, sie sei leicht zu haben oder er hätte sie bereits sicher an der Angel. Aber wer wusste schon, was die Zukunft brachte?

»Und du, was hast du nach dem Abitur vor?«

Andy sah Doro fragend an.

»Mein Traum wäre es, Modedesignerin zu werden. Da gibt es eine gute Schule in Stuttgart. Aber für diese Schule muss man Schulgeld bezahlen und so wie es aussieht, ist das bei meinen Eltern im Moment nicht drin. Ich habe aber noch nicht mit ihnen darüber gesprochen. Vielleicht müsste ich erst einmal irgendwo arbeiten und Geld verdienen. Sonst könnte ich mir auch ein pädagogisches Studium vorstellen – mit Kunst und Englisch. Aber seit ich mit dir befreundet bin, bin ich gar nicht mehr richtig zum Nachdenken gekommen. Du hältst mich ganz schön in Atem!« Spielerisch schlug sie mit der Faust auf seinen Oberarm.

»He, wirf mich nicht vom Rad«, rief er, aber sein Gesicht leuchtete bei ihrem Kompliment auf.

Sie waren jetzt bei dem einsamen Haus angekommen, wie Doro es für sich getauft hatte. Es war ein altes Gasthaus, das völlig vereinzelt an der linken Ecke der Straßeneinmündung stand, bevor das letzte steile Stück sie hoch nach Waldenburg führen würde. Sie machten im Hof vor diesem Haus, im Schatten einer großen Eiche, noch einmal Rast, um für die letzte steile Strecke Kraft zu sammeln. Die Sonne brannte nun schon mit ihrer vollen Hitze auf sie herab und Doro spürte, wie ihr kleine Schweißbäche über die Haut rannen. Skeptisch schweifte ihr Blick hoch zum Schloss von Waldenburg, das mit seinen Türmen wie ein Wächter zwischen den Bäumen hervorragte. Sie hatten noch nicht einmal die halbe Höhe erreicht. Würde sie den Aufstieg packen? Aber so schnell würde sie nicht aufgeben. Sie wollte sich vor Andy nicht blamieren. Sie musste es einfach schaffen.

Dann stiegen alle wieder auf ihre Räder. Im kleinsten Gang, Meter um Meter, machten sie sich an die Steigung. Die erste Kurve kam, die nächste und noch eine. Und endlich, endlich waren sie oben, fuhren an dem Ortsschild vorbei und hatten die Steigung hinter sich. Alle freuten sich und das Gespräch, das während der Anstrengung verstummt gewesen war, wurde wieder lebhaft und laut. Dann hielt der Guide an und stieg von seinem Rad. Sie stellten ihre Räder zwischen den ersten Häusern in einer kleinen Seitenstraße ab, sicherten sie und folgten dem Hinweisschild zum »Rundweg«. Der Rundweg führte außerhalb der noch erhaltenen Stadtmauer Waldenburgs am Rande des steil abfallenden Nordhanges entlang und bot einen grandiosen Blick über die ganze Hohenloher Ebene. Als sie ein paar Bänke entdeckten, ließen sie sich müde auf die sonnenwarmen Holzplatten fallen. Aber die Aussicht war auch an diesem Mittag so atemberaubend schön, dass sie trotz aller Müdigkeit begeistert waren. Wie ein Teppich aus leuchtenden Farben gewebt, lag das Land unter ihnen. Sanfte gelbe, braune und hellgrüne Hügel wellten sich wie die Oberfläche eines Meeres, kleine dunkelgrüne Wälder und immer wieder rote Dächergruppen kleiner Ortschaften und Höfe waren in diesem Bild markante Farbtupfer.

Der Guide machte sich einen Spaß, spielte den Fremdenführer und sagte: »Und nun, meine Damen und Herren, sehen Sie hier vor sich liegen die Hohenloher Ebene, die einstige Kornkammer Württembergs und auch heute noch ein stark ländlich geprägtes Gebiet mit nur schwach ausgeprägter Industrialisierung.«

»Wissen wir schon, wissen wir schon«, protestierten die Jungs lautstark. Dann saßen alle lachend und schwatzend auf den Bänken und im Gras und waren erleichtert, die schwere Strecke geschafft zu haben. Sie packten ihr Vesper aus, streckten die müden Beine von sich und merkten, dass sie mitten drin in ihrem Abenteuer Radtour waren.

Als sie am Nachmittag endlich müde und verschwitzt auf dem Zeltplatz am Neumühlsee angekommen waren, konnte sie nichts mehr halten. Sie legten ihre Fahrräder in den Schatten der Bäume, die am Ufer aufragten, zogen sich ihr Badezeug an und stürzten sich in das herrlich kalte Wasser des Sees, das ihnen in der Abendsonne wie tausend glitzernde Diamanten entgegen funkelte. Der Einstieg war steinig und glitschig und Andy wollte Doro, die vor ihm am Ufer war, helfen, aber bis er im seichten Nass stand, tauchte sie schon durchs Wasser. Seine Füße rutschten über Matsch und Seetang, einen kurzen Augenblick stand er noch zögernd in den kalten Fluten und dann schwamm auch er durch den See. Er verfolgte Doro, spritzte nach ihr, bis sie aufkreischte und endlich packte er sie und zog sie in seine Arme.

»Hey, doch nicht hier vor den anderen«, protestierte sie leise, aber es gelang ihm trotzdem, für einen kurzen Augenblick seine Arme um sie zu schlingen. Er spürte ihren schlanken biegsamen Körper, ihre Weichheit, ihre Haut und genoss diesen Moment der Nähe, nach der er sich so sehnte. Er begehrte sie, wie er sie vom ersten Augenblick ihrer Begegnung an schon begehrt hatte.

»Ich liebe dich«, raunte er ihr leise ins Ohr, aber da machte sie sich schon lachend von ihm los und schwamm mit schnellen Bewegungen zurück zum Ufer. Dort ließ sie sich neben den anderen ins Gras auf den Boden fallen und rekelte sich in der warmen Sonne. Andy schwamm noch ein wenig durch das kühle Wasser des Sees, dann erklomm auch er das Ufer und legte sich neben sie. Kurz streichelte er leicht ihre Hand, dann drehte er sich auf den Bauch und legte den Kopf in seine Arme. Warme Strahlen brannten auf seinen Rücken herab und er spürte, wie er sich langsam entspannte. Er betrachtete die Grashalme, die sich vor ihm sanft im Wind wiegten und überlegte zum hundertsten Mal, was ihn eigentlich an Doro so faszinierte. War es ihre zarte Blondheit oder reizte ihn ihre vorsichtige Distanz? Wollte er sie aus der Reserve locken oder beschützen? Er wusste es selbst nicht so genau. Während ihres Gesprächs am Vormittag hatte er genau gespürt, dass sie an eine gemeinsame Zukunft dachte. Fast unbewusst ahnte er ihre Hoffnung, dass er ihre Gedanken teilte. Aber er gestand sich in diesem Moment ein, dass er noch nicht dazu bereit war. Verheiratet zu sein, ein Haus zu haben, vielleicht Kinder – dies alles lag für ihn noch in ferner Zukunft. Der Gedanke, Verantwortung übernehmen zu müssen, erschreckte ihn und er verdrängte ihn auch gleich wieder. Er wollte diesen scheinbaren Lasten in seinem Leben noch keinen Platz einräumen. Erst mal die Schule machen, dachte er. Vielleicht danach eine Europatour mit Freunden. Dann ein Studium beginnen. So sah die Zukunft für ihn aus. Doro – das war die Gegenwart, das war der Sommer, das war Leichtigkeit und Freude. Sie war das, was ihm noch gefehlt hatte, das, nach dem er sich gesehnt hatte. Er konnte sich nicht vorstellen, ohne sie zu sein, aber er war nicht dazu bereit, an die Zukunft zu denken. Seine Gedanken wanderten weiter zu dem Auto, das ihm sein Vater vielleicht demnächst kaufen würde. Ein VW Golf, vielleicht, er hatte so was angedeutet. Wenn er den ein bisschen aufmotzen würde, mit Spoiler und breiten Reifen, wäre das eine feine Sache. Mit dieser Hoffnung vor Augen, entspannte er sich endgültig und schlief für ein paar Minuten ein.

Später, als die Zelte aufgestellt waren, saßen alle auf dicken Baumstämmen um ein Lagerfeuer herum. Ein herrlicher, appetitanregender Duft verbreitete sich, als sie Würste und Steaks grillten und alle langten nach dem anstrengenden Tag kräftig zu. Als sie satt waren, holte der Guide seine Gitarre und die Liederbücher aus dem Auto. Die Dämmerung senkte sich allmählich über den Wald, als sie zu singen begannen. Sie legten nochmals Holz nach und das Feuer flammte leuchtend rot und orange in den violettblauen Himmel hinein auf. Es war ein herrliches Schauspiel und Tanja starrte fasziniert in die immer wechselnden Formen und Farben. Der Geruch des Feuers und des Sommerabends, das intensive Abendlicht zusammen mit den vertrauten Anbetungsliedern lösten in ihr tiefe Glücksgefühle, vermischt mit einer Spur Melancholie, aus. Es war herrlich. Auch Heikes Augen glänzten. Tanja hatte sich einen Platz weit weg von Markus gesucht, um Heike eine Chance zu geben, mit ihm ins Gespräch zu kommen. Aber Heike war zu ihr gekommen, hatte sich neben sie gesetzt und als die Lieder verklungen waren, hockten sie sich auf den Boden, lehnten sich an das raue Holz des Stammes und während sie weiter gebannt ins Feuer starrten, begannen sie leise ein Gespräch.

»Meine Beine fühlen sich an wie Bleiklötze«, sagte Tanja. »Ich weiß noch gar nicht, wie ich die Strecke morgen schaffen soll!«

»Na, ich bin froh, dass ich das heute erst mal geschafft habe!«, seufzte Heike. »So schlimm wie heute kann es auf keinen Fall werden, die Strecke morgen ist ziemlich eben! Aber meine Beine sind auch erledigt!«

»Wir haben ja noch die Nacht vor uns, da erholen wir uns hoffentlich!« Schweigend starrten sie ins Feuer, das noch immer hoch in den nun dunkler werdenden Himmel aufloderte.

»Wie findest du ihn?«, fragte Heike schließlich vorsichtig. Tanja wusste genau, wen sie meinte.

»Ach, eigentlich ganz nett«, meinte sie und versuchte ihrer Stimme einen gleichgültigen Tonfall zu geben. »Er sieht gut aus und scheint es ernst zu meinen mit seinem Christsein!«

»Heute morgen hatte ich das Gefühl, dass ihr euch ganz gut versteht!«, gab Heike zu und Tanja spürte, dass diese Äußerung sie einiges an Überwindung kostete. Was sollte sie sagen? Sie hatte es ja auch so empfunden. Sie würde Heike am besten von Stefan erzählen, obwohl sie nicht gern ihre neuen, zart keimenden Gefühle preisgab. »Ich war am Freitag auf einem Konzert!«, begann sie deshalb. »Ein Junge aus meiner Klasse hat mich eingeladen, Stefan heißt er. Der ist echt süß, sieht gut aus und ist nett.

So ein bisschen schüchtern, aber ich glaube, dass er schon was drauf hat. Und ich glaube auch, dass er ein bisschen in mich verliebt ist.«

»Und du in ihn?«, fragte Heike und ihre Stimme klang hoffnungsvoll.

»Hm, ich glaube schon, aber es ist alles noch ganz neu. Ich kann mir gut vorstellen, dass aus uns mal was wird! Er hat seinen Arm um meine Schulter gelegt. Es war fantastisch!«

»Da bin ich aber froh!«, seufzte Heike erleichtert. »Das wäre schon blöd gewesen, wenn wir uns beide in denselben Jungen verliebt hätten.« Sie dachte kurz nach und ihr Gesicht sah gleich wieder sorgenvoll aus. »Aber wenn Markus sich nun in dich verliebt?«, fragte sie zögernd.

Tanja wusste nicht so recht, was sie darauf antworten sollte. Sie hatte den ganzen Tag das Gefühl gehabt, dass Markus sie beobachtete. Gefiel sie ihm? Oder bildete sie sich das nur ein?

»Na, er wird schon kapieren, dass ich nichts von ihm will!«, sagte sie. »Und wenn ihr zwei zusammengehören sollt, werdet ihr schon zueinander finden. Und wenn nicht«, fügte sie noch hinzu, »dann lernst du jemand anderes kennen!«

»Das sagst du so leicht. Aber manchmal ist es echt schwer, Gott zu vertrauen, weil man immer möchte, dass alles so wird, wie man es sich wünscht.«

»Er macht es besser, als wir es selbst machen könnten«, sagte Tanja mit Nachdruck. »Ganz bestimmt!«

»Ich wünschte mir, ich könnte mir so sicher sein, wie du!« Heike war voller Zweifel.

»Ach, es kommt gar nicht auf uns an, ob wir sicher sind oder nicht, Gott macht das schon!«

Eine Zeit lang starrten sie wieder schweigend in das Feuer, hingen gedankenvoll ihren Gefühlen nach. Es war inzwischen völlig dunkel geworden, am Himmel blinkten die ersten Sterne. Wohltuende Kühle zog aus dem Wald herauf über die Wiesen. Zwei Jungs hatten sich bereits in ihre Zelte verkrochen und auch bei den Mädchen lichteten sich die Reihen.

Aber Tanja war noch gar nicht müde. In ihr prickelte noch immer die Abenteuerlust und sie wollte keine Minute dieses mit tiefen Gefühlen beladenen Sommerabends versäumen.

»Was war mit deiner Mutter und dem Mann gestern Abend, oder darfst du das nicht erzählen?«, fragte sie leise.

»Dir will ich es auf jeden Fall erzählen, aber du darfst es niemandem weitersagen!«

Tanja nickte stumm. Heike wusste, dass sie sich auf sie verlassen konnte.

»Gestern Abend, als meine Mutter heimgekommen ist, haben wir lange miteinander geredet. Sie hat erzählt, dass sie mit ihm in einem noblen Lokal essen war und dass es ein toller Abend gewesen sei. Du hättest sie erleben sollen; sie hat richtig gestrahlt und war ganz aufgedreht, so habe ich sie noch nie erlebt.«

»Und was hat sie von dem Typ berichtet?«

»Na, nichts so Genaues eigentlich, dass er sehr nett sei, dass er auch zwei Kinder habe, auch einen Jungen und ein Mädchen und dass sie ihn auf jeden Fall nochmals wiedersehen wird! Sie ist richtig verliebt, dabei ist sie doch meine Mutter! Auf jeden Fall habe ich total die Panik davor, wieder einen Vater zu bekommen! Ich hatte einen Vater und ich sag es dir, der war einfach schrecklich. Wir hatten so schön unsere Ruhe, meine Mama und ich, und nun passiert so was!«

Heike war fast den Tränen nahe. Verlegen wischte sie sich über die Augen und Tanja fragte sich im Stillen, wieso ausgerechnet diesem einen Mädchen soviel Elend widerfuhr. Sie legte den Arm um sie, drückte sie an sich und strich ihr leicht übers Haar.

»Ich verstehe auch nicht, warum es gerade immer dich trifft! Aber vielleicht wird auch gar nichts aus der Sache. Sie haben sich bei diesem einen Treffen ja noch überhaupt nicht richtig kennen gelernt.«

»Ich hoffe sehr, dass es nichts wird!«, seufzte Heike.

Still saßen sie noch eine Weile beieinander. Die schwarze Nacht lag schweigend über dem Land und barg in sich den würzigen Duft der Wiesen und des Waldes. Das Feuer war abgebrannt, nur die Glut schwelte leise knisternd vor sich hin. Tanja zog die Beine eng an ihren Körper und legte die Arme darum. Sie stützte ihr Kinn auf die Knie und starrte nach oben in die riesige Ferne des Weltalls. Als sie so hinauf in den Himmel mit seinen unzählbaren Sternen blickte, wurde sie von tiefem Frieden erfüllt. Der Blick nach oben ins Sternenmeer ließ sie ein wenig von der Größe Gottes ahnen und sie war bereit, ihr Leben seiner Stärke zu überlassen. Der, der dieses grandiose Schauspiel erschaffen hatte, der konnte ohne Mühe auch ihr kleines Schicksal zum Guten wenden. In dieser Nacht fühlte sie sich bis in ihr tiefstes Inneres mit Gott verbunden. Sie dachte an Stefan und fragte sich, ob er dies auch so empfinden könnte. Sie wusste es nicht und doch war sie in Stefan verliebt.

Auf der anderen Seite des Feuers saßen Doro und Andy auf zwei Holzklötzen und auch sie starrten eine ganze Zeit lang gebannt in das Farbenspiel des Feuers.

»Komm, wir machen noch einen Nachtspaziergang!«, schlug Andy irgendwann vor, nahm Doros Hand und zog sie von ihrem Platz hoch. Langsam schlenderten sie durch die Dunkelheit in Richtung See. Die Geräusche vom Lagerplatz wurden immer leiser und eine tiefe, wohltuende Stille umfing sie. Die Nacht fühlte sich herrlich an.

»Es ist schön hier, nicht? So still und friedlich«, sagte Doro.

»Ja, es ist ein guter Lagerplatz für den ersten Abend. Vor allem weil auch der See dabei ist. Die Erfrischung im Wasser hat einfach gut getan. Und der Grillplatz ist auch schön angelegt.«

Der Trampelpfad, auf dem sie gingen, wurde immer schmaler, war bald nur noch ein Grasweg, der im Dunkeln oft kaum zu sehen war.

Doro stolperte immer wieder, aber Andy hatte sie fest untergehakt und fing sie auf.

»Ich kann schon nicht mehr laufen«, meinte Doro. »Meine Füße sind heute Abend wie aus Blei.«

»Macht nichts«, flüsterte Andy. »Auch wenn du kaputt bist, bist du die schönste Frau der Welt!« Er hauchte ihr einen Kuss in die Haare.

Als sie ein Stück am See entlang gegangen waren, zog Andy Doro auf einen hölzernen Bootssteg, der versteckt hinter Büschen im Dunkeln lag. Sie setzten sich an den Rand der rauen Holzdielen, zogen ihre Schuhe aus und ließen ihre Füße in das kalte dunkle Wasser baumeln, das wie schwarzes Metall im Mondlicht vor ihnen glänzte.

»Meine Süße!«, murmelte Andy und zog Doro in seine Arme. So lagen sie eng umschlungen auf dem kühlen Holz, über sich den Sternenhimmel, um sich herum das leise Gluckern des Wassers, das seine sanfte Melodie murmelte. Die Dunkelheit hatte ihren schützenden Mantel über ihnen ausgebreitet und Andy streichelte zart Doros Haut.

»Ich möchte mit dir schlafen«, murmelte er in die Beuge ihres Halses hinein. Doro überlegte für einen Moment, ob sie ihn richtig verstanden hatte, aber seine Gesten sprachen dieselbe Sprache wie sein Mund. Sie legte zart ihren Finger auf seine Lippen.

»Nein!«, raunte sie. »Nicht so schnell. Wir haben doch Zeit.« Vorsichtig schob sie ihren Arm zwischen sich und ihn und versuchte, ihn durch die Dunkelheit hindurch anzusehen. »In meinen Träumen«, sagte sie leise mit weicher Stimme, »in meinen Träumen warten wir, bis wir verheiratet sind!« Und nach einem kurzen Zögern, als er nichts darauf antwortete, fragte sie: »Findest du das blöd?«

Seufzend legte er seine Hände auf ihren Rücken und ließ sie dort ruhen. »Nein, nicht blöd! Ich finde es auch richtig. Aber es wird schwer sein!« Er sagte es und sah ihr dabei in die Augen. »Aber ich liebe dich dafür umso mehr!«

Ein bisschen ärgerte sich Tanja, dass Doro und Andy so lange wegblieben. Sie war mit Heike noch in dem kleinen Waschhäuschen gewesen und beide hatten dort ausgiebig geduscht. Das war eine herrliche Wohltat nach dem heißen Tag gewesen und sie fühlte sich danach frisch und entspannt. Noch eine Gute-Nacht-Umarmung, dann war sie in ihr Zelt gekrochen, in der Hoffnung, dass Doro in der Zwischenzeit zurückgekommen war. Aber auf der Isomatte knüllte sich nur leer und einsam der Schlafsack. Irgendwie behagte es Tanja nicht, dass ihre Schwester noch mit diesem Andy unterwegs war. Ein bisschen war sie neidisch, ein bisschen vermisste sie Doro auch, die sonst als ihre große Schwester immer für sie da gewesen war. Jetzt war sie für Andy da, und irgendwie war es kein gutes Gefühl, ohne Beschützerin zu sein.

Aber sie wollte nicht mehr lange grübeln. Vielleicht sah morgen auch schon alles besser aus. Der lange Tag forderte seinen Tribut und als sie in ihren Schlafsack gekrochen war, sank sie sofort in einen tiefen Schlaf voll unruhiger Träume. Sie hörte nicht mehr, dass auch Doro bald darauf ins Zelt kam, sich neben sie legte und ebenfalls müde und erschöpft einschlief.

Am nächsten Morgen wachte Tanja früh auf. Jeder einzelne Körperteil schien sie zu schmerzen. Sie dehnte und reckte sich und versuchte, sich in einer bequemen Position nochmals zu entspannen. Ihre Armbanduhr sagte ihr, dass es halb sechs war. Natürlich schlief Doro noch! Zusammengerollt wie ein Embryo lag sie neben ihr. Ihr blondes Haar breitete sich in wirren Strähnen um ihren Kopf herum aus und ein zutiefst zufriedener Ausdruck lag auf ihrem Gesicht.

Tanja öffnete leise den Reißverschluss des Zeltes und kroch hinaus. Herrliche Kühle empfing sie, prickelnde Frische. Das Gras war nass vom Tau. Sie schloss den Reißverschluss hinter sich wieder und stand auf. Als sie ihre Augen durch den strahlenden Morgen wandern ließ, entdeckte sie, dass sie nicht die erste Frühaufsteherin war. Markus saß bereits auf einem Holzklotz bei der erkalteten Feuerstelle. Er war halb von ihr abgewandt und las offensichtlich in seiner Bibel. Als er Tanjas Blicke auf seinem Rücken spürte, wandte er den Kopf zu ihr und grüßte sie mit einem freundlichen Nicken.

»O nein, was mache ich nur«, dachte Tanja. Sie wollte sich auf keinen Fall zu ihm setzen, denn sicher würde Heike auch bald aufwachen, und es wäre kein guter Tagesanfang, sie mit Markus zusammen in trauter Zweisamkeit zu entdecken. Sie beschloss, erst mal das gewisse Örtchen aufzusuchen und dann irgendwo noch einen Morgenspaziergang zu unternehmen, bis die anderen auch aufgestanden waren. Entschlossen machte sie sich auf den Weg.

Dies blieb aber nicht die einzige Klippe, die sie an diesem Vormittag umschiffen musste. Beim Frühstück und später auf der Strecke mit dem Rad, geriet sie immer wieder in die Nähe von Markus und meinte dann, eine räumliche und innere Distanz zu ihm herstellen zu müssen. Je mehr sie in kennen lernte, umso netter fand sie ihn eigentlich und sie hätte sich gerne mit ihm unterhalten – einfach so, ohne Hintergedanken zu haben. Stefan würde auf jeden Fall den ersten Platz in ihrem Herzen behalten. Aber sie konnte wegen Heike nicht unbefangen sein. Wieso war nur alles so kompliziert!

Ihre Mittagspause legten sie am Rande des Kupfermoores ein, einem teilweise sumpfigen Gebiet, dem der kleine Bach »Kupfer« entsprang. Ein idyllisches Uferstück bot sich ihnen als lauschiger Rastplatz an und so schoben sie ihre Räder über die holperige Wiese, legten sie in den Schatten großer Erlen, die den Bachlauf säumten, packten ihre Schinkenbrote aus, die sie sich am Morgen gerichtet hatten, und ihre Getränkeflaschen und setzten sich locker verteilt auf das kurzgemähte, stoppelige Gras. Schmetterlinge flatterten durch die Luft und tanzten Ballett, arbeitsame Bienen suchten nach Blüten und der Bach plätscherte leise in seinem Bett. Als sie ihre Brote gegessen hatten, legte sich Heike für ein paar erholsame Momente ins Gras, streckte ihre Beine aus und genoss die Entspannung. Aber Tanja war nicht nach Ruhen zumute.

»Komm, zieh deine Socken aus und deine Schuhe!«, forderte sie Heike auf und war schon dabei ihre eigenen Schuhbänder aufzuknüpfen. In Sekundenschnelle stand sie barfuß im Gras. »Meine Füße lechzen schon die ganze Zeit nach einem Bad!« Im Nu hatte auch Heike nackte Füße und vorsichtig suchten sie sich einen Weg zwischen den Brennnesseln hindurch zum Bach.

»Wir hätten unsere Schuhe erst beim Bach ausziehen sollen«, meinte Heike, aber Tanja stand schon im Wasser. Sie konnte nur unsicher auf den spitzen Steinen gehen, die von dem glasklaren und eiskalten Wasser umspült wurden. Aber trotzdem war sie begeistert: »Es ist herrlich!«, rief sie, aber Heike ließ sich noch immer nicht so recht mitreißen. Denn schon nach einem kurzen Moment taten ihnen die Füße weh, so kalt war das Wasser. Vorsichtig schlitterten sie über glitschige Wasserpflanzen zurück an den Rand des Baches und setzten sich auf ein paar große Steinblöcke, die sie dort entdeckt hatten.

Inzwischen waren ihnen die anderen in den Bach gefolgt.

»Jedem, der hier länger drinsteht als eine Minute, dem schenke ich zehn Pfennige pro Sekunde!«, rief der Guide und unter großem Gelächter und Anfeuerungsrufen standen Markus und Andy um die Wette im kalten Wasser. Erst als der Guide mit gespielter Verzweiflung sagte: »Schluss jetzt, sonst bin ich nachher pleite!«, gaben sie auf und alle gingen unter Gelächter zurück zum Rastplatz. »Ich habe fast kein Gefühl mehr in den Füßen!«, stöhnte Markus und ließ sich auf der Wiese neben Tanja ins Gras fallen, zog sein T-Shirt aus und rieb sich seine eiskalte Haut damit trocken. Sein muskulöser Oberkörper glänzte nackt und verschwitzt in der Mittagssonne.

Wie von der Tarantel gestochen fuhr Tanja hoch, sagte hastig: »Ich muss noch meine Sachen für die Weiterfahrt zusammenpacken!«, und ließ den erschrockenen Markus allein sitzen.

Sie suchte ihren Rucksack, der irgendwo im Gras lag, nestelte eine Weile verwirrt und sinnlos an den Gurten herum, dann suchte sie sich einen neuen Platz, weit weg von Markus.

Schon bald fuhren sie weiter. Markus hatte sich hinter dem Guide eingeordnet. Auf dieser Strecke war immer wieder Gegenverkehr, so konnten sie nicht zu zweit nebeneinander fahren. Von der herrlichen, sanft hügeligen Landschaft um ihn herum nahm Markus an diesem Nachmittag nicht viel wahr. In Gedanken versunken, trat er mit automatischen Bewegungen in die Pedale. Irgendwie war er frustriert. Es war schwerer für ihn in diese Gruppe hineinzufinden, als er gehofft hatte. Mit Wehmut dachte er an seine Freunde, die er in Stuttgart zurückgelassen hatte. Er würde sie in diesen Ferien noch einladen können und er hatte auch schon einen Besuch bei ihnen geplant. Aber er wusste genau, dass diese Beziehungen nicht auf Dauer halten würden. Zumindest nicht so, wie er es sich wünschen würde. Er brauchte ein paar Kumpels, aber er wusste nicht, wo er die hier finden sollte. Ohne es zu merken, entrang sich ihm ein tiefer Stoßseufzer. Mit Andy hatte er sich ganz gut unterhalten können, aber der war jetzt dauernd mit Doro zusammen. Eine Weile hatte sich auch der Guide um ihn gekümmert, und zu ihm hatte er auch gleich Vertrauen gefasst, aber der war natürlich damit beschäftigt, die Radtour zu managen. Zudem kam abends seine Frau, um die er sich auch kümmern musste.

Die anderen zwei Jungs waren sehr stille Typen, die schweigend hintereinander her fuhren und schweigend nebeneinander beim Essen saßen. Aber vielleicht würden sie sich doch seiner erbarmen, wenn er versuchte, ein bisschen mit ihnen ins Gespräch zu kommen. Vermutlich musste er einfach noch Geduld haben. Seine Freunde in Stuttgart hatte er auch nicht von heute auf morgen gefunden. Beziehungen brauchen Zeit, auch unter Christen.

Dann waren da natürlich auch noch die Mädchen. Bei denen wusste er sowieso nie so ganz, wie er sich verhalten sollte und wie er bei ihnen dran war. An Doro kam er schon mal gar nicht ran. Heike war nett und er hatte sich schon vor der Radtour ein paar mal mit ihr unterhalten. Sie war eine gute Zuhörerin, aber irgendwie wurde er das Gefühl nicht los, dass sie ein bisschen in ihn verliebt war. Er konnte es nicht sicher sagen, aber auf alle Fälle wollte er ihr keine falschen Hoffnungen machen. Zu den anderen Mädchen, die dabei waren, hatte er noch gar keinen Draht, aber die lagen irgendwie auch nicht auf seiner Wellenlänge.

Und dann Tanja. Vom ersten Augenblick an hatte er den Eindruck gehabt, dass er sich mit ihr am besten verstehen würde. Sie war nicht zu ruhig, aber auch keine aufgedrehte Nudel. Sie schien ihm intelligent und interessiert zu sein, aber auch nicht so, dass er

Angst vor ihrer Stärke hatte. Wenn er es sich genau überlegte, war sie eigentlich der Typ Mädchen, in den er sich verlieben könnte. Aber heute war sie irgendwie komisch. Wenn er nur ein wenig in ihre Nähe kam, wich sie ihm aus. Hatte er irgendwann einen Fehler gemacht? Hatte sie Angst, er sei in sie verliebt? Heute Mittag, als sie an der Kupfer Rast gemacht hatten, hatte er sich neben sie ins Gras gesetzt. Als sie fluchtartig den Platz neben ihm verlassen hatte, hatte er gemerkt, dass irgendetwas nicht stimmte. Später beim Aufsteigen auf die Räder waren sie zufällig aneinander gestoßen. Er hatte nicht bewusst sein Rad neben ihres gestellt, er hatte wirklich nicht darauf geachtet und sie hätte ihn nicht so böse anblitzen müssen, als habe er ein Unrecht begangen. Er verstand das alles irgendwie nicht. Er versuchte nun sich von ihr fern zu halten und sie in Ruhe zu lassen, aber das war in der kleinen Gruppe gar nicht so leicht.

Seufzend beschloss er, jetzt einfach mal nur diese traumhafte Landschaft zu genießen, anstatt sich krampfhaft zu bemühen, mit den Leuten Kontakte zu knüpfen. Sie wollten jetzt über Eschental nach Braunsbach fahren, dort würden sie heute noch die größte Autobahnbrücke Europas bestaunen können. Die anderen hatten diese Brücke natürlich schon öfter gesehen, aber er noch nie. So war er schon mächtig gespannt.

Will hatte sich an diesem Morgen nicht dazu entschließen können, hinaus aufs Feld zu fahren, obwohl dort viel Arbeit auf ihn wartete. Er wollte sich in dieser Woche um seine Obstgehölze kümmern, aber stattdessen drückte er sich im Schuppen gleich neben der Küche herum, reparierte und putzte ein paar Geräte, während er ständig nach draußen horchte, ob Beate nicht wieder mit dem Auto nach Hause kam. Sie hatte heute Morgen einen Termin beim Frauenarzt bekommen, und er war froh, dass es so schnell geklappt hatte. Sie schien sich in den letzten Tagen so sicher zu sein, dass sie schwanger war. Er konnte das als Mann natürlich nicht beurteilen, konnte nicht auf seine »Gefühle« vertrauen und so erwartete er voller Unruhe den ärztlichen Beweis. Es gelang ihm noch immer nicht so recht, sich vorzustellen, dass sie tatsächlich noch ein Kind bekommen sollten – nach all den Jahren. Er seufzte schwer und bemerkte nicht, dass er lange dagestanden und konzentriert vor sich hingeschaut hatte, ohne auch nur irgendetwas zu tun oder wahrzunehmen. Da endlich hörte er das Auto. Beate parkte im Schatten des Hauses. Er ging zum Auto, um ihr die Tür zu öffnen.

»Und?«, er sah sie fragend an. Beate nickte: »Ja, schwanger!« Sie stieg aus und er nahm sie wortlos in die Arme und hielt sie fest. So standen sie ein paar Augenblicke beieinander und beide spürten sie in diesem Moment, wie sehr sie sich brauchten, wie stark sie aufeinander angewiesen waren.

»Gehen wir erst mal rein!«, sagte Beate. »Ich mach uns eine Suppe warm und wir können reden!«

Sie gingen zusammen in die Küche. Will setzte sich an seinen gewohnten Platz und sah ihr dabei zu, wie sie einen Topf mit dem restlichen Essen vom Vortag aus dem Kühlschrank holte. Sie stellte ihn auf den Herd und machte die Platte an. Dann setzte sie sich zu ihm an den Tisch.

»Freust du dich?«, fragte Will.

»Mir ist vor allem übel«, sagte Beate. »Und ich habe noch gar nicht richtig erfasst, was da nun mit mir geschieht. Aber eigentlich freue ich mich schon!« Sie machte eine Pause und sah Will fest in die Augen.

»Und du, wie geht es dir nun damit, dass du nochmals Vater wirst?«

»Eigentlich finde ich es ganz toll, wieder Vater zu werden, aber du weißt ja selbst, wie es im Moment aussieht! Ich hätte dich dringend gebraucht und ich weiß noch nicht so recht, wie es ohne dich gehen wird!«

Sie sahen einander ratlos an.

»Ich habe heute Morgen schon daran gedacht, das neue Land einfach wieder zu verkaufen. Und ich würde es für das Kind auch mit frohem Herzen tun. Es ist gar keine Frage, dass ein Kind wertvoller ist, als die paar Morgen Land. Wir müssen das beide ganz realistisch sehen: Du wirst nun wohl doch für einige Zeit als volle Arbeitskraft ausfallen, und ich weiß nicht, wie ich es allein schaffen soll.«

Es fiel ihm nicht leicht, ihr das so offen zu sagen. Aber er hatte im Lauf ihrer neunzehn Ehejahre gelernt, dass es gut war, alles miteinander ehrlich zu besprechen. Und er hatte gemerkt, dass Beate ihn nicht verachtete, wenn er eine Schwäche zugab. Nein, mit Staunen war ihm jedes Mal klar geworden, dass sie ihn umso mehr liebte.

Nachdenklich sah ihn Beate jetzt an. »Es ist wirklich komisch, dass sich das mit dem Baby genau einen Tag nach dem Kauf herausgestellt hat. Irgendwie scheint es mir so, als ob Gott uns damit etwas sagen will. Vielleicht warten wir erst mal noch ein paar Wochen ab. Wir wissen ja noch nicht, ob wir das Kind behalten können.«

»Hm, ja, ich habe mir heute Morgen auch überlegt, wen ich denn als zusätzliche Arbeitskraft einstellen könnte, und mir ist da Gerhard Probst eingefallen, der doch jetzt nach den Sommerferien pensioniert wird. Vielleicht hätte der Lust, hier auszuhelfen! Und vielleicht gibt es ja in diesem Jahr eine richtig gute Ernte und wir können einen Teil der Schulden schon bald abbezahlen!«

»Das ist eine gute Idee, Gerhard zu fragen. Ruf ihn doch gleich heute Abend an. Vielleicht ist er ja froh, wenn er so eine Perspektive hat und er irgendwo noch gebraucht wird. Weißt du was? Jetzt beten wir noch, Gott wird uns schon helfen!«

Sie falteten beide die Hände und baten Gott um seine Hilfe und Weisheit, ihre Probleme richtig zu lösen. Dann schlürften sie langsam ihre heiße Suppe und Will machte sich bereit, wieder neu getröstet an die Arbeit zu gehen.

Beate ging ins Schlafzimmer. Sie zog ihr schickes dunkelblaues Kostüm aus und hängte es sorgfältig wieder in den Schrank. Sie setzte sich auf den Rand des Bettes, streifte sich die Pumps von den Füßen und schlüpfte erleichtert in Jeans, T-Shirt und das vertraute

Fußbett ihrer Birkenstocks. Oh wie gut das tat, sich zu entspannen.

Am Morgen hatte sie sich so schick gemacht, als ob sie zu einem besonderen Anlass eingeladen wäre. Sie hatte das gebraucht, um ihr Selbstbewusstsein zu stärken. Sie war sich plötzlich gar nicht mehr sicher gewesen, ob sie schwanger war oder nicht und sie wusste zwar, dass ihr Frauenarzt täglich viele Frauen untersuchte, die auch nicht jünger und schöner waren als sie selbst, und doch waren ihr an diesem Morgen ihre entschwindende Jugend und ihre überflüssigen Pfunde so deutlich wie schon lange nicht mehr präsent gewesen. Deshalb hatte sie sich in Schale geworfen, das hatte sie heute gebraucht.

Aber all das war in dem Moment vergessen gewesen, als der Arzt ihr bestätigte, dass sie schwanger sei. Sie war glücklich gewesen und aufgeregt, aber ein bisschen hatte sie auch die Last der Verantwortung gespürt und die Angst, nun für ein paar Jahre wieder ihre Freiheit zu verlieren und Will nicht unterstützen zu können. Ihr Arzt hatte sie ermahnt, sich zu schonen, nicht nur, weil die letzte Schwangerschaft so schwierig gewesen war, sondern auch, weil sie nun zu den so genannten »Spätgebärenden« gehörte. Leicht legte sie sich die Hand auf den Bauch, an der Stelle, wo sie das kleine neue Wesen vermutete.

»Ich will auf dich Acht geben«, flüsterte sie ihm zu. Dann legte sie sich aufs Bett. Sie streckte sich ausgiebig und zog die dünne Baumwolldecke über sich bis ans Kinn und kuschelte sich hinein. Sie war ja schon so gespannt darauf, welche Gesichter ihre Töchter machen würden, wenn sie erfuhren, dass ihre »alte« Mutter nochmals schwanger war.

Lange Zeit waren sie hintereinander hergefahren, Tanja vorne, Heike hinten. Als sie nun in einen kaum befahrenen landwirtschaftlichen Weg einbogen, holte Heike auf und radelte neben Tanja her. Eine Weile sagte sie nichts, aber Tanja spürte, dass etwas in Heike gärte. Sie waren die Schlusslichter der Fahrradriege und nun ließen sie sich bewusst noch ein wenig zurückfallen, so dass genügend Abstand zu den anderen war, um in Ruhe reden zu können.

»Bedrückt dich etwas?«, versuchte Tanja Heike zu helfen.

»Ja, aber das ist alles nicht so einfach«, druckste Heike herum.

»Fang einfach mal an!«

»Ich denke, dass es keinen Sinn macht, wenn du dir für mich Mühe gibst und dich für mich opferst! Das ist zwar lieb von dir, aber ich werde es schon lernen, mein Leben selbst zu leben!«

»Von was redest du?« Tanja verstand nur Bahnhof.

»Ich versuche dir gerade zu erklären, dass du ruhig mit Markus reden kannst, oder auch neben ihm sitzen oder so. Du brauchst dich nicht meinetwegen zu opfern und dauernd vor ihm wegzulaufen!«

Tanja starrte Heike erschrocken an, für einen Moment schwankte sie und ihr Vorderrad berührte kurz Heikes Rad. Fast wäre sie gestürzt. »Hat man das so deutlich gemerkt?«

»Ach, die anderen wahrscheinlich nicht, aber ich schon!« Heike war erleichtert, dass sie nun gesagt hatte, was sie sagen wollte.

»Ich würde dir Markus so sehr gönnen, ehrlich!«, sagte Tanja. »Ich würde mich für dich freuen, wenn er dein Freund würde!«

»Heute habe ich während der Mittagspause eine Weile mit dem Guide gesprochen! Ich habe ihn gefragt, warum Gott ausgerechnet in meinem Leben so eine Menge Murks zugelassen hat. Da hat er gemeint, ich solle versuchen, nicht immer auf die negativen Dinge in meinem Leben zu starren, sondern Gott für all das Gute danken. Dass meine Mutter diese neue Arbeitsstelle bekommen hat, mit der schönen Dienstwohnung dabei. Und dass mich in der neuen Klasse die anderen einigermaßen akzeptieren und ich wieder bessere Noten habe. Na und dass du meine Freundin bist und dass ich den Jugendtreff habe und so. Das Gespräch hat mir echt geholfen! Wenn ich die positiven Dinge sehe, hat der Guide gesagt, muss ich nicht mehr so oft traurig sein!«

Tanja sah sie erstaunt an. »Das klingt wirklich gut, du hast eine ganz andere Stimme, wenn du das so erzählst!«

Heike strahlte und ihre Blicke kreuzten sich kurz und offen.

»Also okay«, meinte Tanja dann, nachdem sie über Heikes Worte nachgedacht hatte. »Ich werde versuchen, mich Markus gegenüber einfach ganz normal zu verhalten. Es ist auf jeden Fall gut, wenn ich weiß, dass du mir nicht böse bist, wenn ich mal mit ihm rede oder mal neben ihm sitze. Das heißt ja dann auch noch nicht, dass ich in ihn verknallt bin oder dass ich mit ihm befreundet bin. Vielleicht hast du ja doch noch eine Chance!« Sie warf Heike einen aufmunternden Blick zu. Heike zuckte mit den Schultern und lächelte.

Aber dann wurde ihr Blick schon wieder besorgt: »Du Tanja, schau mal den Himmel an, das sieht doch ziemlich nach einem Gewitter aus, oder?«

Tanja warf einen Blick nach oben. Am Himmel türmten sich tatsächlich dunkle Wolken, die hinter ihnen im Westen unbemerkt hochgezogen waren.

»Du liebe Zeit, du hast Recht. Wo kommen nur die ganzen Wolken her, heute Mittag war der Himmel noch strahlend blau!«

»Das macht der Wind! Ich habe mich schon die ganze Zeit über gewundert, wieso meine müden Beine plötzlich wieder so gut Rad fahren können! Aber jetzt wird es mir klar, wir haben den Wind schon eine Weile im Rücken und er schiebt uns!«

»Stimmt«, sagte Tanja. »Aber das sieht mir ganz schön nach Regen aus. Ob der Guide schon bemerkt hat, was sich da zusammenbraut?«

»Da vorne wartet er schon auf uns. Hoffentlich hat er 'ne Idee, was wir jetzt machen sollen.« Es war ein leicht ansteigender Hügel, den sie hinauffuhren und sie begannen nun, schneller in die Pedale zu treten.

Tanja steckte ihre Sonnenbrille in die Fahrradtasche. Der Himmel wurde von Minute zu Minute dunkler und der heftige Wind begann, ihr ihre Haare ins Gesicht zu blasen. Von ferne erklang ein erster Donner. Der Guide stand mit den anderen oben auf der Kuppe, als sie als Letzte angekeucht kamen. Von hier aus hatten sie einen guten Blick nach vorn und der Guide zeigte auf das nächste Dorf, das ungefähr noch fünf Kilometer von ihnen entfernt in einer Senke eingebettet lag.

»Alle mal herhören! Das ist Eschental!« Noch immer zeigte er in Richtung der roten Häuserdächer, die sich zwischen den Wiesen duckten und man merkte seiner Stimme an, dass der unvorhergesehene Wetterumschwung auch ihn beunruhigte. »Wir versuchen diesen Ort zu erreichen, vielleicht schaffen wir es noch, bevor die ersten Tropfen fallen! Dort können wir unterstehen. Ich kenne in Eschental auch einen Bauern, vielleicht lässt er uns in seine Scheune! Wir bleiben auf jeden Fall in der Gruppe zusammen, aber wir beeilen uns. Alles klar?« Alle nickten. »Also los, steigt in die Eisen!«

Sie fuhren, so schnell sie konnten. Eine rasende Jagd begann. Zum Glück peitschte der starke Wind sie vorwärts. Sie wurden richtiggehend das sanfte Gefälle hinuntergeblasen. Aber dann setzte auch schon der Regen ein. Die ersten großen, schweren Tropfen fielen, als sie noch zwei Kilometer vom Dorf entfernt waren. Keiner nahm sich die Zeit, eine Regenjacke anzuziehen. Ihre T- Shirts klebten ihnen sowieso schon schweißgetränkt am Rücken. Und das Gewitter kam schnell gefährlich näher. Hinter ihnen zuckten grelle Blitze vom Himmel und der Donner grollte tief und bedrohlich. Als sie den Ortsrand erreicht hatten, schüttete es wie aus Kübeln. Nur schemenhaft noch sah jeder seinen Vordermann, als sie durch die leergefegten Straßen schossen. Der Guide lotste sie bis zur Mitte des kleinen Ortes, wo der große Vorplatz eines Hofes an die Straße grenzte. Der Bauer, dem der Besitz gehörte, war ein Freund von ihm. Aber auch ohne den Bauern zu kennen, wären sie hierher geflüchtet. Die Scheune dieses Hofes, die ein paar Meter zurückgesetzt von der Straße stand, hatte ein breites Vordach, ein idealer Fluchtpunkt. Erleichtert, nun in Sicherheit zu sein, stellten sie ihre Fahrräder ab und drängten sich vom Regen durchweicht und vom Sturm zerzaust an die noch sonnenwarmen Holzplanken der Scheunenwand. Es war eine alte Scheuer, stellten sie fest, ein neueres Betongebäude stand daneben – zusammengebaut mit dem Stall für die Tiere. Hinter der alten Scheuer befand sich das Wohnhaus. Der Wind peitschte den Regen bis weit unter das schützende Dach. Tanja und Heike setzten sich mit dem Rücken zur Wand auf den staubigen Boden, ihre Beine zitterten von der Anstrengung der letzten Kilometer und die Nässe rann ihnen aus ihren Haaren und Kleidern. Die anderen setzten sich zu ihnen. Sie sahen aus, wie eine Reihe vom Sturm zerzauster Hühner, die auf ihrer Stange saßen.

Nur der Guide war stehen geblieben und sagte nun: »Ich gehe zum Bauern und sage ihm, dass wir hier unterstehen. Vielleicht können wir auch für eine Stunde in die Scheune rein, bis der Regen nachlässt.« Mutig wagte er sich noch einmal unter dem Dach hervor in den strömenden Regen hinaus.

Kurz darauf kam er mit dem Bauern zurück, einem breitschultrigen, kräftigen Mann in blauer Arbeitshose und kariertem Flanellhemd. Er hatte seine blaue Schirmmütze tief ins Gesicht gezogen und kam eilig durch den Regen gestapft. Dann blieb er erst mal vor der Truppe stehen. Er schob sich seine Mütze nach hinten und kratzte sich am Hals.

»Da habt ihr ja ein schönes Sauwetter mitgebracht«, polterte er los. Eindringlich besah er sich dann alle Gesichter.

»Wo wollt ihr denn heute noch hin?«, fragend wandte er sich an den Guide.

»Eigentlich bis Braunsbach«, sagte der Guide und sah irgendwie ratlos aus. »Aber es sieht so aus, als würde uns das Wetter einen Strich durch die Rechnung machen.«

Nachdenklich starrte der Bauer den Guide an.

»Wollt ihr hier bleiben?«

»Wie hier bleiben?«, fragte der Guide zurück, aber man sah seinem Gesicht an, dass in ihm eine gewisse Erleichterung aufkeimte.

»Na ja, hier in unserer alten Scheune. Wir lagern hier immer das Stroh, das in unseren neuen Gebäuden keinen Platz hat. Da könnte man ganz gut schlafen!«

»Wenn wir hier übernachten könnten, wäre das ein prima Angebot!«

»Aber nur, wenn die Jugend hier anständig ist. Kein Feuer!«

Streng sah er allen mit warnendem Blick ins Gesicht. »Und keine Randale, also kein Lärm in der Nacht!«

Stumm vor Respekt nickten ihm alle zu.

»Klar!«, sagte der Guide. »Ich bürge für meine Truppe, die sind alle gut erzogen. Und müde! Wir haben in der letzten Nacht am

Neumühlsee gezeltet. Da werden wir heute Nacht bestimmt gut schlafen.«

»Na, dann kommt mal alle rein!«, forderte sie der Bauer auf.

Mit einem kleinen Schlüssel öffnete er das Schloss, das den Riegel der großen Schiebetür verschlossen hielt. Dann schob er den Riegel zurück, zog das Tor auf und ging allen voran in das Halbdunkel des Innenraumes.

Rechts und links in der Scheune waren, wie auf den Seitenemporen einer Kirche, so genannte Heuböden, die über Leitern erreichbar waren und auf denen Stroh lagerte. Mitten in der Scheune stand ein alter, fast schon antiker Traktor. Er hatte kein Fahrerhaus, sondern war oben offen und sein roter Lack schimmerte im matten Licht nur schwach. Auch der offene Anhänger, der an den Traktor gekoppelt war, schien ein älteres Modell zu sein. Die Farbe war schon fast überall abgeblättert, so dass das nackte Holz zum Vorschein kam. Es roch nach Staub und getrocknetem Stroh.

Der Bauer tastete mit der Hand neben der Tür nach dem Lichtschalter. Zwei trübe Glühbirnen tauchten nun das Halbdunkel der Scheune in ein schummriges Licht. Stumm schauten sich alle erst mal vorsichtig um.

»Da oben könnt ihr schlafen!«, sagte der Bauer und deutete mit seinem Kinn in Richtung Heuboden.

»Da die Mädchen und da die Buben!« Mit der Hand zeigte er erst auf die rechte, dann auf die linke Seite. Anscheinend war es ihm wichtig, dass auf seinem Hof Sitte und Ordnung herrschten.

Dann winkte er dem Guide zu, mit ihm zu kommen. Er ging mit ihm zusammen zur hinteren Scheunentür, öffnete sie und deutete durch den Regen auf die gegenüberliegende Hauswand.

»Die Tür da, neben der Milchküche, führt zu einem WC, das könnt ihr benutzen!«

Der Guide sah ihn anerkennend an. »Das ist ein sehr großzügiges Angebot von dir. Vielen Dank! Könnte ich bei dir im Haus noch mit meiner Frau telefonieren? Sie bringt uns heute Abend unser Gepäck und die Lebensmittel und sie weiß noch nicht, dass wir hier übernachten.«

Der Bauer nickte und die beiden gingen wieder hinaus in den Regen.

Später dann, als ihr Gepäck da war, zogen sich alle trockene Sachen an. Erst die Mädchen oben auf ihrer Seite, dann die Jungs. Als alle fertig waren, setzten sie sich auf den Anhänger des Traktors, aßen ihr Vesper, machten Spiele und sangen Lieder. Alles war hier staubig und schmutzig, überall hatten Spinnen ihre Netze gewebt. Schwalben flogen durch Luken ein und aus und machten unheimliche Geräusche, aber vielleicht war gerade das der besondere Charme. Sie kamen sich wie gerettete Schiffbrüchige vor, die auf einer einsamen Insel gelandet waren. Draußen rauschten die Regenfluten, aber hier drinnen war es trocken und warm. Die Stimmung war super und sie wussten, dass sie diesen Abend nie vergessen würden.

Sie gingen früh ins Bett, oder besser ins Stroh, denn als die Dunkelheit hereinbrach und kein Licht mehr durch das offene Scheunentor fiel, waren die Lampen so schwach wie kleine Glühwürmchen im Meer der Dunkelheit. Der Guide schloss das Tor und alle kletterten müde hinauf in das Strohlager. Nebeneinander aufgereiht lagen auf der einen Seite die Mädchen, auf der anderen die Jungs. Mit ihren Schlafsäcken hatten sie sich Mulden gedrückt, sich fast ins Stroh eingegraben. Obwohl die Halme hin und wieder durch die Schlafsäcke piksten, war es hier in der Scheune trotzdem bequemer und gemütlicher als im Zelt. Der Regen prasselte noch immer in monotonem Getrommel auf das Scheunendach, irgendwo trippelten Mäusefüßchen über Holzbalken, das Stroh raschelte unentwegt in der Finsternis. Obwohl sie sich nach Schlaf sehnte, lag Tanja noch lange wach, hörte und roch die fremde Umgebung und ließ die Ereignisse dieses Tages nochmals vor ihrem inneren Auge ablaufen. Dann endlich fiel sie in einen tiefen, bleischweren Schlaf.

Gegen zwei Uhr morgens wachte sie wieder auf und verspürte ein dringendes Bedürfnis. Eine Weile hoffte sie noch, trotzdem wieder einzuschlafen, aber es klappte nicht. Also rappelte sie sich mühsam auf und versuchte, noch schlaftrunken, sich im dunklen Raum zu orientieren. Nachdem sie aus dem Schlafsack gekrochen war, robbte sie vorsichtig auf allen Vieren vor bis zur Leiter. Langsam tastete sie sich nach unten, dann am Traktor vorbei bis zur Tür. Ängstlich öffnete sie die Tür und trat ins fremde Dunkel der Nacht hinaus. Zum Glück hatte es aufgehört zu regnen. Schnell huschte sie zum WC im anderen Gebäude.

Wenige Minuten später kehrte sie erleichtert zurück. Sie machte die Tür hinter sich zu, legte den Riegel wieder um und lehnte sich für einen kurzen Moment aufatmend gegen das raue Holz. Sie hatte es geschafft. Nur noch die Leiter hoch, dann konnte sie wieder in die Geborgenheit ihres Schlafsackes kriechen.

Da sah sie im matten Dämmerlicht der schwachen Glühbirne einen Schatten durch den Raum huschen. Erschrocken machte sie einen Schritt zurück ins Dunkel der Wand. Was war das? Ihr Herz klopfte wild vor Angst. Da sah sie eine Gestalt, die die Leiter der Jungenseite herabstieg. Abwartend blieb sie stehen. Ihr Herz beruhigte sich langsam. Im Halbdunkeln versuchte sie zu erkennen, wer es war.

»O nein!«, dachte sie voller Schreck. »Nicht schon wieder Markus.«

Zögernd verharrte sie in ihrer Deckung. Wie sollte sie sich verhalten? Regungslos beobachtete sie, wie er auf den Fahrersitz des alten Traktors stieg. Er knipste dort seine Taschenlampe an und sie sah, wie er sich über ein Buch beugte und zu lesen begann. Es war ein friedliches Bild und so löste sie sich langsam aus ihrem Versteck und ging zu ihm hin. Als er ihre Schritte hörte, zuckte er zusammen und fuhr aus seiner Versunkenheit hoch.

»Ich wollte dich nicht erschrecken«, flüsterte Tanja und stellte sich lautlos neben den Traktor. »Ich war draußen auf der Toilette und als ich reingekommen bin, hab ich dich gesehen.«

Markus lachte leise. »Ich konnte nicht mehr schlafen. Das Stroh pikste mich dauernd und mein Rücken war total verspannt, da habe ich gedacht, ich setze mich eine Weile hierher und lese in der Bibel.«

»Du liest wohl oft in der Bibel! Heute Morgen habe ich dich auch schon bei der Feuerstelle mit deiner Bibel gesehen!«

»Ja, richtig, aber da bist du dann gleich wieder verschwunden.«

Tanja wurde rot, es war ihr peinlich, dass sie sich an diesem Tag ihm gegenüber so abweisend benommen hatte. Verlegen stand sie da. Sollte sie sich bei ihm entschuldigen?

»Du, wenn ich dich schon hier treffe, will ich dir einfach sagen, dass ich mich freue, dass du in den Jugendtreff gekommen bist!« Tanja war selbst erstaunt, wie mühelos diese Worte aus ihr heraussprudelten. Aber sie spürte große Erleichterung darüber, über all die verkrampften Situationen sprechen zu können.

»Vielleicht hast du heute nicht den Eindruck gehabt, dass ich dich gut leiden kann«, fuhr sie ohne Zögern fort.

»Dafür wollte ich mich entschuldigen.« Es musste die nächtliche Stimmung sein, die sie zu diesen Worten trieb, die ihr so viel Mut gab. Es musste der Schutz der Nacht sein, der sie ihre Scheu vergessen ließ.

Er sah sie an, sah ihre großen, schlafumschatteten Augen in einem Gesicht, das in diesem Moment mehr das Gesicht eines Kindes zu sein schien, als das einer jungen Frau. Ihre Haare hingen ihr zerzaust um den Kopf und er fand sie einfach wunderschön!

»Wenn du da unten stehen bleibst, können wir nur schlecht reden. Willst du dich nicht hierher auf den Beifahrersitz setzen?«

Tanja zögerte. Wollte sie überhaupt noch länger mit ihm reden? Und was würde das Gespräch bringen? Peinlichkeiten? Sie dachte an Stefan. Dann gab sie sich einen Ruck. Mit jemandem zu reden, war nicht verboten. Heike hatte ihr selbst Mut gemacht, sich normal zu verhalten. Mit klopfendem Herzen stieg sie also zu ihm auf den Traktor.

Jetzt, als sie ihm so nahe gegenüber saß, konnte sie im Schein der Taschenlampe sein Gesicht richtig sehen. Seine Augen, die sie voller Interesse anblitzten, sein lebhaftes Mienenspiel, sein aufmerksamer Ausdruck. Er hatte sympathische Gesichtszüge und eine positive Ausstrahlung, das war ihr schon an seinem ersten Abend im Jugendtreff aufgefallen. Es machte sie nervös, hier im Dunkeln bei ihm zu sitzen.

»Ich wollte dir nur sagen, dass es bei uns in der Schule einen Jungen gibt, den ich gut leiden kann«, platzte sie ohne zu überlegen heraus und wusste für einen Moment nicht mehr weiter, stockte und wurde wieder rot. Zum Glück konnte er das nicht sehen. Verlegen schwieg sie.

»Ich glaube, ich verstehe, was du mir sagen willst«, antwortete Markus nachdenklich. »Ich bin froh, dass du so fair bist und mit offenen Karten spielst.« Er überlegte einen Moment.

»Weißt du, ich glaube, ich suche im Moment gar nicht unbedingt nach einer Freundin, aber ich freue mich über jeden, der mit mir redet. Ich hatte vom ersten Augenblick an das Gefühl, dass man mit dir gut reden kann.« Er machte seine Taschenlampe aus und klappte das Buch zu. So saßen sie fast völlig im Dunklen.

»Es ist schwieriger, als ich dachte, irgendwo der ›Neue‹ zu sein«, meinte er. »In Stuttgart hatte ich viele gute Freunde und die vermisse ich jetzt schon manchmal. Na ja, und ich war dort auch in ein Mädchen verliebt.« Er zögerte kurz, bevor er weitersprach.

»Als ich wusste, dass wir wegziehen, habe ich sie gefragt, ob sie meine Freundin sein möchte, aber sie hat abgelehnt. Das macht mich jetzt noch manchmal fertig.«

Tanja sah verlegen zu Boden. Sie hatte nicht erwartet, dass er ihr mit so großer Offenheit antworten würde. Was sollte sie ihm sagen? Sie spürte, dass er es gerade nicht leicht hatte. Aber konnte sie ihm helfen?

»Wie kommt es eigentlich, dass du an Jesus glaubst, obwohl deine Eltern keine Christen sind?«, fragte sie ihn deshalb, um über ein anderes Thema zu reden.

»Hm, das ist eine längere Geschichte«, sagte er. »Ich erzähle sie dir gerne, aber willst du nicht lieber schlafen gehen? Morgen wird es bestimmt wieder ein anstrengender Tag sein!«

Tanja schüttelte den Kopf. »Ich will nicht schlafen, ich bin neugierig!«

Inzwischen war sie hellwach geworden und sie spürte, dass über dieser nächtlichen Stunde ein ganz besonderer Zauber lag.

Markus streckte seine Füße aus und versuchte auf dem alten zerschlissenen Kissen des Fahrersitzes eine möglichst bequeme Position zu finden. Dann begann er zu erzählen.

»Mein Vater verdient ziemlich viel Geld. Wir haben in Stuttgart in einer schönen Wohnung gewohnt, wir haben ein tolles Auto und wir hatten eine Frau, die ins Haus kam und meiner Mutter half. Wir haben immer tolle Urlaube gemacht und ich hab fast alles bekommen, was ich wollte. Ich weiß, das hört sich für dich vielleicht jetzt super an. Meine Klassenkameraden haben mich auch immer beneidet. Aber als ich dann so ungefähr dreizehn Jahre alt war und langsam begriffen habe, wie das Leben so läuft, war ich total frustriert. Es gab gar nichts, für das ich mich anstrengen musste, und ich hatte nichts, auf das ich mich freuen konnte. Das hat mich echt in eine Krise gebracht.

Dann bin ich in den Konfirmandenunterricht zu einem Pfarrer gekommen, der sein Christsein echt lebte. Er sagte uns in einer Stunde mal, dass Gott jeden von uns persönlich kennt und liebt. Und dass Gott unserem Leben einen Sinn geben will. Das hat mich tief berührt, weil es genau das war, was ich suchte: Einen Sinn für mein Leben.«

Er hielt inne und Tanja sah an seinem Gesicht, dass viele Bilder aus der Vergangenheit in ihm lebendig wurden.

»Wie meinst du das mit dem Sinn? Das verstehe ich nicht so ganz!«, fragte sie nach.

»Hm, der Gedanke, dass Jesus mit meinem Leben was vorhat, weißt du, dass ich nicht einfach nur so vor mich hin lebe und dann irgendwann sterbe, sondern dass er einen Plan für mein Leben hat und dass ich was für ihn tun kann.«

»Ja, jetzt verstehe ich dich! Und dann hast du dich für Jesus entschieden«, stellte sie fest.

»Nein, so schnell ging das nicht. Was der Pfarrer damals sagte, fand ich schon gut. Aber meine Eltern sind ja keine Christen und keiner meiner Freunde glaubte an Jesus. Und ich wusste nicht so recht, wie man das leben konnte. Ich war ja noch ein halbes Kind. Deshalb verlor ich meine kleine Glaubensflamme wieder. Aber dann passierte was Tolles. Als ich sechzehn war, kam ein Neuer in meine Klasse, der mir von Anfang an sympathisch war. Ich hab mich mit ihm angefreundet und rausbekommen, dass er Christ ist. Er war echt super. Er hat mit mir ab und zu die Bibel gelesen und hat mich sonntags zum Gottesdienst mitgenommen und zum ›Offenen Abend‹.« Markus lachte leise. »Ich habe damals alles gemacht, was er sagte. Er war ein richtiger ›Engel‹ für mich!«

Markus atmete tief durch. »Das war's eigentlich schon. Jetzt musst du erzählen, wieso du an Jesus glaubst!«

»Erst musst du mir noch erklären, was der ›Offene Abend‹ ist, ich habe schon oft davon gehört, weiß aber nichts Genaues!«

»Ach, da haben sich alle vierzehn Tage montagabends im Spitalhof viele junge Christen aus ganz Stuttgart getroffen. Es gab immer super gute Referate von gläubigen Rednern zu allen möglichen Themen. Und es war ein Treffpunkt, wo man mit anderen Christen zusammenkam und hinterher noch reden konnte. Ich fand es immer toll und ich werde es bestimmt vermissen, dass ich nicht mehr hin kann. Aber im Jugendtreff bei euch fand ich den letzten Samstagabend auch wirklich gut. Der Guide macht seine Sache nicht schlecht!« Dann nickte er aufmunternd Tanja zu. »Jetzt bist du aber dran.«

Tanja überlegte einen Moment. Seit der Regen aufgehört hatte, auf das Dach zu trommeln, erfüllte eine tiefe friedliche Stille die Scheune. Leise, fast flüsternd, begann sie zu erzählen:

»Meine Eltern sind überzeugte Christen und es war ihnen immer wichtig, uns Kindern von ihrem Glauben zu erzählen. Meine Mutter hat abends am Bett mit uns gebetet, sie hat meistens gedankt für das, was am Tag Gutes war oder sie hat für unsere Probleme gebetet, dass Gott uns hilft. Ich weiß noch, einmal, da war ich schon größer, da habe ich sie gefragt, woher sie immer wüsste, was sie beten soll.« Tanja lachte leise und sah, dass auch Markus schmunzelte.

»Na ja, und sie haben uns in den Kindergottesdienst geschickt und in die Jungschar. In der Jungschar hat uns mal eine Pfarrfrau das ›Doppelte Lottchen‹ vorgelesen, das weiß ich noch, das fand ich echt toll. Aber dort wurden uns auch biblische Geschichten erzählt. Ich hab das auch alles geglaubt, aber es war natürlich ein Kinderglaube. Ich hatte damals noch keine richtige Entscheidung getroffen.

Als ich dann ungefähr zwölf Jahre alt war, war ich mit meinen Eltern bei einer Zeltevangelisation. Warst du auch schon mal bei einer?«

»Nein, noch nie, aber ich kann es mir schon ungefähr vorstellen.«

»Also, es war ein ziemlich großes Zelt, das stand auf der Seewiese. Das ist dort, wo die Bushaltestelle für die Schulbusse ist!

Vorne war eine Bühne aufgebaut und ein Rednerpult und die Leute saßen auf so Holzbänken und Klappstühlen. Ich erinnere mich noch genau an den Geruch: Es roch nach Gras und Erde, nach der Zeltplane und nach Hobelspänen, die auf den Boden gestreut waren.«

Markus nickte, er konnte sich das Zelt gut vorstellen.

»Ein Chor hat am Anfang gesungen, ich sag's dir, das klang echt schauderhaft. Aber die Predigten waren nicht schlecht, der Mann hat mit Temperament gesprochen, manchmal hat er richtig rumgeschrien. Ich erinnere mich an gar nichts mehr von dem, was er sagte, nur an das eine, dass wir uns entscheiden müssen für Jesus und zwar heute, denn wenn wir morgen sterben, ist es zu spät.

Das hat mich irgendwie geschockt. Nachts im Bett konnte ich nicht einschlafen. Ich wusste, dass ich diese Entscheidung treffen musste, wo ich nach dem Tod sein werde, im Himmel oder in der Hölle. Ich habe mich natürlich für den Himmel entschieden, und ich habe mir überlegt, was ich denn tun muss, damit ich in den Himmel komme. Ich meine außer dem, dass ich diese Entscheidung getroffen habe. Ich habe mir dann vorgenommen, jeden Tag in der Bibel zu lesen und mit Gott zu reden. Das habe ich dann auch gemacht. Ich habe heimlich nachts im Bett in der Bibel gelesen. Am Anfang habe ich viel nicht verstanden, aber mit der Zeit wurde es besser.« Tanja machte eine Pause und hing noch einen Moment ihren Gedanken nach.

»Na ja, und später dann hat mich Doro in den Jugendtreff mitgenommen.«

Markus nickte, er verstand sie.

Schweigend saßen sie beieinander. Keiner wollte durch ein unbedachtes Wort diesen Zauber zerstören. Tanja spürte, wie in dieser Nachtstunde eine tiefe Vertrautheit mit Markus entstanden war. Sie empfand seine Nähe so intensiv, als hätten sich ihre Seelen umarmt. Sie fühlte sich ihm in diesem Moment viel vertrauter, als sie es mit Stefan jemals gewesen war. Das verwirrte sie.

Markus schien dasselbe wie sie zu spüren, denn er nahm ihre Hand in seine und drückte ganz unvermittelt einen zarten Kuss darauf.

»Danke für dieses Gespräch«, sagte er und sah ihr dabei tief in die Augen. Schnell zog sie ihre Hand zurück. Erschrecken durchzuckte sie. In was war sie da hineingeraten? Zu was hatte sie sich hinreißen lassen?

»Weißt du was«, flüsterte sie heiser, »lass dieses Gespräch unser Geheimnis bleiben!« Bittend sah sie ihn an.

»Ja, klar!«, antwortete er sofort und eine peinliche Befangenheit machte sich zwischen ihnen breit.

Voller Verlegenheit stand Tanja auf. »Ich muss jetzt gehen, sonst schlafe ich morgen auf dem Fahrrad ein!«

»Du hast Recht, ich gehe jetzt auch«, sagte Markus. Er reckte und streckte sich, seine Beine und Arme waren auf dem unbequemen Sitz ganz steif geworden.

Nacheinander kletterten sie von dem Traktor herunter.

Tanja flüsterte noch ein leises »Schlaf gut!«, dann erklomm sie die Leiter hinauf zum Stroh. Innerlich aufgewühlt, kroch sie in ihren Schlafsack. Die Halme, die sie vorher nicht gespürt hatte, piksten sie jetzt in Rücken und Beine. Sie versuchte an Stefan zu denken, sich die Gefühle des Konzertabends mit ihm wieder ins Gedächtnis zu rufen, aber es gelang ihr nicht so recht. Die Begegnung mit Markus hatte sie durcheinander gebracht. Lange lag sie noch wach und starrte in die Dunkelheit. In welches Gefühlsdurcheinander war sie nur hineingeraten? Dann ermahnte sie sich selbst und schob all diese Gedanken von sich. Sie wollte jetzt schlafen und morgen würde sie sich Markus gegenüber verhalten, wie allen anderen gegenüber auch. Sie würde sich auf das Fahren konzentrieren und sich um Heike kümmern. Bei diesen Gedanken entspannte sie sich, doch als sie schon fast im Reich ihres Unterbewusstseins angekommen war, spürte sie noch einmal die zarten, warmen Lippen auf ihrer Hand und mit einem seligen Lächeln schlief sie ein.

Schon früh waren am nächsten Morgen alle auf den Beinen. Die nassen Klamotten, die sie in bunter Vielfalt überall in der Scheune aufgehängt hatten, waren über Nacht fast getrocknet und konnten nun wieder angezogen oder eingepackt werden. Der Guide schickte ein stilles Dankgebet zum Himmel, als er zum Scheunentor hinaustrat und sah, dass die helle Morgensonne die letzten Wölkchen vom Himmel vertrieb.

Heike war glücklich darüber, dass Markus ihr half, ihr Gepäck auf das Fahrrad zu schnallen. Sie hatte dabei nicht gerade das Gefühl, dass er etwas Bestimmtes von ihr wollte, er benahm sich einfach wie ein guter Freund. Aber schon das allein tat ihr gut. An den letzten beiden Tagen hatte sie schon beinahe alle Hoffnungen begraben, aber der neue strahlende Tag schien ihr wie eine Verheißung zu sein. Sie war froh, dass Markus an diesem Morgen Tanja fast gar nicht beachtete.

Das stimmte und stimmte doch auch wieder nicht. Auch Tanja schien Markus nicht zu beachten, und doch lag so etwas wie ein stilles Einverständnis zwischen ihnen. Ein Gefühl der Zusammengehörigkeit, das niemand außer den beiden selbst wahrnahm. Tanja spürte Schuldgefühle deswegen in sich, aber sie konnte diese Verbundenheit nicht auslöschen – und sie wollte es auch gar nicht. Sie hatte beschlossen, einfach mal abzuwarten, wie sich die Dinge entwickeln würden.

Andy fühlte sich an diesem Morgen wie gerädert. Er hatte nicht besonders gut geschlafen in der letzten Nacht. Irgendwie spürte er an diesem Tag, dass die ständige Nähe zu Doro ihn nicht nur freute, sondern auch aggressiv machte. Er war mit ihr zusammen und konnte sie doch nicht richtig haben. Wie sollte das ein Mann aushalten? Die Bibel sprach so einfach von Zurückhaltung, aber wie schwer das ist, hatte ihm bisher noch keiner gesagt. War es für

Mädchen leichter? Doro schien nichts von dem zu bemerken, was in ihm vorging. Andy gestand sich ein, dass er ihr irgendwie die Schuld für dieses Dilemma gab. Es war doch einfach nicht fair, ihn so hinzuhalten. Oder doch? Er nahm sich zusammen, schob diese Gedanken beiseite und bepackte wie die anderen sein Rad.

Als alle fertig waren, versammelten sie sich vor dem Kuhstall, in dem der Bauer zusammen mit seiner Frau gerade beim Melken und Füttern war. Sie sangen ihnen zum Dank noch ein Abschiedslied, bevor sie sich auf die Räder schwangen und losfuhren. Sie warfen noch einen letzten Blick zurück auf die alte Scheune, die ihnen für eine Nacht Unterschlupf geboten hatte. Dann waren sie auch schon wieder aus dem Ort draußen auf der freien Landstraße. Ihr nächstes Ziel war die Europabrücke. Von dort wollten sie in Richtung Langenburg weiterfahren.

Sie mussten an diesem Tag lange fahren, bis sie einen geeigneten Platz zum Mittagessen gefunden hatten. Endlich lagerten sie auf einer abgemähten Wiese, wieder am Ufer eines Flusses, des Kochers, ganz in der Nähe von Döttingen. Auf diesem Grundstück war schon eine Grillstelle vorbereitet und irgendwelche Wanderer hatten sogar ihr restliches Holz daneben zurückgelassen. Die Sonne schien in ihrer gewohnten Kraft und Doro war froh, dass es endlich eine Pause gab. Ihr Magen hing ihr schon fast bis zu den Knien und knurrte laut vor Hunger. Ungeduldig sah sie zu, wie die Jungs mühsam ein Feuer mit dem noch feuchten Holz in Gang brachten. Als es dann endlich brannte, machte sich die Mannschaft auf zum Ufer des Kochers und schnitzte dort Spieße aus Haselnussruten, mit denen sie ihre Würste grillen konnten.

Bald saßen alle um die Grillstelle. Das Feuer loderte anfangs noch hoch in den Himmel und verbreitete eine unangenehme Hitze. Erschöpft wischte sich Doro den Schweiß von der Stirn. Einen Moment lang war ihr einfach alles zu viel und sie sehnte sich nach der Kühle und Stille ihres Elternhauses. Die anderen waren ihr auch zu viel und für einen Augenblick war ihr auch die ständige

Nähe zu Andy zu viel. Ein paar Minuten allein zu sein, war ihr größter Wunsch. Aber sie hatte vor allem Hunger. Ungeduldig spießte sie ihr Würstchen auf ihren Ast und wartete darauf, dass das Feuer ein bisschen in sich zusammenfiel und sie über der Glut anfangen konnte zu grillen. Als eine der Ersten hielt sie dann ihre Wurst über das Feuer.

»Ich habe heute vielleicht einen Hunger!«, sagte sie zu Andy, der neben ihr hockte und noch an seinem Stock schnitzte.

»Ich bin schon ganz schwach vor lauter Hunger!«

»Hm«, brummelte Andy. »Das kommt von der vielen Bewegung, da verbrauchen wir halt mehr Kalorien als sonst!«

Es schien ewig zu dauern, bis die Wurst fertig werden wollte. Doro wartete und wartete. Der Arm tat ihr schon richtig weh.

Als das Würstchen noch immer nicht fertig aussah, hielt Doro es noch näher an die Flammen und noch näher. Und plötzlich war es schwarz.

»O nein!«, entfuhr es ihr voller Entsetzen. »Kann ich das noch essen?« Die anderen, die auch alle um die Feuerstelle saßen, blickten neugierig zu ihr hin.

»Klar!«, meinte der Guide, der auf der anderen Seite neben ihr stand. »Kratz das Schwarze einfach ein bisschen ab!«

»Oh, oh«, kommentierte Andy das Missgeschick. »Du scheinst ja nicht gerade die geborene Köchin zu sein, wenn du nicht mal ein Würstchen grillen kannst!«

Doro sah ihn an, als ob sie nicht richtig verstanden hätte, was er da gesagt hatte. Das war doch allerhand, hier vor allen anderen zu behaupten, dass sie nicht gut kochen könnte. Verletzt schwieg sie. Sie nahm ihre Wurst, ging zu ihrer Tasche, holte Brot und ein Messer heraus, kratzte das Schwarze vom Würstchen ab, legte es zwischen die Scheiben und ging dann einfach auf die andere Seite des Feuers und setzte sich dort, weit weg von Andy, neben Markus auf den Boden.

»Guten Appetit!«, sagte sie zu ihm und schenkte ihm ihr intensivstes, gewinnendstes Lächeln, bevor sie hungrig in ihre Mahlzeit biss.

Markus sah sie verlegen an. Er wusste mit der plötzlichen Nähe und ihrer unvermuteten Freundlichkeit nichts anzufangen.

Da kam auch schon Andy zu ihnen.

»Hey, was ist los?«, fragte er und setzte sich auf die andere Seite von Doro.

»Das war doch nur ein Spaß, was ich eben sagte, das war doch gar nicht ernst gemeint!«, sagte er und stieß sie vertraulich mit dem Ellenbogen in die Seite. Aber sie rückte von ihm weg, noch näher zu Markus hin, dem es immer peinlicher wurde.

»Auf solche Späße kann ich verzichten!«, zischte sie Andy böse an.

»Ach komm schon«, versuchte Andy sie mit versöhnlicher Stimme zu locken. »Du kannst bestimmt super kochen, ich weiß es nur noch nicht. Du musst mich halt mal einladen und ein Essen für mich machen!«

»Es soll auch Männer geben, die gut kochen können!«, sagte Doro mit giftiger Stimme. »Vielleicht lädst du mich ja mal ein. Wer so große Töne spuckt, muss erst mal zeigen, dass er das Recht hat, andere zu kritisieren.«

»Sei doch nicht so empfindlich«, sagte Andy und streichelte ihren Arm.

»Das Wort heißt Entschuldigung, falls du das vergessen hast!«, meinte Doro, aber ihre Stimme klang schon nicht mehr so bissig.

»Okay. Entschuldigung! Und lass uns wieder gut sein, der Tag ist viel zu schön, um mit dir zu streiten!«

Langsam legte sich Doros Ärger wieder. Hungrig aß sie ihre Mahlzeit und bald nahm sie auch wieder an der Unterhaltung teil, die Markus und Andy inzwischen begonnen hatten.

War das gerade eben tatsächlich ein Streit gewesen? Sie musste selbst darüber lächeln. So langsam ähnelte ihre Beziehung der eines alten Ehepaares. Irgendjemand hatte einmal gesagt, ein Paar, das sich noch nie gestritten hat, sollte nicht heiraten. Also waren sie auf einem guten Weg. Sie schienen ehetauglich zu werden.

Dieser Abend war der letzte auf der Radtour. Aber die Stimmung war noch nicht von Abschied erfüllt, sie hatten ja noch einen gemeinsamen Tag und die Heimfahrt vor sich. Sie lagerten auf einem Platz unterhalb von Langenburg und während sie gemütlich am Lagerfeuer saßen und redeten und lachten und sangen, bestaunten sie immer wieder die traumhafte Silhouette der Burg, die oben am Rand der Anhöhe thronte. Sie kamen sich ein bisschen vor wie ritterliche Eroberer, die kurz davor waren, ihr Ziel zu erstürmen. Und genau das hatten sie ja auch am nächsten Tag vor. Als es auf dreiundzwanzig Uhr zuging, wurde die Stimmung etwas gedämpfter und bald verabschiedeten sich die Ersten, um in ihren Zelten in den wohlverdienten Schlaf zu fallen.

Andy und Doro machten sich Hand in Hand zu einem letzten Abendspaziergang auf. Die nächste Nacht würde jeder wieder allein in seinem Elternhaus verbringen. Tiefe Stille umgab die beiden und herrlich duftende, samtschwarze Nachtluft. Lange gingen sie schweigend nebeneinander her und genossen einfach nur ihr Nahesein.

»Ich möchte mich nochmals entschuldigen für meinen blöden Spruch heute Mittag«, begann Andy das Gespräch.

»Ach, schon vergessen!«, wehrte Doro ab. »Wenn wir noch länger befreundet sein wollen, werden wir uns daran gewöhnen müssen, dass wir ab und zu Streit haben, das gehört nämlich auch zu einer Beziehung!«

»Na, ob ich mich daran wirklich gewöhnen kann? Mir ist es lieber, wir streiten nicht so oft. Ich bin eigentlich ein sehr friedliebender Mensch und ich hab dich viel zu gern, um mit dir zu streiten!«

»Meine Eltern streiten auch nicht so oft. Ab und zu schon. Aber in letzter Zeit immer seltener. Sie werden langsam reifer und gesetzter«, erzählte Doro und lachte dabei.

»Meine Mutter ist sehr streitlustig, aber mein Vater ist kaum aus der Ruhe zu bringen. Vielleicht ist es ja auch das, was meine Mutter so provoziert. Und wenn sie laut wird, dann geht er immer. Aber vielleicht ist das ja auch nicht der richtige Weg?«

»Manchmal denke ich, ich möchte nie ein altes Ehepaar werden, nie so wie meine Eltern leben, weißt du, so ohne große Herausforderungen mehr, ohne Kick. Obwohl, mein Vater hat jetzt neues Land gekauft, ich glaube, das ist für ihn schon auch etwas Tolles. Vielleicht möchte ich bloß nicht älter werden!«

»Keiner will älter werden, ich auch nicht. Aber wir sind ja noch jung. Wir haben noch so viel Zeit vor uns. Aber weißt du, ich könnte es mir schon vorstellen, mit dir alt zu werden. Wenn man einander hat und sich gut versteht, wird es schon nicht so schlimm sein, denke ich.«

»Was für eine schöne Liebeserklärung«, Doro schmiegte sich glücklich näher an Andy.

Sie waren nun an einem kleinen Bachlauf angekommen, ziemlich weit entfernt von den Zelten. Dort setzten sie sich in das weiche Moos, hinter ihnen wogte das hohe Gras der Wiese sanft im Nachtwind und umgab sie mit seinem Schutz.

Andy zog Doro zu sich und sie fühlte sich in diesen Augenblicken ihres Naheseins, als ob sie ein Teil von ihm wäre. Sie spürte, dass er ihr etwas sagen wollte und fragte leise: »Was ist los?«

»Nur dies eine Mal«, flüsterte Andy nahe an ihrem Ohr. »Nur heute in dieser Nacht, weil es der letzte Abend ist. Du und ich, wir sind füreinander gemacht, Gott hat uns zusammen geführt. Lass uns zusammen sein, ganz, richtig. Nur dies eine Mal, dann wollen wir warten, bis wir verheiratet sind. Ich gebe dir mein Ehrenwort!« Seine Stimme klang bittend, fast flehend, und war voll drängender Leidenschaft.

Doro zögerte. Warum sollte sie nicht tun, was er wollte, was sie selbst ja auch wollte? Sie spürte keine Scham mehr in sich, nur heißes Verlangen. Gab es hier noch ein Richtig oder Falsch? Zählte denn nicht allein die Liebe? Als Antwort gab sie ihm einen heißen, begehrenden Kuss.

In dieser Nacht liebten sich Doro und Andy.

Am nächsten Morgen war der Himmel leicht bewölkt, aber niemand beschwerte sich. Sie hatten bis auf das Gewitter bisher optimales Wetter gehabt und außerdem stand ihnen an diesem Morgen die letzte große Herausforderung der Radtour bevor – der Aufstieg zu der Burg und dem kleinen Städtchen Langenburg. Ein paar Wolken bedeuteten weniger Hitze und das konnte nur gut tun. Die kleine Straße, die aus dem Tal zur Burg führte, wandte sich wie ein Pass den Hang hinauf. Kurve um Kurve kämpften sie sich vorwärts, die Burg rückte immer näher und was zu Beginn unmöglich schien, gelang ihnen doch. Sie erreichten die ersten Häuser und standen schon nach der ersten Biegung innerhalb des Ortes auf dem großen Platz vor dem Schloss. Dort stellten sie alle ihre Fahrräder auf einen Parkplatz und schlossen sie ab.

»Okay, Leute, wer will, kann jetzt das Automuseum besuchen. Wer lieber das Eintrittsgeld sparen möchte, kann sich derweilen in der Eisdiele erholen!«, gab der Guide seine Anweisungen.

Die Mädchen beschlossen einstimmig, sich nach der harten Arbeit des Morgens eine Erholung zu gönnen. Aber in letzter Minute entschied sich Heike dann doch anders und folgte den Jungs ins Museum. Tanja staunte über ihren mutigen Entschluss, ließ sich aber selbst nicht von dem Gedanken an ein herrliches, kaltes, süßes Eis abbringen.

Es gab noch eine zweite Ausnahme, über die Tanja noch mehr staunte und die sie interessiert beobachtete. Andy, der doch eigentlich ein richtiger Autofan war, ging nicht mit ins Museum, er blieb bei Doro. Seit sie ihre Räder abgeschlossen hatten, ließ er ihre Hand nicht mehr los und wich nicht von ihrer Seite. Tanja ahnte nichts davon, dass Andy genau spürte, dass Doro an diesem Morgen ein schlechtes Gewissen hatte. Sie hatten eine unsichtbare Grenze überschritten, das spürte er ebenfalls, aber sie konnten nicht mehr zurück. Obwohl er an diesem Tag so glücklich war, wie noch nie in seinem Leben, fühlte er sich deswegen schuldig. Und so wollte er ihr irgendwie beweisen, dass er sein Versprechen halten würde, das er ihr in dieser Nacht gegeben hatte. Ja, er würde nun warten, bis sie verheiratet waren. Aber würde er das überhaupt schaffen, nach dem, was gestern gewesen war? Er versuchte nicht darüber nachzudenken, ging einfach mit Doro mit, aß mit ihr zusammen ein Eis und hielt ihre Hand.

Tanja beobachtete Doro und Andy die ganze Zeit über genau. Niemand konnte die besondere Ausstrahlung übersehen, die die beiden an diesem Morgen umgab und Tanja fragte sich nicht zum ersten Mal, wie weit die zwei schon gegangen waren. Während sie in der Eisdiele saßen und einen herrlichen Eisbecher genossen, fragte sie sich auch, ob Stefan sie mit der gleichen Hingabe lieben würde. Wie hatte Doro es nur geschafft, einen jungen Mann so zu begeistern, dass er sie sichtlich anhimmelte. Aber vielleicht würde das ja nicht so bleiben. Vielleicht hatten die beiden irgendwann genug voneinander?

Nach einer Weile verließen sie die Eisdiele wieder und schlenderten durch den malerischen Ort. Über den alten Fachwerkhäusern lag ein besonderer Flair und Tanja fühlte sich zurückversetzt in die Zeit der Burgfräuleins und Raubritter. Sie konnte fast den Hufschlag von Pferden hören und es hätte sie nicht gewundert, wenn Waschfrauen am Dorfbrunnen ihre Wäsche gewaschen hätten. In einer Seitengasse entdeckte Tanja ein Antiquariat für Bücher und als sie den Laden betrat, vergaß sie für eine Weile alles um sich herum. Alte Kinderbücher gab es, Romane, schöne Postkarten. Langsam schlenderte sie von Regal zu Regal. Die anderen waren ohne sie weitergegangen und von ihnen war längst nichts mehr zu sehen und zu hören, aber sie bemerkte es nicht, bis der melodische Schlag einer antiken Standuhr sie aus der Versunkenheit weckte. Sie wollten sich um zwölf Uhr im Gasthaus Traube treffen, um sich dort als kulinarischen Höhepunkt ihrer Tour gemeinsam ein gepflegtes Essen zu gönnen. Sie stellte das Buch, das sie gerade in der Hand hatte, wieder ins Regal zurück. Eilig machte sie sich auf den Weg.

Sie wusste nicht genau, wo sich das Lokal befand, deshalb ging sie zunächst wieder zurück zu der Straße, die durch die Mitte des Ortes führte und an der entlang die meisten Geschäfte und Restaurants lagen. Noch bevor sie diese Straße erreichte, hörte sie das Gelächter und die lauten Rufe der anderen und schnellen Schrittes eilte sie über die Straßenpflaster, bis sie bei ihrer Gruppe ankam, die vor der »Traube«, einem schönen antiken Fachwerkhaus, wartete. Erleichtert stellte sie fest, dass sie noch nicht die Letzte war.

Als dann alle zusammen waren, betrat Tanja als eine der Ersten die Gaststätte. Der Eingangsbereich schien ihr wie eine dunkle Höhle, in die sie aus dem hellen Tageslicht geraten war. Es roch nach abgestandenem Zigarettenrauch und im Hintergrund dudelte leise ein Radio. Die Kellnerin kam hinter der Theke vor, begrüßte sie und wies ihnen freundlich den Weg zu einem langen Tisch, der weiter hinten in der Gaststube schon für sie gedeckt war. Dort war es dann auch wieder heller. Um die eine Hälfte des Tisches lief unter dem Fenster entlang eine gepolsterte Eckbank, vor dem Tisch standen einige typische Wirtshausstühle. Es sah ganz gemütlich aus. Tanja setzte sich auf die Eckbank und rutschte dann bis zur Mitte durch, um den Nachfolgenden Platz zu machen. Dabei hatte sie nicht bemerkt, dass Markus sich von dem anderen Ende des Tisches her auch auf die Bank gesetzt hatte und so saßen sie plötzlich völlig ungeplant nebeneinander.

Peinlich berührt hielt Tanja nach Heike Ausschau und als sich ihre Blicke trafen, zuckte sie entschuldigend mit den Schultern. Heikes Blick sagte »Das macht doch nichts«, aber trotzdem war Tanja nervös und befangen. Um ihrer Verlegenheit zu entkommen, wandte sie sich an den Guide, der auf der anderen Seite neben ihr auf dieser Bank saß und begann mit ihm ein Gespräch. Aber mit einem Ohr lauschte sie nach hinten, wo Markus eine Unterhaltung mit Doro und Andy begonnen hatte, die ihm gegenübersaßen. So blieb es dann. Nachdem sie das Essen bestellt hatten, unterhielt sich Tanja wieder mit dem Guide und Markus mit Doro und Andy. Aber ab und zu berührten sich Tanja und Markus auf der engen Bank. Ihre Schultern, ihre Arme und ihre Knie gerieten aneinander und manchmal verharrten sie in dieser Berührung so lange, dass es keine nur zufällige Flüchtigkeit sein konnte. Gut, sie hatten nicht viel Platz, aber zwischen dem Guide und Tanja blieb immer ein kleiner Abstand und sie berührten sich kein einziges Mal. Auch wenn sich Tanja angeregt unterhielt, fand ihre eigentliche Begegnung in diesen Berührungen mit Markus statt. Sie spürte seine Nähe überdeutlich, nahm ihn mit allen Sinnen wahr. An der Stelle, an der sie ihn fühlte, schien ihre Haut zu glühen und bis in ihre Fingerspitzen hinein war ihr ganzer Körper angespannt und hellwach. Auch in den Momenten, in denen sie sich nicht berührten, fühlte sie ihn so intensiv, so nah, dass es ihr fast zu viel war. Trotzdem genoss sie jede Sekunde, wie sie vielleicht noch nie etwas in ihrem Leben genossen hatte. Sie hatte sich ein Schnitzel mit Pommes bestellt, aber als das Essen dann kam, aß sie fast nichts davon, sie registrierte gar nicht richtig, dass es vor ihr stand und als der Kellner kam, um abzuräumen, hatte sie nicht mal die Hälfte geschafft.

Dann kam die Chefin, um zu kassieren und Tanja war die Erste, die ihr Essen bezahlte. Verwirrt und fluchtartig zwängte sie sich vor dem allgemeinen Aufbruch an den anderen vorbei und ging nach draußen. Dort atmete sie erst einmal tief durch und versuchte, ihre Gefühle wieder zu ordnen. Sie setzte sich auf eine Mauer, die den kleinen Vorgarten umschloss und ließ die Sonne, die inzwischen aus ihrem Wolkenbett hervorgekrochen war, auf ihr Gesicht scheinen. Hier wartete sie, bis auch die anderen fertig waren. Langsam wurde sie innerlich wieder ruhiger, die Anspannung ließ nach. Was war nur los? Sie war verwirrt. Was hatte Markus bei diesem Essen empfunden? Dasselbe wie sie? Und wenn ja, was hatten diese Gefühle, die sie nicht richtig einordnen konnte, zu bedeuten? Was erwartete er nun von ihr? Wie sollte sie sich verhalten? Sie wollte doch überhaupt nichts von ihm! Sie wollte mit Stefan befreundet sein. Sie war total durcheinander. Konnte man sich gleichzeitig in zwei Jungs verlieben? Dann straffte sie entschlossen ihre Schultern. Die Antwort auf all ihre Fragen war doch klar: Nein! Nein und nochmals Nein!

Müde, verschwitzt und zufrieden, dass sie es geschafft hatten, kam dann die ganze Gruppe am späten Nachmittag mit dem Fahrrad in Künzelsau auf dem Bahnhof an. Von hier aus wollten sie mit dem Zug zurück nach Neuenstein fahren. Der Guide hatte ihre Karten schon vorbestellt und bezahlt, er musste sie jetzt nur noch am Fahrkartenschalter entgegennehmen. Dann rollte dröhnend und schnaufend der Zug ein. Ihre Räder stellten sie im Gepäckwagen ab und ließen sich dann in einem fast leeren Abteil erleichtert auf die Sitze fallen. Sie hatten es geschafft! Ruckelnd rollte der Zug an und der dröhnende, stampfende Motor begann, seine kraftvolle Melodie zu spielen. Ein bisschen Wehmut machte sich jetzt in der

Gruppe breit, und so kam jemand, inspiriert vom Rhythmus der Lock, auf die Idee, noch ein paar Lieder zu singen, und die anderen stimmten willig in die vertrauten Klänge mit ein. Je näher sie ihrem Ziel kamen, dem Bahnhof von Neuenstein, umso melancholischer wurden ihre Lieder. Abschied lag in der Luft, die schöne Zeit des gemeinsamen Abenteuers war vorbei.

Doro spürte, dass ihr die Tränen locker saßen, aber sie zwang sich, über diesen Abschiedsschmerz hinaus an das nächste Treffen mit Andy zu denken. Wahrscheinlich würde er ja am Samstag kommen. Es standen ihr keine leeren Tage bevor, es erwartete sie kein Loch, sondern ausgefüllte Sommertage. Und die anderen würde sie nach den Ferien alle wieder im Jugendtreff sehen. Trotzdem schmerzte es, dieses unwiderbringliche Erlebnis und die Gemeinschaft mit den anderen zu beenden.

So erklang, als sie Waldenburg, die letzte Station vor Neuenstein, schon passiert hatten, schwermütig, fast traurig, ihr letztes Lied: »We shall overcome, we shall overcome, we shall overcome, some day.«

Kapitel 5

Beate sagte nicht viel, als dann am Abend alle wieder um den Tisch in der Küche versammelt waren, aber im Stillen war ihre Freude riesengroß, dass sie nun die ganze Familie wieder um sich hatte. Sie backte Pfannkuchen, es duftete herrlich und die Abendsonne, die durchs Fenster schien, tauchte den ganzen Raum in goldenes Licht. Es war einer dieser Momente, die man am liebsten für immer festhalten wollte.

Tanja erzählte zuerst: Von der schönen, aber anstrengenden Fahrt, von den Übernachtungsplätzen, vom Gewitter, von Heike und auch von Markus und seiner Familie. Sie sah, wie die Augen ihrer Mutter aufleuchteten, als sie erwähnte, dass sein Vater Kunsthändler sei und seine Mutter ein begeisterter Gartenfan.

»Vielleicht könnten wir diese Familie mal einladen?«, war Beates spontane Reaktion.

»Ja, schön, dass du das vorschlägst, diese Idee hatten Markus und ich nämlich auch schon. Es wäre bestimmt interessant, diese Leute kennen zu lernen.« Tanja freute sich über Beates Interesse.

Dann war sie still und sah erwartungsvoll zu Doro. Beate sah diesen Blick und spürte sofort, dass nun etwas kommen musste, das den bisherigen Bericht noch überbieten würde.

»Ich muss euch heute Abend noch etwas Besonderes sagen!«, meinte Doro.

Beate erschrak zutiefst, denn genau diesen Satz hatte sie sich selbst im Kopf zurechtgelegt gehabt, um den Mädchen von ihrer Schwangerschaft zu erzählen. Für einen Moment stockte ihr der Atem und sie dachte, Doro würde nun sagen, dass sie schwanger sei. Aber dann wies sie sich in Gedanken selbst zurecht und plötzlich kam ihr die Erkenntnis: Andy. Doro würde von Andy erzählen. Hatte sie sich doch erobern lassen? Vor Schreck und Aufregung spürte sie, wie ihre Wangen zu glühen anfingen und dann hörte sie auch schon Doros Worte.

»Ich habe euch doch von Andy erzählt, der mir Briefe geschrieben hat. Er hat mir noch mehr Briefe geschrieben und er ist zu uns in den Jugendtreff gekommen und hat sich für Jesus entschieden. Zuerst wollte ich ihm nicht glauben, dass er es richtig ernst meint mit einer Beziehung. Aber er hat einfach nicht aufgegeben und jetzt sind wir befreundet. Wir haben ausgemacht, dass er am Samstag zu uns kommt. Andy hat gesagt, dass er in den Ferien ab und zu bei uns mithelfen wird.«

Bei diesem letzten Satz hatte sie sich an Will gewandt, der bisher äußerlich scheinbar unbeteiligt zugehört hatte. Sie sah an seiner Miene, dass diese Idee von Andy ihn sehr freute.

»Na gut«, sagte er und versuchte lässig zu sein, »dann werde ich ihn vielleicht doch nicht mit der Schrotflinte empfangen, wie eure Mutter es mir geraten hat. Dann lassen wir den jungen Herrn mal kommen und wenn er mithilft, umso besser. Ich kann gerade wirklich jede helfende Hand gebrauchen, vor allem, seit klar ist, dass Mam noch für längere Zeit ausfallen wird.«

Besorgt wandten sich Tanja und Doro ihrer Mutter zu.

»Wieso fällst du aus, das hat es doch noch nie gegeben!« Tanja war beunruhigt.

Beate seufzte leise. Es schien so, als sollten an diesem Abend alle Geheimnisse gelüftet werden. Sie straffte ihre Schultern und sagte: »So wie es aussieht, bekommen wir im nächsten Frühjahr Familienzuwachs.«

»Wie, was soll das heißen, Familienzuwachs?« Doro schaute verwirrt in die Runde.

Tanja hatte sofort verstanden, was ihre Mutter gemeint hatte. Sie stand auf und umarmte Beate in einer spontanen Geste, sie fand die Neuigkeit fantastisch.

»Mensch Mam!«, sagte sie. »Ein Baby, wir bekommen nochmals ein Baby. Das finde ich ja echt spannend!«

»Na, wenn ihr hier so langsam aus dem Nest fliegt, wäre es uns doch vielleicht ein bisschen langweilig geworden«, kommentierte Will und er meinte es wirklich so.

»Kommt das geplant oder ungeplant?«, fragte Doro, die nun auch kapiert hatte, um was es ging.

»Na hör mal, darf man als Kind seine Eltern so was fragen?«, antwortete Will, bereit, seine Intimsphäre vor seinen Töchtern zu verteidigen.

Beate sah das aber locker. »Ich würde sagen, nicht geplant, aber doch gewollt. Auf jeden Fall von Gott gewollt!«

»Wo haben wir Platz für das Baby? Ich meine, wo soll es sein Zimmer haben?«, fragte Tanja.

»Ach, im ersten halben Jahr wird es erst mal bei uns im Schlafzimmer in seiner Wiege schlafen. Wir haben schon Platz, mach dir keine Sorgen«, meinte Beate.

»Aber das heißt, dass du dich in der nächsten Zeit schonen musst, und Paps hat niemand, der ihm hilft, oder?« Doro dämmerte allmählich der Ernst der Lage.

»Ja genau, das ist eigentlich auch das Problem!« Beate seufzte.

»Na, für diesen Sommer und Herbst habe ich Gerhardt gefragt. Ich meine Gerhardt Probst, er ist gerade in Pension gegangen und hat Zeit. Aber natürlich muss oder will ich ihm auch Lohn bezahlen und in manchem werde ich ihn auch einlernen müssen, aber es wird schon gehen! Ich habe noch ein paar Maschinen bestellt, die uns die Arbeit erleichtern. Jetzt haben wir dann eben doch ziemlich hohe Schulden bei der Bank, aber wenn alles gut geht, schaffen wir es schon, sie wieder abzubezahlen.« Wills Sätze klangen ganz zuversichtlich, aber doch war die Angst zu spüren, die sich hinter seinen Worten verbarg.

Die Mädchen nickten stumm, sie konnten nicht mehr tun, als mitzuhelfen, wo es ging und das wollten sie auf alle Fälle.

»Ich wusste ja, dass wir heute *einen* Grund zum Feiern haben, jetzt haben wir gleich zwei, umso besser«, meinte Will, ging zum Kühlschrank und holte eine kleine Flasche Sekt und einen Orangensaft heraus. Sie waren alle ziemlich aufgekratzt und das Gespräch wurde richtig fröhlich.

Aber dann überfiel Tanja und Doro doch die Müdigkeit und sie verabschiedeten sich, um ins Bett zu gehen. Es war ein herrliches Gefühl, nach zwei Nächten auf der harten Isomatte und einer Nacht im piksenden Stroh, jetzt unter die vertraute Decke zu schlüpfen, sich in die gewohnte Schlafposition einzukuscheln und in der Geborgenheit des Elternhauses in einen traumlosen Tiefschlaf zu fallen.

Beate und Will lagen noch eine Weile wach in ihren Betten. Sie hatten das Licht schon ausgemacht, aber durch das offene Fenster floss in zarten Bahnen das blasse Licht des Mondes. Eine Zeit lang lagen sie auf dem Rücken und starrten nachdenklich zur Decke. Dann drehte sich Will zu Beate hin, streckte seine Hand nach ihr aus und Beate nahm sie und legte sie sich auf den Bauch.

»Ich kann's noch gar nicht glauben, dass da ein Kind wachsen wird!«, sagte Will.

»Ich irgendwie auch noch nicht. Aber so schlecht wie es mir ist, wird es schon stimmen!«

»Mal sehn, wie er so ist, dieser Andy. Ein bisschen komisch ist es ja schon, dass Doro jetzt einen Freund hat. Was ist, wenn wir uns mit ihm nicht verstehen, oder er uns nicht leiden kann?«

Will war voller Skepsis.

»Wir haben nur eine Chance: nämlich die, dass wir ihn akzeptieren und mögen, so wie er ist. Dann wird er uns bestimmt auch gern haben. Irgendwie will ich ihn gleichberechtigt mit Doro behandeln. Nicht dass er nur ihr Anhängsel ist, verstehst du? Er soll genauso wichtig sein wie sie, so als ob er unser Sohn wäre. Ob ich das allerdings schaffe, weiß ich auch noch nicht. Aber ich werde mir Mühe geben.«

»Hm, das klingt vernünftig. Wenn er bei uns ein bisschen mithelfen würde, wäre das schon prima. Aber ob er das wirklich möchte? Die jungen Leute heutzutage wollen doch gar nicht mehr richtig zupacken!«

»Ach, Will! Du hörst dich an wie dein eigener Opa. Jetzt lass ihn mal kommen, dann werden wir schon sehen, wie er ist. Bisher hatte

Doro immer eine gute Hand, wenn sie was angepackt hat. Wieso sollte es jetzt nicht auch so sein!«

»Na, du kennst ja meinen Spruch: Die Liebe macht den Menschen dumm. Aber dass er in den Jugendtreff geht, darüber bin ich richtig froh. Das ist eine gute Basis für eine Freundschaft!«

»Ja, das stimmt, das ist eine gute Basis. Vor allem, weil unsere Familien so unterschiedlich sind. An den Gedanken muss ich mich am meisten gewöhnen, dass er ein Fabrikantensohn ist. Ich hoffe, er findet sich in unseren bescheidenen Verhältnissen zurecht!«

»Na hör mal, wir sind ja schließlich auch selbständige Unternehmer. Wir haben bisher nur nicht so schrecklich viel verdient, aber das wird sich nun ändern – hoffe ich zumindest!«

»Ich frage mich, wie sich unsere Doro bei diesen Leuten zurechtfinden wird. Ich habe Frau Sanders noch nicht oft im Ort getroffen, ich glaube, sie leben schon irgendwie zurückgezogen und denken bestimmt, dass sie etwas Besseres sind, als die anderen!«

»Niemand ist etwas Besseres, und unsere Doro kann mit allen mithalten. Das Mädchen ist wirklich etwas Besseres, wenn du schon diese Worte gebrauchen willst. Sie sieht gut aus, ist intelligent und nett obendrein!«

»Sie ist deine Tochter, darum findest du sie toll! Aber du hast schon Recht, sie ist etwas Besonderes. Wir müssen es einfach abwarten. Am Samstag wissen wir dann mehr!« Beate gähnte herzhaft.

»Okay, okay, ihr zwei wollt schlafen, und ich sollte es auch. Morgen wartet 'ne Menge Arbeit auf mich«, meinte Will und räkelte sich genüsslich.

Beate strich ihm noch einmal voller Liebe übers Haar, dann nahm sie seine Hand in ihre und Hand in Hand schliefen die beiden dann endlich ein.

Der Rest dieser Woche war angefüllt mit harter Arbeit. Die Mädchen halfen soviel sie konnten draußen bei Will auf den Feldern. Dünger musste ausgebracht werden und Triebe angeheftet, jede

Hand wurde gebraucht. Die übrige Zeit verbrachten sie damit, unter Anleitung von Beate, das Haus von oben bis unten zu putzen. Andy wollte wie geplant samstags kommen und auf dem Feld mitarbeiten. Beate hatte die Idee gehabt, wohl weil sie die Eltern von Markus ebenfalls einmal einladen wollte, auch die Eltern von Andy einzuladen und zwar gleich am Sonntag. So wienerten und putzten sie, bis Will energisch eingriff und meinte, sie seien doch kein Zoo, der besichtigt werden sollte.

»Die wollen doch nicht kontrollieren, wie sauber hier die Schränke sind, sondern uns kennen lernen«, war seine Meinung. Daraufhin entspannten sich alle wieder und als Andy dann samstags zum Mittagessen kam, wurde er fröhlich und herzlich willkommen geheißen. Beate freute sich insgeheim darüber, dass er einen »normalen« Haarschnitt hatte und rügte sich selbst dafür, dass sie auf äußere Dinge achtete, anstatt sein Wesen zu beurteilen. Will freute sich, dass Andy richtig mit anpackte und als sich Doro am Abend von Andy verabschiedete, war ihr Fazit:

»Ich glaube, meine Eltern mögen dich!«

»Na, das war doch klar, bei so einem Prachtexemplar von zukünftigem Schwiegersohn«, brüstete sich Andy im Spaß, aber er war doch auch sehr erleichtert, dass alles so harmonisch verlaufen war.

Der Nachmittag mit den Eltern von Andy verlief allerdings nicht so harmonisch, wie es alle erhofft hatten. Beate hatte das Gefühl, nichts ahnend in eine Falle getappt zu sein und auch die anderen fühlten sich sichtlich unwohl. Frau Sanders, Andys Mutter, war schweigsam und maß alles und jeden mit kritischen Blicken. Kein aufmunterndes, freundliches Wort ließ sie hören, sie vermittelte stattdessen in ihrem royalblauen Strickkostüm und ihrer überkorrekten Dauerwelle den Eindruck einer Königin, die aus Versehen in die armselige Hütte ihrer Untertanen geraten war.

Während sie schwieg, redete Herr Sanders, ein schmächtiger Mann mit vollen, grauen Haaren, wie ein Buch. Erzählte, ganz beflissener Geschäftsmann, irgendwelche Geschichten und verhinderte so, dass sie in eine richtige Unterhaltung hineinfinden konnten. Wahrscheinlich war ihm die Unhöflichkeit seiner Frau peinlich und er wollte ihr verbissenes Schweigen wieder gutmachen.

Alle waren erleichtert, als das Kaffeetrinken zu Ende war und die Runde sich endlich auflöste. Beate machte sich mit Tanja und Doro daran, das Geschirr abzuräumen und als sie zusammen in der Küche waren, stöhnte Beate nur:

»Du liebe Zeit, ist mir heute schlecht!«, und die Mädchen verstanden nur zu gut, dass nicht nur die Schwangerschaft an Beates Übelkeit Schuld war.

Doros Kommentar war: »Das kann ja heiter werden!« Sie sah nicht besonders glücklich aus in diesem Moment.

Will war unterdessen mit Andys Vater in irgendeinem Schuppen verschwunden, um ihm ein paar von seinen Geräten zu zeigen und ihm, falls er mal zu Wort kam, von seiner Arbeit zu erzählen.

Andy und seine Mutter saßen schweigend auf der Bank vor dem Haus und hörten durch das gekippte Küchenfenster, wie die drei Frauen das Abendessen vorbereiteten. Der Duft von angebratenem Fleisch ließ Andy das Wasser im Mund zusammenlaufen. Es war später Nachmittag und die sich neigende Sonne schickte ihre freundlichen Strahlen in den Hof. Aber sie konnte Andy nur wenig helfen. Durch die missbilligende Haltung seiner Mutter war er schmerzlich verunsichert. Obwohl er keine Lust zu einem Gespräch mit ihr hatte, wusste er, dass er dringend mit ihr reden musste.

Deshalb straffte er seine Schultern und unterbrach die spannungsgeladene Stille, die sich zwischen ihm und seiner Mutter aufgebaut hatte.

»Irgendetwas passt dir nicht, Mutter!« Er sah sie an, fest entschlossen, für seine Sache zu kämpfen.

»Ach«, brach es aus ihr heraus. »Irgendwie ist das doch alles übertrieben. Jetzt seid ihr erst ein knappes halbes Jahr zusammen und wir sitzen hier bei dieser Familie, als ob ihr nächste Woche heiraten würdet. Du hast doch noch so viel Zeit, Junge. Wenn du studierst, kannst du noch viele interessante Frauen kennen lernen. Du bist aus gutem Haus, du siehst gut aus, da musst du dich doch nicht gleich festlegen und bei der Erstbesten bis in alle Ewigkeit bleiben!«

»Sie ist nicht die Erstbeste, Mutter!«, wehrte sich Andy. »Für mich ist sie die Beste. Warum gefällt sie dir nicht?«

»Ach«, sie machte eine wegwerfende Handbewegung. »Sie ist so schmal und blond, sie hat so eine helle Haut, wer weiß, ob sie überhaupt je Kinder bekommen kann!«

»Na hör mal, mir gefallen blonde Frauen und sie wird noch früh genug zunehmen und dicker werden. Du spottest sonst immer über dicke Frauen, jetzt ist dir Doro zu dünn, das ist schon ein bisschen ungerecht, oder? Und ich habe noch nie gehört, dass blonde, schmale Frauen keine Kinder bekommen können! Das ist ja wirklich eine Schnapsidee!«

»Na, du wirst schon sehen, du wirst dich noch an meine Worte erinnern!«

Sie war nicht bereit, einzulenken. Deshalb versuchte Andy jetzt das eigentliche Problem bei der Wurzel zu packen.

»Was ist los mit dir, Mutter? Doro soll doch kein Ersatz für dich werden. Du bist meine Mutter und sie ist meine Freundin! Na komm schon!«, er legte leicht seine Hand auf ihren Arm. »Wenn ich keine Freundin hätte, würdest du denken, dass bei mir etwas nicht stimmt.«

»Ja, aber diese Familie ist so, hm, so bieder und auch noch so christlich! Da hätte ich mir für dich schon etwas Besseres gewünscht.«

»Du kennst sie doch erst seit einer Stunde. So schlimm sind sie nicht. Eigentlich sind sie alle richtig nett. Du musst dich erst mal auf sie einlassen, bevor du sie beurteilst.«

Langsam spürte er, wie seine Mutter sich ein bisschen entspannte.

Er lehnte sich zurück und streckte seine Füße aus.

»Und ich werde sie auch noch nicht so bald heiraten, ich will schon noch ein paar Jahre meine Freiheit genießen. Aber nicht so, wie du dir das vorstellst, also ich meine, mit anderen Frauen. Ich denke schon, dass ich der Doro treu bleibe. Aber das ist heute nicht das Thema.«

Er drehte sich jetzt ganz zu seiner Mutter hin und sah ihr ins Gesicht.

»Und jetzt sei doch, wer du bist! Wo hast du heute die souveräne, elegante Unternehmersfrau gelassen? Du hast doch sonst soviel Charme!«

Diese Worte verfehlten ihre Wirkung nicht. Der Missmut wich ein wenig aus ihrem Gesicht, ein wenig lockerte sie ihre strenge Haltung. Weil das Gespräch nun beendet war, erhoben sie sich und machten sich auf die Suche nach den beiden Männern.

»Es ist nicht so leicht, mein Sohn!«, seufzte Andys Mutter auf dem Weg zur Scheune. »Erst warst du noch ein Baby und jetzt willst du schon die Frau fürs Leben gefunden haben. Das geht mir einfach ein bisschen zu schnell!«

»Na, ein paar Jahre sind schon vergangen, seit ich ein Baby war, oder?«, versuchte Andy sie zu ermuntern.

Als sie die Männer in einem der Schuppen gefunden hatten, bemühte sich Frau Sanders tatsächlich, wieder die souveräne Frau zu sein, die sie sonst war. Sie musste sich zusammenreißen. Aber insgeheim hoffte sie doch sehr, dass ihr Sohn sich bald wieder von diesem Mädchen trennen würde.

Am Mittwochabend hatte sich Tanja mit Heike verabredet. Es war schon halb acht Uhr, aber immer noch taghell. Deshalb machte sich Tanja zu Fuß auf den Weg. Sie hatte geduscht und sich schick angezogen und sie gestand sich ein, dass sie es für Markus getan hatte. Die Straße, die zu der Wohnung von Heike und ihrer Familie führte, ging an dem Haus vorbei, in das Markus erst kürzlich gezogen war. Vielleicht war er ja zufällig im Garten oder vor dem Haus. Sie hatte ihn dort schon einmal gesehen, als er dabei war, sein Motorrad zu reparieren. Ihr Herz klopfte aufgeregt. Ihre Schritte wurden immer langsamer, je näher sie kam. Aber schon als sie noch ein paar Meter entfernt von dem Grundstück war, auf dem das Haus stand, konnte sie sehen, dass Hof und Garten leer waren. Langsam schlendernd ging sie am Gartenzaun entlang, wie um dem Glück noch etwas Zeit zu geben. Aber nirgends tauchte Markus auf.

»Dumme Kuh!«, schalt sie sich selbst, als sie vor Heikes Tür stand und es klar war, dass sie Markus nicht getroffen hatte. Ihr war bewusst, dass sie ihn doch sehr gern wiedergesehen hätte.

Während Heike die Tür öffnete, versuchte sie noch immer, ihre Enttäuschung zu verdrängen. Das gelang ihr auch ganz gut, als sie an Heikes strahlendem Gesicht erkannte, dass sie hier willkommen war.

»Dich schickt der Himmel!«, waren Heikes Begrüßungsworte. »Komm rauf, ich bin froh, wenn ich jemanden zum Reden habe.«

Die Wohnung über dem Kindergarten war klein, aber gemütlich. Überall standen oder hingen selbstgebastelte Kleinigkeiten, gebatikte und gewebte Tücher schmückten die Räume.

Heikes Zimmer war winzig, mit einem kleinen Fenster, das nach Westen gerichtet war und die späten Strahlen der Abendsonne auffing. Sie bot den einzigen Stuhl Tanja an und setzte sich selbst ihr gegenüber auf das Bett. Vorsichtig zog Tanja ihre Schuhe aus und legte ihre Füße auf die Bettkante. Sie hatte den ganzen Tag über mit Will zusammen hart gearbeitet, jetzt war sie froh, die Beine hochlegen zu können.

»Ich habe vorhin geduscht und die Socken sind frisch!«, erklärte Tanja Heike. »Du kannst also die Gasmaske in der Schublade lassen!«

Heike kicherte. »Deine Füße stören mich nicht«, sagte sie und setzte sich so, dass sie mit dem Rücken an der Wand lehnte.

»Aber bevor ich dir mein ganzes Leid klage, musst du mir erzählen, was an dem Gerücht dran ist, das ich heute beim Metzger gehört habe. Da hat die Frau Schmidt hinter vorgehaltener Hand der Frau des Metzgers erzählt, dass deine Schwester sich den Sohn der reichsten Familie hier am Ort geangelt hat. Und dass am Sonntag schon die Verlobung gefeiert wurde. Aber das hättest du mir doch erzählt, wenn die Doro sich verlobt hätte, oder?«

»Na, da wissen die Leute mal wieder mehr, als wir selbst. Nein, nein, verloben wollen sich die zwei noch nicht so schnell. Meine Mutter hat ganz spontan die Sanders eingeladen. Eins kann ich dir sagen, aber verrate es niemand: der Nachmittag war ein ziemlicher Reinfall! Ich habe ja diese Schwiegermutterwitze nie richtig ernst genommen. Aber am Sonntag habe ich kapiert, dass das gar keine Witze sind, sondern dass dies die Realität ist. Frau Sanders war total schwierig. Den verachtungsvollen Blick, mit dem sie unsere Wohnung gemustert hat, kannst du dir echt nicht vorstellen. Bei Tisch hat sie geschwiegen wie ein Eisklotz. Doro tut mir wirklich Leid. Wenn sie Andy tatsächlich einmal heiratet, bekommt sie einen echten Drachen zur Schwiegermutter.«

»Na, vielleicht bessert sich ihr Verhältnis ja noch, wenn die zwei sich aneinander gewöhnt haben.«

»Meiner Meinung nach hat die Frau einen riesigen Dickschädel. Ich glaube nicht, dass sich da was bessert! Oder vielleicht ja doch, ganz zum Schluss war sie tatsächlich ein kleines bisschen freundlicher. Aber das hat ihren schlechten Eindruck vom Anfang nicht mehr wettmachen können.«

»Arme Doro!«

»Ach, Doro ist zäh. Und noch sind sie ja nicht verheiratet.« Tanja machte eine Pause. »Aber jetzt erzähl du, was bei euch los ist!«

Mit leiser Stimme, damit niemand sie hören konnte außer Doro, erzählte Heike: »Meine Mutter hat sich wieder mit diesem Typ getroffen, und sie telefonieren jeden Tag miteinander, immer abends und ich kann alles mithören. Sie reden echt stundenlang zusammen, ich sag's dir, stundenlang!« Heike klang richtig panisch.

»Oh nein! Das scheint ja echt was Ernstes zu sein!« Tanja war voller Mitgefühl.

»Gestern Abend habe ich gehört, wie sie mit ihm ausgemacht hat, dass wir am Sonntag alle zusammen eine Schwarzwaldtour machen wollen. Alle, das heißt seine Kinder und wir drei. Ich war vielleicht sauer. Da hätte sie mich doch vorher fragen können! Gut, sie kam dann gleich hinterher zu mir und hat es mir gesagt. Aber ich hatte es ja sowieso schon gehört. Am liebsten würde ich nicht mitgehen!«

»Hat er Geld?«, fragte Tanja. Heike zuckte mit den Schultern, sie wusste es nicht, es war ihr auch egal.

»Dann hättest du wenigstens etwas von dem ganzen Ärger. Dann macht er mit euch tolle Urlaube und so!«

»Ich habe noch keine Ahnung von ihm, meine Mutter hat nicht viel über ihn erzählt. Aber ich brauche sein Geld nicht! Meine Ruhe wäre mir lieber!«

»Du musst ihn erst einmal kennen lernen, vielleicht ist er gar nicht so schlimm. Vielleicht zieht ihr dann irgendwann zusammen in ein schönes Haus!«

Heike schwieg und Tanja spürte, wie schwer es Heike fiel, einen positiven Gedanken zuzulassen. Sie war wie ein stacheliger Igel, der sich schützen wollte.

Aber Tanja, die immer an allem das Gute sehen wollte, ließ nicht locker. Sie wollte Heike aus ihrem negativen Loch herausholen und ihr die guten Seiten zeigen, die die Sache ja vielleicht auch haben könnte.

»Vielleicht hast du ja bald selbst einen Freund«, sagte sie.

»Mit Markus wird es bestimmt nichts!«, fiel ihr Heike gleich ins Wort. »Er war zwar noch ganz nett zu mir auf der Freizeit und erst habe ich gedacht, es könnte doch vielleicht etwas draus werden. Aber als ich mir zu Hause alle Begegnungen nochmal durch den Kopf gehen ließ, hatte ich irgendwie den Eindruck, dass er überhaupt nicht in mich verknallt ist. Er hätte jede Menge Gelegenheiten gehabt, mit mir ins Gespräch zu kommen, aber er hat sie nicht genutzt. Wenn es sich ergeben hat, dann hat er mit mir geredet, aber sonst nie. Ich meine, er hat nie versucht eine Gelegenheit zu schaffen, um mit mir zusammen zu sein!«

»Vielleicht braucht er ja nur einfach noch Zeit!«

»Nein, nein, du kannst die Sache getrost wieder vergessen. Das wäre ein Wunder, wenn aus uns ein Paar werden würde!«

»Na ja, es muss ja nicht Markus sein, es gibt auch noch andere nette Jungs außer ihm!«

»Ich kenne keinen anderen, der mir so gut gefällt wie Markus und ich kann mir nicht vorstellen, dass ich mich in einen anderen verlieben kann. Ich kann mich nicht auf Knopfdruck verlieben, das geht einfach nicht.«

»Wem sagst du das!«, seufzte Tanja, die das ja selbst genauso empfunden hatte, bevor die Sache mit Stefan anfing.

»Aber ich will dir eigentlich etwas ganz anderes sagen. Irgendwann wirst du auf jeden Fall einen Freund haben, egal, wer das nun ist.«

Heike nickte, war aber immer noch voller Skepsis. »Warte es nur ab, das kommt schneller als du denkst. Und was soll dann deine Mutter machen, wenn du dauernd mit ihm unterwegs bist? Die sitzt dann allein zu Hause. Und du musst dich dann um sie kümmern, weil sie niemanden hat – außer dir!«

»Ach, ich glaube, sie kommt ganz gut allein zurecht!«

»Na, dann würde sie ja niemand suchen, wenn es ihr allein so gut gefallen würde!«

Heike schwieg. Dann sagte sie leise: »Vielleicht hast du schon ein bisschen Recht! Aber dass er auch noch Kinder hat, nervt mich schon sehr. Stell dir vor, du müsstest mit irgendwelchen anderen Kindern zusammenwohnen!«

»Ja, da tust du mir auch Leid. Aber es könnte doch auch sein, dass es ganz lustig wird.«

»Ach Tanja! Ich habe einfach keine Lust auf soviel Veränderung. Ich bin nicht der Typ dazu. Ich bin froh, wenn ich meine Ruhe habe!«

»Falls überhaupt etwas draus wird und ihr tatsächlich mit dem Mann und seinen Kindern zusammenzieht, dann musst du darauf bestehen, dass du dein eigenes Zimmer bekommst. Da kann dann deine Mutter auch mal mit dir allein reden, oder du kannst jemand einladen oder allein sein und wirklich deine Ruhe haben. Ich glaube, mit einem eigenen Zimmer überstehst du die ganze Geschichte! Und so viele Jahre sind das ja nicht mehr, die du zu Hause wohnen wirst!«

»Da hast du Recht, aber ich kann mir eben nur vorstellen, dass ich zu Hause wohne. Wie das später wird, weiß ich noch gar nicht. Ich habe mir auch noch keine Gedanken darüber gemacht – aber die Vorstellung, irgendwo allein in einer Wohnung zu leben, finde ich sehr erschreckend!«

Wie ein verschüchtertes Mäuschen saß sie jetzt wieder da.

Tanja schwieg. Sie konnte Heike heute Abend nicht so richtig helfen, aber Heike wollte sich auch einfach nicht helfen lassen. Da war nichts zu machen.

»Weißt du was, ich werde für dich beten, dass Gott etwas Gutes aus dieser blöden Sache macht. Er kann das!«, sagte sie und beschloss, nun über ein anderes Thema zu sprechen.

So wurde es noch ein ganz gemütlicher Abend und Heike entspannte sich mit der Zeit ein wenig.

Es war schon spät, als Tanja sich dann endlich aufraffte, um wieder nach Hause zu gehen. Heike musste ihr noch versprechen, ihr am Sonntag einen Brief über das Treffen mit dem Freund ihrer Mutter zu schreiben, dann gingen sie die Treppe hinunter. An der Haustür nahm Tanja Heike nochmals in den Arm, und Heike flüsterte ihr ins Ohr, dass sie froh sei, so eine liebe Freundin zu haben. Darüber war Tanja bis tief in ihr Herz hinein glücklich. Sie nahm sich vor, sich auf keinen Fall mit Markus zu befreunden, das konnte sie Heike nicht antun. Als sie durchs Gartentor hinaus auf die Straße ging und dann wieder an seinem Haus vorbeikam, sah sie, dass in vielen Zimmern Licht brannte. Sie rechnete nicht mehr damit, ihn so spät abends draußen zu treffen und sie wollte ihn eigentlich auch nicht treffen. Aber im Vorbeigehen fragte sie sich doch, hinter welchem der erleuchteten Fenster er sich wohl befand, wo wohl sein Zimmer war. Ein leiser Schmerz zog in ihr Herz ein.

Nach der sternklaren, friedlichen Nacht zog ein neuer Tag herauf und mit ihm erschienen Wolken am Horizont. Am Morgen dieses Donnerstags sahen sie noch aus wie harmlose Schönwetterwolken, doch am Nachmittag verdichteten sie sich immer mehr, bauschten sich zu grauen Wolkentürmen, zu bedrohlichen Gebilden auf, die nichts Gutes verhießen. Will war den ganzen Tag draußen gewesen und hatte Pflanzen zurückgeschnitten. Immer wieder war er stehen geblieben, hatte seinen Händen ein paar Sekunden Ruhe gegönnt und zum Himmel geblickt, um das Wetter zu beobachten. Allmählich begann er, sich Sorgen zu machen. Der Himmel nahm am späten Nachmittag eine gelblich graue Farbe an, die im Winter Schneefall angekündigt hätte. Der Wind wurde von Stunde zu Stunde kälter und Will spürte eine seltsame Unruhe in sich aufsteigen. Was hatte der Wetterbericht für diesen Tag gemeldet? Er versuchte sich zu erinnern. Gewitter war angesagt. Das wusste er noch, aber er hatte gemeint an der Wetterkarte ablesen zu können, dass dieses Gebiet hier verschont bliebe. Aber was hatten sie noch gesagt? Er meinte sich dumpf zu erinnern, dass das Wort »Hagel« gefallen war. Aber Hagel war hier in der Gegend ziemlich selten. Wann hatte es zum letzten Mal Hagel gegeben? Er ging zum Rand seines Feldes und setzte sich auf einen großen, fast quadratischen Steinblock, der dort schon lag, so lange er denken konnte und den er schon als Kind geliebt hatte. Er strich mit müden Händen über den grauen Fels, wie um an seiner Beständigkeit teilzuhaben. Besorgt blickte er erneut zum Himmel und studierte gründlich das Bild, das sich ihm bot. Es sah merkwürdig aus. Dieser scheußliche Gelbton schien nichts Gutes zu verheißen. Jetzt erinnerte er sich wieder: Als er vielleicht siebzehn Jahre alt gewesen war, hatte es hier in der Gegend ein schlimmes Hagelunwetter gegeben. Da lagen die Hagelkörner so dicht auf dem Boden, dass es für kurze Zeit aussah, als hätte es geschneit. »Herr, das kannst du mir nicht antun, dass es jetzt hagelt – nicht in diesem Jahr!«, betete er und bat fast noch im selben Moment Gott um Verzeihung für diese ungerechte Formulierung. Gott konnte tun, was er wollte. Aber Hagel würde bedeuten, dass die frischen, noch nicht verholzten Triebe der meisten jungen Pflanzen beschädigt würden. Auch die Blätter würden verletzt werden. Die Arbeit der ganzen letzten Monate würde umsonst gewesen sein. Wieder sah er zum Himmel. Ein starker Wind blies die Wolken von Westen her vorwärts, vielleicht würde das Unwetter ja noch an ihnen vorbeiziehen, bevor der Niederschlag kam. Vielleicht würde es ja auch nur Regen geben und der konnte nicht schaden. Nachdenklich betrachtete er seine Pflänzchen. Auf diesem Acker hier standen sorgfältig in Reihen gesetzte Heckenpflanzen: Liguster, Hartriegel, zwei Reihen Heimbuche und eine Reihe Berberitzen, dann der teure Ahorn und die Rotbuchen und als letzte Reihe der empfindliche Fingerstrauch. Wenn es Hagel geben würde, wäre fast alles kaputt. Am anderen Ende des Ackers hatte er noch Querreihen mit Kirschlorbeer gepflanzt, der würde so ein Unwetter vielleicht noch am besten überstehen. Er hörte von fern die Kirchturmglocken. Es läutete fünf Minuten lang, also musste es jetzt siebzehn Uhr sein. Ein letzter Blick zum Himmel sagte ihm, dass es tatsächlich Zeit war, heimzugehen und die Arbeit für heute zu beenden. Er nahm seine Rebschere und ging die paar Meter bis zu seinem Traktor, startete den Motor und ließ sein Fahrzeug langsam Richtung Neuenstein rollen. Beate würde staunen, wenn er an diesem Tag so bald nach Hause kam.

Die ersten Tropfen fielen schon, bevor er die Ortsgrenze erreicht hatte. Erleichtert sah er, dass es nur Regen war. Er drückte aufs Gas und fuhr schwungvoll in die Hofeinfahrt seines Hauses. Das Tor des Traktorschuppens stand noch offen und er konnte, ohne auszusteigen, hineinrollen. Aber noch bevor er von seinem Sitz herabgeklettert war, hörte er es. Es war ein eigenartiges Plattern, so als ob Erbsen in einen Topf fallen würden und es rauschte, als ob da draußen jemand einen riesigen Container mit Glassplittern auskippen würde. Müde schloss er die Augen. Er wollte es gar nicht sehen. Aber auch wenn er es nicht sah, hörte er es. Es half ihm nichts, die Augen vor der Wahrheit zu verschließen. Er stellte sich unter das Tor und sah hinaus. Dicke Hagelkörner schossen auf den Asphalt des Hofes, prallten auf, hüpften weiter, blieben liegen, bis sie sich Sekunden später in Wasser auflösten.

Ein Gefühl der Bitterkeit stieg in Will auf. Warum hatte er es verdient, dass Gott ihm so etwas antat. Schlag um Schlag wurden seine hoffnungsvollen Pläne vernichtet. Er hätte das Land nicht kaufen müssen, aber es schien ihm das Richtige gewesen zu sein. Wie hatte er sich nur so irren können. Hatte er zu wenig nach Gottes Willen gefragt? War er nur seinen eigenen Plänen gefolgt? Aber er hatte doch gar nichts Unrechtes damit getan!

Und nun das! Hagel!

Später saß er müde und deprimiert am Küchentisch bei seiner Familie. Beate hatte gegrillte Hähnchen gekauft, aber selbst die konnten Will nicht mehr aufheitern.

»Wenn ich doch nur die Hagelversicherung abgeschlossen hätte!«, seufzte er.

»Du hast es nicht wissen können!«, versuchte Beate ihn zu trösten. »Und wenn wir jahrelang umsonst die Versicherung bezahlt hätten, wäre genauso viel Geld verloren gewesen, wie wir eben nun in diesem einen Jahr verlieren!«

»Ja, aber gerade in diesem Jahr hätte es nicht passieren dürfen. Gerade jetzt, wenn wir unsere Schulden abbezahlen müssen, hätten wir jeden Pfennig gebraucht.«

»Meinst du, dass alle Pflanzen verletzt sind und wir in diesem Jahr gar nichts mehr verkaufen können?«

»Na, die Stauden in den Töpfen treiben schon schnell wieder nach. Ich muss sie jetzt eben alle abschneiden. Bis zum Herbst können wir vielleicht dann wieder welche verkaufen.

Den Koniferen hat es vielleicht auch nicht so viel ausgemacht. Aber die Laubgehölze werden nicht mehr zu retten sein.« Müde schloss er für einen Moment die Augen.

»All die Arbeit, das ist das Schlimmste, die vielen Stunden, die ich in den letzten Wochen gearbeitet habe, waren alle vergeblich.«

Auch Beate, die sonst immer an allem etwas Gutes entdecken konnte, fielen an diesem Abend keine tröstenden Worte mehr ein. Sie verstand auch nicht, wieso nun dieses Unglück zu allem noch dazugekommen war. So saßen sie schweigend beieinander, bis das Schrillen des Telefons die Stille durchbrach. Tanja, die an einen Küchenschrank gelehnt stand, verschwand im Flur und man konnte durch die geschlossene Tür hören, wie sie sich mit jemandem ein paar Minuten lang unterhielt.

Dann kam sie wieder in die Küche zurück und strahlte dabei über das ganze Gesicht. Als sie allerdings in die noch immer bedrückten Gesichter blickte, wurde auch sie wieder ernst und sagte mit leidenschaftsloser Stimme: »Simone hat angerufen und mich eingeladen, am Samstagnachmittag zu ihr zu kommen. Zwei Jungs aus meiner Klasse werden auch da sein, Stefan und Thomas, und wir wollen zu viert ein bisschen zusammensitzen.«

Beate nickte und meinte: »Du kannst dich ruhig über diese Einladung freuen. Es tut uns allen gut, wenn wenigstens du glücklich bist. Und wir wissen ja«, sagte sie mit einem Blick auf Will, »dass wir uns auf dich verlassen können, was Jungs betrifft!«

Tanja nickte. Sie verstand die versteckte Ermahnung und hatte wieder einmal das Gefühl, dass ihre Mutter sie bis in die Tiefe ihrer Seele hinein durchschaute. Es war einfach nicht möglich, vor Beate Geheimnisse zu haben.

Trotz dieses hellen Momentes konnte an diesem Abend der Bann der Traurigkeit für Will nicht gebrochen werden. Die Fassungslosigkeit blieb in ihm, auch wenn er wusste, dass es nur eine Richtung für ihn gab: Er musste weitermachen. Aber er verspürte dazu fast keine Kraft mehr in sich. Alles in ihm fühlte sich bleischwer an. Gab es für seine Arbeit überhaupt noch eine Zukunft? Er konnte sie nicht sehen.

Die Tage dieser Woche waren verstrichen und Andy war nicht gekommen. Am Montag hatte Doro ihn noch großmütig entschuldigt, sie hatten ja so eine herrliche Zeit zusammen verbracht, da tat es sogar gut, mal wieder allein zu sein. Außerdem hatten sie ja nicht ausgemacht gehabt, dass er an diesem Tag kommen würde. Irgendwie, so hatte sie überlegt, mussten sie erst noch einen Rhythmus finden, wie oft und wo und wann sie sich immer treffen würden. Alles war noch so neu. Am Montagabend hatte sie sich zwar dabei ertappt, wie sie immer wieder wartend um das Telefon herumgeschlichen war, aber sie war nicht enttäuscht gewesen, als er sich nicht gemeldet hatte. Am Dienstagabend dann rief er an. Sie unterhielten sich ein bisschen über alles Mögliche, dann sagte ihr Andy, dass er in dieser Woche seinem Vater im Betrieb helfen müsse. Ehe Doro dazu kam, ihn zu fragen, wann sie sich wieder treffen konnten, hatte er schon aufgelegt. Was er sagte, hatte sich so endgültig angehört. Er hatte einfach keine Zeit. Kein Wort von Sehnsucht, kein Wort von Vorfreude auf das nächste Wiedersehen. Doro war verletzt. Was bildete er sich eigentlich ein! Sah so eine Beziehung aus, nach all dem, was zwischen ihnen gelaufen war? Sie hätte eigentlich gleich nochmals bei ihm anrufen und ihn fragen sollen, was los sei, aber sie hatte nicht den Mut dazu und war auch viel zu stolz dafür. Sie hatte es nicht nötig, bei ihm um ein Wiedersehen zu betteln.

Jeden Tag wartete sie dann darauf, dass er vielleicht doch noch kommen würde. Aber Andy kam nicht. Was war los? Hatte seine Mutter versucht, Doro und ihre Familie bei ihm schlecht zu machen? Hatte sie damit etwa Erfolg gehabt?

Als Andy sich dann samstags endlich wieder blicken ließ, hatte sich ziemlich viel Groll in ihr angestaut. Sie war in der Küche und räumte gerade das Frühstücksgeschirr in die Spülmaschine, als sie durch das Fenster beobachten konnte, wie er mit seinem Fahrrad in den Hof gefahren kam. Beate war im Wintergarten und malte, die anderen waren draußen auf dem Feld. Also machte Doro sich langsam auf den Weg zur Tür, nachdem er geklingelt hatte. Sie öffnete ihm, sagte kurz »Hallo!« und verschwand dann wieder in der Küche. Dort wischte sie den Tisch ab, als ob es eine Prämie für Sauberkeit zu gewinnen gäbe.

Er kam ihr nach, packte sie am Arm und sah sie fragend an: »Hey, was ist los? Bist du etwa sauer auf mich? Ich habe doch gar nichts getan!«

Er versuchte, sie in seine Arme zu ziehen, aber sie schüttelte ihn ab.

»Ganz genau, du hast *nichts* getan, überhaupt nichts! Eine ganze Woche bist du nicht gekommen und hast nicht angerufen! Das finde ich nicht gerade toll!« Ihre Stimme zitterte vor Wut und es schien so, als würde sie gleich in Tränen ausbrechen.

»Moment mal«, versuchte Andy sich zu verteidigen. »Ich habe dich am Dienstag angerufen und dir gesagt, dass ich diese Woche meinem Vater helfen muss!«

»Na klar, und das von morgens fünf Uhr bis um elf Uhr nachts, oder was?« Doro blickte ihn zornig an.

Andy setzte sich auf die Eckbank und stützte seinen Kopf in die Hände, als ob dieser sehr schwer wäre. Zerknirscht sah er sie an.

»Du hast ja Recht, ich hätte mich melden sollen. Aber mein Vater hat mir im Betrieb so vieles erklärt und gezeigt, dass ich in Gedanken dauernd mit diesen Dingen beschäftigt war. Ich habe gedacht, die Sache mit uns ist klar und wenn etwas ist, meldest du dich! Tut mir Leid, ich habe einen Fehler gemacht!« Schuldbewusstsein war in seinen Augen zu lesen.

Aber Doro war noch nicht fertig: »Das habe ich bestimmt deiner Mutter zu verdanken, dass du nicht gekommen bist!«, zischte sie böse. »Die hätte uns ja am liebsten alle gefressen, als sie letzten Sonntag hier war.«

»Ach komm, lass meine Mutter aus dem Spiel. Sie hat mit uns beiden überhaupt nichts zu tun!«

»Na, so sicher bin ich mir da nicht«, sagte Doro, aber jetzt war bei ihr doch auch irgendwie die Luft raus. Es machte ihr keinen Spaß, sich mit Andy zu streiten. Er sah auch schon ganz frustriert aus.

»Was kann ich tun, damit du wieder gut mit mir bist?«, fragte er und sah sie bittend an.

»Nichts«, sagte Doro und setzte sich neben ihn auf die Bank. Jetzt ließ sie sich auch wieder von ihm in die Arme nehmen. Es hatte ja keinen Sinn, sie konnte ihm nicht länger böse sein.

»Ich hab dich ja auch vermisst!«, flüsterte er ihr leise ins Ohr.

Doro spürte, wie ihr Ärger in seiner Umarmung dahinschmolz.

»Was hast du denn da für einen Zettel?«, Andy zog ein kleines zusammengefaltetes Blatt Papier aus Doros Brusttasche, das bei ihrer Umarmung leise geknistert hatte.

»Hey, Moment mal, das gehört nur mir«, sagte Doro und entriss ihm den Zettel wieder.

»Aha, da steht bestimmt die Telefonnummer von 'nem anderen Kerl drauf«, vermutete Andy mit gespielter Empörung, »das habe ich nun davon, weil ich nicht gekommen bin!«

»Ach was, das glaubst du doch selbst nicht!«, erwiderte Doro und steckte das Blatt in ihre Hosentasche. Er sollte nicht wissen, was auf dem Papier stand. In dieser Woche, in der sie sich vergeblich nach Andy gesehnt hatte, hatte sie gleichzeitig das Gefühl gehabt, dass auch Gott nicht mehr bei ihr war. Das hatte ihr zu allem noch den Rest gegeben. Sie war nicht gleich darauf gekommen, warum sie sich so fühlte. In der Bibel stand ja, dass Gott jeden Tag bei seinen Kindern ist – immer, bis in alle Ewigkeit. Aber dann war ihr klar geworden, dass sie Schuldgefühle hatte und diese Schuld sie von

Gott trennte. Sie hatte eigentlich noch gar nicht mit Andy schlafen wollen, hatte sich innerlich noch nicht bereit gemacht. Trotzdem war es so schön gewesen, schöner als alles, was sie bisher erlebt hatte. Konnte das Sünde sein? Nach einer unruhigen Nacht hatte sie so sehr das Bedürfnis nach Frieden mit Gott gehabt, dass sie ihm einfach alles sagte, was ihr auf dem Herzen lag: Schuldgefühle, aber auch Dankbarkeit und Sehnsucht. Dann hatte sie beschlossen, einfach zu glauben, was in der Bibel steht: dass Gott alle Sünden vergibt, dem, der sie bekennt, egal, welcher Art sie auch immer waren. Daraufhin war tatsächlich wieder Friede in ihr Herz gekommen. Damit sie dass nicht so schnell wieder vergessen konnte, hatte sie dieses Blatt genommen und darauf geschrieben: »Gott vergibt mir!« Immer wenn sie wieder das Gefühl hatte, Gott wäre nicht richtig bei ihr, holte sie dieses kleine Blatt aus ihrer Tasche und las sich die Wort vor.

Aber das wollte sie Andy nicht sagen – nicht jetzt, nicht heute.

Heute wollte sie sich einfach freuen, dass er wieder da war. Erst langsam begriff sie ihr Glück: Sie hatte mit Gott Frieden und mit Andy auch.

Am Sonntagabend, es war eigentlich schon fast Nacht, aber die Sonne ging in diesen Tagen so spät unter, dass es auch um zweiundzwanzig Uhr noch nicht richtig dunkel war, klingelte es an der Haustür. Heike stand unten und als Tanja ihr aufmachte, war sie noch immer atemlos vom raschen Laufen. Die Haare standen ihr wild vom Kopf ab und Schweißperlen glänzten auf ihrer Stirn. »Es tut mir Leid, dass ich so spät dran bin«, flüsterte sie, »aber ich habe den Brief nicht schneller schreiben können. Hoffentlich störe ich deine Familie nicht!«

Wie zwei Verschwörerinnen standen sich die Mädchen unter dem Türrahmen vor dem dunklen Treppenhaus gegenüber.

»Nein, nein, die sind noch alle wach! Und ich war mit meinem Brief an dich auch gerade eben erst fertig!«

»Echt, du hast mir auch einen Brief geschrieben? Das ist ja eine tolle Überraschung!«

»Ja, stell dir vor, ich habe heute Stefan getroffen!«, flüsterte Tanja und ihrer Stimme war die Aufregung noch anzumerken. Die beiden strahlten sich an und drückten sich ihre Umschläge gegenseitig in die Hand. »Und vergiss nicht, für mich zu beten, ich kann's gerade wirklich brauchen!«, flüsterte Heike noch.

»Bete du auch für mich!«, Tanjas Worte waren so leise wie das Raunen des Windes, aber Heike verstand sie genau. Sie hatte sich schon weggedreht, jetzt kam sie nochmals ganz zurück und die Mädchen verabschiedeten sich mit einer schnellen Umarmung. Dann war Heike auch schon in der heraufziehenden Dunkelheit verschwunden und Tanja ging schnell in ihr Zimmer, um den Brief zu lesen.

Liebe Tanja!

Du wolltest einen Bericht von unserem Treffen. Hier ist er: Es war alles ganz anders, als ich es mir vorgestellt hatte, aber ich erzähle es dir der Reihe nach.

Werner (das ist der Typ von meiner Mutter), hat uns morgens mit einem VW Bus abgeholt. Den Bus hatte er sich extra geliehen, damit wir alle Platz hatten. Er war eigentlich netter, als ich gedacht hatte, sieht ganz gut aus für sein Alter (ohne Bart, dunkle Haare, noch fast keine Glatze). Er war zwar freundlich, aber er hat mich in Ruhe gelassen, war nicht aufdringlich.

Er scheint sportlich zu sein, wir haben nachmittags auf einer Wiese Indiaca gespielt, da war er ganz gut.

Aber stell dir vor, als mein Bruder und ich morgens in den Bus eingestiegen sind, da saß ein Typ, der so alt ist wie ich. Das war der volle Schock. Ich hatte gedacht, die Kinder von Werner seien noch klein. Das Mädchen ist etwa vier Jahre jünger als ich. Die konnte mich gar nicht leiden. Sie hat gleich gesagt, ich solle mir nichts einbilden, ihr Papa sei nur ihr Papa und nicht unserer. Ich sag's dir, die hatte noch weniger Lust auf uns, als ich auf die.

Wir sind dann nach Freudenstadt gefahren. Dort sind wir zusammen in einen Gottesdienst gegangen und haben dann ein bisschen außerhalb auf einem Grillplatz gegrillt und nachher auf einer Wiese ein paar Spiele gemacht.

Die Erwachsenen haben sich ganz viel Mühe gegeben für uns Kinder, damit wir das alles toll finden. Irgendwann habe ich dann eingesehen, dass ich nicht nur dagegen sein kann, sondern sie unterstützen muss. Sie meinen es ja gut. Mit dem Milchgesicht (das ist der Junge, er heißt eigentlich Michael, aber ich habe ihn so getauft, weil er ziemlich schüchtern ist und noch keinen richtigen Bart hat!) habe ich nicht viel geredet, aber mit dem Mädchen schon. Ich habe ihr gesagt, ich wolle meine Mama auch mit niemand anderem teilen, das würde ich auch ganz schrecklich finden, aber wir könnten ja eine Art Vertrag machen: Ihr Papa bleibt nur ihr Papa und meine Mama nur meine. Wir würden eben zusammen wohnen und wären Freunde. Da hat sie geweint und gesagt, seit ihre Mutter gestorben sei, sei alles so schlimm für sie. Sie hat mir schon sehr Leid getan und ich habe versucht, wirklich nett zu ihr zu sein. Und da haben wir uns ganz gut vertragen. Das Milchgesicht hat mit meinem kleinen Bruder Ball gespielt. Erst war ich echt eifersüchtig, weil es ja mein kleiner Bruder ist, aber dann habe ich mir gesagt, wie gut es doch ist, wenn nicht nur ich mit der kleinen Nervensäge spielen muss. Abends sind wir ganz schick Essen gegangen, das war super. Werner hat uns eingeladen. Ich war vor zwei Jahren zum letzten Mal mit Mama essen. Seither konnten wir es uns nicht mehr leisten. Ich habe Rehbraten gegessen, es war sehr lecker.

Die Erwachsenen haben sogar schon von einem Haus geredet, das geht mir alles ein bisschen zu schnell. Aber so wie ich es verstanden habe, ist das Haus, das sie im Auge haben, hier in Neuenstein. Das ist das Beste an der Sache, denn ich hätte keine Lust gehabt, wieder woanders hinzugehen.

In zwei Wochen wollen wir einen Kurzurlaub in der Schweiz machen. So werden meine Ferien nicht langweilig werden. Ich bin gespannt, wie dein Wochenende war. Jetzt bin ich sehr müde!

Deine Heike

»Na also!«, dachte Tanja, »dieser Brief hörte sich doch gar nicht schlecht an. Es sah ganz so aus, als ob Gott da seine Hände im Spiel hatte. Wieso konnte man das immer bei den anderen besser sehen, als bei sich selbst?«

Auch Heike las Tanjas Brief:

Liebe Heike!

Ich bin schon sehr gespannt auf deinen Brief, wie dein Wochenende war. Denk nur, ich hatte auch ein spannendes Wochenende, du wirst es nicht glauben!

Der erste Freudenschock kam am Donnerstagabend. Simone, meine Freundin aus Eschelbach, die mit mir in die gleiche Klasse geht, hat bei mir angerufen und gesagt, dass Stefan (ja genau der, von dem ich dir erzählt habe!) mit noch einem anderen Jungen aus unserer Klasse am Samstag zu ihr kommt und sie wollten mich auch dabei haben.

Als sich meine Freude wieder etwas gelegt hatte, war ich fast enttäuscht, dass Stefan nicht einfach bei mir angerufen hat, um sich mit den anderen bei uns zu verabreden. Aber vielleicht wollte Stefan sich mit mir erst mal auf neutralem Boden treffen und nicht gleich als der Schwiegersohn in spe hier bei meinen Eltern sitzen. Wir waren also bei Simone, saßen auf dem Balkon, haben Eis gegessen und über die Schule gequatscht. Eigentlich war es ganz gemütlich, nur Simone hat ziemlich viel gequasselt, das hat mich manchmal echt genervt.

Dann sind wir noch ein Stück spazieren gegangen, hinten raus in die Wiesen und Felder. Simone und Thomas sind diskret vorausgegangen, das war sehr nett von denen und ich war dann plötzlich mit Stefan allein. Ich kann dir sagen, mein Herz klopfte bis zum Hals, ich konnte erst mal kein Wort mehr sagen. Stefan hat meine Hand genommen und so sind wir eine Weile gegangen. Es war sehr aufregend. Dann haben die Glocken von der Kirche geläutet. Da ist mir einfach der Satz rausgerutscht: »Meine Eltern gehen sonntags immer in die Kirche.« Irgendwie hatte ich das Bedürfnis, ihm klarzumachen, dass wir Christen sind, aber ich war nicht sehr mutig, weil ich Angst hatte, dass er dann das Interesse an mir verliert. Als er gar nichts gesagt hat, habe ich aber doch nachgefragt: »Was hältst du davon?«

»Ich find's nicht schlecht!«, hat er geantwortet, aber mehr hat er dazu nicht gesagt. Er hat überhaupt sehr wenig gesagt, ein bisschen was über seine Eltern, dass seine Mutter wieder arbeitet – als Kassiererin –, weil sie das Geld gut brauchen können, um ihr Reihenhaus abzubezahlen.

Ich habe dann von mir erzählt, dass wir Land gekauft haben und dass das jetzt doch auch belastend ist für unsere Familie.

Aber er war irgendwie kein besonders interessierter Zuhörer. Als die anderen außer Sicht waren, hat er mich in den Arm genommen und geküsst. Das war sehr schön. Vielleicht war unsere Unterhaltung deshalb so schleppend, weil er die ganze Zeit diesen Kuss geplant hatte? Dass Küssen so schön ist, hätte ich mir nicht träumen lassen. Ich wünsche dir auch bald den ersten Kuss! Lass dich umarmen,

deine Tanja

Die nächsten zweieinhalb Wochen plätscherten ereignislos dahin. Tanja wartete täglich auf einen Anruf oder Brief von Stefan, aber er meldete sich nicht. Er hatte sie in seine Arme genommen und geküsst, noch immer spürte sie seinen Kuss auf ihren Lippen. Sie wollte ihm so viel sagen, aber sie hatte nicht den Mut, selbst bei ihm anzurufen oder ihm zu schreiben. Er hatte ihr beim Abschied nichts gesagt, das ihr die Richtung gezeigt hätte, in die sie gehen sollte. Nachts schlief sie unruhig und tagsüber waren ihre Gedanken bei ihm.

Markus kam am Samstag vorbei und fragte sie, ob sie mit ihm Eisessen gehen würde, aber sie lehnte ab. Sie wollte nicht mit ihm über Stefan sprechen und ein anderes Gesprächsthema würde ihr sowieso nicht einfallen. Sie wollte auch Heike nicht verletzen und schon gar nicht mit zwei Jungs gleichzeitig anbandeln. Das war nicht fair.

Also stürzte sie sich in die Arbeit und erntete von ihrem Vater dicke Lobesworte.

Will versuchte, von den Pflanzen zu retten, was zu retten war. Er schuftete wie ein Pferd. Das tat ihm gut, aber immer wieder hielt er inne und spürte, wie ihm die Sorgen die Luft zu nehmen schienen. So wie es jetzt aussah, würde er es nicht schaffen, zumindest in den nächsten Jahren nicht. Der Gewinn dieses Jahres würde kaum für die Deckung der laufenden Kosten ausreichen, gar nicht zu reden von den Schulden, die getilgt werden mussten. Er hatte nun doch noch einige Geräte gekauft, und so lag der große Schuldenberg schwer auf ihm. Das war doch kein Leben. Nur noch arbeiten und jahrelang Schulden abbezahlen. Er hatte auch kaum noch Zeit für seine Familie. Das Baby würde seinen Vater auch brauchen, aber er konnte sich nicht vorstellen, wie er das alles bewerkstelligen sollte. Manchmal schien die ganze Last sein Herz wie mit einer Zange zusammenzudrücken. Aber irgendetwas hinderte ihn daran, alle Pläne aufzugeben und das Land wieder zu verkaufen. Er zögerte, hoffte trotz allem und betete um Gottes Hilfe. Aber er wusste selbst nicht, wie diese Hilfe aussehen sollte.

Und Doro, was war mit Doro los? Irgendetwas stimmte mit ihr nicht. Obwohl Beate noch immer jeden Morgen erbrechen musste und es ihr ununterbrochen schlecht war und sie von ganzem Herzen die dreizehnte Woche ihrer Schwangerschaft herbeisehnte, in der das ganze Elend hoffentlich besser werden würde, war es ihr nicht entgangen, dass ihre stille Tochter immer stiller wurde. Sie sah, wie die Schatten unter Doros Augen Tag für Tag dunkler wurden, dass sie Kleider trug, die überhaupt nicht zusammenpassten und dass sie bei allem völlig unkonzentriert war. Irgendetwas stimmte nicht. War etwas mit Andy schief gelaufen oder machte sie sich wegen der Schule Sorgen oder war sie gestresst durch die viele Arbeit, die gerade alle hatten? Das alles schien es irgendwie nicht zu treffen! Vielleicht doch die Sache mit Andy? Aber er war in den letzten vierzehn Tagen dauernd zu ihnen gekommen, hatte zur Freude aller mitgearbeitet und es hatte auch keinen Streit gegeben. Aber ein bisschen angespannt schien Doro in seiner Gegenwart schon immer gewesen zu sein. Ach, sie musste sie einfach fragen. Sie konnte das nicht länger mit ansehen.

Es war der Donnerstagmorgen, an dem sich Beate ein Herz fasste und Doro in ihren Wintergarten lockte, wo sie ungestört miteinander reden konnten.

»Du musst dir mein neues Bild anschauen und mir sagen, was ich noch verbessern könnte.«

»Ach Mam, du bist doch die Künstlerin! Du hast mich doch noch nie um Rat gefragt und deine Bilder waren immer perfekt!« Doros Stimme klang gequält, als ob sie nicht mit so einem banalen Problem belästigt werden wollte.

»Aber heute frage ich doch! Komm setz dich hier auf die Bank!«

Beate zog sie neben sich auf das kleine geflochtene Rattansofa, das zusammen mit zwei Sesseln und einem Tischchen eine gemütliche Sitzgruppe im freundlichen Licht des Wintergartens bildete. Schweigend saßen sie einen kurzen Moment nebeneinander und starrten auf das Bild, das farbenfrohe Stiefmütterchen in kräftig aufgetragenen Ölfarben zeigte. Es war ein Bild voller Lebendigkeit und Freude und es gab tatsächlich nichts, was noch hätte verbessert werden können.

»Du hast Recht, ich will dich eigentlich gar nichts zu diesem Bild fragen. Ich will dich fragen, was mit dir los ist!« Beate wurde gleich konkret, jetzt gab es kein Drumherumreden mehr.

Den letzten Teil ihrer Frage hatte sie sehr leise gesprochen, aber Doro hatte genau verstanden, was sie meinte. Sie senkte schweigend den Kopf und legte ihn in ihre Hände, so als sei er ihr plötzlich viel zu schwer geworden. Beate streichelte ihr leicht über die Haare und legte dann ihren Arm schützend um ihre Schultern.

»Ist es wegen Andy, habt ihr euch gestritten?«

Wortlos schüttelte Doro den Kopf und begann lautlos in ihre Hände hineinzuschluchzen. Ihre Schultern bebten, ihr zarter Rücken wurde geschüttelt.

Beate saß still neben ihr. Angst kroch in ihr hoch. »Herr Jesus, hilf mir, das zu ertragen, was sie sagt und richtig zu reagieren!«, betete sie stumm.

»Ich kann's nicht sagen, ich kann's nicht sagen!«, flüsterte Doro immer wieder, von Schluchzern geschüttelt in ihre Hände.

»Natürlich kannst du es sagen. Du kannst mir alles sagen, ich bin deine Mutter!«, sagte Beate mit ruhiger Stimme.

Endlich setzte Doro sich auf und blickte ihre Mutter mit Tränen in den Augen an. »Mam, ich glaube ich bin schwanger!«, sagte sie und dann begann sie wieder zu schluchzen, dieses Mal laut und verzweifelt.

Beate zog sie noch näher zu sich heran und legte ihre Hand noch fester um ihre Schulter. So saßen sie lange, ohne etwas zu sagen. Beate flüsterte nur immer wieder leise: »Es ist gut, mein Mädchen, es ist gut!«, obwohl natürlich nichts gut war.

Dabei schossen ihr hundert Gedanken durch den Kopf: Wann ist das bloß passiert? Das kann nur auf dieser Radfreizeit gewesen sein! Wieso hat sie das gemacht? Sie kennt doch Andy noch gar nicht so lange! Wieso hat sie nicht verhütet? Habe ich ihr zu wenig davon erklärt? Hätte ich mehr mit ihr darüber reden sollen? Aber sie war immer so still, als ob sie schon alles wissen würde, hat nie gefragt! Mein Gott, wie kann ich ihr nur helfen? Am besten, sie gar nicht beschuldigen, keine Vorwürfe, obwohl sie ihr auf der Zunge lagen. Aber das würde nichts bringen. Sie war ja so schon am Boden zerstört!

Als Doro sich wieder ein bisschen gefangen hatte, stand Beate auf, holte Taschentücher, einen Stift und einen Notizblock aus dem Wohnzimmer und ließ Doro erst mal Zeit, sich gründlich die Nase zu putzen. Dann wagte sie einen Anfang.

»Am besten wird es sein, wenn wir die Sache systematisch angehen, auch wenn uns gerade gar nicht danach ist«, sagte sie und versuchte, sehr sicher zu klingen.

»Hast du schon einen Schwangerschaftstest gemacht?«

»Nein, natürlich nicht! Aber ich bin mir auch so ziemlich sicher. Es sind jetzt schon sieben Tage über die Zeit und mir ist es jeden Morgen total schlecht!«

»Aha, das kommt mir bekannt vor«, meinte Beate trocken, seufzte dabei aber doch schwer auf. Es war nicht die Gelegenheit, um Späße zu machen. Konnte es denn wahr sein? Musste das ausgerechnet ihrer Tochter passieren, die doch sonst so ruhig und besonnen gewesen war. Aber noch war ja keine hundertprozentige Sicherheit, dass sie tatsächlich schwanger war.

»Vielleicht bist du ja doch nicht schwanger, vielleicht hast du nur Angst davor und bildest dir die Symptome ein?«, fragte sie und ein letzter Rest Hoffnung schwang in ihrer Stimme mit.

»Schön wär's ja, Mam, aber ich glaube es nicht.« Doro klang verzweifelt und resigniert.

»Ich hole dir auf jeden Fall gleich nachher einen Test aus der Apotheke, damit wir sicher sind!«

Sie hat »wir« gesagt, dachte Doro und spürte, wie ihre Anspannung sich ein bisschen löste. Wenn ihre Mutter auf ihrer Seite war, war vielleicht doch nicht alles so schlimm.

»Zweitens«, sagte Beate und atmete tief ein. »Zweitens musst du dir überlegen, ob du das Kind überhaupt möchtest!«

Doro sah sie mit großen Augen an. »Wieso stellst ausgerechnet du mir so eine Frage? Du bist doch eine totale Abtreibungsgegnerin!«

»Weil es dein Leben ist und deine Entscheidung!«, antwortete Beate schlicht. »Diese Entscheidung wird für dein ganzes Leben Konsequenzen haben. Da will ich später nicht den Satz hören, dass du das Kind wegen mir bekommen hast! Ich stehe zu dir, egal welche Entscheidung du triffst, aber entscheiden musst du allein, es ist dein Leben.«

Doro schwieg. Sie hatte in den letzten Tagen oft an diese Möglichkeit gedacht. Es schien ihr so verlockend, all diese Schwierigkeiten, die auf sie einstürmten und ihr Leben in Besitz genommen hatten, wieder loszuwerden. Einfach nur zum Arzt gehen und alles war wieder in Ordnung, alles war wieder beim Alten. Oder doch nicht? Sie hatte schon manches zu diesem Thema gelesen, von Frauen, die danach in schwere Depressionen gefallen waren, die sich ein Leben lang schuldig fühlten, die ihre Partner verließen, die sie zu diesem Schritt gedrängt hatten. Auch nach einer Abtreibung wäre nicht alles in Ordnung und nichts wäre mehr beim Alten. Oder doch? Konnte man alles vergessen?

Aber was konnte das Kind dafür, dass es sich nicht zum richtigen Zeitpunkt auf den Weg gemacht hatte? Jeden Käfer, den sie auf der Straße entdeckte, sammelte sie ein und trug ihn ins Gras, damit er nicht zertreten oder überfahren würde. Selbst die Spinnen, die sich in ihr Haus verirrt hatten, fing sie ein und trug sie nach draußen. Wie konnte sie da ihr Kind töten? Doro wusste, dass sie es nicht schaffen würde. Aber auch der andere Weg, nämlich dieses Kind zur Welt zu bringen, schien ihr unvorstellbar und unmöglich. Und doch, sie musste es tun.

»Ich kann dieses Kind nicht abtreiben«, konnte sie nur sagen und erneut brach sie in heftiges Schluchzen aus.

Ein kurzes Leuchten überzog Beates Gesicht. »Gut, ich bin stolz auf dich, du hast eine mutige Entscheidung getroffen. Du musst aber trotzdem beim Arzt einen Termin ausmachen, du musst zur Vorsorgeuntersuchung. Vielleicht können wir ja zusammen hingehen, wenn ich nächsten Mittwoch einen Termin habe.«

Sie schrieb unter erstens »Schwangerschaftstest« und unter zweitens »Arztbesuch«.

Dann hielt sie inne und dachte nach. »Weiß Andy schon Bescheid?«

»Natürlich nicht!«, war Doros schnelle Antwort.

Beate schrieb unter drittens: Andy Bescheid sagen.

»Okay, du sagst ihm erst Bescheid, wenn du den Test gemacht hast. Vermutungen helfen Männern meistens nicht weiter, sie brauchen Fakten, um die Wirklichkeit zu begreifen.« Sie hielt inne und dachte nach. Wie würde Andy reagieren? Es würde auf alle Fälle ein Schock für ihn sein. Er war noch so jung. Eigentlich viel zu jung, um Vater zu werden. Aber irgendwie war er ja auch selbst Schuld daran. Laut sagte sie zu Doro: »Er wird nicht glücklich darüber sein, damit musst du rechnen. Er wird Zeit brauchen, um diese Nachricht zu verdauen. Aber vielleicht ist er mutiger, als wir denken und ihr habt noch eine Chance, das alles zusammen auf die Reihe zu bekommen. Auf alle Fälle halten Paps und ich zu dir und gemeinsam werden wir schon einen Weg finden.« Sie dachte weiter nach und die nächste Frage kam dann auch prompt. »Wann ist denn der Geburtstermin, lass uns mal rechnen?«

»Ich habe schon gerechnet. Er ist im April, genau zwischen den schriftlichen und mündlichen Abiturprüfungen.«

»Aha, das könnte klappen!«, sagte Beate und man konnte ihr die Erleichterung deutlich ansehen. »Dann könntest du das Abi irgendwie noch hinbekommen! Du warst ja bisher immer super und wenn du vor der Geburt alles lernst, kann nicht viel passieren.«

Beate sah, wie in dem vom Weinen verquollenen Gesicht ihrer Tochter ein Funken Hoffnung aufleuchtete.

»Meinst du, dass ich es wirklich schaffen könnte?«

»Natürlich schaffst du das!«, sagte Beate voller Entschlossenheit. »Du musst ja nicht mit einer Eins abschließen, aber wenn du jetzt den Abschluss schaffst, kannst du später auf alle Fälle noch einen Beruf lernen. Kinder werden schneller groß, als man denkt und auch wenn es dir jetzt nicht möglich scheint, so wirst du doch in deinem Leben noch viel Zeit haben für dich. So ein Kindchen braucht dich am Anfang sehr, aber dann wird es Jahr für Jahr selbstständiger. Vielleicht kommt es dir jetzt so vor, als sei dein ganzes Leben zerstört, aber das ist nicht so. Ein Kind bringt auch nicht nur Frust, sondern auch viel Freude und ich weiß, dass du es lieben wirst.«

Doro sah sie zweifelnd an. Sie konnte sich das alles nicht vorstellen und sie hatte noch kein bisschen das Gefühl, dass sie dieses Kind lieben würde. Sie war einfach nur durcheinander und fertig.

Beate spürte, wie verunsichert Doro war. »Also gut«, sagte sie deshalb, »ich gehe jetzt in die Apotheke und hole dir den Test. Den kannst du nachher gleich machen und dann wissen wir, woran wir sind. Dann machst du einen Termin mit Andy aus. Je eher du mit ihm sprichst, umso schneller klärt es sich, wie es in deinem Leben weitergeht!«

Und obwohl Doro große Angst davor hatte, mit Andy zu sprechen, war ihr klar, dass ihre Mutter Recht hatte.

»Und noch eins: Will und Tanja sagen wir es auch, am besten beim Abendessen. Wir gehören zusammen und wir halten auch zusammen!«, meinte Beate und stand resolut auf.

»Danke, Mam«, flüsterte Doro. Wie hatte sie es nur verdient, diese Mutter zu haben.

»Können wir uns morgen Nachmittag treffen, irgendwo, wo wir allein sind?«

Irritiert starrte Andy auf den Telefonhörer. Irgendwie klang Doro so komisch. Er stand im großen lichtdurchfluteten Eingangsbereich seines Elternhauses. Es war später Nachmittag und er war soeben als Erster von der Firma seines Vaters nach Hause gekommen. Seine Eltern tranken dort mit ein paar Mitarbeitern noch einen Kaffee, um einige wichtige Angelegenheiten zu besprechen, aber er war gleich nach Hause gegangen und freute sich auf seinen Feierabend.

»Lass mich mal überlegen«, antwortete er und zog sich den Stuhl heran, der immer in der Nähe des Telefontischchens stand.

Er musste sich erst mal fassen. Doro hatte bisher noch nie bei ihm angerufen und ihn um ein Treffen gebeten. Aber eigentlich war es ja ganz in Ordnung, wenn sie es nun endlich einmal tat. Es war sogar schön, dass sie die Initiative ergriff.

»Wir könnten mit dem Auto nach Langensall fahren und uns da irgendwo hinten draußen ins Gras setzen. Ich habe morgen Nachmittag schon Zeit, klar. Wann wäre es dir denn recht?«, war deshalb sein Vorschlag.

»Ach, vielleicht so um vierzehn Uhr, geht das?«

»Hm, ich denke schon. Hast du irgendeinen Plan für morgen?«

»Das kann ich dir erst morgen sagen, am Telefon geht das nicht so gut, okay?«, sagte Doro.

»Ist in Ordnung«, antwortete Andy. »Also dann, tschüss bis morgen!«

»Ja, tschüss!«

Als Andy aufgelegt hatte, runzelte er die Stirn. Irgendetwas stimmte da doch nicht. War sie sauer auf ihn? Aber dann würde sie ihn doch nicht um eine Ausfahrt bitten, oder? Wollte sie mit ihm Schluss machen? Sie klang so ernst! Angst kroch in ihm hoch. Aber wieso sollte sie? In den letzten zwei Wochen hatten sie sich doch ganz gut verstanden. Klar, da war der Streit gewesen, aber sie hatten sich ja längst wieder versöhnt. Und er war seither fast jeden Tag bei ihr gewesen, er hatte sich echt Mühe gegeben. Er war sich keiner Schuld bewusst. Aber wenn er es sich recht überlegte, war sie in den letzten drei Tagen schon irgendwie komisch drauf gewesen. Aber er hatte nicht den Eindruck gehabt, als hätte das an ihm gelegen. Sie schien eher mit sich selbst zu kämpfen.

Ein Gedanke durchzuckte ihn. Wollte sie etwa mit ihm schlafen? Vielleicht hatte sie es ja vermisst? Oder war das bei Frauen nicht so? Er hatte auf alle Fälle seit diesem einen Mal jeden Tag daran gedacht. Er wusste nicht, wie er es aushalten sollte, noch zu warten, bis sie heiraten würden. Sie waren in den letzten drei Wochen sehr vorsichtig miteinander gewesen, so als ob jeder Angst hatte, wieder eine Grenze zu überschreiten. Vielleicht war Doro auch klar geworden, dass es auf Dauer schwierig sein würde zu warten? Ja, das musste es sein. Wozu sonst wollte sie mit ihm irgendwo allein sein? Es war offensichtlich, dass es bei ihr zu Hause nicht gehen würde. Er dachte an das letzte Mal, an diese letzte Nacht auf der Freizeit. Es war einfach unbeschreiblich schön gewesen und er hatte das Gefühl gehabt, dass all seine Träume sich erfüllt hätten. Nicht auszudenken, dass es für immer zu seinem Leben gehören würde, diese Frau zu lieben – auch auf diese Weise. Es hatte ihn so viel gekostet, sich in den letzten Wochen zurückzuhalten. Aber er hatte ihr unbedingt zeigen wollen, dass sie sich auf ihn verlassen konnte, dass er sie nicht drängen würde. Aber wie sehr begehrte er sie. Bestimmt ging es ihr genauso und sie hatte nur noch nicht den Mut gehabt, mit ihm darüber zu reden.

Pfeifend ging er in die Küche. Er sah, dass sich draußen vor dem Fenster ein paar Wolken am Himmel auftürmten. »Hoffentlich wird das Wetter morgen gut!«, dachte er. Aber heute würde er es sich erst mal mit ein paar Schinkenhörnchen bequem machen und sich im Fernsehen einen Krimi anschauen.

Während Andy in dieser Nacht in seliger Vorfreude den Schlaf des Gerechten schlief, kamen Beate und Will lange nicht zur Ruhe. Beate lag schon im Bett, aber Will tigerte wütend im Schlafzimmer auf und ab. Er regte sich so schrecklich auf, dass Beate befürchtete, er würde noch einen Herzinfarkt bekommen.

»Dieser dahergelaufene Bastard! Wie kann er nur unserem Kind so etwas antun, so etwas Unverantwortliches, unbeschreiblich Bescheuertes. Dafür gehört er ins Gefängnis, jawohl, damit er aus seiner Dummheit etwas lernt, aber dazu ist diese Generation ja nicht fähig.«

»Will, reg dich doch nicht so auf, damit kannst du die ganze Sache auch nicht mehr rückgängig machen. Wir müssen das vernünftig betrachten! Doro ist ja nicht zu Schaden gekommen. Sie ist eben schwanger!«

»Ich soll mich nicht aufregen? Wie kann ich bei dieser Sache vernünftig sein, bitte schön, das musst du mir mal erklären! Natürlich ist sie zu Schaden gekommen! Ihr ganzes Leben ist verpfuscht, weil dieser, dieser ... ihr ein Kind angehängt hat, ohne ein Gramm Verstand im Hirn zu haben!«

»Na, ich vermute mal, dass er sie nicht gerade vergewaltigt hat! Irgendwie hat unsere Tochter ja auch bei der Sache mitgemacht!«

»Ja, und warum? Weil wir zu wenig aufgepasst haben! Ich hätte tatsächlich eine Schrotflinte kaufen sollen! Wir hätten ihr diese Freizeit verbieten müssen, wenn sie zu dumm ist, um auf sich selbst aufzupassen.«

»Will, Doro ist achtzehn, Andy ist neunzehn, die beiden sind erwachsen, wir können sie nicht einsperren! Doro ist selbst verantwortlich für ihr Leben!«

Verzweifelt setzte sich Will auf die Kante seines Bettes, stützte seinen Kopf schwer in seine Hände und stöhnte auf in seiner Wut und ohnmächtigen Verzweiflung. Beate befürchtete einen Moment lang, er würde in Tränen ausbrechen. Das wäre mehr gewesen, als sie verkraftet hätte. Sie war ja auch verzweifelt, und es kostete sie unendlich viel Kraft, die Ruhige und Vernünftige zu bleiben. Im fahlen Licht der Nachttischlampe sah Wills Gesicht grau und eingefallen aus. Diese Nachricht heute war die Krönung all seiner

Sorgen gewesen, der Rest, der ihm gefehlt hatte, um den ganzen Frust der letzten Wochen aus seinem tiefen Inneren hervorzuholen. Lange hatte er sich zusammengenommen, hatte den Zuversichtlichen gespielt. Aber nun war es vorbei damit. Er stand wieder auf und setzte seine Wanderung durch das Schlafzimmer fort.

»Hast du ihr nie etwas über Verhütung gesagt? Hatten die das nicht alles im Biologieunterricht? Sie wissen doch sonst alles immer so ganz genau! Aber da lässt man sie einmal aus den Augen, schon passiert so etwas. Der Kerl soll mir bloß nicht in die Finger kommen, sonst vergesse ich mich.«

»Will! Jetzt beruhige dich endlich und komm wieder zu dir. Doro ist nicht die erste Frau, die unverheiratet ist und schwanger wird! Irgendwie wird das schon gehen. Vielleicht heiratet er sie ja, und du wirst sehen, in ein paar Jahren ist alles längst vergessen!«

»Pah, vergessen!«, knurrte Will verächtlich. »Sie ist meine Tochter! Immer haben wir auf sie aufgepasst! Nur damit dieses Fabrikantensöhnchen seine Triebe bei ihr ausleben kann? Ihr Leben ist verpfuscht!«

Dann entdeckte er sein Gesicht in dem Spiegel, der über Beates Kommode hing! Ein bisschen erschrak er selbst über die Wut, die ihm entgegensprang und über sein Gesicht, das in diesem Moment uralt aussah. Mit langsamen Bewegungen wandte er sich von diesem Bild ab und begann sich nun doch auszuziehen. Beate atmete erleichtert auf, denn sie spürte, dass er wieder ruhiger wurde. Als er sich ausgezogen hatte, kam er ums Bett herum auf ihre Seite und legte sich neben sie.

»Es ist gerade alles so frustrierend«, stöhnte er. »Alles! Es wird mir langsam wirklich zu viel.«

Beate streichelte ihm in einer unablässigen Bewegung über das Haar und über seine Schultern. Ihre Hände taten ihm gut, sie spürte, wie er wieder lockerer wurde und weich und auch sie konnte sich wieder ein bisschen entspannen.

»Wir können nichts daran ändern, dass sie jetzt schwanger ist. Aber wir können ihr helfen, diese ganze Geschichte irgendwie durchzustehen. Will, Doro braucht uns jetzt, so wie sie uns vielleicht noch nie gebraucht hat! Wir müssen zu ihr halten!«

Müde nickte Will. »Meinst du, Gott ist noch bei uns? Ich fühle mich gerade irgendwie verlassen!«

»Ja, mir geht es auch so. Aber es ist leicht, an Gott zu glauben, wenn alles gut geht. Vielleicht will Gott, dass unser Glaube sich bewährt? Oder Gott will uns jetzt in der Krise erst recht zeigen, dass er da ist und ein mächtiger Gott ist!«

»Na, davon spüre ich gerade aber so gut wie gar nichts!«

»Will! So darfst du nicht reden! Du wirst sehen, Gott lässt uns nicht im Stich!«

Eng aneinander geschmiegt lagen sie noch eine Weile da, getröstet durch die Nähe des anderen, geborgen in ihrer Zweisamkeit. Gott sei Dank, sie hatten einander, und welcher Sturm auch immer kommen mochte, zu zweit würden sie ihm trotzen.

Es war kurz vor vierzehn Uhr, als Andy aus der Kühle des Hauses in die mittäglich heiße Sonne hinaustrat. Seine Hoffnung hatte sich erfüllt: Kein Wölkchen tummelte sich am Himmel, es war ein strahlender Sommertag. Auch Andy strahlte, als er zur großen Doppelgarage ging und sie elektrisch öffnete. Er hatte frisch geduscht, sich saubere Klamotten angezogen und zur Krönung des Tages würde er heute auch noch mit seinem eigenen Auto bei Doro vorfahren. Sein Vater hatte ihm vor zwei Tagen einen Golf gekauft, einen gebrauchten zwar, aber immerhin hatte er neunzig PS, war schwarz und sah einfach gut aus. Bevor er die Autotür öffnete, streichelte er zärtlich über den glänzenden Lack. Aber auch wenn seine Vorliebe für Autos fast erotischer Natur war, verblasste sie doch bei dem Gedanken an das, was er mit Doro erlebt hatte und vielleicht ja heute wieder erleben würde. Schon den ganzen Morgen über war er in Hochstimmung gewesen, jetzt stieg er mit beschwingtem Elan in sein Auto.

Doro wartete schon unten auf der Straße vor ihrem Haus, so dass er nicht extra in den Hof fahren musste.

»Sie hat einfach eine umwerfende Figur!«, dachte Andy, als er sie so stehen sah. In seiner Begeisterung spürte er nicht die Verlorenheit des schmalen Mädchens, das dort stand und wartete. Und er sah nicht die Angst in ihrem Gesicht, als sie einstieg. Er gab ihr einen Kuss auf die Wange und war sich sicher, dass sie die schönste Frau der Welt sei.

»Was ist das für ein Auto?«, war ihre erste Frage.

»Meins!«, antwortete er stolz. »Mein Vater hat es mir gekauft! Wie findest du es?«

»Ein Golf – das ist echt gut. Und sieht sehr sportlich aus!«

Er lachte und sie spürte seine Begeisterung.

»Ja, ich habe mich auch sehr gefreut, als mein Vater ihn mir hingestellt hat. Da können wir jetzt auch öfter mal zusammen wegfahren, oder ich hole dich von der Schule ab!«

Doro nickte nur stumm, er konnte ja nicht ahnen, dass sie ständig mit den Tränen kämpfte. Für einen Moment dachte er, er hätte sie verletzt, weil er sich so über sein Auto freute, darum sagte er: »Du bist noch schöner als ein Golf!«

Auch jetzt nickte sie nur stumm, aber ein kleines Lächeln hatte er ihr nun doch entlockt.

Wenn es die Fahrt erlaubte, legte er seine Hand auf ihr Knie und störte sich nicht weiter an ihrer Schweigsamkeit. Vielleicht war sie aufgeregt angesichts dessen, was dieser Nachmittag bringen sollte?

Sie fuhren aus Neuenstein heraus, zuerst Richtung Autobahn, dann Richtung Kirchensall und zuletzt bogen sie in Langensall links ab und fuhren über einen Feldweg vorbei an wogenden Feldern und grünen Wiesen.

Andy parkte das Auto am Rande eines kleinen Wäldchens, das ein Stück hinter Langensall an einen sanften Hügel geschmiegt dalag. Weit und breit war kein Mensch zu sehen und er war mit sich zufrieden, so einen abgeschiedenen Platz gefunden zu haben.

Es tat gut, aus dem aufgeheizten Auto auszusteigen. Ein leichter Wind blies und schaukelte die Zweige der Bäume sanft hin und her.

Andy holte eine Decke aus dem Kofferraum des Golfes, die er vorsorglich eingepackt hatte.

»Wo sollen wir uns hinsetzen?«, fragend sah er Doro an. Irgendwie sah sie ein bisschen mitgenommen aus. Sie dachte doch auch, was er dachte? Leise Zweifel kamen in ihm hoch. Er breitete die

Decke an einem schattigen Platz aus, dort, wo der Grasweg, der am Waldrand entlanglief, mit weichem Moos gepolstert war. Dann legte er sich der Länge nach hin und stützte seinen Kopf auf die linke Hand und wartete, bis sie zu ihm kam. Sie setzte sich neben ihn, zog die Beine eng an ihren Körper und legte ihre Arme wie schützend um ihre Knie.

»Warum wolltest du eigentlich, dass wir hier rausfahren?«, fragte er sie und war noch immer voller Hoffnung.

»Andy, ich muss dir etwas sagen«, begann Doro und in diesem Moment musste er enttäuscht feststellen, dass er sich wahrscheinlich geirrt hatte. Ihr Ton klang zu ernst, das war kein fröhliches Vorspiel. Aber was nicht ist, konnte ja noch werden, oder? Sie wollte doch nicht etwa mit ihm Schluss machen?

»Na, da bin ich aber gespannt!«, sagte er und er war wirklich sehr gespannt. »Also komm, schieß los!« Er sah sie aufmunternd an.

Zu seinem Entsetzen schlug sie die Hände vors Gesicht und begann zu weinen.

»Es ist so schrecklich, ich kann's dir nicht sagen«, brachte sie stammelnd hervor.

Er setzte sich auf und der Blick, mit dem er sie ansah, war voller Panik. Angst beschlich ihn. Starr saß er da und wartete, bis sie endlich reden würde. Er überlegte, was Schlimmes passiert sein konnte, aber ihm wollte nichts einfallen. Eine Zeit lang saßen sie stumm beieinander. In seiner Angst war er nicht fähig, eine Brücke zu ihr zu bauen, sie in den Arm zu nehmen oder zu trösten. Er wartete nur darauf, dass das große Namenlose endlich ans Licht kommen würde.

»Ich bin schwanger!«, brach es endlich aus Doro heraus.

Wie, was sagte sie da? Er hatte sie wohl nicht richtig verstanden.

»Was hast du gesagt?«, fragte er und begriff nichts.

»Ich bin schwanger!«, sagte Doro. Nun, da es heraus war, wurde sie ruhiger. »Ich bekomme ein Kind von dir!«

»Nein, wieso, das kann doch gar nicht sein!« Verwirrt und noch immer nichts begreifend sah er sie an.

»Kapier's doch endlich!«, Doro schrie ihn jetzt fast an. »Wir haben miteinander geschlafen und jetzt bin ich schwanger. In neun Monaten bekommen wir einen Sohn oder eine Tochter!«

Die Erkenntnis traf ihn wie ein schwerer Schlag. Ein Kind! Von ihm! Doro schwanger!

»Aber es war doch nur das eine Mal und wir wollten doch jetzt auch warten!« Verwirrte Verzweiflung klang aus seiner Stimme.

»Ich weiß«, sagte Doro und ihre Stimme klang müde, »ich konnte es zuerst auch fast nicht glauben.«

Stumm saßen sie nebeneinander, aber in Andys Kopf arbeitete es fieberhaft. Ein Kind, das durfte nicht sein, konnte nicht sein, es ging einfach nicht, es würde alles anders sein, alle Pläne, sein ganzes Leben.

»Und wenn du es wegmachen lässt?« Die Lösung war nahe liegend. »Das kann ich nicht. Ich habe es mir überlegt. Es ist ein Kind, unser Kind, ich kann es nicht töten.« Sie brach wieder in Tränen aus.

Stumm starrte er sie an. Wie konnte sie ihm das nur antun? Ein Kind würde sein Leben zerstören! Er war noch nicht so weit.

»Komm, wir fahren heim!«, sagte er dann endlich und hatte es plötzlich eilig. In seiner Stimme klang Panik mit. »Ich kann im Moment keinen klaren Gedanken fassen!« Er sprang auf und auch Doro erhob sich langsam.

Schweigend raffte er die Decke zusammen, schweigend stiegen sie ins Auto. Die Hitze kam ihm nun erstickend vor. Er konnte kaum atmen in dem heißen Auto. Es war zu eng hier drin, er war zu nahe zusammen mit Doro. Tausend Gedanken schossen ihm durch den Kopf und verwirrten sich zu einem dicken Knäuel. Doro weinte die ganze Fahrt über. Erst kurz bevor sie bei ihrem Haus ankamen, fand er seine Sprache wieder.

»Was wirst du nun machen, mit der Schule und dem Abi und so?«

»Meine Mam hat gemeint, es müsste gehen, dass ich das Abi mache, auch wenn ich schwanger bin. Der Geburtstermin ist im April. Vielleicht klappt es trotzdem. Ich hoffe es!«

Er hatte nun vor ihrem Haus gehalten und sie saßen noch einen Moment in bedrücktem Schweigen zusammen.

»Ich wünsche dir, dass du es schaffst. Ich wünsche dir alles Gute!«, brachte er schließlich hervor. Kein Wort von »Ich steh zu dir« oder »Zusammen schaffen wir das schon« oder gar »Komm, wir heiraten einfach«. Fragend sah sie ihn an, fast flehentlich. Aber er wich ihren Augen aus. Dieser flehentliche Blick gefiel ihm nicht. Er wollte eine starke, schöne, souveräne Frau, kein jammerndes Unglück.

»Ich muss das jetzt erst mal verdauen!«, sagte er und hörte selbst, dass es hohl klang. Aber er wollte sich auf keinen Fall mit irgendeinem Satz zu irgendetwas verpflichten. Er startete den Motor zum Weiterfahren. Während sie ausstieg, liefen ihr die Tränen immer noch übers Gesicht, aber er sah sie nicht mehr an. Er blickte geradeaus auf die Straße und als sie endlich die Tür schloss, trat er voller Wut aufs Gaspedal. Ein Kind, das hatte ihm gerade noch gefehlt. Er wollte mit der Sache nichts zu tun haben. Nichts, nichts, nichts! Mit quietschenden Reifen schoss er um die nächste Kurve. Er würde sich nicht so einfach sein Leben vermasseln lassen. Das konnte Doro ihm nicht antun. Nein, ihm nicht.

Die Tage vergingen. Andy ließ nichts mehr von sich hören. Kein Anruf, kein Besuch, kein Brief, nichts. Funkstille.

Doro war nicht mehr sie selbst. Die ruhige, besonnene, vernünftige und ausgeglichene junge Frau war ein Häuflein Elend geworden. Sie weinte viel, dann wieder war sie wütend auf Andy. Sie schlug mit ihren Fäusten auf Tische und Stühle und wünschte, er wäre es, den sie treffen könnte. Wie konnte er ihr das antun! Er wollte doch unbedingt mit ihr schlafen. Er hatte sie verführt und nun ließ er sie im Stich.

In guten Stunden sagte sie sich dann, dass sie ja auch selbst Schuld daran war und dass er vielleicht doch noch zu ihr zurückkommen würde. Dann wieder versuchte sie etwas zu lernen, aber es ging nicht. Sie konnte sich nicht auf den Stoff konzentrieren und das machte sie noch verzweifelter. Nun bekam sie Angst, dass sie die Schule womöglich auch nicht mehr schaffen würde und so ihr ganzes Leben vermasselt wäre. Kein Abi, kein Mann, aber ein kleines Kind – war das ihre Zukunft? Ein bisschen besser ging es ihr, wenn sie draußen durch die Felder ging. Die Luft tat ihr gut und die Bewegung auch. Die Schönheit der Landschaft blieb ihr trotz aller Verzweiflung nicht verborgen und es gab Minuten, in denen sie sich auf das kleine Wesen, das sie sonst eigentlich nur hasste, ein bisschen freuen konnte. Ein Baby, ein kleines zartes Wesen. Es würde sie brauchen, war auf sie angewiesen. Aber diese Momente waren nur kurz, bald kam die Wut zurück und die Angst.

Es tat ihr Leid, dass sie ihrem Vater in diesen Tagen keine große Hilfe war. Aber er hatte ihr alle schwere Arbeit verboten, als er von der Schwangerschaft erfahren hatte. Sie hatte sich so geschämt, als Beate es ihm und Tanja gesagt hatte. Ihr Vater war irgendwie schon wütend gewesen, das hatte sie gespürt, aber er hatte es nicht richtig gezeigt. Die beiden waren sehr lieb gewesen, hatten ihr versichert, dass sie sie unterstützen würden, so gut sie es konnten. Und das war auch der größte Trost für sie. Trotzdem wusste sie, dass sie ihr Leben auf irgendeine Art und Weise allein leben musste. Ohne ihre Eltern. Mit einem Mann. Aber mit welchem Mann? Wer wollte schon ein Mädchen heiraten, das ein Kind am Hals hatte. Wieder und wieder weinte sie. Ein Ende des Schmerzes war nicht in Sicht.

Tagelang schuftete Andy in stiller Wut vor sich hin. Half seinem Vater, mähte den Rasen, polierte alle Autos der Familie, versuchte für die Schule zu lernen. Und wenn es Abend war, nahm er sein Rad und trat in die Pedale. Er fuhr durch die Gegend, als ob ein Mörder ihn verfolgen würde. Abends schlief er dann erschöpft ein. Er verbannte alle Gedanken an Doro und schmiedete stattdessen die tollsten Zukunftspläne. Nicht nur vier Wochen lang wollte er nach dem Abitur eine Tour mit seinen Freunden machen, nein, ein ganzes Jahr lang wollte er seine Freiheit genießen und die Welt bereisen. Kanada vielleicht, oder Neuseeland. Vielleicht würde er auch einen Teil seines Studiums im Ausland verbringen. Nur weg von hier, von der Enge, von der Pflicht.

Sein Vater war es, der ihn am Samstagabend aus diesem Rausch riss, nachdem er ihn tagelang beobachtet hatte, ohne etwas zu sagen. Er kam spät abends ins Wohnzimmer, als Andy sich gerade einen Western ansah. Eine Weile saßen sie schweigend beieinander, bis sich der Held endlich aus dem Gefängnis befreien konnte, die Schurken niederschoss und mit seiner schönen Braut das Weite suchte.

»So einfach ist das Leben nicht immer«, sagte sein Vater und stellte den Ton leiser. Dann drehte er sich zu Andy um.

»Irgendetwas bedrückt dich, mein Sohn, das spüre ich genau. Du brauchst nicht darüber zu reden, aber du weißt hoffentlich, dass du mich jederzeit um Hilfe bitten kannst. Deine Mutter muss nicht immer alles wissen. Männer müssen manchmal ihre eigenen Wege gehen! Sie war von dieser Doro nicht begeistert. Aber glaube mir, sie hätte auch an einer anderen etwas gefunden, was sie stört. So sind nun halt die Mütter, sehen gleich die Konkurrentin.«

»Schon gut, Vater!«, fiel ihm Andy ins Wort. »Danke, dass du helfen willst, aber Doro ist nicht das Problem. Zumindest nicht das eigentliche!« Er stand auf, murmelte ein »Sch…!« und verließ fluchtartig das Zimmer. In der Diele schnappte er sich seine Jacke und lief hinaus in die Nacht.

»So geht das nicht weiter«, dachte er. »Jetzt gehe ich ein Bier trinken.« Er ging, rannte fast, durchschritt Straße um Straße, bis er beim Adler angekommen war. Einen Moment hielt er außen vor dem Lokal inne, damit sein Atem sich wieder beruhigen konnte. Aber er merkte, dass das Laufen ihm gut getan hatte.

Der Adler war keine richtige Kneipe, sondern ein Speiselokal, das schon etwas in die Jahre gekommen war. Der Außenputz hätte dringend einen neuen Anstrich benötigt und auch die Inneneinrichtung war noch vom alten Stil. Er öffnete die Glastür und trat schwungvoll in den Gastraum. Ein paarmal war er schon hier gewesen, mit einigen Freunden zusammen. Aber in der rauchgeschwängerten Luft entdeckte er an diesem Abend kein bekanntes Gesicht. Als er dann allein an einem Tisch in der Ecke saß und ein Glas Bier vor sich stehen hatte, fühlte er sich inmitten der lauten Heiterkeit an den anderen Tischen verzweifelt einsam. Sein Bier wurde schnell warm und rann ihm bitter die Kehle hinunter.

So konnte es nicht weitergehen, das fühlte er genau. Er hatte seinen Weg verloren, sah die Spur nicht mehr, in der sein Leben laufen musste. Er war blockiert durch diese Geschichte mit Doro, die er nicht mal beim Namen nennen wollte. Er wollte nicht die Macht über sein Leben verlieren!

Während er so dasaß, wurde ihm klar, dass er das Problem regeln musste. Er musste Doro reinen Wein einschenken, musste seine Karten offen auf den Tisch legen. Er musste klären, wie viel er zu bezahlen hatte. Sein Vater würde ihm bestimmt helfen, zumindest in den ersten Jahren, solange er selbst noch nichts verdiente. Auf diese Weise konnte er wenigstens sein Gesicht vor Doro wahren, trat ihr nicht mit leeren Händen gegenüber. Und sie musste immer seine Adresse wissen und er ihre. Immerhin konnte es ja sein, dass dieses Kind ihn später einmal kennen lernen wollte. Oder war es besser, ihm nie zu begegnen? Vielleicht fand Doro ja bald einen anderen Mann; sie war keine schlechte Frau, sah gut aus, war intelligent. Ja, bestimmt würde sie bald einen anderen heiraten, wenn erst das Kind mal da war, warum nicht. Sollte doch der andere nach diesem Kind sehen. Das machte ihm gar nichts aus, nein, es war ihm sogar recht! Wenn er nur seine Ruhe hatte, seine Freiheit, keine Verantwortung. In seinem Kopf rasten die Gedanken. Er musste hier wieder raus aus der Enge dieses Raumes, sonst würde er an der Last, die auf ihm lag, ersticken.

Er bezahlte sein Bier und trat hinaus auf die Straße. Fast wäre er gestolpert. Die Nacht drehte sich vor seinen Augen und die Lichtpunkte der Sterne zogen Streifen über den Himmel. Doch plötzlich leuchtete ein glasklarer Gedanke in ihm auf: Er würde zum Guide gehen. Gleich morgen würde er zu ihm gehen und ihm alles erzählen. Er hatte den Guide auf der Freizeit als ruhigen und besonnenen Freund erlebt, der viel Verständnis für andere hatte. Der Guide würde auch ihn verstehen. Er würde dem Guide seine Schuld beichten, so wie auch die Mönche im Kloster ihre Schuld dem Beichtvater beichteten. Und Gott würde ihm vergeben, ja, das würde er und diese Vergebung brauchte er, sonst konnte er nicht mehr weiterleben. Große Erleichterung überkam ihn bei diesen Gedanken und plötzlich schien alles nicht mehr so schwer zu sein.

Mit schnellen Schritten machte er sich auf den Weg nach Hause. Morgen, ja morgen würde sich alles klären, würde er wieder ein normaler Mensch mit einem normalen Leben sein können.

Am Sonntagvormittag dann machte sich die ganze Familie auf den Weg zum Gottesdienst. Beate hatte alle Mühe gehabt, Doro zu überreden mitzukommen. Sie hatte ihr natürlich ein paar Tage Zeit gegeben, alles zu verarbeiten und sich im Schmerz hängen zu lassen. Aber nun fand sie, dass es an der Zeit war, dass Doro sich wieder ein wenig zusammennahm. Das Leben würde ihr in den nächsten Monaten einiges abverlangen und dafür musste sie sich rüsten.

Sie gingen auf dem »Neuen Weg« zur Kirche, vorbei an der Sporthalle und an einer Reihe von Schrebergärten, aus denen die roten Tomaten und erste blühende Astern hervorleuchteten. Stille und Frieden schwangen in diesem Morgen, aber keiner von ihnen konnte es so recht spüren. Doro hängte sich bei ihrer Mutter ein. Sie sehnte sich so sehr nach Nähe und Schutz und Beate war für sie in diesen Tagen der Haltepunkt, den sie so nötig brauchte.

»Genieß die paar Wochen, in denen es noch niemand weiß«, sagte Beate leise, aber Doro, die stumm nickte, fragte sich insgeheim, ob sie in ihrem Leben überhaupt je wieder etwas würde genießen können.

Sie betraten die Kirche durch die hintere Tür und während schon die ersten Orgelklänge durch den schönen lichten Raum flossen, stiegen sie die Treppe zur Empore hoch und setzten sich auf ihre Plätze. Die vertraute, friedlich heilige Atmosphäre tat Doro nun doch gut. Still faltete sie ihre Hände. Einen Hoffnungsschimmer gab es in all dem Chaos, das wurde ihr jetzt klar: Gott war bei ihr und er würde aus allem, was ihr so schrecklich schien, doch noch etwas Gutes machen können. Andy hatte sie im Stich gelassen, aber Gott würde immer bei ihr sein.

Dann sangen sie das erste Lied, einen schönen, schwermütigen Choral: »Herr Jesus Christ dich zu uns wend, dein Heilgen Geist du zu uns send; mit Hilf und Gnad er uns regier und uns den Weg zur Wahrheit führ.«

Jetzt bei diesem Lied wollten ihr doch wieder die Tränen kommen. Sie hörte auf zu singen und versuchte, sich auf das Muster der gegenüberliegenden Fenster zu konzentrieren und an das zu denken, was sie in der nächsten Woche lernen wollte.

Nach dem Psalmgebet und noch einem Lied begann der Pfarrer endlich mit seiner Predigt. Er predigte an diesem Morgen über den Text aus dem ersten Kapitel des Buches Josua: »Siehe, ich habe dir geboten, dass du getrost und unverzagt seist. Lass dir nicht grauen und entsetze dich nicht. Denn der Herr, dein Gott, ist mit dir, in allem, was du tun wirst!«

Doro lauschte gebannt diesen Worten. Konnte es sein, dass diese Zusage auch ihr galt? Sie grübelte und horchte in sich hinein. Was könnte es bedeuten? Sollte sie darauf hoffen, dass Andy doch noch zu ihr zurückkam? Der Gedanke war zu schön, um wahr zu sein. Sie hatte das Gefühl, wenn er nur zu ihr halten würde, wäre alles halb so schlimm. Das Gerede der Leute wäre zu ertragen. Der Gedanke, nicht studieren zu können, wäre zu ertragen und der Gedanke, ein Kind zu haben, wäre zu ertragen. Sie hatte Andy in den letzten Wochen so lieb gewonnen. Gab es noch eine Chance? Ein schwacher Hoffnungsschimmer begann in ihr zu glimmen. Oder wollte Gott nur sagen, dass er in allem bei ihr ist? War das genug?

»Ja, Gott, ich will es genug sein lassen, dass du bei mir bist«, betete sie still. »Und trotzdem bitte ich dich, gib mir Andy zurück!«

Tanja, die neben Doro saß, betete auch für sie, ohne, dass es Doro wusste. Seit sie von der Schwangerschaft ihrer Schwester erfahren hatte, waren ihre eigenen Probleme plötzlich viel kleiner geworden. Sie wollte schon gerne mit Stefan befreundet sein, ja, sie sehnte sich von ganzem Herzen nach ihm. Aber wenn nichts Ernsthaftes aus ihrer Freundschaft werden würde, wäre ihr Leben nicht zerstört. Sie würde jetzt einfach mal abwarten, was Stefan unternehmen würde. Sie hatte es gar nicht mehr so eilig. Wenn sie sich vorstellte, dass Doro jetzt dann bald mit einem Kind dasaß und immer angebunden sein würde, erschien es ihr plötzlich gar nicht mehr so schlimm, frei und ungebunden zu sein. Auf alle Fälle wollte sie noch damit warten, mit Stefan ins Bett zu gehen. Jedenfalls hatte sie sich das fest vorgenommen. Irgendwie musste sie es ihm erklären.

Sie seufzte und merkte, dass sie den Schluss der Predigt verpasst hatte. Aber sie hatte schon oft bemerkt, dass sich hier während dem Gottesdienst, sozusagen unter den Augen Gottes, ihre Gedanken ordneten, dass ihr Leben klarer vor ihr stand. Vielleicht war das schon Gottesdienst genug, auch wenn sie sich nicht alle Worte des Pfarrers merken konnte.

Will war in Gedanken immer noch bei der Predigt, als die anderen schon das Lied »Seid nicht bekümmert, seid nicht bekümmert, denn die Freude am Herrn ist eure Stärke!« sangen.

»Seid getrost und unverzagt« hatte es am Anfang im Predigttext geheißen. Er war ja getrost und unverzagt in die Vergrößerung seines Betriebes hineingegangen. Er hatte Gott vollkommen vertraut. Doch nun wurde alles immer chaotischer: Das Ehepaar Fritz schon fast ausgezogen, Beate schwanger, Doro schwanger, durch den Hagel große Verluste. Hatte Gott sein Vertrauen nicht total enttäuscht? Oder hatte er sich selbst getäuscht? Hatte er auf seine eigenen Wünsche gehört anstatt auf Gottes Stimme? Aber alles hatte so gut ausgesehen und jetzt sah plötzlich alles so schwierig aus. Er würde auch im nächsten Jahr eine Hilfskraft einstellen müssen und das bedeutete, dass er sich noch mehr verschulden musste. Es war ihm zuwider, noch mehr Schulden zu machen! Sollte er das Land doch verkaufen? Aber er hatte jetzt schon die ganzen Maschinen gekauft und er würde ganz bestimmt nie wieder so eine Gelegenheit bekommen, Land zu kaufen! Immer wieder drehten sich seine Gedanken im Kreis und es schien keinen Ausweg aus dieser Situation zu geben! Sollte er trotz aller Rückschläge getrost und unverzagt sein? Er wollte es versuchen, auch wenn es gegen alle Logik geschehen musste und gegen seine Gefühle, mit denen er im Moment nur Ausweglosigkeit spürte. »Gott, ich will so gerne getrost und unverzagt sein, aber hilf du mir doch. Du hast so viele Möglichkeiten zu helfen, du hast die Macht, alle Dinge zu ändern! Bitte, greif in mein Leben ein!«

Beate, die zwischen ihrem Mann und ihren Kindern saß, fühlte sich ganz elend. Sie bangte mit den anderen mit und hatte doch auch ihre eigene Last zu tragen. In den letzten Jahren war ihr ihr Leben manchmal fast langweilig vorgekommen, jetzt fühlte sie um sich herum so viele Spannungen, dass es ihr fast zu viel wurde.

Getrost sollte sie aber sein und unverzagt! »Gott, ich kann nur getrost und unverzagt sein, wenn du dich um meine Familie kümmerst! Mir wird das gerade echt ein bisschen zu viel. Ich gebe dir jetzt einfach die Verantwortung für alles ab. Für die Doro, für meinen Mann, für Tanja und auch für das ungeborene Kindchen, um das ich mich auch sorge. Ich will sie alle loslassen und an dich übergeben. Bitte hilf du ihnen, ich kann es einfach nicht!«

Als das Orgelnachspiel einsetzte und die rauschenden Töne die Gottesdienstbesucher zum Ausgang begleiteten, hatte sich äußerlich nichts verändert, aber alle hatten ein bisschen Gelassenheit und Zuversicht getankt und hatten wieder Mut, dem Leben mit seinen Herausforderungen entgegenzutreten!

Tanja nahm mit ihrer Familie zusammen den hinteren Ausgang. Aus der kühlen Feierlichkeit des Kirchenraumes traten sie in die warme und helle Stille des Sonntags, die sich über den Ort ausgebreitet hatte.

»Hallo Tanja!« Eine schüchterne Stimme durchbrach die Sekunden zauberhafter Wirklichkeit. Tanja ging zu der moosbewachsenen Steinbank, von der aus Heikes Stimme sie gerufen hatte und auf der Heike wartend saß.

»Hallo Heike! Ich habe dich vorhin im Gottesdienst gar nicht gesehen! Wo warst du denn?«

»Wir saßen ganz hinten«, sagte Heike leise mit verschwörerischem Tonfall. »Meine Mutter wollte nicht, dass alle zu uns herschauen, weil doch heute Werner dabei war.«

»Ach was«, Tanja schaute sich suchend um. »Und wo sind sie jetzt?«

Heike stand auf und packte Tanja leicht am Ärmel.

»Komm mit, ich habe extra auf dich gewartet, damit ich sie dir zeigen kann. Die Kinder sind auch da! Sie stehen alle hinter dem Haupteingang und unterhalten sich mit irgendwelchen Leuten.«

Neugierig ging Tanja mit. Unter der Kuppel, die sich über dem Haupteingang wölbte, blieben sie zwischen anderen Kirchenbesuchern, die noch miteinander im Gespräch waren, stehen. Dann konnte Tanja auch schon Heikes Mutter sehen, seitlich neben dem Haupteingang und ein durchschnittlich aussehender Mann in mittlerem Alter stand bei ihr.

»Werner sieht nett aus, aber wo ist sein Sohn?«

»Das ist der mit dem blauen T-Shirt und der Jeans, er steht ein bisschen hinter Werner!«

»Ah ja, jetzt sehe ich ihn! Oho, der sieht ja richtig gut aus!«, flüsterte Tanja.

»Echt, findest du? Ich hab mich bisher so über alles aufgeregt, dass mich das gar nicht interessiert hat! Und er ist auch noch ziemlich kindisch, finde ich!«

»Na, dann warte mal noch ein Jahr! Dann kannst du dich nicht mehr retten vor Freundinnen, die sich für deinen gut aussehenden Bruder interessieren!« Tanja grinste Heike an, die wie üblich das staunende Unschuldslamm war.

Dann verzogen sich die beiden wieder, um nicht aufzufallen. Unter einem der großen Kastanienbäume blieben sie stehen, um noch ein bisschen miteinander zu reden.

»Wie war denn euer Kurzausflug in die Schweiz?«, Tanja fragte neugierig.

»Ach, eigentlich nicht schlecht. Die Landschaft war echt gigantisch«, erzählte Heike zögernd.

»Aber«, fragte Tanja, »was war nicht so gut?«

»Ach, weißt du, meine Mutter und Werner wollten immer nur wandern, wandern, wandern. Ich sag's dir, da haben sich wirklich zwei gefunden. Sie verstehen sich echt super. Zum Glück haben die beiden Kleinen noch vor mir schlapp gemacht, da habe ich mich nicht allzu sehr blamiert. Ich hatte nämlich keine große Kondition und vielleicht auch nicht die richtige Motivation.«

»Und wie war das Milchgesicht?«

»Hm, erstaunlich gut, jedenfalls was seine Kondition betrifft. Aber das war eigentlich klar, er treibt ziemlich viel Sport!«

Tanja nickte und beide sahen verstohlen zu Heikes Familie. Sie standen noch immer neben dem Haupteingang und unterhielten sich.

Dann stellte Heike zögernd noch eine Frage: »Ich habe gestern Markus getroffen. Er hat mir erzählt, dass seine Familie eure Familie heute besucht! Stimmt das? Du hast mir gar nichts davon erzählt!«

Tanja wurde rot vor Verlegenheit und hatte sofort ein schlechtes Gewissen, obwohl sie sich eigentlich keiner Schuld bewusst war.

»Meine Mutter hat das erst gestern mit dem Vater von Markus ausgemacht. Er hat doch diese Galerie in Stuttgart und Markus hat ihm wohl erzählt, dass meine Mutter Bilder malt. Da hat der Vater von Markus angerufen und sich eigentlich selbst bei uns eingeladen. Ich kann dir sagen, nach dem Fiasko mit Frau Sanders hatte meine Mutter gar keine Lust mehr, irgendjemanden einzuladen. Aber der Vater von Markus, Herr Reichenbach, nein, der Herr Doktor Reichenbach, war am Telefon sehr hartnäckig. Und jetzt kommen sie heute Nachmittag!«

»Hast du es gut«, seufzte Heike, »die sind jetzt den ganzen Nachmittag bei euch!«

»Weißt du was, komm doch einfach auch!«, bot Tanja ihr an. »Du bist meine Freundin, du kannst jederzeit kommen!«

»Nein, nein, kommt nicht in Frage! Außerdem ist heute Nachmittag Werner mit seinen Kindern bei uns! Und …«, hier machte sie eine bedeutungsvolle Pause, »wir wollen uns das Haus ansehen, das Werner vielleicht kaufen will! Das kann ich mir nicht entgehen lassen!«

»Oh toll, das ist ja spannend. Darüber musst du mir unbedingt schreiben!«

Heike nickte und Tanja nahm sie schnell noch in den Arm, dann spurtete sie ihrer Familie hinterher, die sich schon auf den Heimweg gemacht hatte.

Kapitel 6

Voller Verwunderung beobachtete Beate den Vater von Markus, Dr. Reichenbach. Gebeugt über ihre Mappe, in der sie viele ihrer Bilder gesammelt hatte, betrachtete er jedes einzelne Gemälde mit großem Interesse, als ob er es sich richtiggehend einprägen wollte. Sie standen zusammen im Wintergarten und das Licht des späten Nachmittags ließ die Farben der Bilder in herrlichen Tönen aufleuchten. Die Mappe lag auf dem kleinen Tischchen der Sitzgruppe, das sie so gestellt hatte, dass es genau im richtigen Winkel zum Lichteinfall stand, nachdem Dr. Reichenbach ihr erklärt hatte, er wolle ihre Bilder sehen.

Schon beim Kaffeetrinken im Wohnzimmer hatte er mehr auf die vier Bilder geachtet, die dort an den Wänden hingen, als auf die Gespräche oder den leckeren Himbeerkuchen, obwohl die Stimmung gut, ja richtiggehend fröhlich gewesen war. Der Besuch tat ihnen allen gut. Die Mädchen hatten mit Markus herumgealbert, auch Doro schien richtig aufzuleben. Will hatte bald die Liebe von Frau Reichenbach zu allem, was grünt und blüht, gespürt und war von Minute zu Minute mehr aufgetaut. Für kurze Zeit schienen alle Lasten von ihm abgefallen zu sein, er war ein charmanter Gesprächspartner. Beate hatte die ganze Zeit über vor allem Dr. Reichenbach beobachtet und versucht, dahinter zu kommen, was er über ihre Bilder dachte. Aber sein Gesichtsausdruck verriet nichts, außer seinem großen Interesse.

Dann hatte sich die Kaffeetafel aufgelöst, die Mädchen waren mit Markus und seiner Schwester, die auch dabei war, nach oben gegangen, um in Doros Zimmer Musik zu hören, die bald durchs ganze Haus schallte. Will war mit Frau Reichenbach in den Garten gegangen und Beate hatte sich plötzlich hier im Wintergarten wiedergefunden, um dem Wunsch von Dr. Reichenbach, noch mehr Bilder zu sehen, nachzukommen. Noch immer verriet er ihr nicht, was er dachte. Ein wenig verunsichert war sie schon. Sie erwartete natürlich nicht, dass er ihre Kunst besonders loben würde, er, der täglich mit namhaften Künstlern zu tun hatte. Aber irgendeinen positiven Kommentar hätte sie schon gerne gehört.

Sie versuchte, ihre Bilder mit den Augen dieses Profis zu sehen, aber sie konnte nur eines sehen: dass sie in diesem milden Nachmittagslicht besonders gut zur Geltung kamen.

»Es würde natürlich auch bei einer Ausstellung auf den optimalen Lichteinfall ankommen!«, sagte Dr. Reichenbach, als ob er ihre Gedanken erraten hätte.

»Von welcher Ausstellung spricht er denn«, überlegte Beate, aber sie spürte, dass sie ihn noch nicht in seiner Betrachtung stören durfte.

»Diese ganzen Meer- und Inselbilder, haben die alle eine gemeinsame Zeit und einen gemeinsamen Ort?«, fragte er weiter.

»Ja, die habe ich vor fünf Jahren während eines Griechenlandurlaubs gemalt!«

»Das ist sehr schön, diese Einheitlichkeit trotz der verschiedenen Motive! Das sind doch alles reale Orte, oder?«

»Ja, ich habe in einem Tagebuch auch die genauen Namen notiert!«, fügte Beate noch hinzu.

»Sehr schön«, sagte Dr. Reichenbach und nickte zustimmend. Beate konnte sich ein erfreutes Lächeln nicht verkneifen. »Er hat sehr schön gesagt«, jubelte es in ihr, aber sie versuchte, gleich wieder ernst zu sein. Er sollte nicht merken, wie sehr ihr sein Lob gut tat.

Dr. Reichenbach klappte die Mappe zu. »Wo haben sie noch Bilder?«, wollte er wissen.

»Überall«, meinte Beate lächelnd. »Sogar in der Küche und im Keller!«

Er zuckte leicht zusammen. »In der Küche würde ich sie nicht aufhängen, sie könnten beschädigt werden. Und ob ein feuchter Keller so das Beste ist, das bezweifle ich!«

Beate merkte, dass ihm seine Worte ernst waren und er keinen Spaß mit ihr machen wollte. »Die Bilder haben einen Glasrahmen!«, sagte sie, wie um sich zu verteidigen. Eingeschüchtert von seiner Ernsthaftigkeit kam sie sich einen Moment lang wie ein getadeltes Schulmädchen vor. Aber bei seinen nächsten Worten erholte sie sich schnell wieder. Sie standen im Schlafzimmer.

»Ah, hier haben wir Kreidezeichnungen«, staunte er. »Sehr schön! Sie haben ja sogar Motive aus der Bibel!«

Er sah sie bewundernd an und in diesem Augenblick hatte Beate den Eindruck, dass er sie als Mensch zum ersten Mal richtig wahrnahm. Die ganze Zeit vorher hatte er nur ihre Bilder gesehen. Aber sein Blick machte sie nur noch verlegener.

»Das ist nicht schlecht«, meinte er nun, »die könnte man an kirchliche Werke verkaufen, da finden sich oft Liebhaber für schöne Stücke und erstaunlicher Weise bringen die dann auch immer das Geld auf. Sie könnten doch auch mal was Großflächiges versuchen?«

Beate war total verwirrt. Anscheinend hatte er ganz konkrete Pläne für ihre Bilder.

»Vielleicht setzen wir uns mal und Sie erklären mir, was Sie mit meinen Bildern vorhaben!«, sagte Beate, als sie in der Küche angelangt waren. »Ich weiß von meinen Töchtern, dass Sie Kunsthändler sind und ich hatte mich auch darauf gefreut, Ihnen meine Bilder zu zeigen, aber ans Verkaufen hatte ich eigentlich nicht gedacht!«

»Sie wollen sie alle behalten und keines verkaufen?« Dr. Reichenbach sah sie an, als ob sie von einem anderen Stern käme.

Verlegen strich sich Beate durch die Haare.

»Nein, nein, so meinte ich das nicht. Natürlich würde ich meine Bilder auch verkaufen, aber ich wüsste nicht an wen! Ich meine, darüber habe ich überhaupt noch nie nachgedacht!«

»Ach so«, Dr. Reichenbach nickte. »Ich dachte, Markus hätte Ihnen erzählt, dass ich Kunsthändler bin!«

»Ja, ja, das hat er schon, das heißt, er hat es meinen Töchtern erzählt, ich habe ihn ja auch erst heute kennen gelernt!« Beate war ganz durcheinander. »Aber ich dachte nicht, dass meine Bilder irgendwie von Bedeutung sein könnten!«

»Das dachte ich ehrlich gesagt auch nicht!«, meinte Dr. Reichenbach und lächelte. »Ich habe schon so viel Schund gesehen! Aber Ihre Bilder sind wirklich gut! Sehr gut sogar! Da brauchen Sie Ihr Licht nicht unter den Scheffel zu stellen!«

Beate wurde rot und murmelte ein verlegenes »Danke!«.

»Also was ist, würden Sie denn nun Ihre Bilder verkaufen oder nicht?« Dr. Reichenbach sah sie fast streng an.

»Ja, natürlich würde ich sie verkaufen, aber ich wüsste nicht wie!«

»Na, dafür haben Sie ja jetzt mich! Ich habe da gerade in Stuttgart eine Bank an der Hand, die zu ihrem Firmenjubiläum eine Ausstellung in ihren Räumen wünscht. Das wäre eigentlich die passende Gelegenheit. Nun gut, Sie sind noch nicht bekannt, haben noch keinen Namen in der Szene, aber ich werde die Herren schon überzeugen. Spätestens wenn die Ihre Bilder sehen, werden sie schon einwilligen.« Nachdenklich betrachtete er das Bild, das in der Küche hing. »Was sie noch brauchen sind natürlich Rahmen! Diese Glasrahmen sind zwar gut als Schutz, aber wenn wir die Bilder verkaufen wollen, müssen richtige Rahmen dran. Ich habe da einen Freund an der Hand, zu dem könnten Sie mal fahren und sich passende Rahmen aussuchen!«

»Ich habe mir eigentlich immer vorgestellt, einen Rahmen mit den jeweiligen Farben des Bildes zu bemalen, verstehen Sie? Das Bild zum Beispiel einfach weiterzuführen, so dass der Rahmen Teil des Bildes wäre!«, meinte Beate zögernd.

»Ja, schön, das hört sich gut an!« Dr. Reichenbach war begeistert. »Machen Sie das so, wie es Ihnen richtig erscheint. Sie sind ja die Künstlerin!«

Beate strahlte ihn an. Sie war inzwischen total aufgeregt, ihre Wangen glühten, ihr Herz pochte und einen Moment lang hatte sie Angst, dass das alles ihrem Baby schaden könnte. Sie versuchte sich wieder zu entspannen, aber sie merkte gleich, dass es nicht funktionierte.

»Sie meinen also, ich könnte dann bei dieser Ausstellung meine Bilder auch verkaufen?« Sie konnte es noch immer nicht fassen.

»Ganz bestimmt. In dieser Bank verkehren viele prominente und wohlhabende Leute, die sich sicher für Ihre Bilder interessieren werden. Natürlich werden Sie nicht alle auf einmal verkaufen, aber wir können nach dieser Ausstellung auch noch Bilder über die Galerie verkaufen oder an andere Ausstellungen vermitteln. Sie sind ja noch jung und haben doch schon recht viel gemalt, da können Sie sich schon noch einen Namen machen.« Dr. Reichenbach schien selbst ganz begeistert zu sein von diesem Projekt.

»Bevor wir ins Geschäft kommen, muss ich Ihnen natürlich noch sagen, dass Sie pro verkauftem Bild eine Provision an mich bezahlen müssen, aber das haben Sie sicher schon gewusst.«

Beate hatte nichts dergleichen gewusst, aber sie nickte stumm, um ihre Zustimmung zu signalisieren.

»Möchten Sie gleich einen Vertrag machen?«, fragte sie ihn und spürte, wie sie bei diesen geschäftlichen Dingen ein bisschen nüchterner wurde und ihr Herz sich langsam wieder beruhigte.

»Das wäre nicht schlecht, aber es hat noch Zeit! Jetzt suchen wir erst mal die Bilder aus, die in Frage kommen. Sie machen mir eine Liste mit Größe, Farbmaterial und Titel von jedem, damit wir dann einen kleinen Katalog erstellen können.«

Dr. Reichenbach stand auf.

»Wo, sagten Sie, haben Sie noch Bilder aufgehängt, im Keller?«

»Ja, genau!« Beate nickte, stand auch auf und ging ihm voraus die Treppe nach unten. Sie fühlte sich wie benebelt, wie in einem kitschigen Film, wie im Traum. War das ihr richtiges Leben? Sie würde noch eine Weile brauchen, um diese neue Wirklichkeit zu begreifen.

Während die Mädchen sich an diesem Abend schon bald in ihre Zimmer zurückzogen, saßen Will und Beate noch eine Weile zusammen in der Küche und sprachen über all das, was sich an diesem Nachmittag ereignet hatte.

Draußen zauberte die untergehende Sonne herrliche Farben an den Himmel und zum offenen Fenster strömte kühle Abendluft zu ihnen herein.

»Ich glaube, heute wäre eigentlich Sekt dran – aber wir wollen dem Baby nicht schaden, oder?«, meinte Will und faltete die Zeitung zusammen, die noch aufgeschlagen auf dem Tisch lag. Er war nicht dazu gekommen, sie zu lesen, die Ereignisse ihres eigenen Lebens hatten die Pressemeldungen bei weitem an Spannung überflügelt.

»Es scheint ein ereignisreiches Jahr zu werden, wer weiß, was noch alles kommt!« Will schmunzelte, als er das sagte, aber in Gedanken seufzte er schwer.

Seine Frau eine Künstlerin, was sollte das nur werden? So ganz konnte er die Freude von Beate noch nicht teilen. Ob sich die Bilder tatsächlich verkaufen ließen? Und wenn ja, würde das Geld dann reichen, um ihre Schulden zu bezahlen? Mit Beates Geld? So ganz wohl war ihm bei der Sache nicht. Würde Beate mit den Bildern womöglich mehr Geld verdienen als er? Wie würde er dann dastehen? War das etwa schon Gottes Antwort auf sein Gebet heute Morgen? War Gott so schnell?

In seinem Kopf drehten sich die Gedanken. »Na, du siehst so nachdenklich aus«, meinte Beate.

»Hmmh!«, machte Will nur.

»Machst du dir etwa Gedanken darüber, wie schwierig es sein wird, mit einer berühmten und schwer reichen Künstlerin verheiratet zu sein?« Sie kicherte und Will merkte, dass sie ihn ein bisschen ärgern wollte.

»Na, du hast gut lachen, du weißt gar nicht, was das für einen gestandenen Mann bedeutet«, sagte er in gespieltem Ernst, hinter dem nun auch der Schalk saß.

»Mach dir nur mal nicht zu viele Sorgen. Ich sehe im Moment noch keine allzu großen Schwierigkeiten, das Geld, das ich vielleicht – und ich sage vielleicht! – verdienen werde, unterzubringen. Ich erinnere mich dumpf, dass es da irgendwo ein Geldinstitut gibt, das ganz scharf darauf ist, es zu bekommen!«

Nun entrang sich Will ein echter, tiefer Seufzer.

»Es wäre wirklich zu schön, um wahr zu sein, wenn wir einen Teil unserer Schulden bezahlen könnten. Da hätte ich wirklich nichts dagegen!«

»Aber ich hoffe doch sehr, dass du mich dann, wenn ich Geld verdiene, und ich sage ›Wenn‹, noch genauso liebst wie jetzt. Ich habe schon mal gehört, dass normalerweise der umgekehrte Fall Wirklichkeit ist. Dass Männer Frauen nur wegen ihres Geldes lieben. Mitgiftjäger nennt man das doch, oder? Auf alle Fälle bin ich froh, dass ich nun vielleicht auch meinen Beitrag zum Unterhalt der Familie leisten kann. Ich bin mir in den letzten Wochen manchmal ziemlich wertlos vorgekommen, als ich immer hier zu Hause gehockt habe, und draußen hat die Arbeit gewartet!«

Sie setzte sich neben Will und legte ihren Kopf an seine Schulter.

Will nahm ihre freie Hand in die seine und drückte sie, wie um ihr zu sagen, dass er immer zu ihr halten würde.

Wieder einmal lag Will lange wach. Er drehte sich in seinem Bett von einer Seite auf die andere und dachte nach, ob es denn wirklich sein konnte, dass Beates Bilder sich verkaufen ließen. Und wenn ja, wie viel mochte dann so ein Bild wert sein? Eintausend, zweitausend, fünftausend Mark? Will wusste, dass sie ungefähr vierzig Bilder gemalt hatte, abgesehen von denen, die noch im Haus ihrer Eltern hingen. Wie viele würde sie verkaufen? Zehn, zwanzig oder noch mehr? Angenommen sie würde zwanzig Bilder zu fünftausend Mark verkaufen, dann wären das einhunderttausend Mark. Mann o Mann! Damit wären sie tatsächlich einen großen Teil ihrer Schulden los! Nein, er wollte sich nicht darüber ärgern, dass sie nun vielleicht Geld verdienen würde. Er wollte einfach nur dankbar sein. Und er wollte ab heute jeden Tag dafür beten, dass die Ausstellung ein voller Erfolg werden sollte! Jetzt während der Schwangerschaft sollte sie so viel malen, wie sie nur konnte, denn nachher, mit so einem Winzling im Haus, würde sie nicht mehr so viel Muße haben. So ganz konnte er das alles immer noch nicht fassen, aber es war ein Hoffnungsstreifen am Horizont. Wenn sie auch nur ein paar Bilder verkaufen würde, würde das schon eine Entlastung ihres Schuldenberges bringen.

Er rollte sich auf die Seite, zog die Decke fest um sich und schlief nun doch ein – so unbelastet und entspannt, wie schon lange nicht mehr. Gott würde ihn nicht im Stich lassen, das konnte er in dieser Nacht wieder glauben.

Als endlich im Haus Ruhe eingekehrt war, schlich sich Tanja leise auf Socken die Treppe hinunter. In ihrer Hand hielt sie ihre Schuhe und einen Brief, den sie noch an Heike geschrieben hatte. Sie wollte ihn noch in dieser Nacht bei Heike in den Briefkasten werfen, damit Heike ihn morgen früh gleich lesen konnte. Lautlos trat sie aus der Haustür. Es war schon ziemlich dunkel. Sie ging nicht den normalen Weg über den Hof und dann die Straße entlang, sondern nahm die Abkürzung ums Haus herum und schlich durch den Vorgarten, bis zu einem Loch in der Hecke, durch das sie sich auf die Straße zwängen konnte. Ihre Augen hatten sich schnell an die Dunkelheit gewöhnt und so saß sie in der Hecke und spähte vorsichtig durch die Öffnung zwischen den Zweigen, bevor sie sich ganz hinauswagte.

Die Straßenlaternen waren schon an, es war fast zweiundzwanzig Uhr. Die Dunkelheit und Stille wirkten irgendwie unheimlich.

Ja, die Luft war rein! Oder nein, bewegte sich dort nicht ein Schatten? Erschrocken verharrte sie regungslos in ihrer Kauerstellung. Sie kniff die Augen zusammen und beobachtete scharf die andere Straßenseite. Jetzt sah sie es deutlich! Es war ein Mann, der dort fast unbeweglich an einem Gartenzaun lehnte und zu ihrem Haus herüberstarrte.

»Du meine Güte«, dachte Tanja und die Angst lief ihr kalt den Rücken herunter. War es ein Einbrecher, ein Mörder, der dort stand? Sollte sie die Polizei benachrichtigen? Angestrengt beobachtete sie die Umrisse seiner dunklen Gestalt.

Da plötzlich erkannte sie ihn! Das war ja Andy, der dort stand und zu ihrem Haus herüberstarrte. Was wollte der denn hier? Sie spürte, wie die Wut in ihr hochkam. Dieser Schuft, was hatte er noch hier zu suchen? Wie hatte er ihrer Schwester nur so viel antun können! Ihr erst ein Kind anzuhängen und nun hatte er schon eine ganze Woche nichts mehr von sich hören lassen. Na klar, er war der Mann, musste das Kind nicht zur Welt bringen, konnte sich vor der Verantwortung einfach drücken. Es war so gemein. War jetzt die Gelegenheit, ihm die Meinung zu sagen? Tanja hätte wirklich Lust dazu gehabt, zu ihm hinzugehen, ihn zu packen und zu schütteln! Aber dann hätte sie sich ja selbst auch verraten, vielleicht würden die Nachbarn oder gar ihre Eltern aufwachen, wenn sie hier auf der Straße mit Andy streiten würde. Nein, sie musste sich ihre Wut für später aufbewahren.

Da sah sie auch schon, wie er sich umdrehte und wegging. Sie kniete noch ein paar Minuten in ihrem Versteck, bis sich ihr klopfendes Herz wieder beruhigt hatte. Dann kletterte sie auf die Straße und rannte auf leisen Sohlen bis zu Heikes Haus. Vorsichtig öffnete sie den quietschenden Deckel des Briefkastens und schob ihren Umschlag durch den Spalt.

Plötzlich kam die Angst von vorhin wieder in ihr hoch und so schnell sie konnte, rannte sie wieder zu ihrem Haus zurück. Erleichtert zog sie die Tür hinter sich zu, als sie wieder im Hausflur stand. Einen Moment lang lehnte sie sich atemlos mit dem Rücken an die kühle Wand. Dann öffnete sie das Türchen ihres eigenen Briefkastens, und sie freute sich sehr, als auch für sie Post von Heike da war. Glücklich ging sie in ihr Zimmer. Mit einem letzten Gedanken dachte sie nochmals an Andy. Was er hier wohl gesucht hatte? Ob er doch noch zu Doro zurückkommen würde?

Als Andy sich an diesem Sonntagabend zu Fuß auf den Weg zum Guide gemacht hatte, war er sich vorgekommen wie Nikodemus, der sich in der Nacht zu Jesus schlich, um mit ihm über das Geborenwerden zu sprechen.

»Ja, geboren werden«, sagte Andy spöttisch zu sich selbst, der Begriff kam seinem Problem ziemlich nahe.

Er hatte sein Auto mit Absicht zu Hause stehen lassen, weil er nicht wollte, dass jemand es dort beim Guide vor dem Haus sehen könnte. So eilte er durch die Straßen, in der Hoffnung, niemanden zu treffen, der ihn fragen würde, wohin er denn gehe und was er beim Guide eigentlich wolle.

Nur einmal hielt er inne, als er plötzlich sein Spiegelbild in der Scheibe eines Schaufensters entdeckte.

»Das bin also ich«, dachte er. »Jung, gut aussehend, intelligent!« Wobei man das »intelligent« natürlich nicht sah. Und was auch niemand sah, *noch* niemand: sein Leben war verkorkst. Er war gebrandmarkt durch das Kind, den Fehltritt, den er sich hatte zuschulden kommen lassen! Wie würden es die Leute aufnehmen, wenn es sich rumgesprochen hatte? Was würden seine Freunde denken?

Schnell ging er weiter. Irgendwann würden sich die Wogen wieder geglättet haben. Er würde die Krise aussitzen, bis alles Schnee von gestern war. Aber leider war dieser Tag noch nicht gekommen. Das Ganze stand ihm erst noch bevor. Aber er würde wegziehen, sowieso, diesen Ort des Grauens hinter sich lassen.

Als er beim Guide vor der Tür stand, vor dem großen Mehrfamilienhaus, zögerte er doch noch. Was wollte er eigentlich hier? Seine Sünden bekennen? Er wusste doch sowieso schon, wie es weitergehen sollte.

Aber dann wurde es ihm wieder deutlich. Er musste reden, noch nichts war klar. Irgendwo in ihm saß der Schmerz, die Angst, die Unsicherheit. Das Leben war im Moment total bescheuert. Er drückte auf die Klingel. Jetzt gab es kein Zurück mehr.

Die Tür öffnete sich und der Guide stand vor ihm. Er war ein großer Mann, breit gebaut, mit lichten Haaren. Er trug eine ausgeleierte braune Hose, ein schlabberiges, dunkelblaues T-Shirt und Birkenstock-Sandalen. Andy kam sich für einen Moment in seinem gebügelten Hemd und den Bermudas etwas zu elegant vor und er schwieg verlegen.

»Ah, hallo Andy, schön dich zu sehen«, begrüßte ihn der Guide überrascht. »Willst du reinkommen und mich besuchen oder was führt dich zu mir?«

»Ich muss mit dir reden«, sagte Andy, der seine Sprache wiedergefunden hatte. »Hast du Zeit?«

»Klar habe ich Zeit, aber komm erst mal rein! Am besten wir gehen hoch in mein Arbeitszimmer, da sind wir ungestört!«

Gemeinsam gingen sie die graue Linoleumtreppe nach oben, die erste Treppe, die zweite Treppe, die dritte Treppe, vorbei an der Wohnung, die dem Guide gehörte, bis sie nach der vierten Treppe unter dem Dach des Hauses angelangt waren.

»Hier habe ich mein Arbeitszimmer und meine Ruhe«, sagte der Guide lachend und machte mit einer einladenden Geste die Tür auf. »Ich sag nur noch kurz meiner Frau Bescheid, dann komme ich zu dir und wir haben alle Zeit der Welt, um zu quatschen.«

Es war ein gemütliches, helles Zimmer, ein Schreibtisch stand darin, ein Schaukelstuhl, ein Sessel, ein bequemes, rotkariertes Sofa und ein kleines Glastischchen, an den Wänden standen Regale, gefüllt mit Büchern. Unentschlossen stand Andy in der Mitte und betrachtete sich alles, ohne irgendetwas wirklich wahrzunehmen. Sein Herz klopfte bis zum Hals, es war für ihn noch schlimmer, als beim Zahnarzt zu sitzen. Er hatte Angst davor, in den nächsten Minuten seine Geschichte erzählen zu müssen.

»Komm setz dich!«, forderte der Guide ihn auf, als er atemlos die Treppe wieder heraufgespurtet kam. »Möchtest du etwas zu trinken?«

»Ja gerne!« Mit einem tiefen Seufzer ließ Andy sich auf das Sofa fallen.

»Dein Seufzer hört sich ja nach großem Kummer an«, sagte der Guide, während er mit ruhigen Handbewegungen zwei Gläser und eine Flasche Sprudel auf den Tisch stellte. Irgendwo im Haus war leise Musik zu hören.

Andy nickte nur stumm und beobachtete voller Anspannung den Guide, der die beiden Gläser füllte. Dann stellte er die Flasche auf den Boden, setzte sich in den Sessel und sah Andy forschend an.

»Ich habe gehört, dass du ein eigenes Auto hast!«, begann er das Gespräch.

»Ja, mein Vater hat es mir gesponsert, wahrscheinlich weil er nicht wollte, dass ich dauernd mit seinem rumfahre«, sagte Andy und ein kleines Lächeln schlich sich in sein Gesicht. »Aber ich freue mich natürlich riesig, das kannst du mir glauben. Es ist ein Golf und er hat immerhin neunzig PS.«

Andy schwieg und der Guide merkte, dass er mit seinen Gedanken schon wieder weit weg von seinem Auto war. Deshalb versuchte er einen anderen Anfang.

»Ich freue mich sehr, dass du mit mir reden willst. Man kann viele Probleme lösen, wenn man erst mal den Mut hat, mit jemandem darüber zu sprechen.«

Er lehnte sich in seinem Sessel zurück und nahm eine entspannte Zuhörerhaltung ein. Er schwieg und wartete, bis Andy soweit war, dass er reden konnte. Andy griff wie hilfesuchend nach seinem Glas und trank ein paar Schlucke. Meine Güte, ich schaffe das nicht, dachte er. Es fiel ihm so unendlich schwer, einen Anfang zu finden. Aber der Guide saß einfach da und wartete. Er musste reden.

»Ich hab 'nen riesigen Mist gebaut«, begann Andy und spürte zu seinem Entsetzen, dass ihm die Tränen in die Augen schossen. Er machte die Augen zu und versuchte mit Gewalt, sich zu beherrschen, aber es ging nicht. Beschämt schlug er die Hände vors Gesicht. Stille Schluchzer schüttelten ihn, Tränen rannen ihm durch die Hände.

Der Guide wartete ruhig, bis er sich wieder ein wenig gefasst hatte.

Dann begannen die Worte aus Andy zu sprudeln. All das, was er in den vergangenen Tagen nicht hatte zu Wort kommen lassen, wollte nun heraus. Er wollte nun alles ans Licht bringen, wollte nichts mehr beschönigen.

»Doro ist schwanger«, begann er, »wir waren eigentlich noch gar nicht so lange befreundet, nicht mal ein halbes Jahr. Aber trotzdem habe ich sie auf der Radtour überredet, doch einmal, ein einziges Mal, mit mir zu schlafen. Wir waren den ganzen Tag zusammen und da war so viel Sehnsucht in mir. Ich musste sie den ganzen Tag immer nur anschauen, wie sie ging, wie sie sich bewegte, wie sie auf dem Rad saß. Sie ist so schön!«

Er hielt kurz inne und der Guide spürte, dass Andy ganz tief in seiner Erzählung gefangen war.

»Ich habe nicht gedacht, dass aus dem einen einzigen Mal so was werden könnte. Ich hätte daran denken müssen, ich weiß, aber ich habe es nicht getan. Ich bin froh, dass sie wenigstens trotzdem versuchen will, ihr Abitur zu machen. Und sie schafft das auch, so schlau wie sie ist. Bestimmt findet sie auch wieder einen Mann. Sie sieht ja echt gut aus, super gut.«

Jetzt sah er dem Guide direkt in die Augen.

»Weil ich sie nämlich nicht heiraten kann! Ich fühle mich noch nicht so weit. Ich brauche noch Zeit, will noch soviel ausprobieren. Und ich will kein Kind am Hals haben.« Erneut schüttelte ihn Schluchzen. Als er sich wieder gefangen hatte, sah er forschend in das Gesicht des Guides und suchte nach einem Zeichen des Vorwurfs oder der Anklage. Aber der Guide nickte nur, um ihm zu zeigen, dass er ihn verstanden hatte. Andy, der diese Reaktion nicht erwartet hatte, atmete erst mal durch und entspannte sich ein wenig.

»Du bist ja gar nicht geschockt!«, meinte er erleichtert.

»Na, ein bisschen schon«, antwortete ihm der Guide mit einem winzigen Hauch eines Lächelns im Gesicht.

»Aber weißt du, jeder baut mal Mist in seinem Leben, ich habe da schon manches erlebt!«

Wieder schwiegen die beiden.

»Bist du gekommen, um mir das einfach zu erzählen, zu beichten, oder möchtest du mit mir noch darüber reden?«

»Eigentlich ist mir noch gar nichts klar«, hörte Andy sich zu seinem eigenen Erstaunen sagen. »Ich bekomme die Sache irgendwie nicht geregelt. Ich habe einfach nur Angst. Vielleicht kannst du mir mal irgendeine Frage stellen, die mir weiterhilft?«

»Hm, ja eine Frage«, dachte der Guide laut. »Ich würde dir ja gern noch viele Fragen stellen über das, was passiert ist, aber an den Tatsachen können wir nichts ändern. Höchstens noch eine Frage, nämlich wie du dich von Doro verabschiedet hast, als ihr euch das letzte Mal gesehen habt!«

»Ich habe ihr gesagt, ich müsste über die ganze Geschichte erst mal noch nachdenken, weil die Nachricht schon ein echter Schock für mich war. Aber ich habe ihr keinerlei Hoffnungen gemacht. Ich habe nicht gesagt, dass wir uns nochmals treffen oder dass ich zu ihr stehe oder so was. Aber ich war auch einfach wie vor den Kopf geschlagen. Ich hatte das Gefühl, unter mir würde sich ein Loch auftun und in das wollte ich auf keinen Fall fallen.«

»Okay. Jetzt kann ich mir ungefähr die ganze Sachlage vorstellen. Dann lass uns nochmals in Ruhe darüber reden, wie es weiter gehen soll. Erzähl mir doch mal noch genauer, was du so alles ohne Doro machen möchtest, und sag mir, von was dich so eine kleine Familie abhalten könnte!«

Auch Andy lehnte sich zurück, jetzt wo alles endlich am Tag war, fühlte er sich schon viel besser.

»Ich möchte so gern nach dem Abitur eine Reise machen, weißt du, mit dem Rucksack und ein paar Freunden, eine richtige Männertour! Dann möchte ich studieren, ich habe mich noch nicht entschieden, aber ich habe schon an Maschinenbau gedacht.« Andy stockte, er wusste irgendwie selbst noch nicht so recht, wie die Zukunft aussehen sollte.

»Aha!«, meinte der Guide, als er merkte, dass Andy nicht mehr weiterwusste. »Und von dem allem will Doro nichts wissen?«

»Wie, nichts wissen?«, Andy sah ihn verwundert an. »Darüber habe ich mit ihr noch gar nicht richtig geredet. Schon mal am Rand, klar, da hat sie mich danach gefragt, aber irgendwie schien das alles noch so weit weg zu sein. Ich habe sie natürlich nicht nach ihrer Meinung gefragt, weil ich dachte, dass das ja mein Leben ist und ich auch allein darüber entscheiden kann, was ich tue.«

»Und wenn du jetzt mit Doro über die Zukunft reden würdest, würde sie dir dann so einen Rucksackurlaub und das Studium verbieten?«, fragte der Guide weiter.

»Verbieten?«, Andy war verwirrt. Das hatte er sich noch nicht überlegt. Er dachte einen Moment über diese Frage nach und meinte dann: »Nein, ich glaube verbieten würde sie es nicht. Sie würde es vielleicht schon verstehen, aber als verheirateter Mann und Vater macht man doch so etwas nicht!«

»Was ›man‹ macht, ist nicht wichtig. Wichtig ist, was du machen könntest, selbst wenn du mit ihr verheiratet sein würdest!«

»Aha, jetzt kommt es also doch! Das hätte ich mir denken können, dass du so ein Moralapostel bist und willst, dass ich sie heirate!« In Andys Stimme klang Bitterkeit. »Ich dachte, du würdest mich verstehen!«

»Ich glaube, ich verstehe dich ganz gut! Aber noch mal eine Frage, bevor du mich schlägst: Liebst du Doro eigentlich?«

Andy zögerte, betrachtete verlegen seine Hände und der Guide spürte, dass er ehrlich überlegte.

»Was ist schon Liebe?«, antwortete er dann. »Also am Anfang war ich schon total verknallt in sie, aber das ist jetzt nicht mehr ganz so. Ich sehe sie jetzt auch, wie sie wirklich ist, nicht nur so, wie ich sie mir geträumt habe. Aber ich mag sie jetzt vielleicht noch mehr als vorher. Sie ist 'ne tolle Frau und hat einfach eine super Figur; sie ist intelligent und hat eine nette Familie. Das würde schon alles passen!« Dann sah er den Guide fragend an: »Was willst du eigentlich mit dieser Frage? Das spielt doch sowieso keine Rolle mehr!«

»Ich habe mir eben überlegt, wann du im Leben wieder so eine Frau kennen lernen wirst!«

»Ach, gibt es nicht tausend tolle Frauen?«

»Vielleicht!«, antwortete der Guide. »Aber welche passt davon zu dir? Das ist doch von Tausend die eine, mit der du dich dann wirklich so gut verstehst, dass du es ein Leben lang mit ihr aushältst! Oder findest du inzwischen schon eine andere besser?«

»Ach Quatsch, überhaupt nicht, und so schnell will ich auch keine andere finden. Ich kann dir sagen, ich habe gerade wirklich die Nase voll. Ich hab mir bei dieser Geschichte so sehr die Finger verbrannt, dass ich erst einmal noch einige Zeit brauchen werde, bevor ich mich davon erholt habe. Ich fühle mich einfach noch nicht reif genug, die Verantwortung für eine Familie zu übernehmen. Es ist gar nicht Doro selbst, sie wäre als Frau schon super, es ist das Kind. Wenn ich daran denke, habe ich das Gefühl, eine schwere Last würde mich erdrücken!«

Der Guide nickte: »Ich versteh dich, Andy, aber nimm dir einfach Zeit und überdenke alles noch einmal in Ruhe. Wie viel Zeit müsstest du tatsächlich für das Kind opfern? Was würdest du verlieren, wenn du Doro heiratest? Was würdest du gewinnen? Man kann für vieles eine Lösung finden. Flucht scheint oft der bequemste Weg, aber ich denke, Gott würde dich segnen, wenn du nach seinem Willen handelst!«

»Ich will einfach frei sein!«, verteidigte sich Andy mit gepresster Stimme.

»Freiheit scheint so wichtig zu sein, aber Freiheit bedeutet nicht immer Glück. Die scheinbare Freiheit bedeutet oft Einsamkeit, und auch wenn du frei bist, bist du verantwortlich für dein Leben und deine Zeit. Jemand Kluges hat mal gesagt: ›Die Freiheit liegt in dir selbst! Selbst wenn man im Gefängnis ist, kann man frei sein!‹ und ich glaube, das stimmt. Denk einfach noch mal darüber nach!«

Andy schwieg. Doro heiraten? Den Rest seines Lebens mit ihr verbringen? Und mit einem Kind?

»Und wie sollten wir das finanzieren? Wie soll ich Frau und Kind ernähren, wenn ich studiere? Das ist doch absolut undenkbar!«

»Na, bei deinem Vater ist das vielleicht nicht so undenkbar, wie bei anderen Vätern!«, sagte der Guide und entschuldigte sich dann gleich wieder für diese Äußerung. »Aber abgesehen davon ist das teuerste erst einmal die Wohnung. Vielleicht würde es da ja irgendeine gute Lösung geben. Du müsstest mit Doro darüber reden und vielleicht auch mit ihrer und deiner Familie. Allein schafft ihr das nicht, aber wenn du studierst, müssten dich deine Eltern ja sowieso finanziell unterstützen, oder? Es gibt da auch noch so etwas wie ein Sozialamt. Es gibt viele Möglichkeiten, etwas zu erreichen, wenn man es erreichen will!«

Andy sah den Guide zweifelnd an. »Also weißt du, ich bin eigentlich nicht zu dir gekommen, um mich zum Heiraten überreden zu lassen. Ich bin gekommen, um mit meinen Schuldgefühlen ins Reine zu kommen. Und jetzt ist alles noch genauso wirr wie vorher!«

»Wenn du von mir einen Rat hören willst, dann rate ich dir Folgendes: Jetzt hast du Angst, aber versuche doch einfach mal, die Angst auszuschalten und dir beides vorzustellen: Ein Leben ohne Doro, frei, vielleicht auch mit einer anderen Frau zusammen, aber immer mit einem schlechten Gewissen und der Schuld, die du vor deinem Sohn oder deiner Tochter hättest und die sich auch mit Geld nicht bezahlen lässt.

Oder ein Leben mit Doro, einer wirklich tollen Frau, wie du so leicht keine andere finden wirst und mit einem kleinen Kind, dem du ein Vater sein könntest. Vielleicht kein perfekter Vater, vielleicht hättest du neben dem Studium nicht immer so viel Zeit, aber doch wärst du da, wärst an der Seite dieses Kindes. Diese zwei Wege gibt es im Moment für dich und ich könnte nicht sagen, welches der schlechtere wäre. Denn auch ein Weg mit Doro zusammen würde sicher ein schöner Weg werden! Aber egal, wie du dich entscheidest, du musst noch einmal mit Doro reden und ihr mitteilen, wie es für dich aussieht. Aber bevor du mit Doro redest, sprich mit Jesus, er ist ein noch besserer Ratgeber als ich.«

Schweigend hörte Andy ihm zu. Er merkte, dass der Guide ihn überhaupt nicht verstanden hatte. Es gab für ihn keine zwei Wege und er wollte mit Doro nicht reden.

»Weißt du was, wir beten noch zusammen. Gott soll dir klar machen, welchen Weg du gehen sollst!«, meinte der Guide, als Andy nichts mehr sagte. So falteten sie beide ihre Hände, senkten ihre Köpfe und der Guide betete für Andy, dass Gott ihm helfen solle.

Dann verabschiedeten sie sich voneinander. Der Guide nahm Andy kurz in den Arm und klopfte ihm kräftig auf die Schulter.

»Egal, wie du dich entscheidest, du bist immer bei mir willkommen, aber ich möchte dir Mut machen, die Sache nochmals nach allen Seiten hin zu prüfen! An der Seite einer Frau kann das Leben sehr schön und spannend sein!«

Andy nickte nur. In seinem Kopf schien das Chaos immer größer zu werden. Er hatte sich Hilfe erwartet, aber nichts war klar geworden. Dann ging er und blickte nicht mehr zurück zum Guide, der noch eine Weile unter der offenen Haustür stehen blieb und ihm nachsah.

Es war inzwischen fast dunkel und die Nachtluft tat seinem wirren, schmerzenden Kopf gut. Unbewusst wählte er eine Straße Richtung Westen, eine unsichtbare Hand zog ihn in die Nähe von Doro.

Lange stand er dann vor ihrem Haus. Ja, er liebte sie noch immer, liebte sie voll schmerzlicher Sehnsucht. Aber er wusste genau:

wenn er den Weg an ihrer Seite einschlug, würden große Schwierigkeiten auf ihn warten. Vieles würde anders laufen, als er es sich für sein Leben geträumt hatte. Würde seine Liebe das aushalten? Er konnte es sich nicht vorstellen. Resigniert und traurig machte er sich endlich auf den Heimweg. Tränen liefen über sein Gesicht.

Liebe Tanja!

Heute Morgen nach dem Gottesdienst hast du ja Werner und seine zwei Kinder selbst gesehen! Eigentlich ist er schon ganz nett, aber ich bin immer noch ein bisschen sauer auf meine Mutter. Wir hatten es so schön zu dritt, hatten unsere Ruhe und jetzt kommt soviel Stress in unser Leben. Und mich regt es auch unheimlich auf, dass sie dauernd von ihm spricht und dauernd mit ihm telefoniert, ich fühle mich schon ein bisschen wie das fünfte Rad am Wagen! Ich wäre so froh, wenn ich einen Freund hätte. Aber ich kann halt leider nicht einfach mit den Fingern schnippen und schwupps kommt einer herbeigeflogen.

Ich frage mich, wie es dem Milchgesicht mit dem allem geht!

Nach dem Kaffeetrinken heute Nachmittag bei uns hat seine Schwester eine Weile mit meinem Bruder gespielt, meine Mutter hat mit Werner die Pläne von dem Haus studiert, das er vielleicht kaufen will. Da hat das Milchgesicht ganz verloren rumgestanden und ich habe gemerkt, dass er sich überhaupt nicht wohl fühlt. Deshalb habe ich ihn gefragt, ob wir in meinem Zimmer Musik hören wollen und ich glaube, das war ihm sehr recht. Wir saßen dann zusammen bei mir. Weil er nach den Ferien zu uns an die Schule wechselt, wollte er alles über die Lehrer wissen und was so läuft. Das war irgendwie ein richtig gutes Gefühl, Bescheid zu wissen, ihm was erklären und helfen zu können. Er hat nicht viel geredet, aber er hat gut zugehört. Ich bin ja sonst die Stille, aber bei ihm war ich es mal nicht. Das war irgendwie schon komisch. Später haben wir dann das Haus angeschaut. Ich muss unbedingt nächste Woche mal mit dir dort vorbeigehen! Ich kann es mir ja noch gar nicht vorstellen, mit denen allen zusammen zu wohnen, aber ich muss sagen, das Haus ist toll. Nicht neu, aber groß. So ein fast quadratischer Kasten mit zwei Stockwerken mit jeweils vier Zimmern. Das Milchgesicht bekommt unten ein Zimmer, neben Wohn- und Esszimmer und Arbeitszimmer. Ich schlafe mit den anderen oben. Jedes Kind hat dort ein Zimmer, die zwei Erwachsenen eins zusammen. Mein Zimmer ist groß und hell und hat sogar einen eigenen Balkon. Weißt du noch, wie du das mit dem Zimmer zu mir gesagt hast, jetzt ist es tatsächlich so gekommen. Über das schöne Zimmer freue ich mich wirklich. Ich habe mich gefragt, ob sie das Milchgesicht extra nach unten gelegt haben, damit er mit mir nichts anfängt (du verstehst schon!). Aber da hätten sie sich gar nicht die Mühe machen brauchen, so schüchtern und kindisch wie der ist. Aber es wird noch eine ganze Weile dauern, bis wir dort einziehen, mindestens noch ein halbes Jahr und meine Mutter hat zu mir gesagt, dass sie dort auch nur einzieht, wenn sie mit Werner verheiratet ist. Hilfe, meine Mutter will heiraten!

Obwohl ich es mir ja eigentlich verboten habe, muss ich gerade so viel an Markus denken. Wenn alles um mich herum so chaotisch ist, klammere ich mich manchmal richtig an meine Gefühle für ihn. Alles ändert sich so stark, das ist mir einfach zu schnell und zu viel.

Ach Tanja, ich bin ziemlich durcheinander. Wenn es tatsächlich klappt mit dem Haus und allem, dann besuch mich oft in meinem neuen Zimmer, versprochen?! Ich beneide dich um den Nachmittag mit Markus und bin gespannt, was du mir schreibst!

Deine Heike

Liebe Heike!

Also, ich sag es dir, bei uns ist gerade echt was los. Zwei Neuigkeiten muss ich dir erzählen: Die gute Nachricht ist die, dass der Vater von Markus meiner Mutter angeboten hat, ihre Bilder in

Stuttgart bei einer Bank auszustellen. Und er meinte tatsächlich, sie könnte vielleicht auch welche verkaufen. Ich kann's ja kaum glauben: Meine Mutter – die Künstlerin! Mal sehn, ob es wirklich auch klappt.

Na ja, und während die älteren Herrschaften sich unten angeregt unterhielten, saßen Doro und ich mit Markus und seiner kleinen Schwester oben in Doros Zimmer. Die schlechte Nachricht ist die, dass Andy sich von Doro getrennt hat (frag mich nicht warum, das kann ich dir erst in ein paar Wochen erzählen, aber er ist schon länger nicht mehr hier aufgetaucht!). Auf alle Fälle ist Doro am Boden zerstört und das hat Markus auch gleich gemerkt und war dann super nett zu ihr. Sie hat ihm dann auch erzählt, dass sie und Andy sich getrennt haben, obwohl sie sonst so still ist und es bisher noch keinem gesagt hat. Aber Markus scheint der Mann zu sein, dem die Frauen vertrauen.

Und während ich mich um die kleine Susanne gekümmert habe, haben die zwei sich dann super unterhalten, über Musik und Kunst und alles und ich bin mir manchmal daneben ziemlich überflüssig vorgekommen. Das hat mich schon sehr gewurmt, auch wenn ich es Doro gegönnt habe. Die ist richtig aufgeblüht. (Aber du brauchst keine Angst zu haben, ich glaube, es ist ziemlich unwahrscheinlich, dass zwischen den beiden was laufen wird!)

Na ja, also wie ich Markus jetzt einschätze, wäre er mir als Freund und Lover fast eine Nummer zu groß. Aber das steht ja bei mir zum Glück genauso wenig zur Debatte wie bei Doro.

Ich habe mich übrigens entschlossen, morgen mal Stefan anzurufen. Schließlich hat er sich das letzte Mal gemeldet, da kann ich mich auch mal bei ihm melden. Ich werde ihn fragen, ob wir zusammen Eis essen gehen wollen. Ich bin jetzt schon total aufgeregt deswegen und kann bestimmt heute nicht einschlafen. Ich freue mich schon darauf, seine Stimme zu hören. Vielleicht treffe ich dich am Mittwoch, dann erzähle ich dir, ob es geklappt hat.

Lass dich umarmen,
deine Tanja

Es klappte tatsächlich mit Stefan. Sie verabredeten sich für Dienstagnachmittag in Öhringen um sechzehn Uhr vor dem Eiscafé am Oberen Tor. Tanja fuhr mit dem Bus hin und war deshalb ein paar Minuten zu früh dort, aber Stefan wartete bereits auf sie, lässig an eine Telefonzelle gelehnt. Ihr Herz klopfte fast bis zum Zerspringen, als er sie angrinste, sie begrüßte und dann einfach bei der Hand nahm.

Vor dem Eiscafé standen überall Autos und es sah ziemlich voll aus. Laute Musik und Gelächter drangen bis zu ihnen auf die Straße. Unschlüssig blieben sie im Eingangsbereich stehen und wussten nicht so recht, was sie machen sollten. Kein Tisch war frei.

Da sah Tanja, dass zwei junge Mädchen aufstanden und einen Zweiertisch am Fenster freimachten.

»Komm schnell, da setzen wir uns hin!«, sagte sie zu Stefan und zog ihn hinter sich her durch den überfüllten Raum zu dem kleinen weißen Tischchen. Erleichtert setzten sie sich einander gegenüber auf die wackeligen Stahlrohrstühlchen und Tanja strahlte, weil es nun doch geklappt hatte. Sie nahmen die Eiskarte, die auf dem Tisch lag, legten sie quer und kicherten bei dem Versuch, die Karte gleichzeitig zu lesen und überlegten, was sie bestellen sollten. Aber es dauerte dann noch eine ganze Weile, bis endlich der Kellner kam, ein rassiger Italiener mit viel Pomade im Haar, und ihre Bestellung entgegennahm.

»Ich nehme Spagetti-Eis«, bestellte Tanja und Stefan schloss sich ihr an. Der Kellner verschwand.

Plötzlich saßen sie sich irgendwie verlegen gegenüber und wussten nicht, was sie miteinander reden sollten. Während im Hintergrund die Musik dudelte, blickte Stefan aus dem Fenster und Tanja überlegte fieberhaft, was sie ihn fragen könnte oder was ihn aus ihrem Leben interessieren könnte. Sollte sie ihm erzählen, dass ihre Mutter im Begriff war, als Künstlerin Karriere zu machen? Aber so ganz spruchreif war die Geschichte noch nicht, irgendwie kannte sie Stefan für etwas so Familienintimes nicht gut genug. Von Doro konnte sie im Moment auch noch nichts erzählen und beim Thema Jugendtreff wusste sie nicht so recht, ob ihn das eher abstoßen oder interessieren würde. Es war nicht einfach, mit so einem stillen Typen befreundet zu sein, der eigentlich ihre Interessen gar nicht teilte. Trotzdem fand sie ihn unheimlich süß und mit ihm Hand in Hand hier zu sitzen, war das Schönste auf der ganzen Welt. Und da kam ihr auch schon die rettende Idee.

»Welches Auto möchtest du dir denn kaufen, wenn du achtzehn bist?«, fragte sie und an dem Leuchten, das über sein Gesicht zog, erkannte sie erleichtert, dass es die richtige Frage war, die sie gestellt hatte.

»Tja«, begann Stefan, »was ich mir erträume, ist eine Sache, was ich mir wirklich irgendwann mal leisten kann, eine andere. Wenn ich Millionär wäre, dann würde ich mir einen Ferrari Testarossa kaufen. Testarossa heißt auf Deutsch Rotkopf. Seine Zylinderköpfe sind nämlich rot lackiert. Der ist mit seinen geilen Seitenschlitzen echt das Maß aller Dinge. Aber ein Lambo wäre natürlich auch nicht zu verachten!«, meinte er und bekam vor Sehnsucht glänzende Augen.

»Was ist denn ein Lambo?«

»Ein Lamborghini Countach, einfach klasse. Der hat Flügeltüren und fantastisch schöne Tiefbettfelgen. Aber die zwei werden sicher immer Träume bleiben. Wenn ich fleißig spare, könnte es schon sein, dass es für einen Golf GTI reicht, mit 110 PS, das wäre auch 'ne Wucht! Aber so wie es aussieht, muss ich froh sein, wenn ich mir überhaupt einen fahrbaren Untersatz leisten kann. Vielleicht kaufe ich mir auch ein Motorrad!«

Der Kellner brachte ihnen ihr Eis und eine Zeit lang unterhielten sie sich noch über Autos und darüber, wo und wann sie den Führerschein machen würden. Dann redeten sie noch eine Weile über die Schule und ehe Tanja es sich versah, standen sie schon wieder draußen in der Sonne vor dem Eiscafé.

»Dann mache ich mich wohl auf den Heimweg«, sagte Tanja und merkte, wie sie wieder ganz verlegen wurde.

»Meine Güte, was ist nur los mit mir«, dachte sie. »Ich stelle mich doch sonst nicht so blöd an!«

»Soll ich dich noch zur Bushaltestelle begleiten?«, fragte da zum Glück Stefan. »Oder weißt du was, ich habe eine bessere Idee! Wir gehen zusammen zu Fuß zu dir nach Neuenstein!«

Tanja blickte ihn überrascht an, nickte dann aber begeistert und die Vorstellung, sechs Kilometer in der sommerlichen Hitze zu marschieren, schreckte sie überhaupt nicht. Sie schwebte. So machten sie sich Hand in Hand auf den Weg, zuerst durch die Stadt, vorbei an frisch gestrichenen barocken Häuserfassaden, dann entlang der Straße auf einem schmalen Gehweg bis nach Cappel, vorbei an den Reitställen und endlich erreichten sie den ruhigen Feldweg, auf dem Tanja schon so oft mit dem Rad gefahren war. Sie redeten nicht viel miteinander, aber ihr Schweigen bedrückte sie nicht. Sie waren ja beieinander. Nur einmal schoss Tanja der Gedanke durch den Kopf, dass sie sich mit Markus besser unterhalten hätte, aber diesen Gedanken strich sie schnell wieder aus ihrem Gedächtnis. Sie dachte an den letzten Sonntag und daran, dass er ihr zu schlau und zu begabt erschienen war.

Sie fühlte die große Hand von Stefan, die ihre Hand fest umschloss und ein starkes Glücksgefühl erfüllte sie. Da war ein Mensch an ihrer Seite, der sie festhielt, den sie spüren konnte. Es war wunderschön.

Als endlich, nach langem Marsch durch die Felder, die ersten Häuser der Bernhardsmühle zu sehen waren, fand Stefan seine Sprache wieder.

»Komm wir machen eine Pause«, sagte er und zog Tanja an seiner Hand vom Weg runter zu dem Grasstreifen, der das danebenliegende Feld begrenzte. Sie lachte und schrie auf, als er sie so stürmisch zog und sie ließen sich nebeneinander ins Gras fallen.

»Oh ja, eine Pause tut gut!«, meinte Tanja. »Ich glaube, ich hab an dem einen Fuß eine Blase bekommen!«

»Lauf doch nachher barfuß«, schlug ihr Stefan vor und sie zog auch schon gleich ihre Sandalen aus.

Stefan rückte noch ein Stück näher zu ihr hin.

»Ich habe das Haus noch gar nicht gesehen, in dem du wohnst!«, meinte er. »Ist es groß?«

»Ach, eigentlich ist es ziemlich normal«, antwortete ihm Tanja. »Es hat zwei Stockwerke, es ist ein etwas älteres Siedlungshaus, nichts Besonderes. Aber die Lage ist sehr schön. Unser Grundstück grenzt an einen Feldweg und dahinter kommen nur noch Wiesen und Felder. Hinter dem Haus hat mein Vater noch einige Schuppen um den Hof herum gebaut. Die braucht er für seine Geräte und Fahrzeuge!«

»Musst du viel helfen?«, fragte Stefan.

»Jetzt in den Sommerferien schon. Aber meistens mache ich es ganz gern. Es gehört einfach zu unserem Leben als Familie, verstehst du?« Tanja freute sich, dass er sich für sie und ihren Alltag interessierte. Es war das erste Mal, dass er solche Fragen stellte. Ein paar Mal hatte sie sich schon überlegt, ob Stefan denn nun wirklich der »Richtige« ist, aber in diesen Augenblicken war sie sich ganz sicher.

In ihre Gedanken hinein drehte Stefan sich ganz nahe zu ihr hin und legte einen Arm über sie, so dass er damit leicht ihre Brust berührte. Tanja durchfuhr ein heißer Schreck. Was machte er denn da? Merkte er, was er tat? Überschritt er nicht eine Grenze? Wie sollte sie jetzt reagieren? Für einen Moment lag sie da, steif wie ein Stock. Aber dann fiel ihr Doro ein, und als ein Motorrad mit lautem Dröhnen über die hier nahe Straße jagte, schob sie sich ein kleines bisschen im Gras nach oben, so dass sein Arm nun auf ihrem Bauch lag. Sie legte ihre Hand auf seinen Arm, als ob sie ihn an diesem Platz festhalten wollte. Stefan sagte nichts und so lagen sie noch eine Weile beieinander. Tanja war sich nun sicher, dass die Berührung ein Versehen war und sie entspannte sich wieder. Aber langsam, fast unmerklich schob Stefan seinen Arm wieder nach oben.

»Hey, was soll das?«, Tanja setzte sich atemlos auf. »Mach mal langsam!« Schüchtern und wie um Verzeihung bittend strich sie ihm über seine Wange.

»Wie, langsam? Das geht doch gar nicht!«, Stefans Stimme klang belegt. »Was willst du eigentlich?«

»Mit dir reden will ich! Mit dir zusammen sein, mit dir was zusammen unternehmen!«, sagte Tanja und stand auf.

Stefan sah sie an, als ob sie vom Mond käme. Sie spürte, dass er enttäuscht war, aber was hätte sie machen sollen? Sie war total verunsichert.

Als sie weitergingen, nahm sie wieder seine Hand. Diese Hand war gut, das fühlte sie genau und diesem Gefühl würde sie vertrauen. Zart streichelte sie seinen Handrücken mit ihrem Daumen. Ja, zart wollte sie mit ihm sein! Aber wollte er das auch?

»Willst du bei unserem Haus noch vorbeischauen, oder sollen wir gleich zur Bushaltestelle gehen und nachsehen, wann der nächste Bus zurückfährt?«, fragend sah Tanja ihn an.

Stefan sah auf seine Uhr. Es war nun doch schon spät geworden und so beschlossen sie, gleich zur Seewiese zu gehen, einem großen, staubigen Platz am Rande des Ortskerns, auf dem der Wochenmarkt und der alljährliche Rummel mit Karussell und Buden stattfand und an dessen Rand erst vor kurzem eine Bushaltestelle eingerichtet worden war. Als sie ankamen, setzten sie sich auf die sonnenwarmen Steine einer kleinen Mauer, die den großen Platz zur Straße hin begrenzte. Von hier aus konnten sie den Bus gleich sehen, wenn er von der Ortsmitte her zu dieser Haltestelle fahren würde. Die Luft war staubig und sie waren nun nach dem langen Marsch müde und durstig. Deshalb stand Stefan noch einmal auf, ging zu dem großen, gusseisernen Brunnen, der dort am Straßenrand stand, tauchte seine Arme tief hinein und trank ein paar Schlucke. Dann kam er wieder zu Tanja zurück, spritzte sie ein bisschen mit dem Wasser auf seinen Armen nass, bis sie aufkreischte und abwehrend die Hände hob. Er setzte sich wieder zu ihr auf die warmen Steine und begann ganz locker zu erzählen: Über seinen Ferienjob, und dass er ganz froh sei, wenn er mit der Sklavenarbeit bald aufhören könne. Da sei die Schule fast noch angenehm dagegen.

Eine Weile saßen sie so beieinander in der Spätnachmittagssonne. Tanja freute sich, dass er aus sich herausging und die paar freundlichen Momente des Zusammenseins taten ihr richtig gut.

»Gehen wir jetzt eigentlich zusammen?«, fragte Tanja plötzlich und war selbst überrascht über ihre Frage. Aber sie wollte so gern wissen, woran sie mit ihm war.

»Hm, ich glaube schon!«, antwortete Stefan, aber er klang nicht richtig überzeugend.

Da sahen sie von weitem den Bus kommen, standen auf und gingen zum Busschild, das die Haltestelle kennzeichnete. »Dann sehn wir uns wieder in der Schule?«, fragend sah Stefan sie an. Tanja nickte nur. Sie blieb stehen und beobachtete ihn beim Einsteigen.

Die Türen schlossen sich mit pfeifendem Quietschen und der Motor setzte das Fahrzeug mit lautem Brummen in Bewegung. Sie sah dem Bus hinterher, bis er um die letzte Kurve gebogen war. Dann, als er verschwunden war, wichen all ihre Zweifel und Ängste. Stefan! Sein Traumbild erschien vor ihren Augen und ihr Herz füllte sich mit Zärtlichkeit und Sehnsucht. Sie begann die Tage zu zählen, bis sie ihn wiedersehen würde.

Am Donnerstag nach dem Mittagessen blieben alle noch eine Weile in der Küche zusammen. Will saß gemütlich in seinem Sessel und las die Tageszeitung, Doro blätterte in einer Zeitschrift und Tanja half Beate, die Küche aufzuräumen. Beate genoss dieses Beisammensein in tiefen Zügen. Es war noch Teil ihrer alten, lange gewohnten Zeit und sie wusste nur zu genau, dass diese Stunden schon gezählt waren. Bald würden Babys, unruhige kleine Schreier, hier mit in der Küche sein, vielleicht auch junge Männer. Sie freute sich auf die neue Zeit, aber heute tat es ihr gut, nochmals in der vertrauten, kleinen Gemeinschaft zu sein. Sie spürte, wie viel Kraft sie aus diesen Momenten schöpfte.

Aber schon viel zu früh stand Will auf, reckte und streckte sich, fuhr sich mit der Hand durch seinen verblassenden Wikingerschopf. Schnell ging sie zu ihm hin und schmiegte sich für einen Moment an seinen warmen, muskulösen Männerkörper. Dann sagte sie: »Ich werde mich mal heute Nachmittag auf den Weg machen und Rahmen für meine Bilder kaufen!« Es sollte beiläufig klingen, aber alle konnten die Begeisterung hinter diesen Worten spüren.

Will schob sie ein bisschen von sich weg. »Wieso hast du das nicht gleich gesagt?«, fragte er. »Ich komme natürlich mit!«

»Du gehst mit?«, Beate war völlig überrascht. »Aber du hast doch so viel Arbeit! Willst du etwa einen ganzen Nachmittag für diese Rahmen da opfern? Ich traue es mir eigentlich schon zu, das Richtige zu finden!«

»Ich weiß!«, sagte Will schlicht. »Aber ich gehe trotzdem mit! Ich muss nur noch schnell eine saubere Hose und ein frisches Hemd anziehen, dann bin ich bereit!«

»Schön, ich freue mich!«, Beate strahlte ihn an. Sie war nun irgendwie doch froh, ihn dabei zu haben.

Sie fuhren nach Öhringen, zu dem kleinen Möbelhaus, das ihnen Dr. Reichenbach empfohlen hatte. Als sie endlich einen Parkplatz in einem der engen Altstadtsträßchen gefunden hatten, holte Will die Mappe, in die Beate fast alle Bilder gelegt hatte, aus dem Auto und sie machten sich auf den Weg. In dem Möbelhaus war an diesem Nachmittag nicht viel los. Als sie eintraten, empfing sie leise Musik, aber es waren weder Kunden noch ein Verkäufer zu sehen. Flüsternd bahnten sie sich einen Weg durch die große Halle, zwischen schönen Wohnzimmermöbeln, herrlichen modernen Küchen und gemütlichen Schlafzimmern hindurch. »Wo sind denn hier die Kinderzimmer? Die könnten wir doch auch mal ansehen«, sagte Beate leise.

»Die sind vielleicht im zweiten Stock«, meinte Will. Dann kamen sie am Informationsstand an und dort saß ein junger, adrett aussehender Angestellter, ganz in seine Büroarbeiten vertieft.

Als er spürte, dass ihn jemand ansah, machte er seine Bücher zu, räusperte sich und fragte: »Sie wünschen?«

»Wir sind auf der Suche nach Bilderrahmen«, sagte Beate.

Mit trägen Bewegungen stand er auf und kam hinter dem Tresen hervor. »Ah ja, dann folgen Sie mir bitte!«

Zwischen Büro- und Esszimmermöbeln hindurch, führte er sie noch weiter im Haus nach hinten, dann öffnete er eine schwere Metalltür und sie betraten einen großen Raum, der nicht wie ein Laden aussah, sondern wie eine Werkstatt. In der Mitte stand eine Werkbank, auf der unfertige Rahmen ihre Hölzer wie hilflose Arme in die Luft streckten, Hobelspäne lagen lockig auf dem Boden verstreut, überall war es staubig. In der Luft hing ein schwerer Geruch nach Farbe und Lack, unter den sich der zarte Duft frischen Holzes mischte. Zwei Wände ließen durch große Fenster helles Licht in das Zimmer fließen, das die unzähligen Rahmen beleuchtete, die sich überall im Raum befanden: unter den Fenstern an die Wände gelehnt, in den Regalen, die an den anderen

Wänden standen, in den Ecken und auf dem Boden. Soweit das Auge reichte Rahmen, nichts als Rahmen.

»Ich glaube, hier sind wir richtig«, meinte Will und nickte Beate aufmunternd zu.

»Ja, es sieht tatsächlich so aus!« Beates Wangen begannen vor Aufregung zu glühen und aus ihren Augen strahlte die Vorfreude.

»An was für ein Modell hatten Sie denn gedacht?«, fragte der Verkäufer, den sie für ein paar Sekunden fast vergessen hatten. »Und vor allem die Größe ist wichtig! Wie groß soll denn Ihr Rahmen sein?«, fragte er weiter, ganz Geschäftsmann.

»Verschieden groß«, meinte Beate, worauf sie einen verständnislosen Blick des Verkäufers erntete.

»Sie will sagen, dass wir mehrere Rahmen brauchen«, erklärte ihm Will.

»Aha!«, das Interesse des Verkäufers wurde merklich größer.

»Wie viele bräuchten Sie denn?«

»Hm«, Beate, die sich bisher immer noch im Raum umgesehen hatte, wandte sich nun direkt dem Verkäufer zu.

»Ich denke, wir brauchen so an die dreißig Stück!«

»Aha!« Das geschäftsmäßige Lächeln des Verkäufers wandelte sich in ein erstauntes Fragezeichen. »Damit könnten Sie ja eine ganze Galerie bestücken!«

»Ja genau!« Beate nickte bestätigend. »Ganz genau das wollen wir!«

Der arme Verkäufer wusste nicht, wie er darauf reagieren sollte und trat deshalb eilig die Flucht an.

»Na, da hole ich dann doch lieber den Chef. Wissen Sie, er hat die meisten Rahmen selbst gemacht, das ist nämlich seine große Leidenschaft. Vielleicht wollen Sie sich inzwischen schon mal umsehen?« Mit einer weit ausholenden Geste deutete er auf die chaotische Vielfalt der den Raum füllenden Rahmen und verschwand schnell.

Vorsichtig ging Beate von Stapel zu Stapel, betastete das Material, wischte Staub weg, prüfte die Größe. Ein Modell war ihr schon gleich ins Auge gefallen, ein grüner Rahmen, der leicht mit Gold übersprüht war.

»Sieh mal, der ist doch wunderschön«, sagte sie zu Will und hob ihn vorsichtig hoch. Sie drehte ihn hin und her und entdeckte dabei den Preis, der mit Bleistift auf die Rückseite geschrieben stand. »Du meine Güte, der ist ja unbezahlbar«, entfuhr es ihr dabei. »Der kostet vierhundert Mark!«

»Lass mal sehen«, meinte Will und ließ sich von Beate den Rahmen geben. Er betrachtete ihn gründlich, dann legte er ihn wieder zurück.

»Ach weißt du, damit hatte ich irgendwie gerechnet. Und deshalb wollte ich auch mitkommen, damit du dich getraust, unser Geld hier auszugeben!«

»Welches Geld denn?«, Beate lächelte fast ein bisschen ironisch. »Wir haben doch gar keins, wir haben so viel ich weiß nur Schulden!«

»Ich hab mir das heute Nacht in einer schlaflosen Stunde nochmals überlegt. Das hier ist die Chance deines Lebens und die kommt nie wieder. Soll das am Geld scheitern? Nein! Du machst das jetzt so perfekt, wie es geht. Und wenn sich die Bilder nicht verkaufen, was ich nicht glaube, dann verkaufe ich unser Land wieder und wir machen weiter wie vorher. Vorher ging es doch auch, wir werden das schon überstehen. Aber heute riskieren wir mal etwas!«

Beate strahlte ihn an und gab ihm dann schnell einen Kuss. War es nicht wunderbar, mit so einem Mann verheiratet zu sein?

Aber so ganz war sie über den ersten Preisschock noch nicht hinweg. Sie setzte sich vorsichtig auf einen kleinen Holzhocker, der halb unter der Werkbank gestanden hatte und sah sich nachdenklich um.

»Weißt du, ich wollte sowieso manche Rahmen selbst bemalen, mit genau den Farben, die das Bild hat. Dafür würden eigentlich einfache, unlackierte Holzlatten genügen! So teuer dürften die doch nicht sein, oder?« Sie griff nach einem schlichten schmalen Rahmen aus unlackiertem Naturholz.

»So etwas müsste gehen«, meinte sie und sah nach, wie viel dieses Modell kosten würde, aber es stand kein Preis darauf.

»Vielleicht ist er noch nicht fertig! Na, da müssen wir einfach mal nachfragen!«

Sie hörten den Chef des Hauses mit schnellen Schritten heraneilen, wahrscheinlich war er beflügelt von der Hoffnung, heute hier das Rahmengeschäft seines Lebens zu machen. Schwungvoll flog die Tür auf und ein korpulenter, älterer Herr, mit einem grauen Arbeitskittel bekleidet, begrüßte sie mit größter Freundlichkeit. Eine breite Glatze ließ sein Gesicht sehr fleischig und voluminös erscheinen.

»Ich habe gehört, dass Sie eine größere Anzahl Rahmen kaufen möchten. Da sind Sie bei mir genau richtig!« Sein strahlendes Gesicht glich einem Vollmond. »Rahmen sind meine Leidenschaft und mein Hobby. Ich werde Ihnen alles zeigen, was ich momentan zur Verfügung habe. Natürlich mache ich Ihnen auch Sonderanfertigungen!«

Er rieb sich genüsslich die Hände und Beate sah ihn schon im Geiste eine saftige Rechnung schreiben, aber da meinte er:

»Bei dieser Menge könnte ich Ihnen auch einen kleinen Preisnachlass anbieten. Fünf Prozent wären auf alle Fälle drin, bei manchen Modellen kann ich Ihnen auch zehn Prozent gewähren. Vielleicht schicken Sie mir dann dafür eine Einladung zu Ihrer Vernissage!« Bei diesen Worten wurde es Beate wieder leichter ums Herz und sie nickte ihm freundlich zu.

»Natürlich, wir laden Sie sehr gerne ein, aber ich nehme an, es wird noch ein paar Wochen dauern, bis es soweit ist!«

Dann machten sie sich an die Arbeit. Draußen vor der Werkstatt breiteten sie auf einem großen, zum Verkauf ausgestellten Esszimmertisch die Mappe aus und begannen, für jedes Bild nach dem passenden Rahmen zu suchen. Es stellte sich heraus, dass der Chef wirklich den Überblick über seine Werkstatt besaß und auch ein gewisses Gespür dafür, was zu den Bildern passen könnte. Oft zog er aus irgendeiner versteckten Ecke ein Modell hervor, das Beate und Will gar nicht in Betracht gezogen hätten, das aber, wenn es über dem entsprechenden Bild lag, das so genannte Tüpfelchen auf dem i war. Mehr als zwei Stunden schleppten sie Rahmen hin und her, beschlossen gewisse Kombinationen, verwarfen sie noch einmal, wenn sie etwas Besseres fanden, wuschen sich zwischendurch immer wieder ihre staubigen Hände, um den Bildern nicht zu schaden. Irgendwann schien es dann so, als seien sie tatsächlich fertig.

»Jetzt lade ich Sie noch zu einer Tasse Kaffee in mein Büro ein«, meinte der Chef und Beate war erleichtert, als sie sich dort in einen bequemen Sessel fallen lassen konnte. Einen Moment lang massierte sie ihre müden, vom vielen Stehen geschwollenen Knöchel. Der Chef des Möbelhauses bot ihnen an, die Bilder selbst zu rahmen und fertig ins Haus zu liefern. Er hatte im Lauf dieses Nachmittags eine Liebe für Beates Gemälde entwickelt, war immer wieder in Begeisterungsrufe ausgebrochen. Seine Freude schien tatsächlich echt zu sein und über das Geschäftliche hinauszugehen. Dankend nahmen sie dieses Angebot an, nur die schmalen Holzrahmen, die Beate selbst gestalten würde, nahm Will gleich im Auto mit. Beate wollte noch an diesem Abend zu Hause damit beginnen, das Holz zu bemalen und Will würde ihr dann helfen, die Bilder in die Rahmen einzupassen. Sie kannten den Termin für die Ausstellung noch nicht, deshalb wollten sie unverzüglich mit der Arbeit beginnen, damit alles rechtzeitig fertig sein würde.

Endlich fuhren sie wieder nach Hause, mit dem befriedigenden Gefühl, an diesem Tag viel geleistet zu haben. Beate war noch aus einem anderen Grund besonders glücklich: Es war an diesem Nachmittag deutlich geworden, dass Will ihr Projekt ganz und gar unterstützen würde. Nach dem ersten Besuch von Dr. Reichenbach war sie sich nicht sicher gewesen, was er bei dem Gedanken fühlte, dass seine Frau scheinbar so wichtig geworden war. Sie spürte, dass er erst noch Zeit brauchte, um die neue Situation zu verdauen. Fast zwanzig Jahre waren sie nun verheiratet, sie kannte seine Stärken und seine Schwächen. Sie kannte seinen Stolz und sein Ehrgefühl und wusste, dass es ihm schwer fallen würde, hier über seinen Schatten zu springen. Erst heute, an diesem Tag, war sie sicher geworden, dass er diesen Weg mit ihr mitgehen würde. Sie war so froh darüber.

Es war kurz vor zwölf, als am nächsten Tag das Telefon klingelte. Beate war gerade dabei, eine Hackfleischsoße und Spaghetti vorzubereiten, und dachte seufzend, dass das doch wieder mal der ideale Zeitpunkt für ein Telefongespräch sei. Sie stellte alle Herdplatten auf eins, strich sich die Haare aus dem erhitzten Gesicht und ging in den Flur zum Telefon.

»Ja, hallo, hier Tamer«, meldete sie sich und bemühte sich, einen freundlichen Ton zu finden.

»Hallo Frau Tamer, hier Dr. Reichenbach«, hörte sie eine männlich herzliche Stimme am anderen Ende der Leitung sagen.

Beates Herz begann vor Aufregung zu klopfen. Sie vergaß das Mittagessen, das auf dem Herd stand und war schlagartig voll konzentriert. Sie setzte sich in den roten Korbsessel, der neben dem Telefon stand und presste den Hörer gespannt an ihr Ohr.

»Das ist aber schön, dass Sie mich anrufen«, sagte sie und ihre Stimme klang in ihrer Aufregung unnatürlich hell.

»Ich wollte Sie fragen, wie weit Sie mit den Rahmen gekommen sind!«

»Oh, wir haben gestern einen ganzen Nachmittag in Öhringen verbracht, in dem Möbelhaus, das Sie uns empfohlen hatten. Wir haben es geschafft, Rahmen für alle Bilder auszusuchen. Zehn Rahmen habe ich allerdings aus Naturholz zum Bemalen genommen, das kann noch ein bisschen dauern, bis ich dann damit fertig bin!«

»Schön, sehr schön, Sie haben noch Zeit. Führen Sie die Arbeiten in Ruhe aus! So wie es aussieht, findet die Eröffnung der Ausstellung am fünfundzwanzigsten Oktober statt. Dieser Termin steht jedenfalls im Vertrag von der Bank drin, unter der Bedingung natürlich, dass Sie da auch Zeit haben. Das sind auf alle Fälle noch ein paar Wochen! Aber das ist nicht der eigentliche Grund, weshalb ich anrufe! Ich hätte da noch ein paar Sachen persönlich mit Ihnen zu besprechen, ein paar Ideen wegen Ihrer Bilder. Hätten Sie einmal Zeit für mich?«

»Ja, natürlich gerne. Wann wäre es Ihnen recht? Ich bin im Moment ziemlich flexibel!«

»Heute Nachmittag wäre mir ganz recht, so etwa gegen fünfzehn Uhr?«

»Das geht in Ordnung. Und vielen Dank, dass Sie sich so viel Mühe machen. Ich kann die ganze Geschichte mit meinen Bildern noch immer nicht so recht glauben!«

Dr. Reichenbach lachte. »Es ist mir ein Vergnügen, dass ich mich Ihrer Werke annehmen darf! Dann also bis heute Nachmittag!« Und schon hatte er aufgelegt.

Dr. Reichenbach traf bereits fünf Minuten vor dem vereinbarten Zeitpunkt ein, aber Beate hatte, nervös wie sie war, schon früh mit den Vorbereitungen für seinen Besuch begonnen und war längst fertig. Es erschien ihr immer noch wie ein unwirklicher Traum, dass er tatsächlich ihre Bilder ausstellen wollte und sie hatte sich in emsige Aktivitäten gestürzt, als ob sie ihm erneut beweisen müsste, dass sein Vertrauen in sie gerechtfertigt war. Auf dem kleinen Tischchen im Wintergarten lag nun eine weiße, handgewebte Decke, auf der ihr schönes handgetöpfertes Geschirr stand, das mit grün-gelben geometrischen Formen bemalt war. Über das kleine Sofa hatte sie eine grün-gelbe Decke gebreitet und daneben einen riesigen Strauß gelber Sonnenblumen gestellt. Ringsum an den Glaswänden hatte sie die paar wenigen Bilder aufgereiht, die schon seit langem einen Rahmen hatten, die also bereits fertig für die Ausstellung waren. Es sah phantastisch aus.

Sie hatte sich bisher nie als etwas Besonderes gesehen und der Gedanke, irgendwelche Allüren zu bekommen, ließ ihr kalte Schauer über den Rücken laufen. Aber an diesem Tag wollte sie doch zeigen, dass sie eine Künstlerin war und es hatte ihr einfach Freude gemacht, den Raum schön zu dekorieren und ihr Können zu präsentieren.

Der helle lichtdurchflutete Wintergarten verfehlte dann auch seine Wirkung nicht. Als er kam, blieb Dr. Reichenbach einen kurzen Moment lang staunend in der Tür stehen und ließ die ganze Pracht auf sich wirken.

»Ich glaube, wir haben den falschen Ort für unsere Ausstellung gewählt!«, meinte er. »Wir sollten die Leute von der Bank hierher bitten! Die Bilder sind wie geschaffen für diesen Raum, oder besser der Raum für die Bilder?«

Beate strahlte vor Freude. »Ich bin schon glücklich, wenn Sie es sehen und es Ihnen gefällt«, sagte sie.

Dr. Reichenbach sah ihr einen Moment lang tief in die Augen. Beate war verwirrt und wurde rot vor Verlegenheit. War sie mit diesen Worten zu weit gegangen? Sie beeilte sich, ihn zu Tisch zu bitten. »Kommen Sie, der Kaffee wird kalt!«

Er setzte sich auf das kleine Sofa und sie nahm ihm gegenüber in einem der beiden Sessel Platz.

»Ich habe nichts gegen abgekühlten Kaffee, im Gegenteil. Er soll ruhig noch ein paar Minuten warten. Ich würde zuerst ganz gerne noch zwei Dinge mit ihnen klären!«

Dr. Reichenbach war jetzt wieder ganz Geschäftsmann. Er holte aus seiner schwarzen Ledermappe, die er neben sich auf das Sofa gestellt hatte, verschiedene Papiere und legte sie auf den Tisch.

»Das hier«, sagte er und nahm die obersten Blätter zur Hand, »ist der Vertrag, den ich mit der Bank, die Ausstellung betreffend, gemacht habe und den Sie auch noch unterschreiben müssen. Den können wir nachher noch genau durchsehen, aber eigentlich gibt es nichts daran auszusetzen. Das andere«, nun nahm er das nächste Blatt in die Hand, »ist der Grund, weshalb ich eigentlich zu Ihnen gekommen bin. Die Bank fragt Sie in diesem Schreiben an, ob Sie bereit wären, einen Kalender mit Ihren Bildern drucken zu lassen. Den Kalender möchte die Bank dann vor Weihnachten an ihre Kunden und Mitarbeiter verschenken. Wenn Sie mich fragen, ich finde die Idee super. Es wäre eine prima Werbeaktion für Ihre Bilder, Ihr Name würde damit mehr bekannt und außerdem würde die Bank Ihnen für das Abdruckrecht einen guten Preis bezahlen. Aber es ist natürlich Ihre Entscheidung, ob Sie dem zustimmen wollen oder nicht!« Er sah sie erwartungsvoll an.

»Das hört sich gut an!«, sagte Beate. »Wenn es Ihnen recht ist, lese ich mir die Anfrage und auch den Vertrag heute Abend nochmals in Ruhe durch, bespreche es mit meinem Mann und gebe Ihnen dann Bescheid.«

Dr. Reichenbach nickte, ließ die Papiere auf dem Tisch liegen und schloss seine Mappe. Dann lehnte er sich zurück und meinte: »Jetzt freue ich mich auf eine Tasse Kaffee und den leckeren Kuchen, den Sie da stehen haben!«

Beate goss den dampfenden, duftenden Kaffee in die Tassen und legte Dr. Reichenbach ein Stück von der Obsttorte auf den Teller. Ihre Hände zitterten dabei immer noch ein bisschen. Sie sah ihm zu, wie er genussvoll trank und dabei spürte sie genau, dass er nicht einfach hier sitzen würde, um mit ihr seinen Kaffee zu trinken. Er hatte noch ein Anliegen, aber sie hatte keine Ahnung, was es sein könnte. Noch während sie grübelnd einige Möglichkeiten durchging, rückte er schon mit seinem Wunsch heraus.

»Was mich ganz brennend noch interessiert«, begann er seine Frage, »ist, wie Sie sich ihren Malstil erworben haben! Es will mir nicht so ganz in den Kopf, dass Sie sich einfach hingesetzt und Bilder gemalt haben! Ihr Stil wirkt so sicher, so gekonnt, ja fast geschult! Verraten Sie mir ihr Geheimnis?«

Ihr Lächeln verriet ihm gleich, dass es tatsächlich eine Art Geheimnis gab. Und einen Moment lang saß Beate noch still da, zögerte, horchte in sich hinein, ob sie bereit war, ihm aus vergangenen Jahren zu erzählen. Wollte sie ihm soviel Einblick in ihr Leben und in ihr Schicksal geben? Sie kannte ihn kaum. Aber eigentlich hatte sie nichts zu verbergen.

»Es ist eine längere Geschichte, haben Sie denn noch so viel Zeit übrig?«, fragte sie ihn vorsichtig.

»Natürlich habe ich Zeit, sonst wäre ich ja nicht gekommen«, meinte er und sah sie erwartungsvoll an.

Sie seufzte tief und blickte durch die Glaswand hinaus zu einem fernen, unsichtbaren Bild, das tief in ihrem Inneren entstand.

Dann begann sie zu erzählen:

»Meine Großeltern lebten auf dem Land, in einem Dorf nahe bei München. Sie hatten eine kleine Landwirtschaft, ein paar Kühe im Stall, ein paar Schweine und Hühner, wie das damals so üblich war. Aber der eigentliche Beruf meines Großvaters war, Kirchenfenster zu entwerfen und zu fassen. Sie wissen schon: schöne bunte Glasfenster mit biblischen Motiven. Genau gesagt, war er Kunstglaser, aber gelernt hatte er den Beruf des Glas- und Porzellanmalers. Er hat auch Fenster restauriert, wenn sie über die Jahre kaputtgegangen waren und er hat auch Glasfenster oder Glasbilder für säkulare Räume gemacht, für Gutshöfe oder Gasthäuser. Aber meistens waren es doch Kirchenfenster. Er hat seinen Beruf sehr geliebt. Otto Oberbaum hieß er. Ich weiß nicht, ob Ihnen der Name etwas sagt.« Sie sah Dr. Reichenbach fragend an.

Der schüttelte verneinend den Kopf. »Ich habe mich mit Glas und dann speziell auch mit Fenstern noch nicht näher befasst, da bin ich zu meinem Bedauern Laie!«

Beate nickte und trank einen Schluck von ihrem Kaffee.

»Erzählen Sie weiter«, ermunterte sie Dr. Reichenbach.

»Mein Vater ging bei meinem Großvater in die Lehre und erlernte denselben Beruf. Aber dann kam der Krieg und beide Männer wurden einberufen. Mein Großvater ist in Russland gefallen. Mein Vater war Sanitäter und überlebte den Krieg.

Aber als er einen verwundeten Soldaten vom Schlachtfeld holte, wurde er selbst von einer Granate getroffen und verlor dabei fast seinen ganzen rechten Arm!«

»Wie grausam«, sagte Dr. Reichenbach leise.

»Ja grausam, aber immerhin, er hatte überlebt. Er kam dann selbst in ein Lazarett und wurde nach einiger Zeit nach Hause entlassen. Er war mit nur noch einem Arm nicht mehr einsatzfähig. Das war 1944, der Krieg war schon fast zu Ende. Zu Hause erwartete ihn dann eine böse Überraschung. Die Werkstatt war niedergebrannt. Es gab viele Brände damals. Aber dieser Brand war nicht durch Bombenangriffe oder irgendwelche Kriegsereignisse entflammt. Nein, irgendjemand hatte meinem Vater oder vielleicht auch Großvater Übles gewollt und hatte einen Brand gelegt. Vielleicht einer, der sich über die christlichen Motive der Fenster geärgert hatte? Das weiß bis heute niemand. Es war ein riesiger Verlust für meinen Vater: sein ganzes Werkzeug, die Farben und auch die vielen Buntgläser, die er dort gelagert hatte, alles war ruiniert. Aber es wäre sowieso schwierig für ihn geworden, die Arbeit einarmig weiterzuführen. Vielleicht hätte er es mit einem Gesellen zusammen geschafft! Mein Vater hätte mit der linken Hand Entwürfe zeichnen können. Aber er wollte es nicht, jedenfalls nicht zu diesem Zeitpunkt. Später war dann auch gar kein Geld mehr da, um die Werkstatt wieder aufzubauen. Mein Vater hat in der Währungsreform fast sein ganzes Vermögen verloren.«

Dr. Reichenbach nickte stumm und Beate sah ihm an, dass er an ihrer Geschichte Anteil nahm. Weil Beate nicht weitererzählte, meinte er: »Die Geschichte ist interessant, aber ich weiß immer noch nicht, wie Sie zu Ihrem Maltalent kamen!« Fragend sah er sie an.

»Ich hatte Ihnen ja gesagt, es ist eine lange Geschichte!«, sagte Beate. »Ich musste Ihnen auch den Anfang erzählen, sonst verstehen Sie die Zusammenhänge nicht.

Mein Vater hatte damals nicht viele Möglichkeiten und so begann er, die kleine Landwirtschaft, die noch da war, zu vergrößern und besser zu nutzen. Meine Mutter half ihm dabei viel. Ich denke, manchmal hat sie die meiste Arbeit getan, obwohl mein Vater mit seiner Prothese erstaunlich geschickt war. Meine Eltern hatten sich schon vor dem Krieg kennen gelernt. Meine Mutter war noch sehr jung gewesen, erst sechzehn, aber sie müssen da schon eine kleine Romanze gehabt haben. Wie so viele andere haben sie dann geheiratet, als er 1941 zu einem Fronturlaub heimgekommen war. 1942 wurde ich dann geboren, blieb aber leider das einzige Kind meiner Eltern. Aber damals auf dem Dorf habe ich nicht darunter gelitten, keine Geschwister zu haben. Ich hatte eine herrliche Kindheit mit all den anderen Kindern dort. Eigentlich vermisse ich erst heute manchmal so richtig Geschwister. Aber jetzt schweife ich ab. Entschuldigen Sie.«

Dr. Reichenbach nickte nur lächelnd. Durch die geöffneten Fenster zog ein leichter, belebender Lufthauch, draußen hörte man irgendwo das gleichmäßige Gurren einiger Tauben. Aber hier drinnen war er mit Beate in das ferne Geschehen eingetaucht, das ihre Kindheit war.

»Mein Vater hatte in all den Jahren nach dem Krieg immer wieder Zeiten, in denen ihn eine Depression packte. Vielleicht waren es die Bilder vom Krieg, die ihn nicht losließen. Wahrscheinlich litt er aber auch darunter, seinen Beruf verloren zu haben. Er war ein

Künstler ohne Kunst. Die Arbeit mit dem bunten Glas hätte ihm sicher gut getan und geholfen, seine Wunden zu heilen.

Wenn es ihm nicht gut ging, litt auch meine Mutter unter seiner Schwermut. Deshalb hatte sie sich etwas überlegt. Ich erinnere mich noch genau daran, wie sie zu Beginn eines Winters, als seine Depressionen besonders stark waren, mit ihm gesprochen hatte. Ich war damals sieben Jahre alt und wir saßen alle zusammen am Mittagstisch, als sie ihm den Vorschlag machte, doch nach München zu fahren und an die Kunsthochschule zu gehen. Er hatte daraufhin gesagt, dass er dort nichts zu suchen hätte, aber sie ließ nicht locker. Sie meinte, dass er dort Vorlesungen hören und so sein Wissen über Kunst erweitern könnte. Aber er wollte nichts davon hören. Eines Tages, als es ihm besser ging, ist er dann tatsächlich nach München gefahren. Vielleicht, damit meine Mutter endlich Ruhe gab, aber vielleicht auch, weil er doch irgendwie Gefallen an ihrem Vorschlag gefunden hatte. Von dieser Zeit an besuchte er regelmäßig Vorlesungen. Im Winter mehr, im Sommer weniger, wie es seine Arbeit zuließ. Er blühte dabei richtig auf. Mit der Zeit kannte er die Dozenten und er fand in München Freunde, mit denen er in Cafés saß und über Kunst diskutierte. Aber selbst gemalt oder etwas Künstlerisches geschaffen hatte er auch dann nicht, obwohl ich glaube, dass er es auch mit der linken Hand geschafft hätte. Er hat es sich nur nie richtig zugetraut. Na, und jetzt können Sie sich ja denken, wie die Geschichte weitergegangen ist!« Beate lächelte Dr. Reichenbach an.

»Ja, ich kann's mir denken, aber ich hätte es doch auch gerne noch von Ihnen gehört!«

»Hm«, Beate überlegte. »Ich glaube, ich war zehn Jahre alt, als ich ihn in meinem Zimmer fand, wie er dastand und ein Bild von mir in der Hand hielt. Es war in meinen Augen nichts Außergewöhnliches, ich hatte mir dafür auch keine besondere Mühe gegeben. Es war ein einfaches Bild mit Holzstiften gemalt, auf dem Kinder zusammen auf der Straße vor ein paar Häusern spielten. Er war ganz vertieft in das Bild und als er hörte, dass ich kam, sagte er ein paarmal: ›Das ist gut, richtig gut!‹ und es klang, als ob er es selbst nicht ganz glauben könnte. Dann hat er mir erklärt, warum die

Linien, die die Straße und die Häuser bildeten, richtig waren und was ich noch hätte besser machen können. Na ja, und von da an hat er mir sein ganzes Wissen weitergegeben, so wie ich es als Kind verstehen konnte. Als er merkte, dass ich seine Ideen wirklich umsetzen konnte, wurde ich seine rechte Hand – im wahrsten Sinne des Wortes. Später dann nahm er mich auch zu Vorlesungen mit. Am Anfang habe ich allerdings nicht viel verstanden, aber er konnte es mir wunderbar erklären. Es war eine schöne Zeit, er hat sich über jedes meiner Bilder gefreut wie ein Kind. Er hat aus der Zeit vor meiner Heirat auch noch einige gute Bilder von mir bei sich zu Hause hängen, aber die kann ich natürlich niemals von ihm zurückfordern, egal zu welchem Zweck. Wir sehen uns so selten und ich weiß, dass ihm diese Bilder sehr viel bedeuten.«

»Haben Sie ihm schon von der Ausstellung erzählt?«

»Nein, noch nicht, ich wollte es ihm erst berichten, wenn die Sache hundertprozentig fest ist. Ich möchte ihm nicht irgendwelche Hoffnungen machen, die dann wieder enttäuscht werden!«

»Ja, ich verstehe! Aber wenn es dann soweit ist, werden Sie ihn doch sicher einladen!«

»Ja natürlich!«

Ein paar Momente lang saßen sie schweigend zusammen. Sie tranken ihren Kaffee und Beate ließ die Erinnerungen an ihre Kindheit ausklingen.

»Ich möchte ihn sehen, gleich wenn er ankommt und die Räume der Ausstellung betritt!«, meinte Dr. Reichenbach.

Beate lachte. »Ich freue mich auch schon darauf, ihm davon zu erzählen. Er wird sich sicher sehr freuen!«

»Aber ich hatte da eigentlich noch eine andere Idee, denn das ist ein ganz fantastischer Lebensbericht. Ich überlege gerade, ob wir nicht diese Geschichte und ein Foto von Ihnen in den Katalog ihrer Bilder mit aufnehmen. Das würde bestimmt das Interesse an Ihrer Person und Ihren Bildern verstärken und Ihr Name würde sich besser einprägen! Auch auf die Rückseite des Kalenders könnten wir ein Foto von Ihnen und ein paar Fakten aus Ihrem Leben mit aufnehmen, was meinen Sie?«

»Wenn es mir und meiner Familie nicht schadet, so viel Privates an die Öffentlichkeit zu bringen, hätte ich nichts dagegen. Aber ich möchte auf gar keinen Fall, dass ein Rummel mit der Presse entsteht und die Reporter uns die Haustür einrennen! Vielleicht wäre es gut, unsere Adresse von hier ganz wegzulassen und einfach nur die Adresse ihrer Galerie anzugeben?«

»Ja, auf jeden Fall, so hatte ich das auch geplant! Und wir müssten dann auch noch Ihren Vater fragen, ob er seine Zustimmung zur Veröffentlichung gibt, denn das ist ja auch seine Geschichte.«

Beate nickte, noch ganz benommen von all dem, was sie an diesem Nachmittag wie eine Woge zu überrollen schien.

Dann nahm Dr. Reichenbach nochmals den Vertrag der Bank zur Hand und gab ihn Beate. »Bevor ich mich auf den Heimweg mache, möchte ich Ihnen noch etwas zeigen, weil ich denke, dass sie sich darüber besonders freuen werden! Die Bank hat Ihnen nämlich – das steht hier im Vertrag –«, er deutete auf eine Stelle auf dem Papier, »ein Guthaben von fünftausend Mark eingerichtet, und zwar beim Modehaus Bleier in Stuttgart.«

Beate blickte ihn fragend und ungläubig an.

»Sie müssen wissen: Dieses Modehaus wird von der Frau des Bankdirektors geführt und vielleicht brauchen Sie ja etwas Schönes für die Eröffnung Ihrer ersten Ausstellung! Die Bank bezahlt Ihnen nichts dafür, dass sie Ihre Bilder dort ausstellen, weil Sie ja noch keine Berühmtheit sind. Deshalb soll das Geld vermutlich einfach eine Geste der Dankbarkeit sein. Ich nehme an, dass die Bank dann auch noch das eine oder andere Ihrer Bilder kaufen wird, aber soweit ist es ja noch nicht.«

Beate wurde rot vor Freude und Verlegenheit.

»Ich weiß gar nicht, was ich sagen soll! Das ist ja eine wirklich nette Geste. Es klingt sogar total fantastisch. Ich kann mir gar nicht vorstellen, so viel Geld auf einmal auszugeben – nur für Kleidung! Kann ich da vielleicht meine Töchter auch mitnehmen?«

Dr. Reichenbach nickte. »Aber wenn ich Ihnen einen Rat geben darf: Denken Sie auch an sich, nicht nur an Ihre Familie!«

Beate nickte und lachte. Nach der aufwühlenden Geschichte und diesem großzügigen Geschenk war sie ganz aufgedreht und konnte ihr Glück gar nicht fassen.

Ein paar Minuten lang unterhielten sie sich noch über die Freuden und die Sorgen, fast erwachsene Kinder zu haben, aber Beate erzählte ihm nichts von den wirklich großen Sorgen, nichts von Doro. Und dann war Dr. Reichenbach auch schon wieder weg.

Ganz benommen saß Beate eine Weile allein in ihrem Wintergarten. Sie konnte das alles noch gar nicht richtig fassen. Sie hatte an diesem Spätnachmittag das Gefühl, als sei sie frisch verliebt. Sie schwebte auf rosaroten Wolken und für einen Moment erschrak sie über die Intensität ihres Empfindens. Sie hatte sich doch nicht etwa in Dr. Reichenbach verliebt? Nur weil er Interesse an ihren Bildern und an ihrer Person hatte? Sie verdrängte das Bild seiner Anwesenheit und das Gefühl der Begegnung mit seiner Person. Sie dachte einen Moment lang an Will und wusste schlagartig wieder, wo sie stand.

»Alte, dumme Mama«, schalt sie sich selbst. Natürlich war sie nicht in Dr. Reichenbach verliebt, obwohl er wirklich ein großartiger Mensch war und das Gespräch mit ihm sie sehr belebt hatte. Aber das war es nicht. Es war einfach diese große, tiefe Freude darüber, dass sich in ihrem Leben etwas bewegte. Ein Traum, den sie sich nicht einmal zu träumen gewagt hatte, schien für sie wahr zu werden. Jahrelang hatte sie ein bescheidenes, fast vorhersagbares Leben geführt. Jetzt plötzlich kam wieder Dynamik in ihr Leben, es war wieder spannend geworden. Ihre eigene unscheinbare Person schien plötzlich wichtig zu werden, wurde beachtet. Sie staunte über dieses unerwartete Glück und wusste genau, dass es nicht selbstverständlich war, was ihr da passierte. Die Melodie eines Liedes kam ihr in den Sinn und als sie sie leise vor sich hin summte, fiel ihr auch der Text dazu ein:

»Er hat uns so reich gemacht, mit Gutem überschüttet!« Und damit war nicht Dr. Reichenbach gemeint.

»Er hat uns so reich gemacht, mit Gutem überschüttet, alle, die ihm vertraun, werden Gottes Kinder sein!«

Es war der vorletzte Sonntag in diesen Ferien, nach dem nächsten Sonntag würde dann gleich wieder die Schule beginnen. Beate, Will und Doro hielten trotz allen Belastungen, die in dieser Zeit auf ihnen lagen, einen erquickenden Mittagsschlaf. Eine herrliche Stille und tiefer Frieden lagen an diesem Nachmittag über dem Haus. Kein Autolärm war zu hören, nur die Vögel zwitscherten draußen auf den Bäumen vor dem Haus. Tanja hatte sich auch auf ihr Bett gelegt, aber sie war überhaupt nicht müde. Eine Weile horchte sie in die Stille und genoss das Nichtstun. Einfach nur die Gedanken ziehen lassen, Zeit haben – das tat gut. Da hörte sie durch ihr offenes Fenster die knirschenden Geräusche eines Rades, das in den Hof fuhr. Schnell sprang sie auf und beugte sich über den Sims hinaus. Unten stand Heike.

»Hey Heike, nicht klingeln, alle schlafen«, rief Tanja mit verhaltener Stimme in den Hof runter. Heike sah nach oben.

»Ich habe gar keine Zeit, wir wollen gleich alle zusammen zum Schwimmbad fahren! Ich wollte dir nur noch den Brief reinwerfen!« Sie wedelte mit einem weißen Umschlag zu Tanja hoch. Dann warf sie den Brief in den Briefkasten.

»Alles klar«, Tanja nickte und lächelte, während Heike schon ihr Rad wendete, aufstieg und nach einem kurzen »Tschüss« davonfuhr.

Wie schön, ein Brief! Rasch schlüpfte Tanja in ihre Sandalen und ging leise die Treppe runter. Vorsichtig drehte sie den Schlüssel des Briefkastens, damit sein Quietschen niemanden aufwecken würde. Der Brief lag verheißungsvoll im Kasten und Tanja holte ihn schnell heraus. Schon während sie die Treppe wieder hochging, versuchte sie, den Umschlag an der oberen Kante aufzuschlitzen. Aber es klappte nicht richtig und so holte sie doch noch den Brieföffner mit dem Krokodilsmaul von ihrem Schreibtisch. Dann setzte sie sich in ihren Sessel, legte die Füße bequem aufs Bett und begann zu lesen.

Liebe Tanja,

bevor wir nachher alle wegfahren ins Öhringer Freibad, muss ich dir unbedingt noch was erzählen:

Also, ich habe dir ja gesagt, dass ich den Markus ganz nett finde. Und nun wohnen wir ja schon ein paar Wochen nebeneinander (so wie es aussieht nicht mehr allzu lange). Seit er hier wohnt, habe ich ihn schon ab und zu getroffen, vor dem Haus oder im Garten. Ich habe dann immer versucht, ihn freundlich zu grüßen, aber er war eher abweisend. Das hat mich manchmal schon sehr verletzt, muss ich dir sagen. Deshalb hatte ich eigentlich schon beschlossen, diesen Typ zu vergessen, weil es keinen Spaß macht, immer wieder enttäuscht zu werden.

Gestern war ich dann nachmittags draußen in unserem Garten und musste auf meinen kleinen Bruder aufpassen. Markus war auch bei sich im Garten, und normalerweise wäre ich an den Zaun gegangen und hätte versucht, mit ihm zu reden, aber gestern hatte ich einfach keine Lust dazu. Ich war irgendwie fast wütend auf ihn, weil er die letzten Male so kurz angebunden war. Ich laufe keinem hinterher, habe ich mir vorgenommen. Ich mache mich nicht zum Deppen.

Und denk dir, du wirst es nicht glauben, wie ich da saß bei uns im Garten, mit dem Rücken zu ihm, da kam er nach einer Weile zu mir rüber!!!! Er hat sich zu mir gesetzt und mit mir eine Unterhaltung begonnen, das war super nett. Er hat mir von seinem Vater erzählt, dass es manchmal nicht leicht ist, weil er dauernd unterwegs sei und nie Zeit habe. Es war ein echt gutes Gespräch.

Aber das war noch nicht alles, was ich erlebt habe.

Stell dir vor, als wir da schon ein paar Minuten gesessen hatten, da kam der Michi, das Milchgesicht, vorbei. Er wollte meiner Mutter ein paar Unterlagen bringen, wegen des Hauses. Der hat ganz komisch geguckt, als ich mit Markus da so saß. Markus hat mich gefragt, ob das mein Freund sei, aber ich habe ihm gesagt, dass es nur mein neuer Bruder ist. Aber Markus ist dann trotzdem wieder zu sich rübergegangen. Als Michi wieder aus dem Haus gekommen ist, bin ich immer noch an meinem Platz gewesen, aber allein.

Michi ist zu mir hergekommen und dann hat er mich ganz böse angemacht, was das denn für ein Lackaffe sei, mit dem ich mich da unterhalten hätte. Ich würde mir wohl einbilden, alle seien hinter mir her, da hätte ich mich aber ganz schön getäuscht.

Ich war total geschockt, dass der stille Michi so einen Ausbruch hatte. Ich habe ihm ja wirklich nichts getan. Ich sag's dir, Männer!!!!

Ich habe mich dann auch noch eine Weile mit Michi unterhalten, damit er sich wieder beruhigt. Und es war richtig nett mit ihm.

Ich war gestern Abend so glücklich, zum ersten Mal bin ich nicht mit dem Gefühl ins Bett gegangen, eine graue Maus zu sein. Mal sehn, wie lange das Glück noch anhält! Lass wieder was von dir hören, bis bald!

Deine Heike

Tanja saß wie ein begossener Pudel da und hielt Heikes Brief in der Hand. Heike hatte mit Markus gesprochen! Irgendwie war sie plötzlich unglaublich neidisch auf Heike, dass sie gleich neben Markus wohnte. Zum Glück zogen sie dort bald weg. Aber Achtung! Sie horchte in sich hinein. War sie etwa eifersüchtig auf Heike? Wieso wurde Heike auch plötzlich von zwei Jungs umschwärmt, noch dazu von Markus? Der Friede dieses Nachmittags war zerstört. In ihrem Herzen sammelten sich viele böse Gedanken.

»Moment mal, Kleine«, besann sie sich dann aber doch. »Du hast doch Stefan. Es gibt keinen Grund, auf Heike eifersüchtig zu sein.« Und doch war sie es. Eine Weile saß sie so und versuchte, ihr inneres Chaos zu ordnen. Der Gedanke »Ein Gespräch ist noch kein Heiratsantrag« beruhigte sie ein wenig. Sie wollte ihrer Freundin, die sich oft mit allem so schwer tat, auch mal ein Erfolgserlebnis gönnen. Aber das war gar nicht so leicht. Es war leichter, die große, tolle Freundin zu sein, der alles gelingt, und die dem kleinen, armen Pechvogel auch etwas von ihrem Glück abgibt. Aber das hatte sie ja eigentlich nicht nötig, ihr Selbstbewusstsein auf Kosten von Heike aufzubauen. Sie würde stark sein und Heike ihre Erfolge gönnen.

Um sich auf andere Gedanken zu bringen, beschloss Tanja, einen Brief an Stefan zu schreiben. Es war jetzt noch eine Woche, bis die Schule wieder begann. Vielleicht freute er sich ja, von ihr zu hören. Sie setzte sich an den Schreibtisch und holte einen schönen Bogen zartgelben Briefpapiers aus einer ihrer Schubladen.

Geliebter Stefan, begann sie und zögerte dann. Er hatte ihr noch keine richtige Liebeserklärung gemacht. Vielleicht sollte sie lieber zurückhaltender sein. Sie holte sich ein frisches Blatt und begann von neuem:

Lieber Stefan,

bald sehen wir uns wieder in der Schule. Ich freue mich schon darauf! Nicht aufs Lernen natürlich, sondern auf dich. Aber bis jetzt ist es mir in den Ferien nicht langweilig geworden, bei uns ist ziemlich viel los. Meine Mutter malt leidenschaftlich gerne Bilder. Ich hatte sie bisher nicht für eine große Künstlerin gehalten, sondern für jemanden, der gerne malt. Aber ihre Bilder sind wohl doch ganz gut, denn nun organisiert ein Bekannter von ihr für sie eine Ausstellung in Stuttgart, in einer Bank. Unsere ganze Familie fiebert mit ihr mit und wir helfen ihr alle dabei, Namen für ihre Bilder zu finden.

Auch mein Vater braucht gerade Hilfe. Du weißt ja, dass er sein Geschäft erweitert hat und da ist er dankbar für jede Stunde, die ich mitarbeite. Ich helfe ihm nicht ungern, die Arbeit auf den Feldern draußen tut eigentlich ganz gut. Habe ich dir schon erzählt, dass ich in einen Jugendtreff gehe?

Hier zögerte sie wieder. Was würde er davon halten, dass sie in den Jugendtreff ging? Tanja saß eine Weile still da und überlegte. Sie wollte ihn nicht abschrecken. Vielleicht sollte sie noch eine Weile warten, bis sie sich besser kannten? Oder sollte sie lieber von Anfang an klare Verhältnisse schaffen? Eine persönliche Beziehung zu Jesus zu haben, war ja nichts Schlechtes. Vielleicht würde er es am ehesten akzeptieren, wenn sie von Anfang an dazu stand? »Also, Tanja«, versuchte sie sich wieder ins rechte Lot zu bringen,

»einen Freund zu haben, ist nicht alles. Dafür opferst du nicht deine Lebensideale. Es gibt doch wohl noch andere gutaussehende Männer auf dieser Welt, außer diesem einen. Wenn er dich nicht so haben will, wie du bist, suchst du dir 'nen anderen!«

Nachdem sie sich so ermutigt hatte, ließ sie das Geschriebene stehen und versuchte, nun zum Ende zu kommen.

Dort treffen sich so ungefähr zwanzig Leute aus unserem Ort. Wir singen Lieder und lesen in der Bibel. Die Leute sind nett, wir haben viel Spaß zusammen und unternehmen auch manches.

So, jetzt war es heraus.

Ich bin schon gespannt, welche Lehrer wir bekommen und wie unser Stundenplan aussieht. Ich hoffe, dass wir nicht so oft Nachmittagsschule haben. Meine Schwester macht im nächsten Frühjahr ihr Abitur, da muss sie jetzt schon dafür lernen. Zum Glück ist es bei uns noch nicht so weit!

Bis bald dann in der Schule!

Deine Tanja

Sie faltete den Bogen sorgfältig zusammen und suchte in ihrer Schublade nach einem schönen bunten Briefumschlag. Sie entschied sich für einen leuchtend roten, denn eigentlich war ihr Brief gar kein richtiger Liebesbrief geworden. Aber irgendwie waren sie wohl auch noch nicht so weit.

Als sie ihr Blatt in den Umschlag stecken wollte, zögerte sie nochmals. In ihr entstanden Verse und nahmen deutlich Gestalt an. Schnell nahm sie sich einen Notizzettel und schrieb die Worte auf, bevor sie wieder im Nichts verschwanden.

Ich will zart mit dir sein,
zart deine Seele spüren
in den leisen Zwischentönen.

Du sollst mir kostbar sein,
ein wertvolles Geschenk,
das ich in meinen Händen
schützend berge.

Ich will zart mit dir sein,
will uns Zeit genug geben,
auf den Grund der Liebe zu spüren.

Du sollst mir kostbar sein,
mein liebster Mensch,
den zu achten
mir Leben bedeutet.

Dann starrte sie eine Weile still auf ihre Worte, die auf dem Papier standen. Genau das war es, was sie ihm sagen wollte. Sie wollte ihm diese Worte sagen, aber sie wollte auch, dass er diese Worte auf sie, Tanja, bezog. Nachdenklich ging sie noch einmal Zeile für Zeile durch. Ja, es war genau richtig. Sie staunte darüber, dass die Verse so einfach aus ihr herausgeflossen waren. Aber würde er verstehen, was sie empfand, was sie ihm sagen wollte? War sie zu weit gegangen? Würden diese Worte peinlich für ihn sein? Sie musste es auf alle Fälle versuchen. Er würde sie bestimmt verstehen.

Sie erinnerte sich an den Vers, den er ihr ins Album geschrieben hatte. Vielleicht mochte er ja auch Gedichte? Sie hoffte es.

Sie schrieb die Worte sorgfältig mit einem schwarzen Filzstift auf die Rückseite des Briefes. Eigentlich hätte sie auch ein neues Blatt nehmen können, aber so viel Bedeutung wollte sie gar nicht auf dieses Gedicht legen. Ganz unten schrieb sie ihre Initialen T.T. darunter. Ob er bemerken würde, dass es ihre eigenen Worte waren?

Dann faltete sie das Blatt wieder zusammen und steckte es endgültig in den Umschlag. Sie holte aus ihrem Schrank einen Bogen Geschenkpapier, der über und über mit kleinen, fröhlich bunten Blümchen bedruckt war. Aus dem Papier schnitt sie ein Herz aus und klebte es auf den Umschlag neben seine Adresse, die sie sich schon vor einer Weile aus dem Telefonbuch abgeschrieben hatte und in ihrem Tagebuch aufbewahrte. Ihren Absender schrieb sie auf die Rückseite. Jetzt fehlte ihr nur noch eine Briefmarke.

Ihr Herz klopfte aufgeregt. Sie hatte keinen Liebesbrief schreiben wollen, aber nun war es doch einer geworden.

Lautlos schlich sie sich nach unten in die Küche und holte dort aus einer Schublade eine Briefmarke und klebte sie auf den Umschlag. Dann ging sie aus dem Haus und zog leise die Haustür hinter sich zu. Sie würde sich jetzt gleich aufmachen und den Brief einwerfen, denn sie wusste nicht, wie lange sie noch den Mut dazu haben würde.

Die Sonne schien warm und mild, Grillen summten im Gras, als sie schnell den Gehweg entlang eilte. Am Ende der Straße, direkt neben der Schule war der Briefkasten. Schon von weitem leuchtete er ihr in seinem knalligen Gelb entgegen. Als sie dann davor stand, sah sie sich vorsichtig um. Nein, niemand beobachtete sie. Aber eigentlich hatte sie ja auch nichts zu verbergen. Niemand wusste, an wen dieser Brief ging. Nur der Postbote würde sich vielleicht über das Herz auf dem Umschlag wundern. Aber das machte ihr nichts aus, er hatte sicher schon viele merkwürdige Briefe in der Hand gehabt.

Mit zitternden Händen öffnete sie die Klappe, dann warf sie den Brief ein und trat schnell wieder den Rückweg an. In ihr summte und sang es vor lauter Glück und Aufregung. Es kribbelte ihr im ganzen Körper und sie hätte auf der Straße tanzen können, so sehr war sie erfüllt von seligen Gefühlen.

Heike und Markus hatte sie inzwischen total vergessen.

Kapitel 7

Am Montagnachmittag saß Doro zu Hause an ihrem Schreibtisch und versuchte, sich auf die einzelnen Stufen der Photosynthese zu konzentrieren. Dies war Abiturlernstoff für Biologie und sie hatte begonnen, ihr Wissen systematisch aufzuschreiben und zu ordnen. Sie hatte auf dem ganzen Schreibtisch und auch auf dem Boden ihre Arbeitsblätter verteilt. Bücher lagen aufgeschlagen dazwischen und sie freute sich, dass sie so langsam das Gefühl hatte, durchzublicken. Es war der erste Tag, seit ihrem letzten Gespräch mit Andy, an dem sie sich irgendwie wieder ein bisschen normaler fühlte und sich endlich konzentrieren konnte. Das tat ihr unendlich gut.

Sie nahm ihre Leuchtstifte und begann, auf allen Blättern die wichtigen Stichwörter zu unterstreichen, damit sie sich anhand dieser schnell den ganzen Stoff ins Gedächtnis rufen konnte.

Inmitten von all dem Papierkram prunkte eine große Glaskanne, die mit kaltem, rotem Früchtetee gefüllt war. Daneben stand ihre Keramiktasse, auf der zwischen lauter Kussmündern stand: Tausend dicke Schmatzer. Wenn sie die nur bekommen würde!

Seufzend trank Doro ein paar Schlucke des erfrischenden Getränks. Sie hatte kein schlechtes Gefühl, wenn sie an die Prüfungen dachte. In den letzten zwei Wochen hatte sie zwar nichts gelernt, aber das würde sie jetzt nachholen. In Mathe und Deutsch hatte sie schon einen ziemlich guten Überblick, aber in Geschichte musste sie noch etwas tun und in Chemie und Physik auch. Ja, vor allem in Physik, das war ihr Horrorfach. Vielleicht sollte sie aufhören, sich davor zu drücken und es jetzt endlich in Angriff nehmen. Na ja, und dann war da noch Englisch, da wusste sie nicht so richtig, wie sie sich darauf vorbereiten sollte. Vielleicht sollte sie sich ein englisches Buch suchen, am besten eines, das sie auf Deutsch schon gelesen hatte und von dem sie den Inhalt kannte? Ja, das war vielleicht die richtige Idee.

Sie würde diese Prüfungen irgendwie schaffen, da war sie guten Mutes. Aber das andere, wie würde sie das nur schaffen? Im Moment wusste sie genau, was zu tun war. Sie wusste, wie ihr Leben in den nächsten Wochen aussehen würde. Sie würde in die Schule gehen und vielleicht würde es noch einige Wochen dauern, bis die anderen bemerkten, dass sie schwanger war. Ja, und sie würde lernen, was das Zeug hielt. Dann kamen die Prüfungen, auch das würde klappen. Aber was war danach? Wenn sie nicht mehr in die Schule ging? Dann hatte sie ein Kind! Und sie saß hier zu Hause bei ihren Eltern, während ihre Klassenkameraden sich darauf freuten, ihre Ausbildung zu beginnen. Wenn sie wenigstens einen Mann hätte. Aber sie würde allein sein. Gut, ihre Schwester war da und ihre Eltern. Es hätte sie auch noch schlimmer treffen können. Es gab Jugendliche, die bekamen eine schlimme Krankheit oder hatten einen schweren Unfall. Aber alles Vergleichen half ihr nichts. Wenn sie daran dachte, dass sie nach den Prüfungen nur einfach hier zu Hause sitzen würde, um ihr Baby zu hüten, überfiel sie die nackte Panik.

Verzweifelt starrte sie aus dem Fenster. Der Blick nach draußen war vertraut, beständig und vermittelte ihr eine Illusion, die nicht mehr stimmte. Sie war nicht mehr das Kind ihrer Eltern, das noch vor Wochen hier wohnte. Sie war eine erwachsene Frau, eine Mutter und alles würde sich ändern.

»Ich könnte ein Fernstudium machen«, dachte sie plötzlich. Ja genau, das war doch die rettende Idee. Nachdenklich ließ sie sich diesen Satz nochmals auf der Zunge zergehen. Ein Fernstudium! Hatte sie genug Zeit für so etwas, wenn sie ein Kind betreuen musste? Bestimmt! Oder? Sie musste gleich heute Abend ihre Mutter fragen, die würde es wissen. Vor ein paar Tagen erst hatte sie eine Annonce gelesen in einer Zeitschrift. Aber vielleicht war dieses Institut nicht seriös. Sie müsste zum Arbeitsamt gehen und sich beraten lassen.

Plötzlich war es ihr so viel leichter ums Herz. Gab es doch noch eine Chance für sie?

»Danke, Jesus, für diesen guten Gedanken«, flüsterte sie leise. Innerlich aufgewühlt ging sie ins Bad und kämmte sich ihre Haare mit stetigen, beruhigenden Bewegungen. Golden glänzend flossen sie ihr wie ein wehender Vorhang über die Schultern. Dann wusch sie sich das Gesicht mit kaltem Wasser ab, bis ihre Haut zart und strahlend aussah. Zum ersten Mal seit zwei Wochen fühlte sie sich nicht mehr so hoffnungslos. Aufmunternd nickte sie ihrem Spiegelbild zu.

Aber Andy – nur jetzt nicht an Andy denken, sonst würde die Traurigkeit wieder über sie hereinbrechen. Sie musste an positive Dinge denken. Sie würde ihr Leben meistern – auch ohne ihn. Das wäre doch gelacht. Aber sie konnte nichts dagegen tun. Ihre Schritte wurden wieder müde und schleppend, als sie in ihr Zimmer zurückging. Der inzwischen fast vertraute Schmerz kroch ihr wieder in alle Glieder. Ach Andy, du fehlst mir so. Jeden Tag, jede Minute hatte sie darauf gewartet, dass er anrufen würde, dass er sich irgendwie bei ihr melden würde. Aber das Telefon war stumm geblieben.

Was würden nur die anderen sagen, wenn es offensichtlich wurde, dass sie schwanger war. Ein Kind und kein Mann, hahaha! Tränen schossen ihr in die Augen. Sie setzte sich wieder zu ihren Büchern und Zetteln. Sie musste sich auf den Lernstoff konzentrieren, dann würde es ihr besser gehen!

Das Klingeln des Telefons riss sie aus ihren mühsamen Gedanken. Laut schrillte es die Treppe herauf.

»Vielleicht ist es Andy«, dachte Doro und rannte fast die Treppe runter. Hastig nahm sie den Hörer ab. »Dorothea Tamer«, meldete sie sich und ihre Stimme zitterte vor Aufregung. Am anderen Ende blieb es still, dann knackte es. »Hallo, wer ist dran?«, rief sie in den Hörer, aber der Anrufer hatte schon aufgelegt.

»Blöder Esel«, schimpfte sie enttäuscht in die taube Muschel. Dann legte sie auf. Wie lange nur würde sie noch hoffen, dass Andy zurückkam?

Völlig verstört ging sie in die Küche und nahm sich dort einen Apfel aus der Obstschale, die unter dem Fenster stand. Sie setzte sich in den Sessel ihres Vaters und legte die Füße hoch. Das sollte angeblich gut sein für schwangere Frauen und zu denen gehörte sie ja jetzt wohl auch. Sie musste versuchen, sich wieder zu entspannen.

Da klingelte es an der Haustür. »Was ist denn heute nur los?«, murmelte sie und trottete missmutig den Gang entlang. Gereizt riss sie die Haustür auf. Ein riesiger Schreck durchfuhr sie. Da stand Andy.

In tausend Varianten hatte sie sich ein Wiedersehen mit ihm ausgemalt. Aber keine traf zu. Er stand nur da – sie brachte keinen Ton heraus. Am liebsten hätte sie die Tür gleich wieder zugeknallt, aber er hatte seinen Fuß schon auf die Schwelle gesetzt.

»Hast du kurz Zeit? Ich möchte mit dir wohin fahren.« Seine Stimme klang nervös. Er sah sie bittend an.

Auf diese Frage war sie nicht vorbereitet. Was sollte sie darauf antworten? Ja, sie hatte Zeit. Ja, sie würde überallhin mit ihm fahren. Ja, sie hatte so sehr auf ihn gewartet!

Aber sie war auch wütend auf ihn, so wütend, dass sie keine Worte dafür fand. Sie war völlig durcheinander.

Sie sah ihn an. Er sah zerknirscht und ein bisschen schuldbewusst aus, wie er da stand in seinen unvermeidlichen schicken Bermudas und einem khakifarbenen Hemd, wie üblich ein bisschen zu elegant gekleidet. Aber irgendwie vermittelte ihr der Blick in sein Gesicht auch etwas Zuversicht.

»Was willst du von mir?«, fragte sie und ihr Ton fiel barscher aus, als ihr zumute war. »Wenn du mit mir über Geld reden willst, kannst du das jetzt sofort hier machen! Und damit du es gleich weißt, ich will von dir keinen Pfennig!« Jetzt schien bei ihr doch die Wut zu siegen. Etwas verunsichert wand sich Andy unter ihrem blitzenden Blick. Er räusperte sich, schien zu zögern, legte dann aber seine Hand auf ihren Arm.

»Du, es tut mir Leid, dass ich so lange nicht gekommen bin. Aber ich möchte jetzt mit dir reden und außerdem habe ich eine Überraschung für dich. Bitte, komm doch mit!«

Doro schüttelte seine Hand von ihrem Arm wie eine lästige Fliege. Sie wusste nicht, was sie von dem Ganzen halten sollte. Was wollte er von ihr, würde er sie wieder verletzen? Aber er war immerhin der Mann, von dem sie ein Kind erwartete! Sie musste hören, was er ihr sagen wollte!

»Also gut! Ich muss nur noch kurz den Schlüssel holen und hier abschließen!« Sie verschwand im Inneren des Flures.

Wie sah sie eigentlich aus? Zum Glück hatte sie sich eben noch die Haare gekämmt. Sie wollte vor ihm nicht wie Aschenputtel auftreten! Schnell warf sie einen Blick in den Spiegel, der im Flur hing. Sie trug eine dunkelblaue gut sitzende Shorts und ein weißes besticktes Blusentop dazu. Man sah noch keine Spur von ihrer Schwangerschaft. Eigentlich sah sie wirklich gut aus mit ihren braungebrannten Armen und Beinen. Mit so gestärktem Selbstbewusstsein ging sie hoch erhobenen Hauptes zur Tür. Andy lehnte an seinem Auto draußen im Hof und sah ihr dabei zu, wie sie die Haustür abschloss. Dann eilte er um sein Auto herum, um ihr die Tür zu öffnen. Stumm stieg sie ein und verkroch sich im Autositz. Sie hatte Angst, sie war aufgeregt, sie wusste überhaupt nicht, wie sie reagieren sollte.

Andy stieg auch ein und startete den Motor.

»Wohin fahren wir?«, fragte Doro.

»Lass dich mal überraschen«, antwortete Andy und legte seine Hand leicht auf ihr Knie, nahm sie aber gleich wieder weg, als er merkte, dass sie es nicht wollte.

Was sollte das alles? Ein kleiner Hoffnungsschimmer glühte in ihr auf. Oder merkte er gar nicht, was er da in ihr anrichtete?

Nach einer Weile wurde ihr klar, dass er zu dem Wäldchen fuhr, wo sie das letzte Mal schon waren, als sie ihm sagte, dass sie ein Kind bekommen würden. Bei dem Gedanken an diese letzte Begegnung wurde sie wieder wütend. Aber sie sagte nichts.

Das Auto rumpelte die letzten Meter über den Feldweg. Tatsächlich, er stellte das Auto an derselben Stelle ab, an der sie auch das letzte Mal geparkt hatten.

»Hier steigen wir aus«, sagte Andy, riss seine Tür auf, schwang die Beine aus dem Auto und rannte um das Auto herum, um ihr die Tür zu öffnen.

»Das kann ich schon allein«, sagte Doro trotzig und stieg aus, ohne seine ausgestreckte Hand zu ergreifen. Andy ließ sich nicht beirren, obwohl auch er sehr nervös zu sein schien.

Vom Rücksitz des Autos nahm er die Decke, die sie auch schon vom letzten Mal kannte, und breitete sie wieder im Schatten der Bäume hier am Waldrand aus.

»Komm, setz dich«, bat er sie. Was blieb ihr anderes übrig, als jetzt, wo sie schon hier war, dieses Spiel mitzumachen? Ihr war immer noch nicht klar, was kommen würde.

»Warte noch einen Moment«, meinte er dann und ging mit fast beschwingten Schritten zurück zum Auto.

Der Wind raschelte über ihr leise in den Baumkronen. Sie spürte ihn sanft in ihren Haaren, als ob er sie beruhigen und trösten wollte. Es roch ganz intensiv nach Sommer, nach würziger Erde, nach reifem Gras, nach dem aromatischen Holz des Waldes. Der Schatten spielte auf dem Boden mit den Blättern Fangen und zeichnete sein immer neues Muster.

Es war eine Idylle, die Doro hier umgab, aber sie hatte kein Auge für die Schönheit, die sich ihr so schmeichelnd präsentierte. Sie musste die ganze Zeit über daran denken, wie schrecklich es war, als sie das letzte Mal hier gesessen hatte und Andy sagen musste, was los war. Und wie er sie dann einfach im Stich gelassen hatte und sie in ein abgrundtiefes Loch der Verzweiflung gestürzt war. Was würde heute kommen? Ein zweiter Auftakt zum gleichen Spiel? Sie versuchte, sich jetzt schon gegen erneute Schmerzen, die er ihr zufügen würde, zu wappnen. Aber sie merkte, dass sie sich gar nicht wappnen konnte, denn in ihrer Liebe und mit einem Kind unter dem Herzen, war sie ihm schutzlos ausgeliefert.

Sie saß halb abgewandt vom Auto mit dem Rücken zum Wald und dem Blick über die wogenden, sattgelben Getreidefelder. Aber aus den Augenwinkeln heraus beobachtete sie ganz genau, was Andy tat. Er war zum Auto gegangen, hatte die Heckklappe geöffnet und sich tief in den Kofferraum hineingebeugt. Jetzt richtete er sich wieder auf und sie sah, dass er einen riesigen Strauß roter Rosen herausholte. Schnell richtete sie ihren Blick in die andere Richtung und tat so, als ob sie nicht beobachtet hätte, was er machte. Aber in ihrem Kopf begannen die Gedanken in rasender Geschwindigkeit hin und her zu eilen. Was hatte das zu bedeuten? Konnte es vielleicht doch sein, dass er sie noch immer liebte und zu ihr zurück wollte? Oder sollte das nur ein gigantischer Versuch werden, sich bei ihr zu entschuldigen? Verwirrt starrte sie ihn an, als er nun auf sie zukam, die Rosen wie eine Trophäe vor sich her tragend. Sie stand auf, um ihm die Gelegenheit zu geben, ihr zu sagen, was er sagen wollte.

»Doro, ich bin heute hierher gefahren, weil ich mich das letzte Mal an diesem Ort dir gegenüber total unfair verhalten habe und ich mich dafür entschuldigen möchte!«, brachte Andy mit heiserer Stimme hervor.

Aha, also doch nur eine Entschuldigung. Doros Herz schlug vor Aufregung hart gegen ihre Rippen. Die Anspannung in dieser Situation wurde allmählich unerträglich. Ihre Augen begannen schon gefährlich zu funkeln, aber bevor sie zu einem bitterbösen Gegenschlag ansetzen konnte, sprach Andy weiter, mit einem eigentümlich feierlichen Unterton in seiner Stimme.

»Heute möchte ich dich hier, an diesem Ort, fragen, ob du meine Frau werden möchtest! Ich habe dich in den letzten Wochen so sehr vermisst, dass mir klar geworden ist, dass ich dich für mein Leben brauche. Und ... darum möchte ich dich bitten, dass du für immer mein Leben mit mir teilst!«

Doro sah ihn fassungslos an, sah auf den Strauß mit Rosen – und dann begann sie zu weinen. Das war einfach alles zu viel für sie. Die ganze Verzweiflung der letzten Wochen, die Wut und nun das hier.

Vorsichtig legte Andy den Strauß auf den Boden neben die Decke und nahm Doro in seine Arme. Sachte streichelte er ihr über ihr herrliches Haar. »Ruhig, nur ruhig«, flüsterte er und wiegte sie leicht hin und her. Dann drängte er sie sanft, sich wieder auf die Decke zu setzten und nahm dicht neben ihr Platz. So saßen sie dann eine Zeit lang stumm beieinander und hielten sich eng umschlungen. Langsam wurde Doro wieder ruhiger und er begann leise, mit ihr zu reden.

»Ich weiß, ich weiß«, flüsterte er, »ich hab mich benommen wie ein Idiot! Aber jetzt bin ich da, und ich bleibe da. Ich will zu dir halten und wir werden zusammen unseren Weg finden!«

Vorsichtig küsste er sie auf ihre tränennassen Wangen.

Nachdem sie sich ein bisschen gefangen hatte, fand auch Doro wieder Worte: »Wieso bist du einfach gegangen?«, war ihre erste Frage an ihn.

Er seufzte tief. »Ich sag es nicht gerne, aber ich bin gegangen, weil ich Angst hatte. Weil ich dachte, dass ich jetzt ein braver Ehemann werden muss und mein Leben gelaufen ist. Ich kann nicht mehr studieren, ich kann keine Reisen mehr machen.« Er schwieg, weil bei seinen Worten genau diese Angst wieder in ihm lebendig wurde und er sie erst einmal niederringen musste, bevor er weitersprechen konnte. »Aber denk nicht, die letzten zwei Wochen seien schön für mich gewesen. Als ich mit den Nerven total fertig war, bin ich zum Guide gegangen und habe mit ihm über alles geredet. Er hat gemeint, so ein Drachen seist du gar nicht, der mir alles verbieten würde und nur noch langweilig herumsitzen will.«

»Na, das hättest du dir doch selbst denken können, dass ich kein Drachen bin!« In Doro brodelte noch immer die Wut. »Und glaub bloß nicht, ich hätte keine Angst vor dem allen!«

Doro versuchte mit einem leichten Seitwärtsdreh von ihm abzurücken, aber er ließ sie nicht aus seinen Armen entkommen.

»Lass uns nicht streiten, nicht heute. Ich bin so froh, dass ich wieder bei dir bin! Ich kann mich hundertmal bei dir entschuldigen und alles erklären, es ist klar, dass du trotzdem verletzt bist. Ich habe einfach ein bisschen Zeit gebraucht. Aber jetzt bin ich da, und ich will ein Leben lang mit Gottes Hilfe bei dir bleiben!«

Langsam gab Doro ihre stachelige Haltung auf und entspannte sich in Andys Armen. Minutenlang saßen sie stumm beieinander, aber die Stille zwischen ihnen störte keinen von beiden. Sie wollten nur eines, sich spüren, einander nahe sein, sich wieder finden. Aber noch waren viele Fragen zu klären.

»Aber wie stellst du dir denn nun unser gemeinsames Leben vor, wenn du kein braver Ehemann sein willst?«, brach Doro das Schweigen.

Andy überlegte einen Moment und versuchte, seine Worte mit Bedacht zu wählen.

»Jetzt stelle ich mir mein Leben so vor, dass wir beide zusammen sind und dass wir miteinander einen Weg finden, unseren Weg, verstehst du? Vielleicht kann ich ja doch ein Studium beginnen, auch wenn das für eine Zeit lang bedeuten würde, dass wir eine Wochenendehe führen. Aber ich weiß noch nicht, was du von der Sache hältst. Wir müssen gemeinsam eine Entscheidung treffen! Und der Guide hat gemeint, ich könnte nach dem Abi ja trotzdem so 'ne Männer-Rucksacktour mit meinen Freunden machen – wenn du nichts dagegen hast. Aber soweit ist es ja noch nicht. Vielleicht will ich das in einem Jahr gar nicht mehr. Aber wenn ich es mache, verstehst du, dann werde ich wieder zu dir zurückkehren. Und ich werde dir treu sein. Ich will es jedenfalls!«

Doro nickte stumm, sagte aber nichts. War sie nun einverstanden mit dem, was er ihr erklärt hatte oder doch nicht? Andy war unsicher und hätte es gern gewusst, aber er wollte sie heute nicht drängen. Er wollte ihr Zeit geben, ihre eigene Meinung zu finden.

»So ganz verstehe ich das ja immer noch nicht! Warum willst du mich denn jetzt trotzdem heiraten, auch wenn du Angst davor hast? Nur wegen dem Kind oder was? Keiner kann das von dir verlangen, selbst ich nicht.«

»Ich sag dir warum.« Andy setzte sich auf Armeslänge weg von ihr und sah ihr in die Augen. »Ich will dich nicht heiraten, weil mir der Guide das geraten hat. Ich will dich heiraten, weil mir klar geworden ist, dass ich keine bessere Frau finde als dich. Du bist intelligent, du siehst super aus und, das ist vielleicht das Wichtigste, du bist gut zu mir. Du glaubst an Jesus und hast mir auf meinem Weg zu ihm geholfen – und du bist schwanger mit meinem Sohn oder meiner Tochter. Ich will dich heiraten, weil ich denke, dass Gott uns zusammenhaben will!«

Doro schwieg und wieder liefen ihr Tränen übers Gesicht. Seine Worte tröpfelten wie Balsam auf ihre verletzte, entmutigte Seele. Um eine Antwort bittend sah er sie an, aber sie konnte nur nicken.

Dann saßen sie wieder eine Weile schweigend beieinander. Es tat ihr gut, seine Nähe zu spüren, sie fühlte, roch, sah und hörte ihn.

Sie hatte ihn so sehr vermisst. Nach einer Weile küsste er sie. Erst zart, dann drängend. Unbewusst ging sie auf Abwehrstellung.

»Keine Angst«, flüsterte er, »die vier Wochen kann und will ich noch warten!«

»Wie, vier Wochen?« Sie befreite sich aus seinen Armen und sah ihn mit großen Augen an.

»Na ja, bis wir das Aufgebot auf dem Rathaus bestellt, die kirchliche Trauung mit unserem Pfarrer besprochen und noch unsere Hochzeitsfeier organisiert haben, werden wir schon vier Wochen benötigen.«

»Mensch, Andy, du spinnst!«

»Also was nun, heiratest du mich oder nicht?«

»Ja, ich heirate dich, aber das geht alles ein bisschen schnell, oder? Ich habe mir das ganz anders vorgestellt. Wo werden wir dann überhaupt wohnen, und wo bekomme ich ein Brautkleid her?«

Andy lachte. »Na, wenn du dir Gedanken über dein Kleid machst, dann hast du es ja endlich begriffen. Ach ja, ich habe noch ein Geschenk für dich. Aber ich sag's dir gleich, da sind keine Ringe drin, die kaufen wir erst nachher zusammen beim Juwelier.«

Er zog aus seiner Hosentasche ein kleines zerknautschtes Päckchen, so groß wie eine Männerfaust, mit dunkelblauem Glanzpapier umwickelt. Doro nahm es vorsichtig in ihre Hände, es fühlte sich leicht und weich an. Schnell riss sie das Papier auf und hielt zwei kleine weiße Babyschühchen aus Satin in ihrer Hand.

Stumm starrte sie einen Moment auf diese Winzlinge. Dann sagte sie leise: »Ich hab's noch gar nicht lieben können, unser Kind. Ich hatte das Gefühl, dass es so viel kaputt gemacht hat. Aber jetzt, wenn du da bist, dann kann ich es vielleicht auch lieben.«

Sie betrachtete die Schühchen von allen Seiten und strich sachte mit den Fingern über den weichen Stoff. Dabei nickte sie mit dem Kopf, als wollte sie ihren letzten Satz noch einmal bekräftigen. Andy schloss seine Hände um ihre und um die kleinen Schuhe und so saßen sie beisammen, eine kleine Einheit in der Unendlichkeit der einsamen Weltensphären. Sie hörten den Wind über sich rauschen und lauschten doch den eigenen Sehnsüchten und Träumen nach. Würden sie sich erfüllen? Was würde ihnen das Leben, ihr gemeinsames Leben, bringen? Glück, Leid, Erfüllung, Segen? Der Wind blies all diese Gedanken in die Weite des Himmels hinein und ließ ihnen nur noch die tiefe Freude dieses Augenblickes – und die Gewissheit, dass Gott bei ihnen sein würde.

Irgendwann standen sie dann doch auf, dehnten ihre verspannten Muskeln, warfen einen letzten Blick auf dieses Plätzchen, das nun so unterschiedliche Erinnerungen in sich barg, stiegen wieder ins Auto und fuhren zurück nach Neuenstein.

Als Andy in die engen Gässchen der Altstadt einbog und nicht wie üblich die kleine Straße über die Felder zu den Siedlungen nahm, sah Doro ihn fragend an.

»Wo fährst du denn jetzt hin?«

»Na, ich habe es dir doch schon gesagt, dass wir heute Ringe kaufen wollen!«

»Aber doch nicht hier bei uns im Ort!« Doro klang erschreckt, aber Andy versuchte völlig unbeirrt in eine winzige Parklücke neben dem Brunnen vor der Reinigung zu kommen.

»Wieso denn nicht?«, fragte er zurück, als es ihm tatsächlich gelungen war, das Auto in die Lücke zu quetschen.

»Na, hier kennt uns doch jeder. Wenn wir hier Ringe kaufen, dann weiß nachher der halbe Ort Bescheid!«

»Na und!« Andy grinste. »Wenn unser Aufgebot nächsten Montag im Schaukasten vor dem Rathaus hängt, dann weiß es der ganze Ort! Ich wollte schon immer mal ein Star sein! Du wirst sehen, jetzt werden wir berühmt, jedenfalls hier in unserer Stadt und das ist doch schon mal ein Anfang!« Er grinste noch breiter.

»Aber im Ernst! Sollen sie sich doch den Mund über uns zerreißen, Hauptsache ist doch, dass wir zwei zusammenhalten, oder? Und ich bin mir sicher, dass mich mancher um meine schöne Braut beneiden wird!«

Doro war noch immer etwas mulmig zumute. Irgendwie hätte sie gern mit ihren Eltern darüber gesprochen, bevor sie jetzt tatsächlich diesen Schritt wagte, die Sache mit Andy fest zu machen. Aber sie war sich sicher, dass die beiden ihr auch zugeraten hätten. Vielleicht war es jetzt an der Zeit, ihre Entscheidungen allein zu treffen. Mutig stieg sie aus dem Auto aus. Ja, die Leute würden bald genug über sie reden. Besser, sie redeten erst mal über die Hochzeit und dann erst über die Schwangerschaft, als nur darüber, wie es passieren konnte, dass eines der frommen Mädchen aus dem Ort schwanger geworden war und keinen Mann zu ihrem Kind hatte. Bei diesem letzten Gedanken stiegen ihr wieder die Tränen in die Augen. Doro konnte noch immer nicht ganz begreifen, dass ihre verzweifelte Situation sich geändert hatte.

Hand in Hand gingen sie dann zu dem kleinen Juweliergeschäft, das im Erdgeschoss eines der Altstadthäuser eingerichtet war. An der Häuserfront war ein großer alter Torbogen aus schönem Natursandstein und in diesem Bogen waren das Schaufenster und die Ladentür untergebracht. Als sie die Tür öffneten, klingelte im Inneren eine melodiöse Glocke. Zwei Stufen führten von der Straße hinunter in den kleinen Laden, der eigentlich nur aus einem Zimmer bestand, das über und über mit Schmuck und Uhren vollgepfropft war. Ein rhythmisches Ticken schwang durch den Raum und schaffte eine ganz besondere Atmosphäre. Doro hatte sich hier vor Jahren einen kleinen gelben Wecker gekauft und später mit Beate zusammen ein Armband, das sie als Geschenk zur Konfirmation erhalten hatte und in das ihr Name eingraviert worden war.

Aber heute wollte sie mit Andy zusammen Ringe kaufen. Ihre Hände zitterten, so nervös war sie.

Die Besitzerin, eine ältere, ziemlich beleibte Dame in einem dunkelblauen Hosenanzug und mit einer perfekt sitzenden Frisur, war durch eine Hintertür in den Laden getreten und nickte ihnen freundlich grüßend zu. »Na, ihr beiden, was darf es sein?«, erkundigte sie sich. Sie kannte Doro und Andy schon seit sie Kinder waren und sie musterte sie jetzt, ohne ihre Neugier zu verbergen.

Trotz aller Aufregung musste Doro innerlich ein bisschen schmunzeln und dachte: »Du wirst dich noch wundern!«

»Wir möchten gerne Verlobungsringe kaufen«, sagte da auch schon Andy und Doro konnte beobachten, wie das Gesicht der Dame vor Überraschung und Sensationsfreude ganz rot wurde.

Aber sie hatte sich gleich wieder im Griff und setzte ihr verbindlichstes Lächeln auf.

»Oh, da haben wir eine große Auswahl, die zeige ich Ihnen gern«, sagte sie und wechselte geschickt in ihrer Anrede vom Du zum Sie über. Dann bückte sie sich, um aus den Schubladen in den Vitrinen mehrere Tabletts mit Ringen hervorzuholen. Während sie die glitzernden Schmuckschatullen vor ihnen auf der gläsernen Verkaufstheke aufbaute, hatte Doro plötzlich einen klaren überwachen Moment lang das Gefühl, als ob sie neben sich selbst stünde.

»Bin das wirklich ich, Dorothea Tamer, die hier steht, achtzehn Jahre alt, und sich Verlobungsringe aussucht?«, fragte sie sich.

»Dorothea, was machst du da? Willst du dich wirklich in vier Wochen mit Andy trauen lassen? Diesem kaum erwachsenen Jungen, den du eigentlich noch gar nicht kennst? Wird das gut gehen, diese übereilte Ehe? Ein Leben lang? Willst du ihn überhaupt heiraten? Du warst so sehr enttäuscht von ihm! Wird er dich wieder enttäuschen?«

Sie lauschte ganz tief in sich hinein, versuchte den Boden zu testen, den sie nun im Begriff war zu betreten, versuchte Klarheit und Sicherheit zu finden, aber sie spürte genau, dass sie nun einen Schritt wagen musste, den sie nicht in seiner ganzen Tragweite kalkulieren konnte. Es war ein Risiko. Trotzdem wusste sie schon in diesem Augenblick des Zweifels, dass sie das Risiko eingehen würde. Weil sie Andy liebte und weil sie schwanger war. Es gab keinen anderen Weg.

Als sie sich das klar gemacht hatte, konnte sie sich mit ganzer Freude auf den Ringkauf einlassen.

Sie trafen zusammen eine Vorauswahl der Ringe, die ihnen beiden gefielen. Sie waren sich darin einig, dass sie einen goldfarbenen Ring wollten, der außen glatt war. Die Ringe mit Schnörkel und Verzierungen gefielen ihnen beiden nicht, wie sie erleichtert feststellten.

Andy war sehr angetan von einem breiten Ring, der in der Mitte einen kleinen Brillanten hatte, aber die letzte Entscheidung überließ er Doro, die sich für einen schlichten, schmalen Ring begeisterte, der nicht halbrund gewölbt war, sondern eine abgeflachte edle Form hatte. Von diesem Ring gab es auch für beide ein passendes Exemplar mit der richtigen Größe. Das gab dann auch für Andy den letzten Ausschlag. Denn auf eine Extraanfertigung hätten sie noch ein Woche warten müssen. »Wie lange würde es dauern, bis sie unsere Namen eingraviert hätten?«, fragte dann Andy noch die Verkaufsdame.

»Auch mindestens eine Woche«, gab sie zur Antwort.

»Das dauert mir zu lange«, meinte Andy und sah Doro an. »Die Gravur können wir auch noch später machen lassen, oder?« Doro nickte zustimmend.

»Gut, dann nehmen wir die Ringe gleich mit!« Andy hatte entschieden.

»Möchten Sie sie gleich anstecken, oder soll ich sie Ihnen in einer Schachtel mitgeben?«, fragte die Dame.

»In einer Schachtel, bitte!«, meinte Andy bestimmt. »Kann ich mit der Scheckkarte bezahlen?«

Doro sah Andy kurz von der Seite an. Wozu die Schachtel, fragte sie sich im Stillen, aber an diesem Tag wunderte sie sich langsam über nichts mehr. Sie fragte sich auch, woher Andy das Geld hatte, um diese teuren Ringe zu bezahlen. Sie hätte ihr Sparbuch plündern müssen und dann wäre fast nichts mehr übrig geblieben. Vielleicht hatte Andy das Geld von seinen Eltern bekommen? Sie würde ihn später fragen!

Schon standen sie wieder draußen vor der Ladentür und Andy nahm Doro an der Hand und zog sie mit sich über die Straße.

»Halt, in die andere Richtung geht's zum Auto«, meinte Doro.

Andy sagte nur »Komm mit!« und zog sie weiter die Straße hinunter durch die Altstadt, vorbei am Bäcker und Friseur, bis vor die Kirche. Er ging mit Doro zum Eingangsportal und prüfte, ob sich die Tür öffnen ließ. Ja, sie war nicht abgeschlossen. Verstohlen sahen sie sich um, ob sie auch niemand beobachtete, dann huschten sie hinein.

Drinnen empfing sie kühle Freundlichkeit und eine Atmosphäre tiefen Friedens. Doro spürte sofort, wie alles in ihr ruhiger wurde, wie die ganze Aufregung ein wenig abflaute und sich ihr Herz mit Zuversicht füllte. Das war eine gute Idee von Andy gewesen, hierher zu kommen. Langsam gingen sie bis zur vordersten Reihe und setzten sich dort in die Mitte vor den Altar. Die Sonne fiel durch die hohen Glasfenster und warf ihre Muster auf den Steinfußboden und die zwei Stufen, die zum Altar hinaufführten. Andy legte seinen Arm um ihre Schulter und so saßen sie eine Weile still beieinander.

»Damit du weißt, dass ich es wirklich ernst meine, will ich dir hier noch einmal sagen, dass ich dich liebe und dich heiraten will!«, sagte Andy leise mit belegter Stimme.

Doro schmiegte sich noch enger an ihn.

»Ich liebe dich auch so sehr«, flüsterte sie. Dann holte Andy das Schächtelchen aus seiner Hosentasche und sie steckten sich einander die Ringe an. Lange saßen sie noch dort. Für eine kurze Zeit waren sie herausgenommen aus der Welt und der Zeit, und langsam begannen sie zu begreifen, dass ihr Leben zu zweit wirklich begonnen hatte.

An diesem Abend stand Beate in der Küche und belegte Toastbrotscheiben mit Schinken, Ananas und Käse. Sie hatte den Backofen schon eingeschaltet und die Brote fast fertig auf dem Blech, aber sie wollte noch damit warten, sie in den Ofen zu schieben, bis alle da waren, denn ganz frisch und heiß schmeckten sie am besten. Will und Tanja waren gerade von draußen hereingekommen. Sie hatten an diesem Nachmittag zusammen Rosen gesetzt, die Will in den letzten Wochen als Stecklinge in Töpfen gezogen hatte. Nun hatten sie schöne Wurzeln entwickelt und konnten draußen gepflanzt werden. Mit der Maschine hatte Will Löcher gegraben, Tanja hatte immer neu einen Büschel Stecklinge auf den Arm genommen und die einzelnen Pflanzen dann in die Löcher gelegt und Will hatte sie hinterher eingegraben. Zu zweit hatten sie dann auch noch Leitungen gelegt, um die Pflanzen jetzt im heißen August richtig bewässern zu können. Beate hatte gehört, wie sie sich lachend und albernd im Bad die Hände gewaschen hatten, sie schienen erleichtert und zufrieden mit ihrer Arbeit zu sein. Nun vertauschte Will im Schlafzimmer seine schmutzigen Feldhosen mit einer sauberen Jeans. Auch Tanja war hochgegangen in ihr Zimmer, um sich noch umzuziehen. Nun fehlte nur noch Doro und Beate lauschte angestrengt mit einem Ohr nach draußen, um ihr Kommen nicht zu verpassen. Doro war heute Nachmittag einfach verschwunden, ohne eine Nachricht zu hinterlassen. Das war sonst nicht ihre Art, meistens nahm sie einen Zettel vom Notizblock, der immer beim Telefon lag, und schrieb schnell eine Nachricht drauf. Beate fand diese Art von Verbindlichkeit für die Familie unumgänglich. Aber natürlich konnte es mal eine Ausnahme geben, immerhin war Doro nun auch schon achtzehn Jahre und eigentlich erwachsen. Trotzdem war Beate heute unruhig. Seit sie die Sache mit der Schwangerschaft wusste, hatte sie irgendwie Angst um ihre Tochter. Tapfer kämpfte sie gegen die Schreckensbilder an, die vor ihrem inneren Auge aufzogen.

Dann schob Beate die Brote doch in den Ofen, Will und Tanja würden gleich in die Küche kommen und waren hungrig von der Arbeit. Als langsam der Käseduft die Küche erfüllte, spürte Beate wieder die gewohnte Übelkeit in sich hochkommen. Sie hätte ein Essen machen sollen, das keine Gerüche entwickelt, aber nun war es schon zu spät. Sie öffnete das Fenster zum Hof, um etwas frische Luft in die Küche zu lassen. Sie lehnte sich mit den Armen auf den Fenstersims und atmete tief die milde Abendluft ein. Da sah sie, wie ein Auto die Einfahrt herunterfuhr, ein schwarzer Golf. Hatte sie das Auto nicht schon einmal gesehen? Doch, aber sie konnte sich nicht mehr erinnern, bei welchem Anlass es gewesen war. Wer konnte es nur sein? Wie gebannt starrte sie auf das Auto. Dann, als sich die Fahrertür öffnete, wurde ihr schlagartig klar, dass das Andy war, der aus dem Auto stieg. Hastig wich sie vom Fenster zurück.

»Will!« Wie der Schrei einer Ertrinkenden hallte ihr unterdrückter Ruf durch die Wohnung. Eilig kam Will in die Küche gestürzt. »Was ist los?«

»Will«, jetzt flüsterte Beate. »Schau mal vorsichtig durch das Fenster in den Hof. Da ist gerade Andy mit dem Auto hergefahren und neben ihm sitzt Doro!«

Mit etwas Abstand zum Fenster spähten sie vorsichtig auf den Hof, wie zwei neugierige Kinder, die beobachten wollen, ob der Onkel, der zu Besuch kommt, auch Geschenke dabei hat.

»Na, der soll sich mal hier blicken lassen, dem sag ich aber die Meinung!«, knurrte Will böse, nachdem er gesehen hatte, dass es tatsächlich Andy war.

»Hey, Moment mal, warte erst ab, bis die beiden reingekommen sind und wir wissen, was los ist, hörst du? Du darfst jetzt nichts Unvorsichtiges tun!«, warnte Beate und sah ihn streng an. »Vielleicht versöhnen sie sich ja doch wieder. Ich glaube, Doro würde sich nichts mehr als das wünschen!«

Dann stieß Beate den nächsten Schrei aus: »Meine Brote!« Sie ergriff einen Topflappen und riss die Tür des Backofens auf. Schnell zog sie das Blech heraus und stellte es oben auf den Herd. »Gerade noch gerettet!«, seufzte sie erleichtert.

»Was ist denn hier los?« Tanja war unbemerkt in die Küche gekommen und spürte sofort, dass irgendwelche aufregenden Ereignisse in der Luft lagen.

»Deck mal bitte den Tisch für fünf Personen!«, wies Beate sie an. »Dein Vater und ich sind im Moment zu nervös dafür. So wie es aussieht, kommt Andy heute zum Abendessen!«

Beate setzte sich auf die Bank und atmete tief durch.

»Wirklich? Das glaube ich nicht!« Auch Tanja konnte es kaum glauben. Gespannt lauschten alle, wie draußen die Haustür aufgeschlossen wurde. Tatsächlich, sie hörten Doro und Andy leise miteinander reden. Es klang eigentlich ganz friedlich.

Schnell deckte Tanja Teller und Geschirr und Beate stellte die Schüssel mit Salat auf den Tisch.

Dann kamen Andy und Doro zur Tür herein, fast ein bisschen verlegen und es gab ein überlautes, etwas gekünsteltes Hallo, denn auch die anderen drei wussten nicht so recht, wie sie sich verhalten sollten. Auf ihren Gesichtern war deutlich ein Fragezeichen zu lesen. Aber bevor alle endlich mit ihren Fragen und Berichten rausrücken konnten, bat Beate die ganze Familie zu Tisch. Will sprach das Tischgebet, Beate verteilte die Toasts und dann legte sich gespannte Stille über die Runde. Alle warteten auf eine Erklärung.

»Ihr dürft uns gratulieren, wir haben uns verlobt!«, platzte Doro heraus und zeigte ihre Hand mit dem Ring. Tränen der Rührung und Erleichterung standen ihr in den Augen.

»Du liebe Zeit, das gibt's doch gar nicht!«, rief Beate, aber sie begann übers ganze Gesicht zu strahlen.

Tanja sprang auf, beugte sich über den Tisch, warf dabei fast die Sprudelflasche um und versuchte Doro zu umarmen, was ihr aber nicht ganz gelang. »Das ist einfach wunderbar, das hätte ich nie geglaubt, dass aus euch noch ein Paar wird!«

Nur Will hielt sich etwas zurück und Andy spürte ganz genau, dass er ihm, nach dem, was vorgefallen war, nicht mehr vertraute. Er konnte es ihm nicht übel nehmen.

»Das glaub ich erst, wenn ich euch vor dem Traualtar sehe«, knurrte Will und ließ sich auch nicht von Beate bremsen, die ihn in die Seite stupste.

»Na, dann hoffe ich, dass alle in vier Wochen dabei sind, wenn es soweit ist«, meinte Andy.

»Wie, was soweit ist?« Beate schwirrte langsam der Kopf.

»Na, dass wir vor dem Traualtar stehen! Wenn es recht ist, wollen wir uns in etwa vier Wochen standesamtlich und kirchlich trauen lassen!«, sagte Andy und genoss richtig die Überraschung, die ihm gelungen war. Dann wandte er sich an Will und meinte ernst: »Es tut mir Leid, dass mir nicht gleich klar war, was ich zu tun habe. Dafür möchte ich mich heute entschuldigen. Aber ich musste erst mal selbst mit der ganzen Situation klar kommen!« Will nickte bedächtig und auch wenn er nichts sagte, war es doch ein deutliches Zeichen, dass er diese Entschuldigung annahm.

Beate war inzwischen schon ganz bei den praktischen Dingen. »Wie stellt ihr euch das vor, in vier Wochen heiraten! Das schaffen wir nie! In dieser kurzen Zeit eine Hochzeit vorzubereiten, gerade jetzt, wenn Will so viel Arbeit hat und die ganze Sache mit der Ausstellung auch noch läuft. Das ist so gut wie unmöglich!«

»Hm!« Doro sah Andy fragend an, aber der zuckte auch nur mit den Schultern und meinte: »Vielleicht müssten wir einen Plan machen, was alles getan werden muss. Ehrlich gesagt, habe ich mir noch keine Gedanken darüber gemacht!«

»Vielleicht feiern wir nur in ganz kleinem Rahmen«, schlug Doro vor.

»Kommt nicht in Frage. Du wirst es dein Leben lang bereuen und bei jeder Hochzeit, auf der du eingeladen bist, neidisch auf deine Freundinnen sein. Wenn wir feiern, feiern wir richtig. Aber in vier Wochen schafft ihr das kaum. Restaurant suchen, Karten verschicken, mit dem Pfarrer sprechen, Blumenschmuck bestellen, eine Annonce in der Zeitung aufgeben, du meine Güte, das ist ganz schön viel Arbeit!« Beate sah skeptisch zu Andy und Doro.

»Ich hätte da vielleicht eine Idee«, sagte Andy, aber er zögerte noch. »Ich weiß ja, dass meine Mutter sich hier in diesem Hause ziemlich unmöglich benommen hat, aber so schlecht wie das Bild, das sie hier abgegeben hat, ist sie gar nicht. Wenn sie etwas wirklich gut kann, dann ist es, ein Fest zu organisieren. Das macht sie wirklich perfekt. Ich glaube, sie würde sehr gerne eine Hochzeit vorbereiten. Vielleicht würde sie das ja ein bisschen damit versöhnen, dass ich schon so bald heirate und von zu Hause ausziehe.« Er sah Doro an. »Aber sie kann das natürlich nur machen, wenn es dir recht ist!«

»Keine schlechte Idee«, meinte Beate, aber sie und die anderen sahen Doro abwartend an. Das war ihre Entscheidung, sie musste einwilligen. Doro sah irgendwie erleichtert aus und nickte. »Wenn sie die Sachen vorher mit uns abspricht, dann bin ich auch froh, wenn sie es in die Hand nimmt.«

Jetzt schaltete Will sich wieder ein. »Ich habe da gerade gehört, dass du daheim ausziehen willst! Darf ich mal fragen, wohin? Denn ich nehme an, dass dann dort auch meine Tochter wohnen wird und da wäre ich doch auch ganz gern informiert!« Man merkte, dass er noch immer nicht ganz versöhnt war mit den Dingen, die nun so rasch ihren Lauf nahmen.

Andy zuckte mit den Schultern. »Wir hatten noch keine Zeit, uns das zu überlegen. Aber vielleicht könnte ich bei euch einziehen. Ich meine, zu Doro ins Zimmer.« Er setzte sein gewinnendstes Lächeln auf, aber Will sah ihn auch bei diesem Vorschlag skeptisch an. »Ich glaube, das macht keinen Sinn!«, meinte er zweifelnd. »Da habt ihr zu wenig Platz und wir auch. Da sind wir dann alle gestresst und bekommen bestimmt Streit.« Er überlegte, doch dann zog ein zufriedenes Lächeln über sein Gesicht, als ob er den rettenden Gedanken gefunden hätte. »Na, dass ich da nicht gleich drauf gekommen bin. Die Fritzens ziehen doch aus, jetzt Ende August. Das wäre schon eine Möglichkeit: Das sind zwar nur zwei Zimmer und eine Küche, aber wenn ihr Doros Zimmer noch dazu nehmt, ist sogar Platz für ein Kind! Die Küche ist ganz passabel, das Bad ist okay. Was haltet ihr davon?«

»Herr Tamer, das ist eine wirklich gute Idee. Was meinst du, Doro, kannst du dir das auch vorstellen?«

Andy sah Doro abwartend an und als ein Leuchten über ihr Gesicht zog, machte sich auch bei ihm Erleichterung breit. »Das wäre eine super Lösung. Ich weiß natürlich noch nicht, wie wir das mit der Miete machen könnten. Vielleicht kann ich einen Teil davon abarbeiten. Wenn ich jeden Monat eine bestimmte Anzahl Stunden bei Ihnen im Betrieb mithelfe oder so!«

Will machte eine wegwerfende Handbewegung. »Kommt gar nicht in Frage. Ihr macht jetzt erst mal euer Abitur. Da will ich gute Noten sehen und sonst nichts. Ihr bezahlt keine Miete im nächsten Jahr und das Leben wird dir sicher irgendwann die Gelegenheit geben, dich zu revanchieren! Aber da gibt es noch ein Problem!« Will wandte sich an Beate: »Das hört sich schon komisch an, wenn Andy uns vier Wochen vor der Hochzeit noch mit ›Herr und Frau Tamer‹ anspricht, oder? Wie wäre es, wenn wir uns ab heute alle duzen?«

Die ganze Runde brach in ein befreiendes Lachen aus. Und dann wurde es noch richtig lustig. Doro hatte das Gefühl, dass dies der schönste Tag ihres Lebens sei. Sie war so glücklich, dass nun alles so geworden war, dass sie sich wieder auf die Zukunft freuen konnte. Dankbar und entspannt lehnte sie sich zurück. Ja, es würde gut werden.

Aber alle Hürden waren natürlich noch nicht umschifft. Bevor Andy an diesem Abend nach Hause ging, verabredeten sie sich noch für den nächsten Tag, um zusammen bei seinen Eltern Mittag zu essen.

Als er dann am nächsten Vormittag schnittig und mit quietschenden Reifen im Hof vorfuhr, stand Doro schon wartend an der Haustür. Es war immer noch sommerlich heiß und sie trug ein weißes, leichtes Sommerkleid mit einem schmalen, roten Gürtel. An ihrem Ausschnitt schwebte ein zarter roter Schmetterling aus gefärbten Federn und ihr Haar wurde mit einem roten Haarreif zurückgehalten. Sie sah wie eine wunderschöne Prinzessin aus und Andy stieg schnell aus dem Auto, um sie in seine Arme zu nehmen. In diesem Moment hatte er das Gefühl, einen großen Preis gewonnen zu haben und fühlte sich jeder Auseinandersetzung mit seinen Eltern gewappnet. Mit dieser Frau an seiner Seite konnte er gegen die ganze Welt kämpfen.

Wie es sich für eine Prinzessin gehörte, hielt er ihr die Tür auf und ließ sie ins Auto einsteigen. Als auch er im Auto saß, küsste er sie noch einmal, bevor er startete und losfuhr.

»Du siehst wunderschön aus«, sagte er.

»Ich fühl mich aber überhaupt nicht so«, meinte Doro. »Ich bin total aufgeregt!«

Nervös dachte sie an das große schöne Haus, in dem Andy mit seinen Eltern wohnte. Es würde heute das erste Mal sein, dass sie es betrat. Nur ein einziges Mal war sie bisher dort gewesen, hatte am Tor geklingelt und gewartet, um ihn zum Jugendtreff abzuholen. Das Haus und der große Garten waren von einer breiten Hecke eingezäunt, die nur aufdringlichen Beobachtern, die ein paar Äste auseinander bogen und durch das dichte Laub spähten, Blicke auf das Haus freigab. Doro war nicht aufdringlich gewesen, nur als Andy das hohe schmiedeeiserne Tor aufgemacht hatte, das vorher die Sicht versperrte, konnte sie kurz einen Blick auf das Haus erhaschen. Es stand am Südhang mit einer großzügigen Terrasse nach Südwesten hin und Doro konnte sehen, dass der Garten sehr gepflegt war.

»Warum müssen deine Eltern ausgerechnet in einem so noblen Haus wohnen? Das macht mich ganz unsicher!«, meinte sie jetzt zu Andy.

Andy zuckte nur mit den Schultern. »Ich kann auch nichts dafür. Ich hab's mir nicht ausgesucht und es gehört mir bis jetzt auch nicht.« Doros Nervosität übertrug sich nun doch auch ein bisschen auf ihn.

»Ich habe Angst davor, deiner Mutter wieder zu begegnen! Die letzte Begegnung mit ihr war nicht sonderlich ermutigend verlaufen!«

Andy nickte nur. »Ganz wohl ist mir auch nicht in meiner Haut, das gebe ich zu, aber zusammen werden wir es schon schaffen!«

Doro spürte, dass er nicht mehr darüber reden wollte und so hing jeder nur seinen Gedanken nach.

Doro dachte über Andys Mutter nach. Vielleicht war sie gar nicht so schlimm. Vielleicht war sie ja selbst bei dieser ersten Begegnung nur unsicher gewesen? Aber mit welchem Recht hatte sie so eine Überheblichkeit zur Schau stellen können? Fehlte ihr einfach jegliches Taktgefühl? Doro spürte Wut in sich und hilflosen Hass, obwohl sie sich nur ein einziges Mal begegnet waren und sie Andys Mutter eigentlich noch gar nicht kannte.

»Lieber Jesus«, betete sie still. »Ich will Frau Sanders ja nicht hassen, aber sie zu lieben, wird schwierig werden. Gib mir deine Liebe, damit ich es schaffe, der Mutter von Andy freundlich zu begegnen. Begleite du mich in diese Familie hinein und wenn sie mich nicht aufnehmen wollen, dann mach mein Herz bereit, dass wenigstens ich sie aufnehmen kann. Bleib an meiner Seite Jesus, gib mir deine Stärke.« Tief atmete sie durch. Nach diesem Gebet spürte sie, wie sie nicht mehr ganz so verzagt war.

Aber als sie dann die schöne Einfahrt zum Haus hinauf fuhren und vor der schweren Eichentür standen, die ins Haus führte, drohte sie angesichts der Eleganz dieser Villa das bisschen Mut wieder zu verlassen. Frau Sanders erschien im Eingangsbereich, als Andy die Tür aufgeschlossen hatte und sie das Haus betraten. Sie war top gestylt, im dunkellila Kostüm mit einem wunderschönen, bunt gemusterten Halstuch und Haaren, die aussahen, als wäre sie erst heute morgen beim Friseur gewesen. Vermutlich machte sie sich jeden Tag so schick, wenn sie in das Büro ihrer Firma zur Arbeit ging. Sie begrüßte Andy ganz überschwänglich, so als hätte sie ihn eine Woche lang nicht gesehen, dabei hatte er erst heute Morgen das Haus verlassen.

Für einen Moment dachte Doro, Andys Mutter würde sie einfach übersehen, aber dann ließ sie sich doch herab, Doro zu begrüßen, wenn auch in einem ziemlich unterkühlten Ton. Am liebsten wäre Doro auf der Stelle wieder gegangen. Hatte diese Frau denn gar kein Herz? Aber in diesem Moment spürte sie ganz genau, wie die Liebe von Jesus sie mit einem Schutzmantel umgab und ihr half, diese Unfreundlichkeit zu ertragen.

Dann kam auch Andys Vater, um sie zu begrüßen.

»Na, das freut mich ja, dass ihr beiden heute zu uns kommt«, sagte er mit lauter, fröhlicher Stimme. »Andy ist in den letzten Wochen mit absoluter Grabesmiene hier herumgeschlichen!«

In vertraulichem Ton sprach er zu Doro und stieß sie dabei kumpelhaft mit dem Ellenbogen an.

»Ihr hattet wohl 'nen kleinen Streit, was? Na, Hauptsache ihr vertragt euch wieder, das war ja wirklich kaum auszuhalten mit Andy!«

Andy wurde bei den Worten seines Vaters tief rot im Gesicht. Doro fiel überhaupt nichts ein, was sie Andys Vater hätte antworten können. Ein Kloß steckte ihr im Hals. Aber anscheinend hatte er gar keine Antwort erwartet, denn er ging schon voraus in das große Wohn-Esszimmer.

Als sie den Raum betraten, spürte Doro, wie ihre Füße in einem herrlich weichen Teppich versanken, dessen Farben in dem hellen Licht, das durch die breite Fensterfront hereinflutete, kräftig leuchteten. Wunderschöne, stilvolle Möbel aus dunklem Holz gaben dem Raum ein vornehmes Ambiente. In der rechten Ecke lud eine elegante Polstergruppe zum Sitzen ein, in der linken Hälfte des großen Raumes war vor dem Fenster ein Tisch festlich gedeckt. Eine weiße Damasttischdecke lag unter feinstem Porzellan, das mit geschmackvollen Servietten dekoriert war und in der Mitte prangte ein herrliches Blumenarrangement aus roten Rosen und weißem Flieder, der seinen Duft nach allen Seiten verströmte.

Für einen Augenblick staunte Doro nur und dachte an ihre bescheidene, im Vergleich zu diesem Zimmer hier schäbige Essküche zu Hause, aber sie wäre in diesem Moment doch hundertmal lieber bei Beate und Will gewesen als in diesem vornehmen Haus.

Doro griff nach Andys Hand, wie nach einem rettenden Anker. Das hier war nicht ihre Welt. Befangenheit beschlich sie.

»Kommt doch noch ein paar Minuten in den Garten, bis das Essen auf dem Tisch steht!« Andys Vater schob die Balkontür auf. Vor ihnen erstreckte sich so etwas wie ein Park. Doro schluckte. Vielleicht hatte Andys Mutter doch Recht, dass sie nicht hierher passte, dass sie eine gänzlich unpassende Partie für ihren Sohn war? Aber waren nicht vor Gott alle Menschen gleich? Und zählten nicht Herzlichkeit und Wärme mehr, als ein schönes Haus? Doro straffte ihre Schultern und nahm eine aufrechte Haltung ein. Jesus war an ihrer Seite. Was konnte ihr schon passieren? Seine Liebe machte sie unverwundbar!

Dann saßen alle um den schön gedeckten Tisch, das Essen war fertig. Es gab Cordon bleu mit Kroketten und Salat. Es duftete herrlich.

»Na, das ist doch schön, dass die beiden sich wieder vertragen«, begann Andys Vater fröhlich das Gespräch bei Tisch. Seine Frau sah ihn nur böse an.

»Ich habe Doro heute hierher eingeladen, weil wir euch etwas sagen wollen«, meldete sich Andy nun zu Wort. Man merkte ihm an, dass er sich in seiner Haut nicht ganz wohl fühlte.

»Na, heraus mit der Sprache, mein Sohn! Was Schlimmes wird es ja wohl nicht sein, jetzt, wo ihr wieder zusammen seid!« Der Optimismus von Andys Vater ließ sich nicht so leicht erschüttern und er übersah einfach die giftigen Blicke seiner Frau.

Andy schluckte schwer und dachte jetzt oder nie und sagte dann laut: »Wir wollen in vier Wochen heiraten!« So, jetzt war es heraus.

Seine Eltern hielten beim Essen inne und starrten ihn an, als ob er gesagt hätte, sie wollten nach Alaska reisen. Das hatte nun doch auch den Vater überrascht und aus der fröhlichen Ruhe gerissen.

»Aha!«, brach seine Mutter dann das entstandene Schweigen. »Sie ist schwanger!« Mit einem verächtlichen Blick sah sie zu Doro hin.

»Richtig, Mutter«, sagte Andy. »Und wenn du es ganz genau wissen willst, sie ist von mir schwanger!«

»Na, das hat sie ja geschickt eingefädelt«, knurrte seine Mutter und brach dann unvermittelt in Tränen aus. »Das ist zu viel für mich«, schluchzte sie, stand auf und verließ fluchtartig das Zimmer.

Andys Vater blickte erschrocken in die Runde. »Was hat sie gesagt?«, fragte er.

Andy zuckte mit den Schultern und für einen Moment saßen sie bedrückt beieinander und jeder stocherte nur lustlos auf seinem Teller herum. Andy dachte, er hätte vielleicht warten sollen bis nach dem Essen, aber nun war es zu spät.

»Ist das wahr, du bist schwanger?«, fragend sah Andys Vater zu Doro. Doro nickte. Man sah, wie es in Herrn Sanders Kopf arbeitete. Doro fragte sich, wie dieser Mann es schaffte, eine Fabrik erfolgreich zu leiten, er wirkte so naiv und unschuldig. Aber vielleicht hatte er nur im Umgang mit Menschen ein so kindliches Gemüt. Wahrscheinlich verstand er den Umgang mit seiner Materie besser.

Langsam verwandelte sich das Gesicht dieses Mannes von entsetzter Überraschung über fragende Neugierde bis hin zu einem fast freudigen Ausdruck. »Dann bekommen wir ja unser erstes Enkelkind«, stellte er staunend fest.

»Irene, wir bekommen ein Enkelkind«, rief er dann laut durch das ganze Haus, sprang auf und lief seiner Frau hinterher.

»Na bravo!« Doro sah Andy betroffen an.

»Die werden sich hoffentlich bald wieder beruhigen«, brummelte er und begann weiter zu essen. Aber es dauerte noch eine ganze Weile, bis Andys Eltern wieder an den Tisch kamen. Zum Glück sah seine Mutter jetzt nicht mehr so böse und distanziert aus.

»Vielleicht könnt ihr uns das nochmal in Ruhe erzählen und uns erklären, wie ihr euch das alles vorgestellt habt«, begann der Vater.

»Also«, Andy nahm einen neuen Anlauf, legte Messer und Gabel weg und tupfte sich noch kurz den Mund mit einer Serviette ab.

»Doro ist schwanger und deshalb wollen wir in vier Wochen heiraten. Das ist mein unumstößlicher Beschluss, darüber brauchen wir überhaupt nicht mehr zu diskutieren. So wie es aussieht, werden wir danach bei Tamers ins Haus ziehen, da wird oben die kleine Wohnung frei. Vielleicht könnten wir dann ja abwechselnd zu euch und zu Doros Eltern zum Mittagessen kommen, denn Doro braucht ihre Zeit zum Lernen und ich bin ja auch nicht gerade der Starkoch schlechthin.« Fragend sah er zu Doro, ob sie mit so einer Lösung einverstanden wäre. Doro nickte, auch wenn sie es sich im Moment nicht vorstellen konnte, noch öfters hier an diesem Tisch zu sitzen. Aber vermutlich hatte sie keine andere Alternative, denn sie würde es tatsächlich nicht schaffen, jeden Tag ein Mittagessen zu kochen und den Abwasch zu machen.

»Aber da gibt es noch ein Problem. Doros Eltern haben gerade ziemlich viel Stress. Ihr Vater hat in diesem Sommer seinen Betrieb erweitert und Doros Mutter plant für den Herbst eine Ausstellung ihrer Bilder!«

Bei diesen Worten sah Frau Sanders Doro zum ersten Mal richtig an, als ob sie plötzlich begriffen hätte, dass da ja auch ein Mensch ist. »Ah, eine Ausstellung«, unterbrach sie Andy. »Wo denn?« Diese Frage richtete sich an Doro, die froh war, nicht mehr wie ein stummes Nichts hier am Tisch sitzen zu müssen.

»In Stuttgart, in einer Bank! Dr. Reichenbach leitet in Stuttgart ein Atelier und hat sie sozusagen entdeckt und alles in die Wege geleitet. Deshalb ist Mama jetzt sehr damit beschäftigt, für alle Bilder, die ausgestellt werden, Rahmen zu machen oder auszusuchen!«

»Ah, in Stuttgart!«, sagte Frau Sanders nur, aber ihr Gesicht war jetzt wesentlich freundlicher. Vielleicht weil sie nun die Hoffnung hatte, ihren Freundinnen erzählen zu können, ihre Schwiegertochter habe eine berühmte Künstlerin als Mutter? »Und wer ist dieser Dr. Reichenbach, müsste ich den kennen?«

»Nein, den können Sie noch gar nicht kennen. Er ist mit seiner Familie erst vor ein paar Wochen hierher gezogen. Sein Sohn Markus geht jetzt zu uns in den Jugendtreff!«

»Aha, dann müssten wir ihn eventuell auch zu eurer Hochzeit bitten! Wenn er sich so für deine Mutter engagiert auf alle Fälle, oder?«

»Wir müssten vielleicht mal eine Liste machen, wer alles eingeladen werden soll, damit wir einen Überblick bekommen«, meinte

Andy. »Vielleicht könntest du uns bei der Planung helfen, Mutter. Du weißt ja, dass am Montag die Schule wieder beginnt und ich glaube nicht, dass Doro und ich das alles allein schaffen.«

Er machte eine Pause und sah seine Mutter erwartungsvoll an. »Vielleicht hättest du Lust dazu?«

Frau Sanders sah ihn immer noch skeptisch an.

»Na, von mir aus helfe ich euch mit dem Fest«, meinte sie gönnerhaft. »Wenn ihr es allein nicht schafft, kann ich das schon übernehmen! Aber ich hoffe, ihr wollt nicht in irgend so ein popeliges Lokal, oder? Also, dann mache ich nicht mit! Ein bisschen Stil sollte die Sache schon haben, meine ich!«

Doro schluckte. »Vielleicht sollte ich doch erst mal noch mit meinen Eltern sprechen, denn normalerweise übernehmen ja die Brauteltern die Kosten des Festes!«

Frau Sanders schnaubte verächtlich. »Die Kosten! Natürlich übernehmen wir die Kosten, nicht wahr?« Sie sah ihren Mann an.

»Auf alle Fälle«, nickte der.

»Aber dann suche ich auch das Restaurant aus!« Frau Sanders hörte sich an wie ein ungezogenes Kind, aber Doro war trotzdem froh, dass sie sich so langsam für das Fest erwärmte.

»Gerne«, meinte sie und versuchte, sich ihre große Erleichterung nicht anmerken zu lassen. Sie war unendlich froh, dass Sanders das Fest bezahlen wollten und ihren Eltern diese Ausgaben erspart blieben. Sie wusste ja, wie es im Moment aussah. Und die Sache mit den Bildern war noch nicht sicher. Es war Doro auch klar, dass die Hochzeit unter der Leitung von Andys Mutter stilvoller werden würde, als sie es sich je erträumt hatte. Da schaltete sich der Vater nochmals ein. »Bevor ihr euch jetzt ganz den Planungen hingebt und bevor ich wieder in die Firma muss, sollten wir dir, Dorothea, als unserer zukünftigen Schwiegertochter und Mutter unsrer Enkelkinder noch das Du anbieten!« Bei seinen Worten verfinsterte sich der Blick von Frau Sanders wieder, aber er ließ sich nicht beirren.

»Falls du damit einverstanden bist, würde ich mich freuen, wenn du uns mit den gleichen Namen anreden würdest wie dein zukünftiger Mann. Er nennt uns Vater und Mutter!«

Doro schoss die Röte ins Gesicht. Zu diesen ihr noch wildfremden Menschen sollte sie Vater und Mutter sagen? Das würde sie doch nie und nimmer über die Lippen bringen!

Trotzdem brachte sie ein »Ja, gerne!« hervor und alle stießen mit ihren Gläsern auf die neue Verbundenheit an. Doro hatte langsam das Gefühl, dass ihr das alles irgendwie zu viel wurde, aber da spürte sie Andys Hand auf ihrem Knie. Sie umschloss seine Hand mit ihrer und für einen Moment wurde sie wieder sicher.

Ja, die Liebe zu Andy war es wert, den Kampf mit der ganzen Welt aufzunehmen.

Kapitel 8

Am Abend dann saß Doro wieder zu Hause bei ihren Eltern und Tanja am Tisch in der Küche.

»Wisst ihr was, Mädchen«, meinte Beate und strahlte vor Begeisterung, »ich habe noch eine Überraschung für euch!« Sie sah Will verschwörerisch an.

»Oh nein«, stöhnte Doro. »Nicht noch eine Überraschung, es wird langsam alles ein bisschen viel, finde ich!«

Beate sah sie kritisch an. »Du bist wirklich ein bisschen blass um die Nase. Vielleicht solltest du heute eine Stunde früher ins Bett gehen. Denn morgen musst du, so Leid es mir tut, noch mal ein paar Strapazen über dich ergehen lassen!«

Doro sah sie entsetzt an. »Auch das noch!«

»Ich habe euch noch nichts davon erzählt, aber ein Stuttgarter Modehaus hat mir ein Guthaben von fünftausend Mark eingerichtet. Wir werden dort morgen hingehen und einkaufen.«

Die Mädchen starrten sie ungläubig und irgendwie misstrauisch an.

»Ich hab's auch nicht geglaubt«, meinte Will. »Aber ich habe es überprüft. Es stimmt tatsächlich. Dieses Modehaus gehört einer Frau, die mit dem Chef der Bank verheiratet ist, in der eure Mam die Bilder ausstellt. Wahrscheinlich hatten sie Angst, dass wir auf der Ausstellung wie Landpomeranzen daherkommen und ihnen die Show verderben und haben sich deshalb dieses Guthaben ausgedacht, als Trick, um euch alle herauszuputzen!« Will grinste.

»Na warte nur, wir wissen noch nicht sicher, ob dieses Modehaus nicht auch eine Herrenabteilung hat, und dann wirst auch du ausstaffiert, als Gockel, der der Hühnerschar vorsteht«, frotzelte Beate.

»Also ich finde das einfach klasse. Ich brauche unbedingt etwas Schickes für die Hochzeit«, strahlte Tanja.

Aber dann blickten plötzlich alle zu Doro, die angefangen hatte zu weinen.

»Hey, was ist mit dir los?«, fragte Beate überrascht. »Fünftausend Mark zum Verhökern sind eigentlich kein Grund, in Tränen auszubrechen!«

»Wie soll ich mir denn was kaufen? Das passt doch sowieso bald nicht mehr!« Doros Schluchzen klang richtig verzweifelt.

»Jetzt mal langsam«, sagte Beate. Sie setzte sich zu Doro auf die Bank und legte ihren Arm um ihre Schulter. »Jetzt besprechen wir das Problem mal in aller Ruhe.«

Will reichte Doro ein großes sauberes Taschentuch, das in seiner Hosentasche gesteckt hatte. Damit putzte sie sich die Nase und versuchte, sich wieder zusammenzureißen. Es war ihr total peinlich, dass sie die Beherrschung verloren hatte. In den letzten Wochen hatte sie meistens versucht, die Gedanken an das Kind zu verdrängen. Ihr Schmerz wegen Andy war so groß gewesen, dass ihr das fast mühelos gelungen war. Sie hatte um Andy getrauert, hatte auf ihn gehofft, für ihn gebetet. Und gestern war es dann für sie wie eine Erlösung gewesen, als Andy zurückkam. Es hatte so viel Freude gemacht, mit ihm eine gemeinsame Zukunft zu planen, dass sie fast vergessen hatte, dass da auch noch das Kind war. Doch jetzt in diesem Moment hatte der Gedanke daran sie mit einem großen Keulenschlag aus der watteweichen Verdrängung heraus in die Wirklichkeit zurückgeholt.

Bisher hatte sie sich eingebildet, wenn sie nicht an das Kind denken würde, wäre es auch gar nicht da. Aber es war da, egal, ob sie daran dachte oder nicht. Und es würde wachsen, so lange, bis sie aussah, als hätte sie eine Wassermelone verschluckt. Sie hasste diesen Gedanken. Sie wollte jung sein und eine gute Figur haben.

Wie durch einen Nebel drangen Beates beruhigende Worte zu ihr durch. Was sagte sie da? Sie sah Beate fragend an.

»So bald wird man deine Schwangerschaft noch gar nicht sehen! Beim ersten Kind geht das nicht so schnell! Da kannst du es bis zur zwanzigsten Woche gut verstecken, vor allem wenn es Winter wird und alle mit weiten Pullis rumlaufen. Wenn dir deine Sachen nicht mehr passen, leihe ich dir meine normalen Klamotten, die passen mir dann sowieso gerade nicht und damit siehst du noch ganz lange ziemlich unschwanger aus. Und jetzt haben wir ja diesen Gutschein. Vielleicht reicht es ja nicht nur zu einem Brautkleid, sondern auch noch zu ein paar schicken Umstandsklamotten, falls es die dort auch im Sortiment gibt.«

Beates Worte hörten sich tröstlich und gut an. Ja, vielleicht war alles wirklich nicht so schlimm, vielleicht war manches sogar schön. Auf alle Fälle würde es die Sensation ihrer Klasse werden, ja sogar der ganzen Schule, wenn sie hochschwanger zur schriftlichen Prüfung antreten würde. Vielleicht hatte sie ja Glück und die Lehrer waren etwas gnädiger in der Notengebung – sozusagen den Umständen entsprechend.

Aber jetzt musste sie erst mal an ihre Hochzeit denken.

»Dann meinst du also, dass das Kleid in vier Wochen noch passt, wenn wir es morgen schon kaufen?« Fragend sah sie Beate an.

»Aber sicher! Denk nur nicht, dass du die erste Schwangere bist, die ein Brautkleid braucht! Es muss dir um die Hüften locker fallen, dann passt es auf jeden Fall!«

»Also gut, wann kann ich morgen früh auf euch zählen? Hoffentlich nicht erst um elf!« Will war voller Tatendrang.

»Na, sagen wir Abfahrt um acht Uhr, dann haben wir den ganzen Morgen Zeit, unser Geld zu verprassen!« Beate strahlte. Sie freute sich ganz offensichtlich auf das Einkaufsvergnügen.

Aber die reine Freude sollte es nicht werden, zumindest nicht für Will. Als sie am nächsten Morgen endlich in Stuttgart angekommen waren und nach mühsamer Suche das Modehaus gefunden hatten, war weit und breit kein Parkplatz in Sicht. Will wurde immer nervöser. So stressig hatte er sich diesen Ausflug nicht vorgestellt, und dabei waren sie ja noch gar nicht bei dem eigentlich schwierigen Hauptteil, dem Einkaufen, angelangt. Er war nun schon dreimal an dem Modehaus vorbeigefahren, aber entlang der Straße standen die Autos Stoßstange an Stoßstange, wie die Heringe in der Sardinenbüchse, ohne auch nur die winzigste Lücke freizulassen. Und ein Parkhaus schien es hier auch nirgends zu geben. Was sollte er nur machen? Da sah er aus den Augenwinkeln, wie in einer Seitenstraße ein Auto aus seiner Parklücke fuhr. Er konnte gerade noch bremsen und abbiegen. Mit quietschenden Reifen bog er also um die Ecke und es gelang ihm tatsächlich, den Platz zu ergattern. Uff, er hatte es geschafft.

Durch eine dunkle Häuserschlucht, vorbei am tosenden Verkehr, machten sie sich dann auf den Weg zu dem Geschäft. Die Luft war stickig, es roch nach Abgasen und der Sommerhimmel war von einem Dunstschleier verhangen.

»Ich freue mich jetzt schon darauf, wieder zu Hause zu sein«, meinte Will und hüstelte vor sich hin. Aber die Frauen nahmen keine Notiz von seinem leisen Protest. Dann standen sie vor dem Haus, über dessen Eingang in großen Neonlettern »Modehaus Bleier« prangte und sie betraten durch eine gläserne Drehtür eine ihnen fremde Welt. Hier drinnen war es still, ihre Schritte wurden von dem weichen, hochflorigen Teppichboden gedämpft, im Hintergrund spielte ein Orchester leise spielerische Tanzweisen. Sie hatten das Gefühl, einen Palast betreten zu haben. Vorsichtig sahen sie sich um. Es waren hier im Eingangsbereich keine anderen Kunden zu sehen, nur zwei Verkäuferinnen standen in einiger Entfernung und unterhielten sich leise miteinander. Man konnte erkennen, dass sie den Zugang zum Laden genau im Auge hatten, obwohl sie halb abgewandt zur Tür standen und scheinbar desinteressiert wirkten. Keine der beiden machte Anstalten, Beate und ihre Familie als Kunden zu begrüßen.

»Wahrscheinlich sehen wir nicht reich genug aus für diesen Laden«, dachte Beate. Tanja überlegte, dass sie eigentlich lieber in einem anderen Geschäft einkaufen würde, anstatt in diesem Nobelschuppen, der eher Kleidung für die Dame in der Mitte ihres Lebens anzubieten schien, oder wie auch immer man das nennen wollte. Aber sie sagte nichts. Ihre Eltern konnten ja auch nichts dafür, dass sie ausgerechnet für dieses Geschäft einen Gutschein erhalten hatten. Doro nahm alles gar nicht so richtig wahr. Sie dachte nur, wie peinlich es werden würde, wenn sie hier sagen musste, dass sie schwanger war. Sie wollte mit niemandem darüber reden und schon gar nicht mit diesen aufgeblasenen und blasierten Verkäuferinnen. Will fühlte sich von Minute zu Minute unwohler. Er kam sich vor wie bestellt und nicht abgeholt und beschloss, die Flucht anzutreten. »Wisst ihr was«, meinte er, »ich habe gleich nebenan ein Café gesehen. Ich gehe da mal rüber und trinke eine Tasse Kaffee und komme später wieder zu euch!«

»Feigling«, zischte Beate ihm zu, aber er war schon so gut wie weg. Beate seufzte und beschloss nun, den Stier bei den Hörnern zu packen. Entschlossen machte sie sich auf den Weg zu den Verkäuferinnen. Als sie dann vor ihnen stand, blickten die beiden sie nur stumm an.

»Du liebe Zeit, die bekommen ja nicht einmal eine Begrüßung zustande! Was bilden die sich bloß ein«, dachte Beate, aber sie sagte nichts. Es machte keinen Sinn, es sich mit diesen Eiszapfen schon gleich am Anfang zu verderben. Sie hatte keine andere Wahl, als ein höfliches Gespräch zu beginnen.

»Guten Tag«, begann sie und setzte das freundlichste und wärmste Lächeln auf, das sie in dieser Situation zustande bringen konnte. »Mein Name ist Beate Tamer und die Deutsche Bank hat mir mitgeteilt, dass ich hier bei Ihnen ein Guthaben über fünftausend Mark habe. Sind Sie darüber informiert?«

Da kam plötzlich Leben in die Verkäuferinnen. »Ah, natürlich! Sie sind die Künstlerin, deren Bilder ausgestellt werden sollen!«, meinte die eine, schon etwas ältere, mit hochtoupierten, blond gefärbten Haaren. »Oh, ich möchte Sie ganz herzlich hier in unserem Haus begrüßen!«

»Dürfen wir Ihnen ein Glas Sekt oder eine Tasse Kaffee zur Begrüßung anbieten?«, fragte die andere, die nun doch tatsächlich auch ein außerordentlich strahlendes Lächeln zustande brachte.

»Na, bei zwei schwangeren Frauen ist weder Sekt noch Kaffee das Richtige«, dachte Beate, aber laut lehnte sie nur höflich ab. Sie war nach diesem Einstieg hier total ernüchtert. Innerlich schüttelte sie darüber den Kopf, wie wirkungsvoll ein paar Tausend Mark waren. Zählten Menschen nichts mehr, sondern nur noch ihr Geld? Es hatte tatsächlich den Anschein, dass es so war.

»Wir möchten für meine Tochter heute ein Brautkleid aussuchen«, meinte Beate dann. »Die Hochzeit findet in drei Wochen statt, vielleicht könnten Sie uns etwas Passendes, Sommerliches zeigen?«

»Ja natürlich, kommen Sie doch bitte mit!«, meinte die ältere Verkäuferin und begleitete die drei Frauen in das obere Stockwerk, während sich die andere diskret zurückzog. An Ständern und Regalen vorbei, gelangten sie in eine verborgene Ecke, in die Brautabteilung.

Als dann die Glasvitrine vor ihnen geöffnet wurde, vergaßen Beate und die Mädchen all ihre negativen Gedanken. Ehrfurchtsvoll befühlten sie die herrlichen Stoffe und begannen vorsichtig die Kleider auseinander zu schieben und einzelne Modelle zu betrachten. Jedes Stück schien etwas Besonderes zu sein.

»Tragen Sie Größe vierunddreißig oder sechsunddreißig?« Die Verkäuferin sah Doro abschätzend an. »Na, wir sehen mal, was passt, die Modelle fallen nicht immer gleich aus. Was suchen Sie denn, etwas mädchenhaft Zartes oder eher ein klassisch elegantes Kleid?«

Beate wiegte den Kopf unentschlossen hin und her. Fragend blickte sie zu Doro.

»Ich werde einfach mal ein paar Kleider anprobieren, dann werden wir ja sehen, was am besten aussieht«, war ihre Antwort.

Jedes Mal, wenn Doro dann aus der Umkleidekabine kam, wurde sie sehr bestaunt, denn in fast allen Kleidern sah sie aus wie eine wunderschöne Prinzessin.

Es waren herrliche Augenblicke für sie. Sie drehte sich vor dem Spiegel hin und her und für ein paar Momente vergaß sie all das, was sie in den letzten Wochen belastet hatte. Ihr Gesicht glühte vor Freude und sie hätte am liebsten sofort geheiratet. Unermüdlich schlüpfte sie in immer neue Kleider, bis sie fast alle anprobiert hatte, die zur Auswahl standen. Sie hatte in allen gut ausgesehen, aber übrig blieben am Schluss doch nur zwei Kleider, die ihr eindeutig am besten gestanden hatten. Die Wahl fiel ihr schwer, aber letztendlich entschied sie sich dann für ein Kleid, das eine enge Korsage aus Satin hatte, die von zarten Trägern gehalten wurde. Ein weiter Tüllrock, der mit vielen kleinen weißen Rosen bestickt war, fiel fließend nach unten. Die Verkäuferin meinte dann zwar, dass dieses Kleid in der Taille ein wenig zu weit sei und bot ihnen eine Änderung an, aber Beate lehnte ab. Doro war erleichtert, dass ihre Schwangerschaft überhaupt kein Thema gewesen war und sie konnte den Augenblick, an dem Andy sie in diesem Kleid sehen würde, kaum noch erwarten. Als Kopfschmuck suchte sich Doro ein mit Strasssteinchen verziertes Satinband aus, an dem Tüllbänder befestigt waren, die einen Schleier andeuteten. Alle standen staunend und voller Bewunderung um sie herum.

»Auch noch mal jung sein«, seufzte Beate innerlich, aber rasch schob sie diesen nutzlosen Gedanken von sich weg. Sie hatte diese Zeit auch gehabt, und sie spürte, dass das Leben ihr noch etwas zu geben hatte. Nein, nicht das Leben, Gott hatte noch ein paar Überraschungen für sie bereit. Sie wollte nach vorn schauen und nicht zurück.

Das Brautkleid kostete insgesamt dann fast eintausendfünfhundert Mark, aber trotzdem blieb noch genügend Geld übrig, um auch für Tanja ein traumhaftes Abendkleid zu erstehen. Sie wählte ein pinkfarbenes Modell aus glänzender Seide, schlicht geschnitten, bodenlang und mit einem verführerischen Ausschnitt, über den sie ein dazu gehörendes Bolero-Jäckchen tragen konnte. Beate genehmigte ihr noch eine dazu passende lange Kette aus großen, unterschiedlich geformten Steinen, pink und silber glitzernd marmoriert und einen pinkfarbenen Haarreif, der in ihren braunen Locken fast wie ein Diadem wirkte.

Beate konnte sich nicht entscheiden, welche ihrer Töchter schöner war, ja sie konnte es nicht einmal mehr fassen, dass diese wunderschönen jungen Damen noch vor kurzem die Babys gewesen sein sollten, die unter ihrem Herzen gewachsen waren. Sie war stolz auf ihre Mädchen, aber gleichzeitig auch frustriert, weil sie an ihnen so deutlich sehen konnte, dass sie selbst kein Teenager mehr war, sondern eine Frau – ja welchen Alters eigentlich? Sie war noch nicht alt, aber auch nicht mehr jung. War sie noch schön oder schon verbraucht?

Fast mit einem Seufzer und leicht resigniert wandte sie sich dann wieder an die Verkäuferin und meinte: »Bei mir wird die ganze Sache vielleicht etwas problematischer. Ich bin schwanger und mein Kleid sollte vielleicht auch noch am Tag der Ausstellung passen. Vermutlich wird es auf etwas Sackartiges hinauslaufen oder was meinen Sie?«

»Liebe Frau Tamer, Säcke führen wir leider nicht!«, meinte die Verkäuferin und sah Beate etwas pikiert an. »Und in Ihrem Fall würde ich empfehlen, dass Sie sich zwei Modelle kaufen – ein Kleid für die Hochzeit und eines für die Ausstellung. Das Kleid für die Ausstellung legen wir dann erst mal zurück, und Sie kommen kurz vorher nochmals zu Anprobe, damit es auch sicher passt. Wäre Ihnen das recht?«

Beate nickte nur stumm und sah sich ängstlich um, an welchem der Ständer wohl etwas Passendes zu finden wäre. Am liebsten wäre sie in diesem Moment in ihren Wintergarten geflüchtet, in dem sie irgendeine alte Jeans tragen konnte und ein T-Shirt, das einfach nur bequem war, und in dem niemand auf sie starrte.

Die Verkäuferin, die ihren Gesichtsausdruck genau beobachtet hatte, meinte trocken: »Wenn eine Dame sich gepflegt anzieht, kann sie immer gut aussehen, egal welchen Alters sie ist, verehrte Frau Tamer. Und Sie sind ja nun bald wieder eine junge Mutter, da sollten sie nicht mit so einem erschreckten Häschenblick dastehen. Sie werden schon sehen, wir finden auch für Sie etwas Passendes. Und am Tag Ihrer Ausstellung werden Sie die Königin sein, das garantiere ich Ihnen.« Obwohl die Sätze der Verkäuferin aufmunternd gemeint waren, war Beate nun noch erschrockener, weil die Verkäuferin ihre Gedanken so genau erraten hatte. Einen Moment lang fühlte sie sich richtig gelähmt. Aber ihr Zustand änderte sich schlagartig, als die Dame ihr die ersten Stücke mit elegantem Armschwung präsentierte. So unsympathisch diese Verkäuferin auch sein mochte, ein Händchen für ihr Geschäft hatte sie auf alle Fälle.

Dann begannen auch Beates Augen zu glänzen, als sie in immer neue Kleider schlüpfte und ihr der Spiegel sagte, dass sie durchaus noch konkurrenzfähig war. Vielleicht nicht gerade mit ihren Töchtern, mit denen sie ja auch überhaupt nicht konkurrieren wollte, aber für ihr Alter wirkte sie in diesen tollen Klamotten doch äußerst attraktiv. Mit tief geröteten Wangen wusste sie zum Schluss gar nicht mehr, für welches der teuren Stücke sie sich entscheiden sollte. Tanja musste auf die Suche gehen, um Will aus dem Café zu holen, damit er bei der endgültigen Entscheidung auch noch mitreden konnte.

Das war ein kluger Schachzug gewesen, denn als sie dann schließlich ihre Sachen zusammenpacken ließen, hatte Beate nicht nur ein wunderschönes, in verschiedenen Blau- und Grüntönen gehaltenes zweiteiliges Cocktailkleid, sondern auch noch zwei Jacketts, ein elegant schwarzes, zu dem sie ein handgemaltes, in bunten Farben leuchtendes Seidentuch gewählt hatte und ein cremefarbenes, unter dem sie ein cremefarbenes Spitzentop tragen konnte. Die zwei Umstandshosen und die drei Blusen, die ihr so gut passten, ließ Will ebenfalls einpacken und von der todschicken Handtasche konnte Beate sich dann auch nicht mehr trennen. Erschöpft ließ sie sich auf einen Stuhl fallen, atmete erst mal durch und ließ ausrechnen, wie viel alles zusammen kosten würde. Als dann immer noch fast achthundert Mark übrig waren, blieb auch Will zu seinem großen Leidwesen nicht länger verschont.

»Ich habe doch zu Hause so viele gute Anzüge im Schrank hängen«, protestierte er.

»Ja genau, und die meisten davon sind schon fast zwanzig Jahre alt«, gab Beate trocken zurück.

»Na und? Sie passen mir doch noch und sind völlig in Ordnung!«

»Mein lieber Will. Du hast es noch nicht richtig begriffen! Deine Tochter heiratet und du bist in diesem Fall der Brautvater! So wie ich die Familie Sanders kenne, wird es ein rauschendes Fest geben und wir werden dort nicht als verschrobene Provinzler auftreten, sondern als eine Familie von Welt!«

Nach dieser Standpauke wagte Will es nicht mehr zu widersprechen. Also musste nun auch er die anstrengende Prozedur des

Anprobierens durchstehen und auch wenn seine Augen nicht einen einzigen Moment lang zu glänzen begannen und er bis auf wenige Augenblicke eine ergreifende Leidensmiene zur Schau stellte, wurde zum Schluss doch auch für ihn eine große Tüte gepackt, in der sein »Festkostüm«, wie er die »Verkleidung« spöttisch nannte, steckte.

Dann wollten auch die Frauen der Familie in dieses Café, in dem Will sich mittlerweile als Stammgast fühlte. Alle hatten eine Stärkung nötig. Beate war hochzufrieden mit diesem Einkaufsmorgen und fühlte sich all den aufregenden Tagen, die hoffentlich kommen würden, völlig gewachsen. Auch Doro und Tanja waren nun voller Vorfreude und angesichts seiner strahlenden Frauen brummte auch Will zufriedene Worte vor sich hin.

Nach der langen Sommerpause war endlich am Samstag zum ersten Mal wieder Jugendtreff. Andy fuhr mit seinem Golf im Hof der Tamers vor und nahm die beiden Mädchen mit. Tanja stieg allerdings erst nach längeren Überredungsversuchen ins Auto ein. Lieber wäre sie zu Fuß gegangen und hätte die beiden allein fahren lassen, aber Andy und Doro bestanden darauf, sie mitzunehmen. Tanja sagte sich dann auch, dass sie vermutlich noch öfter in ihrem Leben mit den beiden zusammen etwas unternehmen würde. Vielleicht kam ja bald auch noch Stefan dazu, vielleicht verstand er sich mit Andy gut und sie konnten so etwas wie eine Familienclique gründen. Vielleicht! Ob Stefan tatsächlich mit in den Jugendtreff gehen würde, musste sich erst noch zeigen. Aber auch ohne ihn freute Tanja sich auf diesen Abend, auf Heike und ein bisschen auch auf Markus, obwohl sie sich das nicht so ganz eingestehen wollte. Sobald sie Stefan ein paar Tage nicht mehr gesehen hatte, begannen ihre Gedanken auch wieder um Markus zu kreisen, das hatte sie ganz genau beobachtet. Sie spürte, wie sie, ohne es zu wollen, die beiden Jungs miteinander verglich und wie ihre Sicherheit, dass Stefan der Richtige ist, dabei ins Wanken geriet. Nun, das würde sich ändern. Ab Montag war wieder Schule und sie würde dann jeden Tag mit Stefan zusammen sein. Wenn sie daran dachte, dass sie ihn so bald schon treffen würde, begann ihr Herz zu klopfen und ein kribbeliges Gefühl machte sich in ihrem Magen breit.

Als sie auf dem Parkplatz vor dem alten Kino ausgestiegen waren, ließ Tanja sich Zeit, denn sie wollte, dass Doro und Andy zusammen ihren Auftritt hatten. Langsam schlenderte sie hinter den beiden her über den geschotterten, staubigen Platz. Sie war erleichtert, als sie Heike von weitem die Bahngleise überqueren sah. Sie blieb stehen und beschloss zu warten, um mit Heike zusammen hineinzugehen. Aber irgendetwas war komisch. Konzentriert starrte sie zu der Person, die langsam näher kam. Heike war gar nicht allein oder täuschte sie sich? Neben Heike ging noch jemand. Überrascht starrte sie auf die zwei Personen, von denen eindeutig eine Heike war. Dann wurde ihr klar, wer da neben Heike herging. Das war dieser Michi, das Milchgesicht! Heike brachte ihn heute mit in den Jugendtreff. Für einen Moment war Tanja hin und her gerissen, zwischen der Freude, dass nun vielleicht noch ein weiteres Mitglied zum Jugendtreff kommen würde und dem Schrecken, dass Heike für diesen Abend als Gesprächspartnerin für sie verloren sein würde. Heike würde sich neben Michi setzen und sich um ihn kümmern müssen. Mit einem bitteren Geschmack der Enttäuschung ging sie allein die letzten paar Meter über den Parkplatz und die Stufen hoch ins Haus. Sie hasste diese dauernden Veränderungen, denen ihr Leben zur Zeit ausgesetzt war. Ihre Gefühle waren wie festgeschnallt auf einer Achterbahn und ohne es zu wollen, musste sie fortwährend steile Kurven fahren. Mit hängenden Schultern betrat sie den Raum. Obwohl sich noch niemand an den Tisch gesetzt hatte, suchte sie sich gleich einen Platz. Sie legte das Liederbuch und ihre Bibel vor sich hin und beschloss, auf diesem Stuhl sitzen zu bleiben und die Dinge an diesem Abend einfach mal auf sich zukommen zu lassen.

So langsam setzten sich auch die anderen an den Tisch. Heike kam mit Michi herein und steuerte sofort den Platz auf der linken Seite von Tanja an. Heikes strahlendes Begrüßungslächeln holte Tanja auch gleich wieder aus ihrem missmutigen Stimmungseinbruch heraus und sie hatten sogar noch ein paar Minuten Zeit für ein kurzes Gespräch unter Freundinnen.

»Meine Mutter und Michis Vater sind heute Abend bei uns zu Hause und machen Spiele mit den zwei Kleinen. Michi wollte unbedingt mit mir mitkommen, weil er Spiele nicht leiden kann und weil er nicht zu Hause allein rumsitzen wollte«, sagte Heike mit gedämpfter Stimme, während Michi sich auf der anderen Seite mit Jakob unterhielt.

»Was hält er denn vom Christsein?«, flüsterte Tanja zurück.

Heike zuckte mit den Schultern. »Keine Ahnung, aber ich will unbedingt mal mit ihm darüber reden. Nach heute Abend habe ich bestimmt eine Gelegenheit dazu. Er wird mir schon sagen, was er vom Jugendtreff hält!«

Tanja nickte. Aus den Augenwinkeln heraus beobachtete sie, wie Doro und Andy sich auf der anderen Seite des Tisches ihre Plätze suchten. Also wie ein Ehepaar sahen die beiden ja nicht gerade aus. Aber dass sie sich gern hatten, konnte an diesem Abend auch ein Blinder erkennen.

Währenddessen hatte sich fast unbemerkt Markus auf den anderen leeren Stuhl neben Tanja gesetzt. Sie erschrak, als sie ihn bemerkte, aber sie fing sich gleich wieder. Sie kämpfte ihr Herzklopfen nieder und begrüßte ihn flapsig.

»Na, hast du deine langweiligen Ferien gut überlebt?«

»Ach, so langweilig waren sie gar nicht«, meinte er und streckte seine langen Beine unter den Tisch. »Ich war noch ein paar Mal mit meinem Vater in Stuttgart und hab meine alten Freunde besucht, das war ganz nett. Die Schule wird schwieriger zu bewältigen sein, als die Ferien. Mir graust vor all den neuen Gesichtern.«

»Na, du bist doch ein netter Typ, die werden dich schon mögen!«, versuchte Tanja ihn aufzumuntern.

»Das kann ich nur hoffen«, meinte Markus und grinste sie an. »Und deine Ferien? Die waren wohl ganz schön anstrengend, wie ich gehört habe!«

»Wieso, was hast du gehört?«

»Ach, meine Mutter hat deine beim Einkaufen getroffen, und deine Mutter hat in den höchsten Tönen davon geschwärmt, welch unersetzliche Hilfe du in den Ferien für deinen Vater gewesen bist.«

»Na, das kann ich dir sagen, ich hab echt geschuftet. Da, sieh dir mal meine Hände an!«, meinte Tanja und zeigte ihm ihre rauen, schwieligen Hände, die noch einen Hauch Farbe von Blättern und Erde aufwiesen.

»Und fühl sie erst mal!«, sagte sie und fuhr ihm leicht über seinen bloßen Unterarm.

»Na, so schlecht fühlt sich das eigentlich auch wieder nicht an«, meinte Markus und grinste. Tanja spürte, wie ihr die Röte ins Gesicht schoss. Was hatte sie da nun schon wieder gemacht. Hilfesuchend griff sie nach ihrem Liederbuch und schaute sich um, ob nicht der Guide endlich mit dem Singen beginnen würde.

Markus war aber schon wieder ernst geworden. »Ich habe mir gestern eine neue Gitarre gekauft«, erzählte er. »Auf der Freizeit haben wir so schöne Lieder gesungen. Ich hatte früher mal Gitarrenunterricht und jetzt will ich mich dran machen, wieder ein paar Lieder zu üben! Spielst du auch ein Instrument?«

»Ich spiele Klavier«, sagte Tanja und bevor der Guide dann wirklich mit dem Abend begann, fügte sie noch schnell hinzu: »Aber nicht besonders gut!«

Dann nahm der Abend seinen Lauf. Weil Heike sich doch mehr zu Michi hin wandte, riskierte Tanja ab und zu einen Seitenblick und eine Bemerkung hin zu Markus und hatte bald ihren anfänglichen Frust völlig vergessen. Sie genoss diesen Abend sehr. Der Guide hielt ein Spitzenreferat zum Thema Gemeinschaft unter Christen, vor allem zu dem Bibelvers »Nehmt einander an, wie Christus euch angenommen hat!«, und ein lebhafter Austausch schloss sich an. Es war spannend, zu verstehen, dass jeder anders ist, andere Bedürfnisse und Erwartungen an eine Gruppe stellt und zu sehen, dass man sich doch mit Christus als Mitte zusammenraufen konnte. Als der Guide die verschiedenen Charaktertypen in ihren vier Grundformen darstellte, gab es großes Gelächter, weil jeder sich und auch die anderen wiedererkannte und die Beispiele so treffend waren. Spannend war auch, dass der Guide den vier Charaktertypen vier verschiedene Formen zuordnete, wie Menschen ihren Glauben leben können. Auch hier wollte er das gegenseitige Verständnis wecken. Am Ende waren alle ganz gelöst und die Gebetsgemeinschaft, die sich anschloss, war so lebhaft wie selten. Nach dem letzten Amen, als alle dachten, der Abend sei nun beendet, landeten dann Doro und Andy noch ihren Knaller, als sie den gesamten Jugendtreff zu ihrer Hochzeit einluden. Ein erstauntes Schweigen legte sich über die Runde, nachdem Andy gesagt hatte, dass er und Doro in drei Wochen heiraten würden. Alle starrten die beiden an, als ob sie sich in Giraffen verwandelt hätten. Tanja hätte am liebsten die sprachlosen Gesichter gefilmt, in denen sich der Schock über diese Nachricht spiegelte. Das Erstaunen und die Frage nach dem Warum standen wie ein großes Ausrufezeichen mitten im Raum. Tanja wartete gespannt, ob die beiden nun auch etwas von der Schwangerschaft sagen würden, aber das taten sie nicht. So mussten sich die anderen selbst ihren Reim auf die Geschichte machen. Der Guide, der als Einziger nicht so sehr überrascht, sondern eher hocherfreut aussah, lud spontan alle ein, sich am Dienstag bei ihm zu treffen, um für die Hochzeit ein paar Überraschungen vorzubereiten. Seinem Vorschlag folgte begeisterte Zustimmung, und das Erstaunen und die Unsicherheit entlud sich in lautem Gelächter und übermütigen Witzen. Markus sah Tanja fragend an, als dann der Abend offiziell beendet war. Aber sie zuckte nur mit den Schultern. »Du musst sie selbst fragen, was los ist«, meinte sie und stand auf, um sich mit den anderen Mädchen und Jungs noch ein Weile zu unterhalten.

Es war fast dreiundzwanzig Uhr, als immer noch alle fröstelnd draußen vor dem alten Kino standen. Der Guide löschte die Lampen und schloss die Tür ab. Ein klarer voller Mond stand am Himmel und goss sein Licht über die Straße und den Parkplatz. Er ließ die Nacht hell erscheinen und selbst die dunkle Friedhofsmauer verlor ihren gespenstischen Charakter. Gesprächsfetzen flogen hin und her. Gelächter erfüllte die Nacht. Niemand wollte sich als Erstes verabschieden, keiner wollte verpassen, was die anderen noch zu erzählen hatten. Nur der Guide lud schon mal seine Tasche und die Gitarre in den Kofferraum seines Autos. Als er die Heckklappe wieder zuschlug, klang es in der stillen Nacht wie eine Explosion.

In den alten, schäbigen Fachwerkhäusern auf der gegenüberliegenden Straßenseite brannten noch vereinzelte Lichter. Ein Fernseher flackerte bläulich. Für ein paar Minuten stellte sich der Guide noch zu den anderen, dann sagte er zu Heike: »Ich fahr dich heim, oder?«

Sie zögerte erst, dann nickte sie mit einem letzten bedauernden Blick auf die Gruppe und fragte: »Kann Michi auch mitkommen? Sein Vater und seine Schwester sind noch bei uns zu Hause.«

Der Guide verbarg seine Neugierde und sein kurzes »Na klar!« klang wie die Aufforderung zum Einsteigen.

Als das Auto in Richtung Ortsmitte verschwunden war und nun auch die anderen sich verabschiedeten, zupfte Markus Tanja unauffällig am Ärmel, zog sie ein bisschen zur Seite und sagte: »Du kannst mit mir heimfahren, wenn du willst. Dann können die zwei Turteltäubchen noch ein Weile miteinander turteln!« Er nickte mit dem Kopf zu Doro und Andy hin. Tanja war verlegen und wusste nicht, was sie sagen sollte. Sie war wirklich nicht allzu erpicht darauf, mit Doro und Andy zusammen heimzufahren, aber in welche Falle wollte Markus sie da locken, wenn er sie in sein Auto einlud?

Markus wartete keine Antwort von ihr ab, ging zielstrebig zu seinem Auto und sie konnte sich nur noch schnell von Doro und Andy verabschieden, dann saß sie auch schon auf dem Sitz neben Markus.

Er ließ sich nun plötzlich Zeit, so als ob er sich noch nicht ganz sicher wäre, was der Abend nun bringen würde. Doro und Andy waren schon weg, als er den Schlüssel in das Zündschloss steckte und das Auto startete. Er ließ das Auto gemächlich rückwärts über den Schotter rollen. Langsam fuhr er durch die dunklen Straßen und engen Gässchen der Altstadt, die sich wie Schlangen durch die Nacht wanden, vorbei am Schloss, das in grünliches Scheinwerferlicht getaucht war und aussah, wie die Kulisse zu einem Märchen. Dann bogen sie in die Straße ein, die zu der Siedlung führte, in der Tanja wohnte. Ein paar hundert Meter von ihrem Haus entfernt schaltete er den Motor ab und ließ das Auto rollen, bis es vor der letzten Kurve zum Stehen kam. Er schaltete die Scheinwerfer aus und plötzlich saßen sie in der dunklen Stille verlegen nebeneinander. Die Armaturen schimmerten matt im schwachen Mondlicht und der Stoff des Autositzes kratzte leicht an ihren unbekleideten Armen. Aber mehr noch als das spürte Tanja, dass eine ungeheure Spannung zwischen ihnen knisterte, und sie wollte schon aus dieser für sie allmählich beklemmenden Situation aussteigen, als Markus ein Gespräch begann.

»War gut der Abend heute! Echt interessant. Was bist du für ein Typ?«

»Ach, ich glaube, irgendeine Mischung zwischen Sanguiniker oder Phlegmatiker, der Begriff stetig hat ganz gut zu mir gepasst. Und du?«

»Ich hab auch was von dem Sanguiniker, aber ein bisschen was Cholerisches muss mir mein Vater dazu noch vererbt haben. Innovativ war glaub ich der Oberbegriff von meinen Eigenschaften. Aber ich denke, jeder ist doch ein Original. Sonst wäre es ziemlich langweilig.«

»Am witzigsten finde ich ja noch, dass die Kinder derselben Eltern so verschieden sein können. Das ist spannend, immer wie ein Überraschungsei, du kannst nichts steuern.«

»Zum Glück nicht«, meinte Markus, dann wechselte er unvermutet das Thema.

»Freust du dich schon auf die Schule?«

»Hmmh«, meinte Tanja nur, ohne allzu große Begeisterung zuzugeben. Plötzlich schien ihr das Auto zu eng zu sein und die Nähe zu Markus, die noch vor Sekunden prickelnd zwischen ihnen schwang, wurde dunkel und schwer.

»Weil du ihn wiedersiehst?«, bohrte Markus weiter.

»Hmmh, auch. Und weil die Schufterei bei uns zu Hause nun erst mal ein Ende hat«, versuchte Tanja das Gespräch auf neutralen Boden zu lenken.

»Na, so begeistert, wie mein Vater über die Bilder spricht, dürfte deine Mutter vielleicht bald ganz gut verdienen!«

»Ich wünsche es den beiden wirklich sehr. Mein Vater steht im Moment schon ziemlich unter Druck. Er arbeitet wie ein Verrückter, auf Dauer wird er das nicht aushalten. Ein bisschen zusätzliches Geld würde uns alle schon sehr entlasten, glaube ich. Aber vermutlich tut es das bei jedem!«

»Geht er zu dir in die Klasse?«

»Hmmh!«, machte Tanja wieder nur und wurde langsam fast böse. »Hör mal, was soll denn die ganze Fragerei? Eigentlich geht dich das doch gar nichts an, oder?«

»Langsam, langsam, du brauchst dich nicht aufzuregen! Ich bin hier doch der Choleriker, oder?« Markus versuchte einen Spaß zu machen und sie zu beschwichtigen. Seine Stimme hatte einen warmen und melodischen Klang und floss weich durch die Nacht. Er räusperte sich. »Eigentlich wollte ich es dir nicht sagen, aber ich sage es dir doch«, begann er dann. Tanja spürte instinktiv, was da auf sie zukam und hob abwehrend die Hände, aber er ließ sich nicht aufhalten. »Ich sag es dir, dann weißt du, wie du dran bist! Ich habe mich nämlich in dich verliebt. Irgendwie war da vom ersten Augenblick an etwas, was mich zu dir hingezogen hat!«

Tanja lief es heiß und kalt über den Rücken. Sie schlug einen Moment lang die Hände vors Gesicht, wie, um die Wahrheit von ihrem Bewusstsein fern zu halten. Verlegen wand sie sich in ihrem Sitz. Warum konnte er sie nicht in Ruhe lassen? Warum konnte er das kleine Pflänzchen zwischen ihnen nicht noch eine Weile im Verborgenen blühen lassen? Sie spürte, dass nun auch er verlegen wurde und seine souveräne Coolness bröckelte. »Entschuldige!«, sagte er leise. »Das hätte ich besser nicht sagen sollen.«

Tanja spürte, dass sie ihm irgendeine Antwort geben musste. »Ich weiß noch nicht, ob die Geschichte in der Schule mit dem anderen was wird, ich meine so richtig auf Dauer, verstehst du? Ich kenne ihn noch nicht besonders gut! Das muss sich zwischen ihm und mir erst noch entwickeln.« Was erzählte sie ihm da? Noch während sie sprach, dachte sie über ihre Worte nach. Wollte sie Markus etwa irgendwelche Hoffnungen machen? Wollte sie ihn hinhalten, mit ihm spielen?

»Versteh mich jetzt bitte nicht falsch«, sagte sie deshalb und ihre Stimme klang dunkel und rau. »Ich denke schon, dass das mit dem Stefan und mir was wird! Weißt du, wir haben uns in den Ferien zweimal getroffen und das war ganz nett!«

Unglücklich starrte sie auf ihre Hände. Sie wollte Markus einfach nicht weh tun. Sie mochte ihn, sehr sogar.

»Weißt du …«, begann sie und brach dann zögernd wieder ab.

»Ja, was denn?«, hakte Markus hartnäckig nach.

»Also, ich mag dich schon auch, und wenn das alles anders gelaufen wäre, hätte das zwischen uns vielleicht klappen können. Aber es ist eben jetzt so gelaufen! Gott wird sich schon was dabei gedacht haben!« Fast verzweifelt blickte sie ihn aus übergroßen Augen an.

»Vielleicht darf ich dich ja trotzdem mal einladen!« Markus sprach ganz leise. »Einfach so, als Kumpel und Freund, damit wir ein bisschen zusammen reden können!«

»Nein!« Es kam wie aus der Pistole geschossen. Tanja kämpfte gegen die Versuchung, die da auf sie zukam. »Ich glaube nicht, dass das eine gute Idee ist! Ich habe keine Lust, Geheimnisse vor Stefan zu haben.«

»Aber er geht in deine Klasse, nicht wahr?«, fragte Markus beharrlich und sie hörte seiner Stimme an, dass er nun doch verletzt war. »Und du wirst ihn fast jeden Tag sehen!«

»Ja, er geht in meine Klasse!«, sagte sie nun trotzig, aber sie fing sich gleich wieder. Es hatte keinen Sinn, einen Streit zu beginnen.

»Markus«, sagte sie dann mit ruhiger, klarer Stimme und legte ihre Hand auf seine, die den Steuerknüppel umklammert hatte. »Vergiss es! Ich will ehrlich mit dir sein. Stefan und ich sind eigentlich schon ein Paar. Und ich bin nicht diejenige, die eine eben begonnene Sache gleich wieder wegwirft!«

»Ich weiß, das mag ich ja auch an dir!«, sagte Markus und sie sahen einander in die Augen und Markus wusste, dass sie es ernst meinte, so wie sie es sagte. Ein paar Minuten saßen sie schweigend beieinander und er legte seine freie Hand noch auf ihre, die immer noch auf seiner anderen Hand auf dem Steuerknüppel lag und hielt sie dort fest und streichelte sie leicht.

Am liebsten hätte Tanja ihn in den Arm genommen und getröstet. Ihr Herz klopfte heftig und nahm ihr fast den Atem. Sie spürte, wie sie mit der ganzen Tiefe ihrer Sinne seine erotische Ausstrahlung in sich aufsog. Es war wunderschön, hier bei ihm zu sitzen in der stillen Dunkelheit und sie ahnte, dass sie nahe daran war, die Kontrolle über diese Situation zu verlieren. Deshalb zog sie abrupt ihre Hand zurück und öffnete die Tür. Wie befreit atmete sie die kühle Nachtluft ein. Als sie schon mit den Füßen draußen den Asphaltboden der Straße berührte, zog Markus sie an ihrem Arm nochmals zurück und zwang sie, ihn anzuschauen.

»Ich werde auf dich warten«, sagte er mit einer dunklen, belegten Stimme, die nur noch ein heiseres Flüstern war.

»Tu's nicht!«, sagte Tanja und sah ihm dabei mit ruhigem, festem Blick in die Augen. »Tu's nicht«, wiederholte sie, dann riss sie sich los, sprang aus dem Auto, knallte die Tür zu und begann, in die Richtung ihres Elternhauses zu rennen. Es sah wie eine Flucht aus und es war auch eine Flucht. Sie hörte noch, wie er hinter ihr den Motor anließ, aber als er losfuhr, war sie schon bei der Haustür angelangt, und er konnte sie nicht mehr sehen.

Mit vollkommen verwirrten Gefühlen gelangte sie schließlich in ihr Zimmer. Sie setzte sich dort in ihren Sessel. Lange blieb sie so sitzen und starrte durch das geöffnete Fenster in die Nacht hinaus. Dann weinte sie einige Minuten leise vor sich hin, bevor sie sich endlich auszog und zu Bett ging.

Die Schule begann wieder. Doro erschien am Montagmorgen mit einer alten Jeans und einem weiten dunkelblauen T-Shirt in der Küche. Beate schluckte und staunte über ihre sonst so schick gekleidete Tochter, aber sie verstand natürlich gleich, dass Doro ihre Mitschüler schon mal auf ihren neuen Kleidungsstil, der sich ohne Zweifel als sackartig herausstellen würde, vorbereiten wollte. Tanja kam ein paar Minuten später und präsentierte das genaue Gegenteil von Doro. Sie erschien in einem engen roten Minirock und trug dazu ein schwarzes T-Shirt mit roter Stickerei. Auch hier gab es für Beate keinen Zweifel: ihre sonst eher sportlich gekleidete Tochter wollte einen Jungen beeindrucken. Sie bat Jesus im Stillen, dass er ihre Töchter begleiten solle, dass er Doro vor Spott bewahren möge und Tanja davor, sich an den Falschen zu verschwenden. Die

Gebete für ihre Töchter waren ihre Geheimwaffe dagegen, ihre Kinder durch ihre Ängste länger als nötig an sich zu binden. Sie sollten ihre eigenen Wege gehen, ihre eigenen Entscheidungen treffen dürfen, auch wenn sie falsch sein mochten. Sie wollte sich nicht zu sehr sorgen, Gott sorgte gut für sie. Und so ließ sie auch an diesem Morgen ihre Töchter in die scheinbar so feindliche Welt hinausziehen, getröstet damit, dass sie in Gottes Hand waren.

Als Tanja das Klassenzimmer betrat, innerlich zitternd vor Aufregung und Vorfreude, ließ sie ihre Augen als Erstes über all die lauten Gesichter wandern, bis ihr Blick an Stefans Blick hängen blieb. Er grinste zu ihr herüber. Sie meinte, ein kleines Blinzeln in seinen Augen zu erkennen, aber er löste sich nicht aus der lustigen Runde mit den anderen Klassenkameraden und so suchte Tanja weiter, bis sie Simone entdeckte, die einen Platz für sie besetzt hatte. Dann begann auch schon die erste Stunde mit einem neuen Klassenlehrer und einem neuen Stundenplan und Stefan saß weit weg in der gegenüberliegenden Ecke. Tanja fühlte sich ein bisschen unsicher. Wie sollte es weitergehen? Wollte Stefan ihre Freundschaft vor den anderen geheim halten? Was erwartete er von ihr? Nachdenklich starrte sie aus dem Fenster. Das Beste war es wohl, wenn sie einfach abwarten würde, wie die Dinge sich entwickelten.

Aber als er auch in der nächsten kleinen Pause nicht zu ihr herkam, wurde sie doch unruhig. Wollte er nicht mit ihr reden oder war er zu schüchtern? Liebevoll betrachtete sie ihn von der Seite. Er sah so jung aus und so verletzlich. Bestimmt traute er sich nur nicht, zu ihr zu kommen. Was sollte sie da machen? Wahrscheinlich musste sie einfach zu ihm gehen. So konnte das ja nicht weitergehen. Nachdem sie beschlossen hatte, dass sie ihn in der großen Pause ansprechen würde, konnte sie endlich wieder dem Unterricht folgen. Sie war nun in der elften Klasse, allzu viele verträumte Sehnsuchtsstunden konnte sie sich nicht leisten.

Endlich klingelte es, Tanja erklärte Simone kurz, dass sie zu Stefan wollte, und dann rannte sie ihm fast schon hinterher, als er mit seinen Freunden die Treppe hinunter zum Pausenhof ging. Unauffällig reihte sie sich neben ihm ein, und er begrüßte sie mit einem erfreuten »Hey!«.

Es war alles etwas verwirrend. Sie stand dann bei ihm und seinen Freunden auf dem Pausenhof, lässig an einen Betonpfosten in der Raucherecke gelehnt, und hörte den unflätigen Witzen zu, die in ihrer Gegenwart nicht ganz so derb erzählt wurden, ihr aber immer noch die Röte ins Gesicht trieben. Sie schielte zu Simone und den anderen Mädchen aus ihrer Klasse, die weiter draußen auf dem Rasen unter den Kastanienbäumen standen und fragte sich, was sie hier bei den Jungs eigentlich zu suchen hatte, sie fühlte sich unwohl. Aber irgendwann dann legte Stefan seinen Arm um ihre Schultern und da wurde ihr klar, dass sie am richtigen Platz war, auch wenn es bedeutete, dass sie nicht bei ihren Freundinnen sein konnte.

Das Gefühl seiner Nähe, die warme Hand auf ihrer Schulter war atemberaubend schön. Aber für diesen Tag war es dann auch genug. In den anderen Pausen holte sie die Gespräche mit den Mädchen nach, die natürlich darauf brannten zu hören, was mit ihr und Stefan lief. Aber Tanja war nicht bereit, ihre zarte Beziehung zerreden zu lassen. Sie beschränkte sich auf den Kommentar: »Na, das seht ihr doch!«, was ja auch der Wahrheit entsprach.

Die nächsten zwei Wochen vergingen für Tanja in fast ungetrübter Seligkeit.

Beate und Will waren nicht übermäßig begeistert darüber, dass ihre zweite Tochter nun auch befreundet war, und ohne es miteinander abzusprechen verstärkten beide ihre Gebete für Tanja, die in dieser Beziehung in dem Trubel der vergangenen Wochen etwas zu kurz gekommen war.

»Lade deinen Freund doch zu Doros Hochzeit ein, dann können wir ihn kennen lernen«, war Beates Bitte und Tanja versprach, ihn einzuladen, obwohl es ihr nicht ganz wohl bei dem Gedanken war, Stefan auf dieses Fest mitzunehmen. Sie hätte ihn ja schon gerne dabei gehabt, aber wie würde er auf diese Einladung reagieren?

Am letzten Montag vor der Hochzeit fasste Tanja sich ein Herz, als sie mit Stefan zusammen nach der Pause die Treppe des Schulhauses hochging. Es war nicht der ideale Ort, eine Bitte vorzubringen. Es war laut, wie auf einem Bahnhof, die Stimmen hallten durch die Flure und die jüngeren Jahrgänge rannten rempelnd und schubsend an ihnen vorbei. Aber Tanja sagte sich jetzt oder nie, es war sowieso schon fast zu spät für eine Einladung.

»Du hör mal, Stefan«, begann sie, noch immer zögernd. »Meine Schwester heiratet am Samstag und da wollte ich dich fragen, ob du zu diesem Fest kommen möchtest?« Schüchtern sah sie ihn von der Seite her an und konnte sofort an seiner Mimik erkennen, dass er nicht begeistert war.

»Deine Schwester heiratet? Die ist doch noch gar nicht so alt!« Er klang, als ob sie ihm gesagt hätte, dass ihre Schwester wegen eines Banküberfalls ins Gefängnis gesperrt würde.

Seine Miene verschloss sich und er blickte sie fast finster an. Tanja ahnte, was er dachte.

»Es ist nicht meine Hochzeit, keine Angst, ich heirate weder dich noch einen anderen«, sagte sie deshalb schnell, aber sie spürte gleich, dass diese Worte, die scherzhaft klingen sollten, seinen Ärger noch verstärkten.

»Ich kann am Samstag nicht kommen, meine Eltern haben ein Grillfest im Tennisclub, da muss ich mit«, sagte er mit einem Anflug von Erleichterung in der Stimme, so als ob er froh sei, dass ihm diese gute Entschuldigung gerade noch rechtzeitig eingefallen war.

»Klar, ist okay, war ja auch nur eine Frage«, versuchte Tanja einzulenken. Obwohl sie nicht ganz verstand, weshalb er diesen Termin lieber wahrnahm, als mit zu ihrem Fest zu gehen. Ein Grillfest mit den Eltern! Aus diesem Alter war er eigentlich schon entwachsen. Oder doch noch nicht? Abschätzend sah sie ihn von der Seite her an.

»Tut mir Leid, ich wollte dich nicht ärgern«, meinte sie noch, obwohl sie nicht ganz verstand, weshalb sie sich entschuldigen sollte, aber sie spürte, dass für ihn die Situation so aussah. Schnell nahm sie noch einmal kurz seine Hand, bevor sie dann auch schon beim Klassenzimmer angekommen waren. Aber die kurze Berührung tröstete sie nicht ganz über das Missverständnis hinweg. Eine Weile saß sie noch grübelnd an ihrem Platz und verpasste wieder einmal, was die nette Lehrerin erklärte. Was dachte Stefan eigentlich? Was wollte er von ihr? Eine Freundin, um vor den anderen zu prahlen? Wollte er überhaupt Verbindlichkeit? Wollte er Sex? Sie wusste es nicht und sie hatte es bisher nicht geschafft, mit ihm darüber zu reden. Wenn sie es sich genau überlegte, hatte sie in den letzten zwei Wochen nicht einen einzigen vernünftigen Satz mit ihm geredet. Sie waren in der Pause zusammen gewesen, aber nie allein. Die Gespräche mit den anderen waren nur oberflächliches Geschwätz gewesen, auch wenn es oft lustig war und man vielleicht auch im Pausenhof kein ernsthaftes Gespräch führen konnte. Aber er hätte sie einladen können, die letzte Einladung zum Eisessen war von ihr gekommen und sie hatte ihm einen Brief geschrieben, über den er bis heute nicht mit ihr gesprochen hatte. Kein Wort über das Gedicht, keine Frage danach, was ihr wichtig war. Gut, sie hatte nicht erwartet, dass sich zwei Leute vom ersten Tag an blind verstehen und sie wollte Stefan auch jetzt noch Zeit geben. Aber irgendwie keimten Zweifel in Tanja, ob sie sich je wirklich richtig gut verstehen konnten. Für einen Moment erschrak sie, als sie sich diesen Gedanken erlaubte, und dann drängte sie auch all diese Überlegungen schon wieder weg. Sie liebte Stefan von ganzem Herzen. Konnte diese Liebe irgendetwas hindern? War nicht tatsächlich nur das die wahre Liebe, die immer und immer sich gleich blieb, egal ob man ihr alles gewährte oder alles versagte? Sie würde vorsichtiger sein, ihm Zeit geben, auf ihn warten. Ja, sie würde ihm wahre Liebe schenken.

Kapitel 9

Es war die letzte Nacht vor der Hochzeit. Doro lag wach in ihrem Bett und konnte nicht einschlafen. Ruhelos drehte sie sich von einer Seite auf die andere, bis ihr Bett ganz zerwühlt war. Zu vieles ging ihr noch durch den Kopf. Wie das wohl werden würde, hier mit Andy im Haus zu wohnen, gemeinsam in einem Zimmer zu übernachten und morgens nebeneinander aufzuwachen? Irgendwie machte sie dieser Gedanke nervös, obwohl sie sich mehr darauf freute, als auf irgendetwas anderes auf der Welt. Wie ihr Tagesablauf dann wohl aussehen würde und ob sie noch genügend Zeit für alles hätte, was ihr wichtig war? Wie würde es sein, ständig mit Andy zusammen zu sein? Würden sie einander irgendwann satt haben? Wie würde es in ihrer eigenen Wohnung werden? In der letzten Woche hatten sie zusammen die beiden Zimmer, die nun ihnen gehören sollten, geputzt und gestrichen. Sie hatten in der Zeitung von einer Auktion gelesen, bei der der gesamte Hausrat einer Familie versteigert werden sollte. Der Mann dieser Familie wurde von seiner Firma nach Australien versetzt und sie mussten fast alle ihre Möbel zurücklassen. Für Doro und Andy war es eine günstige Gelegenheit gewesen, zu Spottpreisen ein paar wirklich schöne Möbelstücke zu ergattern, so dass sie nun ein eigenes gemütliches Wohnzimmer hatten, mit dunkelblauen Polstermöbeln und einem hellgebeizten Buchenschrank. Auch die Schlafzimmermöbel hatten einen freundlichen sandfarbenen Ton und passten genau unter die Dachschräge. Es war wunderschön geworden und Doro wusste jetzt schon, dass sie sich wohl fühlen würde. Aus ihrem alten Zimmer, in dem sie heute noch einmal schlief, würden sie das Bett herausnehmen und Andys Schreibtisch hineinstellen, damit sie so etwas wie ein Lernzimmer hatten. Später konnte dann ein Kinderzimmer daraus werden. Sie freute sich darauf, alles ordentlich und sauber zu halten. Sie dachte daran zurück, wie sie und ihre Schwester sich als Kinder im Wald eine Wohnung gebaut hatten. Sie hatten ein paar Quadratmeter Waldboden von Blättern frei gefegt, hatten sich aus Stöcken einen Zaun gesteckt und einen Holzklotz als Tisch in die Mitte gewälzt. Ein Taschentuch war die Tischdecke gewesen und in einen Jogurtbecher hatten sie Blumen gestellt. Sie hatte sich damals schon darauf gefreut, irgendwann selbst einmal eine richtige Wohnung zu haben. Nun war es tatsächlich so weit und Doro wollte trotz allem, was schief gelaufen war, ihr eigenes Nest genießen. Ob Andy ihr bei der Hausarbeit helfen würde? Sie hatte keine Ahnung. Aber es war ihr egal, sie würde es auch allein schaffen. Hauptsache, er war bei ihr. Wie es wohl sein würde, wenn das Kind da war? Aber diesen Gedanken drängte Doro auch an diesem Abend wieder weit zurück, wie an all den anderen Tagen bisher auch. Sie würde an das Kind denken, wenn es an der Zeit war. Manchmal in den letzten Tagen hatte sie ab und zu ihre Hand auf die Stelle gelegt, wo das Kind in ihrem Bauch wuchs. Ihre anfängliche Abneigung, ja, ihr anfänglicher Hass auf das Kind waren einem zögernden Staunen gewichen und einer vorsichtigen Liebe. Aber die meiste Zeit verdrängte sie ihre Schwangerschaft einfach. Erst die Hochzeit, hatte sie sich selbst gesagt, dann alles andere, was noch kommen würde: Schule, Prüfungen und eben auch das Kind. Ja, sie wollte einfach erst den morgigen Tag genießen. Alles andere würde sowieso seinen Lauf nehmen.

Doro stand noch einmal auf, strich sich ihre wirren Haare zurück, deckte das Bett auf, damit es wieder abkühlen konnte und überprüfte alles, was sie für die Hochzeit brauchte. Das Kleid hing auf einem Bügel an der Seite des Schrankes. Vorsichtig strich sie mit der Hand über den zarten Stoff. Es war ein Traum und zum Glück passte es noch immer, eigentlich sogar besser als an dem Tag, an dem sie es gekauft hatten. Dort, wo das Kleid ein wenig zu locker über die Hüften gefallen war, saß es nun perfekt. Sie hatte es auch an ihren Hosen gemerkt, dass ihr Bauch sich langsam und noch immer fast unmerklich rundete. Nicht mehr lange und sie würde Beate bitten müssen, ihr Hosen auszuleihen. Aber auch das war noch nicht heute. Heute freute sie sich auf ihren Hochzeitstag morgen. Sie würde ihren Traummann heiraten, ihre große Liebe – nur daran wollte sie denken. Auch ihre seidigen, halterlosen Strümpfe lagen bereit und ihre neuen eleganten weißen Pumps, die sie schon ein paarmal getragen hatte, um sie einzulaufen. Tanja hatte bei einem Einkaufsbummel in einer Boutique ein perlenbesticktes weißes Täschchen entdeckt und es ihr geschenkt, mit der Bedingung, dass sie es dann an ihrer eigenen Hochzeit auch benutzen könnte. Sie hatte einen Kamm, Taschentücher und einen Lippenstift hineingesteckt. Es passte wirklich perfekt zum Kleid.

Doro setzte sich auf den Fußboden, lehnte sich mit dem Rücken an ihr Bett, zog ihre Beine an und versuchte, nochmals die Bilder der letzten Wochen an ihrem inneren Auge vorbeiziehen zu lassen. Wie sie Andy kennen gelernt hatte, der erste Brief, das erste Mal Händchenhalten, der erste Kuss. Heute wagte sie es auch, wieder an jenen Abend zurückzudenken, an dem sie sich geliebt hatten. Diesen Abend hatte sie die ganze Zeit über aus ihrem Gedächtnis gestrichen, weil sie sich schuldig gefühlt und weil sie das Kind nicht gewollt hatte. Aber heute Abend dachte sie daran mit guten Gefühlen zurück, denn morgen würde Andy ihr Mann werden. Vielleicht würden sie zusammen noch einmal so eine Nacht erleben.

Dann schrak sie zusammen. Irgendetwas war gegen ihr Fenster geflogen. Du liebe Zeit, was konnte das sein? Sie lauschte angestrengt und verharrte eine Weile still. Sie hörte nichts mehr. Vielleicht war das ja nur der Wind gewesen? Aber war die Nacht draußen überhaupt windig? Vorsichtig robbte sie in Richtung Fenster. Neben dem Fenster richtete sie sich wieder auf, so dass sie, verborgen hinter dem Vorhang, unauffällig nach draußen sehen konnte. Oh nein, da unten stand ja einer, das war im Mondlicht deutlich zu sehen. Es war Andy! Was wollte der denn noch, jetzt mitten in der Nacht?

Eine plötzliche Windböe trieb ein paar Wolken vor die schmale Mondsichel und sie konnte seine Gestalt nur noch schemenhaft ahnen.

Lautlos öffnete sie das Fenster und beugte sich hinaus. »Ich komme runter und mache dir auf«, sagte sie leise in die Nacht hinaus. Ohne eine Antwort von ihm abzuwarten, schloss sie schnell das Fenster wieder und schlich sich über die Treppe nach unten zur Haustür. Dort stand er schon frierend und bleich und wartete auf sie.

»Komm mit nach oben«, flüsterte Doro. »Hier unten hören uns meine Eltern!« Andy nickte nur und folgte Doro in ihr Zimmer. Als sie die Zimmertür geschlossen hatte, ließ er sich aufs Bett fallen. Er sah irgendwie fertig aus.

Sie setzte sich neben ihn auf die weiche Matratze und schob die Bettdecke nach hinten, so dass sie sich bequem an der Wand anlehnen konnten.

»Was ist los?« Sie sah ihm forschend ins Gesicht. Er sah nicht gerade glücklich aus. Angst kroch in ihr hoch. Warum war er gekommen? »Er will mich nicht mehr heiraten«, schoss es Doro durch den Kopf. »Er hat es sich in letzter Minute doch noch anders überlegt. Gott, was soll ich jetzt machen?« Mit nächtlicher Klarheit erkannte sie sofort, dass es nur einen Weg gab. Sie musste mit ihm reden. Es hatte keinen Sinn, Probleme zu verschweigen, durch Schweigen würde sich gar nichts ändern. Auch wenn es ihr Mühe machte, das noch Verborgene ans Licht zu ziehen und dem Feind so ins Auge zu blicken, ahnte sie, dass es, wenn sie verheiratet wären, in den nächsten Jahren keinen anderen Weg geben würde, miteinander zu leben. Wenn sie verheiratet w ä r e n!

»Du willst mich nicht heiraten, oder?«, fragte sie deshalb todesmutig, bevor ihr doch wieder Zweifel an dieser Direktheit kommen konnten.

Als Antwort warf er sich in ihre Arme, als ob er ein Ertrinkender wäre. Er klammerte sich an sie und erst nachdem ein paar Minuten verstrichen waren, spürte sie, wie er unter ihren streichelnden Händen ruhiger wurde und sich entspannte. Er streifte seine Schuhe von den Füßen und ließ sie mit einem leisen Poltern zu Boden fallen. Dann zog er seine Beine auf das Bett und legte seinen Kopf in ihren Schoß. So lag er eine ganze Weile mit geschlossenen Augen da und sie dachte schon, er würde an diesem Abend gar kein Wort mehr mit ihr sprechen, als er endlich zu reden begann.

»Wenn ich bei dir bin, ist immer alles gut«, begann er stockend. »Aber wenn du nicht da bist, verlässt mich manchmal mein Mut und ich bekomme Angst. Dann weiß ich nicht mehr, ob wir den richtigen Weg eingeschlagen haben, verstehst du?« Doro nickte nur leicht, aber aus ihren Augen rannen bei seinen Worten stille Tränen. Er zog ihren Kopf zu sich herunter und küsste sie.

»Wenn wir zusammen sind, ist immer alles gut. Ich musste dich einfach heute Abend nochmal sehen, um sicher zu sein, dass wir zusammengehören. Es ist alles so schnell gegangen in den letzten Wochen und ich habe immer noch Angst davor, wie das sein wird, wenn wir schon bald ein Kind haben werden. Ob ich ein guter Vater sein kann, ob ich die Verantwortung tragen kann, ob wir es zusammen schaffen! Verstehst du mich?«

Wieder nickte Doro nur, aber sie hatte es nun mit all ihrer Willenskraft geschafft, mit Weinen aufzuhören. Sie wusste genau, dass ihre Augen sonst am nächsten Morgen schrecklich verschwollen aussehen würden. Unter Andys Worten beruhigte auch sie sich langsam wieder. Er war gekommen, er war ja da. Er wollte bei ihr sein, aber er hatte Angst. Ja, sie verstand ihn.

Leise sprach er weiter, wie zu sich selbst. »Ich hatte andere Pläne! Schon mit dir, nicht ohne dich, aber mit mehr Zeit, dann hätte alles sich in einem Tempo entwickeln können, das wir besser verkraftet hätten.« Er seufzte tief.

»Aber wenn du da bist, dann spüre ich, dass alles gut werden wird, dass wir es zusammen schaffen und dass ich dich wirklich heiraten will. Nur wenn ich allein zu Hause sitze, dann bekomme ich die Krise.« Jetzt lächelte er sie sogar an. »Eigentlich solltest du ja die Krise haben, oder? Das sind doch immer die Frauen und besonders die, die schwanger sind?«

Doro lächelte auch. »Ich hatte die Krise schon, das kannst du mir glauben. Ich habe so viele Tränen geweint, dass es für eine ganze Weile reichen dürfte. Aber auf morgen freue ich mich eigentlich!«

»Wenn ich dich sehe und bei mir habe, freue ich mich auch!« Eine Weile saßen sie so schweigend beieinander. Dann unterbrach Doro die Stille: »Weißt du was, ich zeig dir jetzt das Kleid, ich ziehe es an! Eigentlich solltest du es erst morgen zu Gesicht bekommen, aber morgen hast du vielleicht gar keine Zeit, mich so richtig zu bewundern, wenn wir uns um all unsere Gäste kümmern müssen.«

Doro ging zum Schrank, an dessen Seitenwand das Kleid hing. Rasch zog sie ihren Pyjama aus, stand in der Unterwäsche vor ihm, aber das störte sie nicht. Dann nahm sie das Kleid vom Bügel und schlüpfte hinein. Der Stoff fühlte sich herrlich kühl an und der Rock raschelte leise bei jeder Bewegung. Ihre Haare waren nicht gekämmt, ihre Füße schauten nackt unter dem Saum hervor, aber trotzdem sah sie wunderschön aus.

»Du bist die schönste Frau, die ich kenne«, sagte Andy und betrachtete sie staunend von Kopf bis Fuß. Dann stand er vom Bett auf. Er ging zu ihr und nahm sie vorsichtig in die Arme. Leichtfüßig tanzten sie ein paar Schritte miteinander durchs Zimmer. »Du bist die Frau meines Lebens«, sagte Andy, wie um es sich selbst noch einmal zuzusprechen. Dann ließ er sich müde aufs Bett fallen. Es war inzwischen ein Uhr nachts und die Lichter der Straßenlaternen draußen vor dem Fenster waren längst gelöscht. Doro zog ihr Kleid wieder aus, schob es sorgfältig auf den Bügel und hängte es zurück an den Schrank. Andy, der ihr zusah, hätte nichts lieber getan, als sie jetzt und sofort zu lieben. Aber diese eine Nacht wollte er noch warten, ja, er konnte warten, das würde er ihr und sich selbst beweisen. Noch diese eine Nacht, die letzte vielleicht seines Lebens, in der er voller Verlangen warten musste. Wie würde es sein, jede Nacht mit einer Frau das Bett zu teilen? Er streckte sich auf der weichen Matratze aus und drehte seinen Kopf zur Wand. Er wollte diese Gedanken an diesem Abend nicht mehr zulassen, sonst wäre es womöglich mit seinen guten Vorsätzen dahin. Er schloss seine Augen und entspannte sich. Er war müde, sehr müde, denn obwohl er dachte, dass nun alles gut werden würde, hatten ihn die letzten Wochen viel Kraft gekostet – viel Kraft, aber nun würde alles gut werden. Alles gut.

Doro hatte sich schnell wieder ihren Pyjama übergestreift, dann drehte sie sich zu Andy um, in der Erwartung, noch einen weiteren begeisterten Kommentar zu hören. Enttäuscht sah sie, dass er sich weggedreht hatte. Dann hörte sie ein leises pfeifendes Geräusch. Sie hielt in ihrer Bewegung inne und lauschte erstaunt. Das war doch wohl nicht Andy? Er war doch nicht etwa eingeschlafen? Leise trat sie ans Bett. Tatsächlich, er hatte sich zur Seite gerollt und war eingeschlafen. Einen Moment lang stand sie unschlüssig vor dem Bett. Sollte sie ihn wecken und nach Hause schicken? Aber wenn er dann wieder Panik bekam und morgen womöglich nicht zur Trauung erschien? Ach Quatsch, er würde schon kommen! Schnell verscheuchte sie diesen Gedanken wieder. Aber sie hatte dann doch nicht den Mut, ihn zu wecken. Egal, was die anderen morgen denken würden, sie würde ihn schlafen lassen. Vorsichtig deckte Doro ihn zu, dann schlich sie sich hinaus in den Flur und erklomm die dunkle Holztreppe hinauf zum Dachboden. Dort lagen, mit einem Tuch bedeckt, alte dreiteilige Matratzen und auch alte Decken und Kissen. Es war nicht einfach, die sperrigen Dinger die Treppe hinunter zu transportieren und dabei auch noch leise zu sein. Aber dann hatte sie es geschafft. Sie legte drei Matratzenteile neben ihrem Bett auf den Boden, holte ein sauberes Leintuch aus dem Schrank und spannte es darüber. Dann suchte sie sich ein paar Decken zusammen und bezog ein altes Kopfkissen mit einem sauberen Bezug. Als sie endlich fertig war, spürte sie, dass sie nun trotz aller innerer Anspannung unendlich müde war. Erschöpft ließ sie sich auf ihr Lager fallen und kuschelte sich in die Decken. Die Augen fielen ihr schon zu, aber mit einem letzten Rest Wachheit horchte sie noch einmal auf die leise schnarchenden Atemzüge von Andy.

Er war da. Nicht nur heute. Auch morgen würde er da sein. Das Abenteuer ihres gemeinsamen Lebens hatte bereits begonnen.

Am nächsten Morgen herrschten im ganzen Haus Aufregung und Hochbetrieb. Andy war gegen sechs Uhr aufgestanden und nach Hause gefahren, um sich für das Fest umzuziehen. Beate stand mit ihren beiden Töchtern schon um halb sieben Uhr in der Küche und legte mit ihnen letzte Hand bei den Kuchen an. Fünf Torten, die über Nacht im Kühlschrank fest geworden waren, mussten noch verziert werden. Sie arbeiteten Hand in Hand. Doro schlug die

Sahne, Beate bestrich die Ränder und Flächen. Tanja war die Künstlerin, die an diesem Morgen noch die besten Nerven und die ruhigste Hand hatte. Sie setzte mit der Spritztülle Sahnehäubchen und verteilte Kirschen und Schokostreusel. Nach einer Stunde standen die Prachtstücke alle aufgereiht auf der Arbeitsfläche und waren bereit für den Abtransport zum Festsaal. Für diese Aufgabe hatte sich Will bereit erklärt und er schaffte es, ohne auch nur eine Torte zu beschädigen, aber als er wieder nach Hause kam, war sein Hemd nassgeschwitzt. Er begab sich deshalb auf direktem Weg zum Bad, um sich noch einmal frisch zu machen, aber leider war es von Doro belegt, die noch unter der Dusche stand und ihre Haare wusch. Auch vor der Badezimmertür im oberen Stock stand er und konnte nicht hinein, weil sich dort Tanja duschte. Verzweifelt sah er auf seine Uhr. Er konnte doch nicht verschwitzt zur Trauung seiner Tochter antreten, aber viel Zeit blieb ihm nicht mehr. Da hörte er, dass Doro ihre Haare fönte, eilte zu ihr und bat sie, doch woanders den Fön einzustecken. Doro ging in ihr Zimmer. Es war kurz vor neun. Um halb zehn hatten sie den Termin beim Standesamt. Doro bürstete ihre Haare nochmals durch und fönte sie weitere fünf Minuten, dann beschloss sie, dass das nun reichen müsste, die Haare würden schon noch trocknen, bevor die Trauung begann. Schnell zog sie ihren feinsten dunkelblauen Rock und eine schlichte weiße Bluse an. Das Brautkleid musste bis später warten.

Sie trafen sich vor dem Rathaus mit Andy und seinen Eltern und den Brüdern, die extra zu diesem Tag angereist waren. Doro wagte einen vorsichtigen Blick in das Gesicht ihrer zukünftigen Schwiegermutter. Würde sie mit Eisigkeit und Missmut das Fest blockieren? Nein, eigentlich machte sie einen ganz gelösten Eindruck. Doro atmete erleichtert auf.

Dann nahm das Fest seinen Lauf, die Ereignisse begannen ohne Pause und unaufhaltsam zu rollen und Doro konnte immer wieder nur einzelne Momente richtig in sich aufnehmen und als Erinnerung abspeichern:

Da waren die vielen Wappen an den Wänden des Rathauses.

Da war der Standesbeamte, der eine lange, gefühlvolle, um nicht zu sagen äußerst schmalzige Rede hielt, von der Doro nur einen

Gedanken erfassen konnte, nämlich den, dass die Ehe wie ein Fluss sei. Aber sie konnte sich später nicht mehr daran erinnern, wieso der freundliche Mann ausgerechnet dieses Bild gewählt hatte. Dann steckten sie sich die Ringe von der linken an die rechte Hand. Sie mussten die Dokumente unterschreiben und der Standesbeamte konnte in letzter Sekunde noch verhindern, dass Doro mit ihrem Mädchennamen unterschrieb, wie sie es immer gewohnt gewesen war. Dorothea Sanders stand dann auf dem Papier, ungewohnt neu, aber es klang nicht schlecht.

Dann der Moment, als sie das Kleid anzog. Es fühlte sich himmlisch an. Tanja half ihr mit Halskette und Kopfschmuck und dann schritt Doro wie eine Königin die Treppe hinunter, hinaus in den Hof, auf dem schon die ersten Gäste warteten. Andy trat an ihre Seite und konnte minutenlang die Augen nicht von ihr lassen. Er strahlte vor Freude über seine schöne Braut und dieses Strahlen war wohl die schönste Erinnerung, die Doro von diesem Tag später noch hatte.

Nach und nach füllten sich Haus und Hof. Alle wurden einander vorgestellt. Es war manchmal schwierig und kompliziert, weil Andy und Doro ja noch niemanden von der anderen Verwandtschaft vorher gesehen hatten. Es gab ein allgemeines Geraune und Staunen, weil Braut und Bräutigam ein ausgesprochen schönes Paar waren. Ganz deutlich stand vielen die Neugierde im Gesicht, warum die beiden so schnell heiraten wollten. Aber keiner traute sich zu fragen und Doro gab sich diesbezüglich schweigsamer Gelassenheit hin. Andys Mutter wirbelte aufgeregt über den Hof und plusterte sich voller Wichtigkeit auf, obwohl sie ja mit ihren Planungen längst fertig war und diesen Tag in Ruhe hätte genießen können. Aber noch schlimmer wäre es gewesen, wenn sie wieder ihre schweigsame Rolle gespielt hätte. Sie schaffte es sogar, Gäste in Gespräche untereinander zu verwickeln und bald waren überall fröhliche Stimmen und Gelächter zu hören.

Dann war es endlich soweit. Will gab Anweisungen und alle formierten sich zu einem langen prachtvollen Hochzeitszug. Voraus marschierten Kinder in niedlichen Kleidern, die aus kleinen Körbchen Blumen und Blütenblätter streuten. Dann kamen die Brautführer, Tanja an der Seite ihres Cousins Frank und hinter ihr paarweise andere unverheiratete Verwandte. Die Leute vom Jugendtreff waren bereits in der Kirche, probten dort noch ein letztes Mal ihre Lieder. Sie würden erst nach dem Gottesdienst zu der Festgemeinde stoßen.

Dann kam das Brautpaar, die strahlenden Hauptpersonen, denen niemand die Ängste und die Verzweiflung der letzten Wochen ansah. Heute hatten sie all das vergessen. Heute wurden sie getragen von der Woge der Aufregung und Freude.

So schritten sie stolz vor den anderen Gästen her. Es war ein langer Hochzeitszug, der wie eine würdevolle Prozession durch die Straßen ihrer Heimatstadt zog, vorbei an neugierigen Schaulustigen, die vorsichtig durch die Gardinen lugten oder fröhlich die Fenster ihrer Häuser öffneten und ihnen zuwinkten. Die Sonne brach nun endlich durch die Wolkendecke und wies ihnen freundlich den Weg. Es schien ein guter Tag zu werden.

Als sie die Kirche betraten, umfing sie rauschende Orgelmusik und spülte alle in die Bänke. Doro und Andy saßen natürlich vorn, vor dem Altar auf rotgepolsterten Stühlen und auch jetzt noch hielten sie sich an den Händen, wie um sich gegenseitig ihrer Nähe zu vergewissern und sich Mut zuzusprechen. Der Gottesdienst nahm seinen Lauf. Es war eine wunderschöne und ergreifende Stunde, der Chor sang, es gab ein Zwischenstück mit Orgel und Querflöte, das den Zuhörern die Tränen in die Augen trieb. Doro hätte die ganze Zeit über weinen können, nicht nur weil alles so schön und gefühlvoll war, sondern auch weil sie ganz genau begriff, welche Bedeutung diese Stunde für ihr Leben haben würde. Andy steckte ihr verstohlen sein blütenweißes Taschentuch zu und Doro tupfte vorsichtig an ihren Augen herum und versuchte, ihr Makeup nicht zu ruinieren. Ihre Hände zitterten und einmal warf Andy ihr einen besorgten Blick zu, so als ob er Angst hätte, dass sie diesen Gottesdienst nicht überstehen würde. Aber Doro war zwar aufgewühlt, doch in sich spürte sie in diesen Augenblicken eine nie geahnte Stärke. Sie würde bald eine Familie haben, einen Mann und ein Kind. Ja, in diesem Gottesdienst gelang es ihr, sich zum ersten Mal auf die Seite ihres Kindes zu stellen, es gelang ihr, die Verantwortung zu akzeptieren, auch die, die sie von nun an für ihren Mann haben würde. Staunend stellte sie fest, dass diese Verantwortung, die nun auf ihr lag, sie nicht niederdrückte, nein, mit einem Gefühl der Beglückung spürte sie, dass sie stark werden würde und schon in diesem ersten Augenblick der Übernahme der Verantwortung stark geworden war.

Dann war es auch schon vorbei. Als sie durch den Gang nach draußen schritt, hallte ihr nur noch der eine Satz nach, den der Pfarrer so eindringlich gesagt hatte: »Wer den Partner wechselt, wechselt nur die Schwierigkeiten!« Irgendwie konnte sie in diesem Moment nichts mit diesen Worten anfangen, sie wollte ja nicht wechseln. Aber sie hatte den Ernst und die Dringlichkeit gespürt, mit der ihn der Pfarrer gesagt hatte. So hatte sie ihn in ihrem Herzen gespeichert für einen Moment, in dem sie ihn vielleicht einmal brauchen würde.

Dann stellten sie sich draußen unter den großen Kastanienbaum und machten sich bereit für die lange Reihe der Gratulanten. Die Sonne schien strahlend vom Himmel und die Fotografen der Familie hielten ihre Kameras schussbereit für die Traumbilder des Jahres.

Beate und Will waren die ersten, die dem Brautpaar gratulierten und es umarmten und küssten. Dann wichen sie ein paar Schritte zurück, um den anderen Gästen Platz zu machen und Beate hatte die Idee, in der Kirche nachzusehen, ob niemand etwas vergessen hatte. Also gingen sie zurück, betraten nochmals durch das große Portal den Kirchenraum, dann schlenderten sie langsam im kühlen Halbdunkel an den Bankreihen vorbei und ließen ihre Augen suchend umherschweifen. Aber anscheinend hatten sie nur ordentliche Gäste, denn sie fanden als einziges ein Päckchen Tempotaschentücher, das verloren unter einer Bank lag. Die Stille war so herrlich wohltuend, dass sie noch für einen Moment innehielten und in einem der bunten Lichtstreifen, die die Kirchenfenster auf den Boden warfen, stehen blieben. Will nahm Beates Hand und drückte sie leicht. »Geht es dir gut?«, fragte er leise.

Beate nickte. »Jetzt schon. Aber ganz am Anfang des Gottesdienstes, vor der Predigt, da hatte ich eine kleine Krise. Weißt du, es fällt mir nicht leicht, Doro jetzt schon ziehen zu lassen. Ich hatte mir das doch etwas anders vorgestellt. Aber als ich mir dann die positiven Seiten an der ganzen Sache vor Augen gehalten habe, ging es mir wieder besser!«

»Na, so viel Positives gibt es auch wieder nicht«, brummelte Will leise.

»Ach, immerhin werden sie noch eine Weile bei uns wohnen. Ich kann mir schon vorstellen, dass wir auch zu dem Kindchen eine gute Beziehung bekommen werden und unser Kleines hat einen gleichaltrigen Spielgefährten, besser hätte es ja gar nicht sein können.«

»Oh, ich hätte mir das durchaus besser vorstellen können!« Will war noch immer nicht ganz versöhnt.

»Ja, du hast schon Recht, aber es nützt uns nichts, wenn wir uns ärgern. Und weißt du, worüber ich noch froh bin?«

»Über was denn?«

»Darüber, dass ich nun die Verantwortung für dieses Kind abgeben kann. Achtzehn Jahre habe ich für sie gekämpft – jetzt darf ich sie loslassen. Das tut mir irgendwie gut.«

Will sagte nichts. Beate stieß ihn in die Seite, um ihn ein bisschen aufzulockern. »Na und du, wie ist es dir bei diesem Gottesdienst gegangen?«

»Ach weißt du, ich habe eigentlich nur die ganze Zeit Angst gehabt, dass Andy da vorn vor dem Altar steht und in letzter Minute noch Nein sagt. Du weißt schon, so wie wir es in manchen Spielfilmen schon gesehen haben. Ich habe vom ganzen Gottesdienst fast nichts mitbekommen, aber jetzt bin ich irgendwie erleichtert.« Er legte ihr den Arm um die Schultern und so standen sie da in tiefem Einverständnis, zwei Menschen, die schon einen langen Weg zusammen bewältigt hatten, die sich kannten und sich vertrauten.

»Wir müssen wieder zu den Gästen«, seufzte Beate. »Es sind ja doch auch unsere Gäste. Aber ich freue mich schon jetzt auf den Moment heute Abend, oder besser heute Nacht, wenn ich meine

Schuhe ausziehen darf und meine Beine auf das Bett legen kann.«

»Na komm, du wirst mir doch jetzt nicht schwach werden! Beim Kaffeetrinken kannst du dich hinsetzen, du wirst sehen, wenn du ein Stück von deinen herrlichen Torten gegessen hast, fühlst du dich wieder richtig gut!«

Beate sah ihn zweifelnd an, aber sie hatte an diesem Tag keine andere Chance, als ihm zu glauben.

Hand in Hand verließen sie die dämmrige Kirche, um sich draußen wieder unter die Menge ihrer Gäste zu mischen.

So nahm das Fest seinen Lauf. Unter Gelächter und schon in bester Feststimmung begab sich die ganze Gesellschaft eine Straße weiter in das Gemeindehaus. Andys Mutter hatte sich nach anfänglichem Zaudern doch für diese Lokalität entschieden, weil die Gästeliste länger geworden war, als sie erwartet hatten und weil der Raum mit seinem behaglichen Parkettboden und den großen, hohen Fenstern, durch die das Licht in breiten Bahnen hereinfluten konnte, einfach ideal war und fast das Gefühl weckte, man stehe in einem Gartenpavillon. Es gab eine Bühne, sogar mit einem Theatervorhang, eine große Garderobe und genügend Platz, um auch zwischen den Tischen zu tanzen. Der beste Gärtner des Ortes hatte diesen Raum großzügig mit Blumenarrangements dekoriert, auf einem langen Büfett reihten sich Torte an Torte und die Stimmung begann, fast ausgelassen zu werden.

Auch Tanja fühlte sich wohl. In ihrem Traumkleid zog sie viele bewundernde Blicke auf sich. Auch die Blicke von Markus. Zumindest während des Gottesdienstes und danach, als sie draußen in der Sonne gestanden hatten, war sie sich seiner Nähe so intensiv bewusst gewesen, als wären sie beide allein auf diesem Fest. Nur schade, dass er kein einziges Mal zu ihr hergekommen war. Sie hätte gern mit ihm geredet. Aber was hätte sie auch erwarten sollen. Sie hasste ihn dafür, dass er im Lauf des Nachmittags so oft mit den anderen Mädchen des Jugendtreffs redete, ja fast schon flirtete, und sie gar nicht mehr wahrzunehmen schien. Tanja beobachtete ihn unablässig, bis sie sich selbst dabei ertappte und dafür tadelte und sich bewusst von ihm abwandte. Aber es war nicht einfach.

Zum Glück gab es noch ein paar andere Dinge, die sie genügend ablenkten. Sie war mitverantwortlich für die Programmgestaltung des Tages und musste die ganzen Auftritte von Verwandten, Freunden und Jugendtreff koordinieren. Sie spürte schon in der Mitte des Nachmittags, dass sich ein dumpfer Schmerz in ihrem Hinterkopf breit machte, weil die Anspannung, ob auch alles gelingen würde, wie ein Zementstein auf ihr lag.

Aber das war es nicht allein, was ihre Augen von Markus ablenkte, obwohl es schon hätte genügen können. Der Knaller des Abends kam für Tanja völlig unvorbereitet und traf sie deshalb wie ein Schock und drohte, sie für ein paar Minuten fast aus der Bahn zu werfen. Als die Gäste nach einem ausführlichen Spaziergang durch die helle Spätnachmittagssonne am frühen Abend so langsam wieder im Saal eintrudelten, bereit, es nach dieser Anstrengung mit dem Abendessen aufzunehmen, saß sie am Rand der Bühne neben einem großen Strauß gelber Sonnenblumen und versuchte, nochmals die Passagen des Theaterstückes durchzugehen, das sie nach dem Abendessen mit dem Jugendtreff spielen wollten. Es war ein Stück von Loriot und sie war einer der beiden Herren, die sich in der Badewanne um das Quietscheentchen stritten. Während sie den Text las, konnte sie nebenher aus den Augenwinkeln den Eingang beobachten und sehen, wer alles durch die breite Tür den Festsaal wieder betrat.

Als Heike und Michi zusammen durch die Tür schritten, sah Tanja kurz hoch und nickte leicht grüßend zu Heike hin, die zu ihr herüber strahlte. Aber Tanja beugte ihren Kopf gleich wieder über den Text, Heike wusste ja, dass sie an diesem Tag keine Zeit für Gespräche hatte. Aber bevor sie sich wieder auf den Text konzentrieren konnte, zögerte sie. Irgendetwas hatte sich verändert, sie hatte es ganz nebenbei im Unterbewusstsein wahrgenommen. Sie sah noch einmal bewusst hin. Sah, wie Heike und Michi langsam an dem Büffett vorbei schlenderten und die Köstlichkeiten betrachteten, die bereits für das Abendessen vorbereitet waren. Michi hatte seinen Arm um Heikes Schultern gelegt. Heike hatte ihren Arm um

Michis Hüfte gelegt. Es war ein schönes Bild und es war ein eindeutiges Bild. Heike, die schüchterne, unscheinbare, sah heute in einem herrlichen dunkelblauen Sommerkleid irgendwie richtig gut aus. Und Michi, vielleicht genauso schüchtern, nur kannte ihn Tanja noch nicht genau genug, um das beurteilen zu können, trug einen schicken dunkelblauen Anzug. Zusammen waren sie ein Paar, wie man es sich besser nicht hätte vorstellen können – sie sahen so aus, als wären sie diejenigen, die als nächstes heiraten würden.

Niemand sonst außer Tanja schien die beiden zu beachten, es schien überhaupt niemand davon Kenntnis zu nehmen, dass die beiden ein bisschen verlegen zusammen dastanden, sich einander halb umarmend. Aber Tanja war verwirrt und irgendwie geschockt und versuchte mit Mühe, dieses für sie unerwartete Ereignis einzuordnen. Hatte es zwischen den beiden jetzt auf dieser Hochzeit gefunkt? Es sah ganz danach aus. Aber warum konnte sie sich darüber nicht freuen? Für Heike hätte es nicht besser laufen können, oder? Sie horchte in sich hinein. War sie ärgerlich und neidisch, weil Michi mit in den Jugendtreff kam, Stefan aber nicht? Weil die beiden wie füreinander gemacht schienen? Weil die beiden etwas ausstrahlten, was sie bei sich und Stefan vermisste? Müde rieb sie sich über die Schläfen, der Schmerz schien sich langsam in ihrem ganzen Kopf auszubreiten. Was wollte sie eigentlich? Für einen winzigen Augenblick gestand sie es sich ein. Sie hätte Markus gewollt. Allein wegen Heike hatte sie auf ihn verzichtet. Wut wollte in ihr hochsteigen, aber sie besann sich noch einmal. So war es doch gar nicht, oder? Sie hatte sich schon in Stefan verliebt gehabt, als sie Markus noch gar nicht kannte. Sie war mit Stefan zusammen, weil sie ihn liebte, oder? Verwirrt presste sie ihre Handflächen aneinander und ließ ihre Schultern kreisen, um ihren verspannten Nacken zu lockern. Sie versuchte, sich das Bild von Stefan vorzustellen, sein liebes Gesicht und die schönen Momente, in denen sie seine Hand in ihrer gespürt hatte und für einen Augenblick gab ihr diese Vorstellung ihre Zufriedenheit wieder zurück. Manches, was ihr in ihrer Beziehung zu Stefan unvollkommen erschien, würde sich mit der Zeit ganz sicher geben.

Aber dann musste sie all diese Gedanken wieder aus ihrem schmerzenden Gehirn verbannen, der Abend war noch nicht gelaufen, es gab noch viel zu tun. Sie versuchte sich mit großer Anstrengung wieder auf ihren Text zu konzentrieren und endlich gelang es ihr auch.

Dann wurde der Abend doch noch schön. Für ihr Theaterstück ernteten sie großen Applaus. Die Leute hatten die Pointen verstanden und darüber gelacht, es war ein richtiger Erfolg. Tanja musste zwar immer wieder zu Heike und Michi hinschauen und konnte das alles nicht so recht glauben, aber ihre Wut war weg, und am Ende des Abends verabschiedete sich Heike mit einer Umarmung von ihr, in der sich Tanja richtig geborgen fühlen konnte. Egal, was passieren würde, sie hatte eine Freundin gewonnen, dafür wollte sie dankbar sein. »Ich schreib dir bald«, raunte Heike ihr noch zu, bevor sie an der Seite von Michi den Saal verließ.

Den Brief erhielt Tanja am Sonntagabend. Die ganze Familie war nach dem anstrengenden Fest ziemlich geschafft, und sie alle hatten sich an diesem Sonntag nur von Sofa und Bett aufgerafft, als Andy und Doro sie einluden, mit ihnen zusammen in ihrer neuen kleinen Wohnung die Geschenke auszupacken. Es war wie ein überdimensionales Weihnachtsfest. Zum Schluss war der Tisch völlig überladen mit Geschenken und der Fußboden war übersät mit Papieren und Kartons. Doro und Andy strahlten, ihr kleiner Hausstand nahm nun Formen an.

Alle gingen an diesem Abend früh zu Bett, aber nur Beate und Will schliefen auch gleich müde und erschöpft ein. Doro und Andy entschwanden in den siebten Himmel und Tanja musste noch den Brief lesen, den sie gegen neun im Briefkasten gefunden hatte. Gemütlich kuschelte sie sich in ihr Bett, das Fenster war noch offen und sie hatte nur ihre kleine Leselampe angeknipst. Nachdem sie ihren ersten Schock verwunden hatte, konnte sie sich so richtig für Heike freuen. Eigentlich war es ja von Anfang an offensichtlich gewesen, dass aus Markus und Heike kein Paar werden würde und darüber war Tanja auch sehr froh. Hätte Heike sich mit Markus befreundet, wäre sie wahrscheinlich ziemlich frustriert und verletzt gewesen. Aber diesen Michi gönnte sie ihrer Freundin wirklich und sie hatte auch den Eindruck, dass die zwei gut zusammen passten. Nun war sie einfach gespannt darauf, was Heike schrieb.

Liebe Tanja,

wie gut, dass du meine Freundin bist und ich dir schreiben kann.

Also stell dir vor: Gestern saßen wir da in der Kirche, du hast uns ja gesehen, die Leute vom Jugendtreff drückten sich in die Bankreihen seitlich vom Brautpaar, in den Reihen neben dem Taufstein, so dass wir vielleicht von allen Gästen Doro und Andy am besten sehen konnten. Ich saß neben Michi, aber mir ist das gar nicht sonderlich aufgefallen, weil wir in den letzten Wochen so viel zusammen gewesen sind. Meine Mutter und sein Vater haben sich oft wegen des Hauses getroffen, aber das erzähle ich dir später. Wir mussten dann manchmal unsere Geschwister hüten, ein paar Mal saßen wir aber auch so zusammen und haben geredet, echt über alles. Aber eigentlich habe ich mir nichts dabei gedacht, Michi ist ja sozusagen fast mein Bruder. Aber ich habe schon gemerkt, dass wir uns gut verstehen, das war irgendwie toll.

Gestern dann, als wir da so saßen und dem Brautpaar zugesehen haben, wie sie sich das Ja-Wort gaben und sich küssten, da war ich sehr ergriffen und plötzlich spürte ich, wie Michi meine Hand nahm. Einfach so, ohne zu fragen oder so. Zuerst dachte ich, dass das eine brüderliche Geste der Rührung ist, aber ich war schon erstaunt und hatte Herzklopfen dabei. Nachher hat Michi auch wieder losgelassen und war ganz normal zu mir, so wie immer. Aber dran denken musste ich dann doch den ganzen Nachmittag, wie schön es war, seine Hand zu halten. Richtig kapiert, dass er es ernst gemeint hat, habe ich es erst, als wir spazieren gingen. Wir sind vorbei am Schloss zum Stadtpark gegangen, bis zum Schleifsee. Als wir da einen kurzen Moment standen und den Enten zusahen, da hat er seinen Arm um meine Schul-

tern gelegt. Gesagt hat er gar nichts, aber in dem Moment wusste ich, dass er mich mag.

Tanja, ich sag es dir, es ist fantastisch, himmlisch, unbeschreiblich traumhaft!!!!

Nur unsre Eltern waren nicht so sehr begeistert. »Ihr seid doch noch so jung«, haben sie gemeint und: »Wie soll das werden, wenn wir zusammen in einem Haus wohnen, da seht ihr euch doch viel zu oft, da müsstet ihr eigentlich auch gleich heiraten!«

Na ja, und sie haben noch gesagt, wir sollten doch unsere Freiheit genießen. Vielleicht haben sie ja mit allem Recht, aber es ist mir eigentlich egal. Ich liebe Michi so sehr.

Mit dem Haus scheint es nicht so schnell zu klappen. Gestern hat meine Mutter gesagt, vielleicht wäre das auch ganz gut so, wenn wir noch eine Zeit lang getrennt wohnen würden. Sie hat lange mit mir geredet – so von Frau zu Frau. Es war das beste Gespräch mit ihr seit langem.

Liebe Tanja, meine liebe Freundin, ich bin so glücklich. Und eines sage ich dir zum Schluss: Ich brauche dich jetzt immer noch, auch wenn ich einen Freund habe! Wem sonst könnte ich all das erzählen? Danke für dein offenes Ohr!

Deine Heike

Auch am Montagmorgen waren alle noch ein wenig erschöpft, und deshalb beschloss Tanja, das Angebot von Andy und Doro anzunehmen und mit den beiden zusammen im Auto zur Schule zu fahren. Sie wäre dann schon ein bisschen früher als sonst im Aufenthaltsraum und vielleicht, vielleicht wäre Stefan schon da und sie könnten mal ein paar Worte ungestört miteinander reden, ohne dass die anderen Jungs dabei wären. Auch an diesem Morgen machte Tanja sich schick, zog eine enge schwarze Cordhose an, schwarze hochhackige Schuhe und eine pinkfarbene Bluse. Fröhlich verabschiedete sie sich vor der Schule von Andy und Doro, nichts ahnend, was der Tag noch bringen würde.

Im Aufenthaltsraum, der an drei Seiten Glaswände hatte und deshalb freien Blick auf den Pausenhof und den ganzen südlichen Eingangsbereich bot, war es ziemlich voll und laut. Der Hausmeister, der sein Büro nebenan hatte, musste zu dieser frühen Stunde schon eingreifen, weil irgendwelche Jungs ihre überschüssigen Kräfte aneinander erprobten. Tanja bekam von all dem nichts mit. Sie saß am Rande eines Tisches, der ansonsten von Siebtklässlern belagert war, die zusammen Karten spielten, und beobachtete unablässig die Treppe, die zur gläsernen Eingangstür hoch führte. Es gab noch den anderen, westlichen Eingang, der vorbei an der Raucherecke in Richtung Bahnhof führte, aber Stefan musste diesen Eingang neben dem Aufenthaltsraum benutzen, weil er hier in der Nähe wohnte. Sehnsuchtsvoll starrte Tanja hinaus in den Morgen, der wolkenverhangen und düster war. Es sah aus, als ob es gleich regnen würde und im Aufenthaltsraum war es schwül und drückend warm, aber Tanja spürte nur Sehnsucht, Liebe und Vorfreude in sich.

Da, da kam Stefan! Tanja sah seine Haare schon von weitem, als er noch unten bei der Treppe war. Erfreut stand sie auf, nahm ihre Mappe und wollte ihm entgegengehen, als sie plötzlich innehielt. Irgendetwas stimmte nicht. Ein Mädchen war an seiner Seite und unterhielt sich mit Stefan und eine leise innere Stimme warnte Tanja davor, auf Stefan zuzustürmen und ihn zu begrüßen. Etwas an dem Blick, den das Mädchen Stefan von der Seite her zuwarf, etwas an ihrem Lächeln war seltsam. Als die beiden oben an der Treppe angekommen waren, sah sie es. Die beiden gingen Hand in Hand.

Schnell drehte sich Tanja weg, setzte sich wieder auf den Stuhl, von dem sie so erwartungsvoll aufgesprungen war, und duckte sich. Sie hielt den Atem an und wartete ein paar Sekunden, so lange, bis sie dachte, dass Stefan nun mit diesem Mädchen an der Glaswand des Aufenthaltsraumes vorbeigegangen sein musste. Dann stand sie blitzschnell auf, schlich sich in das düstere Foyer und sah gerade noch, wie die zwei oben auf der Treppe verschwanden. Nein, sie hatte sich nicht getäuscht, hatte keine Fata Morgana gesehen, die beiden hielten tatsächlich immer noch Händchen.

Verwirrung machte sich in Tanja breit, als sie verlassen in dem großen Flur der Schule stand. Um sie herum tobte Gelächter, Getrampel und der gewöhnliche Stimmenpegel, aber sie nahm es nicht wahr. Sie war blind und taub für ihre Umgebung, sah nur dieses eine Bild vor sich: Stefan mit dem Mädchen, Hand in Hand. Dann setzte der Schmerz ein, traf sie wie ein Schlag. Sie ließ ihre Tasche an der Stelle fallen, an der sie gerade stand und rannte zu der Tür hinaus, durch die Stefan gerade gekommen war. Mit einem anderen Mädchen, Hand in Hand. Eine andere, er hatte eine andere. Tanja war wie betäubt. Erst langsam sickerte die volle Erkenntnis in ihr Herz. Stefan – er hatte eine andere!

Sie begann, in die Richtung zu laufen, aus der sie heute Morgen gekommen war, Richtung Neuenstein. Dann aber bog sie in eine ruhigere Straße ein, sie wollte keinem begegnen. Ohne Ziel und Plan lief sie einfach, rannte fast, und in ihrem Kopf hämmerte es nur immer wieder: eine andere, eine andere, er hat eine andere! Die Luft war kühl, ein leichter Nieselregen fiel, sie merkte es nicht. Als sie fast am Ortsende angekommen war, drehte sie um, rannte in eine andere Richtung durch Straßen, durch die sie noch nie gegangen war, die ihr aber auch an diesem Morgen fremd blieben, weil sie nichts sehen konnte, außer einem düsteren Grauton, der alles in seinen Schleier einhüllte. Der Schmerz machte sie unfähig, irgendetwas wahrzunehmen, gefühllos für jede andere Empfindung.

Die Minuten verstrichen und irgendwann stand sie vor der Eingangsfront einer Kirche. Sie wusste nicht, wie sie hierher gekommen war. Das schlichte, moderne Gotteshaus schien ihr der Endpunkt ihres Weges zu sein. Sie versuchte, eine der vier braunen Holztüren zu öffnen, die nebeneinander vielen Menschen Eingang und Ausgang ermöglichen sollten, aber die Tür war verschlossen. Hektisch versuchte sie es bei den anderen drei Türen, aber auch die ließen sich nicht öffnen. Sie spähte durch eine Glasscheibe, die zwischen zwei Türen einen kleinen Blick ins Innere bot. Drinnen war es dunkel, nichts regte sich. Einen Moment lang stand sie so vor der geschlossenen Kirche, ratlos, was nun passieren würde, als sie eine Stimme hörte, die ihr sagte: »Geh zurück!«

Sie strich sich durch ihre feuchten Locken. Sie musste sich besinnen. Zurück, wohin zurück? Sie musste zurück zur Schule. Schule, sie hatte heute ja Unterricht und die erste Stunde näherte sich schon ihrem Ende. Für einen Moment wurde sie ganz ruhig. Ja, sie musste zurück zur Schule. Sie musste in ihr Klassenzimmer gehen, sich bei ihrem Lehrer entschuldigen, nicht zu Stefan blicken und ihr Leben weiterleben, als sei dieser Schmerz nicht in ihr. Langsam trat Tanja von der Tür zurück, noch unentschlossen, aber dann orientierte sie sich, suchte die Straße zurück, überlegte, welche Entschuldigung sie wegen der versäumten Stunde vorbringen könnte.

Der Regen hatte aufgehört und ein leichter Wind trocknete ihre feuchten Kleider und Haare. Mit schleppenden Schritten ging sie vorwärts. Nahm das freundliche Gesicht einer Frau wahr, die aus dem Küchenfenster ihres Hauses blickte, sah einen Vogel fröhlich durch eine Pfütze hüpfen, aber diese Bilder berührten sie noch immer nicht. Dann stand sie wieder vor der Treppe, die hinauf zur Schultüre führte. Einen Moment zögerte sie noch, straffte ihre Schultern, schüttelte ihre Haare zurück und stieg langsam die Treppe hoch. Im Glas der Eingangstür betrachtete sie kurz ihr Spiegelbild. Eigentlich sah sie gut aus.

Gute Figur, schöne Haare, man sah ihn nicht – den Schmerz. Wenn Stefan nur nicht in ihrer Klasse wäre! Wie sollte sie es schaffen, ihm täglich zu begegnen? Kraftlos zog Tanja die schwere Tür auf. Müde schlich sie zu ihrer Schultasche, die wie ein Häufchen Elend in der Ecke lag. Sie würde nicht warten bis nach der Pause. Schon zu viel hatte sie seinetwegen versäumt. Sie würde jetzt ins Klassenzimmer gehen und Stefan einfach ignorieren. Sie würde nicht mehr an seinen Namen denken und ihn nicht mehr aussprechen. Nie mehr.

Die Zeit verging und jeder Tag schmerzte. In dieser Zeit las Tanja oft in der Bibel und suchte dort Trost. Vor allem die Psalmen sprachen ihr aus dem Herzen und ganz besonders fiel ihr der einunddreißigste Vers aus Psalm achtzehn ins Auge, in dem stand: »Gottes

Wege sind vollkommen!« Dieses Wort gab ihr Zuversicht und Trost, auch wenn das schmerzende Gefühl nicht weichen wollte, mit dem sie jeden Morgen aufstand und das sie noch begleitete, wenn sie sich abends ins Bett legte.

Auch an diesem Morgen stand sie auf und spürte in den ersten Minuten des Wachwerdens, wie der Schmerz nach ihrem Herz griff. Aber dann schüttelte sie sich und beschloss, an diesem besonderen Tag den Schmerz nicht zuzulassen. An diesem besonderen Tag wollte sie sich für ihre Mutter freuen. Denn heute sollte die Eröffnung der Ausstellung sein, auf die alle so lange schon hingefiebert hatten. Die Bilder waren vor Tagen, begleitet von den wachsamen Augen Dr. Reichenbachs, mit einem Spezialtransporter abgeholt worden und man hatte sie in der schönen lichtdurchfluteten Halle, in den Fluren und im Treppenhaus des Stuttgarter Bankgebäudes aufgehängt. Spezielle Leuchten waren an den Stellen angebracht worden, an denen die Lichtverhältnisse nicht ausreichend waren und im Eingangsbereich lag nun der Katalog mit der Auflistung der Bilder aus.

Der Blick aus ihrem Fenster sagte Tanja, dass es ein klarer, sonniger Morgen war, dieser fünfundzwanzigste Oktober, mild und freundlich, es schien ein letzter goldener Herbsttag in diesem Jahr zu werden, wie geschaffen für die Vernissage.

Sie hörte, wie sich Unruhe durch das Haus schlich und Aufregung sich breit machte. Schnell zog sie sich an und eilte nach unten. Da fuhr auch schon Will mit knirschenden Reifen vor dem Haus vor. Tanja hatte sich am Tag zuvor kurzfristig entschlossen, mit ihren Eltern zu fahren und nicht mit Andy und Doro. Die Eröffnung sollte erst um zehn Uhr dreißig sein, aber anscheinend wollten Beate und Will sich in Stuttgart mit Dr. Reichenbach treffen. Er wollte sie vor dem offiziellen Einlass durch die Räume führen und eventuell letzte Verbesserungen besprechen.

Noch ein kurzes Frühstück, dann saßen sie auch schon im Auto.

Währenddessen räkelte sich Doro genüsslich im Bett. Sie würde mit Andy erst später nachkommen und freute sich über die paar geschenkten, ruhigen Minuten. Andy war schon vor einer Weile aufgestanden und sie hörte an den gluckernden Geräuschen, dass er in der Küche die Kaffeemaschine in Betrieb setzte. Als der aromatische Kaffeeduft durch die Wohnung zog, steckte Andy seinen Kopf durch die Schlafzimmertür und meinte: »Na, langsam wird es auch für dich Zeit, aus den Federn zu kommen!«

Schlagartig war Doro hellwach und setzte sich in ihrem Bett auf. »Was soll das denn heißen, bitteschön! Ich kann im Bett liegen, so lange ich will, oder?«

»Also andere Frauen machen ihren Männern sogar das Frühstück, aber du kommst nicht mal rechtzeitig, wenn *ich* das Frühstück mache!«, rief Andy halblaut aus dem Bad, bevor er die Spülung betätigte und wieder in die Küche zurückging.

Jetzt hatte Doro aber genug. Schnell zog sie sich einen Pulli über, schlüpfte in ihre Hausschuhe und ging zu ihm in die Küche. »Sag bloß, du fühlst dich damit überfordert, das Frühstück für uns beide zu machen! Und wer macht die ganze andere Arbeit? Wäsche waschen, Klo putzen, Blumen gießen, Betten machen? Hm? Wer? Doch nicht etwa auch noch du, oder?« Wütend setzte sie sich ihm gegenüber an den gedeckten Küchentisch, stützte die Arme auf und sah ihn herausfordernd an.

»Ich hab mich ja gar nicht über die Arbeit beschwert. Wenn du willst, kann ich dir gerne noch mehr helfen. Aber ich warte halt schon eine Weile auf dich. Es macht mir einfach keinen Spaß, allein zu frühstücken. Mit dir ist es viel schöner!« Andy versuchte einzulenken und seine wütende Frau zu beruhigen.

»Ja, klar, aber gestern, als ich mit dir ein bisschen draußen spazieren gehen wollte, da hattest du auch keine Zeit für mich, da hätte ich gerne mit dir geredet!«

»Ach, du weißt doch, dass ich nicht gerne spazieren gehe. Da fühle ich mich wie ein siebzigjähriger Opa dabei!«

»Das glaube ich nicht, du fühlst dich wie ein verheirateter Mann dabei und das gefällt dir nicht! Genau, so ist es! Wahrscheinlich war es doch ein Fehler, dass wir geheiratet haben!«

Nun begann Doro auch noch zu weinen und ging wieder zurück ins Schlafzimmer, warf sich auf ihr Bett und schluchzte mit zuckenden Schultern in ihr Kissen.

Seufzend und gebeugt schlich Andy ihr nach. Er legte sich neben sie aufs Bett und versuchte, beide Arme um sie zu schlingen und sie fest an sich zu drücken.

»Jetzt komm schon, ich habe es nicht böse gemeint, ich habe mich doch nur gefreut, bis du endlich zum Frühstück kommst! Jetzt sei doch wieder gut!«

Zärtlich küsste er sie aufs Ohr und knabberte an ihrer Haut.

»Hey, das kitzelt!«, kicherte Doro und ließ sich nun richtig von ihm in die Arme nehmen.

Ein paar Momente lagen sie einfach still beieinander und versuchten, den Streit zu verdauen. Dann küsste Andy Doro wieder und wieder und so dauerte es noch eine ganze Weile, bis sie sich erhitzt, zerzaust und zutiefst zufrieden an den Frühstückstisch setzen konnten.

»Es ist schön, mit dir zusammen am Tisch zu sitzen«, sagte Andy und streichelte noch ein letztes Mal über Doros Hand, die auf dem Tisch lag. »Aber jetzt müssen wir uns sputen, sonst sind wir nicht pünktlich in Stuttgart!«

»Ich bin noch nicht wieder zurück in dieser Welt«, meinte Doro, aber dann begann auch sie, sich eilig ein Brot zu belegen.

»Ist das so, wenn man verheiratet ist, dass man sich dauernd streitet und wieder versöhnt?«, sinnierte sie, noch immer nachdenklich.

»Keine Ahnung, wie das bei anderen ist. Ich lebe auf jeden Fall lieber friedlich mit dir zusammen. Ich habe keine Lust darauf, mich dauernd zu streiten! Obwohl, wenn die Versöhnung immer so schön ist, nehme ich sogar einen Streit in Kauf.«

Aber dann wurde die Zeit wirklich knapp und in rasender Eile duschten sie und zogen sich an. Als sie dann im Auto saßen, vergaßen sie Streit und Versöhnung und dachten nur noch daran, wie wohl die Eröffnung sein würde und ob auch Leute kommen würden und ob Beate tatsächlich ein paar von ihren Bildern verkaufen konnte.

Das Foto, das später in allen Zeitungen erschien, zeigte einen strahlenden, kleinen, weißhaarigen Mann, der am Arm von Beate vor einer Reihe ihrer Bilder stand. Auffällig für alle war, dass dieser Mann nur noch seinen linken Arm hatte, der leere rechte Ärmel war an der Seite hochgenäht. Der Titel, der in der Stuttgarter Zeitung unter dem Bild in fetten Buchstaben prangte, lautete: »Hoffnungsvolle Newcomerin präsentiert sich dem Kunstmarkt«. Und der Untertitel lautete: »Späte Genugtuung für Kriegsinvaliden!«

Das war auch für alle an diesem Tag das Schönste: Die Freude und das strahlende Gesicht von Beates Vater. Er war zusammen mit seiner Frau genauso früh angekommen wie Beate und Will und konnte sich so vor allen anderen Besuchern die Bilder, die er ja zum Großteil schon kannte, betrachten. »Dass ich das noch erleben darf, dass ich das noch erleben darf!«, schluchzte er an Beates Arm und Will und Dr. Reichenbach standen gerührt daneben.

Als dann die Ausstellung mit einer feierlichen Rede des Bankdirektors in der großen, marmorgefliesten Eingangshalle eröffnet wurde und die Presseleute sich um Beate und ihren Vater drängelten, erzählte Beates Vater selbst seine rührende Geschichte und immer neue Reporter stellten interessierte Fragen. Der kleine Mann schien immer größer zu werden und immer strahlender, bis ihn dann Beates Mutter energisch zurückpfiff und ihn in die kleine Cafeteria im ersten Stock führte, damit er sich dort ein wenig ausruhen sollte.

Nach den Presseleuten drängelte sich ein nicht enden wollender Besucherstrom durch die riesigen Glastüren des Eingangs. Trotz aller Ängste und Befürchtungen schien die Vernissage ein Erfolg zu werden. Beate und Will wurden nicht müde, die immer neu ankommenden Gäste persönlich zu begrüßen, Fragen zu beantworten, Bilder zu erklären und – das war das Wichtigste – Vorverträge zu unterschreiben. Denn entgegen allen Erwartungen gab es bereits an diesem ersten Tag kaufinteressierte Gäste. Will verfiel nahezu in einen Erleichterungsrausch. Er sagte es sich immer wieder vor, dass sie nun bald einen Teil ihrer Schulden los waren, denn sein Unterbewusstsein, das so lange die Angst gespeichert hatte, wollte es einfach nicht glauben.

Es war für alle ein riesiges Erlebnis.

Für Tanja gab es an diesem Tag noch eine kleine zusätzliche Freude. Als auch sie sich für ein paar Augenblicke in die Cafeteria geflüchtet hatte und sich mit einem Glas Cola einen Platz an der langen, gläsernen Außenwand gesucht hatte, von wo aus sie auf die Wohnblöcke der Großstadt blicken konnte, kam Markus herein, der mit seinem Vater zusammen zur Ausstellung gekommen war, und steuerte geradewegs auf ihren Tisch zu.

»Ganz schön anstrengend der Rummel hier, was? Aber es scheint ja ein großer Erfolg für deine Mutter zu werden«, sagte er und ließ sich auf den Stuhl ihr gegenüber fallen.

»Ja, wirklich, ich kann es irgendwie gar nicht glauben, aber ich freue mich so sehr für sie!« Tanja machte es sehr verlegen, dass Markus hier so dicht bei ihr saß. Sie hatte die peinliche Begegnung nachts im Auto noch lebhaft vor ihren Augen, denn sie hatten seit diesem Abend fast kein Wort mehr miteinander gewechselt. Wahrscheinlich hatte sie Markus durch ihre klare Absage doch ziemlich verletzt und diese Szene hatte die ganze Zeit zwischen ihnen gestanden. Umso mehr freute sie sich jetzt, dass sie wieder einmal miteinander ins Gespräch kamen.

»Die Bilder sind wirklich gut.«

»Ja, aber ohne deinen Vater wäre dieser Tag heute nie zustande gekommen! Das verdankt sie alles nur ihm!«

»Na hör mal, das ist sein Beruf! Und soviel ich weiß, verdient er auch etwas bei diesem Geschäft!«

Tanja nickte nur und trank noch einen Schluck aus ihrem Glas.

»Und sonst, wie geht es dir? Ich meine in der Schule und so?«

Markus blickte Tanja direkt in die Augen und sie sah, wie er bei seiner Frage für einen Moment fast rot wurde. Auch er schien sich noch gut an ihre letzte richtige Begegnung zu erinnern.

Was sollte sie ihm sagen? Ihm erzählen, dass sie nicht mehr befreundet war? Das wollte sie eigentlich nicht. Sie wollte nicht wie eine Bettlerin dastehen, die erneut auf der Suche nach einem Freund war. Nein, die Wunden waren noch zu frisch. Sie brauchte Zeit.

»Ach, nicht schlecht!«, sagte sie deshalb ausweichend, aber Markus konnte ganz genau heraushören, dass es durchaus nicht begeistert klang.

»Wir schreiben gerade ziemlich viele Arbeiten, das stresst«, versuchte Tanja abzulenken. »Und du, liest du immer noch so viel in der Bibel, oder ist das ein Päckchen Zigaretten in deiner Hemdentasche?!«, fragte sie ihn dann, mit einem kleinen schalkhaften Lächeln.

Markus lachte. »Genau, du hast mich ertappt! Ich lese immer noch dauernd in der Bibel, ich brauche das irgendwie. Ich habe mir diese neue kleine Bibel gekauft, weil ich ein System ausprobieren will, mit unterstreichen und farbigen Randnotizen!« Er holte die kleine Bibel aus seiner Brusttasche und legte sie auf den Tisch. Sie hatte einen schönen weinroten Umschlag und die Seiten waren, wenn sie geschlossen dalag, mit Goldfarbe verziert. Auf dem kleinen Bistrotischchen sah sie merkwürdig deplatziert aus, aber konnte eine Bibel je deplatziert sein?

»Hier, ich zeig's dir mal«, sagte Markus und rückte mit seinem Stuhl neben Tanja. Markus legte seine Bibel so, dass sie beide hineinschauen konnten.

»Heute Morgen zum Beispiel«, meinte er, »habe ich in den Psalmen gelesen.« Schnell fand er die Texte und strich mit seiner Hand über die Mitte der Seiten, damit das Buch aufgeschlagen liegen blieb. »Hier zum Beispiel bei Psalm neunzehn siehst du, dass ich die Beschreibungen von Gottes Wesen rot unterstrichen habe, und wenn von seinem Verhältnis zu uns die Rede ist, unterstreiche ich das blau!«

Er machte kurz eine Pause, bevor er weitersprach und Tanja sein System erklärte. Aber Tanja hörte ihm nicht mehr zu. Sie war mit ihren Augen zu Psalm achtzehn gewandert, der auf der anderen Seite abgedruckt war und hatte dort auch gleich *ihren* Vers, den Vers einunddreißig entdeckt: »Gottes Wege sind vollkommen.« Auch ihn hatte Markus markiert. Ihre Wangen begannen zu glühen und nervös fuhr sie sich mit den Händen durchs Haar. Was wollte Gott ihr sagen? Was bedeuteten diese Worte für ihr Leben? Gab es nach ihren vielen Fehlentscheidungen noch einen guten Weg für Markus und sie? Während sie seinen Erklärungen und seiner männlichen, melodischen Stimme lauschte, machte sich Hoffnung in ihr breit und sie spürte ein warmes Gefühl in der Magengegend.

Eine Weile noch blieben sie zusammen sitzen, dann schlenderten sie gemeinsam durch die Ausstellung und besahen sich all die schönen Bilder. Tanja fühlte sich wohl an der Seite von Markus. Immer wieder sah sie ihn von der Seite her an und locker wie von selbst flossen die Worte zwischen ihnen. An diesem Abend schlief Tanja mit tiefem Frieden im Herzen ein.

Auch Will schlief in dieser Nacht nach der Ausstellung tief und friedlich, Beate war es, die nicht gleich einschlafen konnte. Aber es störte sie nicht, dass sie wach lag. In Ruhe ließ sie alle Bilder dieses Tages vor ihrem inneren Auge vorüberziehen. Der Morgen, das Staunen über das schöne Arrangement ihrer Bilder, die ihr in diesen Hallen fremd und irgendwie noch perfekter erschienen waren. Die Freude, ihrem Vater diesen Tag schenken zu können. Das Interesse der Presse. Und dann das große Staunen, als tatsächlich erste Kaufinteressenten auf sie zukamen. Ganz nebenbei, nur aus den Augenwinkeln heraus, hatte sie beobachtet, wie ihre Tochter Tanja mit diesem netten Jungen, Markus, einträchtig durch die Ausstellung geschlendert war. So viel war an diesem einen Tag passiert. Sie war ein Star gewesen, tatsächlich: Sie – die kleine Landpomeranze – war der Mittelpunkt dieses Tages gewesen. Wie konnte das sein? Aber sie hatte es unendlich genossen, auch wenn es viel Kraft gekostet hatte.

Wie würde es morgen sein? Wenn der Alltag wieder kam? Wenn sie wieder in ihren normalen, billigen Klamotten in der Küche stand und das Essen für die Familie kochte? Es war nicht ganz leicht, diese zwei Welten zusammenzubringen. Aber wenn sie ehrlich in sich hineinhorchte, war sie froh, wieder in ihre alte, wohlvertraute Rolle schlüpfen zu können. Es wäre zu anstrengend, jeden Tag ein Star zu sein. Zu viel an Kraft und Lebensqualität würde dabei auf der Strecke bleiben, zu viel an elementarer Freude und Zufriedenheit. Sie wollte bleiben, wer sie war, die Mutter dieser Familie, der ruhende Pol für Will, und sie wollte weiter die Einfachheit ihres Lebens genießen.

Zufrieden rollte sie sich auf der Seite zusammen. Sie meinte, in ihrem Bauch an diesem Abend ein zartes Flattern zu fühlen, ein erstes Lebenszeichen ihres Kindes. Nein, sie brauchte sich nicht zu sorgen. Es würde nicht langweilig werden in ihrem Leben. Ein neues Abenteuer hatte mit diesem kleinen Wesen bereits begonnen.

Kapitel 10

Es war Montag, der 20. April 1981, ein Tag, der die ersten Boten des Frühlings brachte: Herrliche Sonne und milde Temperaturen, die um die Mittagszeit schon fünfzehn Grad erreichten. Im Garten reckten die ersten Osterglocken mutig ihre gelben Kelche der Sonne entgegen und Doro strich zart über ihre Blätter, als sie in ihrer Mittagspause einen Rundgang durch den Garten machte. Jeden Tag rechnete sie inzwischen damit, dass auch ihr Kindchen sich am Frühlingserwachen beteiligen würde und sich auf den Weg in die Welt begab. Obwohl sie sich in diesen Tagen träge und behäbig fühlte, zwang sie sich zu unermüdlichem Lernen. Auch für diesen Nachmittag hatte sie sich ein strammes Programm zurechtgelegt. Sie wollte ihr Bestes geben und sie konnte täglich bei Beate beobachten, wie viel Zeit ein kleines Baby in Anspruch nahm. Seit vier Wochen war die kleine Helen auf der Welt, das süßeste Mädchen, das man sich denken konnte, das behauptete jedenfalls Will. Sie war wirklich süß, und seit Doro täglich dieses Wesen vor Augen hatte, konnte sie sich endlich auch restlos auf ihr eigenes Kind freuen. Nur um Andy machte sie sich noch Sorgen, denn der betrachtete die kleine Helen noch immer mit größter Skepsis. Aber sie war ja nicht sein Kind, vielleicht war ja ein eigenes Baby doch etwas anderes. Doro hoffte es von ganzem Herzen.

Sie pilgerte noch eine Weile im Garten auf und ab, irgendwie fühlte sie sich heute so unruhig und innerlich so angespannt. Vielleicht sollte sie mal einen Tag Pause einlegen?

Aber dann setzte sie sich doch wieder hinter ihre Bücher und legte erst abends zufrieden den Stift aus der Hand, den sie zum markieren wichtiger Stellen benutzt hatte. Sie ging aus ihrem alten Zimmer, das sie sich mit Andy als Lernzimmer teilte, hinüber in ihr gemütliches Wohnzimmer und legte sich seufzend aufs Sofa.

»Machst du heute Abend ein paar Brote für uns!«, bat sie Andy und massierte ihre geschwollenen Knöchel. Besorgt sah Andy sie an. »Wieso, was ist los? Fühlst du dich nicht gut?« Mit angstvollem Blick setzte er sich ihr gegenüber in den Sessel.

»Jetzt sieh mich nicht so besorgt an! Mir geht's echt gut. Obwohl, wenn ich es mir genau überlege, war es mir heute den ganzen Tag über irgendwie komisch!«

Jetzt blickte Andy noch besorgter und kam um den Tisch herum zu ihr, setzte sich auf den Rand des Sofas und legte seine Hand auf die riesige Rundung ihres Leibes.

»Spürst du es noch? Manchmal sorge ich mich, ob es dem Kind gut geht?«

Doro sah ihn erstaunt an. »Wirklich? Ich hatte immer den Eindruck, dass du dir gar keine Gedanken um das Baby machst!«

»Ach, ihr Frauen solltet die Männer nicht immer so unterschätzen! Natürlich mache ich mir Gedanken um unser Kind! Aber vielleicht kümmere ich mich jetzt doch erst mal um das Abendessen, oder?«

Doro nickte und als sie ihn in der Küche rumoren hörte, streckte sie sich und gab sich ein paar Augenblicke tiefer Entspannung hin. Da spürte sie plötzlich ein leichtes Ziehen im Rücken und für einen Moment krampfte sie sich zusammen. Sie versuchte sich den Rücken zu massieren und wieder in ihre entspannte Lage zurückzufinden, aber da kam Andy zurück, mit einem Teller, auf dem lecker aussehende belegte Brote lagen. Doro setzte sich auf und gemeinsam aßen sie ihr Abendbrot.

Danach saßen sie noch eine Weile zusammen auf dem Sofa aneinander gekuschelt und sahen sich einen lustigen Spielfilm an. Gegen zehn dann rappelten sie sich auf, um ins Bett zu gehen. Und da kamen die Schmerzen. Starke ziehende Schmerzen, die ihren Leib durchschnitten wie mit einem Messer. Atemlos lehnte Doro sich an die Wand des Flures, erschüttert durch die Wucht des Schmerzes. Was geschah da mit ihr, welche Hand griff nach ihr?

Aber diese Frage stellte sich ihr nur für den Bruchteil einer Sekunde. Sie hatte es ja schon den ganzen Tag geahnt. Und nun war es Gewissheit geworden. Das Kind wollte kommen. In dem Moment, als sie das erkannte, durchströmte sie eine enorme innere Kraft, eine Stärke, die sie so noch nie empfunden hatte. Sie wusste nicht, was in dieser Nacht auf sie zukommen würde, aber sie spürte die Kraft in sich, jeder Herausforderung standzuhalten.

»Was machst du noch da draußen im Flur?«, rief Andy mit gedämpfter Stimme aus dem Schlafzimmer. »Komm endlich auch ins Bett, damit wir schlafen können!«

Doro ging zu ihm ins Schlafzimmer und meinte mit ruhiger Stimme: »Tut mir Leid, das wird nichts mit Schlafen, jedenfalls nicht bei mir. Ich glaube, dass ich gerade eben so etwas wie eine Wehe hatte.«

»Oh nein, geht es schon los?« Andy war plötzlich wieder hellwach. »Wieso denkst du, dass es eine Wehe war?«

»Ich hatte den ganzen Tag über schon so ein komisches Gefühl und so ein Ziehen im Rücken. Und jetzt, als ich da draußen stand im Flur, hat mir der Schmerz fast den Atem genommen.«

Besorgt sah Andy sie an. »Kann ich dir irgendwie helfen? Sollen wir ins Krankenhaus fahren?«

»Lass uns noch eine Weile warten. Ganz so weit ist es noch nicht!«

Für ein paar Minuten versuchte Doro dann doch, sich hinzulegen, aber die nächste Wehe kam schon bald und trieb sie von ihrem Lager hoch. Zusammen mit Andy wanderte sie eine Weile in der Wohnung hin und her. Ab und zu setzte sich Andy aufs Sofa und las ihr aus einem medizinischen Buch den Artikel über die Geburt vor. Seine Hände zitterten beim Umblättern der Seiten und im Nachhinein hatte er nicht das Gefühl, besser Bescheid zu wissen, er kam sich noch genauso hilflos vor. Doro hatte ihm zwar schon vor Wochen erklärt, dass seine bloße Anwesenheit für sie eine große Hilfe sein werde, aber so ganz konnte er das nicht glauben. Er hätte lieber etwas getan. Die Minuten dehnten sich zu kleinen Ewigkeiten und während draußen vor dem Fenster der Vollmond seine Bahn zog, kämpften in der kleinen Wohnung die zwei Menschen um das Leben, das nun werden sollte.

Um ein Uhr nachts kamen die Wehen dann so oft und so heftig, dass Andy Doro erklärte, er werde nun keine Minute mehr länger warten, sondern sofort mit ihr ins Krankenhaus aufbrechen. Die Fahrt nach Öhringen würde ja auch noch eine Viertelstunde dauern und er wolle nicht mit einer Schwangeren im Auto hundertachtzig fahren müssen.

Also fuhren sie durch die Nacht über fast menschenleere Straßen. Andy kamen diese paar Minuten unendlich lange vor, weil sie begleitet waren von Doros regelmäßigen, schmerzerfüllten Lauten. Als sie vor dem Krankenhausportal hielten, war er schweißgebadet und total erleichtert, dass er seine Frau nun in fachkundige Hände abgeben konnte.

Dann endlich, nachts um drei Uhr, kam mit einem letzten kraftvollen Aufschrei der kleine Tobias zur Welt. Ein winziges, rosiges, runzeliges Bürschchen! Zu Tränen gerührt besahen Doro und Andy sich ihren Sohn. Völlig überwältigt ließ Andy sich das kleine Bündel Mensch in die Arme drücken, während der Arzt und die Hebamme noch Doro versorgten.

»Mein Sohn bist du, mein süßer kleiner Sohn. Ja, mein Sohn!«, flüsterte Andy und berührte staunend die zarten Händchen und strich über das Wunder der winzigen und vollkommenen Ohren.

Doro hörte seine Worte und ein tiefer Friede erfüllte sie. Ja, Andy würde ihn lieben, seinen Sohn. Wie hatte sie sich nur so viele Sorgen machen können. Während ihr Blick auf ihrem Mann und ihrem Sohn ruhte, fiel ihr plötzlich der Traum wieder ein: der Traum, den sie nach ihrer ersten Begegnung mit Andy geträumt hatte. Sie hatte einen Mann gesehen, der über einen tiefen Abgrund zu ihr gekommen war und sie hatte diesen Jungen gesehen, der ihre Beine schutzsuchend umklammerte. In diesem Moment wurde ihr klar, dass nun beide bei ihr waren: der Mann und der Junge. Ihr Leben war für diesen Augenblick vollkommen.